문학의 힘, 문학의 가치

문화과학 이론신서 41

문학의 힘, 문학의 가치—문학의 유물론적 이해

강내희 지음

문화과학사

이 책에 실린 글 열여덟 편은 두어 편을 빼면 모두 문학에 관한 것으로서 1987년 이후 쓴 것들이다. 이 시기는 내가 대학에서 문학교수로서 지내온 시기와 정확하게 일치한다. 길다면 긴 17년 동안 겨우 열여덟 편의 글을 모았으니 문학 전공자로서는 수확이 시원찮았던 편이다. 그동안 문학보다는 그것을 벗어난 주제들을 가지고 글을 쓰는 데 관심을 기울여온 탓일 것이다. 지금까지 내가 주로 다뤄온 주제는 공간과 육체, 문화와 권력, 지식생산 양식과 대학개혁, 자본주의 사회구조, 신자유주의 문화변동, 문화운동 전략과 문화정책, 식민지 근대성 등으로서 일견 문학과는 무관한 것들이었다.

나를 사회과학자로 간주하는 사람들이 적지 않은 것은 이 결과인지도 모르지만, 나 자신은 문학연구자라는 사실을 잊은 적이 별로 없다. 비문학적 주제들을 생각할 때에도 나의 뇌리에는 문학의 문제의식이 늘 맴돌기 때문이다. 하지만 이때 문학은 지금도 지배적 위상을 차지하고 있는 근대적 의미의 그것, 즉 근대적 규율학문으로서의 문학과는 구분해야 한다. 내가 문학을 생각하고, 문학을 문제로 끌어안은 것은 거의 언제나 근대문학에 대한 비판을 전제한 위에서였다.

여기 실린 글들은 대부분이 '시의적'이다. 이들 글은 내가 독자적으로 세운 연구계획에 따라서 작성한 것이라기보다는 원고 청탁을 받거나 은사의 회갑 또는 정년을 맞아, 아니면 이런 저런 강연, 발제 요청에 응하여 쓴 것이라는 의미에서 그러하다. 이 글들은 따라서 작성된 당시 한국의 사회적 분위기, 지적 풍토에서 형성된 문제의식을 흔적으로 지닌다.

제법 긴 세월 각기 다른 맥락에서 쓴 것이고 보니 열여덟 편의 글들 사이에는 주제나 이론적 관심, 문제의식, 정치적 입장과 문학을 보는 관점 등이 완전히 일치하지는 않는다. 과연 이 글들을 쓸 때 지녔던 문제의식, 활용한 이론, 궁구해본 개념, 선택한 정치적 이론적 입장들 가운데 계속 지지할 수 있는 것을 고르라면 얼마나 많이 고를 수 있을지 썩 자신은 없다. 하지만 그래도 이들 글에 관류하는 어떤 일관성이 있다면 그것은 '문학을 어떻게 이해해야 하느냐'는 질문이 아닐까 싶다. 여기에 실린 글들은 대체로 문학을 유물론적 관점에서 이해하려는 시도들을 담고 있다.

이런 관심의 초기 표현이 4부('재현의 문제설정')에 실린 글들이다. 여기서는 문학을 '재현'의 관점에서 이해하려는 노력이 이뤄지고 있는데, 문학이 텍스트로서 어떤 '생산적' 기능, 작용을 하는지 살펴보려는 의도였으나 유감스럽게도 이 관점을 일관성 있게 밀어붙이지는 못했다. 가령 「고도 기술시대의 현실재현」에서 재현은 '리얼리즘'의 문제설정을 따르는데, 이것은 내가 다른 글에서 문학생산이론의 관점을 지지해온 것과는 상치된다.

이처럼 입장이 들쭉날쭉한 점도 있지만 문학을 보는 유물론적 입장만큼은 놓치지 않으려고 나름대로 노력했던 편이다. '재현'을 문학적 표현의 가장 중요한 문제로 파악하고 있는 동안 내가 더불어 관심을 기울인 주제는 '문학제도'였다. 이 문제의식을 담은 글들은 제3부('담론과 문학제도')에 실려 있는데, 여기서 집중적으로 제기하는 질문은 문학이 문학으로서 존립하기 위해서 어떤 물질적 조건이 필요한가라는 것이었다. 문학은 담론으로서, 문학제도로서 성립해야 한다는 것이 잠정적인 결론이다. 이것은 문학은 '재현'을 통하여 이데올로기적 효과를 산출해낸다는 생각이 작용한 결과이기도 하다.

1990년대 중반에 들어와서 나는 문학을 이데올로기와는 다른 관점에서도 접근하기 시작했다. 이때 관심을 두게 된 것이 문학의 형질이라는 문제다. 2부('디지털복제시대의 문학')에 포함된 세 글은 컴퓨터와 인터넷의 대중화와 함께 하이퍼텍스트라는 새로운 글쓰기 매체가 등장한 데 주목하면서 쓴 것들이다. 문자가 지면이 아닌 화면에서 구성될 때 문학의 존재 조건은 달라진다. 내 관심은 이때 문학의 형질에 어떤 변화가 일어나느냐는 문제였다.

이 과정에서 '문형'이라는 개념을 발견했다. 아직도 분명하게 정의했다고 생각하지는 않지만 이 개념을 통해 문학의 근대적 개념에서 벗어나 좀더 역사적이고 과학적인 문학 이해를 할 수 있겠다는 믿음으로 지금도 머리 속에 넣고 굴리고 있다. 제1부('문학과 문형')에 실은 「문학과 아픔의 미학」과 「문학교육의 전화와 '문형'의 문제설정」의 두 편은 최근 들어와서 이 화두를 좀더 발전시켜본 결과다.

5부('언어문화교육')에 실은 글 두 편은 최근 공교육 개혁의 방향으로 제시되고 있는 문화교육 관점을 반영한 것이다. 여기서는 새롭게 구상한 문학을 중심으로 한 언어문화교육의 문제를 다루고 있는데, 이것 역시 근대적 문학 개념에 따른 문학교육의 틀을 벗어나기 위한 노력의 일환이다.

17년에 걸쳐 쓸 글을 상호관련에 따라서 모으려 하다보니 글들의 배치에서 얼마간의 작위성이 생겼다. 상당히 오래된 글과 비교적 최근에 쓴 글이 다룬 주제의 상관성 때문에 함께 묶이기도 했는데, 이 경우 옛 글과 최근 글 사이의 관점 차이를 피하기 어렵지만 그렇다고 작성한 순서대로 글을 싣는 것은 더 두서가 없을 것 같아서 지금의 편재를 선택했다. 글마다 머리에 전거를 제시한 것은 글이 준비된 맥락을 밝힘으로써 혹시 있을지 모를 혼란을 조금이라도 막기 위함이다.

1부에 실은 「문학의 힘, 문학의 가치」를 이 책의 제목으로 뽑는다. 이것은 이 글이 다른 것들까지 대변할 수 있어서라기보다는 이 글을 쓰면서 문학을 주로 이데올로기적 실천으로 보던 관점에서 벗어나 욕망이론의 관점에서도 보기 시작했고, 문학을 보는 좀더 다면적이고 풍부한 시각을 얻었다고 생각하기 때문이다. 문학의 힘과 가치는 문학의 형질과 그것이 사회적 실천 속에서 갖게 되는 역할, 기능과 무관할 수 없다. 지금은 잠정적으로 문학의 형질 또는 문형은 문학을 존재론적 관점에서 이해하게 하는 개념이고, 문학의 이데올로기적 기능은 문학 인식론의 구성을 요청하는 문제라고 생각한다. 앞으로 문학을 생각할 때 염두에 두고자 한다.

2003년 9월 18일 아침

목 차

■ 문학의 힘, 문학의 가치

■ 서문 • 5

제1부 문학과 문형

1. 문학과 아픔의 미학 • 13
2. 문학교육의 전화와 '문형'의 문제설정 • 25
3. 문학의 힘, 문학의 가치 • 46
4. 유물론적 문학이론 모색의 한 예 • 78

제2부 디지털복제시대의 문학

5. 뉴미디어 시대의 문학 • 97
6. 디지털시대의 문학하기 • 112
7. 사이버 '문형'과 주체형성─사이버정치의 조건들 • 137

제3부 담론과 문학제도

8. 담론의 안팎 • 165
9. 문학 연구와 교육의 담론이론적 모색 • 187
10. 한국 영문학 연구와 교육의 전화를 위한 한 모색 • 210
11. 한국 영문학 연구와 교육의 탈바꿈을 위하여—몇 가지 제안 • 238
12. 영국의 문학교육과 그 제도화 • 255

제4부 재현의 문제설정

13. 영문학의 연구와 버터 읽기 • 277
14. 고도 기술시대의 현실재현 • 314
15. 서구의 '야만인 담론' • 328

제5부 언어문화교육

16. 대학 언어문화교육의 문제들 • 355
17. 언어문화교육의 개념과 방향 • 377
18. 영어교육과 언어철학 • 393

1부 문학과 문형

문학과 아픔의 미학*

1. 문신과 인간

'문학'의 '문'은 매우 흥미로운 문자학적 기원을 가지고 있다. '문'의 기원은 한자어 '文'이다. 이 '文'의 가장 오래된 형태는 갑골문자에서 확인되는데, 가슴에 문신을 새긴 사람의 모습과 흡사하다고 한다. 오늘날 우리가 사용하는 '문학'이라는 말로 포괄할 수 있는 문제영역의 특수성을 이해하는 데 이 사실이 중요하다는 것이 이 글이 말하려는 핵심이다. 내 주장은 '문학'에 '문'이 들어있는 것은 문학이 문신 행위의 하나임을 보여준다는 것이다.

문신은 사람만이 하는 짓이다. 자기 몸에 문신을 하는 호랑이, 사자, 원숭이를 봤는가? 코끼리도, 악어도 일부러 자기 몸에 상처를 내지는 않는다. 제 몸에 상처를 내는 동물, 자해 행위를 감행하는 동물은 사람뿐이다. 자해와 문신은 이처럼 인간에게 고유한 행위다. 원시사회를 포함한 인간사회에서 '고행'이 관례가 되는 것은 이 때문이 아닐까 한다. 원시사회에는 사회의 정식 구성원이 되려는 개인으로 하여금 예외 없이 자기의 가치를 증명하도

---

* 2002년 5월 28일 부산 경성대 인문학연구소의, 10월 23일 목포대 영문학과의 초청을 받아 한 강연에서 사용한 원고를 수정한 것이다.

록 하는 통과의례라는 것이 있다. 이 의례는 주로 아이들이 성인이 되는 과정으로서 정해진 기간 동안 황야나 밀림에서 생존할 수 있는 능력을 보여준다거나 아니면 어떤 시험에 통과하는 것 등으로 이루어진다. 여기에는 태평양 도서지역의 번지점프와 같이 까딱 잘못하면 목숨도 잃을 만큼 위험하고 고통에 찬 과정도 포함되어 있다. 문명사회에도 이런 과정이 남아 있을까? 원시사회의 통과의례가 그대로 존속하는 것은 아니지만, 다양한 유형을 확인할 수 있다. 전통 관혼상제의 '관례'(冠禮), 현대 사회의 각종 시험제도, 자격증 수여 제도 등은 개인들이 사회구성원이 되는 절차와 방법으로서 통과의례에 속한다.

왜 이런 행위가 인간적 행위일까? 이미 말한 대로 그 행위는 인간만이 하는 것이기 때문이다. 하지만 동시에 그것은 개인으로서는 목숨을 걸고 죽음까지도 무릅써야 하는 것이기에 자기의 모든 인간적 존재를 모험하는 일이다. 통과의례는 인간이라면 누구나 목숨이라도 걸어서 자신이 인간임을 증명할 것을 요구하는 절차이고, 문신은 그런 모험을 한 흔적으로서 그 상처의 '크기' 혹은 '깊이'에 의해 그 모험이 얼마나 큰 것이었는지, 다시 말해 그 일을 치른 사람의 인간 됨됨이를 보여준다.

여기서 중요한 것은 이 인간 됨됨이는 상대방과의 싸움보다는 자신과의 싸움을 통해서 증명된다는 것이다. 번지점프 경기에서 승자는 자신을 가장 위험한 상황으로 몰아간 사람이다. 여기서의 아름다움은 따라서 자신의 아픔을 가장 예리하게, 위험하게, 현란하게 느끼는 정도의 측정이다. 미학적 행위가 아픔을 느끼는 데서 출발하는 것은 이 때문이다. 미학이 아름다움의 기술이라면 이 아름다움은 가르치고 즐겁게 하는 것이기 이전에 위험을 느끼는 것, 목숨이 걸린 긴장감을 느끼는 것이다. 이 고통을 느끼는 능력에서 즐거움이 있다면 그것은 아마도 목숨이 걸린 일에 승부를 걸면서 얻는 여유, 해방감에서 비롯되는 것일 게다.

가장 큰 자해 행위는 스스로 목숨을 버리는 것이다. 이런 점 때문에 자신의 목숨을 버리려는 것이 가장 큰 항의가 된다. 정치적 항의나 저항을 하는 사람들은 흔히 단식을 하거나 분신을 한다. 언뜻 보면 이것은 이상하기 짝이 없는 짓이다. 투쟁을 하려면 상대방에게 타격을 가할 궁리를 해야지 왜 자해를 한단 말인가. 하지만 이처럼 자기를 버리는 행위가 오히려 자기 존엄을 지킬 수 있는 가장 확실한 방식이라 할 수 있다. 그것은 자신의 죽음으로써 상대방이 얻으려는 것을, 상대방이 욕망하는 것을 거부하고 자신의 가치, 존엄을 지키는 것이기 때문이다. 자신이 죽음으로써 희생자는 지배자의 요구를 거부하고 그의 무능을 증명한다. 물론 자신은 죽지만 그와 함께 지배자의 욕망과 권력도 철저하게 거부된다. 목숨을 건 자해행위가 인간이 자신이 인간임을 증명하는 가장 큰 모험에 속한다면 문신은 그런 모험을 감행한 흔적이거나 아니면 그런 모험을 시도하는 것이 인간적 가치가 있다는 인식의 표식이 아닐까?

이런 점에서 예술이 가장 인간적인 행위다. 예술이 문신의 가장 대표적인 행위라는 말이다. 모든 예술은 꼴을 가지고 있다. 문학, 미술, 음악, 무용, 연극, 조각, 건축, 영화, 사진, 애니메이션 등 모든 예술적 장르들은 표현의 형태를 가진다. 이 꼴은 자연 속에 그대로 있는 것이 아니라 만들어낸 것이다. 꼴은 어떻게 만드는가? 조탁(彫琢) 행위로 이루어진다. 구체적으로 자르고, 끊고, 쪼고, 깎고, 찌르고, 누르고, 밀고, 쑤시고, 파고, 늘이고, 다지는 행위가 그것이다. 이 모든 만드는 행위는 몸(자연)에 상처내기(인위)에 해당한다. 알다시피 이런 행위를 하는 것은 동물 가운데 인간뿐이다. 조탁 행위는 인간이 자신의 고유한 세계를 만드는 종별적 행위인 것이다. 조탁은 또한 도구 사용으로 이루어진다. 여기서 도구를 잡는 손이 중요하다. '손'은 영어의 'man'이 보여주듯 옛날 어떤 동물을 '인간'으로 전환시킨 결정적 계기였다. 그런데 이 손이 도구를 사용하여 하는 일은 무엇인가? '文'을 만드는 일이다. '문'은 사람이 자신에게나 자신이 속한 세계에 낸 상처다. 사실 인간은 도구를 사용하기 시작하면서, 자연에 온갖 종류의 상처를 내왔다. 문명은 넓게 보면 이 상처의 축적이고, 상처내기의 방식이고, 상처의 흔적이라고 할 수 있을 것이다. 프로이트는 『문명과 그 불만』에서 문명은 '쾌락본능'을 억압하기 때문에 불만으로 이루어진다고 했다. 하지만 '문'의 관점에서 보면 문명은 심리적 억압만이 아니라 실제로 신체에 낸 상처로 이루어진다.

문학 역시 상처의 꼴이다. 우선 문학은 글(契)로 이루어진다. '契'은 칼로 나무에 줄을 그은 모습이다. 한자어 '契'이 아니라도 수많은 형태의 글자, 문자는 뾰족한 것으로 표면을 긁거나 파내어 만들어졌다는 점에서 예리한 상처에 가깝다. 만년필, 철필로 쓴 글이 그런 경우다. 철필, 만년필은 근대적 필기도구이지만 글쓰기의 오랜 역사 견지에서 보면 그다지 큰 변화를 일으킨 새로운 도구는 아니다. 이들 기구는 인간이 지표에 흔적을 남겨온 관습을 거의 그대로 답습하고 있는 것으로 보이기 때문이다.

인간은 지구 표면 위에 이런 종류의 상처를 내며 살아왔다. 그 대표적인 경우가 논갈이, 밭갈이 행위다. 쟁기로 밭을 갈 때 인간은 지구 표면에 상처를 내는데, 이 상처를 통해 자신이 원하는 수확을 얻는다. 문학의 '문'도 물리적으로 보면 이런 상처내기의 일환이다. 아울러 '문'은 글을 쓰는 사람의 몸을 시달리게 한다는 점에서 상처 내는 작업이다. 글을 쓰고 나면 작가는 쇠진함을 느끼게 되고, 머리가 텅 비는 것을 느낀다. 마치 몸이 탕진된 것으로 느껴지는 것이다. 몸이 쓰이게 됨으로써, 견뎌냄으로써 몸에 남게 된 상처의 흔적이 글인 것이다. 문신을 한 사람의 표상으로서 '문'은 이런 점에서 상처를 가지고, 아픔을 느낀 적이 있는, 아픔을 경험한 적이 있는 사람이다. 문학이 아픔의 미학의 일환이라는 것은 이런 점을 가리킨다.

2. 글 쓰기와 길 내기

문학을 구성하는 '文' 혹은 꼴을 문신과 관련해서 생각할 때 두 가지 단계를 구분할 필요가 있다고 본다. 첫 번째 단계는 '문'을 구성하는 단계, 두 번째 단계는 이 결과 형태가 만들어진 단계다. 통상 문을 꼴로 생각할 때 두 번째 단계의 것만 생각하는 경향이 있는데, 문신행위와 연관지어 생각할 때는 첫 번째 단계, 즉 '문'을 구성하는 단계에 관심을 기울일 필요가 있다. 이때 문학은 아픔을 느끼는 과정, 자해할 때의 고통과 분리되어 사고될 수 없다.

꼴을 만든다는 것, '문'을 이룬다는 것은 내 몸이나 내가 속한 땅에 흔적을 남긴다는 것인데, 이 작업은 '문리'를 터득하는 것이다. 인류가 공동으로 살기 시작하면서 처음 만드는 것 가운데 하나가 아마도 개활지(clearing)일 것이다. 개활지는 이때 자연 속에서 확보한 인간적 공간일 텐데, 이 공간은 자연의 습속에 새로운 인위적 차원을 도입한 공간이라는 점에서 최초 '문' 형태의 하나다. 개활지처럼 중요한 인간적 공간의 또 다른 예는 길이다. 개활지와 길은 자연의 질서에 인간적 새로움을 덧붙인 형태다. 길을 내는 것은 인간의 흔적을 내는 일이며, 새 길을 닦는 것은 새로운 삶의 방식을 개척하는 일이다. 여기서 문제가 되는 것이 습속이다.

습속은 신체의 속성이다. 그런데 인간의 몸이란 한편으로는 자연에 속하면서 다른 한편으로는 인간 고유의 어떤 영역에 속한다. 인간의 습속은 그래서 두 가지 차원에서 형성된다. 단전 호흡을 한다거나, 운동을 하는 경우, 예컨대 기천문의 한 동작을 익힐 때 따르는 고통은 땀과 함께 우리의 몸에 깊이 각인된다고 한다. 이 고통을 내 몸 깊이 각인하였을 때 비로소 나는 고통으로부터의 해방, 즉 자유자재의 경지를 터득하게 된다. 이 경지는 단련된 내 몸이 지니게 된 습속이다. 이 경지 혹은 습속을 터득하려면 굉장한 고통을 거쳐야 한다. 사람이 몸으로 익히는 모든 종류의 기술, 기예, 기법은 이 아픔을 견디고, 거기에 적응하는 것일 게다. 피아노를 연주하는 사람, 그림을 그리고 글씨를 쓰는 사람, 무예를 익히는 사람은 자기 몸의 서툴음을 겪는 사람, 서투름으로 인해 새로운 몸놀림을 시도할 때 오는 몸 길 트기의 과정, 많은 경우 고통이 따르기 마련인 그런 과정을 겪은 사람이다. 이때 서툴음은 자연상태의 거친 몸, 아직 새로운 몸 길을 트지 않아서 웅크리고 있기 때문에 편안한 몸, 엘리엇이 말한 "잔인한" 계절이 오기 전 겨울 상태에 있는 몸이 움을 틀 때, 새 길을 찾을 때 가장 예리하게 느낄 수 있는 몸의 상태이고, 그 동안의 습속에 갇힌 몸이 뭔가 새로운 상태를 만날 때 확인할 수 있는 과거의 무게다. 문제는—아니 우리에게 희망을 주는 것은—이 서툴음을 벗어나는 길은 자해뿐이라는 점이다. 묵은 땅, 황폐해진 땅에서 곡식을 거두는 길은 그 땅을 가는 길밖에 없지 않은가. 제 몸에 상처내기, 이 자해의 과정을 거치지 않고 습득하는 기예란 것이 있을까? 상처를 내지 않고 얻는 희망이 있을까?

서툴음을 떨치고 새롭게 얻은 경지도 습속으로 전환하면 다시 묵은 땅, 황무지가 되고 만다. 내공, 도를 닦는 일은 끝이 없다는 말은 아마 이런 점을 가리키지 않을까 싶다. 기술, 기예는 숙달의 단계에 이르면 다시 벗어나야 할 거추장스런 습관이 되고, 비슷한 이유로 사람들은 어렵사리 이룩한 문명에서 권태를 느낀다. 따라서 우리는 '문'을 '문'으로 만들기 위해서는 끊임없는 변신을 추구해야 한다. 꼴을 만드는 일이 이미 익숙한 꼴에서 벗어나는 도전의 형태를 띠는 경우가 많은 것은 이 때문이 아닐까? 문학, 예술을 문신으로 이해하자는 것은 바로 이런 과정이 꼴 만들기에 필수적인 것으로 내장되어 있음을 이해하자는 것이다.

상처로서의 '문'은 신체의 표면에 나타난다. '문'을 구성하는 예술행위가 반드시 표현행위가 되는 것은 이 때문이다. 표현은 표면효과, 즉 표면에서만 일어나는 효과다. 설령 어떤 것의 내면에 표현이 일어난다고 하더라도 그 내면은 반드시 다른 것의 표면 자격으로 그 위에 표현이 일어나게 할 것이다. 표현 행위의 결과로 '문'이 흔적으로 남을 때, 이 문은 양상을 드러낼 것이며, 이에 따라서 '문'의 장르, 범주가 만들어질 것이다. 하지만 이들 장르나 범주가 '영토화'하여 그 나름의 지형을 구성한다고 해도 표면의 변화 가능성, 혹은 표면 위에 새로운 상처를 낼 수 있는 가능성은 사라지지 않는다. 문신은 끝없는 인간 행위가 되는 것이다. 계속 문신을 만들어내는 것이 예술의, 문학의 운명이 아닐까?

예술은 따라서 잔인한 행위다. 글을 쓴다는 것도 그렇다. 글을 쓰려면 날카로운 칼끝으로 부드러운 혹은 무딘 평면을 긁는 행위를 반복한다. 이런 점 때문에 글 쓰기는 남성적 성행위로 비유되기도 했고, 남성적 창조로 간주되기도 했다. (물론 여성도 글을 쓸 수 있다. 하지만 그렇다고 여성적 글 쓰기는 잔인한 행위와 무관한 것일까?) 글 쓰기가 잔인한 것은 백지의 혼돈에 '구규'(九竅), 아홉 개의 구멍, 즉 분별지(分別智)를 주입하는 일이기 때문이다. 숲이나 초원에 개활지를 마련하는 것은 인간적 질서를 도입하는 일이지만, 동시에 기왕에 있던 자연을 제거하는 일, 즉 폭력을 행사하는 일이기도 하다. 이 과정에서 질서가 형성되는 부분만 강조하다 보면 같은 행위가 폭력을 동반한다는 사실은 외면된다. 하지만 다시 생각하면 이 폭력, 잔인한 행위가 사상된 인간적 행위는 드물다. 어떻게 글을 쓰지 않고, '문'을 만들지 않고, 흔적을 내지 않고, 상처를 입히지 않고 우리가 살 수 있는가? 잔인성과 폭력 없이 어떻게 인간이 존재할 수 있는가? 그리고 혹시 잔인한 인간만이 도덕적인 존재인 것은 아닐까? 하지만 여기에는 중요한 단서가 있다. 이 잔인성은 상처로 이해되어야 한다는 것이 그것이다. 잔인한 행위는 위신을 지닌 존재에게 허용된 것이며, 위신은 자아, 자존, 자긍심이 없으면 성립되지 않는다. 즉 잔인한 존재는 아픔을 느끼면서 그 아픔을 참아내는 것의 어려움을 아는 존재다. 폭력이 인간 지배에 중요한 역할을 하는 것은 이 때문이 아닐까?

문학, 예술은 잔인한 행위의 가능성을 실험하거나 검토하는 장이지 잔인성을 해소하는 장은 아니다. 아픔이나 고통, 잔인함을 체험하는 것은 몸이 견뎌내기 어려운 것과 만나는 일이다. 아픔의 미학, 고통의 미학은 그런 상태를 느끼려는 노력, 고통과 아픔을 자초하는 시도다. 여기에는 고통, 시련을 견뎌내는 자만이 인정을 받을 수 있는 인간 특유의 사회적 인식도 작용한다. 고통을 못 견뎌내면 덜된 놈이고, 가장 큰 고통, 죽음의 공포도 극복할 수 있어야 멋있다고 보는 평가의 기원은 매우 오래되었다. 하지만 고통의 유발에는 동시에 사회적 통제도 따른다. 사드가 검열 대상이 된 이유는 근대사회가 참을 수 있는 고통, 아픔, 도발, 숭고미의 수준을 넘어선 실험을 한 때문이 아니겠는가? 어떤 사회든 불온사상, 음란물, 폭력물 등 타부를 설정해 놓고 있는 것은 이 때문이다.

3. 엔트로피와 아방가르드

움베르토 에코는 자신의 『열린 예술작품』에서 '의미'란 엔트로피 증가의 일반 법칙의 견지에서 볼 때 예외의 순간에 해당한다고 설명한다.[1] 일반법칙으로 보면 존재하는 모든 것은 무질서로 향하게 되어 있다. 따라서 모든 사물은 하늘로 날아오르는 모래알처럼 혼란의 상태로, 무질서의 상태로 가게 되어 있고, 조직되어 질서를 지닌 상태가 해체되는 방향으로 나아가지

---

1) 움베르토 에코, 「열림, 정보, 의사소통」, 『열린 예술작품: 카오스모스의 시학』, 조형준 역, 새물결, 1995, 101-49쪽 참조.

만, 이런 일반 법칙의 현상 속에도 예외적인 네겐트로피 현상이 생기는데, 의미는 여기서 형성된다는 것이다. 이런 네겐트로피 현상은 죽음의 세계로 나아가는 절대적 흐름 안에 예외적으로 유지되는 생명의 세계인데, 인간이 구축한 질서도 여기에 속한다.

문학에도 질서, 제도, 습속이 있다. 지금 한국의 지배적인 문학제도는 어떤 모습을 하고 있는가? 대학에서 문학을 배치하고 있는 모습을 보면 국문학과, 영문학과, 독문학과 등의 형태로 있다. 이것은 단순화해서 말하면 문학이 문학으로 존재한다기보다는 영문학, 독문학 식으로 분할되어, 민족문학으로 존재한다는 말이다. 문학을 이런 식으로 분류하는 것은 근대적인 질서다. 한국 대학에 편성되어 있는 민족문학과는 대부분이 19세기 후반 이후 제국주의국가로 행세한 국민국가의 문학이라는 점에서 제국주의의 영향을 받은 것이라고 할 수도 있다.

문학을 민족문학으로만 이해하는 것은 문학이 원래 몸에 상처내기, 자해행위라는 측면에서 보면 지나치게 협소한 이해다. 민족문학이 '문'의 중요한 일부인 것은 분명하다. 19세기 말에서 20세기 중반까지 문학 혹은 아픔의 경계, 범주가 민족을 중심으로 형성된 것도 또한 사실이다. 그러나 '문'은 민족문학만이 아니라 사람들이 몸으로 사는 꼴을 가리킨다는 점에서 훨씬 더 넓은 의미를 지닌다. 문학의 의미, 형태, 형질의 역사적 변화를 생각하면 이점을 바로 이해할 수 있다. 영어의 'literature'도 오늘 통상 사용하는 순수문학, 본격 문학만이 아니라 문자로 쓴 것 모두를 가리킨다. '글로 쓴 것'이라는 말이다. 한자의 '文'이 지닌 뜻은 'literature'보다 더 넓다. '인문', '천문', '지문'에 모두 '문'이 쓰인 것을 보면 좁은 의미의 글자만이 아니라 '天地人' 즉 존재하는 것 모두에 문이 깃들어 있다는 인식이 작용함을 알 수 있다. 이때 문은 사물의 꼴이라고 할 수 있는데, 사물의 꼴을 새기고, 만들고, 공부하고, 가르치는 일은 어떻게 진행되고 있을까? 오늘 대학에서 보면 그 일은 쪼개져 분리된 채 일어난다. 문학은 국문학, 영문학, 독문학 등으로 쪼개져 있고, 이미지, 문체, 서사, 매체, 기호(도상, 상징, 지표), 영상, 수사 등을 읽고, 이해하고, 분석하고, 만들고, 관리하는 일도 커뮤니케이션학과,

예술대, 영화학과, 사진학과, 미학과 등으로 나뉘어져 있다. 다시 말해 넓은 의미의 '문'을 관장하는 학문으로서의 '문학'이 통합되지 못하고 분열되어 있는 것이다. 이런 식의 분열은 오늘 문을 지배하는 제도, 특히 분과학문 체제의 결과다.

'문'을 아픔의 견지에서 이해할 때 이 분과 중심 관습의 의미는 무엇일까? 에코가 엔트로피 개념을 가지고 설명하고 있듯이 인간은 관습 없이는 살 수 없다. 관습, 습속 등은 엔트로피가 상승하는 국면에서 어렵사리 만들어낸 소중한 생명의 공간이기 때문이다. 하지만 에코는 이 관습, 습속에 도전하는 '아방가르드' 개념을 인정한다. 현대예술의 특징 가운데 하나는 기왕의 예술이 허용하고 있는 표현의 영역을 뛰어넘으려는 것인데, 이것은 어렵사리 획득한 네겐트로피에서도 벗어나 엔트로피로 진입을 감행하는 자살시도와 같은 것이다. 이 시도를 나는 아픔의 미학이라고 부른 셈인데, 이 미학은 소중한 습속도 질곡으로 느낄 때 탄생한다. 아픔의 미학은 제 몸에 상처를 내는 인간만이 시도할 수 있는 실험이다. 그런데 이 미학은 인간의 생명을 경시하는 것일까? 관습, 습속은 안전을 보장하지만 그 안에 안주해서는 아픔의 긴장을 느낄 수 없다. 바로 여기서 관습에 대한 도전이 일어난다. 관습에 싫증을 느끼고, 오히려 관습의 의미를 거부하며 무의미를 향해 나아가는 실험을 하려는 것이다. '문'을 아픔의 흔적으로 보려는 것은 바로 이 도전이야말로 인간이 인간으로서 다시 새로운 것을 실험하고 한계 상황에 도전하며, 목숨을 건 싸움으로 보자는 것이다. 고전이 아무리 소중하더라도 거기서 이탈하려는 시도가 그치지 않는 것은 그것이 관습을 대변하는 때도 있기 때문일 것이다. 물론 고전의 균형잡힌 질서에서 혼돈으로 나아가려는 아방가르드는 곧잘 이단으로 취급당하고 거세당하곤 한다. 문학을 도학으로 보는 이들에게 이들은 참을 수 없는 존재다. 하지만 아방가르드 정신이야말로 가장 문학적인 정신이 아닐까? 기존의 문학제도에 도전하고 새로운 표현 가능성을 찾아 나서는 행위이니까.

물론 지배적 근대성은 이런 식의 미학적 추구를 차단하려 한다. 푸코가 말한 지배의 팬옵티콘이 그것으로서 이 장치는 생체정치를 통해 새로운 신체, 훈육된 신체를 생산한다. 훈육된 신체는 역능을 갖춘 신체로서 말하는 능력, 예견하는 능력, 글 쓰는 능력 등을 보유하고 있다. 하지만 지배적 효과로서 생체정치는 이 신체가 한계에 도전하거나 모험을 감행하는 것을 차단하려 한다. 도전이 일어나는 것은 바로 이 지점이다. 훈육장치에서 벗어나 자유의 공간으로 나아가기 위해서는, 관습의 질곡에서 벗어나기 위해서는 위험을 무릅쓴 도전적 모험이 필수적이다. 탈주의 욕망과 훈육과 통제의 생체정치 사이의 투쟁도 불가피하다.

4. 등가교환을 넘어서

지금 꼴, 문, 문학에 가해지는 가장 큰 제도화와 습속의 압력은 무엇일까? 신자유주의 정세로 인해 생겨난 압박이다. 신자유주의는 자본의 논리로 오늘의 꼴과 모양, 문형을 지배하고자 한다. 창조성이나 잔인성의 엽기화 혹은 상품화 현상을 위시하여 문화, 예술, 학술, 기술을 자본의 경제에 종속시키는 문화산업의 만연 등이 그 예다. 미학적으로 볼 때 이때 관철되는 것은 재현=교환의 등식, 즉 등가가치의 지배다. 표현과 의미는 이때 상품가치로서 존재하고, 사용가치의 창조는 이윤생산을 위한 수단이 된다. 디자인, 이미지, 기호의 꼴들에 문신, 아픔의 흔적들이 있다면 그것들은 이제 상품의 고속도로, 자유무역의 항로를 위해 은폐되어야 한다. 아픔의 미학은 다양한 장벽들을 전제하면서 그것들을 돌파하는 모험이다. 그것은 자유무역이 아닌 교역, 저 멀리 있는 자신의 파트너에게 흰 조개껍질 팔찌와 붉은 조개껍질 목걸이를 선물하기 위해 10년이 걸릴지도 모르는 항해를 떠난 트로브리안드 제도 주민의 쿨라 교역이다. 여기에는 "흥정이나 거래, 교역, 교환은 개입되지 않는다. 전체 과정은 예의와 주술에 의해 완전히 규제된다."[2]

지금 WTO 뉴라운드로 자유무역이 강화되고 시장개방이 급속히 진행되고 있다. 이 결과 민족문화도 지구문화논리, 초국적 문화논리에 밀리는 중이다. 초국적자본이 지배하는 문화산업이 세계문화의 꼴을 규정하는 시대의

---

2) 칼 폴라니, 『거대한 변환—우리 시대의 정치적·경제적 기원』, 박현수 역, 민음사, 1991, 70쪽.

민족문화는 세계문화의 다양성, 즉 아픔의 다양한 형태를 보장하는 (물론 유일하지는 않지만) 중요한 한 장치다. 그러나 지금 미국이 양자간 투자협정(BIT)을 빌미로 한국 정부에 스크린쿼터 제도를 폐지할 것을 요구하고 있는 데서 볼 수 있듯이 신자유주의 세계화 국면에서 민족문화를 지키는 일은 갈수록 어렵다. 오늘 지배적 형태로 등장하는 것은 따라서 오늘 우리가 있는 목포와 서울, 부산, 도쿄, 홍콩, 뉴욕, 파리를 엇비슷한 모습으로 바꾸는 월경(越境)문화, 횡단문화(trans-culture)다. 이 상황에서 우리는 어떻게 아픔을 느낄 수 있을까? 아픔을 느낀다는 것은 인간이 인간의 면모를 획득한다는 말이다. 지금까지 나는 이때 가장 중요한 것이 꼴, 인간다운 삶의 꼴을 만드는 일이요, 이것은 우리가 아픔을 가장 크게 느낄 수 있는 문신을 그려내는 일이라고 주장한 셈이다. 신자유주의 지구화 시대에 우리는 가슴에 어떤 문신을 하고, 우리의 몸에 어떤 '길'을 뚫을 것인가? 오늘 우리가 사는 사회는 어떤 문신이, 어떤 문신행위가 필요할까?

인간의 몸은 뭔가가 각인된 신체(inscribed, encoded body)다. 우리 몸에는 가만히 생각하면 무수히 많은 길들이 나 있고, 우리의 습속은 이 길들의 조합, 우리 몸에 새겨진 글자들의 형태, 문자의 지형, 즉 문형(文形)에 따른 효과에 해당한다. 이 몸이 오늘의 정세에 의해서 규정된다면 새롭게 요청되는 문신은 이 지배적인 문형을 바꾸는 노력 속에 새길 수밖에 없다. 문신은 기본적으로 자해행위다. 그것은 또 현재 우리 몸에 난 몸 길들의 모습, 문형, 즉 습속, 습관에 대한 저항이기도 하다. 이런 점에서 문신을 새롭게 새기려는 노력에는 현재의 문제나 사태에 대한 인정이 작용한다. 그러나 이 인정은 헤겔이 주인과 노예의 변증법을 설명하기 위해 차용한 개념과는 다르다. 헤겔 식 인정의 변증법은 해피 엔드로 끝난다. 헤겔은 주인과 노예의 목숨을 건 투쟁에서 죽음을 모면하는 장치로 '인정'을 도입한다. 아픔의 미학은 그러나 일방의 권위 인정 요구에 승복한 상황, 즉 한편이 노예가 되는 상황을 거부한다! 자해는 끝까지 이 인정을 거부하려는 태도다. 인정은 노예가 자신의 생명을 보존하기 위해 사용하는 투항의 전략인 반면, 자해는 생명의 소모(expenditure)를 의미하기 때문에 희생이 따를 수밖에 없다. 여기서 작동하는 것은 등가교환이 아니라 비등가교환이다. 자신의 목숨과 다른 사람의 목숨을 동시에 보존하면서 서로 합의된 만큼의 서비스를 교환하는 것과는 달리 등가적 교환을 차단하여 기존의 관계를 끝맺는 것이 목숨을 건 단식, 분신, 할복 자살, 자해 행위다. 이렇게 하여 만들어지는 고통, 아픔들 사이에는 등가 교환이 없다. 아픔은 언제나 비대칭적이며 비등가적이므로. 자해행위로서 문신을 새기는 행위는 등가교환으로 안정화된 습속을 차단하려는 실험이다.

아마 이런 점에서 아픔의 미학은 새로운 상징적 교환을 수립하려는 노력일 것이다. 상징적 교환은 불균등 교환이다. 내 몸에 내는 상처는 잔인한 행위이지만 그것은 다른 사람이 자신의 몸에 내는 상처와 등가로 치부될 수 없다. 내가 만드는 문신은 고통의 무늬로서 다른 사람의 무늬와 동일할 수 없다. 내가 쓴 시, 소설은 현실에 대한 나의 반응, 감응이고 그것으로 주조한 문형이겠지만 현실과 동일할 수는 없다. 문학과 예술의 반영이 거울의 그것과 같을 수 없는 것은 이런 이치 때문이다.

문학행위, 예술행위를 아픔의 미학의 견지에서 보면 '문형'이라는 개념이 중요할 듯싶다. 문형은 외부세계를 비추는 거울이기 이전에 그 자체로 몸을 가지고 있고, 그 안에 상처로서의 흔적들을 안고 있다. 조탁, 주조된다는 것이 문형의 첫째 존재조건이다. 고통이 수반되지 않으면 일어나지 않는 이 조탁은 그 자체로 삶의 무늬를 구성한다. 유협(劉勰)은 『문심조룡』(文心雕龍)에서 다음과 같이 말했다. "이 이치를 세상만물에 확대해 보면 모든 만물에 무늬가 있음을 알 수 있다…그러므로 다음 사실이 분명하다. 형채가 생기면 문장이 이루어지고 소리가 나오면 문체도 생겨난다. 무정한 사물도 찬란히 무늬 빛나거늘 유정한 그릇(인간)이 무늬 없을 수 있으리요." 나는 등가가치의 지배에서 벗어나려면 새로운 꼴, 무늬, 문신, 문형을 제대로 만들어야 한다고 본다. 이것이 우리시대 문학의 과제일텐데, 이 과제를 제대로 수행하려면 문형학, 즉 문형에 대한 새로운 이해를 담은 문학접근법이 필요하다는 생각이다. 문형학은 물론 이때 아픔의 미학과 분리될 수 없으며, 문학은 예리한 칼로 빚은 글(契)과 분리될 수 없다. 아픔의 미학은 문학을 고통의 반영이 아니라 고통의 흔적, 상처로 볼 것을 요청한다.

2

문학교육의 전화와 '문형'의 문제설정*

1. 서언

여기서 제출하려는 주장은 인문학에 기반을 둔 전통적 '문학교육'은 오늘
의 문화지형이 요청하는 능력을 기르는 방향으로 설계될 필요가 있고, 이를
위해서는 '문학'에 대한 새로운 사고가 요청되며, 이때 '문형'이라는 개념이
요긴하다는 것이다. 이 주장에는 지배적인 '문학교육'의 전통과 형태는 근대
적으로 규정된 '문학' 개념을 중심으로 이루어지고 있지만, 이 '문학'에 지배
적 위상을 더 이상 부여하지 않는 새로운 문화지형이 목하 형성되고 있다는
판단이 작용한다. 20세기 말에서 21세기 초로 넘어오는 시기는 20세기 초에
중요한 이데올로기적 실천의 한 형태로 대학에서 헤게모니를 구축한 뒤 아
직까지도 문화를 이해하는 가장 중요한 모델의 하나로 작용하고 있는 문학
(의 연구와 교육)이 중대한 위상 동요, 정체성 혼동을 겪기 시작한 시대로
기억될 것 같다. 물론 근대적 문학이 동요한다고 하여 문학이 통째로 사라지
지는 않겠지만 지금의 문학교육이 '근대적' 산물임을, 근대의 시대적 특성을

---

* 2003년 1월 23-25일 열린 한국영어영문학회 학술발표회의 일환으로 한국영미문학교육학
회가 준비한 '문학교육인가, 문화교육인가' 주제의 토론회에서 발표한 글이다.

지닌 역사적 구축물임을 기억할 필요가 있다. 오늘의 문학을 이처럼 시대구분의 관점에서 파악하려는 것은 문학과 그 개념을 '역사화'하려는 노력의 일환이다. 문학 개념의 역사적 변천, 문학의 형태 변화를 이해하기 위해서는 '문형'이라는 개념을 설정할 필요가 있다는 것이 이 글의 핵심 주장이다. '문형'은 여기서 문학은 물론이려니와 그 외 다른 문화 형태에서도 볼 수 있는 기호적 층위를 가리키며, 문학교육과 최근에 그 '대안'으로 등장한 문화교육까지 포괄할 수 있는 하나의 범형 개념으로 간주된다. 나아가서 그것은 문학교육과 문화교육을 관통하는 어떤 공통의 교육학적(pedagogic) 지침이나 원칙을 파악하기 위한 발견적 개념으로 설정되어 있기도 하다.

2. 근대적 문학 개념

'문학'은 지금 통상 문자로 이루어진 예술, 특히 근대 예술장르의 하나를 가리키는 말로 쓰이지만 이 말이 역사상 꼭 이런 의미로만 쓰인 것은 아니다. 한자어 '文學'을 보면 '문의 학문'이라는 의미도 되니, 문학은 '문'으로 인식되는 문화적 산물을 대상으로 하는 학문으로 간주될 수도 있다. 공자의 시대에는 그래서 '文學'이 오늘의 사회과학에 가까운 학문활동을 가리키는 말로 사용되었다고 한다. 하지만 지금 우리가 사용하는 '문학'이 꼭 이 용법을 따른다고 할 수는 없다. 적어도 일부의 용례에서 본다면 그것은 19세기 말 일본에서 서양말 '리터러처'를 번역하기 위해 만든 '분가꾸'(文學)에 더 가깝다고 할 수 있을 것이다. 이때 '문학'은 근대적 주체, 혹은 사적 자아의 관심 표적인 '풍경'을 다루는 기술인데, 이광수와 같은 한국의 근대문학인들은 이런 의미로 문학을 이해했다. 1) 오늘 이런 문학관이 적잖이 남아 있다면 우리가 사용하는 '문학'의 현재 의미는 한자문화권인 동북아시아에서 일본이 근대문화의 헤게모니를 행사한 데 따른 문화적 결과인 셈이다. 2) 국내의 많은 문과대학 또는 인문대학에서 '국어국문학과'나 '불어불문학과', '영어영문학

---

1) 최원식, 「문학의 귀환」, 『문학의 귀환』, 창작과비평사, 2001, 36-41쪽 참고.
2) '문학'을 포함하여 현재 한국에서 사용하는 주요 개념어의 '기원'은 한국이 일본의 식민지배를 통해 근대화과정을 겪은 저간의 사정과 무관하지 않다. 개념의 역사를 이런 관점에서 계보학적으로 살피는 작업이 필요하다고 본다.

과' 등의 명칭을 달고 운영되는 지식생산 제도 안에 배치된 '문학'은 그래서 서양에서 발원하여 일본에도 모습을 드러낸 문화의 제국주의가 알게 모르게 반영된 문화적 대상이라 하겠다. 문학교육을 새롭게 설계하자는 것은 이 문화적 현상을 둘러싼 교육 내용과 방식을 바꾸자는 제안이기도 하다.

영문학의 전통에서도 지금 사용되는 문학 개념이 등장한 지는 얼마 되지 않는다. 'Literature'가 문학을 의미하는 오늘의 용법으로 사용되기 시작한 것은 대략 19세기 후반 이후다. 그 전에는 '예술'(Art), '시'(Poetry)와 같은 말들로 문학을 지칭하지 않았느냐고 할 수도 있겠지만, '리터러처'라는 용어가 사용되지 않았다는 사실 자체가 중요하다. 시대에 따라서 '시', '예술', '문학' 등 다른 이름으로 불렸다는 것은 오늘 문학이라고 부르는 문화적 실천의 형태나 사회적 기능과 의미가 변동을 겪었다는 말일 것이다. 이에 따라서 르네상스시기에 대중적 인기를 끌었던 드라마가 '문학'보다는 '시'로 인식된 것의 의미는 무엇일까 생각해보게 된다. 르네상스 때 '기예', '기술'의 의미로 'the arts'라 부르던 문화적 실천들이 '아트'(Art)로 통합되면서 새로운 의미를 갖게 된 것은 18세기 초 산업혁명을 거치는 과정에서 문화적 생산방식이 변동을 겪은 한 결과이다. 궁술, 마술 등의 기술 이외에 각종 공예품 생산 기술을 가리키던 복수형('the arts')이 기술, 기능을 가리켰다면, 단수형('Art')은 자본주의 생산양식의 확대로 수공업단계의 재화생산이 공장제로 전환되는 과정에서 기존의 기술과 기능들 가운데 일부가 더 이상 중요한 사회적 실천의 위상을 갖기 못하게 된 것과는 반대로 오히려 더 많은 가치를 획득하며 예술로 승격된 다른 일부를 가리키게 되었다. 근대의 대표적 예술장르인 시혹은 문학, 미술, 음악, 조각 등은 공장제 생산에 맡길 수 없는 문화적 실천의 형태들이다. 그리고 '문학'이 오늘의 의미를 갖게 된 것은 나름대로 문자의 변동에 따라서 'Art'의 출현과 비슷한 일이 19세기 말에 문자문화 내부에 일어난 결과다. 19세기 말은 인쇄기술의 새로운 발전으로 종이표지 책이 양산되기 시작하여 문자로 구성된 텍스트의 가치 평가라는 문제가 대두했다. 대중문화와 고급문화의 양분 현상이 나타나기 시작하는 국면에서 '예술'의 의미는 가지되 특히 문자구성물 가운데서 훌륭하다고 간주되는 일군의 작품들을 위해 '대문자 문학'(Literature)의 개념이 만들어지며 고급문화를 대변하기 시작한 것이다.

지금 문학이 위기에 처했다면 바로 이 '대문자 문학'이 위기에 처한 것일 게다. 물론 이 위기가 당장 근대문학의 소멸을 가져오리라는 예측은 시기상조다. '위기'가 운위되고 있는 지금 문학 작품이 질의 고저를 떠나 더 많이 생산되는 것을 보면 이 위기 담론은 과장법이 주특기로 보인다. 하지만 여기서 문학의 위기는 문학 자체의 생산력 감퇴만이 아니라 문화지형에서 문학이 겪는 상대적 위상 하락을 가리키는 측면도 있다. 근래 한국의 문화지형에서도 이런 경향이 나타난 것으로 보인다. 그 동안 한국의 문화풍토에서 문학은 문화예술 장르들 가운데 가장 중요한 예술의 지위를 부여받았던 편이다.[3] 1980년대 문화운동에서도 문학의 장에서 일어난 리얼리즘논쟁이 가장 큰 관심을 불러일으킨 것이 단적인 예다. 하지만 1990년대 후반 이후 문학의 이런 위상은 크게 실추했다.

한편에서 보면 이것은 국내 대학들이 이때부터 신자유주의 구조조정의 타깃이 된 결과다. 신자유주의 공세로 인해 학문과 교육의 상품화와 시장화가 드세어짐에 따라 '돈이 되지 않는' 기초학문이 외면당하게 되면서, 문학교육도 학생대중의 외면을 받고 대학과 전공에 따라서는 존폐의 위기까지 겪게 된 것이다. 다른 한편 그동안 문학교육의 터전으로 작용해온 문자문화가 20세기 후반에 일어난 일련의 매체혁명 과정에서 과거 문화지형에서 차지하던 지배적인 위상을 더 이상 유지하지 못하게 된 데서도 문학(교육)이 위기를 맞은 이유를 찾을 수 있다. 20세기에 들어와서 한국의 문화지형에서 지배적 위치를 점유한 것은 서구의 근대 본격예술이었으나, 1990년대에 들어선 뒤로 문화산업의 영향을 받은 대중문화가 급성장함에 따라 문학을 포함한 이

---

3) 한국에서 문학이 높은 위상을 차지해온 것은 독특한 문화적 조건 때문인지 모른다. 한국에서는 얼마 전까지도 문학비평이 문화담론을 주도해왔다. 이것은 꼭 문학이 미술 등 다른 장르에 비해 더 중요한 위치를 점유했기 때문이라기보다는 문학비평이 동일한 문자매체를 사용하는 미술비평보다 지식인 사회에 더 큰 영향력을 행사한 결과일 것이다. 이 부분을 좀 더 정확하게 파악하려면 한국의 현대 지식인의 사유, 실천 방식에 대한 고찰이 필요할 것 같다.

들 본격예술은 크게 위축하기 시작했다.

또 다른 한편에서 보면, 문학교육을 둘러싼 정세 변화는 문화산업의 팽창과 대중문화의 확산 이외에 지난 수십 년에 걸쳐 세계적으로 일어난 학술적 지식생산의 변화, 특히 문화연구(Cultural Studies)가 등장한 것과도 무관하지 않다. 문화연구는 자신과 마찬가지로 문화를 주요 탐구 대상으로 삼아 연구와 교육을 실천해온 전통적 인문학은 물론이고 사회학과 같은 기존의 사회과학으로부터도 꾸준히 견제를 받아왔지만,[4] 20세기 후반에 등장한 첨단 기술과 매체를 기반으로 한 대중문화가 대단한 위력을 발휘하게 되면서 새로운 문화현상을 비판적으로 이해하는 중요한 지적, 학술적 기획으로 떠올랐다. 최근 한국 대학에서 문학의 연구와 교육을 중심에 놓고 운영되던 학과들까지 '문화'를 학술적 탐구와 교육의 대상으로 삼고 전공자를 교원으로 뽑는 사례가 생기고 있는 것은 한편으로는 1990년대 초부터 모습을 드러낸 문화연구를 국내 대학, 특히 문학 관련 학과들이 수용하기 시작했음을, 다른 한편에서는 그 동안 사회적, 문화적 변화와는 무관하게 전통적 지식의 계승과 전수만으로도 교육 효과를 충분히 지닌다고 믿고 있던 인문학 분야들이 대학 바깥의 문화변동을 더 이상 외면할 수 없게 되었음을 보여주는 듯싶다.[5]

문학의 위기 또는 위상 동요를 문화지형의 변동과 연계하여 생각해본 것은 문학의 위상 변동에 대한 역사적인 인식이 요구된다는 판단 때문이다. '문학의 위기'라는 문제를 거론할 때 즉각 '문학옹호'를 부르짖기보다는 '문학'에 대한 역사적 인식을 갖는 것이 더 중요하다고 본다. 이런 관점을 취할 경우 문학교육이 동요를 겪는 것은, 그리고 문화교육이 새로운 대안인 것처럼 등장하고 있는 것은 나름대로 이유가 있어 보인다. '위기'는 이때 문학교육

---

4) 인문학과 문화연구의 관계에 대해서는 졸고, 「인문학과 문화연구, 대립과 연대의 길」, 『인문학의 새로운 방향 모색』(중앙대 인문과학연구소/외국어문학연구소/인문컨텐츠연구센터 주최 인문학 심포지엄 자료집, 2002. 12. 4) 참고. 사회과학이 문화연구에 대해 탐탁지 않은 시선을 보내는 것은 문화연구의 산실 역할을 해온 영국 버밍엄대학 현대문화연구소(CCCS)의 후신으로 운영되어온 문화연구학과를 폐과시키려는 움직임이 사회학을 중심으로 일어나고 있다는 데서 확인된다.
5) 문화연구와 인문학의 대립에 대해서는 같은 글, 22-34쪽 참고.

이 자신의 주요 대상으로 혹은 자신의 실천을 위해 의존해야 하는 가장 중요한 매체로 간주해온 문자가 이미 문명적 위상 변화를 겪기 시작한 까닭에 생기는 객관적이고 불가피한 현상이다. 그렇다고 '대문자 문학'의 동요와 위기가 바람직하다는 것은 아니지만, 존립 터전인 문자문화가 진동하고 있는 마당에 문학교육이 자신의 정체성을 점검하고 생존을 위한 새로운 방향을 모색하는 것은 당연한 일이 아닐 수 없다.

여기서 제출하는 길은 문학의 위기를 환영하는 것도, 그렇다고 그것을 애도하려는 것도 아니다. 개인적으로 최근의 변화는 상당 부분 불가피하다고 믿는 편이지만, 일부 문학 관련 학과들이 보여주는 '문화로의 전환' 시도는 문학과 문화의 관계를 배타적인 것으로 설정한다는 면에서 문제가 있다고 본다. 문학과 문화를 통합적으로 이해하고 양자의 연구와 교육을 일관성 있게 설계하는 노력이 필요한데, '문형' 개념을 설정하는 것은 바로 그 때문이다. '문형' 개념에 주목하는 것은 문학을 역사적으로 이해할 수 있게 해주면서 동시에 문학교육과 문화교육을 통합하는 근거가 되리라는 기대 때문이다. 문학교육과 문화교육을 상호 대립적으로만 볼 것이 아니라 오히려 양자를 절합하여 새로운 형태, 즉 문형교육의 형태를 구상하는 전략적 사고가 필요하다. 이때 두 가지 반성이 요구된다. 첫째, 문학연구가 문화연구에 대해 지닌 적대감을 없앨 필요가 있다. 문학연구자들, 혹은 문학을 중심으로 인문학 교육을 해야 한다고 보는 사람들 가운데에는 문화연구를 유행에 불과한 것으로만 보고 별로 가치가 없는 기획이라고 여기는 이가 적지 않다. 문학을 중시하는 이들이 '문화'—주로 비문자 문화겠지만—를 거부하는 태도는 문화지형이 바뀌는 국면에서 결코 바람직한 태도가 아니다. 둘째, 문화연구자들 가운데는 이제 세상이 바뀌었으니 문학연구는 폐기하고 문화연구로 전환해야 한다는 주장을 펼치는 경우도 있어 보인다. 사실 나 자신도 '문학연구에서 문화연구로 전환이 필요하다'는 말을 수시로 해온 편인데, 문화로 나아가려면 문학을 버려야 한다는 뉘앙스를 풍긴다는 점에서 결코 현명한 어법은 아니었다. '문형'이라는 개념과 문제를 설정하는 것은 양자를 아우르는 길을 찾기 위함이다.

3. '문형'

'문형'(文形)은 여기서 문학과 문화를 구성하는 데 필수적인 광의의 '문자'가 지닌 모습을 가리키는 개념으로 사용된다. 문학과 문화에 문형이 사용되는 것은 그 둘이 서로 독립된 별도의 장이 아니라 문학이 문화를 구성하는 하위 단위이기 때문이다. 문화의 한 영역으로서 문학은 다른 문화영역들과 구분되는 특징들을 가질 수밖에 없겠지만, 그렇다고 하여 그 영역들과 완전히 독립하여 문화의 바깥에서 존립하지는 않는다. 문화의 일부로서 문학이 문화 일반이 지닌 공통점들을 다른 문화 장르들과 공유할 수밖에 없다고 할 때, '문형'이 그 하나라고 생각한다. 상징적 질서가 없는 문화적 형태란 없으며, 문학 역시 나름대로 그런 질서를 구축하기 마련이다. 상징적 질서는 의미생산의 메커니즘이고, 이것은 기호적 실천(signifying practices)을 통해서 만들어지는 기호작용의 체계(system of signification)라고 할 수 있다. 문학, 음악, 미술과 같은 근대적 예술장르, 도예나 서예와 같은 전통적 예술, 나아가서 대중음악이나 영화와 같은 대중문화, 하위문화, 동성애자문화와 같은 다양한 장르 혹은 층위의 개별 문화영역들은 특정한 매체를 재료로 삼아 변별적인 기호, 이미지, 텍스트, 행태, 습속 등을 만들어냄으로써 각자 특수한 상징적 질서를 구축한다. 문형은 각기 다른 영역의 상징적 질서를 관통하며 존재하는 문화적 형태를 일컫는 말이다. 이런 점에서 그것은 기호적 차원, 혹은 이미지 차원에 해당하는데, 이 차원을 '문형'이라고 부르는 것은 한편으로는 현재의 문학 개념을 부분적으로나마 존속시키기 위해 문학의 '문'을 계속 사용할 필요가 있다고 보기 때문이고, 다른 한편으로는 상징적 질서에는 반드시 형태가 들어 있으며, 기호나 이미지를 '문자'로 파악할 경우 이 문자에 형태가 있다는 점을 강조하기 위함이다.

'문형'의 개념은 동북아의 한자문화권에서 전통적으로 사용돼온 '문'(文)의 개념과 밀접한 관련이 있다. '문'이라 함은 천(天), 지(地), 인(人)의 뒤에 붙어서 천문(天文), 지문(地文), 인문(人文)을 형성하는 데서 드러나듯 천지만물의 문양(紋樣), 사물의 형태, 생김새, 꼴, 무늬 등을 가리키는 말이다. 『문심조룡』(文心雕龍) 첫 머리에서 유협(劉勰)이 "하늘의 검정빛과

땅의 노란빛이 서로 뒤섞여 땅은 네모꼴로 하늘은 둥근 모양으로 모습을 나누어, 해와 달은 구슬을 이어놓은 듯 하늘에 드리워 그 모습을 드러내고, 산천은 아름다운 빛을 띠고 땅의 모습을 꾸미고 있다. 이것을 천지자연의 문채(文彩)라 하는 것이다" 한 것도 이런 뜻이 아닌가 싶다.6) 여기서 문의 개념은 정녕 천지의 형상에 가까운데, 이런 취지에서 자연대상과 같은 사물의 생김새나 사람들이 살아가는 모습도 '문'의 유형으로 볼 수 있을 것이다. '문'을 이렇게 이해하면 '문학'을 새롭게 볼 길도 열리는 것 같다. '문학'을 광의로 이해하여 '문'의 다른 이름으로 치부하면 세상의 꼴을 일컫는 말이 될 것이며, 공자의 시대처럼 학문으로 보면 세상의 꼴을 연구하는 것이 될 것이다. 물론 생김새와 꼴을 지닌 대상은 광범위하고 다양하게 있기 마련이니 문학에는 당연히 변종이 있을 수밖에 없다. 풍수지리는 그리하여 '지문학'이라고 할 수 있겠고, 우리가 통상 소설이나 시를 일컬을 때 사용하는 '문학'은 자연언어, 특히 민족언어에 기반을 둔 문자로 짜인 구축물을 가리키는 셈이 된다. 요즈음은 꼴을 갖추고 의미를 형성하는 체계를 새롭게 이해하는 인식이 발달하여 '기호', '텍스트', '담론', '이미지', '재현', '서사체' 등의 개념을 사용하기도 한다. 기호학, 텍스트이론, 담론이론, 도상학(iconology), 서사이론 등의 학문분야가 등장한 것은 '문' 혹은 '문학'을 이해하는 다양한 관점이 등장했음을 보여준다.

오늘의 문화지형에서 일어나고 있는 문학의 동요 또는 위기와 관련하여 '문형' 개념이 유용한 것은 근대적 의미의 문학에서 설정된 문자 개념만으로는 이해될 수 없는 매체상의 변화를 매우 폭넓게 이해시켜 주기 때문이다. 지금은 인쇄로 종이 위에 구성하는 문자와 자판(字板)을 두드려 화면 위에 구성하는 문자가 함께 사용되고 있는 시대다. 이 두 문자가 서로 다른 작용의 방식을 가진다고 한다면, "낫 놓고 기역자도 모른다"는 속담에서 전제되는 개념만으로 오늘의 문자지형을 설명할 수는 없다. 게다가 '문자'를 더 넓게 해석하여 최근에 등장한 다양한 매체들을 기반으로 짤 수 있는 기호체계

---

6) 劉勰, 『文心雕龍』, 최신호 역주, 현암사, 1975, 8쪽. 한문은 다음과 같다. "夫玄黃色雜 方圓體分 日月疊璧 以垂麗天地象 山川煥綺 以鋪理地之形 此蓋道之文也"(212쪽).

까지 포함시킨다면, 전통적 의미의 문자를 해독하고 사용할 수 있는 능력으로서 '문해력'(文解力) 또는 리터러시도 적용 범위가 넓어질 것이다. 오늘 '리터러시'만이 아니라 '미디어 리터러시', '멀티미디어 리터러시', '하이퍼미디어 리터러시', '문화적 리터러시' 등의 용어가 사용되고 있는 것은 '글 쓰기의 기술들'(technologies of writing)이 크게 발전한 데 따른 결과다.

이런 저간의 사정을 살펴볼 때 문학이나 그것과 문화적 패러다임을 공유하는 지식, 특히 인문학 혹은 인문교양은 문자문화 즉 전통적 문자가 지배하던 문화지형에서 누리던 위상을 더 이상 지속하기 어려워진 것으로 보인다. 전통적인, 다시 말해 근대적인 문학이 유의미한 문화현상임을 무턱대고 부정해서는 곤란하겠지만, 그래도 이제는 그것이 여러 유형의 문자 가운데 하나의 유형을 사용하는 문자체계일 뿐이라는 점도 인식할 필요가 있다. 사실 따지고 보면 영어나 독일어, 프랑스어에서도 '문학'은 글자 뜻대로는 '문자구성물'이라는 의미다. 영어 'literature'의 구성을 보면 '문자' 의미의 'liter-'와 '구축물'이라는 의미의 어미 '-ture'가 합성된 것인데, 말 그대로 '문자로 짠 것', 즉 '문자구축물'이다. 이 단어에 들어 있는 '문헌'이라는 의미가 바로 그것을 가리킨다. 하지만 알다시피 지금 널리 통용되고 있는 근대적 의미의 문학이 이 용법을 따르는 것은 아니다. 대학의 문학 관련 학과에서 통용되는 '문학'은 '글로 쓴 것'보다는 셰익스피어, 라신, 도스토예프스키 등 '위대한' 작가들이 쓴 예술작품을 가리키는 말로, 즉 글로 썼으되 본격적으로 제대로 쓴 것, 예술적 향취를 담뿍 담은 것, 다시 말해 '본격문학'을 가리키고 있는 것이다.

'문형'의 관점은 이런 식의 문학 정의가 문학을 너무 편협하게 보는 것임을, 역사적으로 제한된 방식으로 이해하는 것임을 드러낸다. 문학을 '본격문학' 작품으로 이해하는 것은 앞서 잠깐 언급한 대로 영국에서는 19세기말, 그러니까 지금으로부터 100여 년 전 종이표지 책을 양산하는 기술이 개발되면서 남발되는 '문헌' 혹은 문자로 짠 것들 가운데 '가치있는' 것을 가려낼 필요가 생기면서 일어난 현상이다. 이런 사실은 오늘 '문학'이라는 말이 특정한 의미를 갖게 된 것은 역사 속에서 일어난 사건임을 말해주고 있다.[7] 문학이란 무엇인가라는 질문은 따라서 문학이 역사적으로 어떻게 이해되어 왔는가를 묻는 질문이 된다.

4. 문학교육과 문자문화

문자의 극심한 변동이 일어나고, 새로운 리터러시가 필요한 지금 복원해야 할 개념의 하나가 '문형으로서의 문학'이 아닐까 한다. 문학연구 역시 문형연구로, 문학교육은 문형교육으로 전환되거나 그 일부의 위상임을 분명히 해둘 필요가 있다고 생각한다. 문형연구로서 문학은 문자의 독해, 문형 읽기, 또는 상형 읽기, 문자구성, 문형의 형성과 구축 등의 문제를 포함해야 할 것이다. 문학이 학문으로서 성립되는 길의 하나는 문자를 해독하는 방법의 체계들을 세우는 것이다. 문자를 문형으로 확대 해석할 필요가 있는 지금, 이것은 예술작품 문학을 그 주요 관심 대상으로 삼아온 문학 연구와 교육의 대상영역을 확장하는 일이기도 하다.

이 작업은 지식 및 역능(faculties)의 생산을 공식 관리하는 제도들, 특히 대학에서는 아직도 지배적인 문화교육의 위치를 차지하고 있는 문학(연구와 교육)에 대한 계보학적 심문을 요구한다. 어찌하여 우리는 그 동안 문학을 문자언어로 구축된 예술로만 간주해온 것일까? 영국에서는 어떻게 19세기 말에 이르러 순수문학 또는 본격문학이라는 특권적인 문형 개념이 생기게 되었는가? 이 시기에 문형이 겪은 변동은 무엇이며, 어떤 경로를 통해 오늘날 지배적인 형태의 문학 개념이 도입되었는가? 어떤 이유로 문학비평이 문학을 이해하는 모델이 된 것일까?[8] '작품'이라는 개념은 언제, 어떻게 생겼으며, 어떤 맥락에서 교육의 도구가 된 것일까? 이들 질문은 문형 연구와 교육의 관점에서 언어예술인 문학을 어떻게 이해해야 할 것인가라는 질문으로 통합될 수 있을 듯싶다. 이때 문학연구 혹은 문학비평이 인문학적 지식생산의 주요 구성

---

7) 근대적 의미의 문학 출현은 일본에서도 비슷한 시기에 일어났다. 가라타니 코진에 따르면 '문학'은 '풍경', '내면' 등의 발견과 함께 출현한 문화적 현상이다. 코진, 『일본근대문학의 기원』, 박유하 옮김, 민음사, 1997 참고.

8) 이와 관련해서는 Tony Bennett, *Outside Literature* (London & New York: Routledge, 1990) 참고.

요소가 되는 과정도 눈여겨봄직하다. 예컨대 인문학의 일환으로 영문학이 대학교육에서 실시된 것을 어떻게 이해해야 할까? 인문학이 이 시기에 중대한 의미 변동을 겪은 것일까? 르네상스기에 정립된 인문학, '예술' 개념이 만들어진 18세기 말 이후, 그리고 '대문자 문학'이 대학교육의 대상으로 인정받은 19세기 말 이후 인문학 사이에는 어떤 역사적 사회적 차이가 있는 것일까?

여러 설명이 가능하겠지만, 문학의 대두를 일련의 '정전화'(canonization) 작업의 한 효과로 파악해야 하지 않을까 싶다. 정전화는 여기서 예술의 일환인 문학의 특권화 혹은 예술화를 의미하며, 페터 뷔르거가 말한 '제도예술'(art as institution)의 등장과 연관되어 있다.[9] 이때 '예술'은 도구적 이성이 지배하는 자본주의 사회의 분열을 치유하기 위한 방안으로 모색되지만, 여기에는 하나의 역설이 작동한다. 미학 이데올로기에 따르면 예술은 분열된 사회와는 달리 그 자체로 하나의 온전함을 구현하며 따라서 어떤 지고의 가치를 가진다. 역설인즉슨 이 이데올로기가 위력을 발휘하는 시점이 예술 자신이 이미 사회와의 절연을 겪은 뒤라는 것이다. 여기서 핵심으로 떠오르는 문제가 '제도화'다. '제도예술' 개념은 예술의 힘이란 분열된 사회를 비판하고 그에 대해 성찰하는 능력을 가진 데서 나온다는 생각을 수정한다. 대신 그것은 예술이 그런 능력을 가지려면 어딘가에서 권능을 부여받아야 함을, 먼저 '예술'의 자격을 사회로부터 인정받아야 함을, 다시 말해 사회를 비판하려면 예술의 한계를 절대 벗어나지 말아야 함을 지적하고 있다. 뷔르거에 따르면 '아방가르드'가 제도화된 예술을 해체하려 한 것은 예술의 이런 객관적인 존립방식을 꿰뚫어 보았기 때문이다.

우리가 종사하는 문학교육은 제도예술의 한 형태로서 문학이 근대문학이라는 형태를 갖춘 뒤에 교육제도, 특히 대학제도에서 행해져 왔다. 영문학교육의 경우 대학에서 제도화된 것은 19세기 말, 20세기 초다. 1860년대 (대학교육) 확장운동(Extension Movement)을 통해 노동자와 여성들을 대상으로 하여 체계적으로 실시된 뒤 문학교육은 정세에 따라서 진보적으로 혹

---

9) Peter Bürger, "The Institution of Art as a Category in the Sociology of Literature," *Cultural Critique*, no. 2 (Winter 1985-86), pp. 5-33 참조.

은 보수적으로 형태를 바꾸며 진행되었고, 1910년대 말에 이르러 캠브리지 대학에서 영문학 전공학위가 수여되었던 것이다. 이 글의 맥락에서는 구텐 베르크의 인쇄술 '발명'(15세기), 소설의 등장(18세기) 이래 문화지형에서 지배적 위치를 누려온 문자문화가 이 시기에 큰 도전을 받게 되었다는 점을 기억할 필요가 있다. 문학교육이 본격적으로 시작될 무렵 사진과 영화, 라디오 등 뉴미디어가 등장한 것이다. 모더니즘 계열의 문학 작품이 전통적인 언어적 표현의 한계를 뛰어넘으려는 실험을 자주 한 것은 문자구축물로서 문학이 다른 문형의 등장에서 자극과 도전을 느낀 것과 무관하지 않다.

그러나 이 시기 문자문화는 당시의 정치적 형세 속에서 헤게모니 전략을 구사하며 위기를 헤쳐나간 것으로 보인다. 19세기 후반, 20세기 초는 국민 국가들이 자본주의 시장 확대를 위해 극심한 경쟁을 벌이던 제국주의의 시대로서, 많은 국가들이 민족(국민)문화 프로젝트를 추진하고 있었다. 민족 문화 프로젝트에서 근대적으로 정의된 민족문학이 생략되었을 리가 없다. 문학이 민족문화 기획에 요긴하게 사용된 것은 기본적으로 민족언어에 바탕을 두며, 이 민족언어가 문화적 경계를 설정하는 데 매우 효율적으로 사용될 수 있었기 때문이다. 시각이미지에 의존하는 사진과 영화가 쉽게 국경을 넘어 다니는 데 비해 언어의 경우는 번역을 통하지 않고서는 문화의 경계들을 횡단하기가 어렵다. 하지만 제국주의 경쟁 속에서 민족정체성 형성과 민족 문화 건설이 국가적인 프로젝트로 부상하면서 바로 이 점이 문자문화에는 유리하게 작용했던 것 같다. 사진, 영화 등 새 매체를 사용한 시각문화보다는 민족언어에 기반을 둔 문자문화를 문화지형에서 지배적 위치를 갖도록하는 것이 국민대중에 대한 이데올로기적 지배에 더 안정적으로 이용될 수 있었을 테니까 말이다.

당시 정세에 대한 이런 분석에 의문의 여지도 있겠지만, 적어도 문학 전공자들의 경우 민족문학의 중요성을 강조하려 한 것은 사실로 보인다. 영문학 교육이 헤게모니 프로젝트 또는 '자아 형성의 기술'(푸코)에 속한다는 것은 이제는 거의 상식이다. 전통적인 (영)문학교육은 따라서 한편으로는 문자문화를 바탕으로 삼으면서 다른 한편으로는 민족문학을 중심으로 이루어지는 것임을 알 수 있다. 이 과정에서 문학은 협의의 문자 또는 문형 개념에 근거하게 되었으며, 문형은 문자로, 문자는 문학텍스트로, 문학텍스트는 민족문화의 '위대한 전통'(F. R. 리비스)으로 축소되었고, 무엇보다도 민족문학이 되었다.

오늘 한국의 대학에서 실시하는 문학교육에서도 이런 점이 두드러진다. 문학 관련 학과는 예외 없이, 모두 국문학과, 영문학과, 중국문학과처럼 민족문학과의 형태인 것이다.[10] 이 결과 지금 진행중인 문학교육은 사실상 민족문학교육, 그것도 민족문학 일반보다는 한국문학, 영문학과 같은 특정한 민족문학 교육을 수행하고 있다. 문제는 이로 인해 문학교육이 알게 모르게 국가주의(nationalism)를 지시하는 이데올로기 장치가 된다는 점이다. 한국문학이 '국문학'으로 불리는 것은 이 맥락에서 보면 결코 우연이 아니다. '국문학'이라는 명칭은 한국문학에 대한 어떤 절대화, 혹은 앞서 '정전화'라고 부른 과정이 일어났다는 점을 말해준다. 영문학, 독문학, 불문학이라고 예외는 아니다. 국내의 원로 영문학자, 독문학자, 불문학자 치고 자신이 전공하는 민족문학을 종교적 숭배의 대상으로 여기지 않는 사람이 과연 얼마나 될까? 그런데 이런 태도에는 문자문화라는 문화적 지형이 적잖은 영향을 미친다. 문자언어는 상징적 체계이고 정교한 코드체계를 가동하기 때문에 해독 방식을 터득하지 못하면 '흰 것은 종이요, 검은 것은 잉크'가 되기 쉬우며, 터득을 하는 데에도 적잖은 노력과 시간이 투여되어야 한다. 문학작품을 읽고 그것을 번역하거나 또 그에 관해 강의할 수 있는 사람들은 따라서 소수일 수밖에 없다. 이런 조건은 영문학자, 독문학자, 불문학자들의 엘리트의식을 키우기에 매우 적합한데, 문제는 이런 의식을 합리화하기 위해 자신들이 연구하고 교육하는 대상을 정전화하는 경향도 함께 생긴다는 것이다. 문자문화의 지배적 위치가 유지되는 가운데 실행되는 문학교육은 이처럼 대중과의 유리라는 문제를 안고 있다.

---

10) 사실 엄격하게 말하면 이 말은 틀렸다. 통칭 '국문학과', '영문학과'인 것이지 정확하게는 '국어국문학과', '영어영문학과'라는 식이니 민족언어교육과 민족문학교육을 결합해놓은 꼴인 것이다.

5. 문화적 리터러시와 문형

하지만 문화지형에서 문자문화를 전면에 내세운 민족문화 기획, 그리고 그에 따른 문학교육은 지금 전에 없던 동요와 위기를 겪고 있다. 20세기 말에 새롭게 등장한 뉴미디어는 과거의 그것들에 비해 훨씬 더 큰 문화적 영향력을 행사한다. 사진, 영화, 라디오 등이 그래도 일상생활에서 예외적인 시간대에 접하는 문화적 텍스트였다면, 이후에 등장한 텔레비전, 비디오, 오디오 등의 문화매체는 일상의 시간조직에까지도 영향을 미치고 있다. 90년대 중반 이후부터 개인용 컴퓨터의 보급과 인터넷의 확산, 디지털 복제 기술의 발달, 핸드폰 사용자 급증 등으로 매체들은 이제 노동시간과 자유시간을 막론하고 삶 전체를 지배하기 시작했다. 이것은 소수 매체들을 상호간의 차이에 따라서 관계짓고 그에 따라서 서로 분리된 자율적 장르로 분류하던 시기와는 크게 다른 문화적 조건이 만들어지고 있다는 말이다. '문자해독력'(literacy)은 매체해독력(media-literacy)으로 전환되어야 한다는 일각의 주장은 이런 상황을 염두에 둔 것일 게다. 그러나 문자해독력을 꼭 매체해독력으로 전환해야 하는지는 의문이다. 문자와 매체는 서로 다른 층위를 가리킨다고 여겨지기 때문이다.

문자는 매체이기도 하지만 매체를 통해서, 매체에 기반을 두어 구성되는 이미지나 형상이기도 하다. 인쇄, 영상, 시각, 음향 등의 매체는 아직은 기호나 형상으로 구체화되지 않은 질료에 가깝다. 이 질료를 사용하여 표현한 것, 즉 형상을 가지게 된 것이 문자요, 텍스트요, 작품이다. 물론 문자 자체도 매체로서 역할을 할 수 있다. 소설과 시, 논문, 에세이 등 다양한 장르는 문자매체로 이루어진다. 이런 점에서 문자는 한편으로는 질료로서의 매체와 최종적으로 만들어진 작품이나 텍스트 사이에 존재하는 중간항으로서 이해될 수 있을 것이다. 이 중간항을 꼭 전통적인 문자에 국한되는 것으로 이해할 필요는 없다. 문형 개념을 설정한 것도 인쇄매체로서의 문자를 넘어서 다른 매체들에도 들어 있는 '문자'의 층위를 상정할 수 있겠다 싶었기 때문이다. 문자능력, 문형능력, 또는 문해력(文解力)으로서 리터러시는 이렇게 볼 때 매체질료와 최종 문화적 산물인 작품 또는 텍스트의 중간항을 주조하고, 변형시키고, 이해하고, 변형시키는 능력이다.

이와 관련하여 개인적으로 참여해온 문화연대가 2002년 초부터 전개해온 '문화교육 운동'에서 상정한 문화적 리터러시 개념을 소개할 필요를 느낀다. 문화연대의 문화교육 운동을 주도한 심광현은 학생들을 도구적 이성에 속박된 인지기계로 산출하는 오늘의 교육현실을 치유하려면 "진-선을 매개하는" "미적·생태적 판단력(반성적·목적론적 판단력)"을 길러야 하며, 이 길은 '문화적 리터러시'의 함양에 있다고 본다. '문화적 리터러시'는 여기서 "오감과 그에 상응하는 미디어를 다양하게 결합하고 판별하고 표현하고 독해할 수 있는 복합적 능력"으로, "문자 텍스트만이 아니라, 이미지와 소리, 촉각과 후각, 신체감각을 다양하게 '설합'할 수 있는 능력"이다. [11)]

지금까지 살펴본 '문형'의 개념과 여기서 정의된 '문화적 리터러시'는 서로 보완되는 측면과 그렇지 않은 측면이 있어 보인다. 그렇지 않은 측면을 살펴보면, '문화적 리터러시'가 감각의 측면을 강조함으로써 역동적인 능력을 가리키는 반면 '문형'은 단순히 사물의 형태만을 주목하는 듯하여 생산된 결과물 또는 '죽은 노동'처럼 보인다. 그러나 이것은 '문형'을 일면적으로 이해했을 때의 일이다. 나는 '문형'을 '아픔의 미학'이라는 관점에서 이해하는데, 그럴 경우 신체적 능력으로서의 '문화적 리터러시'와 문형은 '아픔'이라는 공통분모를 가질 수 있다고 본다. [12)] 무릇 '문' 즉 무늬, 생김새, 꼴은 '상처'의 모습이요 고통의 흔적이다. 이때 무늬를 만드는 행위는 엘리엇이 정확하게 표현한 대로 "따뜻한 겨울"에 속하는 것이 아니라 "가장 잔인한 계절"에 속한다. 무늬나 꼴은 칼처럼 고통을 유발하는 도구로써 자르고, 깎고, 쪼는 행위를 거쳐서 만들어진다. 잔인함은 따라서 '아름다움'을 형상화하기 위해서 아픔을 자초하는 행위의 이름이다. 이 아름다움은 철저하게 인간의 성취다. 인간만이 고통을 유발하며 자신의 몸에까지 상처를 내어 문신을 만들어내고 인고의 과정을 거치기 때문이다. 거의 모든 사회에서 나름대로 '통과의식'을 개발하여 고통을 부과하는 것을 우리는 이런 미의식의 관점에서도 이해할

---

11) 문화연대문화교육위원회, 『문화교육위원회 발족식 자료집』, 2002.12.6 참조.
12) 이와 관련해서는 이 책에 같이 실려있는 「문학과 아픔의 미학」 참고.

수 있을 것이다. 동북아 전통에서 사람의 '인물됨'을 평가할 때 얼마나 통이 큰지 가늠하곤 하는데, 평가의 대상이 된 사람이 어떤 규모의 고통을 참아낼 수 있는가를 중시한 결과가 아닐까 한다. 이런 사람의 몸에 난 '문신' 또는 '문형'은 따라서 상처의 흔적이고 아픔의 기억인데, 문화적 리터러시를 기르자는 문화교육의 제안은 상처와 아픔을 느끼는 능력을 다면적으로 기르자는 것이다.

문형을 위에서 말한 중간 항의 관점에서 생각해볼 점도 있을 듯하다. 문형의 층위 또는 중간항의 층위를 설정하는 것은 문화적 생산물이 만들어지는 과정에 주목하기 위함이다. 최종 산물로서의 텍스트는 매체적 질료를 주조하는 중간과정을 거쳐서 나온 결과물로서 물상화된(reified) 상태에 놓여 있기 십상이다. 이런 상태의 대상들은, 포장지에 쌓여 편의점에 진열되어 있는 과자를 통해서는 쌀이나 밀가루, 혹은 벼와 밀을 볼 수 없고, 벼와 밀을 경작하기 위해 투여되는 노동을 관찰할 수 없듯이, 여간해서는 그 생산과정을 알기 힘들다. 최종의 문화적 산물이 나오기 전에 문형의 차원이 작용한다는 사실을 인식하는 것이 따라서 필수적이다. 그 산물이 직조되고 구성되었다는 매우 중요한 사실을 환기해주기 때문이다. 문화적 리터러시는 이때 이 문형을 다루는 능력이 된다. 문화적 리터러시를 기르자는 것은 문자 혹은 문형 능력의 향상, 문형의 기능, 작용을 이해하고, 문형을 가지고 사는 법을 배우며, 문형을 인문적 환경으로 삼아야 할 필요가 있다는 것이다. 하지만 이런 식으로 문형을 이해할 경우 문형의 한 형태인 문학을 배우고 가르치는 교과과정도 크게 바꿀 필요가 있다.

6. 문학 교과과정의 재편과 문학과의 신설

문자를 문형의 관점에서 볼 경우 '기호', '텍스트', '담론', '이미지', '재현', '서사체' 등 다양한 의미형성 단위 또는 체계를 새로운 문학 탐구 대상으로 볼 수 있다는 점을 위에서 언급한 바 있다. '문형' 개념을 바탕으로 하여 문학연구와 교육을 재구성할 경우 10개 이상의 교과과정을 구상할 수 있겠다. 글쓰기 기술(technologies of writing), 서사이론, 기호학, 장르론(시론, 소설론, 희곡이론, 영화이론), 매체이론(영화, 사진, TV, 애니메이션, 컴퓨터게임), 담론이론, 도상학(iconology)을 우선 생각해볼 수 있지만, 전통적으로 해오던 문학교육에서 중시하던 수사학과 문체론, 나아가서 해석학(hermeneutics), 미학, 문화연구 등의 과목, 그밖에 문학 개념과 실천의 역사를 다루는 문학계보학도 독립과목으로 다룰 수 있을 것이다.

문형 개념에 입각한 이 새로운 문학교육 커리큘럼은 기존의 문학교육 커리큘럼과는 크게 어긋난다. 최근에 들어와서 문화지형의 일대 변화로, 대학교육의 대중화와 함께 학생들의 수학조건 변화로, 또 세대 차이로 인한 문화적 소양 구성의 변화로 전통적 인문학의 일환인 문학교육에 대한 거부가 일어나면서, 또 신자유주의 교육환경으로 '수요자' 중심의 교육이 대세로 자리잡으면서 문학 커리큘럼에도 변화가 일어나고는 있지만, 여전히 지배적인 교과과정을 보면 민족문학이 중심임을 알 수 있다. 지난 100년 이상 유지되어온 문화지형에서 문자문화가 우위를 차지하고, 이 문자문화를 민족언어에 기반을 둔 민족문학이 주도한 결과다. 아마 문자문화 중심으로 문화를 체험하고 그에 따라 교육을 받아온 지금의 교수진이 바뀌지 않고서는 새로운 문학 개념에 따른 커리큘럼을 편성하기란 쉽지 않을 것이다. 또 아직까지 근대적인 사회질서가 지배하고 있고, 초국적 질서가 강화되는 속에서도 민족국가의 역할이 사라지는 것은 아니라는 점을 생각할 때, 또 한국의 경우는 분단의 상황에 놓여있다는 사실을 고려할 때에도 '민족문학' 개념을 무조건 거부해서는 안 된다고 생각한다. 하지만 그렇다고 문학 관련 학과라면 천편일률적으로 민족문학 중심으로 만드는 지금의 방식이 바람직한 것은 결코 아니다. 민족문학 중심의 문학커리큘럼은 필요한 만큼 유지하면서 새로운 다양한 문학커리큘럼을 구성할 필요가 있다. 과연 한국에서 영문학과나 독문학과가 지금처럼 많이 있을 필요가 있을까? 필요한 수가 정확하게 얼마인지 계산하기는 어렵지만 독문학, 영문학, 불문학 등 외국문학을 지금처럼 100여 대학에서 학과체제를 유지하면서 연구하고 교육한다는 것은 '믿거나 말거나' 한 일에 가깝다. 영문학과도 영어가 국제어로서 누리는 위상과는 별도로 인문학 중심으로 볼 때 지금처럼 많을 필요는 없다고 생각한다. 영문학을 전문으로 전공하는 학생들을 대상으로 학과운영을 한다고 볼 때 그저 한 10여 군데 대학에서만 하면 될 것이며, 그것도 사실은 많은지 모른다.

모든 대학에서 별도 학과를 두고 국문학, 영문학, 독문학, 불문학을 교육하는 것을 문제라고 지적하는 것을 문학교육을 무시하자는 말로 받아들이지 않기 바란다. 전공 학과의 수를 줄여야 한다는 주장은 학생들에게 문학교육을 할 필요가 없다는 말이 결코 아니다. 나는 시, 소설, 희곡 등의 문학 세계를 학생들이 이해하는 것이 매우 중요하며, 가능하면 더 많은 학생들이 근대적 의미의 문학이라도 제대로 교육을 받기를 원한다. 이를 위해서는 그러나 학부학생의 경우 읽어야 할 작품을 한국어로 읽을 수 있도록 문학교육을 한국어 중심으로 전환할 필요가 있다. 사실 지금 사정은 대학의 문학교육을 민족문학 범주를 기축으로 삼아 운영하고 있는 결과 좁은 의미의 근대적 문학도 제대로 교육하지 못하는 형편이다. 외국문학의 경우 언어학습에 걸리는 시간 때문에 원문 독해는 대학원 교육을 받아도 어려운 형편인데 전공과목을 중시하면 할수록 적어도 학부 수준에서는 오히려 문학작품을 접하기가 어려워지는 우스운 꼴이 생긴다. 학부에서는 전통적 문학교육을 한국어를 기반으로 해야 한다고 보는 것은 이 때문이다.[13] 이때 외국문학은 어떻게 가르칠 것인가 하겠지만 당연히 한국어 번역을 활용해야 할 것이다. '원문' 숭배로 문학작품을 접할 기회를 놓치기보다는 번역을 사용함으로써 한편으로는 문학작품과의 접점을 넓히고, 나아가서 번역문화를 향상시킬 계기로 삼는 것이 더 낫다.

하지만 여기서 정작 강조하고 싶은 것은 더 나아가서 문학교육을 문형교육으로 확장할 필요가 있다는 것이다. 이렇게 할 경우 문학교육을 민족문학교육을 넘어설 수 있도록 위에서 말한 새로운 교과과정을 운영하는 것이 필요하다. 지금 한국에는 어떤 대학도 '문학과'라는 이름을 걸고 문학을 가르치는 데가 없다. 따라서 민족문학과를 줄이거나 해체하는 것과는 별도로 '문

---

13) 대학의 문학교육을 한국어로 해야 한다고 하면 국문학과가 문학교육을 독점하는 문제가 생긴다. 이 문제는 현재 대학에서 실시하는 대부분의 교양 문학교육에서 나오고 있는데, 이와 관련해서는 또다른 논의가 필요하다고 본다.

학과' 혹은 '문학부'라는 학문제도 운영체제를 신설할 필요가 있다고 본다. 어떤 경우든 위에서 언급한 전공 과목들 이외에 지금 문학 관련 학과들에서 운영하고 있는 과목들 가운데 일부를 추가하여 새로운 교과과정을 구성해야 할 것이다. 물론 문학과 역시 전공자를 배출하는 학과로서는 수가 많을 필요가 없다. 그저 서너 군데 아니면 네댓 군데면 족하지 않을까 한다. 그러나 국문학, 영문학, 독문학, 불문학 교육을 축소하는 것과 함께 문학을 새로운 교육내용으로 삼는 노력은 꼭 필요하다고 생각한다. 14)

　여기서 제안하는 문학교육은 기본적으로 기존의 문학교육 틀을 벗어난다는 점에서 현재 개별 대학들에서 수용하고 있는 제도권 '문화교육'과 흡사하지 않겠는가 생각할 수도 있을 것이다. 15) 이 문화교육을 실시하는 대학이나 학과에서 운영하는 교과과정을 아직은 충분히 파악하지 못한 상태라서 정확하게 말하기는 어렵지만 대체로 문학교육이 '장사가 잘 되지 않는다'는 이유에서 도입되고 있다는 점을 생각할 때 과연 그럴지 의문이 든다. 문화교육에 대한 수요가 늘어가는 데에는 최근에 문화연구가 문화를 이해하는 새로운 모델로 부상한 것과, 그리고 무엇보다도 문화연구의 '상승세'를 도운 문화지형의 변동이 지난 수년 동안 집중적으로 일어난 것과 무관하지 않다. 뉴미디어의 범람 속에서 젊은 세대의 독서율이 크게 떨어지고 아울러 기호적 실천 (signifying practices)에도 큰 변화가 일어나고 있는 것은 주지의 사실이다. 문화연구가 이런 맥락에서 주목을 받는 이유는 기술의 변동과 함께 등장한 뉴미디어를 매개로 하여 일어나는 다양한 기호적 실천들을 일찍부터 주목함으로써, 그 실천들을 사용하거나 설명하는 능력을 전통적 인문학에 비해 상대적으로 더 많이 개발한 데 있다. 16) 하지만 지금 문화연구, 그리고 문화교

---

14) 국문학과에서 문학과 역할을 하는 것도 한 방안이라는 의견들이 있다. 그러나 '국문학과'는 명칭 자체가 이미 국가주의적 냄새를 풍긴다는 문제가 있다. 다른 한편 '비교문학과'가 여기서 말하는 문학과의 역할을 맡지 않느냐고 할 수도 있겠는데, 부분적으로는 맞는 말이지만 비교문학과는 여전히 민족문학 범주에 의거한다는 점에서 문형의 견지에서 구상하는 문학 연구와 교육과는 다르다고 생각한다.
15) 이 '문화교육'은 문화연대가 추진한다고 위에서 말한 '문화교육'과는 물론 다르다.
16) "문화연구는 발생 초기부터 인문학이 중시한 정전들 이외에도 인문학이 저질이라며 진지한 연구 대상에서 제외한 대중문화에 관심을 기울여왔다. 문화연구는 이 대중문화를 분석하기 위해 초기에는 문학비평과 같은 기존의 인문학적 방법론에 의존했지만, 차츰 기호

육이 수용되고 있는 데에는 오히려 문제가 더 많다. 문화교육의 이론적 모델이라 할 문화연구는 비판적인 지적 기획으로 출발한 것인데, 지금 일부 대학들이 문학교육에서 문화교육으로 전환하는 데 관심을 기울이는 것은 '문화'가 장사가 되지 않을까 하는 기대 때문이다. 이것은 비판적인 문화연구를 상품화하려는 보수적 기획으로서 수용하기 곤란하다.

나는 문학교육의 문화교육으로의 전환을 무조건 지지하지는 않는다. 기본적으로 현재의 문학교육, 나아가 인문학교육에 문제가 많다는 생각을 가지고 있지만 지금처럼 문화교육으로 전환하는 것은 인문학의 진보적 흐름이 비판해온 지식의 상품화, 그리고 신자유주의 세력에 투항하는 것이라고 본다. 여기서 '문형'이라는 개념을 설정하고, 문학교육과 문화교육을 이 문제를 중심으로 다시 생각해보자는 것은 앞서 말한 대로 문화적 구축물의 생산과정을 비판적으로 심문할 수 있는 길을 찾아보자는 것이다. 문화교육의 상대적 '인기'는 오늘의 지배적 텍스트나 이미지가 문학 중심에서 이동하고 있다는 것을 말해주지만 새로운 텍스트의 독해에서도 문학교육에서 요청되는 비판적 안목은 여전히 필요하다. 지금 필요한 문화적 리터러시는 새로운 문자들의 구성을 비판적으로 이해하게 해주는 능력이며, 여기서 '문형'의 문제설정은 불가결하다고 본다.

7. 결어

지금은 문자들의 형질이 바뀌는 문명의 전환기다. 문자의 형질이 바뀌면 문자의 형태 혹은 문형을 구성하는 새로운 조건이 생기게 된다. 최근 문자를 사용하는 문화적 산물 역시 위상, 기능, 작용 등에서 큰 변화를 겪고 있다. 하지만 이런 시점이야말로 문학과 문화에 대한 새로운 사고를 할 수 있는 길

학이나 정치경제학, 혹은 참여관찰과 같이 새로운 텍스트분석 방식을 참조하면서 대중문화의 다양한 양상을 설명하는 능력을 키운 편이다. 최근 국내의 문화지형 변화도 문화연구의 이런 노력에 더 유리하게 작용하는 것이 아닌가 싶다. 순수예술을 중심으로 한 기존의 지배문화가 퇴조하는 가운데, 영화, 만화, 애니메이션, 비디오게임, 컴퓨터게임, 패션, 디자인, 광고 등 인문학적 텍스트와는 구분되는 텍스트 유형이 등장하고, 이들 텍스트들의 현실적 중요성이 커지면서 문화연구에 대한 수요도 커지는 것이다"(졸고, 「인문학과 문화연구, 대립과 연대의 길」, 30쪽).

이 오히려 넓어지는 것이 아닐까 싶기도 하다. 문자의 모습이 오랫동안 불변할 때, 그것의 물질성에 대한 비판적 사유보다는 고정된 관습이 지배할 가능성이 높다. 하이퍼텍스트가 새로운 텍스트의 유형으로 등장하면서 '글 쓰기 기술'의 문제가 부각되는 것은 우연이 아니다. 문학은 전통적으로 문자를 구성하는 능력의 산물이다. 이 문자가 새로운 질료를 가동하는 길이 트인 시점에는 새로운 리터러시가 필요하다. 이 리터러시를 탐구하고, 연구하고, 활용하는 일, 그것이 문학교육이 나아갈 길이 아닐까? 이 말을 기존의 문학교육은 사라져야 한다는 것으로 받아들일 필요는 없다. 새로운 매체들이 등장하더라도 전통적인 인쇄매체로서 문자는 살아남을 것이며, 이 문자를 활용한 문자텍스트도 계속 생산될 것이다. 하지만 문자의 종류가 다양해진다면 기존의 유형만이 유일한 문학교육이라는 생각은 수정이 필요하다. 문학교육 가운데 상당 부분은 이제 문형교육으로, 문화교육으로 전환되거나 그것들과의 접목을 추구할 필요가 있다고 본다. 그러잖아도 문학교육을 포함한 인문학이 위기를 맞았다고들 야단이다. 그런데 사람들은 이 위기의 원인을 대체로 외부에서만 찾을 뿐 인문학 자체, 그리고 현재의 지배적인 문학 형태 내부에서 찾는 노력에는 게으른 편이다. 문학교육의 전화(轉化), 즉 내용 및 형태 전환이 필요하다. 문학의 개념 변화가 가능하고, 문학의 형태 변화도 가능하다면 이제 문학의 위기도 문학의 환골탈태를 통해 극복해봄직 하지 않겠는가?

3

문학의 힘, 문학의 가치
─탈근대 관점에서 본 문학범주 비판과 옹호의 문제들*

1. 질문들

문학을 놓고 질문하기란 쉽지 않은 것 같다. '문학이란 무엇인가?'라는 질문이 떠오르지 않는 것은 아니다. 하지만 이런 식의 질문은, 같은 제목으로 사르트르가 책을 쓰기는 했어도 너무 본질론적이라는 지적을 받곤 한다. 1) 전혀 의미가 없다는 것은 물론 아닐 것이다. 같은 제목의 짧은 글에서 백낙청이 "문학이란 것이 무엇이길래 그 많은 사람들이 거기 매달려 일생을 보내는가?" 하고 물으며 문학이 세상에 폐해를 끼칠 수도 있으니 조심해야 한다는 톨스토이의 중요한 교훈을 상기시킨 바도 있고, 들뢰즈와 가타리도 같은 질문을 '철학이란 무엇인가?'라는 질문 속에 포함시켜 철학과 과학과 예술의 '환원불가능한' 차이들을 언급한 바도 있으니까 말이다. 2) 그래도 "～은 무엇

---

* 출처:『문화과학』 13호, 1997년 겨울, 67-93쪽.
1) 일례로 발리바르와 마슈레는 이 질문이 문학의 보편적인 본질에 대한 질문이라는 이유로 배척한다. Etienne Balibar and Pierre Macherey, "On Literature as an Ideological Form"(1974), in Francis Mulhern, ed., *Contemporary Marxist Literary Criticism* (London & New York: Longman, 1992), p. 41.

인가?"라는 식의 질문은 문학이 어떤 실체임 혹은 '무엇'임을 상정한다는 느낌을 강하게 주니, 다른 방식으로 '우리는 문학으로 무엇을 하는가?' 하고 물어보고 싶다. 문학이라는 것이 역사적으로 이미 존재하니까, 그 점을 인정하고서, 그 이미 있는 문학으로 우리가 무엇을 하는가 질문해보자는 것이다. 그래도 개운하지는 않다. 이미 있다고 하는 그 문학이란 무엇인가라는 의문이 또 생기는 것이다. 구체적으로 무엇을 가리켜 문학이라고 하는가? 사람에 따라선 남이 애써 써놓은 작품을 두고 '이게 문학이야?' 하는 경우도 있는 걸 보면 문학에 대한 기준이 있는 듯한데, 반면에 '문학'이란 게 과연 있는가라는 반문도 만만치 않다.[3] 하지만 그렇다고 '아니 그 중요한 문학을 몰라?' 하고 나설 사람이 적은 것도 아닌데 말이다. 문학에 관해 질문하기란 이처럼 어렵다.

그래도 문학은 엄연한 현실이다. '문학'이 무엇인지 막상 따지고 들면 선뜻 말하기 쉽지는 않지만 "문학이란…" 운운하는 사람도 부지기수고, 문학이란 무엇이니, 어떠해야 하느니 하며 적이 되고 동지가 되기도 한다. 국내에서도 참여 대 순수, 관변 민족문학 대 진보적 민족문학, 모더니즘 대 리얼리즘, 부르주아리얼리즘 대 사회주의리얼리즘 식의, 문학을 둘러싼 편가르기가 있었다. 다른 한편 문학을 하면 굶어죽기 꼭 알맞다는 주장이 있는가 하면 기를 쓰고 문학을 하겠다고 덤벼드는 사람도 많고, 흔치는 않으나 베스트셀러로 떼돈 버는 사람까지 나온다. 이런 측면에서 보면 '문학이란 무엇인가?'라는 질문을 꼭 본질론적으로만 이해할 필요는 없겠다. '지금 있는 구체적인 문학'이란 것도 알 사람은 다 아는 듯싶다. 뭔가 아는 게 있으니까 문학이야말로 인간의 구원이라는 주장도 하지 않겠는가. 문학이 자본주의적 모순을 극복할 대안적 삶을 보여주는 귀중한 실천이라고 굳게 믿는 사람들도 적지 않은데, 이들은 정녕 문학이란 유토피아를 제시한다고 믿는 것일 게다. 하지만 문학이야말로 쓸모 없는 것이라는 주장도 강력하다. 그런데 웬걸, 바로 그런 이유로, 즉 문학은 먹고사는 일과 관계없다는 이유로 필요하

---

2) 백낙청, 『인간해방의 논리를 찾아서』, 창작과비평사, 1979, 10-29쪽; 질 들뢰즈, 펠릭스 가타리, 『철학이란 무엇인가』, 이정임·윤정임 역, 현대미학사, 1995.
3) 한 예로 테리 이글턴의『문학이론입문』, 김명환 외 역, 창작과비평사, 1986, 서론 참조.

다고 나서는 사람까지 있다.[4] 하지만 그래서 문학이 애물단지가 된 사람, 고통스러워하면서 문학을 버리지 못하는 사람, 곧 죽어도 '문학 없이는 못살아' 하는 사람들도 생긴다. 이런 경우에는 문학에는 어떤 마력이 있는 것일까라는 질문이 어울릴 것 같다. 문학의 매력은 어디서 오는가? 그것의 흡인력은 어떤 종류의 것일까?

결국 나는 문학에 대해 질문하기가 어렵다는 말로 참 번다한 질문을 던지고 있는 셈이다. 너스레를 떨며 문학을 화두로 질문다운 질문을 던져보려는 듯 나서는 데에는 문학선생이라는 직업의식이 은근히 발동함을 부정하지는 않겠다. 그러나 문학을 한다는 명분으로 밥 벌어 먹고살고 있다는 의식이 전면에 나선 것은 사실이되 다양한 질문들을 제기하는 데에는 나름대로는 문제를 새롭게 보려는 노력도 들어있다. 문학에 관련된 수많은 발언들에 담겨 있는 통념들을 질문 형태로 바꿔봄으로써 문학을 둘러싼 몇 가지 중요한 쟁점들을 부각시키고 싶은 것이다. 그 질문들은 '문학'이라는 범주가 쉽사리 정의되지 않으며, 적지 않은 혼동과 문제들을 안고 있음을 보여준다. '문학' 범주는 어떻게 구성되었고, 어떤 위상을 지니며 그 안에 어떤 문제들을 안고 있는가? 최근 들어 국내 문학논의에서 문학범주와 관련된 질문들이 빈번하게 제기되고 있는 것도 이들 질문을 촉발시킨 계기가 되었다.

2. 문학범주라는 쟁점

국내에서 '문학'범주에 관한 관심이 늘어난 것은 문화지형에, 특히 문학 및 그 위상에 변동이 생기면서 더 이상 그 범주를 당연시하기 어려운 정세가 생긴 것과 관련이 있어 보인다. 우선 문학시장의 변동이 주목된다. 빈번하지는 않으나 밀리언셀러 소설이 등장하고, 시집도 많이 나갈 경우 수십만권이 팔리는 것을 보면 문학시장이 거대해진 것은 사실이다. 판매가 우선이다 보니 문학의 저질화, 표절 문제가 시비거리가 되기도 하지만 와중에 대중문학 혹은 통속문학의 위세가 커졌다. 그 바람에 '본격문학'은 뒷전으로 밀려

---

4) 개인적으로 이 관점을 처음 접한 것은 김현의 『한국문학의 위상—그 전개와 좌표』(문학과지성사, 1977)를 읽으면서였다.

나거나 위축된 듯 보이지만 말이다. 본격문학이 '위축'한 것은 그러나 문화
산업이 성장하고 대중문화가 범람하면서 문자매체가 그전과는 다른 조건에
서 여타의 매체들과 경쟁관계에 들어간 탓이 더 클 것이다. 문화에서 문학이
주도권을 누리던 '좋은 시절'은 사실 옛 이야기다. 최근 '대학개혁'이라는 것
이 진행되면서 인문학 분야를 위축시킴에 따라 문학이 제도권 교육에서도
찬밥 신세가 된 것이 그 한 예다. 이런 변화는 흔히 말하는 대로 포스트모던
한 상황이 전개되면서 문학생산의 장과 문학을 둘러싼 담론장이 새로운 지
형변화들을 겪고 있는 데 따른 결과일 수 있겠지만, '문명의 패러다임'을 변
동시키는 것으로 보이는 과학기술 혁명과 그로 인해 일어나는 기술 변화에
서 글쓰기 일반이 겪는 변동과도 밀접한 관련이 있다. 오랜 세월 책문화와
연계하여 발달해온 문학이 '전자적 글쓰기'와 같은 새로운 글쓰기 조건을 맞
게 됨으로써 문학의 형질마저 새로워질 가능성이 생겨난 것이다.5)

　문학의 위상을 규정하는 조건 변동과 맞물린 것일까, 문학논의의 지형도
바뀌었다. 1980년대 변혁운동의 열기 속에 리얼리즘 논쟁이 한창이었던 시
절을 생각하면 1990년대 말 우리사회에서 문학논의, 특히 '본격문학'에 관한
논의는 기세가 크게 꺾인 듯싶다. 문학논의의 이런 '후퇴'는 '문화론'이 등장
하고 있는 것과 맞물린 현상이다. 전통적인 예술장르 중심, 특히 문자매체
중심의 문예비평이 문화논의를 주도하던 시기는 이제 지난 듯하다. 영화나
비디오물, 대중음악과 같이 비문자매체로 이루어지는 문화생산물, 패션이나
라이프스타일과 같이 종래에는 논의의 대상이 되지 않던 주제들, 나아가 여
태 봉쇄되어 왔지만 성정치 등의 활성화로 관심을 끌게 된 욕망, 정체성 같
은 새로운 사회적 쟁점들에 대한 관심이 늘고 있는 것이 현재의 상황이다.
문예비평이 문화논의를 주도할 수 없는 것은 문화적 관심이 이처럼 비문학
영역으로 분산되기 때문인데, 이 결과 '문화비평'이 성행한다. 그런 탓일까,
문학논의에서도 종래와는 다른 쟁점들이 떠오르고 있다. 종래 문학논의에서
는 관점 차이가 있다 해도 문학범주, 특히 본격문학의 범주를 부정하는 경우

---

5) '전자적 글쓰기'에 관한 나의 논의는 이 책에 실린 「디지털시대의 문학하기」와 「사이버
'문형'과 주체형성—사이버정치의 조건들」 참조.

란 없었다. 그러나 지금은 본격문학 혹은 '진정한 문학'을 지지하는 관점을 엘리트주의에 물든, 대중 지배적인 것이라며, 그런 관점은 소수에게나 도움이 될 뿐 대중에게는 하등 필요하지 않다는 지적까지 나오는 판이다. 문학범주를 비판하는 쪽에게는 문학이 지배적 제도로, 특히 본격문학을 중심으로 한 제도로 군림하는 것으로 보이며, 이것이 문제가 된다. 반면에 본격문학을 옹호하는 쪽에서 보면 문학에 대해 문제를 제기하는 것은 문학의 가치와 창조성을 부정하고, 자본주의적 대중문화에 항복하는 행위다. 대중문화의 거대화, 대학의 실용주의화, 인문학의 위축 등을 맞은 국면에서 '에라, 돈이나 벌자'고 두 팔 걷어올리고 나서는 꼴과도 같다. 장사치 태도를 드러내며, 문화의 타락을 조장한다 싶은 양상을 보고 참지 못해 나서는 것은 주로 국내 비평계의 리얼리즘진영인데, 문학범주를 포기하려는 경향에 강력하게 반발하는 논객의 하나가 윤지관이다. 6)

윤지관은 "기존의 근대문학과 비평에 대한 전폭적인 부정과 대중문학에 대한 예찬, 그리고 민족문학을 비롯한 모든 문학적 '권위'에 대한 거부와 문학작품의 질적 차별성에 대한 부정"7)을 일삼는 사람들을 논적으로 삼는다. 그에게 이들은 전혀 새로운 세력이 아니다. "이들의 주장은, 기실 최근 국내외에서 여러 가지로 제기되었고 세력도 얻고 있는, 근대성과 근대문학의 위상에 대한 회의 및 포스트모더니즘의 담론과 밀접하게 관련"8)되기 때문이다." 물론 국내 논자들의 문학범주 비판에 차이가 없는 것은 아니다. 통상 문학으로 부르던 것을 싸그리 없애고 소설가를 이야기꾼으로 바꾸고 소설은 서사로 전환시키자고 하는 쪽이 있는가 하면, 고급문학을 비판하되 대중문학은 옹호하는 쪽도 있고, 민족문학의 범주를 문제삼는 쪽도 있기 때문이다. 그러나 본격문학, 그것도 민족문학이야말로 참다운 문학이라고 보는 관점에서는 민족문학범주를 문제삼는 것 자체가 문학범주에 대한 도전으로 보

---

6) 국내 문학논의의 점검 성격도 일부 가지고 있는 이 글에서 리얼리즘론자만 주로 거론하는 까닭도 여기에 있다. 모더니즘계열의 문학론이라고 문학옹호를 부르짖지 않는 것은 아니나 이 글에서는 리얼리즘진영이 문학과 사회 및 그 진보의 관계를 더 명시적으로 중시하고 있는 점을 고려하여 주로 리얼리즘론을 논의 대상으로 삼게 되었다.

7) 윤지관, 「현시기 비평의 기능」, 『리얼리즘의 옹호』, 실천문학사, 1996, 85쪽.

8) 같은 글, 85쪽.

일 수밖에 없다. 민족문학범주를 비판하는 이광호의 글을 놓고 윤지관이 "문학이라는 범주조차를 회의하고 나오는 최근 서구의 주된 비평흐름과 맞아떨어진다"[9]고 말하는 것은 그런 까닭 때문으로 보인다.

윤지관의 말이 시사하듯 문학제도에 대한 비판은 국내보다는 외국에서 먼저 나왔고 또 그쪽에서 더 발본적으로 진행되었다. 국내 문학논의는 본격문학이든 대중문학이든, 모더니즘문학이든 리얼리즘문학이든 문학을 선호하고 옹호하는 경향이 아무래도 크다. 반면 레이먼드 윌리엄즈, 테리 이글턴, 토니 베네트 등 특히 영국의 문학이론가들은 모더니즘이든 리얼리즘이든 근대문학이란 문제적 개념이라며 문학범주를 해체하는 경향이 있고 아예 문학제도를 벗어나 활동하는 경우도 적지 않다. 현재 영국, 미국, 호주 등지에서 성행하는 '문화연구'가 대표적인 예일텐데 문화연구의 등장으로 말미암아 전통적인 문학비평은 이제 수세로 몰리고 있지 않은가 싶다.[10] 국내 상황은 물론 다르다. 문학범주를 둘러싼 국내 문학논의에서 윌리엄즈 등의 이름이 자주 거론되지만, 이들은 주로 비판적 검토의 대상이 되고 있다.[11] 국내 '문학비판론자들'을 겨냥한 윤지관의 반박도 이 작업—문학범주 비판에 대한 비판이라는 점에서 반비판이라 할—의 연속이다. 하지만 최근 상황은 외국 문학논의에 대해 논평만 하던 관행과는 다르다. 국내 논자들끼리 논의가 진행된다는 것은 1990년대에 접어들면서 크게 바뀐 국내 문화지형이 이제 실질적인 힘을 발휘하고 있음을 보여준다.

---

9) 같은 글, 93쪽.
10) 『서양의 정전』을 저술하여 문학 옹호에 앞장선 해럴드 블룸의 경우, 고전 읽기의 중요성을 강조하지만 비평을 '엘리트 활동'으로 본다. "문학비평이 민주적 교육이나 사회 진보를 위한 터전이 될 수 있으리라고 믿는 것은 잘못"이라고 하는 블룸에게 문학은 소수만이 할 수 있는 활동이다. 문학을 엘리트적 현상으로 보는 이런 관점은 문화연구의 공세 앞에서는 지극히 수세적으로 보인다. Harold Bloom, *The Western Canon: The Books and School of the Ages* (New York: Harcourt Brace & Company, 1994), p. 17.
11) 외국논자들의 문학제도 비판에 대한 국내의 비판적 검토는 백낙청이 효시일 것이다. 그의 테리 이글턴과 토니 베네트 비판에 대해서는 「모더니즘에 관하여」, 『민족문학과 세계문학 II』, 창작과비평사, 1985, 433-42쪽 참고. 윌리엄즈에 대한 비판은 김영희의 『비평의 객관성과 실천적 지평—F.R. 리비스와 레이먼드 윌리엄즈 연구』, 창작과비평사, 1993 참고. 아울러 이글턴에 대한 비판은 윤지관, 「테리 이글턴의 문학이론 비판」, 『리얼리즘의 옹호』, 341-66쪽 참고.

쟁점이 되는 것은 아무래도 문학 혹은 문학비평과 같은 문학제도에서 중요시하는 범주요, 활동이다. 문학비평을 문제삼는 쪽은 그것이 문학을 본원적으로 가치있는 것으로 치부하게 만든다고 본다. 문학비평이 이데올로기적 실천이라는 비판인데, 특히 비평이 정성들여 수행한다는 '정전화작업'이 문제가 된다. 문학의 '위대한 전통'을 중시하는 영국의 리비스라든가 민족문학의 탑을 세우려는 백낙청과 같은 비평가들이 그런 작업에 전념하는 경우일 텐데, 특정한 문학을 신비화한다는 것이 비판의 요지다. 이광호의 글에서 비슷한 관점이 나온다.

> 민족문학이라는 범주는 작품의 분석과 평가에 있어서 배제의 원리에 기초할 수밖에 없었다. 하나의 범주는 다른 범주와의 분별을 그 형식의 필연성으로 삼는다. 그것을 통해 그 범주는 스스로를 유일한 최고의 범주로서 정할 수 있다. 그래서 민족문학이라는 최고의 범주에 어떤 작품을 포함시킬 것인가 하는 문제는 곧 어떤 작품을 배제할 것인가 하는 논의와 동격의 것이 된다. [12]

이광호가 여기서 문제삼는 것은 민족문학론의 정전화작업이다. 비판의 요지는 민족문학을 최고범주로 삼게 되면 다른 범주의 문학은 정전의 반열에서 배제되지 않겠느냐는 것이다. 이 문제제기에 대해 윤지관은 "문학범주 일반의 배타성에 대한 일정한 관념이 깔려 있다"[13]는 말로 응대한다. 정전화를 문제삼는 것은 아예 문학을 부정하려는 것이 아니냐는 것이다. 윤지관은 이광호가 "텍스트의 이데올로기적 계기들과 문학시장의 구조와 수용의 사회학에 대한 분석"[14]을 추천하는 데 대해 "초기 이글턴이 보여주었고, 스스로 반성하기도 했던 과학주의의 오류를 답습"한다는 혐의를 건다. [15] 윤지관이 여기서 문제삼는 것은 이글턴 이름으로 대변되는 맑스주의적인 이데올로기 비평이다. "최근 맑시즘 비평의 한 대세인 이러한 이데올로기 비평은 문학적

---

12) 이광호, 「민족문학의 역사적 범주에 관하여」, 『실천문학』, 1994년 가을, 168쪽; 윤지관, 「현시기 비평의 기능」, 92쪽에서 재인용.
13) 윤지관, 앞의 글, 92쪽.
14) 이광호, 앞의 글, 171쪽.
15) 윤지관, 앞의 글, 93쪽.

창조성에 깃든 변혁력과 작품의 가치평가 문제를 도외시하는 점에서 큰 문제를 안고 있다"[16]는 것이다.

그런데 두 비평가의 주장은 대립되고 있기는 하지만 문학을 제도로 본다는 점에서는 의견이 엇갈리지는 않는다. 이광호가 민족문학이 담론적 실천이요 제도라고 하면서 비판의 대상으로 삼는다면, 윤지관은 오히려 근대문학이 제도로 등장하게 된 데에는 문학의 어떤 가치 때문이라고 보는 점이 다를 뿐이다. 윤지관의 주장은 다음과 같다.

서구에서는 근대 이후의 문학은 바로 부르주아 계급의 대두와 더불어 근대적인 형식을 띠게 되었고, 19세기 후 시민문학으로 개화하였다. 우리의 근대문학도 이러한 서구문학의 지향성을 주체적으로 수용하면서 이루어졌고 그 중요한 성과도 바로 여기에 바탕한다. 그런 점에서 근대문학은 처음부터 민주주의의 실현이라는 근대적인 이념에 토대를 두고 있으며, 기실 우리 문학에서 시민문학론이나 이후의 민족민중문학론도 바로 이러한 근대적인 인간과 사회의 형성을 위한 시대적인 요청에 부합하는, 즉 문학을 통해 근대성을 구현하려는 실천적인 논리였던 것이다.[17]

윤지관의 주장의 요지는 마지막 문장에 담겨 있다. 근대문학은 여기서 '민주주의의 실현', '근대적 인간과 사회의 형성'과 같은 이념과 시대적 요청, 요컨대 근대성의 구현이라는 목적을 위한 것으로 간주된다. 근대가 어떤 문제를 안고 있는지 여부는 일단 논외로 친다면—물론 논외로 칠 수 없는지라 나중에 꼭 언급해야 하겠지만—윤지관에게 문학은 바람직한 사회의 건설에 꼭 필요한 어떤 것이다. 결국 윤지관에서 중요한 것은 "문학적 창조성에 깃든 변혁력과 작품의 가치평가 문제"인 것이다. 이렇게 보면 이광호와 윤지관의 의견 대립은 근대문학이 제도인가 아닌가 여부가 아니라, 그 제도가 바람직한가 여부를 둘러싸고 생긴다고 하겠는데 이 점이, 즉 문학의 창조성과 가치문제가 문학범주를 둘러싼 논의에서 핵심적인 쟁점이 아닐까 싶다.

---

16) 같은 글, 93쪽.
17) 윤지관, 「문학·권력·민주주의」, 『리얼리즘의 옹호』, 58쪽.

3. 문학의 '가치'

앞서 이광호의 이데올로기 비평은 이글턴이 스스로 극복하고자 했던 과학주의를 답습하려는 것이라는 윤지관의 비판을 언급한 적이 있다. 윤지관이 언급하고 있는 이글턴의 '과학주의'란 이글턴이 초기에 받아들인 알튀세르에게 붙여진 '이론주의'의 다른 이름이다. '과학주의'와 '이론주의' 문제를 여기서 깊이 검토할 수는 없다. 다만 알튀세르가 이론주의로 지탄받은 자신의 초기 관점을 자기비판을 통해 수정한 것은 사실이되, 그 이론주의 태도를 나중에 '오류'라고 정정했다는 것만으로, 또 이글턴이 '과학주의'를 수정했다는 것만으로 그들이 애초에 제기한 문제들이 무의미하다고 치부할 수는 없을 것이다. '과학' 혹은 '이론'의 이름으로 알튀세르가 한 작업은 경험주의와 역사주의, 인간주의를 비판하고자 했던 것인데, 성공 여부를 떠나서 그런 시도는 지금도 계속할 필요가 있기 때문이다. 물론 이글턴이 『비평과 이데올로기』에서 시도한 문학비평의 극복과 과학화를 '과학주의'에 빠진 것으로 반성하고 이후 '정치적 비평'으로 넘어갔다는 윤지관의 지적이 틀렸다는 것은 아니다. 게다가 이글턴은 끝까지 문학의 고유한 가치, 그 본원적 가치를 인정하는 데에는 인색했다는 말도 덧붙일 수 있다. 문학을 이데올로기적 실천의 관점에서만 사고하던 '과학주의 비평' 단계에서만 가치문제를 외면한 것이 아니라 정치적 비평의 단계에서도 "담론이 생산해내는 영향들과 그 영향을 생산하는 과정에 관심을 기울"[18] 이는 '수사학적' 문제설정만을 수용하고 있기 때문이다. 맑스주의 문학이론의 중요한 갈래가 이처럼 문학의 가치문제를 외면한 점에 대해서 어떻게 생각해야 할까?

맑스주의 문학이론이 '문학의 가치'라는 이념을 문제삼은 것 자체가 문제라고 할 수는 없다. 우선 '문학의 가치'를 비판한 것은 전통적인 문학비평, 예컨대 영국의 경우 리비스가 선도하는 비평이 정전화에 전념하고 그것을 문학적 가치의 문제로 설명하려고 하는 데 대한 정당한 문제제기였다. 근대적 의미의 문학이 성립하기 위해서는 근대적 지배체제의 구축이 필요하다. 근대문학이 단일한 랑그체계를 전제하는 국민(민족)언어를 바탕 삼으면서도

---

18) 윤지관, 「테리 이글턴의 문학이론 비판」, 361쪽.

그 언어의 차별적 사용에 의존해야 하는 것이 한 증거다. [19] 문학이 차별적인 언어정책이 필요하다는 것은 문학이라는 제도 자체가 부르주아 지배전략의 일환으로 작동됨을 말해준다고 할 수 있다. 정전화는 이런 관점에서 보면 문학을 지배이데올로기로 만들기 위한 작업의 일환처럼 보일 수 있는데, 문학을 본원적으로 가치있다고 보는 관점, 예컨대 문학이란 인간의 구원이요, 자본주의를 극복하려는 노력이라는 관점은 따라서 지배이데올로기를 추종한다는 혐의를 쉽게 지울 수 없다. 사실 알튀세르가 주도한 문학범주 비판의 전통은 이데올로기장치로서의 교육에 대한 비판과, 문학을 이 교육제도와 연결짓는 것을 문제삼지 않는 관행을 분석과 비판의 대상으로 삼으려는 전통이다. 하지만 그렇다고 해서 윌리엄즈나 이글턴처럼 문학범주가 해체되어야 한다고 생각하는 것이 온당한 것일까?[20] 이 질문은 나 자신에게 제기하는 것이기도 한데, 그동안 주로 이데올로기비판의 관점에서 문학논의를 해왔다는 반성이 들기 때문이다. [21]

문학논의에서 문학의 가치문제를 비껴갈 수 있는가? 문학에는 이데올로기만 작용할 뿐 가치란 없다고 해야 할 것인가? 문학범주를 해체하거나 포기하자는 것은 문학의 가치를 인정하지 않는 일이다. 거기에는 가치 운운하는 것 자체가 이데올로기적인 실천일 뿐이라는 판단도 들어 있다. 문학범주에서 벗어나자는 것은 따라서 가치논의에서 벗어나자는 것과 다를 바 없다. 그렇

---

19) 이 부분에 대해서는 르네 발리바르의 연구가 중요하다. 이 글을 위해 참고한 글들은 다음과 같다. Michel Pêcheux, *Language, Semantics and Ideology*, tr. Harbans Nagpal (New York: St. Martin's, 1982), pp. 7-11과, Etienne Balibar and Pierre Macherey, "On Literature as an Ideological Form"을 참조하였다. 이 문제에 관한 나의 논의는 이 책에 함께 실린 「유물론적 문학이론의 한 예」 참조.

20) 알튀세르의 예술관은 이글턴이 그의 과학주의 시절에 채택한 예술관과는 다른 점이 있음을 인정할 필요가 있다. 알튀세르는 예술을 과학과 이데올로기로부터 구별한다. 예술은 과학처럼 이데올로기를 '알게' 하지는 않으나 '느끼게'는 할 수 있다는 것이 그의 주장이다. 루이 알튀세르, 「예술론—앙드레 다스프르에 답함」, 『레닌과 철학』, 이진수 역, 225-32쪽 참고.

21) 이데올로기론에 입각한 나의 문학논의는 「유물론적 문학이론 모색의 한 예」, 「문학연구와 교육의 담론이론적 모색」, 「영국의 문학 교육과 그 제도화」, 「한국영문학연구와 교육의 전화를 위한 한 모색」, 「한국 영문학 연구와 교육의 탈바꿈을 위하여—몇 가지 제안」 등이다. 이 글에서 문학의 가치라는 문제를 제기하는 것은 이데올로기 비판의 관점에 주로 의존했던 이들 선행 논의의 한계를 교정하기 위함이다.

다면 쟁점은 가치논의에서 과연 벗어날 수 있는가가 될 것이다. 하지만 문학 작품을 읽는다면야 어떻게 분석과 평가, 해석을 하지 않을 수 있겠는가? 작품을 읽고서 "그것 참 잘 되었네", "아냐, 이건 뭔가 모자라" 하는 식으로라도 평가는 하기 마련 아닌가. 평가의 근거를 대라면 "글세, 뭐랄까" 하고 얼버무리기도 하지만 차근차근 말할 준비가 되어 있는 사람도 있다. 어떤 반응을 보이든 분석, 해석, 판단을 하는 것이고 이 과정에 가치 문제가 개입하지 않을 수는 없다. 그런 점에서 이광호가 "작품의 분석과 평가에 있어서 배제의 원리에 기초할 수밖에 없다"고 한 것은 필연적으로 일어날 일을 문제삼는 셈이 된다. '분석과 평가에 있어서 배제의 원리에 기초'하는 것은 당연하며, 평가를 하면 결국 잘되고 못된 것, 좋고 나쁜 것, 우월하고 열등한 것을 비교하기 마련이다. 그러나 '문학논의에서 문학의 가치문제를 비껴갈 수 있는가?'라는 질문은 함정으로 작용할 수도 있다. '문학논의' 안에 있으면 '문학의 가치' 문제는 자동으로 생긴다. '문학논의에서'라는 표현은 어떤 관심의 거처, 한계를 지정하는 일종의 울타리 역할을 하는 문법적 제한이다. 그 제한은 문학교육과 해석전통에 의한 세례, 즉 특정한 문학제도에의 가입을 전제하게 하여 문학논의 밖을 보지 못하게 한다. 가치를 '문학의' 가치로 환원하는 것이다. 그렇다면 문학논의 바깥으로 나가려는 운동, 즉 이글턴의 '정치적 비평'이나 윌리엄즈의 '문화유물론'의 길은 가치판단과 무관한가? 그렇지도 않다. 이 경우 역시 분석과 평가를 하고 배제의 원칙을 구사하는 것은 필수적이다. 가치판단이 없다면 그런 선택이 있을 수 없다. 문학을 지키자든 버리자든 평가를 한다는 점에서 문학폐기론자 역시 가치판단을 해야 한다. 누구도 문학을 놓고 평가라는 관문을 비껴가지 못하는 것이다.

결국 관건은 가치문제를 어떻게 따지느냐다. 문학을 둘러싼 관점들도 대부분 이 지점에서 갈라지고 또 그 갈라짐 때문에 문학론의 차이가 생긴다. 문학논의 내부에서도 가치를 어떻게 보느냐에 따라 태도가 달라진다. 민족문학이 한국의 문학범주로서 '최고 범주'라는 평가를 받는 것을 보며 이광호가 문제삼을 수 있는 것도 '문학적 가치'를 민족문학론자와는 달리 보기 때문이다. 그런데 이 차이는 어떻게 나오는 것일까? 민족문학의 범주가 최고의 문학적 가치를 구현할 수 있는 것으로 친다면 우리는 '어떤 근거로?' 하고 물을 수 있다. 제대로 된 민족문학이라면 민족현실을 제대로 반영하고 있기 때문이라는 답변을 듣는다고 만족스럽게 느껴지지는 않는다. '민족문학에는 어떤 매력이, 어떤 현실적 힘이 발휘되는데?' 하고 되묻고 싶어지는 것이다. 여기서 니체의 가치논의를 떠올릴 수 있겠다. 22) 니체는 가치판단 또는 평가란 힘의 측정 또는 해석과 연관된 문제라고 보았다. 들뢰즈에 따르면 "니체는 늘 힘들이 양적이며, 또 양적으로 정의되어야 한다고 믿었"으면서도 "그래도 힘들을 순전히 양적으로만 결정하는 것은 추상적이며 불완전하고 모호하다는 것을 확신했."23) 언뜻 보면 힘을 양에 의해 정의하는 것과, 힘을 양의 관점에서만 결정하는 것은 불완전하다는 주장 사이에는 모순이 있는 것처럼 보일 것이다. 하지만 모순은 아니다. 니체에게서 힘이 양과 분리될 수 없는 것은 힘이 다른 힘과 분리될 수 없다는 것을 의미하기 때문에 양은 늘 양의 차이의 형태로, 즉 힘은 다른 힘과의 양의 차이의 관점에서만 정의되는 것이다. "양의 차이는 힘의 본질"이기 때문에 "질은 양의 차이일 뿐이고 힘들이 관계에 돌입할 때마다 그것에 상응한다"(85-6). 이래서 중요한 것은 힘들의 양의 차이인데, 이 차이로 인하여 능동적인 힘과 반동적인 힘이 구분된다. "육체 속에서 우월하거나 지배적인 힘들은 능동적인 것으로 알려지고, 열등하거나 지배되는 힘들은 반동적인 것으로 알려진다. 능동적인 것과 반동적인 것은 엄밀히 말해서 힘과 힘의 관계를 표현하는 진짜 성질들이다"(81). 능동적인 것과 반동적인 것의 이러한 구분은 헤겔의 변증법에 대립하는 것이다. 니체는 여기서 헤겔의 주인과 노예 변증법을 거부하며, 긍정적인 가치(고귀함)를 주인에게서 찾고 노예한테서는 부정적 가치(비천함)를 보기 때문이다. 24)

---

22) 이하 니체의 가치논의에 대해서는 질 들뢰즈의 『니체, 철학의 주사위』(신범순·조영복 역, 인간사랑, 1993)과 로널드 보그, 『들뢰즈와 가타리』(이정우 역, 새길, 1995)에 나오는 니체의 가치논의 소개와 설명을 참고하였다.
23) 들뢰즈, 『니체, 철학의 주사위』, 85쪽. 이하 이 책에서의 인용은 괄호 속에 그 쪽수를 표시한다.
24) 니체가 볼 때는 노예의 힘이 아닌, 주인의 힘이 긍정적이다. 그는 노예란 단지 '부정의 부정'을 통해서만 자신을 긍정할 수 있을 뿐이라고 본다. 노예는, 스스로 긍정적인 힘이자

니체의 관점에 서면 작품의 가치를 인정하더라도 그 가치를 보는 방식이 반드시 민족문학론과 같을 필요는 없을 것 같다. 이제 작품의 가치는 그것이 지닌 힘, 특히 힘의 질에 의해서, 그 힘이 능동적인가 혹은 반동적인가에 따라 평가받아야 한다. 평가의 '차이'는 작품 가치의 높고 낮음 때문에 나온다고 할 수 있겠지만 이 높고 낮음은 작품에 들어있는 힘의 '고귀함' 여부에 의해 결정되어야 하니, 작품이 지닌 힘과 그 강렬함이 양질의 것인가가 문제가 되는 것이다. 작품의 가치가 이처럼 그것이 발휘하는 힘의 질에 있다고 하더라도 이 질을 어떻게 해석하느냐, 긍정하느냐 부정하느냐는 또 다른 문제다. 어떤 작품을 가치있다고 보는 것은 그 작품 자체가 가치있다는 것 이외에 그것을 가치 있는 것으로 보는 평가자가 있다는 말이기도 하다. 이 판단의 과정은 해석, 분석, 평가 등의 행위로 이루어질텐데 일종의 드라마를 이룬다. 주장 차이들, 해석 차이들이 만들어지기 위해서는 평가 대상과 평가자 각자의 힘의 양질성 여부가 서로 맞물리게 된다. 작품의 가치는 그 힘의 양의 차이에서 나오는 질에 따라서 규정되겠지만 평가는 평가자의 가치, 그의 고귀함 여부—능동적인가 반동적인가—에 의해서도 규정되는 것이다. 문학 평가 또는 비평은 그래서 이중적인 역동성 체계의 교차를 통해 이루어진다고 할 수 있다. 작품의 양질성 여부, 그리고 평가자의 양질성 여부가 상호교차하면서 이루어지는 드라마가 비평이요 평가인 셈이다. 이 드라마에서 중요한 것은 무대의 적실성이나 인물의 양심 등이 아니라 그것들의 역학관계다. 이렇게 본다면 문학과 그 비평을 이데올로기적 실천으로 규정하고 가치평가는 도외시하는 것만이 문제가 아니라 문학의 가치를 인정하더라도 어떻게 이 가치를 이해할 것인가는 여전히 문제가 된다고 할 수 있을 것이다. 문학에 가치가 있음을 인정하는 것으로 드라마는 끝나지 않는다. 작품에 어떤 위력 혹은 마력이 있느냐, 어떤 종류의 힘이 작용하는가, 혹은 작품에 대해 누가 어떤 말을 하는가, 왜 하는가, 그 말을 함으로써 무엇을 성취하는가 등의 질문이 남는 것이다. 25)

_____

자신의 그런 모습을 긍정하는, 그래서 고귀한 주인을 '악'으로 규정함으로써 주인의 긍정성을 부정한다. 그가 자신을 인정하기 위해서는 이 부정을 부정해야만 한다.

4. 문학의 창조성

이쯤해서 문학의 '창조성' 문제를 언급할 수 있으리라. 윤지관은 "민족문학의 역사적 존재성에 대한 근원적이고도 현실적인 사유"가 필요하다는 이광호의 제언을 수용한다면서도 "그 담론성과 제도성을 거듭 확인하고 모든 비평이 이데올로기임을 아무리 밝혀도, 실천적 비평의 길은 열리지 않는다"며, 여전히 "문학성과 창조성에 대한 모색"이 "비평의 핵심적인 관건"임을 주장한다.26) 이광호가 과연 문학의 창조성을 인정하지 않는지 여부는 확인할 길이 없으나, 누구라도 문학에 그런 가치가 없다거나, 문학은 이데올로기일 뿐이라고 한다면 잘못된 관점이라 본다. '창조성'을 '신의 창조성'이라는 의미로 쓴다면 관념론적 문제설정이라 하겠지만 이데올로기적 성격과 구분되는 역동성이나 생산성이 문학에 없을 수는 없다.27) 현실에 대한 문학의 적실성이 중요함을 강조하는 리얼리즘론 역시 문학의 창조성을 중시하는 데에는 뒤지지 않는다. 백낙청이 루카치류의 반영이론에 대해 끝까지 수용을 거부하면서 문학의 창조성을 감안해야 한다는 주장을 제출하는 것이나, 김영희가 영국의 문학비평가인 리비스와 문학에서 문화연구로 전환한 윌리엄스를 비교평가하면서 문학의 창조성을 훨씬 더 잘 이해했다는 이유로 전자의 편을 드는 것이 그 예다.

문학의 이데올로기적 바탕을 인정하는 것만으로는 문학의 창조성을 충분히 이해했다고 할 수는 없을 것이다. 이데올로기 개념만으로 문학에 있는 역동성, 작품마다 고유하게 배치되어 있는 힘과 그 질, 그 힘의 강렬도에 따라 형성되는 감각 등을 설명할 수는 없다. 이데올로기적 문제설정이 중시하는

---

25) 가치평가는 그래서 '드라마화함'이다. "말을 '드라마화함'으로써만, 주인의 입에 또는 노예의 입에 집어넣음으로써만, 말의 의미를 결정할 수 있는 것이다"(보그, 앞의 책, 34쪽). 가치논의는 작품의 의미를 묻기보다는 어떤 특정한 의미를 생산하는 힘이 무엇인가를 묻는다고 할 수 있다.

26) 윤지관, 「현시기 비평의 기능」, 94쪽.

27) 바르트가 말하는 '푼크툼' 혹은 '제3의 의미'가 바로 창조성에 해당한다고 할 수 있을 것이다. '푼크툼'에 대해서는 Roland Barthes, *Camera Lucida: Reflections on Photography* (New York: Hill and Wang, 1980), pp. 26-28, pp. 43-59; '제3의 의미'에 대해서는 Barthes, "The Third Meaning: Research Notes on Some Eisenstein Stills," in *Image-Music-Text* (New York: Hill and Wang, 1977), pp. 52-68 참고.

인식상의 오류, 과학성 여부 등의 문제만으로 창조성이 결코 해명되지 않는다는 문학옹호론자의 관점은 그래서 전적으로 타당해 보인다. 하지만 문학에 창조성이 있다고 인정하는 것이 문학에는 이데올로기적 성격이 없고 오직 창조성만이 있다는 말은 아닐 것이다. 알튀세르와 이글턴이 자기비판을 통하여 이론주의와 과학주의를 극복하려고 한 것은 그 어떤 경우든 이데올로기를 벗어나서는 이론과 과학을 실천할 수 없다는 점을 인정해야 했기 때문이다. 자신을 '이론'(Theory) 혹은 '과학'(Science)의 위치에 있는 것으로 간주하고 문학이나 문학비평을 이데올로기라고 매도하는 것이 문제라고 한다면 문학은 이데올로기와는 별개의 창조성의 문제라고 보는 것 역시 문제다. 이렇게 놓고 보면 창조성 테제와 이데올로기 테제를 연결하는 일, 즉 두 테제의 상호 내재적 절합이 결국 문제요 과제다.

문학의 창조성을 어떻게 보느냐도 문제가 된다. 문학의 창조성을 인정하느냐 마느냐의 문제와 그것을 어떻게 이해하느냐는 문제 사이에는 큰 심연이 있는 듯하다. 창조성의 해석을 두고 반영론과 비반영론의 차이가 있는 것만 해도 그렇다. 국내 리얼리즘론자들은 '반영' 개념이 지닌 형이상학적 함정을 피하기 위하여 문학을 반영의 관점에서만 보려 하지 않는다는 관점을 곧잘 피력한다. 하지만 리얼리즘론자가 현실반영의 과제를 포기하는 것은 물론 아니다. 백낙청도 그래서 작품의 창조성이 제대로 실현된다면 그 작품에는 '현실반영'이라는 사건이 뒤따르고 만다고 보고 있다.

반영론은 결국 하이데거가 말하는 '형이상학'에 근거한 것이고 따라서 형이상학의 극복에 해당하는 진정한 예술적 노력을 올바르게 밝혀주지 못한다. 예술의 '진실' 내지 그 '예술됨'이 가령 루카치의 「예술과 객관적 진리」라는 글에서처럼 '반영'의 원리에서 출발하는 한에는, 작품의 '심미적 가치'를 '인식적 기능'에서 도출해내는 어려움 아니면 '인식적 기능'과는 별개의 '심미적 가치'를 설정하고 양자를 조화시키는 어려움 때문에 끝끝내 골머리를 앓게 되지 않을까 싶다. 그러므로 필자가 지금 생각키로는 예술의 예술성 내지 창조성 자체는 달리 규명하되, 그러한 예술성이 실제로 성취될 때 '현실반영'이라는 사건이 어째서, 얼마나 그 핵심적 요인으로 반드시 끼어들게 마련인가를 밝히는 것이 옳은 접근법일 것 같다.[28]

현실반영이라는 사건, 이 사건은 어떤 성질의 것일까? '사건'이라는 점에서 현실반영은 관념, 환상은 아닐 것이다. 따라서 그것은 실재하는 어떤 것이다. 하지만 그것은 실체나 물체로 존재하는 것은 아니다. 사건은 풀이나 나무와는 다른 방식으로 존재하니까 말이다. 자세히 설명하지는 않지만 백낙청이 '현실반영'을 문학적 형상화가 성공을 거둘 때 만들어내는 어떤 효과로 인식하고 있는 것은 분명하다. 작품이 만들어내는 효과, 이 효과는 그런데 왜 '현실반영'이라는 이름을 달고 나오는 것일까? 작품이 현실반영이라는 사건을 일으킨다고 하는 것은 작품과 현실의 어떤 대면을 상정함이 아닐까? 작품이 제대로 힘을 발휘하면 현실을 반영하는 사건을 일으킨다는 것은 작품이 현실에 '대면하여' 서있는 그림을 연상시킨다. 왜 창조성의 효과는 굳이 반영이라는 사건으로만 이해되는 것일까? 반영 이외의 사건은 없는가?

이 지점에서 '리얼리즘'은 진리 개념에 지나치게 묶여있는 문제틀이 아닌가 하는 질문이 가능할 듯싶다. 국내 리얼리즘론의 태두라 할 백낙청이 비평활동 초기부터 '과학', '진리', '재현' 등의 개념을 규명하려고 애써온 것은 잘 알려진 일이다. 리얼리즘론을 구축하기 위한 노력이겠지만 나로서는 작품의 활동이 왜 진리 개념에 배타적으로 묶여야 하는지 묻고 싶다. 문학의 사건을 진리의 문제로 간주해서는 안된다는 말은 물론 아니다. 창조성 테제와 이데올로기 테제를 동시에 인정하지 않으면 안된다고 말한 것도 문학이 진리의 문제이기도 함을 인정할 수밖에 없기 때문이었다. 이데올로기라는 개념은 과학의 개념, 그리고 진리의 개념과 분리하여 사고될 수 없다. 문학을 '이데올로기'라고 매도하는 쪽이 통상 자신을 과학의 대변자로 말하는 것도 그 때문이다. 물론 '과학주의' 문제가 생긴 데서도 확인되듯 문학을 이데올로기라고만 해서는 과학대변자 자신의 과학주의 이데올로기라는 문제가 대두되지만, 제대로 된 이데올로기론이라면 과학적 실천이 이데올로기적 실천 속에서 이루어짐을 인정하는 것과는 별도로 과학, 나아가 진리의 문제를 끝까지 따지지 않을 수 없다. 백낙청의 리얼리즘론이 근대과학의 데카르트식 이분법적 발상을 준열하게 비판하면서도 진리의 문제를 포기하지 않는 것 역시

---

28) 백낙청, 「모더니즘논의에 덧붙여」, 『민족문학과 세계문학 Ⅱ』, 445-46쪽.

어떤 실천에 이데올로기적 성격이 들어간다고 해서 진리의 문제가 사라지는 것은 아니라는 점을 보여주는 것이 아닌가 싶다. 29) 문제제기는 그래서 진리의 문제가 문학의 중요한 쟁점임을 부정하려는 목적에서 나온다기보다는, 왜 문학의 창조성을 진리의 문제로 축소하느냐, 즉 문학적 표현을 왜 재현의 문제로만 국한하느냐는 것이다. 문학의 '사건'을 창조성으로 보면서도 진리의 사건으로만 보지 않게 되면, 현실반영의 성공 여부나 충실 여하에 대한 죄의식이나 압박감에서 벗어나 문학의 예술성, 창조성을 새롭게 이해할 수 있을 듯싶다. 문학적 창조가 진리의 섬김으로 이해될 때 문학은 경건해지라는, 혹은 진정성을 간직하라는 명령을 당연한 것으로 받아들이게 될 것 같다. 이때 문학적 창조성은 종교적으로 규정되며, 반종교적이라 규정되기 십상인 도발들은 창조성과는 무관한 것으로 치부되기 쉽다. 문학적 창조성은 그러나 진리에 봉사하지 않더라도 형성될 수 있는 감수성, 지각, 비전, 감각 등의 차원에서 성취되는 것이 아닐까? 감각의 차원에서 확인되지 않는 창조성은 없으며, 감각 형성을 통해야만 '현실반영'이라는 효과도 만들어질 수 있다. 문학을 반영의 틀, 진리의 틀에 먼저 묶기 전에 감각 형성의 실험장으로 만들 필요가 있지 않을까?

국내 리얼리즘 문학논의가 진리문제와 연결될 수밖에 없는 것은 리얼리즘론이 민족문학론을 받치고 있고, 민족문학론은 또 그 이름에 걸맞게 '민족현실'이라는 문제를 한시라도 놓쳐서는 안된다는 강박감이 작용하기 때문일 것이다. 민족문학론은 국내문학론 가운데 '역사적 중압감'을 가장 강하게 느끼는 입론에 속한다. 사실 그 점이 민족문학론의 본받을 태도이자 강점인데, 문제가 없지는 않다. 민족문학론에서 '현실'이란 무엇인가라는 문제나, 현실의 수많은 비민족적 요소들이 '민족'에 의해 포괄될 수 있는지 여부도 중요한 논쟁거리겠지만 리얼리즘론과 진리문제의 '궁합'관계를 놓고 본다면 '현실'에 대한 정당한 관심이 문학논의를 문학의 내용 중심으로 끌어가게 하는 경향

---

29) 국내 리얼리즘론자 중 특히 영문학 전공자들로부터 존경을 받고 있는 리비스가 비평의 주관주의적 경향과 객관주의적 경향을 동시에 극복하려고 하면서 '객관성'이라는 기준을 포기하려고 하지 않은 것 역시 같은 맥락에서 이해할 수 있을 것 같다. 김영희, 『비평의 객관성과 실천적 지평』, 141-63쪽 참조.

이 있는 점이 특히 마음에 걸린다. 내용에 집중되는 이 관심은 문학의 질료 및 표현 차원의 문제를 비껴가게 함으로써 문학의 물질성을 단순화하는 부작용을 낳는 것으로 보인다. 다른 예술에서도 마찬가지겠지만 문학에서 관건은 형식과 내용의 관계가 아니라 각기 질료, 형식, 실체로 나눠지는 표현과 내용의 이중절합 관계다.[30] 여기서의 질료란 "일관성의 구도 혹은 기관 없는 신체, 다시 말해 형식화되지 않고 비유기적이며 비지층화되거나 탈지층화된 신체와, 그 신체를 흐르는 모든 흐름, 즉 원자 이하의, 분자 이하의 입자들, 순수한 강렬도, 전前생명적이고 전물리적인 자유로운 특이성들"[31] 이다. 내용은 이 질료를 형식화하는 것이며, 표현은 그것을 '기능'에 따라 구조화한다. 들뢰즈와 가타리에 따르면 내용과 표현은 서로 반영하거나 재현하기보다는 상호전제하는 관계에 놓인다. 예컨대 푸코의 용법에서 내용은 감옥기계라는 '사회적 기계'를 가리키고, 표현은 형법과 같은 '언술행위의 집단적 배치'를 가리키는데,[32] 양자간에는 "어떤 공통의 형태, 일치성 또는 일대일 대응 따위는 없다."[33] "내용과 표현 사이에는 상응관계나 순응관계는 결코 존재하지 않는다. 다만 상호전제와 더불어 동형성만이 있을 뿐이다."[34] 나 자신 이들 개념들의 관계를 깊이 이해하지는 못하지만[35] 이 복잡한 논의를 문학논의에 산뜻하게 적용하기도 쉽지 않다. 다만 여기서 '질료', '표현',

---

30) 표현과 내용, 그리고 질료, 형식, 실체의 관계는 들뢰즈와 가타리의 설명(*A Thousand Plateaus: Capitalism and Schizophrenia* [Minneapolis: University of Minnesota Press, 1987], p. 43)에 따르면 다음과 같이 도표화할 수 있을 것이다(로널드 보그, 앞의 책, 205쪽에 있는 역자 이정우의 도표도 참조할 것).

	질료	형식	실체
표현	표현질료	표현형식	표현실체
내용	내용질료	내용형식	내용실체

31) Deleuze and Guattari, op. cit., p. 43.
32) 이 부분에 대한 논의는 질 들뢰즈, 『들뢰즈의 푸코』, 권영숙 역, 새길, 1995, 60쪽 이하 및 81-110쪽 참조. 보그, 『들뢰즈와 가타리』제6장(「화려한 증식: 기호적 체제들과 추상적 기계들」) 참조.
33) 『들뢰즈의 푸코』, 71쪽.
34) Deleuze and Guattari, op. cit., p. 44.
35) 표현, 내용, 질료, 형식, 실체의 관계에 대해서는 보그의 앞의 책, 제6장 전체를 참고.

'내용'을 언급하는 것은 이들 개념들이 문학의 물질성을 새롭게 인식하게 하지 않는가, 특히 그 개념들이 이중절합의 개념을 주지 않는가, 그리고 문학을 다양한 입자들, 요소들, 흐름들, 힘들, 기능들의 배치로 사고하게 해주지 않는가 싶기 때문이다. 문학을 배치의 관점에서 보게 되면 들뢰즈와 가타리가 질료라고 하는 부분—이 부분은 다양하게 '기관없는 신체', '일관성의 구도', '추상적 기계' 등으로 불리는데—이 중요해질 것이다. 문학적 표현에서 활용되는 질료는 어떤 흐름을 타며, 어떻게 '기능'과 절합하게 되는 것일까 등을 생각하면 문학과 현실의 관계에 대해서도 반영과는 다른 상을 얻을 듯싶다. 아마 현실은 표상의 대상이라기보다는 문학적 실험과 창작의 대상이 되고, 문학이 질료를 탈영토화함에 따라서 새롭게 구성되는 어떤 것으로 이해되지 않을까? 이때 현실은 객관적 '대상'이 아니라, 문학적 실천을 포함한 실천들에 의해서 구성되는 결과다. 현실이 대상이 된다면 그것은 문학적 생산의 재료가 되는 한에서다.

리얼리즘론은 이런 문제를 어떻게 이해하고 있는가? 스스로 중시하는 '내용'에 대해서는? 리얼리즘은 '내용과 형식'의 문제설정에서 크게 벗어나 있지 않다는 생각이다. 리얼리즘은 형식주의를 지양하기 때문에 형식 편을 들지 않는다. 그렇다고 내용 편을 일방적으로 들 수도 없는 것이, 문학이 예술인 한 표현의 문제를 도외시할 수 없기 때문이다. 그러나 내용과 표현의 현실적인 절합을 사고할 수 없는 한 리얼리즘은 내용문제를 말하기 위해서는 형식을, 형식문제를 말하기 위해서는 내용을 부정하는 어중간한 해결책밖에는 없다. 그리고 내용을 중시하기 때문에 문학의 창조성을 이야기하는 순간에도 내용의 소환장에 응할 수밖에 없어 어렵사리 인정된 창조성마저 반영의 문제로 환원하고 만다. 리얼리즘이 표현의 질료, 형식, 실체가 어떤 관계를 이루는지, 혹은 내용과 표현의 절합 양상이 어떤 것인지에 대해 별다른 관심이 없는 것도 그 때문이 아닐까? 민족문학론이 '사실주의' 전통에 대해서는 너그러운 반면 모더니즘이나 아방가르드 전통에 대해서는 상대적으로 무관심 내지 폄하의 자세로 일관하는 것 역시 이런 점과 무관하지 않을 것이다. 리얼리즘론 속에 질료와 표현을 제대로 고려할 문제틀이 마련되어 있지 않다는 것은 작품의 현실반영 문제말고는 작품의 물질성을 느낄 수 없다는 말이 아닐까? 아방가르드의 경우, 혹은 모더니즘의 '형식실험'의 경우 예술의 질료 혹은 재료와 표현의 새로운 절합가능성이 특히 문제가 되는데, 이것은 '내용'문제만이 예술의 문제가 아님을 보여준다. 문학의 내용만이 아니라 그 질료와 표현의 문제를 동시에 고려해야 한다면 문학적 창조성의 문제는 '현실반영'만의 문제는 아닐 것이다.

　리얼리즘론은 애써 문학의 창조성을 강조하면서 반영론의 함정에서 벗어나려고 몸부림치면서도 반영론의 틀에서 벗어나지 못하는 것으로 보인다. 리얼리즘이 반영론에만 입각하여 그 방법론에 따라서 문학을 설명하려 든다는 말은 아니다. 이 지적의 요지는 리얼리즘이 반영론과만 사랑을 나눌 뿐 다른 멋있는 연인들과는 놀려고 하지 않는다는 말이다. 문학적 창조성은 재현이나 반영의 문제, 혹은 진실성이나 진정성의 문제만이 아니라 이미 말했듯이 힘의 관계들의 관점에서, 그 역동성의 차원에서도 이해할 수 있다. 이 역동성은 현실을 어떻게 표상하느냐보다는 오히려 현실을 어떻게 창조해내느냐는 문제다. 새로운 감각을 창조하는 것, 이 감각을 특이하게 만드는 것, 거기에는 물론 현실반영이라는 감각의 창조가 포함되지 않을 수 없다. 그러나 동시에 반영에 집착하는 것은 예술의 사건을 단순화하는 것이며, 예술의 충격을 안정화하고, 예술이 하나의 '제도' 안에, 즉 민족문학 혹은 세계문학으로 성장해야 하는 제도 안에 갇혀 있기를 바라는 것이 아닌가? 어쩌면 이것은 '구원'이나 '해방'의 이름으로 문학을 한다고 하면서 그런 해방의 폭과 가능성을 축소시키고, 어떤 특정한 구원을 특권화하는 것은 아닌가? 예술의 창조성이라는 이름으로 그 창조성의 역동적 성격을, 그 흐름의 강렬한 힘을 쇠약케 하는 것은 아닌가?

5. 근대문학제도

　지금까지 두 마리 토끼를 잡자고 말했던 것이 아닐까 싶다. 문학의 이데올로기적 성격과 창조적 성격을 둘 다 인정해야 한다고 주장한 셈이기 때문이다. 이 주장은 문학옹호론과 비판론의 관점을 동시에 수용하자는 것처럼 보여 어쩐지 위태롭게 보인다. 토끼 두 마리를 좇다가 다 놓치는 것은 아닐까 싶기도 하다. 그러나 문학비판론과 옹호론을 동일한 수준에서 옹호한 것은 아니다. 일단 문학을 이데올로기로만 보는 견해에 대해서는 말도 안된다고 보았기 때문이다. 논의도 그래서 주로 문학의 창조성을 인정한 바탕 위에서 진행된 편인데, 그러나 곧 이어 문학의 창조성도 어떻게 이해하느냐에 따라서 문제가 된다고 딴지를 걸었던 만큼 창조성테제만 지지한 것은 아니다. 결국 양쪽으로부터 비난을 면하기는 어려워졌는데, 나름대로 전술을 쓰긴 했다. 니체와 들뢰즈 등의 가치논의에서 빌어온 그 전술은 '가치'를 '힘'의 문제로 생각함으로써 창조성을 역동성의 문제로, 감각의 문제로 치환하고, 나아가 문학의 물질성을 이중절합의 관점에서 사고하는 것이었다. 그런데 아직 턱없이 부실하여 보충이 되어도 많이 되어야 할 이 논의는 문학범주가 문제로 떠오른 데서 촉발되었다 할 수 있다. 한편에서는 문학을 이데올로기라고 해체하자거나 특권화하지 말라 하고 다른 한편에서는 '문학적 창조성에 깃들은 변혁력'을 높이 평가하고 있는 상황이 이 논의의 출발점이었던 것이다. 이제 나의 태도를 좀더 명확히 밝히라면 문학이 이데올로기적 성격을 갖게 되는 것은 그것이 창조성을 가지고 있기 때문이라고, 문학의 제도화는 그 창조성 때문에 일어난다고 말하고 싶다. 이데올로기가 이데올로기로 작용하기 위해서는 매력이 없어서는 안된다. 문학이 제도화하여 이데올로기로 작용하기 위해서는 문학에 그만한 힘이 있어야 할 것이다.[36] 하지만 창조성 테제를 더 밀고 나가고 싶기도 하다. 문학의 창조성은 문학을 지금의 제도, 근대적 문학제도에 안주시키지 않고, 거기서 벗어나게 하는 힘을 가지고 있다고 말하고 싶은 것이다. 이 점을 좀더 언급하기 위하여 문학제도 문제를 다시 살필 필요가 있겠다.

근대의 서구문학이 시민문학으로, 그리고 한국에서 민족민중문학으로 성립하게 된 데에는 문학에 '민주주의의 실현'과 같은 '근대적 이념'이나 "근대적인 인간과 사회의 형성을 위한 시대적인 요청에 부합"하는 측면이 있었기

---

36) 여기서 우리는 지배이데올로기는 대중의 동의에 의해서만 지배이데올로기가 된다는 그람시의 명제를 떠올릴 수도 있을 것이다.

때문이라고 할 때, 윤지관은 정확하게 문학의 창조적 힘을 읽어낸 것으로 보인다. 그는 근대문학이 제도화된 데에는 그만한 가치, 힘, 역동성 등이 있었기 때문으로 보고 있다. 하지만 그의 주장은 일면만 맞는 것 같다. 근대문학의 등장은 근대예술이 사회의 파편화를 모면한 까닭에, 그래서 자본주의 사회의 대안인 것처럼 여겨지는 바로 그 까닭에 자본주의 사회내의 합법적인 제도라는 위상을 얻게 되는 것과 맥을 같이 한다. 뷔르거가 지적하듯 예술이 자율적인 제도의 지위를 획득하게 되는 것은 "부르주아사회의 지배적 원칙인 도구적 합리성에 대한 비판의 초기 정식화들"이 등장할 때다. 37) 예술은 부르주아적 사회질서가 노동분할과 '도구적 합리성'을 진척시키고 상승시킴에 따라 "인간이 상실한 온전함의 회복이 유일하게 가능한 영역으로 인식"되었다. 그런데 예술이 제도화된 것이 바로 이런 이유 때문이라면, 예술에 대한 상반된 평가가 가능하게 된다. 예술의 제도화는 예술에 '창조적 변혁력'의 자양분이 있기 때문에 성립한다는 진단은 한편으로는 예술에 대한 예찬이요, 다른 한편으로는 예술에 대한 질타다. 문학이 "민주주의의 실현이라는 근대적인 이념"에 바탕을 두고 있다는 윤지관의 논지가 일면만 타당하다는 것은 예술의 창조성이 지닌 이 양면성을 동시에 보려고 하지 않기 때문이다. 예술이 자율적 공간을 확보하고 제도가 된 것은 그것이 부르주아 사회의 모순을 비판하는 측면 때문만이 아니라 "부르주아사회의 예술은 엄밀한 의미에서 이데올로기로 제도화했"기 때문이기도 하다. "사회 및 그 도구적 합리성에 대한 비판은 조화로운 삶에 대한 기만적 경험이라는 형태로 제도화되어 그런 조화의 실현 가능성을 동시에 없애버린다는 점에서 이데올로기적이요, 마르쿠제의 개념을 사용하면 긍정적"인 것이다. 38)

물론 문학이 지배질서를 긍정하기만 하는 것은 아니라고, 예컨대 리얼리즘에 입각한 민족문학이야말로 자본주의 사회와 분단 현실을 비판하고 도구적 합리성을 극복하려는 노력이라고 주장할 수도 있다. 서구 시민문학의 한

---

37) Peter Bürger, "The Institution of 'Art' as a Category in the Sociology of Literature," *Cultural Critique* 2 (Winter 1985-86), p. 11.
38) Ibid., p. 13.

계에 대해서 이야기할 수도 있을 것이고, 제3세계문학의 차별성을 강조할 수도 있을 것이다. 그러나 그런 주장이 문학을 위한 온당한 변명일 수도 있지만 문학은 이데올로기와 무관하다고 하는 주장으로 이어진다면 그만큼은 문학의 자율적 측면을 강조하게 되고, 문학이 특권적인 위치에 있음을 강변하는 것이 된다. 그러나 리얼리즘론자가 자신은 문학의 사회적 내용을 줄기차게 언급하고 문학의 사회적 역할을 강조한다는 점에서 '자율성' 테제와는 거리가 먼 문학론을 제시한다고 한다면? 하지만 여기서 자율성이라 함은 문학이 제도로서 성립할 때 갖는 성격을 의미한다는 점에서 사회비판 여부와는 별도로 문학이 갖게 되는 위상이다. 국내 리얼리즘론자들—문학의 사회적 역할이라는 화두 자체에 대해 사고하기를 거부하는 모더니즘계열의 문학 옹호론자는 말할 것도 없지만—이 문학이나 비평의 이데올로기적 성격을 마지못해 인정할 뿐 그 성격에 대해 깊은 고찰을 하지 않는 것은 이런 점을 고려하지 않기 때문이 아닐까? 민족문학론은 문학의 이데올로기성보다는 인간해방에 기여할 문학의 자양분을 강조하는 측면이 높다. 이에 따라 민족문학을 건설하고 세계문학의 대열에 참여하는 것이 현단계의 중요한 문화적 사명이 된다. "전지구적 소비문화의 침투를 막아내기 위한 싸움에서 문학의 영역을 소홀히 하는 것은 전략적인 오류다"라는 주장도 이런 맥락에서 나온 듯싶다. 39) 여기에는 "포스트모더니즘이 자랑하는 다양성이란 실상 '후기자본주의의 문화적 논리'가 허용하고 일정 정도 요구하는 바의 사이비 다양성에 불과"하다는 진단이 첨부되어 있다. 40) 문학에 대한 지대한 신뢰를 가지지 않고서는, 문학이 남다른 능력을 가진 것임을 굳게 믿지 않고서는 이런 생각은 불가능하리라. 하지만 바로 그런 점 때문에 이런 입론이 문제를 안게 된다고 생각할 수는 없을까? 이 관점은 문학의 사회적 기능을 그 내용 차원에서 고려할 뿐 문학이 제도로서 하고 있는 역할은 별로 고려하고 있지 않다. 윤지관이 문학이란 이데올로기적 실천이 아니냐는 지적을 받고서도 문학의 창조성 등을 내세워 애써 이데올로기 분석을 외면하고 있는 것도 같은 태도

---

39) 백낙청, 「지구화시대의 민족과 문학」, 『내일을 여는 작가』, 1997년 1 · 2월호, 10쪽.
40) 같은 글, 15쪽.

다. 사회변혁의 꿈을 지녔다는 리얼리즘론은 그렇다면 어떤 변혁을 이루려는 것인가? 근대를 극복하려는가 말려는가? 문학의 근대적 제도의 성격을 극복할 생각이 없다면 근대문학주의를 지지하는 것이 될텐데 문학에서 어떻게 변혁을 한다는 것일까? 반복이나 문학에 깃들은 창조성을 인정하지 말자는 것이 이 글의 주장은 아니다. 그러나 문학이 창조적이라고 보고, 문학이 현실변혁에, 인간해방에 이바지하는 것으로 이해하는 것과 그것을 특정한 문학제도의 형태로 유지하려는 것은 다른 말이다. 문학만큼 훌륭한 예술은 없다—예상 외로 자주 듣는 말이지만—고 하거나, 민족문학이야말로 가장 바람직한 현단계 문학 방식이라고 하는 것은 문학제도를 어떤 특정한 방식에 가두려는 시도다. 오늘날 문학이 '대문자로 시작하는 문학'(Literature)으로 안정화하여 지배이데올로기가 되었다며 문학주의에서 벗어나 '문화'로 나아간 윌리엄스의 기획도 그래서 문학의 창조성을 무시한 결과라고만 봐서는 안될 것 같다. 그의 비판은 문학의 '(재) 영토화' 혹은 제도화에도 향해 있기 때문이다.

문학의 제도는 한편으로 보면 그 자체 (재) 영토화라기보다는 탈영토화에서 비롯되었다고 할 수 있을 것이다. 근대문학에 민주적 힘이 있다는 윤지관의 말을 굳이 수용하지 않더라도 문학에 창조성이 있다고 한다면, 그리고 이 창조성이 어떤 역동적인 성격을 가진다고 한다면, 근대문학제도의 성립은 그 이전 문학제도의 탈영토화를 의미하며, 그것은 새로운 영토의 개척이다. 그런데 문학이 제도로 성립하려면 문학 자체의 힘만으로는 되지 않으며, 다른 많은 조건들이 충족되어야 한다. 근대문학제도가 성립하기 위해서는 민족국가, 단일시장과 민족언어의 형성, 언어교육을 위한 대중교육의 확산 및 대중교육내 언어교육의 분할, 문학적 감수성을 갖추게 하기 위한 문학교육의 실시, 문학교육의 대학내 구축 등 많은 장치들, 제도들, 실천들이 필요하다.41) 이들 혹은 그 외의 다른 요소들의 출현 방식과 배치는 물론 민족문학

---

41) 이런 관점에서 보면 뷔르거의 '예술제도' 개념도 충분히 역사적이지 않다. 뷔르거의 '예술제도' 개념이 지닌 난점은 이 '제도'가 어떻게 작동하는 제도인지, 어떤 구체적인 요소들을 가지고 있는지, 혹은 그 작동의 효과는 무엇인지 가늠하기 어렵다는 점이다. 반면에 헌터의 영문학교육의 역사기술은 문학이 제도로서 어떻게 실천되고 있는지 경험적인 차원으

에 따라서 달라질 수밖에 없으며, 사실 국내 민족문학론도 세계문학을 지향한다지만 우리 민족문학이 지닌 차별성에 주목하여 성립된 측면이 크다. 문학제도를 이런 관점에서 보면 문학의 역동성, 창조성은 사회적 장치들에 의해 포착됨을, 그리고 또한 문학이 사회적 장치들과 연결되어 근대문학제도라는 독특한 복수적 실천을 만들어내고 있음을 알 수 있다. 그래서 문제는 결국 '배치'다. 문학이 사회적 장치들에 의해 완전히 포섭되는 것만도, 문학의 창조적 힘이 장치들을 활용하는 것만도 아니다. 실제로 일어나는 것은 문학과 사회적 장치들간의 상호전제, 혹은 이중절합이다. 문학작품도 '기계'요 사회적 장치들도 '기계들'이며, 이 기계들이 결합하는 것 즉 그 배치가 문학제도이며, 오늘의 지배적 배치는 근대문학제도다. 근대문학제도는 영속적인 성격의 배치인가? 물론 그렇지 않다. 근대문학제도의 배치는 그 안에서 작동하는 탈주의 선에 의해 새로운 배치로 전환되지 않을 수 없기 때문이다.

6. 문학의 물질성—그 기념비적 성격

문학이 제도로 성립하기 위해서는 막연한 말 같기는 하지만 창조성, 힘 등이 없어서는 안 된다. 근대적 문학제도는 문학적 창조성의 특정한 역사적 배치로 이해할 수 있을 것이다. 그런데 이 '배치'가 가능하기 위해서는 문학의 창조성을 물질성의 관점에서 볼 필요가 있을 것 같다. 문학 자체의 물질성과 사회적 장치들의 이중절합에 의한 문학제도의 성립을 생각할 수 없겠느냐는 것이다. 그러나 문학의 물질성이란 무엇인가? 흔히 문학의 물질성은 언어에 있다고 하는데, 언어가 무엇인지에 대한 논의도 분분하여 설령 문학의 물질성이 언어에서 온다는 말이 맞다 해서 문학의 물질성은 언어에 있다는 대답이 만족스러울 수는 없다. 문학제도의 성립에 필요한 물질성을 다시

로까지 밝히고 있다. 헌터는 영문학이 제도로서 성장하는 데는 매튜 아놀드 같은 '문화사도' 보다는 스토우(David Stow)나 케이-셔틀워드(James Kay-Shuttleworth) 같은 자선사업가 혹은 공중위생관의 역할이 더 중요했다는 점을 강조한다. 이 주장이 얼마나 근거 있는가 여부는 차치하고 문학제도가 역사현실 속에서 구성되고, 존립하고, 또 실천되며 관리되는 방식에 관심을 기울이게 한다는 점에서 그의 작업은 의의가 있어 보인다. Ian Hunter, *Culture and Government: The Emergence of Literary Education* (London: Macmillan, 1988), 스토우와 케이-셔틀워드의 역할에 대해서는 p. 42 이하 참조.

사고할 필요가 있다. 문학의 물질성 문제를 '기념비' 개념으로 생각해볼 수 있을 것 같다.

셰익스피어의 연작 소네트에는 시인-화자가 등장하여 자신의 연인인 '흑부인'(Black Lady)과, 또 이 여인을 놓고 자신과 삼각관계에 있기도 하고 자신의 연인이기도 한 '젊은이'(Youth)가 지닌 젊음이나 삶은 자신의 시속에서만 영속할 수 있다는 주장을 반복한다. 가령 21번 소네트에서 "파괴적인 시간이 그대 젊음의 날을 밤으로 바꾸고자"할 때 "나는 그대에게 새로운 삶을 준다"고 말하거나 19번에서 "너〔시간〕의 학대에도 불구하고/내 사랑은 내 시 안에서 영원히 젊게 살리라"고 말하는 것이 그러하다. 42) 소네트 55번에서도 화자는 "파괴적 전쟁이 조상들을 무너뜨리고/전투들로 석물이 뽑혀버릴 때/군신의 칼도 전쟁의 성급한 화염도 그대 기억의 산 기록을 불태우진 못하리" 하며 진부하다면 진부한, '인생은 짧고 예술은 길다'는 견해를 피력하고 있다. 시간의 화살과 더불어 살 수밖에 없는 현실 속의 인물은 필연적으로 늙고 병들어 죽을 수밖에 없지만, 그 인물이 시의 세계 속에 '살게' 될 때는 현재의 모습 그대로를 유지하게 된다는 시인-화자의 주장은 시, 문학, 나아가서 예술의 어떤 특징에 대해 말하고 있는 것으로 보인다. 여기서 제기되는 문제는 시가 어떻게 '기념비'가 될 수 있는가, 그리고 그 기념비는 어떤 역할 혹은 작용을 하는가이다.

내가 알기로 예술의 기념비적 성격을 가장 잘 설명하고 있는 것은 들뢰즈와 가타리이기에 그들의 관점을 잠깐 소개한다. 43) 이들에 따르면 "기념비란 잠재적 사건을 현실화함이 아니라, 그것을 구현시킴, 즉 거기에 실체를 부

---

42) William Shakespeare, *The Sonnets* (Penguin Books, 1970).

43) '기념비'는 푸코가 먼저 사용한 개념이다. 푸코는 『지식의 고고학』(이정우 역, 민음사, 1992)에서 "우리 시대에 있어서의 역사란 '문서'를 '기념비'로 변환시키는 작업"(27쪽)이라며 '문서'와 '기념비'를 구분하고 있다. '문서'가 과거의 흔적 혹은 역사의 증거로서 판독(deciphering)의 대상이라면, '기념비'는 "분리시키고, 분류하고, 관여적이게 하고, 서로 관계 맺게 하고, 여러 집합들로 구성해야 할"(27쪽) 요소들이다. 이런 기념비적 성격을 지닌 언표들은 문서고에 '저장'될 수 있다. 푸코가 말하는 고고학은 담론을 "'문서'로서, 다른 사물에 대한 기호로서, 투명하기는 하지만 그것이 보존되는 그곳에서 본질적인 것의 깊이와 연결되기 위해서는 종종 성가신 불투명성을 통과해야 하는 요소로서 취급하지 않는다. 그것은 담론을 그 고유한 부피 속에서, 기념비로서 다룬다"(196쪽).

여함이다. 다시 말해 사건에다가 하나의 육체를, 삶을, 우주를 부여하는 것이다."[44] 죽고 말 젊은이가 소네트에서 살아가게 되는 것은 예술의 이런 성격 때문이다. 그런데 들뢰즈와 가타리는 오직 예술만이 "세계의 한 순간이 지속하도록 혹은 제 스스로 존재하도록"(247) 할 수 있다고 말한다. 예술이 세계의 한 순간을 지속시키는 것이 가능한 것은 예술이 지각작용들, 감정들, 견해들, 체험들을 벗어나기 때문이고, 지각작용(perception)이 아닌 지각(percept), 감정이 아닌 정동(affect)을, 견해가 아닌 비전을 이루기 때문이다. 지각과 정동은 감각을 이루는데, 이것이 바로 예술의 기념비적 차원으로서 예술의 독특한 물질성은 바로 여기서 나온다. 이 감각을 생산하기 위해서 예술은 언어, 색채, 소리 등을 사용하지 않으면 안 된다. 이것들은 재료로서 예술의 물리적 차원이다. 예술은 이들 재료들, 그것의 물리적 조건들을 가지고 작업을 하며, 거기서 감각을 만들어낸다. 들뢰즈와 가타리는 예술에서 "정당하게 보존되어야 하는 것은 재료가 아니"라고 본다. "재료는 단지 사실상의 조건들만을 구축할 뿐"이기 때문이다. "이러한 조건이 충족되는 한(즉 캔버스, 물감, 돌이 한낱 먼지로 전락하지 않는 한), 자체적으로 보존되는 것은 지각이나 정서다. 설령 단 몇 초 동안만 존속되는 재료일망정, 재료는 감각에게 이러한 짧은 지속과 함께 공존하는 영원함 속에서, 존재하며 자체적으로 보존될 능력을 부여할 것이다. 재료가 지속되는 한, 그러한 순간들 자체에서 감각이 누리는 것은 영원함이다"(238).

이런 생각은 셰익스피어의 말, 혹은 그의 시중 화자의 말과 크게 다르지 않다. 하지만 예술이 성립되기 위해서는, 예술적 감각이 만들어지려면 재료가 지속되지 않으면 안된다는 것 또한 엄연한 사실이다. 화자가 젊은이의 영속이 자신의 시 속에서 가능하다고 할 때 그에게는 재료의 지속이 문제가 된다는 사실에 대한 의식이 없다. 하지만 '분서경유'가 언제라도 가능함을 생각할 때, 예술의 감각이 주는 '영원함'은 그 감각이 '기념비' 형태로 구성될 때라야 지속된다고 할 수 있을 것이다. 기념비에서 감지되는 감각은 영원의 형태를 띨지 몰라도 기념비는 동시에 시간의 영향에, 언젠가는 먼지로 화할

---

44) 『철학이란 무엇인가』, 256쪽. 이후 이 책으로부터의 인용은 괄호 속에 쪽수를 명기한다.

운명에 내맡겨져 있다. 이렇게 이해되는 기념비는 감각의 차원과 물리적 차원의 물질성을 동시에 갖는다. 젊은이를 감각의 차원에서 영속시킬 시 또한 이런 의미에서 기념비적 성격을 갖는다. 이 조건을 생각하면 시는 '신체'를 가져야 하며 이 신체는 물리적인 성격을 띤다고 해야 할 것이다. 시의 신체는 그 자체로 현실 속에 존재하는 것이며, 그것의 시적인 감동은 그것의 물리적 존재 가능성에 의존한다. 그러나 재료에 의존한다는 것이 그것에 전적으로 규정된다거나, 그 감동의 모든 것이 그것에 의해 한정되는 것은 아닐 터이다. 만약 그렇다면 예술가의 '창작 과정'에 수반되는 고통은 필요가 없을 것이다. 그래서 재료는 구성되어야만 한다. "구성, 바로 이 구성이 예술에 대한 유일한 정의이다. 구성은 미학이며 따라서 구성되지 않은 것은 예술작품이 아니다"(277). 그래서 "재료의 지속은 매우 상대적"이고 감각은 재료와는 "다른 질서에 속하면서 재료가 존속하는 한 자체적으로 하나의 실존을 소유한다"(279). 예술적 가치는 바로 이 구성에서, 그 구성의 결과 만들어지는 감각에서 나온다고 할 수 있을 것이다. 감각은 힘들이 교직되어 만들어내는 효과이다. 이 힘들은 그런데 '실체'로 형상되며, 이 형상은 질료로 구성된다. 문학에 신체가 있다면 그 신체는 힘들로 구성되는 감각과 그 감각의 가능성을 제공하는 질료의 결합인 '기념비'로 존재한다.

기념비가 문학의 물질성이라면 이 물질성은 창조성이 아닐까? 재료, 질료, 힘들의 구성에 의해서 기념비가 형성되고, 이 기념비 차원에서 문학적 감각이 이루어진다고 한다면 문학은 물질적으로 구성된 효과, 창조의 효과인 셈이다. 이 창조는 그런데 감각의 조형이라는 차원에서 이해되어야 할 것이며, 따라서 힘의 흐름으로 이해될 수 있을 것 같다. 감각은 그 자체가 힘들의 관계 양상이 아니냐는 말이다. 문학에 역동성이 있다면 바로 이 힘들의 관계맺음이 그 속에 작용하기 때문일 것이다. 문학을 이렇게 이해할 때 우리는 그 속에 창조성, 역동성이 있음을, 나아가서 변화가능성이 있음을 인정하지 않을 수 없다. "예술에 진보가 있다면, 그것은 예술이 숱한 우회와 복귀, 분할선들, 정도와 단계들의 변화들…과 같은 새로운 지각과 정서들을 창조해야만 살아 있을 수 있기 때문이다"(279). 위에서 문학은 역동적이고 창조적인 성격 때문에 문학제도라는 역사적 장치로 배치될 수 있다는 점을 살핀 바 있다. 아울러 배치는 새로운 힘들의 흐름에 의해서 탈영토화될 수밖에 없다는 점도 지적했다. 감각은 새롭게 만들어져야 하며, 문학에서 변혁은 새로운 감각의 형성과 그 형성의 방식의 변화 등과 관련된 문제일 것이다. 이 모든 가능성은 문학의 물질성에서 비롯된다. 문학이 기념비적 성격을 갖는 것도 이 때문이다. 기념비로서의 문학은 그 질료, 재료에 의존하여 구성되는 방식 때문에 특이한 감각을 만들어내며, 이 감각은 문학적 질료라는 힘들, 흐름들, 특이점들이 배치된 결과로서 형성된다. 그러나 이런 창조적 과정이 혼자 성립할 수는 없다. 문학이 문학제도로 배치되는 것은 그 때문이다. 사실 문학은 제도로서 배치되어야만 존재하고 배치된 문학만이 존재한다고 할 수 있다. 문학이 다른 사회적 장치들과 연관된 속에서의 그 위상과 구분되어서는 안되는 이유는 그 때문이다. 하지만 문학의 물질성 없이, 문학이 지닌 창조성 없이 문학제도로서의 그 배치 역시 불가능하다는 말도 사실이다.

7. '탈근대' 문학론을 위하여

문학범주가 문제로 떠오르게 된 것이 최근의 문화적 변동과 문화지형 변화와 관련되어 있으리라는 점은 이미 언급한 바다. 문화지형이 변하게 되면 문학이 문화에서 차지하는 위상에 변동이 생길 수밖에 없고, 그렇게 되면 문학이 차지하는 중요성도 변할 것은 당연하다. 셰익스피어든 괴테든 이상이든 박경래든 김지하든 현재 중요하다고 인정되는 작가들의 작품도 문자문화와 비문자문화의 관계 양상에 따라 그 위상과 중요성이 크게 변할 것이다. 구텐베르크 이후 문자문화는 문화 전반에서 핵심적인 지위를 차지하게 되었지만 19세기말 이후 사진 등 새로운 매체가 등장하면서 그 우선성을 상실하기 시작했다. 최근에는 컴퓨터공학이 주도하는 기술문화의 전반적 확산으로 영향력이 더욱 급감하는 중이다. 이런 점에서 "전자영상시대에 문학이 낡아버렸다는 온갖 언설에 지레 겁집어먹음으로써 침입자에게 쉽게 길을 내주지 않는 한, 언어라는 잘 알려진 장벽과 번역으로 이해하기 위해서라도 요구되는 해당지역에 고유한 특정한 지식들의 양은 소비문화가 뚫고 들어오기가 심히 거북한 지형을"45) 이룬다는 백낙청의 진단은 오히려 안이하다 싶다. 세상이 돌변했다며 부산떨 일은 물론 아니다. 그러나 문학이 근대적 범주로 구성된 실천이자 제도라고 한다면 문학의 지금 모습들이 항존하리라는 법은 없다. 새롭게 나타나는 매체들과 언어매체 간에 늘 새로운 결합 혹은 절합의 가능성이 있으며, 오히려 긴요한 것은 그 절합의 새로운 가능성을 탐구하는 것이 아니겠는가. 문학의 전통적 형태를 추인하는 일 이외에 문학의 전화 혹은 형질변화 가능성을 모색하고 그에 따른 실험들을 지지하는 것은 그래서 문학적 실천의 중요한 과제이다. 근대적 문학제도를 고수하자는 주장은 아방가르드적 실천을 막는 구실이 될 가능성이 크다. 뷔르거의 말대로 아방가르드는 '예술제도'로서의 문학에 대한 새로운 시각을 열었다. 아방가르드는 제도로서의 예술을 파괴하여 차라리 삶과 동일하게 만들고자 했다. 물론 역사적 아방가르드의 이런 시도는 실패했고 아방가르드예술, 모더니즘문학은 그것대로 제도로 편입되었다. 예술제도가 해체되거나 파괴되지는 않은 것이다. 그러나 아방가르드적 실천은 예술이 제도임을 드러냈고, 그에 따라서 이 제도의 새로운 전환과 변환을 이루어낸 것 또한 사실이다. 이로 인한 변화가 정치적으로 보수적이었던 것만도 아니다. 오히려 예술제도를 지키려고 한 쪽이야말로 보수세력이 아니었던가. 그렇다고 기존의 문학은 낡아빠졌으니 포기하자는 주장이 성립하는 것은 아닐 터이다. 문학범주의 포기는 그 자체로 가치평가이며, 문학을 이데올로기로만 파악하는 것은 문제임을 이미 인정한 바 있다. 그래서 문학전통에 깃들은 창조적 가치들은 그것대로 인정할 필요가 있겠지만 그렇다고 문학을 고정시키려 들지는 않아야 할 것이다. 문학의 힘이 다른 매체들과의 관계에서 증감될 수도 있고 또 문자매체가 다른 매체들과의 연대나 결합할 때 새로운 예술의 가능성도 생길 수 있다. 이런 가능성을 부인하려고만 들어서는 근대문학주의에서 벗어나기 어렵다. 문학범주에 대한 윌리엄스나 이글턴의 비판도 문학을 자기충족적으로만 보는 이런 사고에 대한 비판으로 다시 볼 필요가 있지 않을까. 문학과 제도가 절

---

45) 백낙청, 「지구화시대의 민족과 문학」, 11쪽.

합한 어떤 국면도 지속하기만 하는 것은 아니다. 근대문학제도 역시 '탈주선'을 탈 가능성을 안고 있다고 봐야 한다.

결국 여기서 제시하는 문학적 실천의 전략은 '탈근대' 전략이 되는 셈이다.[46] 탈근대 전략은 리얼리즘론이 추구하는 것으로 보이는 근대적 전략과는 구분되어야 할 것이다. 근대적 전략이 학교제도, 가족-학교의 지배이데올로기 장치들을 온존코자 한다면 탈근대는 이들 장치들의 탈코드화와 탈영토화를 지향한다. 리얼리즘론이 이들 장치들이 만들어내는 지배적 효과들을 지지한다는 말은 아니다. 하지만 근대적 장치들을 해체하고 새로운 장치들로 전환시키기 위한 명시적 노력을 하고 있는 것도 아니다. 탈근대 문학론은 대조적으로 문학생산의 아방가르드적 실천과, 다른 한편 이데올로기구성체로서의 문학제도의 탈코드화를 지지한다. 하지만 이 '탈근대' 전략을 포스트모더니즘 전략인 것으로 봐서는 안될 것이다. 탈근대 관점은 근대적 제도들, 장치들, 배치들이 여전히 지배적인 위치에 있다고 보는 반면, 포스트모더니즘은 이들 장치들과 배치들이 마치 실존하지도 작용하지도 않는 것으로 보고 있다. 탈주체, 탈중심 등 포스터모더니즘이 제출하는 명제들은 주체와 제도의 위력을 제대로 인정하지 않고 있으며, 탈코드화와 탈영토화의 흐름들이 힘을 갖기 위해서는 영토화와 재영토화의 반작용의 힘에 맞서나가는 것이어야 함을 쉬 망각하게 만든다. 이는 여기서 제출되는 주장이 근대적 틀거리들을 완전히 소멸시켜야 한다거나 소멸될 수 있다고 하는 것은 아님을 말해준다. 탈근대전략은 근대로부터의 단절을 목표로 하는 것이 아니라 연결의 원칙, 혹은 연기(緣起)의 관점에 서서 근대를 새로운 영토 속에 배치시킴으로써 근대로부터 탈주하기를 꾀한다. 그런 점에서 근대적 요소들은 새로운 기계와 장치들을 만드는 데 쓰일 '벽돌들'이다. 근대문학에는 이런 벽돌들이 있으며, 그 점에서 그것은 탈근대로 나아가는 데 쓰일 중요한 자산이다.

문학범주를 고집할 필요는 없다. 그러나 이는 문학을 포기하자는 말이 아니라 그것을 특정한 형태로 고정하거나 혹은 그 범주를 특권화하지 말자는

---

46) 탈근대의 '탈'은 근대에서 탈피한다는 의미이지만 전근대로 되돌아가자는 뜻은 아니다.

말이다. 문학은 생산적이고 창조적인 힘을 가지고 있지만 수많은 생산적 힘들의 일부 사례일 뿐이다. 들뢰즈와 가타리가 묘사하고 있는 노래하는 새의 모습을 보면 문학중심적, 나아가서 인간중심적 가치 판단도 문제라는 점을 느끼게 된다.

> 강우량이 많은 호주의 수림들 속에 서식하는 '세노포이에트 덴티로스트리'라는 새는 아침마다 나뭇잎들을 뜯어내어 땅으로 떨어뜨려, 빛이 바랜 잎의 앞쪽 면이 땅과 대조가 되도록 잎사귀들 하나하나를 뒤집어 놓는다. 그렇게 즉석 무대를 하나 만들어놓고는, 바로 그 위의 칡뿌리나 종려나무 가지에 걸터앉아, 부리 밑의 깃털 아래 노르스름한 목뼈가 다 드러나리만큼 목청을 돋구어가며, 제 자신의 음조들과 또 막간에 자신이 흉내내는 다른 새들의 음조들로 구성된 복잡한 노래 하나를 불러제낀다고 한다(266-67).

이 인용문에 바로 이어 들뢰즈와 가타리는 "그야말로 완벽한 예술가인 것이다"라는 말을 덧붙이는데, 호주의 새가, 나아가 자연만물이 그 색채와 소리 등의 재료로써 감각의 세계를 구축한다고 하여 독특한 언어적 감각을 구축하는 문학의 독특성과 창조성이 사라지는 것은 물론 아니겠지만, 그와 같은 사실은 너무 쉽사리 문학만을 최고 경지의 예술이라고 특권화하는 것에 대한 경고로는 작용할 듯하다. 물론 인간의 실천이 자연의 조화와 다르다는 점을 가지고서, 인간적 예술의 탁월함을 논증하려 할 수는 있을 것이지만 그때 등장하는 가치의 문제는 인간중심적인 가치가 될 가능성이 크다. 인간중심적 가치를 논의하는 것 자체를 물론 포기할 수는 없으며, 인간중심으로 살 수밖에 없기도 하지만 사실 인간을 내세우지 않는 것이 오히려 인간을 위할수도 있지 않을까? 나는 오히려 문학의 창조성을 특권적으로 말하지 않고 존중할 때, 비문학의 세계에 귀를 기울일 때, 또 비인간에 우리를 개방할 때 문학적 창조성의 새로운 경지가 열리리라고 믿는다.

4

유물론적 문학이론 모색의 한 예*

1. 문학논의의 새로운 모색

지금까지 한국 진보진영의 문학논의는 '리얼리즘'이란 문제설정이 주도했다고 해도 과언은 아닐 게다. 리얼리즘은 80년대 남한사회 변혁운동의 고양 국면에서 별다른 이론적 도전을 받지 않은 채 지배적인 문학이론의 지위를 누렸다. '민족문학', '제3세계문학', '민중문학', '노동해방문학', 혹은 '비판적' 리얼리즘, '사회주의 리얼리즘' 등 다양한 명칭과 갈래로 단계적 발전 국면들을 거치면서 진보진영 문학논의의 지배적 패러다임이 된 것이다. 이 과정에서 많은 논쟁이 일어나기도 했지만 그것은 분파적인 대립 혹은 '내부' 논쟁이었을 뿐, 대립들과 논쟁들 자체가 리얼리즘론 번창의 징후였다. 하지만 이제 리얼리즘 진영은 변혁운동의 다른 분야와 마찬가지로 80년대 말에 이르러 분명해진 세계역사적 정세로 말미암아 크게 타격을 받은 듯하다. 90년대 초에 '다시 문제는 리얼리즘이다'며 리얼리즘의 문제설정을 복권하려는 노력이 있었지만 이 기획은 주목을 받은 뒤 이론적으로나 실천적으로 별다른 돌파구를 마련하지 못하고 소멸했다. 이런 상황은 아마 정세변화에 따른

---

* 출처: 『민족예술』 2, 1994, 158-69쪽.

다양한 변수들이 만들어낸 총체적인 효과일 게다. 리얼리즘 논의는 80년대 중반에 벌어진 포스트모더니즘 논쟁에서 간접적인 타격을 받은 것으로 보인다. 리얼리즘이 당연시하던 문학을 포함한 예술의 장르적 구분, '자율성'이 이때 의심의 대상이 되기 시작한 것이다. 아울러 86-89년의 '3저 호황'에 따른 '문화산업'의 성장으로 문화지형이 바뀌면서 리얼리즘 논의에서 전제하는 문학의 사회적, 문화적 위치가 상대적으로 위축한 것도 중요한 요인이다. 하지만 리얼리즘의 위기는 이런 저런 '객관적' 상황이 빚어낸 현상만은 아닌 듯하다. 혹시 그것은 리얼리즘론 자체의 이론적 취약성이 불러온 내재적인 결과가 아닐까? 리얼리즘론은 애초부터 새로운 변화에 적응할 수 없는 이론적 한계를 그 속에 담고 있었기 때문에 국면의 변화와 맞물려 위기를 맞게 되지 않았을까?

이 글은 리얼리즘론 자체를 논의하거나 그것의 이론적 한계를 살피려는 데 목적이 있는 것은 아니다. 여기서는 그래서 리얼리즘론을 직접 언급하는 대신 우회로를 택하여 '새로운' 문학논의의 방향을 모색하고자 한다. 최근 국내에서 관심을 끌고 있는 알튀세르의 이름과 함께 전개된 문학이론이 그것이다. 알튀세르의 이론적 관점이 주목을 끈 것이 근래이기 때문에 '새롭다'고 했지만 사실 이 표현은 따지고 보면 부적합한지도 모른다. 알튀세르는 1960년대 이후 세계 진보진영에 영향력을 행사해왔고, 여기서 다루려는 문학이론도 이미 20년 이상의 역사를 갖고 있기 때문이다. 또 하나 짚고 넘어갈 점은 알튀세르학파가 지금 한국에서 관심을 끌고 있지만 사실 애초에 기대했던 이론적, 실천적 돌파를 제대로 하지는 못했다는 사실이다. '새롭다'란 표현은 따라서 이래저래 문제라 하겠는데, 그래도 굳이 그 표현을 쓴 것은 국내에서는 진보적 문학논의가 리얼리즘에 국한되었기 때문에 이제 소개하려는 질문들은 개봉조차 되지 않았던 점을 고려해서다. 이에 따라 이 글은 기왕의 논의에서 전면에 드러나지 않았던 질문들을 일부 제기하면서 알튀세르의 이론 작업 연장선상에서 진행된 문학이론 작업, 특히 1974년에 에티엔 발리바르와 피에르 마슈레가 발표한 「이데올로기적 형태로서의 문학에 대하여」라는 논문을 소개하는 제한된 목적을 가진다.[1] 이 작업은 문학이 하나의 '지배효과'이며 지배이데올로기의 재생산에 기여하는 측면이 있다고 하는, 지금까지 국내 문학논의에서는 어떤 이유에선지 조명을 받지 못한 한 발본적 관점을 살펴보는 기회가 될 것이다.

2. 이론적 맥락

초점이 되고 있는 논문의 '이론 발생'의 맥락을 잠깐 언급하고 넘어가자. 「이데올로기 형태로서의 문학」이 나온 1974년은 프랑스에서는 커다란 전환기였다고 할 수 있다. 당시 상황은 20년 후인 지금 우리 상황과 유사한 점이 없지 않은데, 1968년의 5월 혁명 이후 일어난 열기가 거의 식어버리고 소위 '신철학자들'이라는, 과거 '극좌파'로 분류되기도 했지만 차츰 우경화한 일군의 철학자들이 매스컴의 각광을 받으면서 맑스주의에 대한 대대적 공격을 시작하려던 때였다. 이런 국면 전환에는 여러 요소들 가운데서도 1968년 혁명기에 단적으로 드러난 프랑스 공산당의 반민중성이 크게 작용했으며, '신철학자들'의 공격은 1972년쯤부터 본격화한 '교조' 비판의 일환이었다. 지금 국내 상황도 마찬가지지만, 동일한 문제에 대한 대응은 다양할 수 있으며 각 대응의 적실성에 따라 문제 해결의 가능성 확보 여부가 결정될 것이다. 발리바르와 마슈레의 논문은 이런 반맑스주의 흐름이 강화되는 가운데 문학논의를 유물론적으로 이끌어가려고 한 시도의 하나였다.

발리바르와 마슈레 유물론적 문학이론의 이론적 원천은 1969년에 나온 알튀세르의 논문 「이데올로기와 이데올로기 국가장치」다. 알튀세르는 이 기공적(起工的) 논문에서 맑스주의에 '이데올로기론'이 공백으로 남아 있음을 지적하고, 종래 맑스주의가 이데올로기를 허상으로 정의하던 것을 수정하여 이데올로기의 물질성이라는 테제를 제시하였다. 알튀세르는 이데올로기적 실천이 이데올로기 국가장치들 속에서 수행되고 있으며 이것은 결코 환상이 아니라는 점을 주장함으로써 그 동안 흔히 상부구조로서 토대인 경제(혹은

---

1) Etienne Balibar and Pierre Macherey, "On Literature as an Ideological Form," in Francis Mulhern, ed., *Contemporary Marxist Literary Criticism* (London & New York: Longman, 1992), pp. 34-54. 이 글에서 하는 인용은 괄호 속에 그 쪽수를 명기한다.

정치)를 '반영'하는 것으로만 치부되던 문학을 포함한 많은 문화적 실천들을 좀더 정확하게 그것들의 실천적 측면에서 이해할 수 있게 하였다. 이때 등장하는 것이 '상대적 자율성'이라는 개념인데 이 개념으로 알튀세르는 문학과 같은 문화적 활동이 한편으로는 그 자체만으로 존재하는 절대적 독자성을 가진 것도 아니고 다른 한편으로는 토대로 환원되는 순전히 이데올로기적인—고전적 의미에서—것만도 아니라는 점을 강조하였다. '상대적 자율성'은 사회적 실천들의 총체가 불균등하게 발전하면서 상이한 층위들간의 충돌과 개입이 일어나는 과정에서 어떤 지배적인 경향이 생산된다는 점을 설명하는 개념으로서, 알튀세르가 다른 맥락에서 언급한 '중층결정'과 일맥 상통한다.

이 테제와 함께 몇 가지 중요한 이론 작업들이 전개된다. 미셸 페쇠가 유물론적 담론이론을, 발리바르와 마슈레가 유물론적 문학이론을 구성하고 또 르네 발리바르(에티엔 발리바르의 어머니)가 프랑스어 발전을 추적하면서 프랑스어가 교육장치들을 통해 계급적 분할을 이룬다는 것을 밝힌 것이 그 예들이다. 이런 시도들은 알튀세르가 제기한 이데올로기의 물질성 테제를 구체화한 작업들로서 예컨대 미셸 푸코가 '생체권력' 개념으로 이데올로기 테제를 거부한 것이나, 장 보드리야르가 '상징적 교환'이라는 개념으로 일체의 정치경제학적 테제들을 무시하는 방향으로 나아간 것, 그리고 료타르가 '주변부' 정치를 선호하면서 노동자 중심적 메타내러티브 정치를 거부하는 포스트모던적 '배리' 개념을 수용한 것과는 대조를 이룬다. 여기서 '이데올로기'는 '국가'라는 총체화된 구조를 염두에 둔, 총체적인 사회적 상을 그려보려는 집념을 담은, 사회적 실천들 전체를 상관적으로 파악하려는 개념이다. 따라서 발리바르와 마슈레가 문학을 이데올로기적 형태로 본 것은 '맑스주의 위기'가 확산되던 당시 상황에서 맑스주의를 포기하지 않고 문제들을 사고하려는 집요한 노력이었다고 하겠다.

이 노력은 한편으로는 교조적 맑스주의에 대한 대내적 비판 형식으로, 다른 한편으로는 전통적인 관념론과 그것에 물든 여타 이론들에 대한 비판 형식을 띤다. 발리바르와 마슈레의 글이 전통 부르주아 문학이론인 '형식주의'

와 현실 사회주의권 문학이론인 '리얼리즘'(특히 루카치의 리얼리즘론)을 비판의 표적으로 삼는 것은 이 때문이다. 하지만 그들은 자기 논적들의 문제점을 조목조목 따지지는 않는다. 문제설정을 바꾸어 유물론의 본령에서 출발하는, 일종의 원칙 확인 작업을 먼저 하는 것이다. 이때 등장하는 것이 도미니크 르쿠르가 핵심 유물론적 범주라고 내세운 '반영' 개념이다. 르쿠르는 레닌의 '철학적 전략들'을 면밀하게 검토하면서 훨씬 더 명확하게 '반영'에 대한 유물론적 테제를 제출한다. 발리바르와 마슈레는 르쿠르의 이 테제를 적극 수용함으로써 문학이론을 유물론적으로 발전시킬 수 있는 계기를 발견한다. 이 새로운 모색들은 알튀세르가 1960년대 말에서 70년대 초에 진행한 자기비판과도 맥을 함께 한다. 알튀세르는 이때 자신의 초기 이론작업이 '이론주의' 혐의를 받을 수 있음을 인식하고 철학을 '이론적 실천의 이론'으로 정의하던 관점에서 '이론에서의 계급투쟁'으로 보는 것으로 전환한다. 그의 '이데올로기론'은 이런 전환 과정에서 제출된 것으로서 여기서 "이데올로기는 거짓된 것이자 이후에 계속되는 과학적 해명에 종속되는 전(前)과학적 의식으로 고찰되는 것이 아니라…태도와 행위를 규정하는 개념과 표상, 방식의 복잡한 복합체이자 개인의 행동방식으로 고찰된다."[2] 이는 유물론적 관점의 확인을 통해 이론 내부의 계급투쟁을 전개하는 프로젝트의 전면화라고 할 수 있는데 페쇠의 유물론적 담론이론이나, 르네 발리바르, 에티엔 발리바르와 피에르 마슈레, 그리고 도미니크 르쿠르의 전기한 작업들은 알튀세르의 이런 수정에 발맞추어 유물론적 태도 확인의 연장선상에 선 작업들이라고 할 수 있다.[3] 따라서 발리바르와 마슈레의 논문에 대한 이해는 이런 작업들에 대한 이해를 전제로 하기 때문에 우리는 이 글의 과정에서 이들의

2) N. S. 아프타노모바, 「알튀세르의 사상적 진화의 단계들」, 윤소영 편, 『루이 알튀세르, 1918-1990』, 민맥, 1991, 213쪽.
3) 이와 함께 우리는 발리바르와 마슈레의 글이 페쇠의 담론이론과 관련되어 있음을 지적할 수 있겠는데 이상하게도 그들은 페쇠의 글에 대해서는 언급을 하고 있지 않다. 페쇠의 담론이론과 그들의 글이 거의 동시에 출간된 것을 보면 두 작업들이 상호 침투는 되었더라도 직접 인용할 수는 없었겠다고 생각이 들지만 두 작업이 상호 관련이 있는 것이 분명하기 때문에 그 관계를 연구하는 것이 필요하다. 여기서는 페쇠의 담론이론이 담론 과정 자체에 중심을 둔 데 반해 발리바르와 마슈레의 작업은 구체적인 문학담론의 구성과 관련된, 페쇠 담론이론의 구체적 적용이라는 점만 지적하고자 한다.

이론작업에 대한 소개도 아울러 하게 될 것이다.

3. 문학이라는 이데올로기적 형태와 그 객관성

발리바르와 마슈레의 논문은 르네 발리바르가 도미니크 라포르트와 함께 한 이론 작업의 서문으로 쓴 글에서 발전한 것이다. 이 글에서 그들은 마슈레가 1966년에 발표한『문학생산이론을 위하여』에서 전개한 문학이론을 수정 보강하는 작업을 전개한다. 마슈레는『문학생산이론』에서 알튀세르가 같은 해에「앙드레 다스프르에 답함」에서 제시한 "예술은 과학도 아니며 이데올로기도 아니다"라는 명제를 레닌의 문학론과 관련하여 좀더 자세히 거론한 적이 있다. 마슈레는 레닌이 톨스토이의 문학은 톨스토이 자신의 이데올로기를 재료로 하여 구성됨을 보여주고 있다고 한 지적을 가리키며, 문학텍스트는 그것을 구성하는 이데올로기에 대해 내부 거리를 유지하며, 알튀세르의 표현에 따라 이데올로기를 보고, 느끼고, 감지하게 한다고 주장하였다. 이것은 문학텍스트라는 것이 형식으로서의 문학 자체인 것도 아니지만 또한 작가의 의도에 의해서 일방적으로 지배당하고 있다는 견해와도 구별되는, 문학의 상대적 자율성을 인정하는 관점이다. 마슈레는 문학텍스트가 작가를 지배하는 이데올로기에 형식을 부여하는 것도, 이데올로기를 표현하는 것도 아닌, 이데올로기를 드러나게 함으로써 어떤 연출(미장센)을 제공한다고 봤다. 그런데 문학텍스트는 현실 속에 놓여 있는 것이기 때문에 불가피하게 현실과 관련을 맺지 않을 수 없다. 문제는 이 관련이 구체적으로 어떤 모습을 띠는가 하는 점인데 발리바르와 마슈레의 논문은 이 질문에 대한 탐구다. 이와 관련해서 이 논문의 제목에 유의할 필요가 있다.「이데올로기 형태로서의 문학」이라는 제목은『문학생산이론』에서 마슈레가 의거한 알튀세르의 예술의 상대적 자율성 테제를 수정하는 듯한 표현을 담고 있다. 알튀세르가 예술은 이데올로기가 아니라고 한 점을 고려할 때 문학을 '이데올로기적 형태'라고 한 것은 발리바르와 마슈레가 뭔가 색다른 점을 지적하려고 함을 시사한다. 여기서 이들이 문학을 '이데올로기적 형태'로 규정한다는 것은 무엇을 의미하는가라는 문제가 나온다.

발리바르와 마슈레가 문학을 '이데올로기적 형태'로 규정하는 것은 문학의 '객관성'을 강조하기 위함이다. 이 대목에서 그들은 『레닌의 철학적 전략』이라는 글에서 유물론적 '반영' 개념을 놓고 수행한 르쿠르의 이론 작업을 수용한다.4) 르쿠르에 따르면 '반영'은 가장 핵심적인 맑스주의적 개념으로서 레닌이 맑스와 엥겔스의 전범에 따라 마흐(Mach)류의 감각주의적 철학에 맞서 정립한 것이다. 레닌이 볼 때 유물론자가 되기 위해서는 무엇보다도 먼저 사유에 대한 실재의 우위라는 명제를 제1명제로 수용해야만 한다. 그런데 당시 신물리학의 출범으로 물질에 대한 인식의 혼란이 생기면서 사물의 물질성을 관념적으로 해석하려는 시도가 마흐 등을 중심으로 일어났으며, 보그다노프 등 레닌 자신이 속한 볼셰비키 당에서 '좌파'로 행세하는 일파조차 마흐의 관념론적 철학을 역사유물론과 '결혼'시키려는 시도가 일어났다. 레닌이 『유물론과 경험비판론』을 집필한 것은 바로 이런 오류를 시정하기 위한 철학적 개입이었다. 르쿠르는 유물론적 '반영' 범주에는 서로 구별되면서도 반드시 순서에 따라 연결되는 두 명제가 들어 있다고 설명한다. 첫째, '반영'은 객관성 문제와 결부되어 있다. 이 문제는 "정신 속에 반영되어 사유를 규정하는 물질적 실재가 존재하는가"라는 질문을 제기하며 또한 추가로 "사유 자체는 물질적으로 규정되는 실재인가?"라는 질문을 제기한다. 르쿠르가 볼 때 반영 범주의 첫 번째 명제는 결국 사유에 앞서 있기 때문에 사유로 환원되지 않는 물질적 실재가 사유를 규정하며 또한 사유 그 자체도 물질적 실재성을 가지고 있다고 하는 것이다. 둘째, '반영'은 정확성의 문제와 관련되어 있다. 이 두 번째 명제의 특징은 첫 번째 명제를 전제로 할 때에만 가능하다는 점인데 르쿠르는 그것은 결국 반영은 구체적으로 어떤 모습을 하고 나타나는가라는 질문으로 귀결된다고 본다. 이런 관점에서 볼 때 문학을 이데올로기적 형태로 규정하는 것은 문학이라는 반영적 산물이 구체적으로 나타나는 모습이 무엇인가를 규정하는 것이다.

발리바르와 마슈레는 무엇을 위해 르쿠르의 유물론적 반영 개념을 도입하

---

4) 레닌의 철학에 대한 국내 논의로는 김세균, 「레닌의 철학적 실천과 유물변증법 구상」, 『이론』 4호, 1993년 봄을 참고하기 바란다.

는가? 실재의 우위와 사유의 실재성을 강조함으로써 문학적 반영의 실재성을 강조하기 위함이다. 르쿠르에 따르면 사유가 객관성을 갖는 것은 사유가 외부 현실을 반영하기 때문이다. 여기서 중요한 것은 외부 현실이 실재한다는 사실, 그리고 그에 따라 사유가 실재성을 갖는다는 사실이다. 마찬가지로 문학이 객관성을 갖는다는 것은 문학이 하나의 역사적 실재라는 사실을 가리키며 문학의 객관성에 대한 보증은 "문학이 지닌 유물론적 반영, 객관적 현실의 반영으로서의 자격"(36)에서 나온다. 그런데 이때 자칫 문학과 현실의 관계가 서로 외재적으로 대면하는 관계, 즉 마치 거울 속의 영상과 그것이 '반영'하는 외부 대상의 관계라고 오해하기 쉽다. 발리바르와 마슈레는 이 오해를 피하기 위해 르쿠르가 말하는 '반영'은 '거울 없는 반영'임을 강조한다. 문학에 객관성이 있다는 것은 문학이 현실을 정확하게 거울처럼 반영하기 때문에 생기는 결과가 아니라 문학이 역사 속에서 현실의 일부를 이루고 있기 때문에, 즉 문학 역시 하나의 역사적 현실이기 때문에 생기는 결과다. '이데올로기 형태'의 하나인 문학이 객관성을 가진다는 것은 바로 이 점을 가리키며, 발리바르와 마슈레가 제출하는 문학 규정이 형식주의나 리얼리즘에서 이해하는 문학과는 전적으로 다른 것은 이런 점 때문이다. 그들의 문학관은 한편으로 "반영(=문학)을 '그 자체로', 물질 세계에 대한 관계와는 무관하게 연구하려는 의도(형식주의), 다른 한편으로 양 측면들에 대한 혼동, 사유의 우선성 주장, 그리고 유물론적 순서의 전도(리얼리즘)"(38) 가운데 어느 쪽과도 거리를 두고 있다. 그들은 문학이 현실에 대해 갖는 관계는 문학이 재현하는 '대상'에 대한 관계가 아니라고, 문학은 재현적(representational)인 것이 아니라고 보는 것이다.

하지만 문학을 '이데올로기적 형태로' 정의한다는 것은 어쨌든 문학을 이데올로기와 관련짓는다는 것이며 특히 문학을 이데올로기적 국가장치와 관련짓는다는 말이다. 이것은 알튀세르가 문학을 이데올로기와 구분한 것과 어떻게 다른가? 발리바르와 마슈레가 문학을 이데올로기적 형태로 규정하는 것은 문학을 역사유물론적으로 판단하고 문학의 물질성을 이데올로기적 실천과 관련짓기 위해서다. 두 사람은 알튀세르가 문학을 포함한 예술의 상대적 자율성을 주장한 것을 거부하고, 이들 각기 다른 실천이 역사유물론적인 문제군들 속에서 어떻게 상호관련을 맺는가, 이들의 절합 관계가 어떠한가를 중심으로 생각하려 한다. 발리바르와 마슈레는 예술적 실천의 독자성과 문학의 예술적 심급으로서의 문제는 일단 보류한 채 다른 문제, 역사유물론의 구성과 관련된 문제를 건드리고 있는 것이다.

4. 문학의 '언어교육적' 규정

발리바르와 마슈레는 문학을 이데올로기적 형태로 규정하면서 좀더 구체적으로는 세 가지 측면에서 접근하고 있다. 그들이 보기에 문학은 '언어적', '교육적', '허구적'이라는 3중 규정에 종속되어 있다. 이 3중 규정 중 특히 '언어적' 규정과 '교육적' 규정을 따지는 과정에서 그들은 특히 르네 발리바르의 '언어적 실천' 연구를 수용한다. 문학이 두 규정의 영향을 받고 있는 것은 문학의 객관적 물질성의 당연한 귀결인데 좀더 구체적으로 말하면 이것은 문학이 반드시 민족공통어를 기반으로 한다는 점과 이 민족공통어는 역사상 부르주아 교육장치를 요구한다는 점 때문에 발생한다. 르네 발리바르는 프랑스 문학은 프랑스어를 갖지 않으면 안 된다고 하였다. 그녀는 알튀세르의 이론작업을 수용하여 언어적 실천에 들어있는 계급투쟁 과정을 교육제도의 발전과 함께 고찰하였다. 르네 발리바르에 따르면 언어는 단순히 의사소통에 쓰이는 도구가 아니며 그 자체로 모순을 지닌 실천으로서 특히 자본주의화된 시점에서 보면 자본주의적 교육제도의 확립과 밀접한 관련을 가진다. 여기서 그녀는 알튀세르가 말한 '이데올로기적 국가장치'를 언어와 관련하여 따짐으로써 알튀세르가 이데올로기적 국가장치에 대해 명제적으로 언급한 것을 좀더 구체적으로 분석할 수 있는 가능성을 보여주고 있다. 자본주의 사회구성체의 성립과 관련하여 발리바르가 하고 있는 작업은 프랑스 혁명기의 언어정책 연구로 귀결되는데 그녀는 프랑스 민족공통어의 성립이 부르주아지의 지배권 확립과 관련이 있다고 결론을 내린다. 발리바르는 혁명시기 이전 프랑스어는 방언들과 계층어들로 분산되어 통일성이 결여되어 있었지만 부르주아 혁명인 프랑스 혁명이 일어나면서 일종의 부르주아 문화혁명을 겪고 그 과정에서 민족공통어가 성립되는 과정을 추적하면서 이 언어 통합 과정이 부르주아 지배를 위한 물적 기반 확보에 해당한다고 본다. 그런데 민족공통어의 성립은 부르주아가 귀족계급의 지배권을 탈취하기 위해 필요하기도 했지만 동시에 프롤레타리아계급에 대한 지배권 확보를 위해서도 필요했다. 민족공통어의 성립과 함께 이 공통어 내부에서 새로운 분할이 일어나는 것은 두 번째 이유 때문이다. 이 분할은 언어를 통해 새롭게 지배와 피지배 관계를 관리하는 과정으로서 교육과정에서 초중등 교육과 고등교육간의 분리를 통해 일어난다. 발리바르는 민족공통어 내부에 '기초어'와 '문학어'가 분할되면서 계급분할이 언어적 실천내에서도 발생한다고 지적하는데, 그녀의 이 연구는 에티엔 발리바르와 피에르 마슈레의 문학이론 성립에 큰 영향을 미치게 된다. 5)

르네 발리바르 언어 이론의 핵심 하나는 문학이란 역사적으로 특정한 언어 공동체 안에서만 성립할 수 있다는 것이다. 예컨대 한국문학은 한국어라는 공통어가 없다면 불가능하다는 것이다. 너무나 당연한 듯한 이 주장이 유물론적 문학이론의 주목을 받는 것은 한국어와 같은 민족공통어가 미리 주어져 있다기보다는 반드시 역사적 과정을 거쳐 성립되는, 그 자체가 모순들을 안고 있는 문제임을 지적하고 있기 때문이다. 르네 발리바르는 민족공통어는 아무 시대나 있는 것이 아니며 거의 반드시 부르주아 변혁을 거쳐야만 이루어진다고 강조한다.

프랑스 문학의 '언어적' 규정이 '교육적' 규정과 연관되어 있다는 사실은 소위 콩도르세안이라고 불리는 교육개혁안의 수행 과정에서 분명히 드러난다. 6) 이 개혁으로 프랑스 교육제도는 등급이 매겨진 제도로 자리를 잡았고, 교육은 자연히 일면 국민대중을 상대로 보편화를 추구하면서 동시에 지배계급과 피지배계급으로 나누는 저급과 고급 교육의 분할을 추진했다. 이 과정에서 언어적 실천도 분할을 겪게 되었는데, 발리바르는 초급교육에서는 명

---

5) 르네 발리바르 이론 작업에 대한 국내 소개는 건국대 송기형 교수가 주로 하고 있다. 송교수의 「공언어주의와 언어교육의 차등화에 관한 르네 발리바르의 연구」, 『이론』 5호 (1993년 여름), 201-27쪽을 참조하라.
6) '국민불어'와 프랑스 교육제도의 상관 관계에 대해서는 송기형의 앞의 글 참조.

령서나 지침서 등을 읽고 보고서를 작성할 수 있을 정도의 독해력에 해당하는 언어 사용법을 터득하게 하는 반면, 고급교육을 받게 되면 언어를 창조적으로 사용하는 방법을 터득하게 하는 식의 언어적 실천의 분할이 이루어진다고 지적한다. 이리하여 '작문-서술' 수준과 '논술-해설' 수준이 구별되는데 문학언어는 당연히 고급 수준에 해당한다. 언어적 실천과 교육적 실천이 불가분의 관계를 맺는 것은 이런 구별 혹은 분할이 반드시 교육과정을 통해서 이루어지기 때문이다. 발리바르와 마슈레는 르네 발리바르가 연구한 이런 측면을 고려해야만 유물론적 문학이론을 구성할 수 있다고 본다. 그들이 볼 때 문학은 부르주아 교육장치에서 분할된 방식으로 실천되는 하나의 민족공통어를 요청한다.

5. 문학의 '허구적' 규정과 '지배효과'

이상과 같이 문학을 살핀다는 것은 무엇을 의미하는가? 그것은 문학을 어떤 특수한 문제로서 살핀다는 것인데, 이것은 앞서 발리바르와 마슈레가 문학의 객관성은 문학이 이데올로기적 형태의 하나라는 사실에서 나온다고 한 것과 관련해볼 때 필연적으로 문학이라는 이데올로기적 형태가 지닌 특수성은 무엇인가라는 문제를 제기한다. 그리고 이 문제를 따지는 것은 이제 발리바르와 마슈레가 문학의 3중 규정과 관련하여 지적한 마지막 규정(허구적 규정)도 함께 고려해야 함을 의미한다. 앞에서 발리바르와 마슈레가 문학을 허구로도 리얼리즘으로도 간주하지 않음을 언급한 바 있다. 이런 태도는 그들이 '거울 없는 반영'이라는 유물론적 범주를 수용한 결과이다. 그들이 문학을 이데올로기적 형태라는 관점에서 따짐으로써 문학이 언어적 실천과 교육적 실천의 두 측면 속에서 갖게 되는 모순들을 검토할 수 있게 된다는 점은 방금 지적한 바다. 그런데 문학은 언어교육적 실천들 속에 자리를 잡기위해서 일종의 우회로를 갖게 되는데 이 과정에서 허구적 규정이 작용한다. 발리바르와 마슈레는 문학은 허구가 아니지만 '허구'를, 좀더 정확하게 말하여 '허구효과'를 생산하는 것으로, 그리고 또한 '현실효과'를 생산하는 것으로 생각한다.

여기서 중요한 것은 문학을 허구라고 보는 것과 문학을 허구(효과)나 현실(효과)을 생산하는 메커니즘이라고 보는 것에는 차이가 있다는 점이다. 발리바르와 마슈레의 말을 들어보자. "문학은 자신을 단순히 형상화로, 실재의 나타남으로 정의할 수 없기 때문에 허구, 즉 실재에 대한 허구적 영상이 아니다. 문학은 하나의 복잡한 과정에 의한 어떤 현실—물론 자율적 현실이 아닌(이 점은 지나친 강조가 불가능하다) 물질적 현실이다—의 생산이며, 어떤 사회적 효과의 생산이다"(46). 문학이 허구가 아니라는 것은 문학이 자신을 폐기하지 않는다는 것, 즉 문학은 실재가 아닐 수 없다는 것을 가리킨다. 문학은 허구가 아니라 역사 속에서 실재하고 따라서 실재하는 어떤 것으로서 효과를 지닌다. 이 효과를 발리바르와 마슈레는 허구효과와 현실효과라고 본다. '허구 효과'는 문학 이데올로기가 발동하여 만들어내는 것으로서 문학이 스스로 허구입네 하고 나타나는 것이고, 현실효과는 문학이 어떤 가상적인 현실 속의 모델을 가리키는 효과다. 이런 관점에서 발리바르와 마슈레는 허구와 리얼리즘은 문학 생산에 대한 개념들이 아니라 문학에 의해 생산되는 개념들로 간주한다. 즉 문학텍스트가 스스로 허구임을 내세우거나, 혹은 현실 자체를 지시하는 듯할 때 나타나는 허구적 효과와 현실적 효과는 문학 자체가 지닌 특징이라기보다는 문학이 하나의 생산과정으로서 작동하면서 나타나는 효과라는 점이다. 이런 점에서 문학은 '문학효과'라고 할 수도 있다. 문학효과는 문학을 문학으로 내세우는, 문학을 문학이라고 만드는 메커니즘이 생산한 결과로서, 문학이 어떤 물질적 과정에서 형성되는 효과임을 가리킨다. 이는 우리가 흔히 문학이라고 하는 것은 그 자체가 바로 하나의 효과, 산물이라는 것인데 이런 관점에서 보면 우리가 문학의 이름으로 하는 수많은 활동들은 '문학주의'라는 이데올로기라는 것을 알 수 있다.

이 지점에서 어떻게 허구효과와 현실효과가 발생하는지 따질 필요가 있을 것이다. 이 점을 알기 위해서는 문학이 단순히 허구효과와 현실효과를 만들어내며 또한 문학효과로 나타난다고 지적하는 것만으로 만족할 수는 없다. 발리바르와 마슈레는 이 지점에서 문학의 허구적 규정은 필연적으로 문학의 언어적 교육적 규정과 결합한다고 강조한다. 우선 그들은 르네 발리바르가 말하는 '가상적 프랑스어'('문학불어')라는 것은 어떤 '타협'의 구성체라는 점을 강조한다. 가상적 불어는 몇 가지 두드러진 점에서 문학적 담론 밖에서 실제로 사용되는 표현들을 조금씩 벗어나는 표현들이다. 이 표현들은 "실제로 사회적으로 모순적이며 그래서 서로 배제하는 용법들을 타협시키는 언어적 '타협구성체들'이다. 이들 타협구성체들 안에는 '단순한' 언어, 일상적인 언어, '바로 그와 같은' 프랑스어의 재생산을 위한, 즉 초급학교에서 '현실'의 '순수하고 단순한' 표현이라고 가르치는 언어의 재생산을 위한 중요한 지점이 있다"(47). 이래서 문학적 표현들로 이루어진 표현들 속에 아주 자연스럽게 보이는 부분과 또 꼭 그렇지는 않고 따질 부분이 있는 일탈된 표현들이 나온다. 중요한 것은 우선 자연스럽고 객관적으로 보이는 표현들이 먼저 존재해야 한다는 점이다. 그래야만 거기서 일탈이 가능해지며 이 일탈이 가상적 효과인 문학효과를 만들어낼 수 있기 때문이다. 이런 일탈은 교육과정의 고급과정에서는 조장되며 초급과정에서는 차단된다고 할 수 있다. 즉 초급과정에서는 '자연스럽게' 현실에 대한 보고 정도의 언어 표현력을 습득하고 그것을 기반으로 하여 고급과정에서는 다시 일탈의 자유를 허용함으로써, 동일한 언어를 사용하는 데 적어도 두 가지 이상의 분할이 생겨나도록 하는 것이다. 문학의 허구효과와 현실효과는 이 과정에서 생산된다.

위에서 문학은 문학효과로서 생산되는 것이라고 했는데 이 점을 좀더 언급할 필요가 있다. 문학의 효과는 문학을 문학으로 여기게 하는 효과인데 이효과는 특정한 물질적 과정 속에서 사회적으로 생산된다는 것이 발리바르와 마슈레의 일관된 주장이다. 여기에는 문학은 '지고의 창조자'인 작가의 창조물이라는 관념에 대한 비판이 들어 있다. 오히려 그들에게 작가는 자신이 통제할 수 없는 모순들과 조건들에 복종하면서 문학 생산과정에 삽입된 '물질적 작인, 매개자'다. 그리고 문학텍스트는 '문학적' 텍스트로서 그것의 위상이 지닌 물질성 때문에 문학효과를 가진다. 문학효과는 이때 텍스트의 특징들('미', '매력', '진리', '의의', '가치', '심오함', '스타일', '글쓰기', '예술' 등) 속에 나타난 텍스트의 위상이다. 이는 문학텍스트가 어떤 특징(들)을 가지고 있노라 하는 것으로 규정되기 때문에 '문학'으로 간주되는 효과를 가진다는 말이다. 텍스트가 가지고 있는 어떤 위상이 문학효과인 것이다. 일부 텍스트들이 어떤 시대에는 문학으로 다른 시대에는 문학이 아닌 것으로 간주되는 것은 이 때문이다. 나아가서 발리바르와 마슈레는 '독자'(비평가처럼 세련된 경우이건 보통 독자이건)와 '작가'를 등가물로 취급해야 한다고 한다. 작가의 의도와 해석들, 비평, 주석들도 등가적이라고 한다. 그리고 그들은 문학에 관한 담론들(문학 비평, 주석들 등)도 마찬가지로 문학효과들을 생산하는 것으로 본다. 즉 문학을 주제로 하는 담론들은 문학텍스트의 상위에 있거나 텍스트들에 대한 해설의 시초라기보다는 텍스트와 동일한 차원에 있다는 것이다. 이런 관점에 서면 우리가 흔히 서로 구별된 차원들로 간주하는 것들(작가, 텍스트, 독자, 해석 등)이 등가적으로 규정되면서 문학적 실천 전체가 하나의 효과를 생산하는 메커니즘에 종속되어 있다는 점이 부각된다.

이런 사실은 무엇을 말하는가? 발리바르와 마슈레는 문학효과 생산 메커니즘은 결국 지배효과 생산과 연관될 수밖에 없다고 해석한다. 그들이 보기에는 문학텍스트는 정치적, 종교적 혹은 여타 이데올로기적 모순들을 그 일차 재료로 삼는다. 그리고 이들 재료로 가공하여 나오는 효과는 문학적이기도 하지만 대개 지배이데올로기를 실현하는 다른 이데올로기적 담론들(미학적, 도덕적, 정치적, 종교적 담론들)을 유발하는 데 있다고 말한다. 바로 이 점 때문에 문학효과는 지배이데올로기 재생산과 관련되어 있으며 "문학텍스트는 이데올로기 전체의 재생산을 위한 작인"(51)이라고 할 수 있다. 즉 "문학텍스트는 개인들로 하여금 이데올로기를 전유케 하고 개인들을 이데올로기의 '자유로운' 담지자, 혹은 심지어 이데올로기의 '자유로운' 창조자가 되게 한다"(51)는 것이다. 여기서 부르주아 시대에는 종교 대신에 문학이 "이데올로기적 종속의 특권적 작인"(51)이라는 판단이 나온다. 왜 부르주아 시대에는 문학이 특권적인 이데올로기적 종속 매개가 되는가? 이 점은 다른 맥락에서 영국의 문화주의자들, 특히 F. R. 리비스가 주장한 바이기도 한데 발리바르와 마슈레의 관점에서 보면 그것은 문학이 부르주아 시대에 출현하면서 르네 발리바르가 연구한 언어적 실천의 특성상 반드시 교육제도와 연결될 수밖에 없기 때문일 것이다. 이리하여 문학효과(혹은 미적 효과)는 불가피하게 지배효과, 즉 개인들을 지배이데올로기에 종속시키는 효과가 된다. 여기서 종속화는 "복잡한 이념과 느낌들을 표현하기에는 '불분명'하고 '불완전'하며 부적절하다고 간주되는 어떤 담론에 대한 문학적 담론의 지배와 억압"(52) 이다.

발리바르와 마슈레는 "문학효과들의 생산 토대는 현재 지배적인 이데올로기적 국가장치의 바로 그 구조 및 역사적 역할 자체"(52)로 본다. 이런 점 때문에 작가나 독자들이 교육장치의 모순들을 초월했다고, 즉 교육적 규정에서 벗어났다고 할 수 없다는 것이 그들의 견해다.

6. 결어

이상 소개한 발리바르와 마슈레의 문학 논의의 함의를 따지는 것으로 이 글을 마무리짓자. 리얼리즘의 문제설정이 문학논의를 지배하는 동안 대체로 한국의 문학이론은 문학이란 형상화 문제, 즉 재현 문제라고 여겨왔다고 해도 과언은 아닐 것이다. 발리바르와 마슈레는 문학에 대한 이런 지배적 해석, 이해를 수정하고 논의를 유물론 쪽으로 전개하는 길을 모색하고 있다. 그들은 문학을 허구라기보다는 허구효과의 생산메커니즘이라고 봄으로써 문학이 하나의 복합적인 물질적 과정을 겪으며 이 과정은 부르주아적 지배체제, 특히 그 언어교육적 장치들과 관련되어 있음을 지적한다. 이데올로기적 형태로서 "문학효과는 '느낌', '기호', '판단'의 영역, 따라서 미적이고 문학적인 관념들의 영역에만 속하지 않는다"고, 그리고 그것은 "어떤 과정 자체—문학적 소비의 관습들과 '문화적' 실천의 제의들—를 수립한다"(50) 고 하는 것도 그런 맥락에서다. 이런 견해는 무엇을 시사하는가? 무엇보다도 문학을 문화주의적으로—예컨대 문학이 교육의 중심에, 혹은 중심은 아니더라도 그 속에 배치된 것은 문학의 위대한 창조성이나 해방성 때문이라고 주장하는 식으로—해석해서는 안 된다는 것을 보여주며 문학을 제도 문제로 볼 것을 요구한다. 문화주의 해석에 따르면 교육장치는 문학의 도구로서 그 자체 어떤 모순도 지니지 않는 단순한 매개일 뿐이다. 그러나 알튀세르가 이데올로기란 구체적으로 이데올로기 구성체들의 복합적 효과로 나타난다고 했을 때 지적한 것처럼 이데올로기적 구성체라는 것은 그 자체로 물질적 모순을 가지고 있기 때문에 단순히 어떤 것의 도구가 되지는 않는다. 이 점은 이언 헌터가 영국문학제도와 관련하여 수행한 연구에서도 입증되는데 헌터는 영국에서 문학이 교육에 배치된 것은 교육적 모순이 작동한 결과이지 그 반대가 아니라고 '증명'한 바 있다. 그에 따르면 영문학은 19세기 영국 교육의 대중교육화 과정에서 교육행정가들이 인구정책의 차원에서 대중들을 거리에 방치하기보다는 학교 안으로 끌어들여 통제하고자 했을 때 채택한 교육의 한 방식이었다.[7] 이것을 우리는 피에르 부르디외 식으로 해석하여 문학에는 독특한 '경제'가 있다고 할 수도 있을 것이다. 이 '경제'는 문학의 가치를 생산, 유지, 분배하는 구조 혹은 체제로서 '차별'의 원칙에 따라 가치의 위계를 정한다. 이 경제 안에서 전문가(예컨대, 문학선생)는 고유한 대상을 식별하고, 그 순수성을 지키며 그것에 관한 지식생산의 체계를 관리하는 권한을 행사하며 비전문가는 문학의 생산과 소비, 관리 등에 관련된 일체의 과정에 종속적으로 참여한다. 방금 위에서 발리바르와 마슈레가 지적한 것으로 인용한, "문학효과는 어떤 과정 자체를 수립한다"는 말이 여기에 해당하는 것일 게다.

이런 관점에 섰을 때 문학논의는 문학적 재현이 허구효과와 현실효과의 생산과 관련된 텍스트 과정의 문제를 중심으로 진행되어야 하면서도 동시에 이 '현실' 생산이 이데올로기 구성체로서 제도화되는 문제를 다루는 것과 함께 이루어져야 할 것이다. 이것은 문학의 문제가 단지 훌륭한 작품을 창작하는 문제만이 아니라, 교육 특히 대학교육에서 문학이 어떻게 학문체제와 관련하여 편성되어 있는가, 비평제도가 어떻게 수립되어 있는가, 문학시장의 조건은 어떠한가 등의 문제이기도 하다는 말이다. 이중에서 대학의 문학교육과 관련하여 대학에서 하는 작업이 주로 문학을 읽고 해석하는 문제에 집

---

7) Ian Hunter, "Culture, education, and English: building the 'principal scene of the real life of children'," *Economy and Society*, vol. 16, no. 4 (1987), pp. 568-88 참조.

중되어 있다는 사실을 중시할 필요가 있다. 문학은 교육장치와 함께 작동하는 현실생산 메커니즘이고 르네 발리바르가 살핀 언어교육적 실천과 연루되어 있다. 여기에는 작품에 대한 불편부당한 평가를 내리는 작업을 지향해야 한다고 믿는 비평도 포함된다. 발리바르와 마슈레의 문학논의는 문학을 '창조' 테제 관점에서 이해하는 데 따르는 이데올로기적 효과들을 분석할 수 있게 만드는 것이다.

이런 관점에서 문학이라는 것이 그 자체로 인간해방을 담보한다기보다는 오히려 앞에서 발리바르와 마슈레가 '지배효과'라는 말로 표현하고 있듯이 지배이데올로기 재생산에서 중요한 역할을 한다고 하는 점을 외면할 수는 없을 것 같다. 이것은 아주 중대한 경고이기도 한데 이 경고가 나오는 것은 문학을 문학주의적으로 바라보는 것이 바로 지배이데올로기에 굴복하는 지름길의 하나이기 때문이다. 문학주의적 문학관은 그 속에서 인간해방을 위한 구호가 아무리 난무한다고 하더라도 문제가 있을 수밖에 없다. 문학은 그런 구호를 외치기 전에 자신도 지배효과와 연루되어 있다는 것을 허심탄회하게 인정해야 한다.

여기서 일단 멈추자. 이 논의는 겨우 시작했을 뿐이다. 발리바르와 마슈레의 문학논의가 현재 시점에서는 어떤 의미를 가질는지 따질 부분이 적지 않을 것이다. 게다가 최근 발리바르는 '맑스주의 전화'라는 새로운 테제를 내놓고 있는 중이다. 그들의 논의는 제출된 1974년 당시의 이데올로기적 지형에서는 최선의 대응이었는지 모르지만 새로운 이론지형이 형성된 지금은 다른 화두의 도입도 필요할 것이다. 그것의 하나가 알튀세르가 제출하고, 또 발리바르와 마슈레가 간접적으로 계승하면서도 외면하는 부분인, 예술의 상대적 자율성이라는 테제다. 발리바르와 마슈레는 그들의 문학논의에서 예술의 상대적 자율성을 인정하면서도 계급투쟁과 관련된 그것의 역사유물론적 위상을 명확히 하는 데 열중한 나머지 오히려 예술의 특이함을 무시하는 쪽으로 논의를 전개한 측면이 없지 않다. 이것은 '욕망'이나 '육체' 등 최근에 새로이 등장한 유물론적 문제설정들과의 관계에서 논의가 계속되어야 한다. 그러나 그 논의를 위해서는 다른 지면이 필요하다.

디지털복제시대
2부   의
문학

5

뉴미디어 시대의 문학*

1. '문학의 위기'

오늘날 문학이 위기에 처했다는 것은 상식이다. '문학의 위기'는 문학시장에서 '순수문학'이 대중 상품문학에 밀리고 있는 출판계 상황에서 현재 대학에 설립된 어문학과 중심의 문학교육에 대한 학생들의 무관심 또는 외면에 이르기까지 여러 차원과 분야에서 충분히 확인할 수 있는 현상이다. 이 위기를 놓고 갖가지 진단과 처방이 나오고 있지만 나는 그것이 당장 동종요법적인 '해결책'을 필요로 하는 성질의 문제는 아니며 오히려 문명사적인 변화와 연계된 문제임을 인식하고 그 출현상의 양상과 조건 등을 분석하는 것이 필요하다고 생각한다. 이것은 '문학의 위기'라는 문화 정세를 문학과 관련한 여러 조건 변화와 연관지어 따져야 할, 지금까지 문학을 가능하게 한 조건들이 오늘날 어떤 과정, 연유로 소멸 혹은 변화하였는지 살펴볼 필요가 있다는 말이기도 하다.

'문학의 위기'는 학문체계상으로 보면 '인문학의 위기'며 문명사적으로 보

---

* 1995년 10월 17일 프레스센터에서 문화체육부와 한국문화정책개발원 주최로 열린 '뉴미디어 시대의 문화정책 과제' 토론회의 문학분과 주제 '뉴미디어 시대의 문학진흥정책'의 토론을 위해 제출한 발제문이다.

면 '책문화, 종이문화의 위기'다. 우리는 이를 다시 '문자언어의 위기'라고 규정할 수 있을 것이다. 인문학에서 문학은 핵심 자리를 차지한다. 문학이 문자언어에 의한 문화 활동의 중심에 서있고 어문학, 사학, 철학 등 인문학들은 문자언어 중심으로 구성되어 있기 때문이다. 그러나 현재 이 문자언어 중심의 문화 활동은 종래의 중요성을 상실하였다. 이것은 종이로 만들어진 책의 형태로 저장·보급되는 '문자언어'가 가장 중요한 정보 소통의 방식으로 군림하던 시대가 종결되고 전자 통신기기를 주요 정보교환 수단으로 사용하는 '시청각언어'가 등장하였기 때문이다. 오늘날 텔레비전, 전화, 라디오, 컴퓨터, 팩시밀리, 비디오, 스테레오 등의 통신기기는 과거에 나온 것들까지도 '전자혁명'을 통해 '전자화'되어 단일 지각에 의존하지 않는 복합적인 매체로 바뀌었다. 새롭게 등장한 전자적 시청각언어는 '문자언어'를 배척하지는 않더라도 그것을 자신의 일부로밖에는 취급하지 않는 작동방식을 지니고 있다. 이중에서 특히 중요한 것은 '영상언어'로서 이것은 문자언어와 달리 시각과 청각을 함께 아우르는 시청각언어로 기능한다. 영상언어의 시각언어분야는 그 자체로 변화를 이루어 문자에서 이미지로 전환하였으며 이 이미지가 다시 청각의 지원을 받아 오늘날 가장 영향력 있는 언어로 군림하고 있다.[1]

정보소통 매체의 변화 또는 복합화는 문화적으로 커다란 변화를 초래하였다. 문자언어가 전문 지식인 중심의 문화를 유발한 데 비해 시청각언어는 기존 문화의 분류를 지배하던 '고급'과 '대중'의 이분법을 더 이상 작동할 수 없게 만들었다. 고급문화 대 대중문화의 이분법이 사라진 오늘날 대중은 '비전문가 시대'의 주인공으로서 문화를 '즉각적으로' 소비하는 능력을 갖춘 주체로 바뀌었다. 이것은 드브레가 말하는 "시선 혹은 말의 전문성의 자격 박탈"

---

1) 시청각언어가 위력을 발휘하는 것은 가장 중요한 지각들의 결합 형태이기 때문이다. 시각은 관심의 촉발과 함께 특히 판단의 중요성을 부각시킨다. 다른 한편 청각은 신체 내부로 침투해 들어오는 특성 때문에 파토스를 지배하는 경향이 있다. 또한 시각은 확인을, 청각은 복종을 유발한다고 할 수 있다. 시청각 언어는 이 두 경향을 하나의 매체 속에 결합함으로써 시청자의 신체 내부에까지 파고들면서 영향력을 행사한다. 시청각매체가 곧잘 중독증세를 유발하는 것은 이런 점과 무관하지 않을 것이다.

의 다른 측면이다. 드브레는 "가벼운 비디오와 더불어 '보이는 것의 중재자로서 이름을 빛낸 사람들, 역사의 중개자로서의 문필가 혹은 기자들'은 뉴스를 내보내는 아나운서…에 밀려 자신들의 과거의 우위를 잃고 있다"고 진단한다.2) 지식은 이제 학식이나 전문성을 자랑하는 문인, 예술가, 교수들의 설명, 비평, 강연보다는 연예인의 연기에서 나오는 경향을 띠며 전문가의 식견도 '매체'나 '전파'를 타지 않으면 효과를 내지 못한다. 전문가라도 라디오나 텔레비전에 나와야 '권위'를 얻게 되는 것은 이제는 무엇이든 설득력을 가지려면 즉각성을 띠어야 하기 때문이다. 반면에 문학, 특히 '고급문학'은 기본적으로 기억, 또는 시간의 지속에 의존하는 소통방식이다. 그것은 '비판적 읽기'와 같은, 꽤 시간이 드는 활동을 통해서 이해되고, 소통되고, 소비된다. 문학이 엘리트 문화의 경향을 띠는 것은 그 때문이다.3)

20세기에 들어와 즉각적 소비를 촉진하는 문화형태가 대거 출현하면서 '고급예술'의 이런 선별성은 종래의 지도력을 상실하기 시작했다. 이분법의 경계짓기를 초월한 '대중문화'의 출현은 지식인 혹은 전문가에게는 반발심, 두려움, 위기감 등을 심어준다. '대중의 반역'에 대한 나름의 반응이다. "위대한 문학인들에 대한 대중의 반역"을 한탄하는 소리는 이런 맥락에서 이미 20세기 초부터 나왔다.4) 흔히 미국 대중문화의 유포와 확산으로 일어났다고 하는 이 변화는 1960년대 소위 '소비사회'의 등장과 함께 서구에서는 지배적인 현상이 되었으며, '문학'을 크게 위축시키는 계기가 되었다. 한국의 경우 1980년대 후반부터 유사한 현상이 나타난 것으로 보인다. '대중문화'가 '고급문화'의 영향력을 지배하기 시작하는 본격 소비사회가 이때 등장한 것이다. 이로 인해 선민의식을 지니고 있던 종래의 인문학은 대중 앞에서 위신을 세울 권능과 여유, 대중을 설득할 힘을 크게 상실하였다. 인문학의 중심

---

2) 레지스 드브레, 『이미지의 삶과 죽음』, 정진국 역, 시각과 언어, 1994, 326쪽.
3) 물론 문학이 모두 이런 경로를 거치는 것은 아니다. 문학에는 대중성을 띨 요소도 있기 때문이다. 듀링은 "많은 문학이 문학 교육에 구현되어 있는 공식적으로 인준을 받은 가치들에 맞서 광기, 죽음, 마약, 범죄, 위반, 시니피앙과 연계되어 왔다"며 이런 연계가 대중의 문학 선호를 촉발함을 암시한다. Simon During, *Foucault and Literature: Towards a Genealogy of Writing* (London: Routledge, 1992), p. 192.
4) Q. D. Leavis, *Fiction and the Reading Public* (Chatto & Windus, 1932), p. 190.

에 서있던 '문학교육'도 비슷한 상황이다. 졸업정원제 실시, 지방대학의 대거 설립 등으로 대학생인구가 급증하면서 대학교육이 명실공히 대중교육이 됨에 따라 문학교육도 종전의 인문학 성격을 줄이고 실용적인 직업교육으로 전환하라는 학생대중의 요구하는 압력을 받게 된 것이다. 문학의 위기에는 문자문화 일반의 위축과 함께 이런 대중적 요구 변화와 압력이 작용한다.

2. 예술생산 양식의 변화와 문학의 위상 변화

문학의 위기 또는 그 위상 변화는 예술생산의 방식변화와도 밀접한 관련이 있다. 예술생산 양식은 역사적 단계들을 지니며 이 단계마다 특징들을 가지므로 이에 대한 간단한 소묘가 필요하다.

2.1. 기계복제시대. 전통적으로 예술생산 현장은 아틀리에와 같은 예술가가 작업하는 공간이었다. 기계로 예술작품을 복제하는 기계복제가 가능하게 되면 주요 예술생산 현장은 아틀리에에서 공장으로 이동한다. 예술생산 방식이 수공업, 수공예 단계에서 공장제 생산으로 바뀌기 때문이다. 수공업에서는 생산 공정이 거의 대부분 사람 수중에 있으며 공정이 사람 손을 떠나는 경우에도 도요에서 불을 땔 때처럼 '정성'이 깃들어야 한다. 즉 공구, 도구가 사람의 손길이나 보살핌에서 떠나지 않는 것이다. 하지만 기계복제가 되면 처음 설계 단계에서는 사람의 기획과 손길이 필요하지만 공정 자체는 기계가 다 맡는다. 이것은 기계에 대한 '제어' 기술이 이전보다 발전했기 때문이다. 그러나 기계복제 단계의 예술생산은 그 예술성에서 수공업단계를 능가했다고 할 수는 없다. 예를 들어 〈모나리자〉 복제품은 원본에 비해 너무 질이 떨어져 보이기 때문이다. 이것은 예술생산 능력에서 기계복제로는 아직 수공업단계를 능가하지 못함을 의미할 것이다.

그러나 기계복제 시대는 새로운 예술 형태를 탄생시키기도 했다. 복제품이되 '사본'은 아닌, 원본에 얽매이지 않는 형태의 예술이 기계복제로 가능해진 것이다. 사진과 영화가 대표적 예다. 기계복제 시대 예술생산 방식은 예술과 산업의 협업 형태를 띤다. 영화산업, 청각산업(레코드회사)은 집단적, 산업화된 창작(과 복잡한 재정조달, 노동분할, 분배의 메커니즘)의 길을 열었으며 다른 예술분야 생산양식에도 영향을 끼쳤다. 이미지생산 방식에서 사진이나 영화는 기계적 조작에 따른 시각, 관점의 변환을 가능하게 하였으며 이것은 '의식의 흐름' 기법 도입에서 보듯 소설이나 서사에서 서술 방식, 시점 설정 등의 변화를 가져왔다. 시에서는 엘리엇의 「황무지」가 보여주듯 변화한 환경에 대한 새로운 반응이 나타났다. 한편 이 반응은 형식상의 실험이라는 변화 수용의 형태를 띠기도 했고, 또한 리얼리즘과 모더니즘 논쟁에서처럼 '서사'와 '묘사'를 둘러싼 관점의 대립을 불러일으키기도 했다.

전통적인 문학은 기계 생산의 초기에 나타났다. 서구에서 문학에서 등장한 가장 획기적인 현상은 소설의 등장이다. 영국의 경우 소설은 18세기 중반 무렵 나타나기 시작하였는데 이 새로운 장르의 출현은 전통적인 형태의 서사시가 더 이상 쓰일 수 없게 됨에 따라—밀턴의 『실락원』(*Paradise Lost*) 이후 서사시 생산 시도가 많이 있었지만 실제 생산은 어려워진 사실이 보여주듯—새로운 형태의 역사 취급이 필요해졌음을 말한다. 소설도 기계복제가 사회적 현상으로 등장했을 당시에는 생산양식의 변화를 겪는다. 소설의 경우 도시화로 인하여 대중시장이 확보됨에 따라 대량생산의 조건이 갖추어졌다. 여기서도 작업장의 '공장화'가 진행되어 이미 19세기 중엽에 알렉상드르 뒤마는 자신의 '공장'에 도제들을 고용하여 소설을 양산하였다고 한다.[5] 이런 대중화에 대한 반발도 나타났다. 이 반발은 작품의 '예술성'을 강조하기 위해 '난해화'의 경향을 띠었으며 이는 대중문화에 반발하는 문화의 고급화, 엘리트화였다. 20세기 초 아방가르드가 문화의 이런 이분 경향을 깨려는 노력을 시도했지만 '예술적 문화' 또는 고급문화는 19세기말에서 20세기 초에 이르는 시기에 사회 지배를 위한 중요한 기획으로 인식되었다. 이 시기 문학은 '민족문화' 전략과 결합한다. 영국의 경우 19세기말 제국주의 팽창이 프랑스, 독일 등과의 경쟁으로 난관에 봉착하면서, 그리고 내부의 노동자계급의 진출에 직면하여 '문화의 신비'(cultural mystique)를 통한 민족동일성

---

5) Walter Benjamin, *Charles Baudelaire: A Lyric Poet in the Era of High Capitalism*, tr. Harry Zohn (London: Verso, 1983), p. 30.

확립으로 그 위기를 극복하고자 '위로부터의 개혁' 프로그램이 대대적으로 진행되면서 문학을 이 기획의 중심에 놓으려는 시도가 일어났으며,[6] 이런 노력은 1980년대 대처 정권의 문화정책에까지 계승되었다. 단순화하자면 기계복제시대의 문학은 뒤마의 경우처럼 대중문화로의 변환에 적극 참여하면서도 대중화에 대한 반발로 자신을 대중문화와 차별화하는 이중적 경향을 가지고 사회지배 전략에 참여하기도 했던 것이다.

2.2. 전자복제시대. 전자복제가 가능해지면서 예술생산은 새로운 차원에 들어선다. 기계복제와 전자복제의 차이는 전자의 경우 기획 및 설계와 생산공정 간의 간극이 제도로 굳어져 고정되어 있다면 후자에서는 양자의 간극이 상시적으로 조절된다는 점이다. 기계복제 시대의 지배적 생산조직이 '포디즘'이고, 전자복제시대의 그것이 '포스트포디즘'인 것도 그런 이유 때문인데 포스트포디즘의 조직 방식이 '유연성'을 띠는 것은 기획과 생산의 상시적 조정의 필요성 때문이다. 생산조직은 포드주의의 특징인 일괴암적(monolithic) 관료제적 조직의 비가변성이 생산성을 떨어뜨린다는 판단에 따라서 기획 자체가 생산 공정에 즉각 반영될 수 있도록 '유연화'되었다. '다품종소량생산'이라고 하는 새로운 형태의 생산방식이 채택된 것도 이런 변화를 반영한다. 전자혁명은 이런 새로운 생산방식에 유효한 수단들을 제공하였다. 컴퓨터 기술의 발달로 생산 공정 자체에 계획이나 기획의 즉각적인 수정과 변경, 첨가 등이 가능해졌고, 상품의 수요나 공급, 배분 등에 관한 복잡한 계산들이 쉽사리 처리될 수 있게 되어 상품의 생산과 소비 전공정에 대한 주도면밀한 관리가 가능해졌다. 이 결과 '기획' 분야가 생산양식에서 핵심적 위치를 차지하게 된다. 이는 곧 '모델링', 시뮬레이션 등 공정의 흐름을 제어하는 일이 중요해진다는 말이다. 오늘날 현실의 주요 특징으로 꼽히는 '가상현실'(virtual reality)도 이런 맥락에서 이해할 수 있을 것이다. '가상현실'의 '가상'은 '실질'의 의미이다. 상상의 세계인데도 그 세계가 하도 현실적이어

---

6) Brian Doyle, *English & Englishness* (London and New York: Routledge, 1989), pp. 18-19.

서 실질적 현실로 기능하는 것이 '가상현실'인 것이다. 이런 상황에서 '가상'은 원본과 차별되지 않는다. 그것은 오히려 원본의 부재를 가리킨다.

오늘날 예술은 이런 '가상'의 특징을 가져 '현실 재현'의 부정이라는 원칙을 따른다. 이것은 예술이 자기 이외의 어떤 것에 근원을 두고 있다는 종래의 기원론적 예술관을 부정하는 관점이다. 예술은 현실을 모방하는 것도, 주체의 속마음, 심정, 감정을 표출하는 것도 아니라는 것이다. 여기서 예술작품의 생산은 자동차가 생산되는 방식과 유사하다. 오늘 자동차에는 복제품 모나리자의 진품과 같은 의미의 원본이 없다. 개별 자동차는 소나타든, 세피아든, 콩코드든 각자가 속한 모델의 '모사품'일 뿐이다. 이들 모사품의 특징 하나는 기계복제 시대 예술작품과 달리 원본과 비교할 필요성이 사라졌다는 점이다. 주물로 만든 코끼리인형이나 일회용 라이터, 혹은 서울랜드에 있는 많은 모형들을 생각해보자. 이 모형들은 원본이 없는 모형들이다. 물론 나무 모양의 모형들, 사람 모양의 모형들을 생각하면 거기에는 르네상스시대의 '재현' 개념, 즉 원본을 환기하는 개념이 잔존하고 있는 것은 사실이다. 그러나 다른 한편으로 꼬마 공룡 둘리, 미키마우스, 도널드 덕과 같은 '캐릭터'를 보면 단순히 재현이라는 개념만으로 설명할 수 없는 요소가 가미되어 있음을 알 수 있다. 이들 캐릭터는 시드니(Philip Sidney)가 '키메라'(Chimera)라고 한 것으로서 '순수한' 상상물이다.[7] 이 상상물이 모델의 위치를 차지하게 되면 그것에 대한 모사물이 쏟아져 나온다. 이때 모사물은 원본이 없는 복제물로서 지시대상이 없다고 할 수 있다. 이 '지시대상 없음'이라는 새로운 상황으로 인해 주목을 받게 되는 것은 예술작품과 그 재현대상간의 관계보다는 예술작품 자체의 기능이다. 이 기능은 모델의 기능이다. 모델은 예술적 창작의 결과물로서 그것에 대한 거의 무한정한 복제를 가능케 한다.

문학에서 이런 변화가 반영되는 한 형태는 서술상의 변화다. 이 변화는 주로 '시니피앙'(기표)의 전면화(foregrounding)로 요약할 수 있겠는데 종전

---

7) Philip Sidney, "An Apology for Poetry," in Hazard Adams, ed., *Critical Theory since Plato* (New York: Harcourt Brace Jovanovich, Inc., 1971), p. 157.

문학적 표현의 주요 수단으로 사용되던 안정된 '기호'가 분열을 겪고 있음을 보여준다('포스트모더니즘'). '기호' 분열을 통하여 시니피앙과 시니피에(기의)의 결합이 불안정하게 되면서 기호의 표현력이나 재현력보다는 그 구성의 물질성이 문제로 떠오른다. 문학적 실험에서 리얼리즘 전반이 퇴조를 겪고 문학을 포함한 예술 전반에서 모더니즘과 포스트모더니즘의 대립이 중요한 쟁점이 되고 있는 것도 이런 이유 때문인 것으로 이해된다(반면 리얼리즘은 서사의 형태로 대중매체 곳곳에 만연되어 있다).

3. 예술생산의 지식화와 기술화

새로운 예술생산은 지식생산과 밀접한 관계를 갖게 된다. 모델의 창조는 순수한 상상력의 결과라고 앞에서 말했지만 이때 상상력은 기계복제 이전의 상황에서 말하는 상상력과 크게 차이가 난다. 예를 들어 낭만주의에서 상상력은 그 자체로 창조의 힘을 갖춘 것으로 이해되었다. 워즈워드(Wordsworth)가 시를 "강렬한 감정들의 자유분방한 표출"[8]이라고 정의할 때의 "자유분방함"이 상상력의 그런 활동 방식을 일컫는다. 물론 이 자유분방함도 사실은 면밀한 공정을 거쳐 나온 결과요 효과이지만 적어도 이론상으로 그 공정은 고려 대상에서 제외되었던 셈이다. 반면에 현 단계 상상력의 공정은 엄밀한 관리를 받게 되어 의식의 대상이 되었다고 할 수 있다. 이 점은 소프트웨어 활용에서 상상력의 공정을 관장한다고 할 수 있는 컴퓨터 칩의 제작과정이 필요하다는 사실에서도 나타난다. 상상력이 자연스럽게 표출되는 것 같으나 이 자연스러움에는 기술의 고도화가 전제되어 있는 것이다. 상상력의 기술화를 의미하는 이 변화는 전자적 통제와 제어가 발달하기 때문에 가능해졌다.

상상력의 기술화는 또한 지식의 기술화를 유도한다. 이 변화는 현 단계 예술생산 일반에서 기획의 중요성이 강조되고 있는 점과 무관하지 않으며 특히 예술생산이 앞서 지적한 문화의 대중화와 함께 형성되는 조건들과 맞

---

8) William Wordsworth, "Preface to the Second Edition of *Lyrical Ballads*," in Adams, op. cit., p. 441.

물려 있다. 오늘날 상상력의 기술화가 지식의 기술화와 연계되는 것은 지식 생산이 개념의 생산이라는 점 때문이다. 지식이 대상에 상응하는 관념과 개념보다는 대상 자체를 구성하는 능력을 지닌 개념으로 이해될 때, 개념의 틀, 문제틀을 설정하는 일이 지식생산에서 더 중요한 위치를 차지하게 된다. 이런 점 때문에 개념의 생산은 상상력의 발동과 분리될 수가 없다. 그러나 지식이 개념의 생산이라는 점이 최근에 특히 부각되는 것은 기획과 기술의 중요성 때문이기도 하다. 자본축적의 위기 국면에서 '유연전문화'가 돌파구로 제시되고 있는 데서도 확인할 수 있듯이 오늘날 지식의 가치는 그 효용성에 의해 정해지는 경향이 있다. 기획은 개념들을 생산 공정에 적용하는 작업이며, 기술은 생산된 개념들을 지시대상에 실제 적용하는 문제이다. 그런데 이 개념의 적용과 개념 생산 자체는 서로 자의적인 관계를 갖는다. 지식 생산과 기술의 고도화 사이에는 필연적인 관계가 없다(지식 생산력이 고양된다고 해서 반드시 기술이 발달하지 않는다는 것은 인도나 구 소련에서 확인할 수 있다). 과학적 개념이 기술에 적용되기 위해서는 그 개념들에 대한 사회적인 효용성이 전제되어야만 하며 개념들이 사회적으로 통제·관리되어야 할 필요가 만들어져야 한다. 오늘날 기술의 발달, 즉 과학·지식의 사회적 적용은 지식의 자본 예속 경향과 깊은 연관을 가지고 있다. 이 결과 지식은 기술의 고도화에 수반되어야 하는 필수 요소로 취급되고 지식의 수단화가 이루어진다.

지식의 기술화와 수단화의 일환으로 지식을 내장 요소로 가동하는 예술생산은 사회적인 효용성을 증명해야만 존립할 수 있다. 문학도 마찬가지다. 문자언어가 시청각언어의 일부로 편입되면서 문화적 실천에서 문학이 차지하는 위상은 적어도 부분적으로는 이 효용성 생산을 어떻게 수행하느냐에 의해 규정되고 있다. 영상물에서 문학의 위상이 그 서사성의 시장효과라는 문제로 환원되는 경향을 드러내는 것이 그런 경우다. 영상물 서사구조의 호소력에 대한 시장조사를 사전에 실시해야 하는 필요가 생김에 따라서 문학은 기존질서에 대한 개입보다는 거기에 적응할 것을 강요당하기도 한다. 문학에 대한 시장 '전유'가 끊임없이 일어나고 있다는 말인데, 이에 따라 문학은 자신의 독자성 확보를 위해 배전의 노력을 기울이지 않으면 안되게 되었다. 나는 이 문제는 문학의 테크놀로지 문제로 구체화될 수밖에 없다고 생각한다.

문학이 테크놀로지 문제로 등장했다는 것은 문학이 시청각 현실 그 자체 속에 자리를 잡게 되었음을 말한다. 이미 플라톤 시대에 문학과 예술에서 기술인지가 중요한 논점으로 등장했지만 고도기술 사회가 된 지금 이 문제는 새로운 전환을 겪은 것으로 보인다. 이제 쟁점은 문학을 '현실'을 '반영'하거나 '재현'하는 표상체계로 볼 것인가, 아니면 표상을 그 기능의 일부로 가지고 돌아가는 '기계'(들뢰즈와 가타리)로 볼 것인가의 문제로 보인다. 컴퓨터의 소프트웨어 기능을 결정하는 무수한 칩들과도 같이 문학은 시청각의 정보소통 체계들의 내장 부속품으로 기능하고 있다. 문제는 이렇게 작동하고 있는 문학이 지배와 해방 어느 쪽에 기여하느냐 여부일 것이다. 이 문제에 대한 결론의 방향은 사전에 결정되는 것이 아니기 때문에 관점들의 대결이 첨예하게 일어날 수밖에 없다. 이 대결은 현 시점에서 등장하는 쟁점의 기본 성격—문학이 고도기술의 내장품이 되기 이전 시기와는 다른—에 의해 규정될 수밖에 없을 것이다. 새로운 질문을 던져야 하는 시기가 된 듯싶다.

혹시 문학은 이제 '인간'이 아니라 '인간 이후'의 문제에 봉착한 것이 아닐까? 다시 말해 사이보그와 같은 '비인간'이 오늘날 우리가 수용하고 있는 인간 형태를 대신하려 하고 있듯이 우리는 문학을 인간적 프로젝트가 아니라 비인간적 프로젝트로 전환시켜야 하는 것은 아닐까? 만약 이 질문이 의미있다고 여겨진다면 이것은 휴머니즘이라는, 르네상스 이래 거의 모든 예술활동의 기원적 문제틀로 작용했던 원칙이 더 이상 유효하지 않음을 의미할 것이다. 이런 질문이 과연 시의성을 가지는지에 대해서는 의문이 있을 수도 있겠지만 료타르의 경우는 인간의 신체가 사라진 이후의 사유 가능성에 대해 사고하는 것이 오늘날 철학의 가장 중요한 문제이며, 과학기술의 경우 그것은 '신체 없는 사유'—들뢰즈와 가타리라면 '기계적 사유'라고 했을—를 현실화하는 것이라고 말하고 있다. 9) 문학에서 이 '신체 없는 사유'에 해당하는 것은 무엇인가?

---

9) Jean François Lyotard, "Can Thought go on Without a Body?", in *The Inhuman*

이 질문은 오늘날 우리가 문학을 통해 고민해야 할 문제가 인간론이 아니라 우주론임을 시사한다. '인간 이후'란 인간의 신체가 사라지고 난 이후이며 이는 곧 지구의 종말 이후이며 그때 남는 것은 우주일 뿐이기 때문이다.

료타르의 사고를 따라서 이런 추론이 가능하다면 문학은 언제나 미래, 즉 '인간 이후'의 미래에 대한 '선점' 활동의 의미를 갖게 된다. 이것은 또한 실험의 의무가 문학에 주어진다는 말일 것이다. 즉 문학은 '아방가르드'로서만 의미를 가진다는 말이다. 이때 아방가르드는 정치적 전위라는 의미만을 지니는 것은 아니다. 그것은 벤야민이나 브레히트가 말하는 테크놀로지의 '기능전환'(Refunktionierung)으로서의 아방가르드이며, 따라서 테크놀로지(의 일부)로서의 문학의 성격—이 성격은 끊임없이 낡은 것이 되는 경향을 띤다—을 계속 전환함으로써 문학의 내부 '탈주'가 일어나는 작업이 필요하다는 말이기도 하다. 이것은 문학이 해방의 기획으로 남을 수 있기 위해서는 반드시 필요한 작업이다.

오늘날 문학의 기능전환은 문학의 시청각언어권 진입으로 말미암아 전자화된 고도기술과 결합해서 이해해야만 그 상을 이해할 수 있다. 문학은 이제 지금까지의 모습인 문자언어의 기능인 수사적 환기(rhetorical evocation)를 잔흔으로 지니면서 새로운 환경 속에 해체되어 들어간다. 단어와 이미지의 결합 현상은 기계복제가 시작되던 19세기 중엽에 디킨즈와 같은 당시 인기 작가들의 소설에 일러스트레이션이 등장했을 때 이미 나타났지만 이제 문자언어와 다른 '언어'의 결합은 시각 차원을 벗어나 다(多) 지각으로 이루어지고 있다. 문제는 이 과정에서 문학이 다시 표상체계 안으로 귀환하여 코드 속에 들어가 전유될 것인가, 혹은 코드에서 끊임없이 벗어나는 생산성을 확보할 수 있을 것인가 하는 것이다. 오늘날 고도기술은 그 내부에 '기술의 디엔에이'라고 할 수 있고, 또 지배의 코드라고 할 수 있는 이분법적 원칙인 디지털 방식을 채택하는 경향을 지닌다. 디지털 방식은 아날로그와는 달리 통제가 쉬우며 이에 따라 이 정보교환 방식에 의존하는 정보화 사회는 원격조정(telematics)을 쉽게 하는 위험이 있다. 동시에 그것은 기존의 정보체계들

(Cambridge: Polity Press, 1991), pp. 8-23.

이 지닌 폐쇄적 경계선들을 해체함으로써 전문가의 분점권이 더 이상 통용되지 않도록 만드는 '민주적' 경향도 지닌다. 따라서 관건은 이 디지털 체계를 지배의 코드가 아닌 해방 전략의 무기로 활용할 수 있는, 다시 말해 정보소통의 민주화를 달성할 방안을 강구하는 것이다.

이 결과 문학연구에서 이론의 역할이 커지고 있다. 이것은 문학연구가 문화연구로 전환되고 있는 최근의 추세에서도 확인된다. 문화연구는 최근의 몇몇 갈래들에서 볼 수 있듯이 이론의 중요성이 강조되고 있는 연구방법론이다. 문화연구에서는 문학비평이론, 텍스트이론, 서사이론, 기호학, 언어이론, (계급적, 성적, 인종적, 세대적, 하위문화적) 주체형성 이론, 육체이론을 가동하지 않으면 안 되는 다양한 문제들, 쟁점들이 등장한다. 이로 인하여 이론의 지형 그리기가 중요해져 맑스주의, 페미니즘, 해체론, 정신분석학, 푸코주의 등 다양한 이론적 이단점들의 관계망 구축, 이들 이단점들 간의 경합과 연대 문제가 중요한 고려 사항이 되었다. 이런 까닭으로 오늘날 문학연구는 예컨대 신비평이 중시하던 문학 자체에 대한 관심만으로 이루어지지 않으며 이미 문화연구의 일부가 되어 다양한 쟁점들을 다루는 방식으로 진행되지 않으면 안 된다.

이것은 위에서 언급한 지식인문화의 퇴조라는 점에서 생각하면 역설적인 결과로 보인다. 우리는 지금 전문지식인이 사라지는 와중에 지식 일반의 중요성이 커지고 있는 것을 경험하고 있다. 문화생산에서 기획이 핵심적인 역할을 하는 것이다. 영화제작을 예로 들어보면 시나리오 작성에서 서사이론이 가동되지 않으면 안되고, 영상제작 과정에서 기호학이 동원되어야 하며 아울러 계급, 성, 세대, 인종에 대한 고려가 동시에 이루어져야 한다. 오늘날 할리우드 영화가 대중적인 성공을 거두는 데는 이런 문제들에 대한 치밀한 효과 계산을 통해 생산되기 때문이기도 하다.

4. 문학진흥정책의 방향 설정

이상 간단하게 요약한 현 단계 문화 상황과 문학의 위상변화를 고려할 때 오늘 토론에서 문학진흥정책의 방향으로 제출할 수 있는 내용은 대략 다음

정도라고 생각한다.

4.1. '위상학적' 접근. 문학진흥정책은 문학에 대한 지원을 해야 하겠지만 이때 문학 자체에 대한 지원, 즉 문학이라는 대상 중심의 접근만이 아니라 '문화적 위상변화'를 겪고 있는 문학이라는 관점을 취할 필요가 있다고 본다. 문학 자체의 고유한 영역이 사라지지는 않았다고 하더라도 새로운 방식의 문학생산양식이 이미 나타났으며 이를 둘러싼 편제, 분배, 교육, 소비, 관리, 진흥 등이 관심사로 떠올랐다. 이는 문자언어적 문화형태인 문학의 위상이 시청각언어의 등장에 따라 변동을 겪고 있기 때문에 생겨난 현상이다. 문학진흥정책은 이 변동을 중시하여 문학 생산자들에 대한 배려와 사기진작, 지원 등을 강구하고 그들의 자발적 참여를 유도하며 이를 통해 구성원들간의 민주적 관계가 형성되도록 기여해야 할 것이다. 지금까지 문학을 위시한 예술영역은 전문가 중심의 생산과 소비 정책으로 지배돼온 편이다. 이 전문가 중심주의는 영향력을 상실하고 있으며 사회적인 메커니즘으로 제대로 효과를 내고 있지 못하다. 대중의 삶과 긴밀하게 결합한 지식의 작동에 개입하고 지식이 문화적 실천들과 결합되는 방식에서 사회적 정의와 민주적 의사결정 등을 고려한 문학진흥 정책이 필요하다.

4.2. 문학의 물질성과 실험의 중시. 문학정책은 과학과 기술, 지식이 문화생산에 깊이 간여하며 문학적 실험과 관련하여 '물질성'의 중요성이 부각되고 있다는 점에 관심을 가지고 대응할 필요가 있다. 문학을 보는 새로운 패러다임이 요청된다. 그것은 종래의 인문학적 접근과는 다른, 어쩌면 '우주론'에 입각한 과학기술적 접근이 아닐까 싶다. 이제 문학의 위상 설정에는 컴퓨터공학을 중심으로 한 과학기술적 문제가 첨예하게 작용하고 있기 때문이다. 앞서 시사한 대로 문학이 인간의 문제에서 인간 이후의 문제로 관심을 돌려야 할 시점에 도달했다면 이것은 문학이 자신의 물질성에 대해 관심을 기울여야 한다는 말이기도 하다. 문학을 인간 정신의 문제로만 생각할 것이 아니라 인간 정신이 결여된 상황에서도 인간을 계승할 수 있는 인

간 이후를 설계하는 프로젝트에 참여하도록 유도하는 것도 필요한 정책이다. 그리고 이것은 문학에서 실험을 중시하는 정책이 필요하다는 말이기도 하다. 이를 위해서는 '문학'의 개념 정의를 안정화하고 고정하려 하기보다는 개념 설정의 과정을 개방함으로써 문학에 대한 다양한 실험을 권장하는 것이 필요하다.

4.3. '민족문학의 위기'에 따른 새로운 문학패러다임의 발견. 기존의 문학은 '민족문화'의 틀에 각인되어 있었다. 이는 근대적인 문화 형태가 민족국가 형성을 둘러싸고 규정되었기 때문이다. 그러나 근대적인 삶 전체에 대한 새로운 방향모색과 도전이 커지는 가운데 '근대성 기획'은 새로운 구조조정에 들어간 것으로 보인다. '민족문학의 위기'도 이런 맥락에서 나온다. 물론 우리는 이 대세가 지닌 문제점을 무시할 수는 없다. 예컨대 앞서 거론한 포스트포드주의나 포스트모더니즘 등이 새로운 대안으로 등장할 수 있는지 여부는 불투명하며 오히려 지배전략의 일환이라는 측면이 강하기 때문이다. 하지만 이런 대세 자체를 부정할 수는 없게 되었기 때문에 '민족국가', '민족문학', '민족문화'라는 프로젝트는 이제 심각한 도전에 직면하게 되었다. 이에 따라 새로운 형태의 문화적 실천의 필요성이 대두되었으며 문학에서도 새로운 모색이 필요해졌다. 문학을 자신의 일부로 포함한 '민족문화' 기획은 단일문화 기획이다. 즉 외부의 침략에 대한 저항으로서나 또는 대내적 통합 전략으로서나 단일문화를 지향하는 것이다. 문학은 이 단일문화 성격의 프로젝트에 적합한 문화형태다. 문학은 민족언어에 기반을 둔 '언어공동체'라고 하는 통일적 원리 속에서 가동되기 때문이다. 오늘날 문화지형에서는 문자언어의 쇠퇴와 새로운 언어의 출현으로 문학 프로젝트의 중요성이 많이 감퇴하였다. 새로 나타난 시청각언어는 언어공동체를 횡단한다. 전자혁명을 통한 영상언어의 즉각적인 전지구적 소비가 가능해진 것이다. 이에 따라 과학기술에 입각한 '세계문화'의 위협이 더 높아지고 있기도 하다. 새로운 문학은 '민족문화'와 '세계문화'의 지배코드를 벗어나는 다양성을 모색하는 형태여야 할 것이다.

4.4. '문학연구'에서 '문화연구'로 지금까지 문학연구는 분과학문 체제의 일환으로 내부에 민족문학이라는 하위 단위들과 함께 이들을 통괄하는 문학 비평이론이 가동되는 방식이었다. 이에 따라 대학의 문학교육은 단일학과 체제로 이루어져 있었고, 학과들 간의 교류나 교통은 일어날 수가 없었다. 그러나 문학이 독자적인 영역을 고수하기가 어렵게 된 사정에서 엿보이듯 이제 폐쇄적인 문학 운영은 어렵게 되었다. 최근 추진되는 '교육개혁'에서 학과통폐합이 주요 쟁점으로 부상되고 있는 것이 그 증거다. 문학생산과 그 연구는 민족문학의 틀 안에 칩거할 수만은 없다. 이에 따라 문화연구라는 새로운 형태의 문학연구의 필요성이 대두되고, 이 '방법론'의 대두로 학문영 역에서는 이미 커다란 변동이 발생한 터다. 문학연구의 대상이 문자언어라 면 문화연구는 문자언어를 포함한 텍스트 일반에 대한 연구이며 텍스트의 생산, 소비, 관리, 통제, 배분을 둘러싼 인간관계 전체의 문제가 그 대상이 다. 이에 따라서 문화연구에서는 이론이 중요한 관심사로 등장한다. 문학진 흥정책은 새롭게 변한 문화상황에 적극 대응하여 문학연구가 문화의 분할적 운영에 안주하지 않고 자신의 폐쇄성을 극복하도록 통합적인 문화연구로 나 아가게 할 필요가 있다.

6

디지털시대의 문학하기*

1. 서언

나는 최근 개발되고 있는 과학기술의 내용이나 조류에 대해 아는 것이 별로 없다. 이 글에서 간간이 언급하게 될 컴퓨터기술과 관련해서도 사실 이해가 깊지 못하다. 인문학 하는 사람에게 흔히 있는 기계혐오증은 아니라 해도 일말의 거리감이 없지는 않아 주변에서 소프트웨어 전문가를 보면 경이롭게만 보인다. 물론 '컴퓨터시대'인 만큼 신기술과 전혀 무관하게 살 수는 없는 터라 10년 넘게 컴퓨터를 활용해오긴 했지만 단어처리(워드프로세싱)에 국한된 사용일 뿐이었다. '디지털시대의 문학'이라는, 컴퓨터기술에 관한 이해가 깊어야 다룰 수 있는 주제를 감당하기에는 그래서 무지가 막대함을 미리 고백할 수밖에 없다. 그런데도 이 글을 쓸 마음을 먹은 것은 두 가지 경험 덕택이다. 첫 번째 경험은 문화정책개발원 주최 문화발전정책 세미나에 「뉴미디어 시대의 문학」이라는 발제문을 작성한 것이다.[1] 이 발제문에서 뉴미디어가 등장하는 과정에서 문학을 포함한 예술생산이 새로운 단계에 접어들

---

* 출처: 『문화과학』 9호, 1996년 봄, 69-89쪽.
[1] 졸고, 「뉴미디어 시대의 문학」 참고.

지 않았는지 생각해본 적이 있는데 그때 따져본 것이 이 글을 쓰는 데 밑거름이 되었다. 또 다른 경험은 재직하는 대학 영문학과의 전용 어학실험실을 기획하여 꾸린 것이었다. 우리는 통상 교실 정면에 주조정기를 두고 학생들은 개인 청취석에 앉게 하는 '방송형' 어실과는 다른 개념으로 멀티미디어 어실을 꾸리고자 하였다. 이 분야에 깜깜한 문외한이라 컴퓨터 잘하는 학생 한 명의 도움을 받아 올해 2월에 어실 설비를 완성할 수 있었다.2) 나 자신은 구비된 기자재들을 원활하게 운용할 능력이 아직 없지만 '첨단' 어실을 만들겠다고 '앞장 선' 죄로 새로운 기술 환경에 적응하는 훈련을 스스로 하지 않으면 안되겠다고 느끼고 있다.

　이 글은 따라서 문학을 전공하는 사람이 바로 눈앞에 펼쳐지고 있는 새로운 연구, 교육, 나아가 창작 환경을 맞아 어떤 변신, 적응, 대응을 해야 할 것인지 생각해보는 기회로 마련된 셈이다. 컴퓨터 운용에 관한 설명을 들으면서, 그리고 일년 전부터 이따금씩 접속해온 인터넷의 바다를 '항해하는' 경험을 통해, 새로운 기술 환경에서 문학은 어떤 변동을 겪을 것인지, 문학의 존속 형태가 어떤 것일지, 문학은 어떤 형질 변화를 할지 등에 대해 의문과 호기심이 생기기 시작하였다. 개인적으로는 문학 자체만을 공부해온 터는 아니라서 '문학'이라는 주제에 대해서는 크게 관심을 기울이지 않았는데 갑자기 자신의 '본령'에 무심했다는 일종의 자책이 들었다고나 할까, 컴퓨터 과학의 발달이 문학에 미치는 영향을 살필 필요가 있겠다는 생각이 들었다. 나는 오늘날 문학이 맞은 상황을 가리켜 '문학의 위기'라고 하는 지적의 지혜를 믿는 편이다. 물론 문학이 종말을 맞고 있다고 생각하지는 않지만 문학의 생산과 관리에 커다란 변화가 일어나고 있는 것은 분명해 보인다. 이 '위기'는 문학 자체에 국한되는 변화가 아니라 문화지형의 변동과 맞물려 있을 것

---

2) 이 어실은 팬티엄 컴퓨터 3대와 486DX컴퓨터 13대로 모두 16대의 컴퓨터를 갖추고 있는데, 모두 8MB RAM 이상에 CD-ROM, MPEG카드, 사운드카드를 장착하고, 학교 전산센터와 LAN카드로 연동해 놓았으며, 그중 한 대에는 컴퓨터그래픽을 하기 위한 스캐너와 음악 하는 학생을 위한 건반 등을 구비시켜 문과 공부를 하는 학생들이 하고자 마음먹는 컴퓨터 이용은 거의 다 할 수 있게 준비를 했다. 아울러 45인치 텔레비전 프로젝터를 설치하고 CNN 위성방송 청취 프로그램을 깔아 놓았고 컴퓨터 한 대와 연동해 놓았다. 모든 컴퓨터에 윈도우95를 깔아 인터넷을 할 수 있게 했다.

이며, 이 변동에도 여러 요인들이 복합적으로 작용하고 있을 것이다. 하지만 이 글에서는 컴퓨터 공학과 그에 따른 디지털복제 방식의 확산이 문학의 위상과 형질에, 문학의 생산과 관리에, 문학 창작과 그 연구 및 교육에 초래하게 될 변화들에 초점을 맞추고자 한다.

2. 디지털 텍스트

오늘날 문학이 처한 상황을 이해하기 위해서는 '책문화'나 '종이문화'가 처한 상황과 그것이 문화적 실천들, 즉 문학생산을 둘러싼 여러 제도들과 맺는 관계를 생각해보는 것이 좋겠다. 문학이 위기라면 이는 무엇보다 책이, 그리고 책과 관련된 여러 사회적 제도들, 예컨대 글쓰기, 학문하기 등이 새로운 상황을 맞고 있다는 말일 것이다. 책을 중심으로 한 학문의 중심을 구성하던 인문학이 최근 들어와서 궁지에 몰리고 있는 것도 이런 연유에서 나온 결과로 풀이된다.[3] 인문학에서 문학의 위치는 핵심적이지만, 문자언어 중심의 문화활동 자체가 종래의 중요성을 많이 상실한 지금 문학은 커다란 변동을 겪고 있다. 문학이 당면한 가장 큰 문제는 '정전'을 중심으로 한 본격문학의 약화보다는 더 큰 의미에서 문학을 지탱해주던 책문화, 종이문화가 이전과는 다른 조건에 놓이게 된 점과 연결되어 있지 않을까 싶다. 종이책으로 저장·보급되는 '문자언어'가 가장 중요한 정보소통의 방식으로 군림하던 시대가 막을 내린 것은 아니지만 전자 통신기기를 주요 정보교환 수단으로 사용하는 '시청각언어'가 등장함으로써 새로운 지형이 형성되었기 때문이다. '전자혁명'은 텔레비전, 전화, 라디오, 컴퓨터, 팩시밀리, 비디오, 스테레오 등의 통신기기를 모두 '전자화'하여 매체간 경계를 소멸시키고 있다. 전자적 시청각언어는 '문자언어'를 자신의 일부로밖에는 취급하지 않으며, '영상언어'는 문자언어와 달리 시각과 청각을 함께 아우르는 시청각언어로 기능한다. 영상언어의 시각언어 부분도 더 이상 문자로만 구성되는 것이 아니라 이

---

3) 1995년 하반기부터 교육개혁위원회가 주도하여 나온 '신교육개혁안'의 실시로 대학가에 밀어닥치기 시작한 '개혁'에서 학문체계의 변동이 일어나고 있는 것을 유심히 살펴볼 필요가 있다. 이에 관해서는 「좌담: 한국 고등교육 개혁의 방향」(『문화과학』 9호, 1996년 봄)과 졸고, 「대학개혁의 새로운 방향 모색」(『대학교육』, 1996년 3/4월호)을 참고.

미지가 첨가되고 있으며, 이 이미지는 다시 청각 및 동화상의 지원을 받아 오늘날 가장 영향력 있는 언어로 군림하고 있다. 오늘날 문학이 위기에 빠진 것은 문학이 이와 같은 위력적인 경쟁 상대를 만났기 때문이기도 하다.

물론 변화는 훨씬 이전에 시작되었다. 문학의 위상에 영향을 준 사진, 영화, 라디오 등 이전의 뉴미디어가 나타난 것은 이미 1세기 전이다. 모더니즘의 실험 노력이 보여주듯 예술의 가능성에 대한 회의가 예술 작업의 일부로 포함되는 예술적 자의식이 20세기 초 이후 크게 성장한 것도 이들 매체의 등장과 무관하지 않다. 그러나 오늘 우리가 말하는 뉴미디어는 물론 이들 매체만 포괄하지 않는다. 영화, 라디오가 나온 뒤로도 텔레비전, 비디오테이프리코더(VTR), 비디오카세트리코더(VCR), 콤팩트디스크(CD-ROM), 인터넷 등 새로운 형태의 매체들이 대거 등장한 것이다. 이들 뉴미디어의 가장 큰 특징은 컴퓨터공학이 그 속에 내장된다는 점일 것이다. 종래 영화, 라디오, 사진 등이 아날로그 방식으로 정보를 저장했다면 새로운 매체들은 정보를 디지털화함으로써 서로 다른 매체들을 단일한 코드로 일원화한다. 디지털로 정보를 저장하면 과거 서로 다른 정보 처리 방식을 가졌던 시각과 청각이 동일한 방식으로 처리될 수 있어서 매질들간의 차이가 없어지는 현상이 생긴다. 물론 이들 매체를 지각하는 시점에서는 아날로그식으로 하게 되겠지만 정보처리과정에서는 감각의 차이가 무시될 수 있다. 네그로폰테가 말하는 '비트의 시대'가 열린 것이다. 4) 따라서 책의 디지털화로 초래되는 변동에 주목할 필요가 있는데, 문학의 위기도 책의 디지털화와 연관하여 생각해야 할 것이다.

책이 디지털화하면 어떤 변화가 생기는가? 무엇보다도 먼저 책이라는 말이 성립하지 않게 될 것이다. 책은 '물건'이라는 특징을 가진다. 책장을 넘길수가 있거나, 책을 품을 수도, 찢을 수도, 불에 태울 수도 있는 것은 그 때문이다. 디지털 세계에서는 이런 종류의 물질성은 사라진다. 책이 비실체화하는 셈인데, 이로써 책에 '담기는' 텍스트는 과거처럼 고정되지 않게 된다. 책에서는 텍스트를 구성하는 잉크가 종이에 묻어 있으므로 텍스트와 책은

---

4) 니콜라스 네그로폰테, 『디지털이다』, 박영률출판사, 1995 참고.

함께 '묶여' 있다. 책을 찢거나 태우면 텍스트도 그에 따라 손상을 입으므로 책의 물질성과 함께 운명을 같이 한다. 하지만 '디지털 책'의 텍스트는 '책'과 운명을 함께 하지 않는다. 물론 자판을 치는 손가락 움직임에 따라서 화면에서 사라지기도 하고 나타나는 것을 확인할 수는 있다. 그러나 그런 만큼 텍스트는 하드디스크로, 플로피디스크로 위치를 바꾸면서 자리를 옮길 수도 있고 통신으로 전송할 수도 있다. 텍스트의 정처가 불분명하며, 한마디로 종이 위 텍스트와는 비교되지 않을 정도로 '가벼운 존재'다.

그런데 이상하게도 바로 이런 점 때문에 디지털화한 텍스트는 그 자체에 관심을 집중하게 하는 효과를 갖는다. 나는 지금 이 텍스트를 **이렇**게도 쓸 수 있고 **이렇**게도 쓸 수 있다. 랜험의 지적대로 이런 글자 생김새 변화의 가능성은 텍스트 자체, 혹은 글자 자체를 보도록 하면서 글의 내용이 아닌 글 모양에 대한 의식을 강화한다.[5] 이것은 텍스트가 인쇄본에서 지니고 있던 불변성과는 다른 효과를 가지며 특히 인쇄된 텍스트가 유발하는 내용에 대해 관심을 집중시키는 것과 크게 대비된다. 인쇄된 텍스트의 특징은 글자를 통해서 텍스트가 구성하는 세계 쪽으로 관심을 돌리게 하는 데 있다.[6] 이런 이유로 그 세계와 텍스트의 관계가 늘 문제가 되고 따라서 주제와 스타일을 일치시키는 적합성(decorum)이 중시되었다. 이제 텍스트와 세계의 관계 쪽만이 아닌 텍스트의 모양새 자체에 대한 관심이 커짐으로써 전자적 글쓰기는 볼터의 말처럼 "언어적이자 시각적인 묘사"가 된다. 이때 "글쓰기는 어떤 장소에 대한 글쓰기라기보다는 차라리 지형들, 즉 공간적으로 구현된 토픽들을 가지고 행하는 글쓰기이다."[7] 여기서 '토픽'은 단순한 주제가 아니라

---

5) 이하 '전자책'의 특징에 관해서는 Richard A. Lanham, "The Electronic Word: Literary Study and the Digital Revolution," *New Literary History*, vol. XX (Winter 1988), pp. 265-90을 많이 참조하였다.

6) 물론 이 경우에도 책의 물질성과 텍스트의 물질성에 관심을 두는 것이 불가능한 것은 아니다. 책의 생김새가 글읽기에 영향을 준다는 것은 분명하다. 생김새에 따라 텍스트의 본문과 각주의 위치가 정해지고 이것이 글읽기에 영향을 주며, 서문은 가장 먼저 읽지만 가장 나중에 쓰이는 일이 생긴다. 그리고 책등에 쓰이는 책제목, 뒷표지에 올리는 광고문까지도 책 읽기에 영향을 준다고 할 수 있다. 그러나 책을 이렇게 읽는 것은 예외적인 경우에 속한다.

7) James Bolter, *Writing Space: The Computer, Hypertext, and the History of Writing*

그 어원인 'topos'가 보여주듯 '장소' 또는 '지형'을 의미하며, 지형을 지닌 글쓰기에서는 글의 생김새 자체가 의미를 띨 수밖에 없다. 조이스는 볼터의 이 견해를 이용하여 컴퓨터 글쓰기에서는 '지형묘사적(topographical) 글쓰기'와 같은 새로운 글쓰기 방식이 도입된다고 본다. 이 경우 텍스트는 '작품 세계'로 나아가기 위해 통과하기만 하면 되는 관문인 것만은 아니다. 텍스트 표면이 있다면 그것은 이제 고정된 것이 아니라 주무를 수 있고 변형이 가능한 표면이다. 책이라면 이런 일은 편집과정에 속하고 특히 제작과정상의 문제이므로 작가가 개입할 지점은 아니었다. 이제 작가는 자신의 텍스트의 모양새까지도 신경을 써야 하는 것이다. 디지털 텍스트는 결국 조작가능성의 증가라는 특징을 가지는 셈이다. 이 조작가능성은 텍스트의 끝없는 변신가능성과 연결된다. 랜험에 따르면 디지털 텍스트는 소위 말하는 '최종 편집'(final cut) 이란 것이 있을 수 없다. 텍스트는 안정된 채로 있지 않고 늘 새로운 개작 가능성이 있어서 '정본'과 '이본'의 구분을 하기가 어렵다. 이로 인해 텍스트의 실체라는 개념은 사라지며, 텍스트는 하나의 잠재태로만 존재할 뿐이다.

3. 디지털 텍스트와 문학의 변화

정보가 디지털로 처리되고 책의 지면이 컴퓨터 화면으로 전환된 시점에 문학은 어떤 모습을 할 것인가? 문학에 어떤 변화가 일어날 것인가? 디지털 텍스트의 출현은 문학 텍스트가 담기는 그릇을 바꿔놓는다. 여기서 중요한 것이 문학과 책의 관계다. 오늘날 우리는 책과 글이 없는 문학을 생각하기 어렵다. "문학에 통달한다는 것은 책과 문어에 통달하는 것이며, 그리하여 이제는 지식의 터전이요 소통의 기술이라고 하는 것에 통달하는 것이다."8)

(Lawrence Erlbaum and Associates, 1991), p. 25. Michael Joyce, "The Ends of Print Culture"(a work in progress), (Michael_Joyce @UM. CC. UMICH. EDU), Section 12에서 재인용. 인터넷 문화의 확산으로 인해 인용방식도 복잡해졌다. 이 글을 쓰던 당시 이 '논문'은 아직 미완성인데 인터넷에 올라와 있기 때문에 인용하였다.

8) William Paulson, *The Noise of Culture: Literary Texts in a World of Information* (Ithaca, NY: Cornell University Press, 1988), p. 293.

그런데 문학의 터전을 이루는 책이 변하고, 아니 없어지고 있다. 물론 책은 오래 전부터 형태를 달리해왔다. 파피루스에서 필사본으로 그리고 인쇄본으로 변해왔고, 인쇄본 시기에는 하드커버에서 페이퍼백으로 바뀐 것이다.[9] 그러나 지금 우리의 관심을 끄는 것은 이런 정도의 변화는 아니다. 책 대신 플로피디스크, CD-ROM 형태 등으로 정보를 저장하는 컴퓨터가 나온 지금 문학은 어떤 변화를 겪을까? 책이 사라지니 문학도 사라질 것인가? 물론 책이 깡그리 사라지지는 않을 것이다. 책은 소멸될 것이라는 예언이 지금처럼 큰 소리로 나오는 적도 없지만 또한 지금처럼 책이 많이 제작되고 책 형태의 글읽기가 왕성한 적도 없다.[10] 그리고 보기에 따라서 디지털 텍스트는 종래의 인쇄 텍스트를 오히려 확산하는 중요한 기제로 이해될 수도 있다. 미국의 컴퓨터회사들은 그래서 디지털 텍스트의 등장이 기존 책문화에 위협을 가하기보다는 오히려 도움을 준다는 식의 광고 전략을 많이 채택한다고 한다. 중요한 인쇄 텍스트들을 '전자책'으로 전환할 수 있다는 것은 그것들을 더 손쉽게 사용할 수 있게 한다는 설득을 펼친다는 것이다. 이런 식으로 보면 디지털 텍스트의 출현은 전통적 문학의 새로운 번영을 위한 조건이다. 랜험도 책이 디지털화하면 문학 환경이 크게 바뀔 것이라 하면서도 정작 가장 큰 혜택을 받는 것은 정전들일 것이라 본다. 종래의 문학은 그대로 잘 보존될 것이라는 말인 것이다. 그러나 정전들이 컴퓨터 자료로 전환되면 종래 그것이 지녔던 위상에는 커다란 변동이 생길 수밖에 없다. 정전이란 일관성 내지는 안정성을 전제한다. 정전을 구축한다는 것은 일정한 체계를 구축하며 위계질서를 만들어내는 것이다. 그런 정전이 디지털로 처리가 되면 조작가능성에 노출되어 과거의 불변성이나 위엄을 찾기 힘들게 된다. 디지털로 보관되면 '불량' 독자들의 손끝에 놀아날 가능성이 높아지는 것이다.

문학은 책문화에 크게 의존하는 한 책문화 일반이 지니고 있는 종교적 성

---

9) 동양에서는 책이 서양의 책과는 다른 형질을 가지고 있었기 때문에 이런 분석이 그대로 적용될 수는 없을 것이나, 현재 책의 출판 형식으로 볼 때는 서양의 인쇄본과 페이퍼백이 주류를 이루고 있기 때문에 이 분석의 보편성을 인정하지 않을 수 없을 것이다.
10) Mark C. Taylor, *ERRING: A Postmodern A/theology* (Chicago: The University of Chicago Press, 1984), p. 77.

격을 가진다. 오늘날 지배적 종교들의 권위는 경전으로 간주하는 책에서 나온다는 것은 주지의 사실이다. 사서삼경, 불경, 성경, 코란 등은 단순히 책만이 아니라 섬겨야 할 대상들이다. 성경의 '말씀'에 금박을 입히거나 불경을 금먹으로 쓰기도 한 것은 이들 경전 자체가 숭배 대상으로 간주되기 때문에 생겨난 일일 것이다. 책이 귀했던 과거에는 어지간한 신분과 재력 없이는 소유하기 힘들었고 더구나 책을 함부로 다룬다는 것은 상상하기 어려웠다. 이런 책문화에 기반을 두게 되면서 문학을 둘러싼 여러 관행들도 종교적 색채를 크게 띠었다고 할 수 있다. 오늘날 대학에서 실시되는 문학교육이 종교의 경전 읽기와 비슷한 형태를 띠는 것은 그 한 예다. 서구식 교육방식의 수용으로, 19세기 서양 대중교육에 스며든 기독교식 설교가 문학교육의 전형을 이루고 있는 것이다. 문학제도는 그래서 종교의 정전과 유사한 명저, 고전, 명작 등을 중심으로 구성된다. 명작을 창작한 작가는 신격화되고, 비평가는 이 신격화를 둘러싼 논쟁을 벌이고, 일단 신격화된 작가와 작품들은 문학이라는 종교의 사제 역할을 하는 문학교수에 의해서 보호받는 식이다. 문학의 이러한 종교적 위계질서는 책이 그 텍스트를 안정화한다는 사실에 크게 의존한다. 종교의 큰 일이 경전을 지키는 것이듯 문학이라는 제도 역시 명작을 지켜야 한다. 하지만 이것은 텍스트가 책으로 있기 때문에 더 가능한 일이다. 디지털화한 텍스트는 책으로 보장받던 자신의 안정성을 크게 잃고 만다. 굳이 '불량하지 않은 독자라도 지면을 떠나고 나면 텍스트의 존재가 너무나 '가벼움'을 알게 될 것이고, 랜험이 말하는 것처럼 별로 두려움을 느끼지 않고 그것들을 변형시키려 들 것이기 때문이다. 이런 텍스트 조작가능성의 증가는 종전에 정전이 지니고 있던 위엄을 위협하게 되며 작가와 독자 사이에 설정된 기존의 위계적 구분도 무너질 가능성이 크다. 지금까지 신성시되던 천재 작가의 '명품'이 범상한 독자들도 만지작거릴 수 있는 대상으로 전환하면서 어떤 일들이 벌어질까? 문학적 생산관계가 크게 바뀔 것이다. 그동안 우리가 그러려니 하고 수용해오던 문학적 물신주의가 깨질 전망도 상당히 커졌다.

　더 나아가 텍스트의 디지털화는 필연적으로 책과 운명을 같이하던 문학의 형질 변화를 초래할 것으로 보인다. 문학의 형질은 고정된 것이 아니며, 사실 책과 운명을 함께 하게 된 것도 역사적 발전의 결과다. 오늘날 문학의 가장 중요한 장르를 꼽으라면 시, 희곡, 소설일 텐데 이들 장르들은 문학이 구어에 머무르지 않고 문어로 생산되면서 나타난 것이라고 할 수 있다. 이런 점에서 오늘날 우리가 말하는 문학의 특징 중 중요한 부분들은 문어가 언어생활의 중요한 부분으로 정착하면서, 그리고 문학생산도 그 영향을 받으면서 나타난 셈이다. 문화권마다, 또 독립된 문자언어를 사용하는 사회마다 상황이 다르므로 이 변화를 일률적으로 말할 수는 없겠지만 문어로의 전환은 대체로 구체적 맥락에서 탈피함을 의미한다. 구어는 대면적(對面的) 언어사용을 전제로 하는 데 비해 문어는 그와 같은 상황에서 벗어날 수 있기 때문이다. 문어로의 전환은 또 글이라는 새로운 테크놀로지를 익히는 엘리트화 과정을 의미한다. 고대에서 문학을 의미하던 시와 희곡의 생산과 소비는 그래서 소수에 국한되었다. 이런 상황은 소설이 대중화하는 근대에 들어오면서 크게 달라지지만 이 변화 역시 문자해독 능력의 확산이라고 하는 문어적 상황이 작용한 결과다. 문자해독력의 확산은 단일시장이 근대국가의 형성에 필수적인 조건으로 등장하면서, 특히 대중교육을 통한 민족언어 교육이 이루어지면서 생긴 현상이다. 이렇게 볼 때 근대소설의 성장은 문학소비의 대중화와 함께 발생한 근대의 민족국가 형성과 밀접한 관련을 가졌을 것임을 짐작할 수 있다. 앤더슨에 따르면 '상상의 공동체'로서 '민족'은 언제나 가상의 공통요소를 전제로 하지 않을 수 없는데 이 공통요소 자체는 역사적 제도들에 의해서 형성되지 않으면 안 된다. 근대적 제도들에는 단일시장, 민족국가, 대중교육 등이 포함되며, 문학 프로젝트는 이들 근대적 제도의 중요한 문화적 층위를 이룬다. 앤더슨은 '민족다움'을 상상할 수 있게 된 것은 18세기말경 몇 가지 역사적 사건들이 합쳐졌기 때문이고, 그 중에서도 특히 유럽에서 인쇄자본주의가 성장한 데서 그 이유를 찾아야 함을 지적한 바 있다. 상품화되고 기계화된 책, 특히 신문이 민족의식을 만드는 데 결정적 역할을 했다는 것이다. 11) 소설을 중심으로 한 근대문학은 이런 맥락에서

---

11) John Tomlinson, *Cultural Imperialism* (Pinter Publishers, 1991), p. 81. 앤더슨의 논

이해할 수 있을 듯하다. 인쇄문화의 확산으로 문학이 제도화되면서 문학은 이로 인한 새로운 특성을 갖게 되었다. 인쇄기술에 기반을 둔 책문화는 원거리 소통을 가능하게 함으로써 지리적으로 떨어져 있는 사람들로 하여금 지식공동체를 형성하도록 하지만 동시에 그들을 떼어놓고 고립시키는 역할도 한다. 독서대중이란 그래서 광범위하게 퍼져있어서 서로 누구인지 모르는 대중이다. 12) 이것은 문학이 문어에 기반을 두게 되는 과정은 소규모 사회 맥락에 묶인 구두문학의 문화적 협소함 대신 보편성을 획득하는 과정이지만 동시에 삶의 구체성을 상실한 어떤 소외 상황을 만들어내는 것이기도 하다는 말일 것이다.

언어의 새로운 변동이 일어나고 있는 지금, 디지털 텍스트가 출현한 지금 발생하게 될 문학의 형질 변화는 어떤 종류의 것일까? 구어 대신 문어가 문학생산의 중요한 수단이 됨으로써 문학에 커다란 형질 변화가 발생했다는 점을 감안한다면 지면에서 화면으로의 텍스트 거처 이동이 문학의 또 다른 형질 변화를 초래하리라는 예상도 가능하다. 이와 관련해서는 디지털 텍스트와 관련된 좀더 구체적인 텍스트 개념이 필요할 듯싶다. 문제의 핵심은 문학의 형질 변화인데, 이 변화는 우리가 위에서 언급한 고전이나 정전의 디지털화로써만 설명되기 힘든 측면이 있다. 디지털로 작성된 고전 작품은 그 자체로 어떤 독자성을 가질 수도 있겠으나 인쇄 텍스트의 영향권에서 완전히 벗어났다고 하기는 힘들다. 책으로도 얼마든지 저장될 수 있는 만큼 디지털 텍스트가 되었다고 해서 작품의 본질을 바꿔놓는 것은 아니기 때문이다. 디지털 텍스트에서 만약 작품의 본질과 관련된 변화가 발생한다면 이는 책과는 완전히 독립된 어떤 새로운 텍스트적 성격을 가질 때 가능할 것이다. 바로 이 지점에서 새로운 텍스트 개념, 좀더 구체적으로 '하이퍼텍스트'라고 하는 새로운 글쓰기 방식이 쟁점으로 떠오른다.

의를 직접 보려면 Benedict Anderson, *Imagined Communities: Reflections on the Origin and Spread of Nationalism* (Verso, 1983)을 참조.
12) Don Langham(langhd@rpi.edu), "The Common Place MOO: Orality and Literacy in Virtual Reality," *Computer-Mediated Communication Magazine*, vol. 1, no. 3(July 1, 1994).

4. 하이퍼텍스트

'하이퍼텍스트'란 이 표현을 처음 만들어낸 넬슨에 따르면 '비연속적 글(쓰기)'(non-sequential writing)이다. 13) '하이퍼텍스트'가 비연속적이라는 사실은 요즘 인터넷에서 널리 사용되는 월드와이드웹(WWW)을 사용해보면 바로 알 수 있는 일이다. 하이퍼텍스트로 '쓴' 거대한 정보망인 월드와이드웹은 수많은 '마디'(node)들로 구성되어 있고 이들 마디에는 '핫워드'(hot word)가 널려 있다. '핫워드'는 컴퓨터 화면에서 빨갛고 파란 색깔을 내면서 텍스트의 다른 부분들과는 대조를 이룬다. 커서가 거기 닿으면 화살표에서 손모양으로 바뀌는데 이때 마우스를 누르면 핫워드가 지정하는 다른 화면으로 들어가게 된다. 텍스트의 기존 흐름을 벗어나서 새로운 마디로, 즉 다른 웹사이트로 들어가는 것이다. 이것은 하이퍼텍스트의 독해가 연속적으로 진행되지 않고 결절점(nodal point)을 따라서 비선형적으로 진행됨을 보여준다. 하이퍼텍스트의 이런 성격은 독자의 적극 개입을 전제한다. 독자 또는 사용자가 핫워드에 다가가서 커서를 눌러야만 다른 화면이 펼쳐지기 때문이다.

파울러에 따르면 하이퍼텍스트는 다음과 같은 특징들을 가진다. 첫째 적극적 독자를 전제한다. 둘째, 하이퍼텍스트는 고정되거나 단일하지 않고 유동적, 중층적이다. 셋째, 거기에는 시작이나 종결, 중심과 주변, 안과 바깥이 없다. 넷째, 하이퍼텍스트는 다중심적이고 한없이 재중심화할 수 있다. 다섯째, 하이퍼텍스트는 망을 이루는 텍스트다. 여섯째, 하이퍼텍스트는 협동적이다. 일곱째, 하이퍼텍스트는 반위계적이고 민주적이다. 14) 아직 이런 주장들을 확인할 충분한 지식이 없는 처지에 여기 나열된 하이퍼텍스트의 특성들을 확증하거나 분석하려 하지는 않겠다. 그리고 논의를 번거롭게 하는 것을 피하기 위하여 파울러의 이 지적 및 주장들이 설득력을 가지고 있는지 여부도 따지지 않겠다. 하지만 일단 그의 말을 수용한다면 하이퍼텍스트

---

13) Theodor Nelson, *Literary Machines 93. 1* (Mindfull Press, 1992). Robert M. Fowler, "The Fate of the Notion of Canon in the Electronic Age" (Presented to the Spring 1994 Meeting of the Westar Institute)에서 재인용. rfowler@rs6000. baldwinw. edu에서 자료 받음.
14) Fowler, op. cit.

가 문학 텍스트로 전용될 때 문학은 과거 책에 의존하던 제도문학과는 발본적으로 다른 형태를 갖게 될 것임을 짐작할 수 있다. 이 주장을 거두어들인다고 해도 하이퍼텍스트 문학이 확산된다면—이것 또한 커다란 가정이라는 점을 잊어서는 안되겠지만—적어도 종래의 '문학하기'가 커다란 도전을 받게 될 것은 부정할 수 없을 것이다.

조이스에 따르면 하이퍼텍스트는 두 가지 종류가 있다. 하나는 '탐색성격의(exploratory) 하이퍼텍스트'로서 월드와이드웹처럼 읽기만 하는(read-only) 것이고 다른 하나는 '구축(조성)성격(constructive)의 하이퍼텍스트'로서 이 경우는 독자의 독해 과정이 그대로 하이퍼텍스트의 전체 모습을 바꾸어 독자가 하는 작업과 작가의 그것 사이에 별로 큰 차이가 없는, 그야말로 작가와 독자의 구분이 없는 텍스트다. 15) 조이스는 진정한 구축성 하이퍼텍스트에서는 독자가 "기존 구조를 확장하고 변형하여 그것을 자기 용도에 맞출 수 있어야 한다"고 말한다. 16) 여기서 강조되는 것이 '몰입'과 대비되는 '상호작용'(interaction)이다. 랭험은 MOO(MUD, object-oriented)라고 하는 컴퓨터로 매개된 커뮤니케이션 기술을 언급하면서 MOO의 텍스트 중심적 가상현실(virtual reality) 구성 방식이 기존의 허구물과는 다르다고 한다. 그에 따르면 "MOO는 소설을 읽을 때 상상력 속에서 만들어지는 가상세계와 약간 유사한 가상환경을 만들기 위해 문어적 묘사들을 사용한다."17) 가상현실을 나름대로 구축한다는 점에서 MOO로 구성되는 하이퍼텍스트 문학은 여전히 전통적 재현의 틀을 벗어나지 않는다고 할 수 있다. 그렇기는 하지만 MOO가 만들어내는 세계는 소설세계와는 전혀 다른 세계라는 것이 랭험의 주장이다. 그의 말을 조금 더 들어보자. "MOO와 인쇄 텍스트 경험의 큰 차이는 MOO에서는 실시간에 자신들과 그리고 텍스트 환경과 상호 작용하는 실제 사람들에 의해서 등장인물들이 통제된다는 것이다.""MOO는 그 속에서 사람들이 움직이며 서로 소통하면서 대상들을 조작하는 구조화된 환경이

---

15) Michael Joyce, op. cit., Sections 16-26 참조.
16) Ibid., Section 26.
17) Langham, op. cit.

다."18) 이것은 독자가 허구적 세계에 실제로 참여하는 것이 가능하다는 말로서, 텍스트는 이 결과 작가가 만들어놓은 대로 있는 것이 아니라 독자의 참여에 의해서 계속 새롭게 구성된다.

하이퍼텍스트는 새로운 쓰기와 읽기를 가능케 하는 텍스트다. 내 생각으로는 하이퍼텍스트의 가장 큰 특징은 무엇보다도 책을 완전히 벗어난다는 점이 아닐까 싶다. 위에서 언급한 디지털 텍스트와 하이퍼텍스트는 그래서 구별하는 것이 필요하다. 디지털 텍스트도 물론 책을 벗어난 것이지만 이미 책으로 되어있는 것을 전자화한 경우도 포함하므로 책으로도 존재할 수 있다. 이는 텍스트가 두 가지 방식으로, 즉 지면으로도 화면으로도 존재할 수 있기 때문에 가능한 일인데 이로 인해 텍스트를 지면으로 읽는 것이 나은지 화면으로 읽는 것이 나은지 여부를 둘러싼 논쟁이 나오고 있다.19) 하이퍼텍스트는 이런 논쟁에서 벗어난다. 디지털 텍스트이기는 해도 책으로 쓰거나 읽을 수 없는 디지털 텍스트에 속하기 때문에 아예 책과는 비교가 되지 않는 것이다. 하이퍼텍스트는 인쇄 텍스트와는 다르게 구성된다. 책을 읽을 때 우리는 처음에서 시작하여 마지막을 향해 선을 따라 읽는다. 물론 책은 아무데나 펼쳐서 볼 수 있으므로 항상 시작에서 종결로 나아가기만 하는 것은 아니지만 중간에 아무데나 들어갈 수 있다고 해서 잉크로 물질화되어 있는 텍스트가 바뀌는 것은 아니다. 하이퍼텍스트는 이와 달리 어느 지점에서 완전히 다른 곳으로 빠져나갈 수 있다. 하이퍼텍스트의 한 '마디'(node)에서 다른 마디로 언제든지 전환이 가능하기 때문이다.

문학의 형질 변화와 관련하여 주목할 점은 이로 인하여 특히 시, 희곡, 소설의 서사적 요소에 커다란 변화가 생길 수 있다는 사실이다. 서사는 전통적으로 시작, 중간, 결말이 선형적으로 연결되어 있는 구조로 되어 있다. 책의 특징 때문이기도 하지만 서사적 텍스트는 처음에서 출발하여 종말을 향하여 나아가도록 구조화되어 있는 것이다. 하이퍼텍스트는 이러한 구조

---

18) Ibid.
19) 전자잡지 『피드』(*Feed*) 지가 실시하는 '하이퍼텍스트 원탁회의' '좌담'(Dialog) (http://www.feedmag.com/dialog.html/) 의 창간 주제 「지면 대 픽셀」 ("Page versus Pixel," June 1995) 을 참고.

를 파괴해버린다. 어떤 임의의 지점에서 가지치기(branching)를 함으로써 새로운 서사의 방향을 만들어버리는 것이다. 앞서 언급한 '최종 편집'의 부재와 결부된 이 현상은 또한 관습적인 시작, 전개, 결말이 없는 비결정 텍스트를 가능케 한다. 이런 텍스트는 작동의 쌍방향성을 전제하고 있다. 텍스트가 꼭 시작에서 결말로 나아가는 전개과정을 따르지 않는다는 것은 텍스트가 작가의 최종 편집에 의해서 완결되지 않고 독자의 독해 과정에서 끊임없이 다시 쓰일 수 있다는 말이다. 오늘날의 시학은 분명히 "비-아리스토텔레스적 조정"이 필요하다는 랜험의 지적은 이런 관점에서 나온 것으로 보인다.[20]

이야기가 완결되지 않는다는 것은 텍스트가 열려있다는 말이기도 한데 이것 자체는 사실 새로운 이야기가 아니다. 독자반응 비평, 해체이론 등에 따르더라도 텍스트의 수는 무한할 수 있지 않은가. 그러나 하이퍼텍스트의 텍스트가 여럿이라는 말을 다른 의미로 해석할 점이 있어 보인다. 여기서 텍스트의 '다수성'은 책이 여럿이라는 말이다. 독자가 군데군데서 이야기의 흐름을 바꾸고 완전히 다른 결말들을 도출할 수 있기 때문이다. 하이퍼텍스트로 구성되는 서사는 작가가 일방적으로 플롯과 결말을 정할 수가 없으므로 동일한 텍스트를 전제하고 그 의미를 다양하게 도출하는 전통적 글읽기 방식이 통하지 않는다. 글읽기는 여기서 문자 그대로 글쓰기가 된다. 하이퍼텍스트가 문학텍스트의 지배적 텍스트 형태가 된다면—이것은 물론 아직은 확신하기 어려운 가정이다—문학의 형질은 따라서 크게 바뀔 수밖에 없다.

5. 인터액티브 픽션

지금까지 디지털 텍스트의 출현으로 문학이 당면한 기술적 조건이 변하고 있으며, 특히 하이퍼텍스트의 출현이 문학을 크게 바꿀 것이라는 점을 확인하였다. 이제 하이퍼텍스트 문학을 살펴봐야 하겠는데 먼저 '인터액티브 픽션'을 알아보고자 한다. 지그펠드에 따르면 '인터액티브 픽션'이란 컴퓨터기술을 도입함으로써 지금까지 문학, 음악, 회화 등으로 구분해온 예술 장르

---

20) Lanham, op. cit., p. 269.

들을 통합한 문학 형태이다. 컴퓨터그래픽, 동화상 기술, 음향 도입 기술들을 활용하여 컴퓨터 화면 위에 동화상과 음향과 (전통적으로 문학에 주로 쓰이던) 텍스트를 동시에 올린 경우다. 이런 작업을 하자면 컴퓨터 조작 기술만이 아니라 기존의 예술 창조 능력까지 갖추어야 한다는 것이 지그펠드의 생각이다. 그가 상정하는 인터액티브 픽션 작가는 그래서 "형식 및 서사 실험을 하는" 작가이며, "픽션과 시를 쓰는…작가 중의 작가"라는 찬양을 받을 정도의 문학적 능력이 있을 뿐만 아니라 다양한 회화적 기예, 예컨대 정물화에 정통하여 전문적 전시를 열" 정도의 뛰어난 화가 자질도 갖춘 사람이다. 이런 사람이 있다고 하더라도 과연 미술과 음악과 문학을 하나의 장르에 구현할 수 있는 작업조건이 갖추어졌는가가 문제라면, 기술적으로는 그런 작업을 충분히 할 수 있다는 것이 지그펠드의 판단이다. "1980년대 소프트웨어 발전으로 이 작가는 인터액티브 픽션의 독자들에게 여러 버전의 등장인물 관점을 제공하고 생생한 천연색 그래픽을 집어넣고 끊임없이 지면 구성 실험을 할 수 있다"는 것이다.[21] 나로서는 이런 픽션의 상을 구체적으로 그릴 수는 없지만 텍스트, 이미지, 음향의 디지털화가 일어나고 있는 점이나, 오써링시스템의 보급으로 프로그래밍 소프트웨어의 대중 접근이 용이해진 점을 생각하면 전혀 엉뚱한 말은 아닌 듯하다. 하지만 최근의 지적들을 종합하면 '인터액티브 픽션'은 아무래도 문학보다는 컴퓨터오락에 가까운 모양이다. "비디오게임 미학과 소구 대상의 연령 때문에 이 글쓰기 장르는 주변부로 밀려났다. 하이퍼텍스트 작가들과 비평가들 사이에서도 인터액티브 픽션들은 별로 언급되지 않는다. 이들 작품은 '문학'과 관련된 출판물보다는 컴퓨터 잡지의 오락 부문에서 논평되고 있다."[22] 이런 점으로 미루어볼 때 내가 여기서 '인터액티브 픽션'을 '하이퍼텍스트 문학'의 한 종류로 사용하는 것은 혼동일 수도 있다. 하지만 인터액티브 픽션도 하이퍼텍스트로 작성되는 만큼 넓은 의미의 하이퍼텍스트 문학으로 간주해도 무리는 없을 듯싶다.

---

21) Richard Ziegfeld, "Interactive Fiction: A New Literary Genre?" *New Literary History*, vol. XX (Winter 1989), p. 341.

22) Christopher Keep, Tim McLaughlin, & robin, "Interactive Fiction," robin. escalation @ACM. org.

인터액티브 픽션에서는 텍스트뿐만 아니라 책이 문제가 된다. 책의 물리적 성격이 바뀌는 정도가 아니라 책 자체가 사라짐으로써 텍스트의 존재 방식에 근본적인 변화가 일어나는 것이다. 이러한 변화는 종래 책을 기반으로 하여 첨단 기술사회를 다루는 공상과학소설(SF), 심지어는 사이버네틱스의 원리를 이용하여 소설형식을 구성한다고 하는 사이버픽션(CF)과도 다른 점으로 보인다. 포루쉬에 따르면 사이버픽션은 "일부 포스트모던 소설가들이 우리가 인간적 소통을 보는 방식을 누가 또는 무엇이 지배할 것인가를 놓고 인공지능과 투쟁하고 있는" 방식이다. 이 소설장르는 "자신을 인공지능 장치로, 정보 조직을 위한 연산법에 따라 작동하는 듯한 '자의식적' 기계적 소통의 연결 고리로 내세운다"는 점에서 인공지능을 닮아있다. 그러나 사이버픽션은 인간적 소통에는 "인공지능적 분석을 초월하거나 이면에 환원이 불가능하고, 표현할 수 없으며, 또한 수량화할 수 없는 어떤 유의미한 침묵의 기층이 있다고 하는 느낌을 갖게 함으로써 인공지능 패러다임의 강력한 함의를 파기한다."[23] 이 설명을 들으면 사이버픽션의 특징은 인공지능 기술을 이용하여 인공지능 신화를 비판하는 것인 셈이다. 나로서는 포루쉬의 이 분석을 따질 능력이 아직 없지만 그의 말이 사실이라면 사이버픽션은 문학의 본질을 변화시키지는 않는 것으로 보인다. 사이버픽션은 뉴미디어와 문학의 관계가 상호 대립하는 관계인 것으로 가정하고 있다. 문학은 새로운 상황을 맞았기는 했지만 인간성을 지키기 위한 전래의 비판 작업을 여전히 충실히 수행한다. 인공지능적 상황은 문학이 맞이한 현실이며, 이 현실은 문학적 재현의 대상으로 등장한다. 사이버픽션도 문학의 전통적 정의라고 할 수 있는 재현의 문제설정에서 벗어나고 있지는 않는 것이다.

우리에게 중요한 것이 디지털 텍스트의 등장으로 문학 자체가 어떻게 변화하는가를 따지는 일이라면 사이버픽션 수준에서가 아니라, 구어에서 문어로 전환할 때와 같은 규모의 문학의 틀 변화가 발생하는지를 살펴야 한다. 문학의 3대 장르 가운데 시와 희곡은 고대 그리스에서부터 나타났으므로 수

---

23) David Porush, "Cybernetic Fiction and Postmodern Science," *New Literary History*, vol. XX (Winter 1989), pp. 379-80.

천년 역사를 가지고 있으며, 소설은 이미 언급한 대로 민족문화 프로젝트가 본격화된 근대문화가 낳은 산물이다.24) 이들 문학장르는 사이언스픽션과 사이버픽션과는 비교되지 않을 정도로 문학의 틀을 규정하는 큰 갈래이다. 디지털이라고 하는 뉴미디어의 등장으로 문학에 형질 변화가 일어난다고 한다면 따라서 이것들과는 다른 차원의 장르, 즉 시, 희곡, 소설에 버금가는 정도로 문학의 형질 변화를 초래하는 장르가 등장해야만 할 것인데 과연 이런 장르가 지금 출현하고 있는가 하는 것이 문제겠다. 인터액티브 픽션 같은 새로운 형태의 문학, 하이퍼텍스트로 구성되는 문학이 이런 범주에 들어갈까? 선뜻 대답하기 쉽지 않은 질문이다. 하지만 인터액티브 픽션은 재현 문제와는 다른 차원의 문제를 제기하고 있다는 생각이 드는 것도 사실이다. 변화된 세계—주로 인공지능과 같은 신기술에 의해서이지만—를 재현하는 정도는 아닌 것 같다는 말이다. 사이버픽션에서는 서사가 재현이라는 문제를 결코 떠날 수는 없다. 아무리 광범위하게 재현의 해체가 진행되고 있다고 하더라도 '재현'의 문제 자체는 사라지지 않는다. 현실이라는 것을 상정하는 상징적 체계를 포기할 수 없기 때문이다. 반면에 인터액티브 픽션은 전통적 픽션과는 매체적 측면에서는 분명히 다르다. 속단일 수도 있지만 바로 이 점이 이것을 새로운 형태의 장르로 만들 수 있지 않을까?

현재 나로서는 인터액티브 픽션과 같은 장르가 어떤 발전을 할지 예측할 능력이 없다. 개인적으로 접한 인터액티브 픽션에 관한 주요 정보는 부분적이고 산만한 데다가 오랫동안 천착하지 못한 것이라서 정확한 판단을 내릴 수도 없는 것이다. 인터액티브 픽션에 관한 공동논문을 1984년에 발표한 니즈와 홀랜드는 10년 후면 당시 텔레비전만큼 이 장르가 흔히 접할 수 있는 문화현상이 되지 않겠느냐고 예측하고 있지만, 오늘날 우리 주변에 인터액티브 픽션을 '소설 읽듯이' 하는 사람들은 별로 없다.25) 다만 컴퓨터게임이

---

24) 소설이 반드시 근대적 산물이 아니라는 주장은 바흐친이 한 것으로 설득력이 없지는 않지만 바흐친의 소설 개념은 역사적 현실을 근거로 한 것이라기보다는 소설의 관념을 중심으로 한 개념이라고 할 수 있다. 소설이 대중적 현상으로 등장한 것은 분명히 18세기 이후부터다.

25) Anthony J. Niesz and Norman N. Holland, "Interactive Fiction," *Critical Inquiry*, vol.

차세대의 가장 유망한 업종이라는 점을 생각하면 게임의 작동 방식들을 그 구성요소를 갖는 인터액티브 픽션이 발전할 가능성은 큰 것 같으며, 또 현재 인터넷에 하이퍼텍스트 픽션이 많이 공개되고 있는 것을 보면 그 발전 가능성이 전혀 무망한 것은 아닌 듯하다. 지금 하이퍼텍스트로 텍스트를 작성하는 방식이 월드와이드웹이라는 거대한 네트워크로 구성되어 있다. 텍스트의 존재 조건이 이렇게 크게 변한 것을 보면서 꼭 인터액티브 픽션의 형태는 아니더라도 문학이 형질 변화를 겪고 있지 않은가 하는 생각을 금할 수 없다.

이상 언급한 변화들이 우리에게 시사하는 바는 무엇일까? 이는 문학에서 테크놀로지가 중요한 이론적 쟁점으로 등장하였다는 말이 아닐까? 구어든 문어든 각자 독특한 메커니즘을 지닌 테크놀로지라고 할 수 있다. 옹의 연구가 시사하는 대로 문어는 구어와는 달리 소리를 포착하여 일정한 공간에 잡아두는 기술이다. 26) 여기서 중요한 문제는 문어가 중요한 정보소통 수단이 되면 문학이 형질 변화를 할 것인가라는 것이다. 예컨대 서사체의 경우 구어에서 문어로 옮겨가면서 소설과 같은 장르의 틀을 갖추게 되었다. 내 생각에는 한국어에서는 문장들을 종결어미 '-다'로 끝나게 하는 문어적 특징이 한국 근대소설의 발전에 상당히 깊은 관련을 맺고 있는 듯싶다. 27) 종결어미 '-다'로 문장들을 끝내게 함으로써 한국어는 대면적 세계에서 이차원(異次元) 세계(heterocosm)로 전환을 이룬다. 구어문학에서는 이차원 세계에 대한 몰입에 대한 통제가 이루어진다. 보고체, 대화체가 계속 쓰이면 독자 또는 관중으로부터 질의나 간섭이 계속 가해지기 때문이다. 반면에 문어적 표현은 서사의 세계를 자율적 공간으로 만들며, 독자에게 그 속에 몰입할 것을 요구한다. 알다시피 이 몰입을 두고 지난 30여 년에 걸쳐 서구 문학이론들이 줄기찬 비판을 가해왔다. 생산이론에 따르면 문학이 만들어내는 현실효과는 텍스트가 생산해낸 효과이며, 해체이론은 텍스트의 물질성이 대상을 환기하

---

11 (September 1984), p. 126.
26) Walter Ong, *Orality and Literacy: Technologizing of the Word* (London: Methuen, 1982), pp. 81-83.
27) 이 책에 함께 실린 졸고, 「고도기술 시대의 현실재현」 참고.

며, 또한 독자반응 이론에 따르면 텍스트는 독자의 참여로써만 성립된다. 이런 견해들은 문어문학의 이차원 강조가 사실은 독특한 테크놀로지의 메커니즘임을 밝힌다고 하겠다. 컴퓨터기술이 문학생산의 중요한 요소로 등장함으로써 문학은 새로운 형질변화를 겪을 수도 있게 되었다. 이런 사실은 문학이 테크놀로지 문제이기도 함을, 테크놀로지가 문학의 중요한 이론적 쟁점이 되고 있다는 점을 좀더 분명히 해준다. 현 단계 문학에서 테크놀로지 문제를 가장 심각하게 제기하는 경우는 인터액티브 픽션과 같이 '하이퍼텍스트'로 쓰이는 문학 형태인 것으로 보인다.

6. 디지털 시대 문학의 연구와 교육

딜래니(Paul Delany)와 랜도(George Landow)는 "하이퍼텍스트의 도래는 텍스트라는 버스에 탄 다른 승객들로 하여금 자리를 옮기게 할 것이나 누구도 실제로 버스에서 내릴 필요는 없다"고 한다.[28] 상황이 바뀌겠지만 별로 크게 바뀌겠느냐는 것이고, 약간 달라졌지만 결국 이전처럼 지낼 수 있을 것이라는 말이다. 그러나 하이퍼텍스트의 도래는 지난 30여년 간 문학연구와 교육에서 진보적인 태도를 취해온 이론가들의 논점을 부분적으로는 증명하고 또한 강화함으로써 연구와 교육을 새로운 방식으로 유도할지도 모른다. 물론 이것은 가능성일 뿐이다. 컴퓨터를 활용한 연구와 교육이 구체적으로 어떤 상황에서 이루어지느냐에 따라서 컴퓨터는 아무 짝에도 쓸모없는 애물단지가 될 가능성도 크다. 르블랑은 학교에서 애플 II 컴퓨터 한 대를 지원 받은 미국의 초등학교 교사가 겪은 어려움을 중심으로 컴퓨터가 있다고 해서 연구나 교육이 자동적으로 원활해지지는 않음을 지적하고 있다. 자신이 잘 쓸 줄 모르는 컴퓨터를 가지고 학생들을 지도하려 하니 교사는 난감해질 수밖에 없을 것이다. 컴퓨터 지원을 받은 교사는 행정상의 문제(컴퓨터 활용과 관련하여 교사들을 지원할 행정 체계가 없다는 것, 교사들의 경험

---

28) Johndan Johnson-Eilola, "Reading and Writing in Hypertext: Vertigo and Euphoria," in Cynthia L. Selfe and Susan Hilligoss, eds., *Literacy and Computers: The Complications of Teaching and Learning with Technology* (New York: Modern Language Association of America, 1994), p. 205에서 재인용.

부족으로 교육상의 문제가 발생하는 것, 설령 컴퓨터를 잘 알아도 그것을 교육에 어떻게 적용해야 할 지 잘 모르는 문제 등)를 체험하게 된다.[29] 르블랑은 미국, 그것도 초등학교 이야기를 하는 것이니 우리와는 상관없다고 볼 수는 없다. 이런 상황은 컴퓨터기술을 문자교육에 활용할 때 통상 예상되는 것이고 한국에서는 훨씬 더 널리 퍼진 문제라고 판단된다. 문학의 연구와 교육에 컴퓨터기술을 도입하는 것으로 모든 것이 해결될 것이라고 보는 쪽은 대체로 그런 주장으로 이윤을 남길 수 있는 전자산업 자본이나 그 하수인이다. 하지만 그렇다고 먼저 비판부터 하고 보는 태도가 능사일까? 나로서는 비판을 하기에는 첨단기술을 사용해본 경험이 너무 일천하고, 지금 관심을 갖기 시작한 하이퍼텍스트 문학이 과연 어떤 것인지 아직은 제대로 파악하지 못한 상태다. 도대체 어디서 무슨 일이 일어나고 있는지, 하이퍼텍스트의 출현으로 어떤 일이 일어날 것인지 알아보려고 열중하는 태도가 지금은 더 적절하지 않을까 하고 생각하는 것은 그 때문이다.[30] 무엇보다도 컴퓨터기술의 도입으로, 그리고 디지털복제로 인하여 발생할 문학의 형질 변화가 무엇인지, 그리고 문학의 연구와 교육에 일어날 변화가 무엇일지 분석하는 일이 급선무다.

작가와 독자, 창작자와 평자의 경계가 사라진 문학은 어떤 의미를 가질까? 누가 텍스트를 쓰고 누가 읽는지, 그리고 텍스트가 존재하는 장소가 어디인지, 그것의 형태가 어떤 것인지 불분명한 상황에서 문학은 어떤 존재 방식, 영향, 관리체제 등을 가질 수 있을까? 하이퍼텍스트의 어느 부분이 문학이고 어느 부분이 음악이며 어느 부분이 미술인가? 소리와 색채, 형태, 그리고 글쓰기가 동일한 지평 위에서 뒤섞여버리면 문학, 음악, 미술 등의 장르 정체성은 어떻게 정립될 것인가? 장르적 정체성은 고도의 숙련과 정신집중을 요구한다. 음악 연주가나 화가는 각고의 노력을 통해 하나의 기예를 익히고, 문학에서도 작가나 독자 모두 경지에 오르려면 오랜 세월 글쓰기와 글읽

---

29) Paul J. LeBlanc, "The Politics of Literacy and Technology in Secondary School Classrooms," Selfe and Hilligoss, pp. 27-28.
30) 「민주와 진보를 위한 지식인연대」의 주례토론회(1996. 1. 29)에서 통신전문가인 김형준 씨로부터 비슷한 지적을 들은 바 있다.

기의 내공을 쌓아야 한다. 그리고 이런 노력의 투자의 필요성 때문에 예술제도가 가동되며, 예술교육이 제도화한다. 디지털복제 시대에는 비전문가가 예술생산에 끼어들 소지가 훨씬 많아질 것이다. 글 머리에서 언급한 영문학과 어실에는 컴퓨터 건반도 설치해놓았는데, 학생들에게 작곡을 권장하기 위해서라기보다는 비문자 매체들을 다룰 기회를 갖도록 하기 위함이었다. 텍스트 독해를 전문으로 하는 문학전공 학생들이 텍스트 생산을 하도록 멀티미디어 시설을 갖추어 놓은 것이고 텍스트 생산 이외에도 소리와 이미지 처리 능력을 기르도록 멀티미디어 환경을 갖춘 것이다. 멀티미디어 환경에 들어간다는 것은 문학전공자들의 활동을 크게 바꿀 것을 전제한다. 그동안 대학의 문학 전공자들은 거의 정전 독해에만 치중하였다. 생산적 활동에 해당하는 예컨대 작문과 같은 과목은 거의 취급하지 않으며, 수사학도 문학과목에서 다루지 않는 것이 관행이다. 새로운 환경이 조성되면—이 가정은 상당한 규모의 재정 지원을 필요로 하는 현실적으로는 쉽지 않은 가정이지만—기존의 커리큘럼은 크게 바뀌어야 할 것이다. 무엇보다도 분과학문 체계를 뜯어고칠 필요가 있다. 디지털화로 인해 서로 다른 매체로 분리되어 있던 예술들에 새로운 공통의 터전이 마련된 마당에 어느 한 매체만을 고집하기는 어렵다. 소리, 이미지, 텍스트의 혼합이 가능해지면 우리가 지금까지 통상 지켜오던 학문분야들의 분과적 구분의 의미는 약화될 수밖에 없다. 지금 한국 대학들에서 학부제 추진이 본격적으로 일어나고 있지만 디지털복제의 관점에서 볼 때도 대학에 있는 분과적 경계들의 소멸은 필연적이라고 할 수 있다.31)

또 다른 개혁이 강의실 안에서 일어나야 할 것이다. 독자가 사건의 전개를 조절함으로써 이야기의 결말을 결정하는 인터액티브 픽션에서는 읽는다는 것이 바로 비평 행위가 되며 창작 행위가 된다.32) 이와 같은 역할 다중화는 작가와 독자가 분리되어 있고 그 사이에 일종의 거간 역할을 하는 비평

---

31) 이 말은 결코 지금 진행되고 있는 학부제가 제대로 되고 있다는 말은 아니다. 김영삼정권이 추진하는 대학개혁의 문제점에 대해서는 졸고, 「대학개혁의 새로운 방향 모색」을 참조하기 바란다.
32) Lanham, op. cit., p. 268.

가를 두고 있는 기존의 문학 생산양식에서 전제된 생산관계가 크게 바뀌게 됨을 의미한다. 이미 언급한 대로 기존의 문학제도는 종교적 성격을 띠고 있다. 이 종교는 문학 고유의 영역을 보존하는 데 온 힘을 기울인다. 정전의 보존이라는 형태를 띠게 되는 이 노력은 디지털화로 인해 일단 커다란 위협을 받게 되었다. 생산관계의 위계질서에 동요가 생기며, 위에서 언급한 '정전 훼손'의 길이 열리는 것이다. 그동안 창작자 중심으로 진행되어온 문학연구와 교육도 이에 따라 큰 도전을 받지 않을 수 없다. 하이퍼텍스트 문학에서는 작가와 독자의 경계가 사라진다. 독자는 하이퍼텍스트에 자신의 사상과 구상을 넣음으로써 읽을 때마다 문자 그대로 새로운 텍스트를 만듦으로써 작가와 함께 생산자가 된다. 이런 점에서 하이퍼텍스트는 에코가 말하는 '열린 예술작품'과 비슷하다. '열린 예술작품'에서 "저자는 해석자와 수용자 그리고 수신자에게 앞으로 완성해야 할 작품을 제시한다."[33] 작가는 작품을 완결하지 않으며 따라서 소유할 수 없다. 우리가 당연시하는 '지적 소유권' 개념은 고유한 판본이라는 '불변적' 물적 토대를 근거로 하고 있는데 하이퍼텍스트에는 이 판본 개념이 준수되지 않는다. '최종 편집' 개념이 사라지므로 텍스트가 완결될 수 없는 것이다. 이에 따라 우리는 새로운 질문에 봉착하게 되었다. 하이퍼텍스트로 문학을 할 때 우리가 하는 일은 어떤 종류의 일인가? 책을 완전히 떠난 문학을 문학이라고 할 수 있을 것인가? 문학의 경계를 정하기가 어려워진 상황에서 문학연구와 교육은 어떤 형태를 띠어야 할 것인가?

　뉴미디어 시대, 디지털 텍스트 시대의 문학연구는 결국은 다른 매체들과의 관계 속에서, 상호 연결 속에서 진행될 수밖에 없을 것이다. 그런 점에서 현재 국내에서 이루어지는 문학교육은 크게 바뀔 필요가 있다. 일각에서는 문학교육이 없다는 것 자체가 문제라고 보기도 한다. 작년 가을 문화정책연구원 토론회에 참석했을 때 필자의 발제를 놓고 토론한 한 국어교사는 지금 문제는 문학이론이 아니라 문학교육 자체가 이루어지고 있지 않는 것이라며 개탄하였다.[34] 그러나 문학교육이 필요한 만큼 우리가 문학을 하는 것의 의

---

33) 움베르토 에코, 『열린 예술작품』, 조형준 역, 새물결, 1995, 67쪽.

미가 무엇인지 지금 논의할 필요가 있다는 생각이다. 새로운 방법론에 대한 탐색도 필요하다. 대학 사정만 놓고 본다면 국내에서는 문학연구를 서사이론이나, 기호학, 또는 해체이론, 정신분석학, 페미니즘, 맑스주의 등 방법론과 연관시켜 하고 있는 경우는 드물며, 문학교육에서도 사정은 마찬가지다. 또 다른 측면에서 문학의 연구와 교육을 수사학이나 글쓰기 문제와 관련지어 진행하는 경우도 거의 없다. 그래서 남는 것은 오로지 인문학, 인문학이다. 그러나 책 없는 문학이 가능해진 시점에 문학은 과연 책에 기반한 인문학의 형태로만 존재할 것인지, 의문의 여지가 있다. 랜험의 경우는 수사학 전통의 복원을 주장하고 있고, 내가 들여다본 인터넷 문학 관련 사이트에서는 예컨대 문학과 컴퓨터 프로그래밍을 연결하는 작업들도 있었다. 문학 강의를 하는 교수들이 반드시 문학과에 소속하는 것도 아니어서 볼티모어대학에서는 문학전공이 커뮤니케이션디자인 학부에 소속되어 있었다.[35] 텍스트의 디지털화가 확산되면서 문학하기에 컴퓨터기술이 필수가 된 때문일 것이다. 문학이론에서 테크놀로지가 중요한 쟁점으로 떠올랐다고 한 것도 이 점을 염두에 둔 말인데, 하이퍼텍스트문학이 출현한 이제 우리는 테크놀로지 없는 문학하기를 상상할 수 없게 되었다. 오늘날 문학 연구와 교육에 하이퍼텍스트 해독력, 컴퓨터 사용능력 강화를 위한 교육이 수반되어야 하는 것은 책의 시대에 원고지를 채우는 작업과 함께 글쓰기, 작문 훈련이 필요한 것과 마찬가지다.

---

34) 이 글을 쓴 지 7년이 넘은 지금 시점에서 볼 때 중등교육에서 문학교육이 제대로 진행되고 있지 않다는 지적에 대해 좀더 경청할 필요가 있었다는 생각이 든다. 중등교육은 당시나 지금이나 입시 위주의 지식교육에 의해 지배되고 있으며, 따라서 문학교육을 포함한 예술교육, 문화교육은 중요하지 않은 것으로 배제되고 있다. 문학, 예술, 문화의 교육은 당연히 필요하다. 이 필요성에 대해서는 문화연대가 2002년부터 벌이고 있는 문화교육운동의 관련 자료들을 모은 문화연대 문화교육위원회, 『2003 문화교육운동총서』 참조.
35) 카플란(Nancy Kaplan)과 물스롭(Stuart Moulthrop)이 그 예다. 이 두 사람은 상당히 유명한 하이퍼텍스트 픽션 작가들인데 모두 커뮤니케이션디자인 학부에 소속되어 있다. 볼티모어 대학은 "개념적 사고, 글쓰기, 그래픽디자인"을 통합한 교과과정으로 '출판디자인' 석사학위를 수여하고 있으며 물스롭이 강좌를 많이 맡고 있다. 볼티모어대 전자우편(email) 주소는 http://raven. ubalt. edu/이고 물스롭의 주소는 samoulthrop@ubmail. ubalt. edu이다.

7. 결어

여기서 언급한 변화를 보는 방식은 다양할 것이다. 쌍수를 들어 환영하는 경우가 있을 것이고 아니면 무턱대고 반대하는 경우가 있을 것이다. 하지만 국내에서는 대부분이 급변하는 기술적 변화에 대해 거의 무지한 것으로 보인다. 필자의 경우도 사실 두어 달 전쯤에서야 인터액티브 픽션의 존재를 알았으며 겨우 한달 전에 하이퍼텍스트 문학이 인터넷 세계에 퍼져 있다는 것을 알았다. 사실 인문학자는 대체로 타고난 러다이트(luddite)다. 새로운 기술에 대하여 지레 겁부터 먹거나 부수려고만 드는 것이다. 더구나 국내 인문학의 경우는 거의 예외 없이 학문 패러다임에 대한 반성이 없는 상태로 이런 러다이트주의가 골수에 배여 있다고 해도 무리가 아니다. 하지만 세상은 바뀌고 있다. 물론 이 변동을 착취하여 지배에 이용하는 세력도 있다. 그러나 거대한 문명의 변동이 우리를 초연하게 있게 내버려두지 않는 것도 사실이다. 그래서 또 다른 태도가 하나 나오는데 디지털화를 중요한 변동으로 인지하고 또 그 함의를 잘 이해하지만 그래도 비판적 태도를 취해야 한다는 것이다. 이때 주요 관심은 문학이 이런 변화를 어떻게 다루고 있고 다루어야 할 것인가를 중심으로 형성된다. 포루쉬의 경우가 그런 것 같은데 그에게 '문학'은 '인공지능 신화'를 이용하여 그 신화를 비판하고 극복하는 버팀목 내지는 디딤돌이다. 그래서 남는 구호는 여전히 '문학 만세!'다. 나로서는 이런 구호를 외치는 것보다는 인공지능의 출현으로 문학이 어떻게 바뀌는지, 이 변동이 어떤 구체적인 삶의 변화를 만들어내는지, 문학은 어떤 형질 변화를 겪는지 살펴보는 것이 더 중요해 보인다. 이때 떠오르는 과제는 문학의 변동이 어떻게 일어나는가 분석하는 일이다. 이런 실질적인 분석이 수반될 때 문학 연구의 방식을 전환하는 것도 모색할 수 있다. 이런 생각을 러다이트주의의 또 다른 측면인 기술결정론에 빠진 것으로 볼 것인가? 그럴 경우 문학과 기술의 새로운 관계를 쟁점으로 삼아 문학의 문제로 다룰 수 있는 문제의식은 사라지고 만다.

끝으로 이 글은 디지털시대의 문학에 대한 잠정적인 발언이 될 수밖에 없음을 밝혀두자. 이 글에서 사용된 용어와 개념에 혼동도 적잖이 있었을 것 같다. 필자는 아직도 인터액티브 픽션과 하이퍼텍스트 문학의 관계에 대해서는 정확하게 알지 못한다. 성급하게 작성된 글이라 끝에 와서 보니 꼭 다루었어야 할 쟁점들을 고려하지 못했다는 생각이다. 예컨대 기존의 문학에는 하이퍼텍스트적인 성격이 없겠는가 하는 문제가 있다. 로렌스 스턴의 『트리스트람 샌디』, 보르헤스의 「갈랫길 정원」("Garden of Forking Paths")과 같은 작품은 하이퍼텍스트 성격을 많이 가지고 있다는 평을 듣고 있다. 이들 작품은 '전통'문학의 틀로 보면 특이한 측면을 가지고 있지만 '책을 벗어난' 문학은 분명 아니다. 그런 점에서 그것들은 하이퍼텍스트가 과연 컴퓨터기술에 고유한 것인가 하는 질문을 제기할 수 있다. 인터액티브 픽션도 책을 완전히 떠났는가 하는 문제가 남아 있다. 어린이들이 주로 읽는 모험 책 가운데도 이야기 갈래를 독자들이 정하는 유형이 있다. 책으로 된 그런 이야기들과 화면 위의 인터액티브 픽션은 어떻게 다른가? 이들 쟁점들은 하이퍼텍스트의 이해와 직결된 중요한 문제들이지만 다음에 논의할 과제로 남겨둔다.

7

사이버 '문형'과 주체형성
—사이버정치의 조건들[*]

1. '사이버문화'

'사이버'는 노버트 위너가 작명한 '사이버네틱스'(cybernetics)에서 나온 것으로 주로 전자혁명 시대의 여러 특징들, 특히 첨단 인조환경을 일컫는 데 널리 쓰이는 말이다. '사이버네틱스'는 흔히 '인공두뇌학'으로 번역되는데 그리스 어원에 따르면 '키잡이'(helmsman)나 '조종사'(pilot)를 가리킨다. 위너는 "이론상으로 만약 우리가 인간의 생리를 복제하는 자동구조를 가진 기계를 만들 수 있다면 그 지적 능력이 인간의 지적 능력을 복제하는 기계를 만들 수 있다"고 보았다.[1] 그리고 "물질 이송과 메시지 이송간의 차이는 어떤 이론적 의미로서도 영속적이거나 연결불가능하지 않다"고 보고 인간의 전송까지 가능하지 않겠느냐고 상상하였다.[2] '사이버' 세계는 그래서 육질로 구성되어 있는 인간이 디지털 정보로 전환되기도 하고 다시 그 정보가 아

---

* 출처: 『문화과학』 10호, 1996년 가을, 73-94쪽.
1) Nobert Wiener, *The Human Use of Human Beings: Cybernetics and Society* (Doubleday Anchor Books, 1954), p. 57.
2) Ibid., p. 98.

날로그화하면서 육신을 갖추는 일이 가능한 세계로 이해된다. 소설『뉴로맨서』에서 윌리엄 깁슨이 언급한 '사이버스페이스'가 바로 그런 공간일텐데, 깁슨은 '사이버스페이스'를 '공감각적 환상'으로 정의하고, 나아가 "인간 조직 속에 들어 있는 모든 컴퓨터 뱅크로부터 끌어낸 데이터의 시각적 재현. 상상을 뛰어넘는 복잡성. 정신 속의 공간 아닌 공간을 꿰뚫는 혹은 데이트의 성군과 성단 사이를 배회하는 광선들"이라고 했다.[3] 이런 세계가 현실로 존재한다면 물질들을 메시지로, 사물들을 정보로, 아날로그를 디지털로 전환하는 것이 가능하겠지만 사실 엄밀히 말해 이런 세계는 존재하지 않는다. 인공지능술이라는 기술 개척 영역이 확보되어 많은 종류의 투자가 일어나고 있기는 하나 위너가 꿈꾼, 인간을 대체한 기계인간은 아직 없(고 아마 영원히 없을 것이)다. 사이버공간은 그래서 주로 텍스트와 인터텍스트(intertext)로 구성된 체계일 뿐이며, 모든 것을 디지털로 전환하여 "인간을 정보로 올리고 내리는 일은 24세기 〈항성여행〉(Star Trek)에나, 즉 텔레비전에나 나오는 것이지 현시기의 것은 아니다. 우리가 컴퓨터통신망에 이전하는 것은 말 그대로의 정신과 육체가 아니라 어떤 표상물, 즉 어떤 텍스트이다."[4] 이런 판단이 정확하다면 사이버네틱스가 함의하는 인공지능 기술의 개발은 실험실과 같은 밀폐된 곳에서는 진척을 보이고 있는지 몰라도 현실로 다가선 것은 아니다. 판촉을 염두에 두고 진행되는 컴퓨터 관련 광고나 선정적 분위기 조성으로 한몫 보는 대중매체가 곧잘 하는 침소봉대에 빠져들어서는 안 되는 이유가 여기에 있다.

　그렇다면 인공지능적 가상현실은 우리의 현실과는 거리가 먼 이야기인가? 과대광고나 선정성 기사에 현혹되어서는 안될 것이나 '사이버문화'나 '테크노문화'가 현실과 무관한 과장일 뿐이라고 외면해서도 곤란하다고 본다. 인간의 신체가 정보로 전환되어 사이버공간을 통해 전송될 수 없다는 지적이 타당하기는 해도 인공지능의 '약한 테제'가 주장하는 측면들이 현실로 등장한

---

3) 임현경, 「사이버스페이스의 기술과 문화: 주요 용어 해설」, 『문화과학』 10호, 1996년 가을, 171쪽에서 재인용.
4) Stuart Moulthrop(1995), "Getting over the Edge"(http://www.ubalt.edu/www/ ygcla/ sam/essays/edge. html).

것은 부정할 수 없기 때문이다. '인공지능'을 인간 대체물로 보는 '강한 테제'와 달리 그것을 인간 능력의 증대로 보는 '약한 테제'에서 보면 기계와 인간의 '회로연결'은 이미 우리의 현실이 되었다. 사이버공간도 오늘날 우리에게는 인터넷이라고 하는 거대한 통신망으로 구체화되어 나타나고 있다. 그 디지털 세계에 우리의 육신이 들어가는 것은 물론 아니지만 인터넷 이용의 증가로 새로운 삶의 방식이 전개되고 있는 것은 사실이다. '가상현실'로 불리는 인간과 기계의 접속 방식도 놀랄 정도로 발전하여 '원격 현전' 상태에서 전투 행위를 수행하고 수백 킬로미터 떨어진 곳의 환자도 수술할 수 있게 되었다. '걸프전'에서 두드러지게 나타났지만 초강대국의 군인들은 이제 '사이보그'가 되어 '스마트' 무기 체계에 "완전히 합체되도록 구성되고 프로그램된다. 병사는 지구력 훈련을 받아 적 동향에 대한 실시간 '정보'에 더 잘 대응하도록 생물학적 한계도 극복하려 든다."5) 이런 와중에 아서 크로커가 말한 '가상계급'과 같은 신종 계급도 생기고 있다. 빌 게이츠로 대표되는 이 계급은 대중을 사이버공간에 끌어들일 궁리에 몰두하고 있고 오늘날 공공정책의 상당 부분은 이 계급의 요구에 따라서 우리의 육체를 통신망에 순응시키는데 열중하고 있다.6) 보철기술의 보편화로 이미 수많은 사람들이 기계장치들에 의존하고 있고 여기에는 컴퓨터단말기 앞에 앉아 있는 나 자신을 포함한 수많은 통신망 접속자들도 포함된다 할 것이다. 이런 예들은 사이버현상이 아주 먼 미래의 이야기가 아니라 이미 우리 삶에 깊이 침투한 현실임을 인정하게 만든다. 따라서 대중매체나 광고의 환호작약을 따르는 것도, 그렇다고 사이버현상을 일시적 유행이나 선정성 기사로만 치부하는 것도 사이버문화를 이해하는 데는 별 도움이 될 것 같지 않다.

'사이버문화'의 출현이 가져오는 변동들은 어떤 것이고, 그 함의는 무엇인가? '사이버' 환경에서 우리는 어떤 삶의 조건에 놓이게 될 것인가? 거기에

---

5) Kevin Robins and Les Levidow, "Soldier, Cyborg, Citizen," in James Brook and Iain A. Boal, eds., *Resisting the Virtual Life: The Culture and Politics of Information* (City Lights, 1995), p. 107.
6) Arthur Kroker and Michael A. Weinstein, *Data Trash: The Theory of the Virtual Class* (New York: St. Martin's Press, 1994), pp. 13-14.

는 어떤 문제들, 가능성들이 있는가? '사이버공간'에서 권력은 어떻게 구성될 것인가? 거기서 발생하는 적대관계는 어떤 모습을 띨 것인가? '사이버' 현상들에 대해서 비판이론이 제기해야 할 질문들은 이런 것들이 아닐까 싶은데 여기서 이들 질문을 소상히 다룰 수는 없다. 이 글은 주체형성의 새로운 조건이라는 문제를 '문형'의 관점에서 살펴보려는 좀더 제한된 목적을 가지고 있다. 사이버문화의 출현은 물질성의 변화를 예고하는, 사물의 존재양상을 변화시키는 동인들의 등장이다. 사이버환경에서 권력과 저항은 새로운 조건 속에서 구성되고, 지배와 억압과 해방과 탈주에도 새로운 양상이 만들어진다. 특히 인간과 비인간 사이에 새로운 관계가 형성되어 주체의 형태 변화가 일어나고 있다. 여기서 주체형성은 주체를 구성하는 물질성의 양상 변화와 밀접한 관련을 가지고 있는 것으로 보인다. 사이버문화에서 주체는 어떤 방식으로 구성되고, 어떤 모양을 띠는가? 사이버현상을 '문형학'과 '주체형성론'의 관점에서 점검해볼 필요가 있다.

2. '문형'과 주체형성

'주체형성론'은 인간 주체란 경험주의가 전제하듯 주어지는 것이 아니라 특정한 생산과정을 거쳐 구성된다는 관점을 가지고 있고, '문형학'은 사물의 생김새와 짜임새의 물질성을 중시하는 관점이다. 알튀세르의 이데올로기론에 따른다면 개인은 이데올로기의 호명 과정을 거쳐 주체로 구성된다. 개인이 주체로 완성된 채 나타나는 것이 아니라는 말이다. 알튀세르가 말하는 것처럼 주체가 이데올로기적 호출만으로 형성되는지 여부는 논란이 있을 수 있겠지만 적어도 주체를 구성되는 존재로 보자는 생각만큼은 틀렸다고 할 수 없을 것이다. 주체를 구성되는 존재로 보자는 것은 그것을 '과정중에 있는' 존재로 여기자는 말이기도 하다. 주체형성론은 이런 관점을 취하기 때문에 주체란 변동 가능한 존재라는 것, 그것이 늘 새로운 정체성으로 전환될 가능성을 가지고 있다는 점을 인정한다. 다른 한편, '문형학'(文形學)은 문형의 물질성에 대한 탐구이다. '문형'을 언급할 때 나는 글자의 모양을 포함하여 사물의 무늬, 문양, 생김새, 짜임새 등을 염두에 둔다. 이처럼 사물들의 꼴에 관심을 두는 것은 의미체계나 표상체계에서 관심을 기울여야 할 부분은 그 '형태' 혹은 '표현'과 '형식'이라고 보기 때문이다.[7)]

하지만 주체형성과 문형 사이에 어떤 관련이 있는지에 대해서는 약간의 설명이 필요하다. 양자 사이에 관련이 있다는 것은 주체형성에는 반드시 문형적 과정이 필요하다는 말이다. '문형적 과정'은 부분적으로는 '언어적 과정', '기호적 과정', 또는 '담론적 과정'을 포괄하지만 이들 과정에만 국한되는 것은 아니다. 우리가 가진 주체의식은 분명히 '너', '나', '그(녀)'라는 인칭대명사 체계상 나타나는 언어적 구분에 의해서 영향을 받지 않을 수 없다. 자아라는 주체의식은 일상적으로 사용하는 언어적 표현들 없이는 구성이 불가능하기 때문이다. 그리고 주체의식은 페쇠가 '담론'이라고 부른 과정을 거쳐서 형성된다. 주체는 문학, 철학, 역사, 언론, 광고 등 다양한 부문에 걸쳐 형성되는 담론들 안에서 구성되는 어떤 효과인 것이다.[8)] 그러나 담론의 작용을 중시하는 이 관점에서는 주체형성을 이데올로기 작용의 문제로 생각하는 경향이 있는데 이 경우 주체형성을 관념 차원에서만 일어나는 일로 보게 만들 우려도 있다. 주체형성이 좀더 복잡한 물질적 과정의 문제라는 점을 생각하면 담론이론은 주체형성론의 필수적 요소이기는 하지만 충분한 조건은 되지 못한다. 그리고 문형적 과정으로서 기호적 과정을 자연언어나 사회적 담론에만 국한할 것이 아니라 좀더 복합적인 과정으로 이해해야 하지 않을까 싶다. 이데올로기론에서 '기호'는 '상징'의 차원에서 이해되는 경향이 있는데, 퍼스(Charles Peirce)의 기호분류에 따르면 '상징'(symbol)은 '도상'(icon)과 '지표'(index)와 함께 기호의 한 측면일 뿐이다. 기호적 과정을 생각할 때는 따라서 상징적 차원에 국한하기만 할 것이 아니라 더 많은 차원들을 고려해야만 한다. 나아가서 주체는 기호만이 아닌 물질적 형태들에 각인되어 나타날 수 있음을 인정할 필요가 있다. 관념, 언어, 기호 등이 주체형성에 동원되는 것은 사실이지만 이런 것은 주체가 물질적 과정을 거

---

7) '문형' 개념에 대한 좀더 자세한 논의에 대해서는 졸고 「문학과 아픔의 미학」, 「문학교육의 전화와 '문형'의 문제설정」을 참조할 것.
8) 주체와 담론의 관계에 대해서는 졸고, 「언어와 변혁—변혁의 언어모델과 주체의 역동일시」, 『문화론의 문제설정』, 문화과학사, 1996, 125-32쪽 참조.

쳐서 만들어짐을 의미하며, 특히 그것이 신체에 각인되는 방식으로 만들어지는 것으로 보이기 때문이다. 신체는 주체가 만들어지는 기반이자 동시에 주체의 거처이고 또한 주체 자체이기도 하다. 언어는 신체로서의 주체가 지닌 한 역능이고 담론은 신체와 그 역능을 만들어내는 장치들, 제도들의 언어적 차원이다. 이런 점에서 나는 주체형성을 이해하기 위해서는 이데올로기론과 육체이론의 절합이 필요하다는 관점을 제시한 적이 있는데,[9] 이 글에서는 사이버문화에서 주체형성 문제를 '문형'의 관점에서 살펴보고자 한다.[10]

주체형성의 문형론적 접근을 시도하기 전에 사이버시대의 문형과 주체형성의 관계에 대해 상당히 깊은 이해를 가진 것으로 보이는 마크 포스터의 관점을 점검할 필요가 있을 것 같다. 포스터는 '정보양식'이라는 개념을 통해 오늘날 "전자적 매개는 언어의 전달을 복잡하게 하며, 언어를 단순히 표현도구로만 보던 주체를 뒤흔든다"는 테제를 제시한 바 있다.[11] 그가 보는 인간 주체란 미리 만들어져 있는 존재, 그래서 언어를 도구로 사용하는 존재가 아니다. "커뮤니케이션 형태의 변동은 주체의 변동을 내포한다고 보기 때문이다." "언어의 구조적 형태나 포장형태에 따라 주체가 기호로써 의미를 작성하는 방식이 바뀐"다는 것이다.[12] 포스터는 이런 관점에서 오늘날의 언어형태는 전자적으로 매개되고 있으며 따라서 현시기의 주체형성 방식은 오늘날의 정보양식을 외면하고서는 이해할 수 없다는 태도를 취한다. 그리고 그가 보기에 현 단계 정보양식은 구어나 인쇄로 포장되어 있지 않고 전자적으로

9) 이 점에 대해서는 졸고, 「언어, 이데올로기, 권력」, 『문화론의 문제설정』, 142-59쪽 참고.
10) 여기서 제출하는 생각이 정교하게 다듬어져 있는 것은 아니다. 주체형성에 기호적 과정이 내재되어 있다는 점은 많은 이론가들이 지적한 바이지만 기호적 과정에서 도상 및 지표가 차지하는 위상이나 역할, 그리고 이들 요소들과 신체의 관계를 규명하는 작업은 미진한 것으로 보인다. 문형적 과정과 주체형성의 관계를 좀더 정밀하게 밝히려면 이 부분에 대한 점검이 필요할 것이나 이 글에서는 그 작업을 제대로 하지는 못하였다. 아직도 충분하지는 않지만 좀더 진전된 논의를 위해서는 이 책 1부의 「문학교육의 전화와 '문형'의 문제설정」 참조.
11) 마크 포스터, 『뉴미디어의 철학』, 김성기 역, 민음사, 1994, 30쪽. 이 책의 원래 제목은 '정보양식'이라는 표현이 들어 있는 *The Mode of Information: Poststructuralism and Social Context* (Polity Press, 1990)이다.
12) 같은 책, 32쪽.

포장되어 있기 때문에 그에 따라 세계와 주체의 관계를 새롭게 구성한다. 나는 포스터의 이런 관점이 그가 비판하고 있는 '행위중심이론'보다 문형과 주체형성의 관계를 더 잘 설명하고 있다고 생각하므로 상당 부분 그 논지를 수용할 참이다. 하지만 그의 '정보양식론'이 주체형성의 조건을 지나치게 언어중심으로 사고하는 문제가 있다는 점도 지적하지 않을 수 없다. 포스터가 생각하는 정보양식은 '구어', '인쇄'(이는 곧 '문어'를 일컫는다), 그리고 '전자적 글쓰기'이다. 이것들을 그는 '언어포장'이라고 규정하는데, 이것은 통신에 언어적 요소가 개입하고 있음을 주목하는 관점이다. 포스터의 주체형성론의 특징이라고 할 수 있는 이 언어모델은 그러나 그의 한계가 된다. 주체의 형성이 통신의 언어적 포장에 의해서 규정되는 것으로 봄으로써 주체형성의 비언어적 조건을 고려하지 못하게 만들 우려가 있는 것이다. 물론 그가 광고 이미지와 같이 비언어적 현상들에 대해 관심이 없는 것은 아니지만 그럴 경우조차도 그의 논의는 언어적 문제설정에 규정되는 '이데올로기론'에 경도되어 있어서 주체형태에 개입되는 문형이 언어형태만이 아니라 비언어적 사물의 형태도 포함한다는 점에 대한 고려가 적어 보인다.13) 이런 점은 그가 최근 인터넷에 올린 한 논문에서도 뚜렷이 나타나고 있다. 「사이버민주주의」라는 제목이 달린 이 글에서 포스터는 인터넷의 정치적 함의를 따질 때는 통신기술이 주체형성에 어떤 영향을 미칠 것인지를 반드시 따져야 한다는 관점에서 문형과 주체형성에 밀접한 관계가 있으며 이 관계는 지나칠 수 없는 정치적 함의가 있다는 예의 관점을 제시한다. 하지만 그는 문형을 여전히 '언어모델'에 한정하여 생각하고 있다. 다음과 같은 주장이 그 단적인 예이다. "자신의 성별 자체에 대해 결정을 해야 한다는 사실은 새로운 강력한 방식으로 개인 정체성 문제를 제기한다. 만약 내가 남자가 되고자 하면 나는 그렇게 되는 선택을 해야 한다. 나아가 나는 내 성별 선택을 어떤 신체 표시나 표정도 없이, 의복이나 어조도 없이 언어로, 언어로만 해야 한다. 자신의 성별을 제시하는 일은 순전히 텍스트적 수단을 통해서 이루어진다."14) 포스

---

13) 포스터의 『뉴미디어의 철학』 중 특히 보드리야르 장을 검토할 것.
14) Mark Poster, "CyberDemocracy: Internet and the Public Sphere"(1995) 참조. 이 글

터의 이런 견해는 주체가 언어에 의해서만 형성되는 것으로 오해하게 만들 소지가 다분히 있다. 주체를 형성하는 조건으로 언어를 배제해도 된다는 말은 물론 아니다. 그러나 주체가 비언어적 요소를 가질 수밖에 없다는 점을 생각하면 '언어'라는 한정된 형태의 문형만을 고집할 수는 없다. 포스터가 중시하는 '언어포장'이 아주 중요한 문형의 조건이라는 점을 인정하면서도 좀더 복합적으로 문형을 사고할 필요가 있는 것이다.

푸코의 이론을 살피면 문형의 그런 복합성을 좀더 깊이 알 수 있지 않을까 한다. 푸코에 따르면 인간의 신체는 그 자체가 하나의 텍스트이다. 이 '텍스트'는 물론 지금 내가 쓰고 있는 글자로 구성되는 것과는 다른, 물리적 폭과 깊이가 풍부한 '텍스트'이다. 이런 점 때문에 나는 '문형'이라는 표현을 쓰고 있는데, 푸코가 보는 신체는 '문형'으로서 거기에는 권력의 작용이 보이지 않는 문신처럼 새겨져 있다. 그의 '계보학'은 "역사의 흔적이 남은 신체와 역사가 그 신체를 파괴하는 과정을 보여주는 것"을 과제로 삼는다. 이렇게 본 "신체는 수많은 다른 체제들에 의해 주조되어 있다. 그것은 작업, 휴식, 휴일 등의 리듬들에 의해 쪼개지고, 음식이나 가치들에 의해 식습관이나 도덕적 규율을 통해 물들게 되고, 저항들을 구축한다."15) 이렇게 보면 우리의 신체는 권력의 보이지 않는 씨줄과 날줄이 쳐진 하나의 문형이다. 거기에는 명령들, 각인들, 습관들, 욕망들이 기억의 형태로, 근육의 형태나, 몸짓, 발성법, 태도 등의 갖가지 형태 속에서 고분고분함, 으스댐, 조아림, 혹은 눈 부라림으로 구현된다.16) 푸코는 이처럼 신체와 같은 '가장 자연적인' 차원에도 역사가 깃들어 있음을 간과하지 말 것을 우리에게 요구한다. 그렇다면 오늘날 특징적인 문형을 살피는 일은 포스터가 올바로 보았듯이 그것들이 주체형성에 미치는 영향을 살피는 일일뿐만 아니라 더 나아가서 인간의 신체와 같은 비언어적 차원까지 확장된 방식으로 살피는 일이

은 http://www.hnet.uci.edu/mposter/writings/democ.html에서 찾아볼 수 있다.
15) Foucault, "Nietzsche, genealogy and history," in D. Bouchard, ed., *Language, Counter-Memory and Practice* (Blackwell, 1977), p. 153; Scott Lash, *Sociology of Postmodernism* (London: Routledge, 1990), p. 60에서 재인용.
16) 비슷한 관점을 피에르 부르디외한테서 볼 수도 있을 것이다.

다. 주체형성과 관련하여 생각할 것은 무엇보다도 육체의 문제이다. 언어든 기호든 혹은 담론이든 주체형성에 필수 불가결하게 동원되는 요소는 육체적 능력의 특정한 부분들로 인식할 필요가 있을 것이다. 육체는 이들 부분들을 포괄한다.

3. '머드'

문형이 주체형성의 중요한 조건이라는 점을 고려하면 현시기에 특징적인 주체형성은 오늘날 문형들이 어떤 양상을 가지고 있는가에 따라 규정될 수밖에 없을 것이다. 현단계 문형의 대표가 무엇인지에 대해서는 여러 견해가 있을 수 있겠지만 여기서는 사이버문화의 면모들이 논의의 초점이므로 '사이버문형'의 형태와 특징들을 중심으로 문형과 주체형성의 관계를 살필 필요가 있다. '사이버문형'은 일반적으로 정보의 전자화, 디지털화로 인하여 생겨나는 문형을 가리킨다. 포스터가 1990년에 출간한 『정보양식』에서 드는 예를 잠깐 살펴보면 사이버문형에는 전자우편, 전자게시판, 컴퓨터 회의 등과 같은 전자 글쓰기 형태들이 있다. 이 예들이 지금 시점에서는 낡아 보인다면, 포스터가 1995년에 쓴 「사이버민주주의」에서 언급하고 있는 WELL과 같은 '가상공동체', 인터넷대화(IRC, Internet Relay Chat), 머드(MUD, Multi-User Dungeons), 무(MOO, MUD Object Oriented) 등을 포함할 수 있을 것이다. 여기에다 우리는 오늘날 가장 중요한 통신망을 구성하는 인터넷과 그것을 급속도로 보급시킨 월드와이드웹, 그리고 이것의 구성을 가능하게 만든 하이퍼텍스트, 나아가 인터페이스 기술로서의 '가상현실'(VR, virtual reality)도 덧보탤 수 있다. 이들 통신 및 매체 형태들을 현 단계 전자 문형들의 중요한 예들로서 나름대로 심도 깊은 분석이 필요할 터이지만 일일이 검토할 수는 없기에 사이버문형의 한 전형이라 할 '머드'를 잠깐 살펴봄으로써 사이버문형의 한 편린과 나아가서 그 특징들을 살펴본다.

머드는 컴퓨터통신(CMC, computer-mediated communication)으로 인터넷과 같은 통신망에 가입한 통신인들이 공동으로 참여하여 하는 '놀이'의 하나이다.17) 실시간에 동일한 프로그램에 접속한 사람들과 교신을 한다는 점에서 머드는 '인터넷대화'와 같은 컴퓨터통신과 비슷하지만 그 나름의 독특한 점들을 가지고 있다.

>)주의
> 서쪽에서 뻗어 나온 복도는 여기 동쪽까지 이어진다.
> 그러나 길은 홀을 가로질러 늘어져 있는
> 자주색 벨벳으로 된 줄로 막혀 있다. 북쪽과 남쪽으로 이어지는
> 출입구가 있다.
> 여기 줄 가운데에 표지가 매달려 있다.

>)표지를 읽을 것
> 이 지점은 이 집에서 현재 사람들이 살고 있는 부분의 끝입니다.
> 방문자들은 위험을 감수하려면 이 지점을 넘어가시오—거주자들이

>)동쪽으로 갈 것
> 당신은 업신여기듯 벨벳 줄을 넘는다.
> 당신은 가보지 않은 집안의 먼지 나는 어둠 속으로 들어간다. 18)

이 예시는 제록스사의 팔로알토연구소(Palo Alto Research Center)의 커티스가 자신이 개발하여 운영한 한 머드(MUD) 프로그램에서 대표적인 사례로 뽑아 제시한 것이다. 언뜻 보아 재미없는 소설의 한 구절과도 같은 이 머드 '텍스트'의 질에 대해서는 여기서 따지지 말자. 분명한 것은 이 예시문이 텍스트로 구성되어 있지만 그 구성 방식이 특이하여 기존 텍스트와는 성

---

17) 레인골드에 따르면 머드는 1979년 영국 에섹스(Essex) 대학의 트럽쇼(Roy Trubshaw)와 바틀(Richard Bartle)에 의하여 처음 개발되어 1992년 7월 현재 170여종의 게임이 있고, 세계에 약 10만명 정도가 참여한 경험이 있으며 1992년 현재 2만명 가량이 활동중인 것으로 추산된다(Howard Rheingold, *The Virtual Community: Homesteading on the Electronic Frontier* [Addison-Wesley, 1993], p. 151). 그 종류는 공포, 결투, 탐험 등을 경험하게 되는 미지의 세계를 만드는 '모험형'과, 참가자들의 의견 발표, 교육활동, 사회적 교류 등을 중시하는 '사회형'으로 나뉘는데 대부분의 머드는 모험형이다(p. 162).
18) Pavel Curtis(1992), "Mudding: Social Phenomena in Text-Based Virtual Realities" (http://www. mcs. anl. gov/Divisional/infor/mud/DIAC92. html).

격이 다르다는 것이고, 그 이유는 그것이 전자적으로 매개되어 있기 때문이라는 것이다. 내가 이 머드에 참여하고 있다면 예시문이 끝나는 부분에서 나는 미지의 세계로 가게 될 것이지만 이 미지의 세계는 전통적인 소설에 나오는 세계와는 다른 성격을 가진다. 미지의 세계는 실시간에 다른 컴퓨터 단말기 앞에서 그것을 구축하고 있는 다른 플레이어들과 내가 만들어야 하는 세계이기 때문이다. 여기서 머드는 한편으로는 실시간에 통신망에 접속해야만 가능한 게임이며, 다른 한편으로는 그것이 사이버공간 '안'에서 놀이가 일어나게 한다는 것을 중시할 필요가 있다. 사이버문화에서는 그래서 육신 참여가 가능한 실제공간과 비-육신 참여만을 허용하는 사이버공간의 접속이 문제가 된다. 커티스에 따르면 "머드는 네트워크 접속, 다수 참여, 사용자 확장 등이 가능하며, 전적으로 텍스트로 인터페이스를 하는 '가상현실'이다. 참여자들은 주로 플레이어라고 불리는데 같은 시간대에 연결되어 있는 다른 플레이어들도 들어가 있는 인공적으로 구성한 장소에 있는 듯이 보인다. 플레이어들은 실시간에 쉽게 서로 소통할 수 있다."[19] 이 설명으로도 알 수 있지만 머드(와 다른 컴퓨터통신 매체)는 두 상이한 세계들을 연결하고 있다.

머드는 아직까지는 주로 텍스트로 구성된다. 이 점에서 머드는 인터넷대화와 비슷한 점을 지니고 있는 셈이나 그 텍스트가 독특한 이차원의 세계를 만들어낸다는 점에서 채팅과는 크게 다르다. 레인골드에 따르면 머드는 "컴퓨터 데이터베이스 안 가상적 세계들로서 이곳에서 사람들은 멜로드라마를 만들고, 세계를 구축하며 그 속에 온갖 대상물들을 만들고, 퍼즐을 풀고, 오락물이나 도구들을 만들어내고, 위세와 권력을 얻으려는 경쟁을 하고, 지혜를 얻고, 복수를 하고, 탐욕과 정욕과 폭력적 충동을 즐기고자 단어와 프로그래밍 언어를 사용한다."[20] 머드의 가상세계는 기존의 서사세계처럼 읽기대상이 되기만 하는 것은 아니다. 플레이어인 나는 참여자가 되어 그 안에 '들어가게' 된다. 내가 그 안에 '들어가는' 것은 가상세계가 나를 끌어들이기

---

19) Ibid.
20) Rheingold, op. cit., p. 145.

때문이다. 머드의 흡인력 혹은 매력은 그 세계의 창조성에 있다. 레인골드의 말대로 "머드세계에서는 묘사가 창조와 같다." 어떤 사물이나 상황, 또는 공간을 묘사하면 그것들이 마치 살아있는 것처럼 작용하게 되는 것이다. 머드에서는 어떤 방에 들어가 "배가 고프다"란 말을 하면 언제나 "스파게티가 불안스럽게 꿈틀댄다"는 말이 나오게 할 수도 있고, 질문에 제대로 대답하지 못할 경우 '블랙홀'로 보내버릴 수도 있고, 또 참여자가 부재중에 일어난 일을 모두 보고하는 카메라를 설치할 수도 있다. '묘사'를 통해 만든 창조물들이나 상황들, 조건들, 약속들이 나의 캐릭터 또는 인물이 그 방을 떠나도 계속 작용을 하는 것이다. 이런 점 때문에 머드의 가상세계는 실제세계보다 더 실제적으로 느껴진다. 일단 머드를 하게 되면 거의 밤낮을 가리지 않고 하게 되어 주당 7-80시간이라는 엄청난 시간을 투여하는 경우가 비일비재하며 가상세계에 대한 동일시도 아주 높아 자기가 만든 인물이 자칫 죽기라도 하면 "애간장이 찢어지는"(gutted) 고통을 맛보는 것은 이 때문일 것이다.[21] 레인골드는 그래서 텍스트가 묘사를 통하여 상황이나 대상물들을 창조하는 점을 가지고 "머드는 고도로 시각적인 현 시기에서조차 텍스트가 위력을 가지고 있음을 증명한다"고 평가하고 있다.[22]

그러나 나는 머드 속에만 있는 것이 아니다. 실제세계처럼 보이는 머드 공간은 내가 다른 플레이어들과 함께 구축한 세계이다. 나는 거기에 '몰두'하여 그 속의 상황들, 대상들, 인물들과 상호 작용하지만 또한 다른 도시, 다른 나라에 나와 동시간에 머드 프로그램에 접속하고 있는 다른 플레이어들과 교신을 한다. 이때 나의 위치는 분명히 실시간과 실공간 안이다. 언제나 이미 특정한 취향과 통념을 가지고 있는 나의 육신이 없으면 머드 놀이는 성립하지 않는다. 내가 머드에 몰입하고 있는 것은 분명하지만 또한 나는 머드 밖에서 그 안으로 몰입되어 있는 것이지 내 육신이 그 속에 침잠하거나 내 육신은 사라진 채 나에 관한 디지털 정보만이 그 속에 있는 것은 아니다. 이런 점에서 머드는 현 단계에서(그리고 아마 영원히) 가상세계와 현실세계

---

21) Ibid., pp. 155-56.
22) Ibid., p. 154.

가 가지는 관계인 '접속'의 원리를 정확하게 재현하고 있다. 이 점은 주체형성과 관련하여 매우 중요한 함의를 가지고 있다고 보는데 그것에 관한 논의 이전에 현 단계 문형의 다른 측면들을 살펴보는 것이 필요하다.

머드를 새로운 문형의 한 형태로 보는 것은 꼭 그것이 새로운 형태의 텍스트 구성 방식을 보여주고 있기 때문만은 아니다. 물론 머드는 주로 텍스트로 구성되고 있으며 위에서 본 것처럼 텍스트를 통하여 세계를 구축하는 '위력'을 가지고 있다. 그러나 머드를 텍스트 형태로만 보면 그것이 전자적 글쓰기라는 새로운 글쓰기의 형태라는 점을 간과할 수 있을 것이다. 전자적 글쓰기는 워드프로세싱과 같이 종래의 텍스트 구성과 '비슷한' 것처럼 보이는 경우조차도 지면을 벗어난 화면이나 모뎀과 같은 정보도로 혹은 컴퓨터 디스켓의 메모리칩에 저장되는 점 때문에 기존의 텍스트 성격을 벗어난다. 머드의 경우는 워드프로세싱과도 다른 전자 글쓰기로서 전적으로 책의 한계를 벗어난 글쓰기가 된다. 그뿐만 아니다. 아직 보편화되지는 않았지만 머드는 비텍스트 문형들로 구성될 수 있다. 이미지, 음향, 동화상 등을 사용할 수도 있는 것이다. 이런 점 때문에 머드는 텍스트로만 구성되는 것이 아니라 비텍스트 문형들을 사용하는 '하이퍼미디어'이다.

4. 사이버문형과 물질성

하이퍼미디어의 특징은 매체와 문형들을 서로 연결하고 있다는 데 있다. 하이퍼텍스트의 텍스트가 다른 텍스트들과 연계되어 있는 데서 볼 수 있듯이 하이퍼미디어는 텍스트, 음향, 이미지, 동화상 등을 서로 복합적으로 구성하고 있는 것이다. 이것은 하이퍼미디어가 멀티미디어일 뿐만 아니라 하이퍼적 성격을 가지기 때문이다. 하임에 따르면 "보드게임과 수리물리학에서 '하이퍼'는 '또 다른 차원'을 의미한다. 하이퍼장기는 두 차원 이상을 가진 판 위에서 노는 장기 놀이를 가리킨다…수리물리학에서 하이퍼공간은 '3차원 이상을 가진 공간'을 의미한다."[23] 프랙탈 기하학의 평면이 그런 예이겠

---

23) Michael Heim, *Metaphysics of Virtual Reality* (Oxford: Oxford University Press, 1993), p. 29.

는데 이 평면은 그 자신 이외의 다른 평면들을 안고 있는 것이 특징이다. 비선형적 텍스트로 이해되는 하이퍼텍스트도 이런 '하이퍼' 특성을 잘 보여주고 있다. 인터넷에 접속하여 월드와이드웹으로 자료 검색을 해본 경험으로 보면 하이퍼텍스트에서는 하나의 텍스트가 그 자체로 완결되는 법이 드물고 거의 대부분 다른 텍스트들과 연결되어 있다. 컴퓨터 화면에 지금 떠올라 있는 텍스트의 부분들은 다른 텍스트와 연결되어 있어서 텍스트의 '평면'은 보이지 않게 그것을 관통하고 있는 다른 평면들과 절합되어 있는 것이다. 하이퍼텍스트의 비선형성은 텍스트들의 이 절합적 관계에서 나오는 효과인 셈이다.

하이퍼 문형의 평면이 거기에 없는 평면들도 관통할 수 있는 곳이라면 하이퍼 상태의 물질성은 기존의 물질성과는 다른 성격을 띠고 있다. 현재 우리가 가장 중요한 문형으로 취급하며 사용하고 있는 문자가 지면과 같은 구체적—몸을 갖추었다는 의미의—물질을 바탕으로 한 글이라면 하이퍼문형은 굳이 신체 참여의 필요가 없는, 혹은 굳이 몸을 갖출 필요가 없는 시기의 문형이라고 할 수 있지 않을까? 이 새로운 문형의 특징은 '가상적'이라는 점에 있다. 물체, 실물의 성격을 가지고 있지 않은 것이다. 하이퍼텍스트에서는 문형이 물리적이지 않다. 책의 물질적 조건에서는 텍스트는 잉크가 묻은 형태로 고정되어 있지만 컴퓨터 텍스트는 높은 수준의 가변성을 가진다. 컴퓨터 기억장치에 들어 있는 텍스트는 우리가 텍스트로 인식할 수 없는 형태로 저장되어 있고, 그것을 불러 화면에 띄울 때 잠정적으로 나타날 뿐이다. 또한 이 화면에 떠올린 '텍스트'는 화면의 편집 방식에 따라서 거의 마음대로 변하게 할 수 있다. 이런 점을 가리켜 랜도는 '가상 텍스트'라는 말을 사용하면서, "독자는 언제나 저장된 텍스트의 가상 이미지를 볼뿐이고 원본 자체를 보지 못한다"고 한다.[24] 우리가 사이버 문형의 등장으로 가장 중시해야 할 점은 이처럼 문형이 물리적 조건 변화를 겪고 있다는 점일 것이다. 위에서 간략하게 소개한 머드나 또 하이퍼텍스트의 경우 과거 문형의 기반을 이루

---

24) George P. Landow, *Hypertext: The Convergence of Contemporary Critical Theory and Technology* (Baltimore: Johns Hopkins University Press, 1992), p. 19.

던 물리적 조건들은 크게 변화한다. 25)

하이퍼문형의 가상성은 그것이 사이버공간에 존재하기 때문에 나온다. 브루스 스털링에 따르면 "사이버공간은 전화 대화가 일어나는 듯한 '장소'이다. 그것은 책상 위에 있는 플라스틱 장치인 나의 실물 전화 속에도 있지 않고, 다른 도시에 있는 상대방의 전화 속에도 있지 않다. 전화들 '사이'의 장소이다."26) 사이버공간에서는 물체가 지닌 외연이나 무게를 지탱해줄 물리적 좌표가 없다. 이런 공간에서 구성되는 문형은 물리적 모양과 무게 등을 지녀 가변성이 제한될 수밖에 없는 물질들과는 다르다. 네그로폰테가 아톰과 비트의 차이라고 파악한 이 차이로 인하여 사이버문형은 종이와 같은 전통적 문형의 틀이 지녔던 시공간의 좌표를 벗어난다. 비트는 "색깔도, 무게도 없"고 "빛의 속도로 여행"할 수 있기 때문이다. 27) 사이버공간의 가상성은 이처럼 물리적 조건의 변화를 그 성립 조건으로 한다. 28)

이로 인하여 사이버문형은 '신체의 초월'을 하나의 특징으로 삼게 된다고 할 수 있을 것이다. 종래의 물리적 틀을 벗어나기 때문이다. 이 말은 언뜻 들으면 이 글의 기본 관점과 상치하는 것처럼 들릴 수도 있다. 주체형성에서

---

25) 하이퍼텍스트도 머드처럼 책의 물리적 한계를 완전히 벗어나 컴퓨터에 저장된다. 머드와 하이퍼텍스트는 둘 다 텍스트 나아가 문형 작성 방식이다. 그러나 머드에서 텍스트 작성은 반드시 통신망에 접속한 상태로 있어야 하지만 하이퍼텍스트의 경우는 꼭 그렇지 않으며 일단 완성된 후에는 개인컴퓨터로 읽기가 가능하다. 물론 월드와이드웹(www)과 같이 인터넷을 구성하고 있는 하이퍼텍스트의 경우에 읽기는 통신망에 접속해야 하겠지만 이 경우도 다운로딩을 하고 나면 개인 컴퓨터에 정보 저장이 가능하므로 하이퍼텍스트는 머드와 달리 통신망에서 독립할 수 있는 가능성이 훨씬 더 크다고 하겠다.
26) Bruce Sterling, "Introduction" to *The Hacker Crackdown* (1992) (http://homepage. eznet. net/~frac/crack-3. html).
27) 니콜라스 네그로폰테, 『디지탈이다』, 박영률출판사, 1995, 15쪽.
28) 아마 이런 점 때문에 사이버공간은 보드리야르가 말하는 하이퍼리얼리티와 다르지 않을까 싶다. 물론 기존의 매체라고 해서 '가상성'이 아예 없는 것은 아니다. 라이언의 지적처럼 문자매체로 된 소설도 '가능세계'(possible worlds)라고 하는 것을 만들어내기 때문에 가상성에 입각한 현실감을 만들어낸다. 그러나 '가상현실'을 언급할 때 우리는 소설과 같은 전통적 매체를 통해서 구성되는 가능세계를 생각하지는 않는다. 가상현실은 첨단 과학기술로 등장한 새로운 환경이라는 의미가 더 크다. Marie-Laure Ryan, "Immersion vs. Interactivity: Virtual Reality and Literary Theory," *Postmodern Culture*, vol. 5 no. 1 (Sept. 1994). 이 자료는 pmc@unity. ncsu. edu에서 볼 수 있다. '가능세계'에 대해서는 Ruth Ronen, *Possible worlds in literary theory* (Cambridge: Cambridge University Press, 1994).

신체가 중요하다고 했는데 주체형성의 중요한 조건인 사이버문형이 신체를 초월한다는 것은 무엇을 의미하는지 의문이 들 수 있기 때문이다. 하지만 여기서 사이버문형의 '신체초월'은 그 사이버공간에서 문형의 물질적 성격 변화만을 의미할 뿐이다. '비트' 역시 물질의 한 성격이라면 물리적 성격의 소멸이 물질성의 소멸을 의미하는 것은 아니기 때문이다. 다른 한편 신체의 초월은 다만 접속해 있는 인간의 신체, 육신을 초월해 있다는 것을 의미한다. 이때 우리의 육신은 사이버공간 밖에 엄연히 존재한다. 사이버공간에 몰두하여 그 육질이 흐느적거리기는 하겠지만 말이다. 따라서 사이버문형의 '신체'는 이중성을 띤다고 볼 수 있다. 한편 그것은 물리적 한계를 벗어난 사이버공간 속의 '신체'로서 인간의 신체 바깥, 그리고 컴퓨터가 작동하여 만드는 효과의 세계 안에 위치한 가상적 신체이다. 이 신체는 머드든 하이퍼텍스트든 정보로 처리되어 있는데 윌리엄 깁슨이 말한 '공감각의 환상'에 해당한다고 할 수 있을 것이다. 그러나 다른 한편에서 보면 신체는 여전히 컴퓨터 앞에 앉아 있다. 이 신체는 적어도 아직까지는 인간의 신체로서 몰두와 흥분과 동지애와 분노를 느낄 수 있는 신체이다. 사이버공간이 전화들 사이의 세계처럼 비물질적이라면 이 신체는 그런 곳으로 들어가지는 못한다. 결국 디지털화하지 못하여 비트의 세계에 참여하지 못하는 우리의 신체가 비트의 세계와 어떻게 접속되는가 하는 문제는 계속 남게 되는 것이다. 이는 사이버문형의 등장이 비신체적 문형의 등장을 말하는 것이지만 또한 그로 인하여 신체에 어떤 변화가 생기는가 하는 문제이기도 하다는 말이다. 바로 이런 점 때문에 우리는 완전히 순수한 인간도 그렇다고 완전히 비신체적 존재도 아닌 어떤 합성적 존재의 탄생을 지금 문제삼고 있는지도 모른다. 이제 사이버문형의 등장과 함께 우리가 고민해야 할 점은 바로 이 부분, 즉 새로운 주체형성 방식의 문제이다.

5. 사이보그—사이버문형의 '끝값'

하이퍼 상황에서 주체형성은 새로운 조건의 규정을 받을 수밖에 없을 것이다. 사이버공간은 내 육신이 묵을 수 있는 처소는 아니다. 이 공간은 전화와 전화 사이, 혹은 컴퓨터 화면 뒤, 또는 정보가 송신되고 있는 전자적 공간이므로 내 육신의 참여가 불가능하다. 나는 다만 그곳에 통신망으로 연결되어 원격으로 현전할 수 있을 뿐이다. 그런 점에서 나는 '그곳'에 갈 수 없는데 그렇지만 또한 기이하게도 나는 그 어느 때보다도 그곳에 있다! 컴퓨터 앞에 육신을 가진 나는 컴퓨터 '안' 혹은 '뒤'의 '나'에 접속되어 그의 경험, 모험, 흥분, 욕망 등을 나의 것으로 갖게 된다. '머드' 속에서 모험의 죽살길을 헤매기도 하고, 혹은 용사 혹은 도시설계자 혹은 도사 혹은 성도착자, 피해망상자 등이 되어 이들 정체성에 도전을 받거나 그 정체성에 걸맞은 경험을 하게 되면 또 그에 걸맞은 '신체적' 반응을 보인다. 나의 인물 또는 내가 창조한 캐릭터가 사고를 당하거나 죽기라도 하면 나는 애간장을 타는 고통을 맛보게 된다. 이런 반응은 일주일에 80여 시간을 머드게임을 하면서 보내는 사람에게는 어쩌면 당연한 것인지도 모른다.

　이때 '나'는 어떤 존재인가? 컴퓨터 앞에 있는 나와 캐릭터 나 사이에는 어떤 경계가 있는 것일까? 아니 종래 의미의 '나', 법적인 주체로서 '나'라는 것이 존재하거나 하는 것일까? '진정한 자아'라는 관념은 여기서 어떻게 통할 것인가? 내가 언젠가 하나의 자아이기라도 했다면 그런 나는 지금 어디에 있는가? 나는 이미 얼간이, 묘한 놈, 돈 놈 등의 이상한 존재로 전환된 것이 아닌가? 언제부터인가는 모르지만 나는 이미 언제나 다중인격자, 정신분열자가 되어 있지 않은가? 해커가 되면 나는 월경자가 되고, 복장도착자가 되고, 성별혼동자가 된다. 나의 정체성을 이루는 조건, 기준 등이 변동하고 있는 것이다. 이런 변동이 생기는 것은 대면적 만남이 아닌 방식으로 주체가 설정되기 때문이다. 육신을 지닌 대면적 만남에서는 나의 성별을 묻는 질문과 같은 것은 나올 수 없다. 반면 통신상의 대화나, 머드게임에서 나의 캐릭터는 나의 성별, 인종, 계급, 연령에 따른 특징과 한계와 조건들과 무관하게 구성된다. 이로 인해 기존의 정체성 기준은 무너지며, 그에 따라 권위나 위계의 구조가 새로워질 수밖에 없다. 새롭게 형성되는 정체성은 '아이디'나 '대화명'을 가지는 정체성이다. 이렇게 설정되는 나의 정체성은 육신을 지닌 나와 구분될 수밖에 없지만 또한 나와 언제나 접속되어 있다.

접속이 사이버주체의 현존방식이다. 적어도 둘은 되는 '나'들의 접속과 그 분리불가능성이 사이버주체의 존재방식인 것이다. 이런 점은 우리가 중독증 일반에 빠져 있음을 보여주는 것이 아닐까 싶다. 중독증은 컴퓨터통신자들이 일반적 활동 조건으로 갖게 되는 사이버공간 몰입의 효과이다. 사이버주체는 접속중의 주체이며 접속을 통하여 형성되는 주체이기 때문에 중독을 일반적 상태로 갖게 된다. 비릴리오가 '피동성'(motility)이라고 한 상태가 사이버주체의 일반적 상황이 되는 것도 그 때문이다. 그에 따르면 "이미 기동력을 갖춘(automobile) 이동성(mobile) 인간은 이제 자신의 신체적 영향 영역을 소수의 단순한 제스처에, 몇몇 기호들의 발신 혹은 소거로 국한하게 됨으로써 피동성을 갖추게 될 것이다."29) 이 피동성은 접속과 중독과 몰입 상태에 있기 때문에 나오는 것인데 이는 우리가 '무력증'에 빠져 있다는 말이기도 하다. 사람들은 자발적으로 움직이지 않으며 심한 경우에는 식사도 배설도 수면도 포기한 채 언제까지고 통신망에 매달린다.30) 비릴리오는 이 피동성이 우리가 일반적 '보철' 상태에 놓여 있기 때문에 생겨나는 현상으로 본다. 첨단기술 시대는 이른바 '의존의 시대'를 가능하게 했다. 첨단기기들은 우리의 신체를 보완할 뿐더러 과거 같으면 생명에 필수적인 기관들마저 대체할 수 있도록 했다. 영화 〈터미네이터〉의 기계인간은 아니지만 이런 형태의 인간들은 가상으로만 존재하지 않는다. 컴퓨터통신에 중독된 사람들, 호출기와 휴대전화를 상비하지 않으면 제대로 기능할 수 없는 사람들에서부터 휠체어 위에서만 생활이 가능한 사람들, 도로 판독기가 장착된 모자를 써야만 보행이 가능한 사람들, 영화 〈슈퍼맨〉의 주연 배우였던 리브스처럼 경추가 부러져 특수 장비를 구비해야만 생존할 수 있는 사람들에 이르기까지 오늘날 많은 사람들은 자신의 힘만으로 살아가지 않는다.31) 이 그림은 오늘날

---

29) Paul Virilio, "The Third Interval: A Critical Transition," in Verena Andermatt Conley, ed., *Rethinking Technologies* (Minneapolis: University of Minnesota Press, 1993), pp. 8-9.
30) 미니텔이 프랑스에 도입되었을 당시 초기 중독자 중에는 30일에 해당하는 720시간 중 520시간을 온라인에서 보낸 사례가 있고, 먹지도 마시지도 자지도 않은 채 계속 통신을 한 최고 기록은 74시간이었다고 한다. Rheingold, op. cit., pp. 228-29.
31) 캐더린 헤일즈에 따르면 미국인구의 10%가 '사이보그'다. 이들 사이보그들은 전자 심

인간이 자족성은 모자라더라도 또 다른 형태의 역능 증대가 가능해졌음을 보여준다. 이 역능의 증대는 물론 역설적이다. 보철을 통해 역능을 강화한 것은 사실이나 이 역능은 의존의 정도가 높아짐을 말하기 때문이다. 크로커가 말하듯이 의존은 생명이 약해진 시대의 생존 전략이다.[32] 의존 상태에서 나는 외부에서 오는 자양분들을 정보의 형태로 주입 받기 위해서 끊임없이 나에 관한 정보를 노출해야만 한다. 내가 하는 정보 수집은 그런 점에서 내 자신을 끊임없이 자료로 입력하는 과정이다.

이 그림을 암울한 것으로만 보지는 말자. 올브라이트의 논의를 요약하여 말하자면 테크놀로지, 주체, 권력의 관계에 성격 변화가 일어나고 있을 뿐이다.[33] 하이퍼텍스트는 신체를 초월하여, 주체를 탈구시킨다. 유기체와 기계의 경계를 해체하여 사람들로 하여금 자기 신체, 자신들을 만들고 나타내게 하여 사이버공간에서 새로운 차원의 사회적 관계를 형성하는 것이다. 주체는 더 이상 절대적, 시공간 속 지점에 놓이지 않는다. 주체는 물리적으로 고정된 공간에서 자신의 자리를 선택할 수 없다. 대신 데이터베이스에 의해 증식되어 메시지 보내기와 컴퓨터 회의, 혹은 통신대화, 머드 참여 등의 형태로 마치 파종시에 씨뿌려지듯 여기저기 산포되고 있다. 이 분산되고 분열되는 주체를 결코 단일한 성격을 가진 존재로 파악할 수는 없을 것이다. 여기서 나와 나 아닌 것, 신체와 기계의 경계는 이미 해체되어 있다. 주체는 이미 나의 주체가 아니며 내 신체가 처한 상황에서 만들어지는 어떤 효과일 뿐이다.

이런 점에서 사이버문형을 조건으로 한 주체는 '사이보그'가 될 가능성이 높다. 해러웨이에 따르면 사이보그는 "인공지능적 유기체, 기계와 유기체의 잡종, 허구의 존재이자 사회적 현실의 존재"이다.[34] 사이보그 주체는 약물

장박동장치, 의족 및 의수, 보청기, 약물주입기, 인공관절을 착용한 사람들을 포함한다. 헤일즈, 「사이버공간의 유혹」, 『문화과학』 7호, 1995년 봄, 124쪽.

32) Arthur Kroker & Michael A. Weinstein, *Data Trash*, p. 41.

33) 이하 논의는 Julie M. Albright, "Of Mind, Body and Machine: Cyborg Cultural Politics in the Age of Hypertext"(http://www.scf.usc.edu/~albright /cyborg1.txt)를 많이 참조하였다.

34) Donna J. Haraway, *Simians, Cyborgs, and Women: The Reinvention of Nature* (Free Associations, 1991), p. 149; Albright, "Of Mind, Body, and Machine," p. 3에서 재인용.

의 효과들이 중독자의 신경조직에까지 영향을 미쳐 감정과 행동의 부호화된 체계가 그 중독자에 나타날 수 있는 것처럼 기계적 행동(강령) 등이 신체에 각인된 주체가 아닐까? 인간 외적인 것들과 내적인 것들 간에 차이가 만약 있다면 인간 내적인 경계 안에 외적인 것들이 이미 깊이 침투해 있는 것이다. 이렇게 볼 때 오늘날 주체는 '인간주의'가 그리는 그림과는 다른 모습을 가지고 있는 셈이다. 인문학에서는 자기반성적이고 통찰적인 주체를 상정한다. 인문학자들이 가상현실의 등장을 두려워하는 것은 문자기술이 가졌던 자기통일적 주체가 사라질 것으로 보기 때문이다. 하지만 '자율적이고 합리적인' 주체라고 하는 이 주체상은 사회이전의 초역사적 주체가 가능한 것으로 보는 관념으로서 역사적 주체, 특히 자기완결적일 수 없는 사이보그와 같은 주체를 설명하지 못한다. 사이보그 주체는 언제나 새로운 정보의 입수를 필요로 하며 새로운 기관들과 사지들을 필요로 하므로 늘 의존적 상태에 있다. 접속상태, 중독증, 몰두 등이 사이버환경에 나타나는 일반적 증상이라면 이는 '불감훼손'할 자아가 없는 우리가 지닌 정체성 형태인 셈이다. 늘 수정되고 개편될 수밖에 없는 이 정체성들은 오늘날 비신체적이고 하이퍼적인 문형들로 인해 구성되고 있기 때문에 사이보그 주체들은 언제나 이동 혹은 변이의 상태에 놓이게 된다.

결국 사이보그 주체는 오늘날 주체가 가지고 있는 '꼴값'이 아닐까 싶다. 문형적 과정을 통해 주체가 형성된다면 우리의 '꼴'이 곧 우리의 실체를 규정한다고 보기 때문에 하는 말이다. 사이보그 주체가 오늘날 주체의 정형이라면 그 또한 우리가 가진 '꼴값'이다. 사이보그를 오늘날 정체성 정치의 모델로 보자는 해러웨이식 기획은 따라서 우리의 꼴을 어떻게 할 것인가라는 점에서 기본적으로 문화정치이기도 하다. 이 문화정치는 하이퍼텍스트, 머드, 인터넷과 같은 테크놀로지를 기반으로 삼지 않을 수 없다. 신체의 초월을 통한 신체의 변형이라는 새로운 신체의 주조, 사이보그식 주체의 형성은 정보의 전자적 전환을 통해서, 아날로그로 처리된 정보의 디지털로의 전환을 통해야 가능하다. 이 디지털화는 정보의 '신체적' 변화이며, 좀더 구체적으로 물리적 신체의 전산화 혹은 코드화이다. 이 코드화는 그 자체로 우리에게 인지되지 않고 다시 여러 형태의 '화면' 위에 명멸하면서 나타날 때만 그 존재를 드러낼 수 있다. 컴퓨터 화면에 뜨는 텍스트나 공중에 걸려 있는 홀로그래프는 가상이다. 그러나 그 가상은 물리적으로 외부에 있는 것이 아니라 우리 자신이 거기에 접속되어 있는 현실로서 실제 현실보다 더 현실적으로 보이므로 허상 이상의 효력을 가진다. 꼴값을 단단히 하는 셈이다. 이 꼴값의 효과 속에 있게 되면 테크놀로지의 영향권에서 벗어날 수 없게 될 수도 있다. 그러나 이 불가능성을 부정적으로만 볼 필요는 없다. 삶의 조건인 그것은 비관도 낙관도 할 대상이 아니다. 접속 상태를 디스토피아로 보는 테크노포비아가 아니라면, 테크놀로지에 대해 공포감만 느끼는 러다이트주의자가 아니라면 사이버환경에서 우리는 새로운 삶의 전략을 세워야 할 뿐이다.

6. 사이버정치?

이제 우리는 사이버문형의 등장과 그에 따른 주체형성의 조건 변화가 정치를 새로운 차원으로 이동시킬 것임을 예상할 수 있다. 사이보그 주체들이 변이의 과정에 있게 된다는 것은 정체성들의 경계를 두고 중요한 싸움이 발생한다는 것을 말한다. 기존의 꼴과 틀을 고수하려는 세력과 그것들을 해체하려는 세력들간의 투쟁, 변화된 문형과 주체형태의 지형 속에서 발생할 적대들, 새롭게 요구되는 권력의 형태들과 능력들의 획득, 배분, 관리들을 놓고 일어나는 갈등들이 그것이다. 포스터는 인터넷이라는 새로운 '공론장'에서는 과거의 근대적 정치 쟁점들의 중요성이 감소됨을 지적하고 있다. 육신의 참여가 불필요한 이 공론장에서는 인종, 계급, 연령, 신분, 성차 등으로 규정되는 위계가 전과 같은 위력을 가질 수 없다. 이들 규정들에 의해서 구성되는 경계들은 새로운 문형들의 등장으로 새로운 물질적 형태를 갖게 되고 사이보그의 경우에서처럼 해체되어야 한다는 요구를 받고 있다. 사이버문형과 사이보그의 등장은 그래서 기존의 경계들을 고수하려는 사람들에게는 위협으로 작용할 것임에 틀림없다. 예컨대 인문주의자와 같이 기계적인 것과 유기적인 것간의 경계를 지키는 사람들에게는 이런 것이 커다란 도전으로, 혹은 침략행위로 받아들여질 것이다. 컴퓨터통신에서 등장하는 '어쏴요'(어서와요), '안냐세요'(안녕하세요), '잼'(재미있었어요), '설사라요'(서울 살아요) 등의 새로운 표현들도 언어적 관행을 무너뜨리는 것으로 이해된다. 35) 하지만 다른 관점에서 보면 이런 표현들을 사용하는 것은 새로운 능력이기도 하다. 포스터는 '타자속도'가 사이버공간에서는 중요한 능력으로 작용함을 지적하기도 한다.

아울러 문형의 변화는 문형의 독해 문제를 필연적으로 수반하며 문형을 생산, 관리, 처리, 홍보하는 등의 문형과 관련된 제반 과제들, 업무들, 문제들을 야기하게 될 것이다. 문자해독력이 전통적으로 필수적인 사회화 조건이자 능력이었음을 상기할 때, 하이퍼미디어라는 새로운 형태의 문형이 등장한 것은 새로운 형태의 문형능력인 하이퍼독해력의 문제가 발생할 것임을 예상할 수 있다. 한편에서 볼 때 하이퍼독해력은 필수불가결한 민주적 능력이자 조건이다. 문자해독력의 습득 필요성 때문에 교육의 확산이 일어났다는 관점에서 보면 하이퍼문형의 독해능력을 확산하는 일은 당연한 귀결이다. 이런 관점은 문자해독력 자체가 유익한 것이며 그 확산은 따라서 사회적 선이라는 것이다. 비슷한 관점이 하이퍼텍스트와 관련해서도 나오고 있는데, 랜도에 따르면 하이퍼텍스트는 그 자체로 민주적이다. 그는 책이 처음 등장했을 때 선생들이 "위험한 신종 학습 기계"가 그동안 선생이 보유했던 지식과 권력을 학생에게 넘길 것을 두려워했다는 점을 지적하면서 이와 마찬가지로 오늘날 많은 인문학자들이 하이퍼텍스트를 두려워하는 것은 하이퍼텍스트도 비슷한 효과를 낼 것이라고 보기 때문이라고 설명한다. 36) 하이퍼문형 능력이 해방적이라는 것은 무엇보다도 작가와 텍스트, 작가와 독자, 독자와 텍스트 사이에 성립되어 있는 위계를 그것이 붕괴시킨다는 말이다. 그러나 이런 주장은 일면적이라는, 예를 들면 하이퍼텍스트가 혼란만 가중하게 만들 것이라는 지적도 만만치 않다. 중심이 없고, 작가라는 권위의 중

---

35) 『한겨레신문』(1996. 8. 14, 16면)은 이런 표현에 대해 "청소년들이 문법과 어법 등 언어 질서의 파괴를 창의적인 발상으로 잘못 생각하고 있는 것 같다… 컴퓨터통신의 언어와 예절을 가다듬고 정착시키는 방안이 필요하다"고 하는 한국교육개발원 국어교육연구부장의 말을 인용하고 있다.
36) Landow, op. cit., p. 163.

심이 없으면 하이퍼텍스트는 정보의 과부하와 혼란만 초래할 것이라는 것이다. 어쨌든 하이퍼문형과 관련된 능력의 문제는 새로운 권력 배분에서 중요한 쟁점이 아닐 수 없다. 문자가 하이퍼문자, 문형이 사이버 혹은 하이퍼문형으로 전환된 지금 이 능력은 어떻게 확보될 것인가? 그리고 과연 이것은 확보의 문제일 뿐인가? 문자해독력과 관련하여 근대적 대중교육이 가지고 미쳤던 기능과 영향을 보면 문자해독력을 반드시 확보의 관점에서만 볼 것은 아니다. 문자해독력 자체로 민주주의와 해방이 성립되지는 않는다. 문자해독력은 대중교육을 통하여 형성되는데, 대중교육이야말로 이데올로기적 장치의 대표격이 아닌가? 하이퍼문자해독력은 '하이퍼미디어'라는 물질적 조건에 연관된 사회적 조건으로서 그 내부에 평등과 자유의 문제를 지니지 않을 수 없을 것이다. 머드와 같은 새로운 문형들을 무조건 해방공간으로 보는 것은 그 속에 남아 있는 많은 비민주적 요소들을 외면하는 셈도 된다. 하이퍼텍스트에서는 이미 언급한 대로 정보과다라는 문제가 있고 머드에서는 성희롱이 유행이라는 보고가 있다. 컴퓨터통신에서 흔히 등장하는 정체성 선택의 자유도 달리 보면 기만행위가 횡행한다는 말이다. 아직까지는 컴퓨터통신에서 정체성 기만행위에 대한 방어벽이 없기 때문에 가상공동체에서도 기존의 공간처럼 억압, 폭행, 사기 등을 당할 여지가 여전히 많다. 가상공동체 예찬자인 레인골드가 정체성 약탈행위에 대한 집단적 예방 체제가 만들어지기 전까지는 이런 점을 숙지하고 있어야 한다고 지적하는 것도 그 때문이다.[37] 이는 성차, 위계 등과 같은 기존의 사회적 문제들이 가상공동체 안에서도 엄존하기 때문에 생기는 문제들이다.

그렇기는 하지만 요점은 아무래도 포스터가 지적하고 있듯이 사기, 성차별, 위계, 혹은 중독 등의 문제가 새로운 형태로 전개되고 있다는 것이 아닐까 싶다. 오늘날의 정치가 사이버 '꼴'의 성격을 가지기도 함을 특히 중시해야 한다. 이 지적은 이제 사이버정치가 나타났으므로 기존의 정치 형태를 폐절해야 한다는 말은 물론 아니다. 하지만 오늘날 정치의 형태가 더욱 복잡한 양상을 띠며, 기존의 정치에 대한 관념만으로 해결할 수 없는 부분들이 등장

---

37) Rheingold, op. cit., p. 165.

했다는 사실만은 분명하다. 또 레인골드가 지적하고 있듯이 수많은 사람들이 그 많은 시간을 투여하면서 왜 머드를 하는지 이해하려면 시간을 어떻게 보내는 것이 의미가 있는가 하는 질문을 둘러싼 전제들을 살펴보아야 한다. 그의 말대로 이전의 통신매체들이 시공간의 경계들을 해체했다면 최근의 컴퓨터통신매체는 정체성의 경계들마저 해체하고 있다. 이제 생각할 점은 이것이 기존의 정체성들을 만들어내는 방식과 어떤 절합관계를 갖게 될 것인가라는 문제이다. 38) 사이버정치는 어쩌면 기존의 정치공간을 벗어나는 실험의 정치일 수도 있을 것이다. 예를 들어 기존의 공론장 개념으로 다뤄낼 수 없는 정치적 공간의 물질성에 대한 새로운 사고가 필요하게 되었다. 문형의 관점에서 보면 '공론장'의 물질성은 그저 주어지는 것이 아니라 늘 문제상황으로 인식된다. 사이버공간의 등장, 인터넷의 확산은 기존의 정치적 제도가 확산되는 것만은 아니다. 이제 정치적 공간에는 아주 중요한 비물리적 공간이 첨가되고 있다. 기존의 장소를 벗어난다는 것은 기존의 공간적 형태, 그것이 지니고 있는 한계들과 가능성들을 일단 벗어난다는 말이다. 이런 새로운 공간, 다시 말해 사이버공간의 정치적 장은 아직 그 위력이 대단하지 않을지는 모르나 그것의 등장으로 새로운 정치의 가능성이 열린 것은 사실이다. 정치가 세력관계의 모색이라면 사이버공간은 새로운 연대의 가능성을 실험할 수 있는 공간으로 기능할 수밖에 없을 것이다. 39)

7. 결어

인공지능의 '강한' 테제가 제출한, 완전히 인간을 대체한 주체 등장은 실현되지 않았다. 정보의 전면적 디지털화도 이루어지지 않았고 또 그렇게 되지도 않을 것이다. 인간은 폐품이 되었을망정 여전히 육신을 이끌고 '의존의 의자'에 앉아 기계 지원을 받고 있는 상태이다. 그뿐만 아니라 가상이 아닌 '실질적' 문제들이 우리에게 주는 압박감, 그것들이 행사하는 위력을 무시할

---

38) Ibid. , p. 147.
39) 졸고, 「유사도시, 역공간, 사이버공간—결연의 실험장」, 『공간, 육체, 권력』, 문화과학사, 1995, 199-201쪽 참고.

수도 없다. 근착 『타임』지에 실린 「모뎀은 칼의 상대가 될 수 없다」라는 제하의 한 칼럼은 '천안문 학살'을 보도한 뉴스와 연대를 표명하는 메시지가 팩스기계를 통해 중국 안으로 쇄도함으로써 국내 시위가 더욱 강화된 것을 경험한 바 있는 중국 당국이 전국의 팩스기계 옆에 보초를 세움으로써 정보의 흐름을 중단시킨 것을 상기시킨다. 아무리 인터넷이 강력한 정보유통 수단이며, 또한 정보의 유통이 민주적 가능성들을 높여준다고 하더라도 구래의 검열 방식에 의해 정보 흐름이 차단될 수 있다면 '인터넷민주주의'란 허상일 수도 있다는 것이다. 40) 최근 한총련 사건으로 한총련 관련 통신 사이트들을 폐쇄하는 일이 벌어진 것도 같은 맥락에서 이해할 수 있겠다.

그러나 그렇다고 하여 사이버공간이 출현하지 않았다고 할 것인가? 인공지능의 약한 테제로 본 가상현실은 이제 전에 없는 위력을 발휘하고 있다. 오늘날의 문형은 바로 이런 새로운 공간의 출현과 밀접한 관련을 가지고 있고, 주체는 바로 이 새로운 문형을 통과하면서 새롭게 구성된다. 그런 점에서 마크 포스터가 한 말을 되새길 필요가 있다. "이러한 상황에서 나 자신이 합리적이고 자율적인 주체로 중심화되었거나 일정한 자아에 의해 한정되었다고 생각할 수 없으며, 결국 나는 사회적 공간을 가로질러 분열되어 해체되고 분산되는 것이다."41) 자아의 이런 분열과 해체는 문형의 변화로 인하여 발생한다. 우리는 대면적 상황을 아직 정상으로 여기고 있으나 이미 많은 중요한 부분들이 비대면적으로 전환되고 있고 '신체 없는' 문형, 전자적으로 코드화된 신체인 사이보그의 출현을 문화적으로 목격하고 있다. 사이보그는 기계에 의존하지 않으면 안 되는 우리의 모습이다. 어떤 사이보그로 우리가 살아갈 것인가는 그래서 피할 수 없는 질문이다. 인간주의적 주체 개념을 더 이상 고집할 수도 없어 보인다. 어떤 권력이 이들 기계인간들을 조종할 것인가? '기계인간들'은 우리와 어떤 관계인가? 우리 자신이 이미 그들인가? 나는 적어도 현재 시점에서는 그들이 우리를 대체했는지 여부보다는 우리가 얼마나 그들처럼 되었는가를 따지는 것이 더 중요하다고 본다. 이런

---

40) Jeff Wise, "The Modem Is No Match for the Sword," *Time* (19 Aug., 1996), p. 52.
41) 포스터, 『뉴미디어의 철학』, 40쪽.

문제는 주체형성의 거점이 어떻게 이동하고 있는지, 혹은 주체가 어떤 과정을 통하여 형성되는지에 대한 좀더 깊은 이해가 필요하다. 주체의 형성이 정치의 중요한 쟁점이고 주체가 문형적 과정을 통해 형성된다는 점을 생각하면 문형의 변화와 사이버문형의 등장은 현단계 문화정치의 중요한 정세이자 관건이다.

3부 담론과
문학 제도

8

담론의 안팎[*]

1. 서론

최근의 서구 인문학계 동향에서 특기할 점의 하나는 언어에 관한 관심이 부쩍 높아졌다는 사실이다. 대체로 구조주의와 탈구조주의의 영향을 받아 생겨난 이러한 경향은 한편으로 보면 언어에 관한 관심의 증가라는 실정적인 측면을 가진다. 그런데 여기에는 중요한 학문적 태도변화가 작용하고 있다. 언어에 대한 최근의 관심고조는 언어에 대한 단순한 관심 표명이 아니라 언어의 이데올로기적 성격에 대한 관심의 집중이라는 점에서 인문학이 언어 외적인 상황에 대해 높은 관심을 가지게 되었음을 나타내고 있기 때문이다. 하지만 다른 한편에서 보면 이 변화는 또 다른 방향의 논쟁적 성격을 띠고 있다. 즉 서구 인문학계의 최근 동향은 언어의 탈이데올로기성을 주장하던 종래의 부르주아적 언어관에 대한 수정뿐만 아니라 정통 맑스주의적 인문학 전통에 대한 비판도 담고 있는 것이다. 이 점은 1984년 미국의 일리노이 대학에서 열린 국제 맑스주의 심포지엄에서 발표된 논문들의 배분과 성격을 보면 짐작할 수 있다. 이때 발표된 논문들은 대부분 맑스주의자 혹은 좌파지

_* 출처: 『인문학연구』 17집, 중앙대인문과학연구소, 1990.

식인들에 의해서 마련되었는데도 대체로 전통적인 맑스주의 분석방법이라 할 정치경제학적 분석 대신 상부구조, 특히 언어모델에 의한 분석이 많이 있는 것이 눈길을 끈다.1) 이런 변화는 흔히 포스트맑스주의라고 부르고 있지만 이제는 맑스주의 진영에서조차 언어적 분석틀이 수용되고 있음을 보여주는 증거라 하겠다.

이처럼 인문학에서 언어에 대해 관심이 증가한 것은 최근 들어와서 '언술', '언술행위', '언술변증', '담론' 등으로 부르는 언어의 한 양태에 대한 연구라 할 수 있는 '담론이론'이 중심적인 인문학적 방법론으로 등장하고 있는 것과 관련을 가지고 있다. 담론이론은 러시아형식주의, 구조주의, 후기/탈구조주의 인문학적 방법론들이 발전해 오는 과정에 생겨난 언어이론이다. 이 담론이론의 학문적 의의는 상당히 커 보인다. 왜냐하면 담론이론은 20세기 학문의 발전과정에서 중심적인 분석틀의 기능을 가지고 있던 정치경제학적 모델 대신 언어모델이 중심적인 위치를 차지하게 하는 데 큰 역할을 하기 때문이다. 담론이론의 등장으로 하부구조에 대한 설명을 하지 못하고 상부구조적인 한계에 매몰되어 있던 것으로 평가되던 언어모델은 이제 사회적 현상에 대해서는 전혀 무감각하다는 종전의 비판을 무력화하면서 오히려 정치경제학적 모델보다 더 설득력있는 분석틀이라는 자화상을 만들어가려고 하는 중이다.2)

이 글은 담론이론이 인문학적 분석틀로서 어떤 가능성을 가질 것인지에 대해 살펴보는 이론적 점검작업의 일환으로 마련되었다. 필자는 이 글에서 담론이론의 우위성을 주장하려 하거나 반대로 그것을 집중적으로 비판하려는 의도를 가지고 있지 않다. 20세기의 대표적인 언어이론들 중에서 담론에 관한 중요한 관점을 제시한 것들을 중심으로 어떤 쟁점이 떠오르고 있는지 살펴보고자 할 뿐이다. 따라서 이 작업 자체는 담론이론이 부상하고 있는 배

---

1) Cary Nelson and Lawrence Crossberg, eds., *Marxism and the Interpretation of Culture* (London: Macmillan, 1988) 참조.
2) 이 점은 최근 사회학 분야에서 언어학에 모델을 둔 '접합이론'이 한 방법론으로 등장하고 있는 데에서 확인될 수 있다. 접합이론에 대해서는 어네스토 라클라우와 샹탈 무폐, 『사회변혁과 헤게모니』, 김성기 외 역, 문화과학사, 1990 참조.

경에 어떤 이론적인 전통이 작용하고 있는지 알아보는 작업에 속한다.

2. 개념 정리

이 글의 제목에서 언급한 '담론'은 영어로는 'discourse', 불어로는 'discours'라 한다. 이 말들은 '앞뒤로 움직이다' 또는 '이리저리 뛰어다니다'를 뜻하는 라틴어 'discurrere'에서 나왔다.[3] 따라서 어원상으로 보면 담론은 일관되고 정연하게 진행되는 말보다는 말이 앞뒤가 약간은 뒤죽박죽이라거나 말이 고정되어 있지 않고 움직이고 있다는 것을 나타낸다. 이 움직임에 대한 강조 때문에 'discurrere'는 고전 수사학에서 언어의 행동 측면을 가리키는 말로 사용되었다.[4] 그런데 오늘날 서구 언어이론들에서 사용하는 '담론'에는 이런 어원학적인 개념 규명만으로는 드러나지 않는 부분이 있다. 사실 푸코나 바흐친 등 담론이론을 전개한 주요 이론가들은 담론이 라틴어 'discurrere'가 의미하던 뒤죽박죽의 말이라기보다는 오히려 체계적인 성격을 갖추고 특히 권력과 밀접한 관련을 가지고 있다는 점을 강조한다. 이 글에서 관심을 집중하고자 하는 것도 바로 담론의 이런 부분이다.

20세기에 들어와서 담론의 행동적 측면을 언어학 체계로서 부각시킨 이는 프랑스의 방브니스트(Emile Benveniste)이다.[5] 그는 『일반언어학의 문제들』(*Problems in General Linguistics*)에서 진정한 인칭으로 부를 수 있는 것은 '나'와 '너'뿐이고 3인칭은 비인칭이라고 한다. 이렇게 말하는 것은 그가 인칭의 현상을 언어행위가 발생하는 현장에 국한하여 보고 있기 때문이다. 즉 1인칭과 2인칭인 '나'와 '너'는 대화과정에 참가할 수 있으므로 담론행위에 현전할 수 있지만 3인칭인 '그'는 부재자로서만 나타날 수가 있다는 것이다. 이와 관련하여 방브니스트는 말을 하는 데에는 말하는 사람이 있다는 것을 가리키는 표시가 있느냐 없느냐에 따라 두 가지의 말하는 법이 생길 수 있다

---

3) Hayden White, *The Tropics of Discourse: Essays in Cultural Criticism* (Baltimore: Johns Hopkins University Press, 1978), p. 3.
4) Colin MacCabe, *Tracking the Signifier—Theoretical Essays: Film, Linguistics, Literature* (Minneapolis: University of Minnesota Press, 1985), p. 82.
5) 이하 방브니스트에 관한 정보는 Antony Easthope, *Poetry as Discourse* (London: Methuen, 1983), pp. 40-42 참조. Colin MacCabe, op. cit., pp. 83-92도 참조.

고 하면서 '담화'(discours)와 '이야기'(histoire)를 구분한다. '담화'는 "말하는 사람과 듣는 사람을 상정하는 말, 말하는 사람이 상대방에게 어떤 방식으로든 영향을 줄 의도를 가진 말"이라고 정의하고, 반면에 '이야기'는 "여기서는 아무도 말하지 않는다. 사건들이 스스로 이야기를 하고 있는 듯할 뿐이다"라는 설명이 적용될 수 있는 경우에 해당한다.[6] 방브니스트의 이런 구분은 퍼먼이 우리가 내뱉는 말에는 이중적인 면이 있어서 발화는 현실에 대한 보고이면서 동시에 담론행위, 즉 말하는 사람과 듣는 사람 또는 읽는 사람을 상정하는 말을 하는 행위라고 할 때에도 반영되고 있다.[7]

담론이 방브니스트가 말하는 대로 어떤 주체에 의한 행위를 나타내는 것이라면 담론이 포괄하는 언어적인 범위는 상당히 넓어진다. 이와 관련하여 이스트호프의 말을 들어보자.

언어학은 언어를 대상으로 삼는 학문으로 문장 또는 그 이하 차원의 발화가 언어 체계 속에서 어떤 위상을 가지는가를 보여준다. 그러나 언어학은 한 문장이 다른 문장과 관계를 지어 결합된 전체를 어떻게, 왜 이루는지는 보여줄 수 없다. 이 경우는 담론의 문제이다…담론은 문장들이 순서를 가진 질서를 이루고 어떤 이질적 동질적 전체에 참여하는 방식을 명시하는 용어이다. 문장이 담론 안에서 함께 합쳐서 개별적인 텍스트를 이루듯이 텍스트 자체도 다른 텍스트와 합쳐서 더 큰 담론체계를 이룬다.[8]

이스트호프의 말을 받아들이면 담론은 첫째, 언어학이 다룰 수 있는 음운론, 형태론, 문장론의 범위를 넘어서며, 둘째 텍스트의 범위도 넘어선다.

---

6) Easthope, op. cit., p. 41에서 재인용.
7) Nelly Furman, "The Politics of Language: Beyond the Gender Principle?", in Gayle Greene and Eoppelia Kahn, eds., *Making Difference: Feminist Literary Criticism* (London: Methuen, 1985), p. 65. 방브니스트의 이 구분은 많은 비판을 받는다. 맥케이브의 경우 '이야기'에는 말하는 사람, 주체가 없고 '담화'에는 주체가 있다는 것은 틀린 구분이라고 말한다. 그리고 방브니스트와 맥케이브를 인용하고 있는 이스트호프는 "기표란 '다른 기표에게 주체를 대변해 주는 것'이므로 모든 담론은 주체를 전제한다"면서 말하는 사람의 표시가 있건 없건 모든 담론에는 말하는 사람이 있다고 말한다. Easthope, op. cit., p. 42.
8) Easthope, op. cit., p. 8.

왜냐하면 텍스트가 여러 개 모여서 하나의 담론체계를 이루기 때문이다. 담론체계는 이처럼 문장과 텍스트의 차원을 넘기 때문에 '야만인 담론'이라든가 '문학 담론', 또는 '제국주의 담론'과 같이 자체내에 다수의 텍스트를 포함한 언어체계로 이해된다. 따라서 언어학, 텍스트분석, 담론이론의 각기 다른 위상의 언어관련 학문분야가 생겨날 수 있다. 이런 이유 때문에 이 글에서는 굳이 담론이론이라는 이름을 달고 나오지 않은 언어이론도 담론이론의 한 예로 보고 다루었다.

담론이 방브니스트가 말하는 대로 행동적인 면을 가지고 있다면 이 행동에도 다른 측면들이 있을 수 있을 것이다. 이미 본 대로 담론은 체제와 관련된 면이 있어서 권력과 밀접한 관련을 가진다. 반면에 'discurrere'가 보여주듯이 그것은 뒤죽박죽의 측면도 있다. 담론이 권력이라는 체제적인 것보다는 뒤죽박죽 성질을 가진다고 보는 견해는 오늘날 많은 언어이론들에서 나온다. 예컨대 문학담론에 대한 전문적인 분석틀을 제공하려 한 러시아형식주의의 문학언어이론, 미국 신비평가들의 언어관, 프랑스의 구조주의 및 탈구조주의 등 20세기의 중요한 언어이론들 가운데 상당 부분은 언어의 독자적, 유희적, 형식적 성격을 강조하며 담론의 뒤죽박죽 성질 혹은 언어의 유희성을 부각시킨다.

따라서 담론에 대한 태도는 대체로 담론의 독자성을 강조하는 전통과 담론이 담론 외적인 요인에 의하여 영향을 받고 있다고 보는 전통으로 대별되는 듯하다. 전자의 경우 담론은 그 자체의 특징에 의하여 구분되고 평가되어야 한다는 주장을 가지고 있다는 점에서 내재주의이고, 후자의 경우는 담론이 언어의 내재적인 성질보다는 언어 외적인 요소에 의하여 지배받는다고 본다는 점에서 외재주의이다. 여기서 담론행위를 통하여 일어나는 것이 어떤 원초적이고 근본적인 것의 재현인가, 아니면 재현 그 자체가 재현의 '원형'이라고 믿었던 '근원'과는 독립된 하나의 자주적인 체계를 이루고 있는 것인가 하는 문제가 대두되는데 이때 담론을 재현체계라고 보고 그것의 근본 또는 핵심이 어디에 있다고 보느냐에 따라 외재주의와 내재주의의 관점으로 갈라진다. 그러나 과연 이 내재주의와 외재주의의 대립이 올바른 것인지,

대립이 과연 일어나고 있는 것인지는 완전히 다른 문제이다. 내재주의와 외재주의 모두가 문제가 있는 것으로 파악하고 양자의 한계를 넘어야만 담론이론이 제대로 성립될 것이라는 생각으로 이 글을 쓴다. 우선 내재주의부터 살펴보자.

3. 내재주의—러시아 형식주의

담론이론에서 내재주의 전통의 한 전형은 문학담론의 중요성을 강조한 러시아형식주의에서 찾을 수 있다. 문학이 인간활동 가운데 아주 독특한 역할을 한다는 것은 19세기말 '예술을 위한 예술', 예술지상주의를 주장한 작가들도 주장한 바 있지만 그런 주장이 이론적 체계, 특히 언어학적인 체계를 갖추게 된 것은 러시아형식주의에 이르러서였다. 20세기 초 모든 학문이 노동분화에 따른 전문성을 획득해가는 상황에서 러시아 형식주의자들은 문학연구를 독립적인 학문으로 수립하고자 하는 당면목표를 가지고 있었다. 독립적인 학문이란 독자적인 방법이나 절차와 아울러 고유한 연구 대상이 필요하다. 형식주의자 에헨바움(Boris Ejxenbaum)은 "문학연구가 문학연구로 성립하려면 문학적 재료의 특성들, 즉 다른 종류의 재료와 문학적 재료를 구분하는 성질들을 조사하는 데에 그 목적을 두어야 한다"고 했는데, 9) 바로 이런 이유 때문이다. 에헨바움이 말하는 '문학적 재료의 특성'을 다른 형식주의자 야콥슨(Roman Jakobson)은 '문학성'이라고 부르고 "문학 학문의 진정한 분야는 문학이 아니라 문학성, 즉 어떤 특정 작품을 문학작품으로 만드는 것이다" 하였다. 10) 이 '문학성'이 러시아 형식주의자에게는 가장 중요한 개념이다. 왜냐하면 이 개념 때문에 형식주의 문학이론은 문학의 창조성을 중요시한 낭만주의 이론, 문학의 재현능력을 모방설, 또는 문학에 있어서의 심리적인 효과를 강조하는 심리학적인 이론 등과 구별되고 있기 때문이다. 11)

---

9) Mary Louise Pratt, *Toward a Speech Act Theory of Literary Discourse* (Bloomington: Indiana University Press, 1977), p. 3에서 재인용.
10) Tony Bennett, *Formalism and Marxism* (London: Methuen, 1979), p. 49에서 재인용.
11) Victor Erlich, *Russian Formalism: History—Doctrine*, 3rd ed. (New Haven: Yale

그렇다면 '문학성'은 어디에 있는 것인가? 이 질문에 대한 형식주의자의 해답은 문학의 제시방법, 즉 문학의 독특성은 다른 언어형식에 있는 요소들을 사용하는 방식에 있다는 것이다. 이러한 발상에서 쉬크롭스키(Victor Shklovsky)의 유명한 '낯설게 하기'라는 개념이 나온다. 다음은 쉬크롭스키의 말이다.

> 바닷가에 사는 사람들은 파도 소리에 하도 익숙해져서 그 소리를 듣지 못한다. 같은 이유로 우리는 우리가 뱉는 말을 거의 듣지 않는다…우리는 서로 바라보면서도 서로 제대로 보지 않는다. 우리가 세계를 제대로 지각하는 능력은 시들어버려 단순한 인지밖에 남아 있지 않다. 12)

쉬크로프스키에 따르면 예술가는 이러한 일상과 버릇의 고삐에서 벗어나려고 하는 사람이다. 이렇게 본다면 '낯설게 하기'는 문학을 특별한 인식방식을 가진 체계로 만들며 문학을 문학으로 만드는 장치이다.

토니 베넷은 바로 이런 점 때문에 러시아 형식주의와 맑스주의는 서로 상반된 것 같으면서도 사실은 길들여진 인식방식에서 우리를 해방시키는 것을 중요시하는 공통점을 가진다고 말한다. 그는 "문학은 일상언어의 범주, 지배이데올로기의 형식, 또는 다른 문학작품이 가진 규범이 현실에 부과한 특정한 모형의 사고나 지각을 뒤엎음으로써 그러한 모형들을 낯설게 만들고, 그럼으로써 그런 모형들이 우리의 세계 지각 방식에 행사하는 영향력을 약화시킨다"고 보고, 13) 이 점은 형식주의든 맑스주의든 모두 인정하는 점이라 한다. 하지만 베넷의 이러한 지적은 맑스주의 문학이론과 러시아 형식주의의 그것이 서로 상반된다고만 보는 관점은 수정할 수 있을지 모르나 두 문학이론 사이에 있는 근본적인 괴리를 뛰어넘게 하지는 못한다. 1920년대의 맑스주의가 궁극적으로 문학을 재현, 즉 현실의 반영으로 간주하는 데 반하여 형식주의는 문학이 그 현실과 동떨어져서 일어나고 있는 현상으로 보고 있는 점에는

University Press, 1981), pp. 172-76 참조.
12) Ibid., pp. 176-77에서 재인용.
13) Bennett, op. cit., p. 24.

변함이 없다. 러시아 형식주의의 일관된 관심은 문학과 현실의 상관관계보다는 문학이 현실과 달리 어떤 독자성을 가지고 있느냐에 집중되어 있었다.

문학과 문학연구의 독자성을 중시하는 형식주의의 태도는 그들이 시적 언어에 지대한 관심을 나타낸 데에서 특히 잘 드러난다. 어떻게 보면 어얼리치가 『러시아 형식주의』에서 말하고 있는 것처럼 "문학의 특이성을 찾는 일은 근본적으로 '시적인 말투'를 다른 담론양식과 구분하는 문제가 되었다"고 할 수 있다.14) 이러한 경향을 대표적으로 보여주는 것이 야콥슨이다. 그에 따르면 "시의 변별적 특징은 〔시 안에서〕 하나의 단어는 단어로서만 지각될 뿐 그것이 가리키는 대상의 대리자도 아니고 어떤 감정의 표출도 아니라는 점, 단어들과 그것들의 배열, 단어들의 의미, 그것들의 외부 및 내부 형식은 그 나름의 무게와 가치를 가진다는 점에 있다."15) 또 다른 형식주의 이론가인 토마셰브스키(B. Tomashevsky)도 시적 언어를 "의사소통 기능이 뒷전으로 물러나고 언어구조들이 독자적 가치를 가지는 언어체계의 하나"로 정의한다.16) 여기서 러시아 형식주의가 강조하는 시적 언어의 특이성은 시적 언어가 실용언어, 일상언어, 또는 의사소통언어 등과 대별될 때에 개념적으로 명료해진다는 점이 드러난다. '낯설게 하는' 장치를 가진 시가 우리의 지각을 혁신시키지만 시적 언어는 여전히 실용언어 등과 근본적으로 다르다고 인식되기 때문에 지각의 혁신이 사회성을 가지고 있지는 못하다.

4. 내재주의─해체주의

문학담론을 일반 의사소통 중심 담론과 구분하고 문학담론 자체의 독자성을 강조하는 전통은 러시아형식주의 이후에도 여러 가지 형태로 나타난다. 프랑스의 텍스트 해석(explication de texte) 전통이나 미국의 신비평이 그 예들이다. 여기서 형식주의 전통에 대한 체계적인 점검은 할 수 없다. 하지만 형식주의 전통은 담론의 한 형태로서 문학담론이 그 자체 독자성을 가진

---

14) Erlich, op. cit., p. 181.
15) Ibid., p. 183에서 재인용.
16) Ibid., p. 183에서 재인용.

다고 강조하면서 담론의 이데올로기적 성격을 부정하는 견해를 펼친 러시아 형식주의에서 크게 벗어나지는 않는다. 이 점은 형식주의의 최근 발전 양상을 살펴보는 것만으로 밝힐 수 있다고 본다.

최근에 나온 담론에 관한 대표적인 내재주의적 관점 하나는 미국의 사학자 헤이든 화이트의 담론이론에서 찾을 수 있다. 화이트의 담론이론의 특징은 그가 그의 저서 하나에 붙인 제목에서 엿볼 수 있다. 화이트는 최근 'The Tropics of Discourse'라는 논문 모음집을 발표한 바 있는데 이 책의 제목을 우리말로 옮기자면 '담론의 열대지방' 또는 '담론의 비유학'이 될 것이다. [17] 여기서 열대지방과 비유학의 유사성 또는 상관관계를 살펴보는 일이 화이트가 담론을 어떻게 이해하고 있는지 짐작할 수 있는 길잡이가 된다. 언뜻 봐서 전혀 관계없어 보이는 열대지방과 비유가 동일한 말의 의미가 되고 있는 이유는 'tropics'의 어원인 그리이스어 'tropikos', 'tropos'가 '돌다'(turn)라는 뜻을 가지고 있기 때문이다. 여기서 돈다는 것은 특히 해가 돈다는 사실과 관련이 있다. 비유가 열대지방과 관련이 있는 이유도 바로 여기에 있다. 담론의 특징인 비유는 말을 돌려서 한다는 뜻이다. 이때 돌린다는 것이 어떤 사물이나 사실을 재현할 때 본래의 것과는 다른 것을 만들어냄을 가리킨다는 점에 유의할 필요가 있다. 예컨대 은유는 언제나 말하고자 하는 어떤 것을 다른 것으로 나타낸다는 특징이 있다. "그 사람은 사자다"라는 은유적인 표현은 어떤 사람에 대해서 말하면서도 그 사람이 아닌 사자를 이용하여 말하고 있는 것이다. 비유는 이런 점에서 돌려서 말하기이다.

자크 데리다의 한 글을 보면 비유와 해의 관계를 좀더 분명하게 이해할 수 있다. 데리다는 「백색 신화」라는 글에서 "해는 (스스로) 돌고 (스스로) 감추기 때문에 감각과 더불어 은유의 전형적인 예"라 하고 "은유는 해의 비유(heliotrope, 해의 회전)로서 해를 향해 나아가는 운동과 해가 (스스로) 도는 운동을 의미한다"고 한다. [18] 여기서 데리다가 강조하는 것은 해에 대한

---

17) 이하 비유와 열대지방의 관계에 대해서는 화이트의 같은 책과 *Oxford English Dictionary*의 'tropic' 항을 참조했다.

18) Jacques Derrida, "White Mythology: Metaphor in the Text of Philosophy," in *Margins of Philosophy*, tr. Alan Bass (Chicago: The University of Chicago Press, 1982), pp.

경험이 은유를 포함한 모든 비유가 벗어나지 못하는 한계라는 사실이다. 그에 의하면 "은유가 하나 있으면 분명히 어딘가에 해가 하나 있다. 그리고 해가 있으면 은유는 이미 시작되었다."[19] 우리가 은유를 사용할 때는 해를 경험하는 것과 흡사하다. 우리는 결코 해를 직접 보지 못한다. 해를 보려면 해와 우리 사이에 일식 때처럼 검정을 칠한 유리조각, 즉 해를 보지 못하게 하는 어떤 것을 눈앞에 갖다대지 않으면 안 된다. 직접 해를 보면 눈이 멀고 말 것이기 때문이다. 그러므로 해가 있을 때, 해가 떠오를 때, 우리는 고개를 돌려서 비스듬히 그것을 보거나 아니면 눈을 거의 감다시피 하는 것이다. 은유적인 표현 역시 표현하려는 대상을 직접 드러낼 수 없다. 해를 정면에서 볼 수 없듯이 은유적 표현에서도 대상은 다른 것에 의해서 교체되어야 한다. 보고자 하는 대상이나 표현하고자 하는 대상이 언제나 가려지거나 대체되어야 하니 해를 볼 때나 은유적 표현을 할 때 '회전'은 필수적이다. 그래서 은유의 장소에는 해가 하나 반드시 있고 해가 있으면 이미 은유는 시작된 셈이다. 데리다는 철학담론에도 은유성이 전반적으로 들어 있다고 한다. 즉 철학담론은 진리의 탐구나 개진을 목표로 하지만 진리 자체를 드러내주는 일은 하지 못하고 문학담론처럼 해가 가진 은유성을 모방하여 어떤 대상을 말하기 위해서는 반드시 그 대상 아닌 것을 통하여 말할 수밖에 없는 성격이 있다고 한다. 철학의 대상인 진리는 해와 같은 것으로서 그 진리는 결코 철학적인 담론에 들어올 수가 없다는 것이 데리다가 가진 생각이다. 따라서 철학적 담론은 언제나 비유에 의존하지 않을 수가 없고 문학적 담론과 근본적으로 차이가 없다고 본다.

화이트와 데리다가 하고 있는 작업은 해체작업이다. 이들은 대상과 진리에 대한 확신을 가질 수 없게 만들고 진리라고 불리는 모든 것에 대하여 회의의 눈초리를 보내면서, 동시에 담론행위 자체가 모든 것의 근원이 될 수밖에 없다는 발상을 드러낸다. 진리의 근원은 이제 담론의 바깥에 있는 것이 아니라 오히려 담론의 안에 있게 된다.

250-51.
19) Ibid., p. 251.

혼적은 근원의 사라짐이 아닐 뿐만 아니다. 우리가 지지하는 담론체계와 우리가 추정하는 바에 의하면, 혼적은 근원이 사라지지도 않았을 뿐더러 근원이란 상대적으로 근원 아닌 어떤 것—즉 그래서 근원의 근원이 되는 혼적—이 없으면 생겨날 수 없음을 의미한다.[20]

이로써 담론은 핵심적인 중요성을 얻게 되고 그 자체가 하나의 완결된 체계를 이루며, 그것 바깥의 것과는 단절될 수밖에 없다. 체계의 바깥이 근원이라던 생각은 이제 그 근원의 혼적으로만 생각하던 체계의 안에 있다는 생각으로 바뀐다. 화이트와 데리다가 보여주고 있는 것처럼 해, 진리, 또는 비유의 대상은 나타나는 순간에 숨어버리는 것이라면 우리가 가질 수 있는 인식상의 확신은 커다란 위기에 처하게 된다. 담론이 어떤 진리, 진실, 현실, 사실을 나타내려 할 때 해가 스스로의 모습을 보여주지 않고 '도는' 것처럼, 이러한 진리들은 담론의 안으로 들어오지 않고 겉돌아 담론의 노력은 언제나 실패로 끝나지 않을 수 없다. 그러나 데리다는 이것을 실패라고 생각하지 않고 오히려 담론이 자유를 얻는 것이라 이해한다. 담론이 담론을 있게 만든다는 근원의 근원이라면 담론은 그 바깥에 있는 근원의 구속에서 벗어나 자신의 행위 자체를 즐길 수 있는 여유를 가지게 되므로 데리다의 해체주의에 이르면 담론행위는 유희가 된다.

5. 외재주의—언행이론

러시아형식주의와 해체주의가 보이는 내재주의적 경향은 담론을 담론 자체로만 보지 않고 담론이 이루어지는 맥락과 관련하여 살펴보려는 시각, 즉 외재주의적 관점으로부터 비난을 받는다. 내재주의와 대별되는 외재주의의 역사는 어쩌면 플라톤의 '모방의 모방'이라는 말만큼이나 오랜 역사를 가진 것이지만 여기서는 '언행이론'이라고 불리는 언어이론에 대해서만 언급한다. 우선 메리 루이스 프랫이 언행이론에 입각하여 형식주의 이론에 가한 비판

---

20) Derrida, *Of Grammatology*, tr. Gayatri Spivak (Baltimore: Johns Hopkins University Press, 1976), p. 61.

을 들어보자. 프랫에 따르면 문학의 '독자성'은 형식주의자들이 '시적 언어 오류'에 빠져 내세운 개념이다. 프랫은 문학언어를 일반언어와 구분시켜 고유의 독자성을 부여하는 것은 근본적으로는 문학언어도 일반언어의 한 종류일 뿐이라는 점을 망각하는 일이라 한다. "소위 의사소통 언어의 문법은 소위 시의 문법과 별도로 존재할 수 있지만 그 역은 성립하지 않는다"는 것이다.21) 그녀가 볼 때 형식주의자가 말하는 시적 언어의 특성이란 모든 언어에 다 들어있기 때문에 시적 언어만의 특성일 수가 없다. 프랫은 야콥슨과 스탠키위츠(Edward Stankiwtz)가 1960년대 초에 각기 따로 쓴 논문에서 시적인 것에 문학 외적인 언어가 가진 특성을 집어넣으려고 시도하고 있다고 꼬집고 이들이 '문학성'을 정의하면서 종류의 기준에서 정도의 기준으로 전환하고 있다고 말한다. 야콥슨과 스탠키위츠는 비문학적인 담론행위가 문학적인 것보다는 '덜 시적'일 뿐이라고 하지만, 결국 이것은 문학의 독자성을 문학 자체가 가진 내재적인 특성에서 찾으려고 했던 형식주의의 시도가 애초부터 글렀다는 증거라는 것이 그녀의 지적이다.22)

프랫의 형식주의 비판은 언행이론에 의존하고 있다. 언행이론의 창시자 오스틴은 전통적 언어철학이 어떤 진술을 그 진술의 정확성에 의해서, 즉 그 진술이 말하고 있는 것이 맞느냐 틀리느냐에 따라서 '진술'과 '가짜진술'로 구분하고 있는 것을 반대하고 진술은 단순히 내용의 적부에 의하여 온전성을 판단받을 것이 아니라, 그 진술이 무엇을 하고 있느냐에 따라서 판단을 받아야 한다고 주장했다. 어떤 문장을 말한다는 것은 어떤 행위를 수행하는 것이므로 그 문장은 단순히 무엇(내용)을 말하는 것만은 아니라는 것이다. 오스틴은 누가 "빌린 물건을 내일 돌려주겠다"고 한다면 그 진술은 약속의 행위를 나타내는 것으로 약속을 한 사람이 그 약속을 지키느냐 않느냐에 따라 그 일차적인 의미가 결정되는 것이 아니고 그 말이 약속의 형식으로 이루어졌느냐 않느냐에 따라 결정된다고 본다. 오스틴의 말을 더 들어보자.

---

21) Pratt, op. cit., p. 14.
22) Ibid., pp. 25-26.

왜냐하면 그 사람은 약속을 하기 때문이다. 약속이 비록 불성실하게 주어졌다 하더라도 약속이 안 이루어진 것은 아니다. 그 사람의 발화는 오해를 불러일으킬 수도 있고 또 기만적일 수도 있고 분명히 틀릴 수도 있겠지만 그것이 거짓말이거나 잘못 진술된 것은 아니다.[23)

이러한 말은 진술 자체의 의미를 진술이 검증되고 난 후의 결과와 관련하여 찾으려 하는 것이 아니고 진술이 일어나고 있는 현장이라는 맥락에서 찾으려 하기 때문에 가능하다.

여기서 오스틴의 언행이론이 담론의 맥락을 강조하고 있음을 눈여겨볼 필요가 있다. 맥락이라는 개념에 크게 의존하고 있기 때문에 언행이론은 외재주의적인 성격을 가진다. 어떤 진술이나 말을 행위의 측면에서 고찰하고자 하므로 어떤 문장이 있으면 그 문장의 진술내용보다는 그 문장이 어떤 담론행위의 조건에 의하여 이루어지고 있는가에 더 많은 관심을 기울인다는 것은 담론의 맥락을 중시한다는 말이다. 그래서 언행이론은 진술의 진실 허위의 여부에 대하여 말하는 대신 그 진술의 '적합성'의 문제를 다룬다. 오스틴은 어떤 말이 적합성이 없으면 '부적절한 말'이라고 부른다. 가령 경마 경기가 끝이 났는데 "돈을 건다"고 말을 하면 적절한 것이 아니다. 그러나 그렇다고 그 말이 틀렸다고는 할 수 없다. 그런 말은 무언가 잘못된 것이 있긴 하지만 그렇다고 틀린 말, 말이 안 되는 말은 아니므로 "진짜 틀리지는 않았으나 대체로 부적합"하다.[24)

오스틴의 언행이론에서는 담론의 발화적 측면(locutionary)과 발화와는 다른 행동의 측면(illocutionary), 그리고 말을 통하여 생겨나는 효과의 측면(perlocutionary)에 대한 논의가 가능하다.[25) 어떤 담론행위를 할 때, 우리는 그것을 귀로 들을 수 있는 말로 표현하고, 동시에 그 말로써 어떤 행동을 하며, 나아가 이런 언어행위를 통해 어떤 결과를 만들어낸다. 예컨대 "오늘

---

23) J. L. Austin, *How to Do Things with Words*, 2nd ed. (Oxford: Oxford University Press, 1975), p. 11.
24) Ibid., p. 14.
25) Ibid., pp. 98-108 참조.

밤까지 나한테서 빌려간 돈을 갚지 않으면 너를 죽이겠다"는 진술은 하나의 말이고 또 예고를 하는 행위이기도 하다. 즉 말과 행동이 동시에 들어 있는 것이다. 이 진술은 또한 죽이겠다는 예고이면서 동시에 이 말을 듣는 사람으로 하여금 두려움에 떨게 만드는 부수 효과를 가져온다. 이렇게 본다면 하나의 진술은 그것의 논리적인 또는 문법적인 차원을 떠나서 하나의 언어행위라고 할 수 있다.

이 맥락에서 우리는 다시 프랫이 이러한 언행이론을 문학적인 담론행위에 어떻게 적용하고 있는지 알아볼 필요가 있다. 프랫은 "언행이론은 어떤 발화를 그 표면상의 문법적인 특질의 관점에서만 아니라, 그것이 이루어지는 맥락, 의도, 태도, 발화행위에 참가하는 사람들의 기대, 참가자들의 관계, 그리고 일반적으로 발화의 발생과 수용과정에서 생기는 말로는 나타나지 않는 법칙과 관습의 관점에서 다룰 수 있는 길을 제공한다"고 본다. 26) 담론의 맥락에 치중하는 언어학에서 보면 "문학성 또는 시적 성격의 본질은 전달 내용의 특정에 있는 것이 아니고 그 전달내용에 대하여 화자와 청중이 어떤 특정한 자세를 가지고 있느냐에 있다."27)

언행이론의 장점은 구조주의 언어학에 근거를 둔 형식주의 문학이론이 문학외적인 것 일체에 대하여 외면하고 있는 잘못을 지적하고 형식주의의 한계를 벗어나게 해준다는 데에 있다. 그러나 언행이론 역시 심각한 문제점을 안고 있다. 언행이론은 형식주의가 다루지 못하는 담론의 행위적인 측면을 부각시키는 장점을 가졌으면서도 이 행위를 지나치게 형식화시킴으로써 담론행위가 역사적 조건 속에서 일어나는 현실적인 문제라는 점은 부각시키지 못한다. 더욱 심각한 것은 언행이론으로써는 담론의 사회적 성격을 알아볼 수가 없다는 점이다. 이러한 생략은 나중에 살펴볼 미셸 푸코나 알튀세르의 담론행위 이론 등에서 보충이 되고 있지만 언어가 사회적인 현상이고 인간관계와 관련된 것이라는 점을 감안한다면 중대한 결핍이라 하지 않을 수 없다.

언행이론에서는 특히 화자의 진실성이 강조되고 있다. 28) 예컨대 약속이

---

26) Pratt, op. cit., p. 86.
27) Ibid., p. 87.

라는 언행이 성립하려면 약속하는 사람은 그 약속을 진실되게 해야 한다. 약속을 하지 않고도 약속한 것이 이루어진다면, 즉 약속이란 담론행위가 일어나는 특별한 상황이 아닌 다른 정상적인 과정에서 약속의 내용이 우연히 일어난다면 약속을 할 필요가 없다. 또한 말하는 사람이 약속을 이행할 의도를 가져야만 약속은 약속의 의의를 갖는다. 약속이란 담론행위는 이 모든 것이 진지하게 이루어지고 이행되어야 한다는 것을 전제한다. 여기에는 약속이라는 언행을 실행하는 바로 그 자리에서 그 언행의 전달내용이 분명히 전달되어야 한다는 전제가 들어 있다.

이 전제가 데리다가 비판하는 표적이다. 그는 "우리가 글을 쓸 때에는 그 자리에 없는 사람들에게 무엇인가 전달하려고 쓴다"며, "필기된 기호는—글을 쓰는 순간에 없어져 버리지 않는, 그래서 어떤 상황에서 그것을 말했거나 만들었던, 우리가 경험을 통하여 확인할 수 있는 주체가 현전하지 않고 부재할 때에도 되풀이하여 말할 수 있게 하는, 계속 존재하는 자국이"라고 한다.29) 이렇게 보면 오스틴의 언행이론은 문학적 언어의 독자성을 주장하는 관점의 한계를 지적할 수는 있지만, 언어 자체의 물질성, 즉 발화의 순간이 지나도 사라지지 않고 자국의 형태로 계속 남아 있는 어떤 모습을 제대로 다룰 수는 없다. 약속은 진지성이 없어도 언어 행위로 성립된다. 진지성의 결여가 담론행위를 자격 미달로 만들지는 않는 것이다. 물론 이 결여는 약속이라는 담론행위 자체에 대하여서는 그것을 부적합하게 만드는 역할을 하고 있기는 하다. 그러나 부적합한 담론행위는 엄연히 존재하고 있다. 그렇다면 진지성을 결여하고 있으면서도 담론행위가 되는 경우를 설명할 수 있어야 한다.

6. 내재주의와 외재주의를 넘어서

언행이론이 말하는 것처럼 담론의 의미는 논리성, 문법성에 의해서만 결정되지는 않는다. 그렇다고 담론의 의미가 언행이론의 맥락에 의해서 다 드

---

28) Roger Fowler, *Linguistic Criticism* (Oxford: Oxford University Press, 1986), p. 105 참조.
29) Derrida, "Signature Event Context," *GLYPH* 1 (1977), pp. 181-82; Easthope, op. cit., pp. 13-14에서 재인용.

러나는 것도 아니다. 전통적인 논리학과 언어학에서 주목하던 논리성과 문법성, 그리고 언행이론에서 중요한 담론의 기준으로 삼는 진지성 이외에, 언행이 이루어지게 만드는 역학이 있다. 데리다의 위 지적은 이 역학이 담론의 물질성과 관련을 가짐을 시사한다. 즉 맥락은 사라졌지만 여전히 '흔적'으로 남아 있는 담론의 물적인 기반이 전제되어야만 담론의 역학이 성립된다는 것이다. 그렇다면 앞에서 본 '백색신화' 이론에서 제기된 담론의 '독자성'도 나름대로 물질성을 전제하고 있는 셈이다. 이런 점에서 데리다의 담론이론은 러시아형식주의의 담론이론이나 다른 형식주의자들의 담론이론과 다르다. 이 말은 곧 데리다의 언행이론에 대한 비판에 이르면서 우리는 지금까지 살펴온 담론행위에 대한 상반된 관점들, 즉 우리가 내재주의와 외재주의라고 부른 관점들을 한꺼번에 다룰 기회를 맞게 된다는 것을 의미한다. 즉 한편으로는 담론의 독자성을 강조하는 의견과 다른 한편으로는 담론의 재현지향성—바깥 현실을 그대로 반영하려는 경향—을 절대시하지는 않지만 그래도 담론행위가 일어나는 맥락을 강조하는 의견을 나란히 놓고 가늠할 수 있게 된 것이다.

하지만 데리다의 언행이론 비판은 담론의 물질성에 대해 주의를 환기함으로써 중요한 지적은 하지만 더 이상 나아가지 못한다. 물질성이라는 개념이 나오면 반드시 '운동' 개념이 나와야 하는데 데리다에서는 담론이 유희로 흐를 때는 운동성을 지니지만 권력의 행사나 사회적 실천과 같은 좀더 근본적인 의미의 운동성은 나오지 않기 때문이다. 여기서 언행이론에서 중요한 기준으로 등장하는 '맥락'을 뜻하는 영어 'context'를 가지고 생각해 보자. '맥락'은 흔히 '배경'으로 이해되는 데에서도 알 수 있듯이 텍스트의 뒤에서 텍스트를 지지하고 조명해주는 역할을 하는 것으로 이해된다. 언행이론은 맥락을 이런 식으로 이해하고 있다. 그러나 'context'를 하이픈이 들어간 'con-text로 이해하면 맥락은 아주 다른 의미를 가지게 된다. 프란시스 바커와 피터 흄의 지적에 따르면 맥락은 여러 가지 텍스트들—이때 텍스트는 서로 다른 주장을 담고 있는 의견이라고 보는 것이 더 이해하기 쉽다—이 동시에 있는 상황으로서 언제나 복수의 텍스트가 한꺼번에 있음을 의미한다.

그래서 "콘-텍스트(con-texts)는 그 자체가 텍스트들이고 더불어 읽혀야 하며, 단순히 배경만을 이루는 것이 아니다."[30] 맥락에 대한 이런 의견은 담론을 형식주의나 언행이론이 보여주고 있는 것과는 전혀 다른 차원에서 이해하게 해준다. 현전하는 담론은 어떤 경우든 다른 담론과 어떤 자리를 놓고 다툰 끝에 그 자리를 차지한 셈이다. 이 점을 좀더 분명히 이해하려면 구조주의 언어학의 태두 소쉬르가 말한 언어의 두 축, 즉 계열을 나타내는(paradigmatic) '수직축'과 통합을 나타내는(syntagmatic) '수평축'을 새로운 관점에서 살펴볼 필요가 있다.

소쉬르는 우선 수평축에 대하여 "담론 안에서 낱말들은 서로 이어져 있기 때문에 언어의 직선적인 성격에 근거하고 있는 여러 가지 관계들을 가진다. 이로 인하여 두 가지 요소를 동시에 발음할 가능성이 배제된다"고 했다. [31] 어떤 문장을 놓고 볼 때 그 문장 안에 있는 단어들은 서로 고리에 매달려 있는 것처럼 관계지어져 있으므로, 가령 "나는 학교에 간다"라는 말을 할 때 우리는 '나'를 말하면서 '저'나 '너'를 동시에 말할 수는 없다. 이런 의미에서 '나'는 선택된 것이고 '저'나 '너' 등은 제외된 것이다. 이처럼 선택되어 문장의 부분이 된 단어들은 다른 선택된 부분들과 결합하여 전체 문장을 구성한다. 수직축에 대하여 소쉬르는 다음과 같이 말한다. "반면에 담론의 밖에서는 낱말들이 다른 종류의 관계들을 가진다. 어떤 공통점을 가지고 있는 단어들이 기억 속에서 연상되어 여러 상이한 관계들에 의하여 구성된 낱말모임으로 나타난다. "[32] "나는 학교에 간다"로 나타나는 문장의 이면에는 선택된 단어들 이외에 다른 단어들이 비슷한 상호관계를 가지면서 집단을 이루고 있다. 즉 선택된 '나'와 선택되지는 않았지만 비슷한 관계에 있는 '저', '너', '우리', '저희', '철수', '형', '누나' 등이 함께 연상의 무리를 이루고 있는 것이다. 연상 관계에 있는 이 단어들은 우리가 말을 하면서 소비하는 시간의 흐름에 독

30) Francis Barker and Peter Hulme, "Nymphs and Reapers Heavily Vanish: the Discursive Con-texts of The Tempest," in John Drakakis, ed., *Alternative Shakespeares* (London: Methuen, 1985), p. 236.
31) Ferdinand de Saussure, *Course in General Linguistics*, tr. Wade Baskin and ed. Charles Bally and Albert Sechehaye (New York: McGraw Hill, 1966), p. 123.
32) Ibid., p. 123.

립하여 존재하므로 말의 사슬을 이루는 문장과 같이 직선적 수평적인 것이 아니라 수직적인 축을 이루어 문장과 같은 언어적인 구조가 현상으로 나타날 때에만 선택된다는 특성을 갖는다.

소쉬르가 다루고 있는 것은 문장 이하의 언어구조이다. 그러나 문장 이상의 언어구축물에서도 소쉬르가 말하는 선택과 배제의 과정이 일어난다. 많은 사람들이 지적하는 대로 언어의 역사성을 외면하는, 공시론적 체계에 관심을 집중하는 소쉬르의 언어학을 우리가 말하는 담론에 그대로 적용하는 데에는 물론 문제가 없지 않다. 담론행위는 무엇보다도 구체적인 상황에서 일어나고 있는 것인데, '수직축'에 포함되는 연상의 계열들은 그러한 구체적인 역사와는 관계없는 초역사적인 성격을 띠고 있기 때문이다. 그러나 언어의 행위에 있어서 선택과 배제라는 과정이 있다는 것은 중요한 지적이다. 선택과 배제가 언어의 중요한 성향이라면 언어는 이미 단순히 주어지는 것이 아니다. 특히 이것이 담론행위와 연결될 때 그 언어의 그러한 성향은 커다란 의미 진폭을 가진다. 언행이론에서 말하는 언어행위의 '맥락'을 바커와 홈이 말하는 '콘-텍스트'로 바꾸어 생각하면, 선택과 배제는 어떤 텍스트가 선택되고 어떤 텍스트가 배제되느냐의 문제가 된다. 선택된 텍스트는 배제된 다른 텍스트를 밀어내고 자리를 차지하는 것이므로 언행이론에서의 '맥락'이 가지는 형식적인 의미의 배경과는 달리 우리가 지금 보고 있는 것은 매우 역동적인, 특히 서로 갈등을 빚거나 모순적인 세력들이 경쟁과 투쟁을 하는 상황이다. 담론행위는 이러한 관점에서 본다면 형식주의가 말하는 것처럼 언어외적인 상황과 분리될 수 있는 것도 아니고 또 언행이론에서 말하는 것처럼 언어외적인 것에 의해서만 결정되는 것도 아닌, 독자성과 상황성을 동시에 가진 것이라 할 수 있다. 즉 담론 자체의 독립성을 인정하되 거기에는 그 독립성을 쟁취하는 상황이 언제나 벌어지고 있는 것이다. 이 점에서 담론은 어떤 실천의 장이다.

7. 푸코와 알튀세르

이러한 담론의 실천적인 요소를 권력의 힘이 미침으로써 생기는 것이라고 본 사람이 미셸 푸코이다. 푸코 담론이론의 강점은 맥도넬이 지적하는 대로 지식체계와 사회 제기관들 사이에 유착관계가 있다는 것을 보여준 데에 있다. 언행이론과 같은 경우에는 단순히 담론의 맥락이나 문맥으로 이해되던 것이 푸코를 참조하면 구체적인 사회제도와 관련되어 있는 것으로 이해된다. 따라서 푸코의 담론이론은 담론의 구체적인 실행의 과정을 드러내므로 담론은 언제나 행위라는 것이 전제가 되어 있다. 이런 의미에서 푸코의 담론이론은 담론의 실천성, 특히 강제성을 강조한다. 예를 들어 17세기 중엽이래 형성된 '광기의 담론'은 단순히 광기라는 병적 현상을 분석한 결과 이루어진 지식체계가 아니라, 미친 사람을 일정한 직업 없이 떠돌아다니는 술주정뱅이나 방랑거지들처럼 합리성—이 합리성은 적절한 노동행위에 종사할 때에만 획득된다—이 결여된 자로 보고 잡아 가두는 기관들과 관련된 통치의 수단이라는 것이다. 광기에 대한 지식과 담론은 광인 자신에 대해서보다는 오히려 광인을 가두고 그의 광기에 관하여 정교한 지식체계를 수립하는 사회가 광인을 어떻게 이해하고 있는가에 대해서 더 잘 보여주고 있다는 것이 푸코의 주장이다. 예를 들면 미친 사람은 '사회적 비효율성'이라는 의미를 가지거나, 비이성의 화신으로 구경거리가 되기도 하는데, 이것은 광기에 관한 담론행위가 이루어낸 효과라는 것이다. 33)

이처럼 담론이 사회적인 권력과 밀착되어 있다는 것을 보여주는 일에 푸코보다 뛰어난 사람은 드물지만 푸코는 담론이 대부분의 경우 권력의 힘에 의하여 장악되어 있는 것을 지나치게 강조하고 권력에 대항할 수 있는 힘에 대해서는 침묵으로 일관하고 있는 문제점을 가지고 있다. 그래서 다이안 맥도넬은 "우세한 것 그리고 지배당하고 있는 사람들을 장악하고 있는 것에 관심을 기울이는 것은 부분적으로 반란이나 저항의 기반에 대하여 눈감고 있는 것 같이 보일지도 모른다"고 말한다. 34) 푸코의 이런 문제점은 에드워드

---

33) 푸코의 광기 담론에 대한 의견은 Michel Foucault, *Madness and Civilization: A History of Insanity in the Age of Reason*, tr. Richard Howard (New York: Vintage Books, 1973), p. 58, pp. 70-72 참조.
34) Diane Macdonell, *Theories of Discourse: An Introduction* (Oxford: Basil Blackwell, 1986), p. 109.

사이드도 지적한 바 있다.

> [1968년 이후] 자신의 작업이 지닌 놀랄 만한 세속성에도 불구하고 푸코는 권력을 어떻게 사용할 것인가 하는 문제보다는 권력은 어떻게, 왜 획득되고 사용되며, 고수되는가에 대하여 이상하리만큼 수동적이고 비생산적인 견해를 가지고 있다.35)

사이드는 19세기 프랑스에 권력의 힘이 전반적인 담론체계들에 미친 것이 사실이라 하더라도 권력의 힘에 대항하는 저항의 세력에 대한 언급도 했어야 한다고 지적한다.

> 감옥, 학교, 군대, 공장이 그의 말대로 19세기 프랑스(그는 거의 언제나 프랑스에 대하여서만 말한다)의 규율 공장이었고 판옵티콘적 지배가 그것들을 모두 지배했다고 하자. 그런 규율적 질서에 어떤 저항이 있었는가, 그리고 풀란차스(Nicos Poulantzas)가 『국가, 권력, 사회주의』에서 신랄하게 논증했듯이, 푸코는 왜 자기가 묘사하고 있는 체계에 의하여 언제나 지배되고 마는 저항들에 대해서는 한번도 논하지 않는가?36)

사이드의 이 지적이 매우 중요해 보인다. 푸코의 이론은 담론에 관철되고 있는 권력의 편재성에 대해서는 다른 어떤 이론보다 탁월하게 설명해주고 있지만, 담론적 실천을 권력이 독점하고 있다고만 보기 때문에 담론이 투쟁의 장이라는 점을 부각시키지 못한다. 그래서 푸코의 담론 개념은 권력의 함정에서 헤어나지 못하고, 패배에서 벗어나지 못하는 주체를 상정하고 있다. 하지만 담론은 인간의 중요한 행위이자 그 결과물로서 특히 여러 다른 목소리가 서로 각축을 벌이고 있는 장이라는 점이 최근 담론이론들이 일반적으로 공유하고 있는 인식이다.

---

35) Edward Said, *The World, the Text, and the Critic* (Cambridge, Mass.: Harvard University Press, 1983), p. 221.
36) Ibid., pp. 244-45.

이런 관점에서 「이데올로기와 이데올로기적 국가장치들」에서 알튀세르가 제출하는 주장은 우리에게 많은 시사점을 준다. 알튀세르는 여기서 이데올로기는 단순히 하부구조인 경제를 반영만 하는 상부구조가 아니라 그 나름의 물질성을 가지고 있음을 지적하였다.[37] 물론 그 나름의 물성을 가졌다고 하여 이데올로기가 완전히 하부구조와 분리된 것은 아니다. 왜냐하면 이데올로기는 결코 독립된 세계를 구축할 수가 없다고 보기 때문이다. 다이언 맥도넬에 따르면 알튀세르에게 "이데올로기는 사람들이 자기들이 살아가는 실제 관계에 대한 상상의 관계 속에 구축한 의미들의 체계"이다.[38] 하지만 이데올로기가 가공적인 것이기는 하나 그렇다고 전혀 헛된 것은 아니라는 것이 알튀세르가 맑스의 이데올로기 개념을 재조명한 결과 내린 결론이다. 그 나름의 독자성을 어느 정도 인정받으면서 이데올로기는 계급관계를 반영하기만 하는 수동적인 성격 대신 계급의 각기 다른 이익들이 서로 만나 투쟁하는 '마당'의 성격을 가진 것으로 이해된다.[39] 즉 이데올로기는 어떤 계급이 자신의 이익을 획득하는 과정에서 가지는 위치를 말하지만 그 위치가 언제나 다수적이기 때문에 한 이데올로기는 그것을 반대하는 다른 이데올로기 없이는 존재하지 않게 되고 이 결과 서로 반대하는 이데올로기들은 상호간에 의하여 형태가 정해진다고 할 수 있다.[40]

알튀세르의 이데올로기 재해석은 미셸 페쇠에게 영향을 미쳐 담론이론에서 '모순' 개념을 도출하게 했다. 페쇠는 그의 『언어, 의미론, 이데올로기』에서 "한편으로는 이데올로기적인 행위, 다른 한편으로는 모든 이데올로기적인 행위가 공유하는 언어에 대하여 담론행위가 가지는 제관계에 대하여 다루고 있다." 그는 이들 관계들을 조사함으로써 "담론행위란 반드시 평화롭지 않으며 상호간의 충돌에 의하여 발전하고, 그리고 이 때문에 쓰거나 말을 할 때 단어나 구절을 사용하면 거기에는 어떤 정치적인 면이 들어간다"고 암시한다.[41] 알튀세르와 페쇠의 담론이론이 보여주고 있는 것은 우리의 언어

---

37) 이하 Macdonell p. 28 아래 참조.
38) Ibid., p. 27.
39) Ibid., pp. 33-36 참조.
40) Ibid., p. 35.

활동이 이데올로기적인 성격을 띠고 있는 한 거기에는 반드시 실천적인 요소가 들어있다는 점이다. 이데올로기가 상호이익의 충돌이라면 이 충돌은 담론의 형태로 일어난다는 것이 페쇠의 견해이다.

페쇠의 이러한 견해는 앞에서 본 러시아형식주의와 해체주의의 내재주의적 담론이론이 가진 사회성을 배제한 담론의 독자성, 오스틴의 언행이론이 비역사적으로 강조하는 맥락, 데리다가 말하는 유희적인 '흔적'의 장, 그리고 푸코가 강조한 권력 일방의 실천과는 다른 투쟁이라는 개념을 도출하고 있다. 바로 이런 점에서 최근 담론이론이 정치경제학적 분석틀을 대신하려는 시도를 보이는 것이 어느 정도는 정당성을 갖지 않는가 한다.

---

41) Ibid., p. 43에서 재인용.

9

문학 연구와 교육의 담론이론적 모색[*]

1. 서론

이 글은 유물론적 담론이론의 관점에서 문학 연구와 교육 문제들을 살펴보려는 취지를 가지고 있다. 문학 연구와 교육의 문제를 담론이론 관점에서 살피고자 한다는 것은 일정한 이론적 정향을 가진다. 유물론적 담론이론의 관점에서 문학 문제를 따질 경우 우선 일정한 문제제기 방식을 가진다는 것을 인정해야 할 것이다. 여기서 내가 중요하다고 생각하는 질문들은 대략 다음과 같은 것들이다. '문학'은 어떤 모습으로 우리에게 나타나고, 어떤 힘들의 규정을 받으며, 어떻게 유지되는가? 그것은 어떻게 사고되고 어떤 현실적 영향력을 발휘하는가? 이런 기본 질문들은 좀더 구체적인 다음 질문들을 불러일으킨다. '문학'은 어떤 제도들 속에서 온존, 변화하고 있는가? 왜 우리는 '문학'을 사회적 실천의 한 중요한 부분으로 취급하는가. 문학의 사회적 기능, 그것의 사회적 위상은 어떤 것인가? 왜 '문학'은 현대사회의 가장 중요한 이데올로기국가장치들 중의 하나인 교육제도와 긴밀한 관계를 맺으며 생산, 유지, 관리되고 있는가? 그리고 이들 질문들은 하나의 종합적인 질

---

[*] 출처: 『인문학연구』 제20집, 중앙대인문과학연구소, 1993, 53-73쪽.

문으로 수렴된다. '문학효과'는 어떻게 생산되는가? 즉 '문학생산양식'은 어떻게 가동되는가? 문학 문제를 유물론적 담론이론의 관점에서 고찰하자는 것은 문학 문제를 이런 질문들과 함께 따지자는 것이다.

이상과 같은 질문들을 제기한다는 것은 반면 다른 일정한 질문들은 배제됨을 의미한다. 문학이란 무엇인가, 그 특수성은 무엇인가, 문학의 영원성은 어디에서 오는가, 문학 작품의 위대함은 어디에 있는가, 문학의 정신은 무엇인가 등 문학에 대한 본질론적 접근을 시도하는 전통적인 미학적 문제들이 그것이다. 그와 같은 문제제기나 정의를 통해서는 문학생산양식에 대한 올바른 이해에 도달할 수 없다고 보기 때문이다. 마찬가지로 문학연구에서 전통 유물론의 접근방식이라 할, 토대와 상부구조의 단순결정 관계에 집착하는 반영의 관점 또한 이 글의 문제의식에서는 수용되지 않는다. 문학은 모방인가, 문학과 현실의 관계는 어떤 것인가 등의 질문을 하는 것이 통으로 무의미하다는 것은 물론 아니나 문학생산양식을 따지는 데 그러한 질문들은 오히려 인식장애로 작용할 소지가 크다. 이 점에 대한 논증은 다른 지면을 필요로 할 터이지만 그래서 나는 80년대 우리 사회에서 그 성가를 높였던 '리얼리즘' 논의에서 흔히 작동하던 문제설정에서 벗어나고자 시도할 것이다. 리얼리즘적 문제설정을 벗어나고자 하는 가장 큰 이유는 그것이 개별 문학 텍스트와 '현실'의 관계에 대한 심도 있는 이해를 제공한다고 할지라도 문학의 '담론적 실천'이라는 측면에서 별로 뾰쪽한 설명을 하고 있다고 보지 않기 때문이다.

이 글의 논지는 문학을 담론으로 보고, 문학담론의 구성을 중요한 이론적 관심사로 삼자는 데 있다. '담론'은 미셸 푸코와 미셸 페쇠의 담론이론에서 도출한 개념으로 나는 특히 페쇠의 유물론적 담론이론에 크게 의존하고 있다. 뒤에 가서 좀더 자세히 살피겠지만 페쇠는 '담론'을 '언어'와 구별하며, '주체형태' 및 '의미효과' 생산 메커니즘으로 파악한다. 그에 따르면 담론은 언어를 바탕으로 하되 자기 자신의 과정('담론과정')을 거쳐 의미효과와 주체형태를 생산한다. 이때 우리가 놓쳐서는 안될 점은 담론과정이 담론내적인 과정이면서 동시에 담론외적인 과정이라는 것, 담론이 자기 환원적인 성격을 띤다기보다는 늘 그 외부의 세력들, 특히 이데올로기적 구성체들과 연결되어 있다는 사실이다. 문학 담론의 이데올로기적 성격을 문제삼는 것은 그래서 필수인데 페쇠에 따르면 이때 고려해야 할 가장 중요한 사항은 계급투쟁이 중심이 되는 적대관계들이다. 담론적 실천의 최종심급은 바로 계급투쟁이기 때문이며 또 바로 이러한 점 때문에 위에서 제기한 대로 문학과 이데올로기 국가장치들의 관계가 문제된다고 할 수 있다. 한편으로 문학을 텍스트 생산과 관련한 담론과정의 관점에서 고찰해야 한다면 다른 한편으로 생산된 텍스트의 유지 및 관리와 관련된 담론적 실천으로서 문학교육 문제를 따져야 하는 것도 이 때문이다. 문학 연구와 교육의 담론적 성격은 계급투쟁의 효과를 배제하고 생각할 수가 없는 것이다.

이 글을 전개하기 위해서는 두 가지 문제군을 절합하여 사고해야 할 필요가 있다. 한편으로 문학 연구와 교육 이해와 관련된 문제들, 다른 한편으로 유물론적 담론이론 이해와 관련된 문제들이 있는데, 우리는 이들 문제들의 상호관계를 따져야 한다. 그런데 우리에게 이 두 문제군에 대한 고찰은 관행으로 정착되어 있지 않기 때문에 다소 생경한 두 문제군들의 절합 이전에 각 문제군에 대한 정확한 개념 파악부터 필요하다. 이 글의 제목에 '모색'이라는 말이 붙은 것은 그 때문이기도 한데 우선 문학 연구와 교육에서 통용되는 지배적 관념들을 검토하는 것으로 첫 번째 문제군을 살펴보고, 다음 페쇠의 담론이론을 중심으로 문학의 담론적 실천이라는 문제를 살핌으로써 두 문제군의 절합을 꾀하고자 한다.

2. 통념: 문학이라는 종교

먼저 문학 연구와 교육의 상식 및 통념을 살펴볼 필요가 있다. 흔히 생각하는 대로라면 문학연구의 대상은 '문학작품'이다. 이 '작품'은 당연히 그 유래와 지향을 가져 '창조자'인 작가로부터 나와 '수용자'인 독자로 향하는 선형적 운동을 하고 있는 것으로 이해된다. 여기에 '비평가'라는 중간 항이 있다.

옛날 옛적 '문학'이라는 특별한 작품들이 있었는데 그 가운데는 더욱 더 뛰어난 것들이 있어서 따로 떼어내 조심스레 편집과 해석을 다시 하여 가르쳤다. 사람들은 이것들을 '정전' 또는 '위대한 전통'으로 알았다. 이 '작품들'은 모두 신께서나 가짐직한 독창성, 지혜, 형안을 힘으로 갖춘 '작가들'이 '창조'한 것이라 했다. 그러나 신의 말씀과 같은 시어는 비록 그 본질이 영원하되 미천한 이 세상 사람들 귀에는 모호한 적이 가끔 있는지라 작가들과 비슷하긴 하나 아무래도 동등하지는 않은 특별한 감수성과 권위를 갖춘 비평가들이 필요했다. 양과 염소, 진짜 문학 작품들과 가짜들, 비슷하기만 한 것들을 가려내어야 했고, 문외한에서 학생, 문사들에 이르는 광범한 '보통 독자들'을 위해서 진짜 작품들에서 그 보편적 도덕적 진리를 뽑아내야 했던 것이다. 이리하여 문학의 진리를 모두가 알아듣는 쉬운 관용어로 되풀이할 필요가 생겼다. 모든 사람들이 명심하여 구원을 받도록 말이다.[1]

이 인용문에서 눈여겨봐야 할 점이 비평가의 위상이다. 비평가는 작품의 가치에 대한 올바른 판단을 내리는 전문가라는 대접을 받기도 하지만 작품의 '창조자'인 작가에 비하면 작품에 대한 그의 위상은 별 볼 일 없다. 비평가는 작가와 "비슷하긴 하나 아무래도 동등하지는 않"기 때문이다. 일반 독자에 비하면 전문가의 위치에 선 문학 생산자처럼 보이지만 작품에 대해서 그 역시 독자와 같은 위치에 선다. 비평가 위상의 이러한 동요를 감안할 때 문학적 실천이 흔히 창작과 독서가 대면해 있는 모습을 중심으로 표상되는 것은 무리가 아니다. 인용문에서 확인할 수 있는 바는 문학적 실천에서는 두 항이 양극에서 존재한다는 점이다. 이런 문제설정에서 문학연구는 독자와 작가의 이항대립 또는 상호접근 여부만이 문제로 등장한다.

　문학연구에서 중요한 행위자들을 작가와 독자로만 간주하는 것은 문학 교육에서 현실적인 영향을 미친다. 단순화한 측면이 없지는 않지만 위 인용문에서 드러난 문학실천에 대한 이해는 널리 통용되고 있으며 오늘날 문학교육의 많은 부분은 이 통념을 확대 강화하는 방식으로 이루어지고 있다. 주로 공식 교육기관, 특히 대학의 어문학과를 중심으로 한 문학교육은 위대한 창

---

1) Howard Felperin, *Beyond Deconstruction: The Uses and Abuses of Literary Theory* (Oxford University Press, 1985), pp. 10-11.

작품들의 가치들을 학생들에게 가르치는 것을 목표로 하고 있는 것이다. 문학작품의 가치는 '위대한 인간정신의 표현', '예술적 영감', '시민사회의 교양' 등 다양한 이름으로 규정되고 있지만 대부분 섬김 받을 대상으로 취급된다. 많은 부분에서 문학 연구와 교육은 종교적 행위와 비슷하다. 문학의 신성화 속에서 작품은 흔히 신비로운 비밀, 예컨대 인생에 관한 심원한 지혜를 담은 그릇으로 이해되고, 작가는 그와 같은 가치 있는 작품의 창조자로 군림하며, 또 독자는 자신 앞에 놓인 작품의 숭배자가 될 것을 요구받는다. 문학교육 종사자가 학생들에게 '작품'에 대해 경건한 태도를 가질 것을 요구하는 일이 잦은 것은 이 때문일 것이다. 비평가나 문학 교육자는 스스로에게나 독자, 학생들에게 문학작품을 경전으로 취급하기를 강요하는 문학의 사제(司祭)인 셈이다.

문학에 대한 이런 태도는 필연적으로 특별한 텍스트 관리 방식과 연계될 수 있다. 나는 여기서 가장 중시해야 할 것이 경험주의적인 문학 인식 방식이라고 보고 싶다. 이 점은 독서 방식에서 드러난다. 예컨대 영문학사 학위 수여 제도를 맨 처음 도입한 영국 캠브리지대의 영문학교육 정초에 핵심 역할을 했으며 『검토』(Scrutiny)지를 20년 가까이 발간하여 영국의 문학 비평, 연구, 교육에 심대한 영향을 미쳤던 리비스의 독서관이 그 대표적 예다. 리비스는 문학연구를 책읽기로 보았고 특히 책을 꼼꼼히 읽을 것을 강조하였지만 그가 가동한 책읽기는 일종의 '상식적' 읽기라고 불러야 할 만큼 텍스트를 곧이곧대로 보는 경향이 짙다. 그래서 그는 마치 문학 텍스트란 책 위에 쓰인 글자로서 독자는 그것을 읽기만 하면 그것이 무엇인지 알 수 있다는 생각으로 '책 위에 쓰인 것'을 강조했고 나아가서 상식적 읽기를 전제하여 "그건 이래요, 그렇지 않아요?"라는 유명한 말을 남겼다.[2] 이와 같은 독해 이론에서는 비평은 텍스트에서 독자로 가는 통로 역할, 즉 텍스트의 뜻이 온전하게 독자에게 전달되게 하는 역할을 하는 것으로 이해된다. 비평은 텍스트를 의심하지 않으며 독자에게 정신을 차리고 텍스트가 하는 말에 귀를 기

---

2) F. R. Leavis, "Literature and the University: the Wrong Question," in *English Literature in Our Time and the University* (Cambridge University Press, 1979), p. 47.

울일 것을 권하며 오직 훈련을 받은 훌륭한 독자만이 훌륭한 텍스트를 이해할 수 있다고 주장한다. 예컨대 영문학이 처음 분과학문으로 성립했을 때 아이 에이 리차즈가 강조했던 실제비평이 그 좋은 예다. 리차즈는 그의 『실제비평』 (*Practical Criticism*)에서 '숙련된' 독자가 되는 것이 중요하다고 했지만 이때 그가 강조한 것은 데이빗 모스가 지적하는 대로 라디오에 나오는 약한 신호에 귀를 기울일 때처럼 주의와 집중을 하라는 것이었다.[3] 경험주의가 경건주의로 쉽사리 전환되는 것을 여기서 보게 되며 바로 이런 데서 인식론적 경험주의는 종교적 또는 신비주의적 독서와 결부되기도 함을 확인하게 된다.

이상으로써 드러나는 문학 연구와 교육의 관행은 문학텍스트를 흔히 고독하거나 별난 개인 혹은 천재인 작가의 창조물, 그의 위대한 정신작용의 소산으로 간주하는 경향과 관련되어 있다고 하겠다. 이러한 통념에서 지배적으로 작용하는 것이 '인간'이라는 범주다. 문학 연구와 교육의 관행은 인간으로부터 시작하여 인간으로 끝나는 인간주의적 편향을 가진다. 왜냐하면 이 '관행'에서는 문학행위가 상정할 수 있는 모든 것을 '창조자', '수용자', '상상력', '교감', '감수성' 등 인간의 유형들 혹은 능력들의 형태로 분류하고 있기 때문이다. 이 인간은 또한 주체(the subject)로서 자기 운명의 선택자, 자기 인생의 시원이자 또한 목적으로 상정되는 존재다. 우리는 역사라고 하는 대(大)서사 또는 텍스트에서 문학행위의 가장 거창한 형태를 본다. 인간은 역사 속에서 제1원인이자 궁극적 목적으로 나타나는 것이다(이런 텍스트의 대표적인 경우가 헤겔의 『정신현상학』이다).

3. 반성과 방향 모색

문학의 통념에 따르면 '문학'은 이미 주어진 것, 우리의 경험대상으로서 그 기원을 확인할 수 없다. 하지만 '문학'은 역사적인 개념, 즉 역사적으로 출현한, 생산된 개념이다. 푸코가 그의 『말과 사물』에서 지적하는 대로라면

---

3) David Morse, "Author-Reader-Language: Reflections on a Critical Closed Circuit," in Frank Gloversmith, ed., *The Theory of Reading* (Brighton, Sussex: Harvester, 1984), p. 59.

"문학 개념은 19세기의 부르주아 시대를 위해 특별히 고안되었"[4]고 레이먼드 윌리엄스가 지적하는 바에 따르면 "근대적 형태의 '문학' 개념은 18세기 이전에는 출현하지 않았으며 19세기까지는 충분히 발전하지 않았다. '문학적'이란 말은 18세기에 이르기 전까지는 그 특수한 근대적 의미를 얻지 않았다. 출현 조건들은 르네상스 이후 발전해왔지만 말이다."[5]

따라서 다음과 같이 물을 수 있을 것이다. 문학 연구 대상은 흔히 생각하는 대로 '문학 작품'이며 문학 관련 요원들(작가, 독자, 학생, 비평가, 연구자/교육자, 출판인/중개인 등)은 우리가 흔히 생각하는 '그런' 기능을 가진 '그런' 존재들인가? 예컨대 우리는 문학 생산자를 전통적인 구분에 따라 꼭 소설가, 시인 등 작가들로 국한해야 할 것인가, 아니면 이 생산자에 비평가와 연구자들, 그리고 나아가서 중개인들을 포함시켜야 할 것인가? 혹은 이 '생산자'를 문학 비평제도 및 교육제도 등이 작동하는 메커니즘도 포함하는 것으로 이해해야 할 것은 아닌가?

이 시점에서 비평 관행을 다시 생각해볼 필요가 있다. 흔히 문학연구의 대상으로 간주하는 '문학작품'이라는 통념에 따른다면 그것은 유기적 완결체라는 성격을 지닌다. 따라서 비평은 이 대상에게 더 보탤 바가 없고 그것이 말하는 바, 그것이 보이는 바를 듣고 보는 역할만을 부여받는다. 하지만 과연 문학 작품은 완결되어 있으며 비평은 리비스 등이 생각하는 것처럼 작품을 열심히 읽기만 하는 것으로 그 기능을 다하는 것인가? 잠깐 테리 이글턴의 견해를 참조해보자.

비평은 텍스트에서 독자로 가는 통로가 아니다. 그 과업은 텍스트의 자기이해를 강화하고, 달변의 공모로 그 대상과 **짝꿍 맞추자**는 것이 아니다. 그 과업은 텍스트가 자신을 알 수 없음을 보여주고, 텍스트가 침묵을 할 수밖에 없는 텍스트의 형성 조건들(바로 그 글자 속에 새겨진)을 보여주는 것이다. 이는 텍스트가

---

4) Michel Foucault, *The Order of Things* (New York: Vintage Books, 1970), p. 300.
5) Raymond Williams, *Marxism and Literature* (1977), pp. 46-47; James Kavanagh, "Shakespeare in Ideology," in John Drakakis, ed., *Alterntive Shakespeares* (London: Methuen, 1985), p. 147에서 재인용.

어떤 것들은 알고 어떤 것들은 모른다는 것이 아니라 차라리 텍스트의 자기지식 자체가 자기망각을 구성한다는 말이다. 비평은 그와 같은 보여줌을 성취코자 텍스트 공간의 외부인 과학적 지식의 대안적 지반에 자신의 자리를 잡아 그 이데올로기적 전사와 단절해야 한다.[6]

이글턴은 여기서 문학의 비평(나아가서 그 연구와 교육)이 할 일은 문학텍스트를 온전하게 독자에게 이전하는 것이 아니라 그것이 은폐하고 있는 '생산조건들'을 들추어내는 것임을 강조한다. 그의 이런 견해는 알튀세르가 개념화한 '징후적 독해'에 근거하고 있다. 알튀세르는 『「자본」 읽기』에서 '징후적 독해'는 텍스트가 설정해 놓은 문제틀 속에 빠져드는 '종교적 독해'와는 달리 텍스트가(를) 가동하는 문제틀 자체를 따지는 것임을 자신의 『자본』 독해를 통해 보여준 바 있다.[7] 알튀세르에 따르면 텍스트에 등장하는 요소들—우리는 이것을 비유의 장치들, 등장인물들의 특징들 및 상호관계들로 생각해볼 수 있을 것이다—은 경험대상으로 나타날 수도 있지만 그 요소들은 그저 자연스럽게 나타났다기보다는 나타난 대로 나타나도록 만들어진 측면이 중요하며 따라서 텍스트의 독해는 요소들을 경험대상으로서 확인하는 것보다는 그것들의 출현조건, 즉 요소들의 출현메커니즘을 밝히는 것을 주요한 일로 삼는다. 이때 그는 이 메커니즘을 '문제설정'(problematic: 문제틀)이라고 부르며 이것을 가리켜 위에서 텍스트의 생산조건이라고 부른 셈이다. 이글턴이 텍스트의 과학적 비평은 비평이 자기망각에 빠져드는 것을 막고 자신의 이데올로기적 전사(前史)와 단절해야 한다고 하는 것은 알튀세르가 맑스의 『자본』을 독해할 때 그 '종교적 독해'에서 벗어나 '징후적 독해'로 나아가야 한다고 한 것과 궤를 같이 한다.

그러나 어쩌면 이글턴이 여기서 주장하는 비평의 과학화라는 테제도 철회하는 것이 필요할지 모르겠다. 문학비평이 문학적 실천과 관련하여 실제로 어떤 역할을 담당하고 있는가 생각하면 이런 의문이 생기지 않을 수 없다.

---

6) Terry Eagleton, *Criticism and Ideology* (London: Verso, 1976), p. 43.
7) Louis Althusser, *Reading Capital* (London: Verso, 1970) 참조.

문학비평은 문학작품을 이해하고, 분석하고, 또 연구하며, 나아가서 교육하는 데, 다시 말해 문학 작품을 경전화하는 데 핵심적인 역할을 하지 않는가. 위에서 인용한 펠퍼린의 지적에서도 드러났듯이 비평가는 그래서 문학이라는 종교의 사제가 아닌가? 이런 의문이 제기되면 이글턴이 과학적 임무를 수행하라고 요구하는 비평은 그 요구를 감당할 수 없을 만큼 이미 너무 깊이 문학의 이데올로기에 '오염'되어 있다는 문제를 안고 있음이 드러난다. 문학비평도 문학작품들 못지 않게 과학적 이해의 이데올로기적 전사에 해당하는 것이다. 이 점은 작품과 공감할 것을 강조하는 인간주의 비평에서 특히 도드라지게 나타나고 있다.

> 인간주의 비평의 핵심적 약점들 중 하나는 문학의 기능은 모방적 혹은 사실적 재현이라는, 고전적 리얼리즘이 내세운 관념을 받아들인다는 사실에 있다. 인간주의 비평가는 텍스트가 현실을 재현한다는 작가의 주장과 같이 하고, 그 주장의 진정성을 텍스트를 증거로 하여 따지려는 공감적 독자로서 행동한다.[8]

따라서 '문학'이라는 범주는 작품만이 아니라 그 작품을 대상으로 삼아 활동을 하는 비평까지 포함하며 또 나중에 보겠지만 작품과 비평을 특히 문학 교육 제도내에 배치하는 것을 포함한다. 이 점을 유의하지 않으면 작품과 공모관계에 있지는 않다고 해도 일정한 공동보조는 분명히 취하고 있는 비평의 이데올로기적 성격을 놓치기 쉽다. 나는 여기서 이런 문제점들을 극복하기 위하여 '문학담론'이라는 개념을 사용하고자 한다. 이 개념을 도입하고자 하는 것은 문학의 이데올로기적인 성격을 간과하지 않으면서 또한 문학적 실천 속에 들어 있는 비평과 같은 문학의 내적 거리두기 또는 문학의 자기비판 행위가 실은 문학의 제도화에 핵심적인 요소라는 것을 강조하기 위해서다. 그리고 문학 작품과 비평, 교육 등이 상호 관련되어 움직이는 체계가 있으며 그 체계를 총체적으로 파악하는 것이 중요하다는 것을 강조하기 위해서다.

---

8) Cora Kaplan, "Subjectivity, Class and Sexuality," in Gayle Greene and Coppélia Kahn, eds., *Making a Difference: Feminist Literary Criticism* (London: Methuen, 1985), p. 161.

이와 관련하여 문학의 역사적 기능을 특정한 주체 형태를 생산하는 도덕적 테크놀로지로 간주한 이글턴의 견해를 검토하는 것이 편리할 듯싶다. 이글턴은 부르주아지가 지배하는 사회에서 문학의 기능은 특정한 형태의 주체를 생산하는 데 있다고 지적한 바 있다.

> 오히려 그것(Literature)은 우리로 하여금…섬세하고, 상상력이 풍부하고, 민감하고, 공감적이고, 창조적이고, 예민하며, 사려 깊도록 가르친다…대문자문학의 도덕적 테크놀로지 과업은 **어떤 특정한 것도 아닌 것에 대해서** 예민하고, 감수성이 풍부하고, 상상력이 풍부하고 어쩌고 하는 역사적으로 특이한 인간 주체 형태를 생산하는 것이다…문학은 반응의 질이 대상의 질보다 더 의미가 있는 과정이고 그래서 그 자체로 도덕적 형식주의의 한 부류다…이 문학이데올로기에서 중요한 것은 파악되고 있는 대상(이것은 어떤 종류의 대상일 수도 있다)이 아니라 특정 개인의 처지에서 그 대상을 파악하는 산 경험이다. 중요한 것은 특수한 형태의 주체성을 생산하는 일일뿐이며, 이 형태에 대해서 우리는 아주 무대상적으로(intransitively) 섬세하고, 창조적이고, 상상력이 풍부하다는 따위의 말을 할 수 있다.[9]

문학담론의 주요 생산물이 이글턴이 지적하는 것처럼 '특이한 형태의 인간 주체'라면 그것은 구체적으로 어떤 과정을 거쳐 생산되는가? 이글턴처럼 문학이 특이한 주체형태를 생산하며 그와 같은 주체형태는 어떠하다고 주장하는 것만으로 끝나는 문제는 아니다. 여기서 필요한 것은 이글턴이 말하는 문학이 어떤 역사적 과정을 거쳐 형성되며 또 어떤 방식으로 특정한 주체형태를 만들어내는가를 좀더 세밀하게 밝히는 일이다.

4. 문학담론의 주체 생산

주체의 형성은 어떻게 일어나는가? 이 점에 대해서는 이데올로기가 주체를 생산한다는 알튀세르의 테제를 상기할 필요가 있다. 어떻게 이데올로기가 주체를 생산하는가? 알튀세르에 따르면 '호명'이라는 메커니즘을 통해서다. 이

---

9) Terry Eagleton, "The Subject of Literature," *Cultural Critique* 2 (1985-6), p. 98.

것이 유명한 "모든 이데올로기는 구체적 개인들을 구체적 주체들로서 호명한다"는 테제다. 그런데 우리가 여기서 관심을 기울여야 할 부분은 이데올로기가 주체를 호명하지만 동시에 이 주체 호명 과정에는 반드시 담론과정이 개입한다는 사실이다. 이는 곧 주체의 생산이 의미의 생산과 불가분 결부되어 있다는 말이기도 한데 이 점에 대해서 알튀세르는 다음과 같이 말하고 있다.

> 한 단어로 하여금 '한 사물을 지칭하게' 하거나 '한 의미를 갖게' 하는 사실들을 포함한 (따라서 언어의 '투명성'이라는 명백한 사실을 포함한) 모든 명백한 사실들과 마찬가지로, 너와 내가 주체라는 '명백한 사실'—그리고 그것이 아무 문제도 야기하지 않는다는 사실—은 이데올로기적 효과, 기초적 이데올로기 효과다. 10)

여기서 알튀세르가 지적하는 바는 의미문제와 주체문제가 연결되어 있다는 것이다. 단어, 표현, 명제 등이 의미를 갖게 되는 것은 우리 자신이 주체라는 것과 마찬가지로 명백한 사실로 드러나는데 이것은 이데올로기적 효과라는 것이다. 의미와 주체가 모두 이데올로기적 효과 때문에 명백한 것으로 작용과 관련되어 있다고 하고 있으니 알튀세르는 양자의 관계를 유비의 관계로 이해하고 있는 셈이다. 하지만 더 이상 언급은 없다. 그러나 알튀세르의 이런 지적은 그의 이론 동료였던 페쇠가 유물론적 담론 이론을 수립하는 데 중요한 이론적 기반으로 작용한다. 페쇠는 주체생산과 의미생산의 연결관계 문제를 해명하는 것이 자기 이론작업의 관건이라는 것을 분명히 하고 있다. 11) 이는 곧 그가 이데올로기가 주체를 구성하되 이 과정에는 반드시 담론과정이 개입함을 밝히려 한다는 말이다.

페쇠는 "이데올로기는 주체를 호명한다"는 알튀세르의 호명테제를 "개인들은 언어내에서 상응하는 이데올로기구성체들을 표상하는 담론구성체들에 의해서 말하는 주체들(그들의 담론 주체들)로 '호명'된다"(112)는 말로 좀더

---

10) Louis Althusser, *Lenin and Philosophy and Other Essays*, tr. Ben Brewster (London: New Left Books, 1971), p. 161.
11) Michel Pêcheux, *Language, Semantics, Ideology* (New York: St. Martin's, 1982), p. 105. 이하 이 책에서 하는 인용은 괄호 안에 그 쪽수만 밝힌다.

정교하게 다듬는다. 알튀세르가 말하는 주체생산은 이데올로기구성체들과 결부되어 있는 담론구성체들의 작용으로 이루어진다는 점을 강조하는 것이다. 12) 이때 생산되는 주체는 담론주체로서 담론구성체들 사이에 형성되는 상호관계, 즉 모순적인 불균등-종속 관계의 지배를 받는다. 이 상호관계는 일종의 경향성으로서 '간담론'(interdiscourse)이다. 주체의 생산은 바로 이 간담론의 작용, 그것에 대한 은폐, 합병의 문제와 깊이 관련되어 있기 때문에 이 점에 대한 자세한 고찰이 필요하다. 그것을 위해 방금 나온 몇 가지 중요한 개념들부터 따져보자.

페쇠의 중요한 두 가지 테제를 살펴보는 것이 좋겠다. 그의 제1 테제는 "한 단어, 표현, 명제 등의 의미는 '그 자체로'(즉, 그것과 기표의 축어적 성격에 대한 투명한 관계에서) 존재하지 않고 단어들, 표현들, 명제들이 생산(즉 재생산)되는 사회 역사적 과정에서 작용하는 이데올로기적 위치에 의해 결정된다"(111)는 것이다. 이 테제는 "단어들, 표현들, 명제들 등은 그것들을 사용하는 사람들이 처한 처지에 따라 그 의미를 바꾼다"(111)로 요약되는데 이는 곧 단어 등의 의미가 사용자의 위치가 각인되어 있는 '이데올로기구성체들'에 준거하여 결정됨을 말한다. 이때 등장하는 중요한 개념은 '담론구성체'로서 이것은 단어, 표현, 명제 등이 주어진 이데올로기구성체에서, 즉 계급투쟁의 상태에 의해 규정된 어떤 주어진 국면 속의 어떤 주어진 위치에서 무엇을 말할 수 있고 말해야 하는지를 정한다(111). 이는 곧 언어가 의미를 갖기 위해서는 '담론과정'을 거쳐야 한다는 말인데 페쇠는 '담론과정'을 어떤 주어진 담론구성체 내 언어요소들('기표들') 간에서 작용하는 치환, 의역(paraphrases), 이명사용(synonymies) 체계를 지칭하는 것으로 이해하고 있다(112). 페쇠의 제2 테제는 "모든 담론구성체는 그 안에서 구성된 의미의

---

12) 이 점은 어쩌면 페쇠가 푸코의 이론 작업을 수용하고 있는 측면이라고 할 수 있다. 알튀세르가 그의 이데올로기론에서 라캉의 이론을 수용하고 있다면 페쇠는 라캉을 거부하지 않으면서 동시에 푸코의 고고학적 문제설정을 수용한 것이다. 하지만 물론 푸코가 그의 담론 개념으로 이데올로기를 부정하고자 했음을 생각할 때 담론과 이데올로기가 어떻게 절합될 수 있는가 하는 문제는 그대로 남는다. 페쇠의 작업은 이 문제에 대한 알튀세르 맑스주의자 내부의 도전에 해당한다고 할 수 있다.

투명성으로 인해 그 자체가 이데올로기구성체들의 복합체와 겹쳐 있는 담론구성체들의 지배내 복합적 총체에 스스로 의존하고 있다는 점을 은폐한다'(113)는 것이다. 여기서 등장하는 중요한 개념은 '상호담론'이다. '상호담론'은 담론구성체들의 지배내 복합적 총체를 가리키는 바, 이데올로기구성체들과 마찬가지로 상호간에 모순적인 불균등-종속 관계를 형성한다.

개인이 자기 담론 주체로 호명되는 것은 주체와 주체를 지배하는 담론구성체와 동일시되기 때문이다. 페쇠는 "개인을 그의 담론주체로 호명하는 것은 주체를 그를 지배하는 담론구성체(그 속에서 개인이 주체로 구성되는)와 동일시하는 것으로 이루어진다'(114)고 하고 또 "이 동일시는 주체의 (가상적) 통일성을 정초하는 바, 주체의 담론 속에서 주체를 규정하는 것의 흔적들을 구성하는 간담론의 요소들이 주체 자신의 담론 안에 재각인된다는 사실에 의거한다'(114)고 한다. 여기서 말하는 '간담론'이란 담론구성체들의 지배내 복합적 총체이며 간담론의 요소들은 '선구문'과 '절합'이다. 페쇠의 설명을 더 들어보자. "'선구문'은 이데올로기적 호명─보편성(사물들 세계) 형태로 '현실'과 그것의 '의미'를 공급하고 부과하는─의 '언제나 이미 주어져 있음'(always-already-there)에 해당하고 '절합'은 주체를 의미에 대한 그의 관계 속에서 구성하여 간담론 속에서 주체형태 지배를 규정하는 것을 표상한다'(115). 이때 "선구문은 '누구나 아는 것'과 누구나 보고 듣는 것을, 절합은 '내가 말한 대로'(담론내적 환기), '누구나 알 듯이'(보편적인 것의 주체내 귀환), '누구나 볼 수 있듯이'(모든 '인간적' 상황의 암묵적인 보편성)에 해당한다'(121).

절합은 '내구효과'(sustaining effect)라고도 하며, 이것은 '횡단담론'(transverse-discourse)과 직접 관련이 되어 있다. '횡단담론'은 위에서 언급한 담론구성체 내부의 단어들, 표현들, 명제들의 치환관계가 등가가 아닌 비등가로서 그 관계가 정향(定向)성을 가질 때 나타난다. 예컨대 '전류통과'와 '검류계(檢流計) 떨림'처럼 그 상호관계가 방향이 정해진 경우 양자의 관계는 원인, 지시 등으로 이해될 수 있는데 이때 양자의 '횡단담론'은 "전류통과는 검류계 떨림을 야기한다" 또는 "검류계 떨림은 전류통과를 가리킨다" 등이다. 한편

내향담론(intradiscourse)이라는 것은 담론이 그 자체에 대해서 갖는 작용을 일컫는 것으로 '내가 전에 말한 것' 및 '나중에 말할 것'과 '지금 말하고 있는 것'의 관계를 가리킨다. 그래서 '내향담론'은 담론이 한 주체의 담론으로 되도록 만드는 끈의 역할을 한다고 할 수 있다(116). 그런데 전류나 검류계의 문제는 개념적, 과학적 과정의 문제이기 때문에 주체가 직접 개입하지 않는다. 주체 문제가 개입하는 것은 통념적, 이데올로기적 과정으로서 이 경우에는 '횡단담론'이 반드시 주체에게 소주체(the subject)와 대주체(the Subject) 간의 관계에 해당하는 영향을 미치게 된다. 이때 대주체는 소주체의 사유에 자신을 환기시킨다. 이 결과 나오는 것이 "누구나…하다는 것을 안다", "…하다는 것은 자명하다"는 식의 담론형태. 주체는 바로 이 지점에서 그 구체적인 형태가 정해진다(117).13) 이때 등장하는 것이 '주체형태'—이것에 의해 담론주체는 자신을 구성하는 담론구성체와 동일시하게 된다—라는 것인데 이것은 모순적 불균등 발전을 하는 간담론을 내향담론 속에 흡수-망각하는 경향이 있다. 이리하여 간담론은 내향담론의 '이미 말한 것'으로 나타난다(117).

이상을 요약해 보자. 언어의 의미란 미리 주어진 것이 아니라 담론과정을 거쳐야 하며 그 생산물로서 의미효과라는 것이 나타난다. 이 의미효과는 담론구성체가 전제하는 주체형태에게만 유효하다. 주체형태는 의미효과를 확인하는 유일한 형식이다. 주체형태도 생산되는 것이지 미리 주어져 있지 않다. 즉 주체라는 것이나 의미라는 것은 경험대상으로서 우리에게 주어져 있지 않으며 '주체 없는 과정'을 거쳐 생겨나는, 물질적 과정을 통해 생산되는 물질적 효과이다.

5. 문학의 담론과정: 주체형태와 현실효과

'의미효과'와 '주체형태'를 생산하는 담론과정에 관한 규정을 담고 있는 '담

---

13) 담론 안에 직접 나타나지 않을 수도 있지만 담론 과정을 사실상 결정하는 힘 또는 권력의 문제가 있다. '국가', '민족', '신', '정의', '사랑', '가정', '민주주의', '의리' 등이 그것이다. 이것들은 담론 과정의 현장에 직접 모습을 드러내지 않아도, 그래서 현장 감독이 되는 법이 없다 해도 현장의 모든 것을 지배하고 있다는 점에서 '부재 지주'와 같다.

론구성체'라는 개념, 그리고 '담론구성체'가 이데올로기구성체와 '겹쳐서' 만드는 이데올로기효과를 통해 생산되는 궁극적이고 총체적인 효과는 무엇인가? 여기서 담론이 생산하는 효과를 '담론효과'로 부른다면 그것은 '동일시' 또는 '재생산' 효과라고 할 수 있을 것이다. 왜냐하면 담론의 작동 즉 담론과정을 통해서 하나의 담론구성체가 규정하는 담론적 요소들(단어, 표현, 명제, 텍스트 등)의 상호교환 관계 설정으로 생겨나는 '의미 효과'와 그 담론구성체가 상정하는 주체의 관계는 후자가 의미를 명백한 자신의 것으로 보고 자기와 동일시할 수 있게끔 설정되기 때문이다. 이때 생산되는 주체형태는 '간담론'의 요소들('선구문'과 '절합' 또는 '내구효과')을 합병하여 그것들을 '내향담론'의 축에 따라 정리함으로써, 혹은 "내향담론 속에서 간담론을 모사"(Pêcheux, 117) 함으로써 자기동일성을 획득한다. 그래서 주체형태는 자신의 "이전에, 다른 데서, 동떨어져"(107) 성립된 간담론의 요소들을 합병 은폐해 버리는 것으로 규정할 수 있다(118). 여기서 담론의 주체가 자신을 구성하는 담론구성체와 동일시함으로써 생기는 착시효과를 보는 셈인데 이 점에 특히 주목해야 한다. 그 이유는 바로 여기서 문학담론의 특징을 이해하게 해줄 중요한 열쇠 하나가 제공되기 때문이다.

페쇠는 주체가 자신과 일치되는 것은 허구적('as if') 양태에 따라 주체들 간에 생기는 동일한 운동에 의해서 이루어진다고 한다. 허구적 양태는 간담론 요소들의 합병으로 주체들의 혼동이 일어나 말하는 것(담론: what is said)과 말하는 대상(what is said about) 간의 구분이 없어지는 것을 가리킨다(118). 페쇠는 『르몽드』지에 게재된 아일랜드 관련 기사 중 "시위자들이 가로등 대에 매달아 놓은 하얀 십자가는 경찰들이 건드리지 않았다"라는 문장을 분석하면서 여기에는 환기소(reminder: "당신 알지, 그 하얀 십자가 말이야")와 미리 주어진 요소의 자명한 성격("시위자들이 어떻게 한 그 하얀 십자가 말이오") 사이에는 아무런 구분이 없다는 것을 지적한다(118-19). 이 기사는 우리가 마치 아일랜드에 갔기라도 한 것처럼 말한다. 그래서 그것을 읽으면 "만약 당신이 거기 갔더라면, 당신은 그 하얀 십자가를 보았을 것이고 또 내가 무엇에 대해 말하고 있는지 알 거요"라는 말을 동시에 읽는 듯하다. '말하는 것'과 '말하는 대상' 사이에 구분이 없는 것이다. 이런 것이 허구적 양태인 바, 이것은 우리를 현장으로 바로 데려가는 '시적(詩的) 효과' 또는 연출(mise en scene) 효과를 지닌다.

그런데 왜 여기서 주체형태라는 것이 문제가 되는가? 페쇠는 '창조'라는 미학 이데올로기 및 그것의 논리적 귀결인 독서에 의한 재창조라는 미학 이데올로기는 그 근원이 바로 이 '주체형태' 안에 있다는 주장이다. 페쇠가 골라낸 문장을 분석해보자. "그 날은 하나의 탄생을 닮은 창백한 새벽들 가운데 하나였다." 페쇠의 말대로 이 문장은 고전적 소설에 나옴직한 것이며 현장감 있게 묘사하기 위해 고래로 문학생산자들이 사용하는 '이야기 한가운데 바로 들어가기'(in medias res) 수법이다. 여기서도 앞의 기사문과 마찬가지로 '말하는 것' 즉 담론과 '말하는 대상' 사이에 거리가 없다. 독자는 일상적으로 사용하는 것들, 즉 현장에 가서 보면 당장 인지할 수 있는 것들을 이 소설 문장에서 확인하는 것처럼 되어 있고 이 소설 세계에는 현실 세계와 똑같은 인간들이 사는 것처럼 되어 있다. 즉 허구적 양태는 현실이라는 효과를 생산해내고 있는 것이다. 이때 소설 담론의 주체는 현실과 허구를 구분하지 않으며 허구적 양태로써 현실의 효과를 만들어낸다.

이 지점에서 발리바르와 마슈레의 지적을 살펴볼 필요가 있다. "문학은 그 텍스트들의 끝없는 기능을 통해 누구에게든 다 보이는 주체들을 중단없이 '생산한다'…문학은 끝없이 (구체적) 개인들을 주체들로 전환하고 그들에게 의사(擬似) 현실적인 환각적 개별성을 부여한다."[14] 발리바르와 마슈레에게 문학은 주체생산의 기재인 셈이다. 이때 생기는 주체형태는 문학담론에서 페쇠가 말하는 허구적 양태가 지속되어 문학담론의 주체가 담론의 세계('창조'된 세계, '이차원' 세계)와 '현실' 세계를 구분하지 못하고 혼동하면서 생기는, 즉 주체가 자신의 세계를 '현실'이라고 간주하고 서로 다른 두 세계('말하는 것'과 '말하는 대상')를 동일시함으로써 생기는 효과이다. 그리고

---

14) Balibar & Macherey, "On Literature as an Ideological Form: A Marxist Critique," in Robert Young, ed., *Untying the Text: A Post-structuralist Reader* (London: Routledge & Kegan Paul, 1981), p. 93.

문학은 그 담론과정을 통해서 끊임없이 이 주체에게 '현실'을 부과한다. 소설 속의 인물들(등장인물들, 화자) 뿐만 아니라 독자까지도 주체형태로 소환되고, 호명되며 문학담론의 실천 속에서 '현실'을 부여받는다. 마치 『르몽드』 기사에서 독자가 아일랜드 현장에 간 것처럼 굴게 되듯이 소설의 독자는 독서과정에서 '현실'이 자신 앞에서 구축되어 있는 것처럼 굴게 된다. 이 점에서 문학담론은 어떤 현실을 생산해내는 효과를 가진 셈이다. "그래서 문학담론 자체는 환각의 방식으로 '현실'의 현존을 제정하고 투영한다."15) 문학의 현실생산 효과라는 이 개념으로 앞서 언급한 이글턴의 '특이한 형태의 인간주체'라는 관념을 부분적으로 보강할 수 있을 것 같다. 문학이 특이한 형태의 인간주체를 생산한다면 이제 우리는 알튀세르, 페쇠, 발리바르, 마슈레의 이론작업에 힘입어 이 주체는 자신이 동일시하는 세계를 가지며 무엇보다도 자신의 현실을 가진 인간이라는 것을 알 수 있다. 주체는 자신의 현실에 대해 특정한 태도를 가지고 있는 셈이다.

6. 문학의 제도적 배치

그러나 아직 이것만 가지고서는 문학담론의 실천을 만족스럽게 그려냈다고 할 수는 없다. 이 지점에서 문학의 담론적 효과는 '문학효과'이기도 하다는 것을 생각할 필요가 있다. 여기서 말하는 '문학효과'는 어떤 구체적 사회적 실천을 '문학'이라고 여기도록 하는 효과, 예컨대 '문학작품'을 문학작품으로 간주하게 하는 효과를 말한다. 이러한 효과는 한편으로는 지금까지 말한 '현실효과' 생산을 가리키지만 반드시 그것만을 지칭하지 않는다. 이미 언급한 것처럼 담론구성체의 작동은 이데올로기구성체내에서 일어나며 따라서 문학효과가 발생하는 것은 이데올로기구성체내에서 발생하는 것이기도 하기 때문이다. 이 말은 앞에서 한, 문학연구와 문학연구에서 통념으로 통하는 '문학'이라는 관념은 특정한 형태의 주체를 만들어내는 힘을 가지고 있

---

15) Ibid., p. 92. 또한 다음도 참조할 것. "맑스주의 고전은 브레히트와 그람시 경우에 보듯이 문학을 '리얼리즘' 견지에서 다루지 않았다. 반영의 범주는 맑스주의 문제설정에 핵심적이긴 해도 리얼리즘이 아닌 유물론에 초점이 맞춰져 있었다. 따라서 맑스주의는 문학일반을 고전적 의미의 허구로 정의할 수는 없다"(91).

다는 지적을 다시 생각하도록 하는데 여기서 특히 관심을 기울여야 할 점은 문학을 문학으로 여기게 하는 장치 및 기술의 문제다. 이 문제와 함께 논의는 문학교육을 포함한 제도적 차원으로 옮아가야 한다.

이미 시사한 대로 담론은 독자로 존재하지 않는다. 담론의 존재방식은 물질적이다. 그것은 그것을 유지하는 제도를 필요로 하며 이 제도는 알튀세르가 말하는 "이데올로기국가장치들"이다. 문학담론이 존재하는 방식을 따져보자. 그것은 단순히 언어적 구성물들로서만 이루어지지 않는다. 물론 그것은 담론과정을 거치기 위해서 언어를 그 기본재료로 삼아야 하지만 담론과정이 시작됨과 동시에 하나 또는 그 이상의 이데올로기국가장치를 원용해야 한다. 문학담론은 비평제도, 문학교육제도, 문학시장, 유통체계 등과 함께 존재한다. 문학연구의 대상은 따라서 언어에 국한된 텍스트뿐만 아니라 그 텍스트 생산 자체를 가능하게 하는 조건들을 포함한다. 이때 중요한 조건이 문학교육이다.

일단 나는 발리바르와 마슈레의 예를 따라 "문학의 이데올로기 효과는 독자나 관객과 주인공이나 반-주인공간의 동일시과정을 통해 구체화된다"고 한 브레히트의 지적을 수용하고자 한다. 여전히 문제는 주체형성이고 이 과정에서 발생하는 동일시다. 하지만 이제 이 문제는 담론과정 내부에서 일어나는 것일 뿐만 아니라 담론구성체가 이데올로기구성체내에 속함으로써 가동하기 때문에 생기는 것으로 이해할 필요가 있다. 고려할 것은 문학이데올로기에서 등장하는 '명칭'들(작가=서명, 작품=타이틀, 독자, 등장인물 등)의 체계 문제이다. 앞에서 이런 명칭들이 현실효과를 생산하는 주체형태의 구성을 통해서 동일시과정을 거친다는 것을 살핀 바 있다. 이 동일시과정은 어떤 식으로 보장받는가? 여기서 문학담론의 가동은 이데올로기적 국가장치들 속에서만 가능하다는 점을 중시하자. 소설을 소설로, 시를 시로, 문학을 문학으로 간주하게 하는 것은 문학담론의 가동으로 생기지만 또한 이 문학담론에는 비평담론, 문학교육담론이 포함된다는 것을 유의해야 하는 것이 이 지점에서 강조할 점이다. 문학을 문학으로 간주하는 데는 문학을 문학으로 간주하게 하는 제도적 장치들이 반드시 필요하다. 이 장치들은 문학비평, 문학교육, 출판, 광고의 제반 조건들을 포함한다.

문학제도가 문학을 문학으로 생산하는 핵심조건이라는 것은 문학의 제도적 배치의 문제가 문학생산의 핵심이라는 말이기도 하다. 이때 '제도적 배치'는 예컨대 문학의 관리 기재들, 즉 문학과 관련된 기술들 일체 속에서 문학이 어떻게 자리 매겨지고 유지, 관리되고 재생산되는가 하는 문제들을 중심에 올려놓는 개념 설정이다. 문학의 명칭체계에서 작가, 독자, 비평가, 텍스트간의 관계를 어떻게 구체적으로 조정할 것인가? 주체형태의 생산을 담론과정의 산물일 뿐만 아니라 이데올로기적 실천의 산물로 보기 위해서는 이런 질문이 필요하다.

잠깐 미학적 담론 구조는 반드시 그것이 상정하는 개성의 이상에 따라 주체를 개혁하려는 프로그램을 가지며 심미적 실천들과 그것들을 주재하는 비평들 또한 이 미학적 담론구조의 지배를 받는다고 하는 토니 베넷의 지적을 살펴보자. 베넷은 미학, 특히 문학의 교육적 배치가 문학담론 자체의 성격, 예컨대 문학의 범주적 특성보다 더 중요한 고려 사항인 것으로 간주한다. 이때 문학의 교육적 배치를 중시하자는 것은 문학과 교육 영역들 간의 역사적 절합의 장기적 의의를 따지려는 것이며 그것을 위해서는 문학담론 자체의 성격보다는 텍스트, 독자, 비평가간의 관계들의 특수한 테크놀로지적 조정에 더욱 관심을 기울여야 한다는 태도이다. 이것은 종래 문학교육을 지배이데올로기의 도구로 보고, 제도는 가치중립적인 수단으로서 그것을 장악한 세력의 소유물로만 보는 관점보다 발전한 견해다. 이것은 권력이 억압적이라기보다는 생산적이라고 주장한 푸코의 '생체권력' 개념을 수용한 견해이기도 한데 베넷에 따르면 서양의 근대문학교육은 계급적 이해의 관철만 실천한 것이 아니라 텍스트, 독자, 비평가 3자 관계들의 역사적 조정을 통해 도덕적, 훈육적, 인식론적 테크놀로지를 발전시켰다. 따라서 베넷은 "문학-훈육장치의 실질적 메커니즘들과 이 장치가 그것을 통해 작용하는 주체화 기술들, 그리고 그것들이 담지하는 심미적, 윤리적, 인식론적 자아형성 형태들을 따지는"것이 문학의 (재) 생산에서 중요하다고 역설한다. 16) 그는 문학

---

16) Tony Bennett, *Outside Literature* (London : Routledge, 1990), pp. 188-89 참조.

의 문제들을 텍스트나 작가, 또는 독자 중심으로만 보지 않는다. 대신 문학비평가나 교사 및 교수와 같은 문학중개자의 역할이 강조되는 교육의 측면을 강조함으로써 문학생산자의 정의를 새롭게 하고 있다.

하지만 베넷의 이런 견해는 한 가지 문제점을 가지고 있는데 그것은 그가 푸코의 '미시권력' 개념에 집착한 나머지 이데올로기 문제를 외면하고 있다는 점이다. 베넷이 '이데올로기' 개념을 비판한 푸코의 문제설정을 수용하고 있다는 점을 감안할 때17) 그가 이런 견해를 가지는 것은 당연하다. 하지만 그는 권력의 생산성을 강조하는 푸코의 '담론적 실천' 테제를 '이데올로기적 주체형성'이라는 알튀세르의 테제와 맞바꿀 뿐 담론적 실천과 이데올로기적 실천의 절합가능성에 대해서는 고려하지 않는다. 그래서 그는 문학교육을 통해 주체가 형성되는 과정을 면밀하게 검토하면서도 이 과정을 '권력'으로만 막연히 표현할 뿐 그 권력의 실체나 본질을 탐구하려는 노력을 전혀 하지 않는다. 그에게 권력은 테크놀로지이지만 이 테크놀로지를 지배하는 불균등한 모순에 대해서 사고하는 것을 포기함으로써 그가 말하는 권력 내부의 세력관계가 어떻게 구성되고 있는지는 알 길이 없다. 그에게 문학교육은 테크놀로지이고 이 테크놀로지는 자아 또는 주체를 형성하는 기능을 가졌기 때문에 문학교육에서 작동하는 것으로 이해되고 있기 때문에 그가 하는 일이란 끊임없이 테크놀로지의 작용을 관찰하고 기술하는 것일 뿐이다. 하지만 우리가 관심을 기울여야 할 부분은 테크놀로지가 왜 특정한 방식으로, 특정한 방향으로 작용하는지 밝히는 일일 터이다.

전통적인 문학교육은 텍스트의 '가치'를 강조한다. '가치'는 '희소성'과 '차별'에 의거하며 그것을 유지하게 하는 특별한 '경제'가 필요하다.

'희소하고', '유일하고', '위대하고', '고상한' 문화형태들은 특정한 질서에서 그 가치를 도출한다. 이것은 문화적인 영역에서 교환가치를 재생산하고 생성하는 과업을 떠맡은 사람들을 층위화하고 배제하고 또 그들에게 '탁월성'을 부여하는 질

---

17) Madan Sarup, *An Introductory Guide to Post-structuralism and Postmodernism* (New York: Harvester Wheatsheaf, 1988), pp. 87-98 참조.

서이다. 학문세계에서 가치는 선택, 평가, 접근 제한 및 수많은 다른 차등화에 의존하는 사회적 자본의 한 형태다. 나의 전문가적 정체성의 일부는 내가 이들 과정에 대해 가지고 있는 (또는 가지고 있다고 생각하는) 권력에서 나온다.[18]

문제는 '가치의 경제'가 어떤 식으로 생산, 재생산되느냐 하는 것이다. 인용 문에서는 이 경제는 피에르 부르디외의 개념인 '차별'에 의거하는 것으로 나 온다. 그런데 문학의 제도적 배치라는 개념은 우리에게 권력을 가진 전문 가, 가치를 가진 텍스트에 제한된 접근권만을 지닌 독자 또는 학생, 특정하 게 자리 매겨지는 작가 등으로 권력 배분이 이루어진다는 것을 말해준다. 차 별적 권력의 배분에 따라서 문학교육은 위계질서에 따르는 주체형태를 생산 하고 이렇게 생산된 주체는 문학에 대해 특정한 태도를 갖게 된다. 우리가 문학의 제도적 배치에서 고려해야 할 점은 이런 것들일 것이다.

7. 결어

이 글의 취지는 초보적인 수준에서나마 문학 연구와 교육의 문제를 그 통 념적 고찰 방식에서 벗어나 구체적인 실천을 중심으로 살펴보고자 하는 것 이었다. 이를 위해 나는 문학의 이념이나 그것의 본질을 규명하는 것을 목적 으로 삼는 문학에 관한 본질론적, 실체론적 문제설정을 벗어나고자 했다. 이에 따라 이 글의 논의에서는 우리가 문학에 대해 흔히 가지고 있는 통념들 을 비판적으로 바라보게 되었다. 전통적 문학이론─'낭만주의적' 형태를 취 하든 또 다른 형태를 취하든─에서 당연시하는 '천재', '작가정신', '표현', '작품', '창조', '상상력'과 같은 통념들은 문학담론의 '생산', '효과', '과정' 등 '주체 없는 과정'과 관련된 개념들로 대체되었다. 이제 '작품'은 물질적 과정 을 거쳐 나온 생산물로서 이해되며 또한 교육과 관련한 제도적 배치의 중요 한 고려대상으로서 비평가-선생과 독자-학생 사이의 특정한 관계를 규정하 는 한 요소로서 규정된다. 이때 물질적 과정이란 생산과정을 일컬으며 텍스

---

18) Roger Bromley, "Dreaming the Local: Teaching Popular Cultural Forms," in Peter Brooker and Peter Humm, eds., *Dialogue and Difference: English into the Nineties* (Routledge, 1989), p. 150.

트 또는 문학작품의 생산과정은 여느 생산과정과 마찬가지로 생산의 원료, 생산수단, 노동 등의 요소들로 구성되고 또 문학생산과정은 텍스트생산과정을 포함한 제도적 성격을 띠는 것으로 이해된다. 우리는 문학제도가 만들어내는 최종적인 효과를 '문학 효과'라고 불렀다. 그런데 이 개념을 추상해냄으로써 획득하는 것은 무엇인가? 어떤 이론적 성과를 가지게 되었는가? 그것은 '문학작품', '작가', '독자', '비평가', '등장인물'이라는 통념들은 '문학', '작품' '작가' 등의 '요소들'이 자명하다는 전제에서 형성된 이데올로기적 효과임을 확인한 데 있다. 이 통념들은 인간주체가 통일성을 갖춘 온전한 존재인 것으로 간주하는 경향을 지닌다. 이런 통념들 대신 우리는 '주체형태', '의미효과', '담론구성체', '텍스트', '동일시', '담론과정' 등 좀더 정제된 개념들을 갖게 되었고 이들 개념들이 이데올로기국가장치들 속에서 작동하는 한에서만 유효하다는 점을 알게 되었다.

이렇게 보았을 때 몇 가지 문제들이 발생할 수 있다. 한 예로 오늘날 문학교육에서 중심적 위치를 차지하고 있는 교양교육의 존폐와 관련된 문제를 생각해보자. 이 글에서 논의한 바에 따르면 '교양'은 이데올로기적이고 담론적인 실천의 한 효과이다. 그런 점에서 그것은 폐기되어야 할 것인가? 자칫교양교육의 문제를 이론적 실천과 이데올로기적 실천 중 어느 하나에만 해당하는 것으로 이해했을 때 바람직하지 못한 방향으로 전개될 위험이 있다. 라잇이 지적하듯이 대처가 집권했던 1980년대처럼 영(어)문학 교육이 자본과 시장의 논리에 종속되어 '현실적실성'이 강조되는 상황에서는 전통적 교양교육의 이념은 자본과 시장의 논리에서 벗어나는 전술로 기능하기도 한다.[19] 이 경우 교양교육은 시장원리를 주장하는 '성과급' 논리를 깨칠 수 있는 한 중요한 근거가 될 수 있는 것이다.

또 전통 문학이론이 일상 과제로 삼는 '해석'(interpretation)에 대해서도 비슷한 말을 할 수 있겠다. 그동안 문학이론은 해석을 이데올로기적 실천이라하여 경원시한 경향을 지녔던 것이 사실이다. 하지만 "이론으로 흐른다고 해

---

19) Alison Light, "Two Cheers for Liberal Education," in Peter Brooker and Peter Humm, eds., *Dialogue and Difference*, 1989, pp. 31-42 참조.

서 해석을 회피하거나 뛰어넘을 수는 아무래도 없다"고 한 펠퍼린의 지적대로 해석이 배제된 이론적 실천은 있을 수가 없다. [20] 『문학생산이론을 위하여』에서 비평의 역할을 '해석'보다는 '설명'에 두고 작품 해석의 편향들을 비판한 마슈레의 관점을 염두에 둔 펠퍼린의 이 발언은 비평의 불가피한 한계를, 비평이 비평인 한 벗어날 수 없는 운명을 가리키고 있다. 문학연구를 '과학적'으로 한다고 해서, 문학생산과정을 과학적으로 규명한다고 해서 해석이라는 핵심 활동을 빼뜨릴 수는 없다. 해석을 무시하는 문학 이론이나 연구를 지향하면 정전(canonical texts)을 배제할 수밖에 없는데 그렇게 되면 문학교육에서 수많은 수단들, 절차들, 그리고 심지어 오류의 아까운 보고를 놓치는 결과를 초래하게 될 것이며 오히려 "해석의 역사를 회피하는 것은 역사 자체의 회피와 마찬가지로 그 무의식적 반복에 빠질 수 있을 뿐"이기 때문이다. [21]

하지만 펠퍼린의 지적처럼 비평, 문학이론과 연구 및 교육이 해석을 배제할 수는 없다 해도 그것을 지금까지의 위상 그대로 온존해야 한다는 말은 성립될 성 싶지 않다. 그 점은 라잇의 지적도 마찬가지다. 이들의 지적은 이데올로기적 실천의 중요성을 강조하는 것으로 이해될 수는 있어도 이론적 실천의 무효를 증명하는 것은 아니기 때문이다. 여기서 문제는 문학생산양식에서 이데올로기적 실천과 이론적 실천의 절합 문제이다. 나는 문학담론의 실천이라는 측면을 부각시킴으로써 문학의 연구와 교육에 대한 새로운 지평을 열 수 있지 않을까 하고 생각한다. 그 지평은 우리로 하여금 우리는 문학의 사제가 아닌 문학의 실천가로서 문학적 담론의 장 안에서 하나의 주체위치를 갖게 된 '담론적 요소'일 뿐이라는 자각에 이르게 하지 않을까? 이때 가동되는 이론의 정확성 여부에 따라 이런 자각과 함께 문학의 이해는 좀더 철저하게 현실적인 근거들을 마련하는 것이 아닐까? 아주 간단하게, 그러나 핵심적으로 이제까지의 생각들을 요약하자면 담론이론의 관점에 섰을 때 문학에 대한 우리의 인식은 그동안 우리를 지배하고 있는 통념에 대한 비판적 인식에 이르게 되고 문학적 실천에 대한 좀더 과학적인 이해에 이르게 된다.

---

20) Felperin, op. cit., p. 48.
21) Ibid., p. 49.

10

한국 영문학 연구와 교육의 전화를 위한 한 모색[*]

1. 서언

1995년 5월 31일 한국 정부는 중요한 교육정책안을 하나 내놓았다. 대통령 산하 교육개혁위원회가 몇 번의 공청회를 거쳐 '세계화 정보화 시대를 주도하는 신교육체제 수립을 위한 교육개혁방안'을 발표한 것이다. 이 안은 한국교육 전반에 걸친 개혁 방향을 제시하고 있지만 대학교육에 대해서도 중요한 정책 전환을 꾀하고 있다. 대학과 관련된 부분을 보면 우선 지금까지의 대학교육에 대한 비판과 반성이 드러난다. "획일적인 대학체제, 연구를 활성화시키지 못하는 여건과 풍토, 공부를 하지 않아도 되는 학사운영, 효율적 대학운영을 방해하는 각종 획일적 정부통제 등으로 대학의 질적 수준이 세계수준에 크게 못 미치고 있다"는 것이다. 이 문제에 대한 교개위의 개선안은 대학의 모형을 다양화·특성화할 것, 대학의 정원과 학사운영을 자율화하며 준칙주의 도입으로 설립기준을 크게 완화할 것, 대학교육의 질적 수월성을 향상시키고자 연구 지원을 강화할 것, 대학평가에 따른 차등 행정 및 재정 지원 체제를 확립할 것 등으로 나타난다. 1) 지금까지 교육정책이 늘 조

---

* 출처: 김용권 외, 『영문학교육과 연구의 문제들』, 한신문화사, 1996, 169-200쪽.

210 | 3부 담론과 문학제도

령모개였던 점을 생각하면 이번 정책도 발표대로 실행될 것인지 의문이 없지 않으나 그렇게 될 경우 한국 대학교육의 틀이 크게 바뀔 것으로 보인다. 이번 개혁안은 무엇보다 1990년대 중반 우리사회의 전반적 정세를 반영하고 있는 것으로 판단된다. 한국은 지금 주로 기업을 선두로 하여 공공단체에 이르기까지 일종의 경영합리화를 위한 구조조정을 단행하고 있는 중이다. 김영삼정권이 '신교육체제를 위한 교육개혁안'을 수립한 것은 교육부문도 이 변동에 참여하라는 주문이다. 이번 개혁안이 과거의 교육정책과 구별되는 것은 '탈산업사회'의 출현에 따른 새로운 형태의 노동력 확보를 위해 대학의 학문운영 틀을 바꿀 것이라는 점이다. 이는 '교육개혁'이 새로운 능력들의 개발이라는 질적 발전에 초점이 맞춰져 있기 때문인데 대학에서 학부제와 같은 새로운 학문편성을 시도하고 있는 것이 그 증거다. 이에 따라 한국의 영문학 연구와 교육도 중장기적으로 중대한 변화를 겪게 되었다. '신교육체제안'으로 생길 대학의 재구조화는 영문학에 어떤 파고를 몰고올 것인가? 파도가 훑고 지나간 뒤의 모습이 어떨 것인지 정확히 예측하기는 어려운 노릇이지만 우리가 이 파고를 피할 길은 없다. 새로운 상황을 맞아 영문학은 어떤 자구책을 구사해야 할 것인가? 아니 자구책을 구사하는 것이 가능하기나 한가? 오히려 영문학은 새로운 형질 변화, 즉 전화의 전략을 채택해야 하지 않겠는가? 이 글에서 나는 이런 질문을 안고 한국 영문학의 한 미래상을 그려보고자 한다.

2. 대학교육 '개혁'과 인문학의 위기

1970년 초까지 한국 대학교육의 성격은 엘리트교육이었다. 아직은 산업화가 많이 진척되기 전이라 관리직 이외에는 대졸 출신의 사회 진출이 제한되어 있었기 때문에 대학교육을 받는 사람의 수도 적었고 대학의 수효도 얼마 되지 않았다. 그러나 1970년대 중반부터 산업화가 급진전하면서 상황이 바뀌는데, 특히 1980년 7월30일 국보위가 '교육개혁조치'를 취하면서 대학교육의 대중화가 이루어졌다. 80년대 초 약 50만명 수준이던 대학생 수는

---

1) 편집부, 『5.31 교육개혁안 이렇게 달라졌다』, 시간과 공간사, 1995, 46쪽.

1990년대 중반에 이르러서는 거의 200만으로 급증한다.[2] 이런 양적 팽창과 함께 대학교육 내면에도 상당한 변화가 이루어졌다. 70년대까지 명목상으로 지속되던 엘리트교육의 특성은 80년대 이후 크게 약화되었고 대신 실용적인 추세가 강화되었다. 물론 대학사회, 특히 교수들이 이런 추세를 자발적으로 수용한 것은 아니다. 종래의 엘리트교육 관성을 지켜 변화를 수용하지 않거나 못한 것이다. 하지만 대중교육화에 따른 대졸인구의 급속 증가로 취업 여건이 악화되면서 대학교육은 어떤 식으로든 실용화를 수용할 수밖에 없었다. 이런 경향은 명문대라고 자처할 수 없는 대학들에서 특히 두드러져 상당수 대학이 취업을 목표로 하는 학원으로 기능을 바꿔야 할 처지에 놓이게 되었다. 이번에 발표된 김영삼정권의 '교육개혁안'은 1980년대에 이미 시작한 이러한 실용화 경향을 더욱 강화할 것으로 보이며 특히 학문과 교육의 방식에 큰 변화를 일으킬 것으로 보인다.

지금까지 대학 변화가 양적 성장에 집중되었다면, 현재 일어나고 있는 변화는 대학 내부의 구조적 변화라는 성격이 강하다. 1980년대 대학에 부과된 실용화 과제는 대학 자체의 구조를 바꿀 만한 성격은 되지 못했다. 대학사회가 아직 양적인 성장을 계속할 수 있는 상황에서 대학들이 기업처럼 리엔지니어링을 할 이유도 없었다. 그러나 상황이 달라지고 있다. 실용성에 대한 요구는 여전하지만 이제 이 실용성은 새로운 능력의 배양을 통해 형성되어야 하는 것으로 이해된다. 대학도 1980년대처럼 고학력 노동력을 대량 공급하는 기능에서 서서히 벗어나 적어도 일부는 고능력 노동력을 양성해야 하는 임무를 맡게 되었다. 현재 진행중인 교육개혁에서 대학들의 차별화를 노골적으로 추진하고 있는 것은 그런 이유 때문이기도 하다. 대학의 유형을 다양화하겠다는 것도 연구인력, 전문인력, 기술인력 등으로 분류하겠다는 것, 즉 새롭게 형성된 고학력 노동력 시장의 조건에 맞추어 대학의 교육기능을 다변화하겠다는 것이다. 이런 점에서 '교육개혁'은 기업부문에서 일고 있는

---

2) 한국교육개발원이 펴낸 「1995년 한국의 교육지표」에 따르면 18-21세 인구 중 전문대 이상 대학 재학생 비율은 54.6%이고 전체 국민의 학력 구성도 대졸 이상이 1990년에 14.1%로 높아졌다(『한겨레신문』, 1996. 4. 1).

'유연화전략'에 대한 교육부문의 호응인 셈이다. 이제 대학들은 지금까지 유지해온 분과학문 체제 대신 학부화나 계열화로 학문분야들을 통합하려 한다. 유연화전략으로 새로운 능력들이 요청됨에 따라 인재양성의 방식도 바꿀 필요가 생긴 것이다. 사실 한국대학들은 그동안 크게 바뀐 교육환경에 대해 무시와 무지로 일관해옴으로써 무능을 제도적으로 양산했으며, 지구화와 정보화라는 새로운 정세에도 제대로 대응하지 못했다. 사회변동에 대해 대학들이 이처럼 맥놓고 있는 사이에 정부가 '신교육체제안'을 추진하는 것은 대학사회의 변화를 정부가 여전히 주도하고 있음을 보여준다. 그러나 여기서 적지 않은 문제가 발생한다. 대학 대신 국가권력이 주도하기 때문에 개혁방향은 권력을 장악한 정권의 성격에 크게 규정받게 되고, 이 결과 대학의 고유한 성격과는 거리가 먼 정책이 펼쳐진다. 이번 개혁안은 단적으로 말해 그동안 대학사회에 스며들어와 있던 자본논리의 공식화다. 정부는 자본의 요구에 따라 대학정책을 펼치고, 대학은 정부와 기업의 '당근전술'에 휘몰려 수동적으로 따라갈 뿐이다.

변화를 두고 나타나는 반응들은 물론 다양하다. 대학을 체질 변화시켜야 한다며 환영하는 쪽도 있고, 아예 무관심한 경우도 있는데, 아무래도 대세는 변화 요구를 받아들이는 소극적 수용인 듯싶다. 하지만 영문학이 속한 인문학 분야의 반응들은 소극적이긴 하지만 대체로 반발인 듯싶다. 최근의 실용주의적 경향은 대학의 전통적 이념 근간을 이루던 인문학의 퇴조를 부추길 것이라는 우려 때문일 것이다. "도대체 인간활동의 성패가 이윤축적 여부로 좌우되는 세상이 어떻게 '인간다운 삶'과 장기적으로 양립할 수 있는가라는 의문"도 그것이다.[3] 사실 실용성의 강화가 자본논리에 굴복하는 측면이 적지 않다는 점을 고려한다면 이런 우려에 근거가 없다고 할 수는 없다. 인간다움의 추구라는 인문학적 이상이 대학의 지배이데올로기 자리에서 내몰리게 되면 그동안 이윤축적과는 거리를 지켜온 학문과 교육이 기업활동의 도구로 전락할 가능성은 그만큼 더 커질 것이 아닌가.

---

3) 백낙청, 「세계시장의 논리와 인문교육의 이념」, 소광희 외, 『현대의 학문 체계—대학에서 무엇을 배울 것인가』, 민음사, 1994, 295쪽.

5.31 교육개혁안도 교육운영 방식을 공급자 중심에서 소비자 중심으로 전환하겠다고 함으로써 이런 도구화를 합리화하고 있다. 물론 소비자 중심 교육을 펼치겠다는 것은 그동안 교육주체로 대우를 받지 못했던 피교육자의 위상을 강화한다는 점에서 진일보한 측면이 없지는 않다. 하지만 다른 관점에서 보면 피교육자-소비자도 새로운 종속의 위치로 전락하고 있다. 실용적인 교육을 통해 자신의 능력을 배양한다고 해서 피교육자의 위상이 제고되리라 기대할 수는 없다. 현상황에서 피교육자는 결국 노동시장에서 '상품'으로 제공될 수밖에 없기 때문이다. 상품이 되면 교육소비자는 자신을 채용하는 기업의 입맛에 맞는 형태로 자신의 매력을 강화해야 하겠지만 이 매력을 판정하는 것은 결국 자본이다. 여기서 궁극적 소비자는 교육과정에서 양성되는 노동력을 구매하는 기업들이기 때문이다. 교육개혁안은 대학교육의 내실화를 한다는 명목을 가지고 있지만 실은 기업논리의 강화를 그 안에 담고 있는 셈이다.

상황이 이러하니 사회현실에 대해 비판적 거리를 유지하면서 더 나은 삶에 대한 전망을 확보한다는 자화상을 지닌 인문학의 설자리는 더욱 줄어들게 되었다. 실용성을 강화한다는 명분으로 자본의 논리가 대학사회에 진격해오면 인문학의 존립에 필수적인 대학의 자율성이 약화될 수밖에 없다. 사실 따지고 보면 한국대학들은 자율권을 마음껏 누린 적이 거의 없었다. 제3공화국 이래 대학은 학생들이 중심이 되어 끊임없이 저항해왔지만 계속 국가권력의 감시와 통제를 받아온 것이다. 그렇기는 해도 한국대학은 자본에 대해서만큼은 그런 대로 자유로웠던 편인데 최근의 변동은 대학지배에서 자본의 비중이 증대하는 새로운 상황이 전개되고 있음을 말해준다. 현재 강조되는 대학 자율은 기본적으로 자본의 자율이다. 대학의 '자율'이라는 것이 결국 대학의 재정 책임으로 판명되고 특히 산학협동의 강화로 나타나고 있는 사실이 한 증거다. 산학협동은 학계와 산업계가 협동한다는 명분을 가지고 있지만 실인즉 기업의 대학 침투이다. 이 추세 속에 인문적 교양의 함양을 통해 인간다움의 추구를 존립 근거로 삼아온 인문학은 큰 타격을 받게 되었다. 대학을 기업처럼 운영하라고 하고, 학문을 이윤추구의 수단으로 만들라는 마당에 '인간다움'의 실현을 소중히 여길 리 없는 것이다. 인문학적 이상은 이로 인해 중요성을 상실하거나 외면당할 수밖에 없지만, 문제는 이와 함께 대학사회가 중요한 비판적 자세를 잃게 된다는 점이다. 인문학은 지금까지 현실에 대해 무관심으로 일관한 측면이 적지 않지만 그래도 소극적 거리 두기로나마 사회에 대한 비판적 자세를 잃지는 않았다. 인문학의 '몰락'은 대학의 이러한 덕목이 사라짐을 의미한다. 인문학이 지닌 비판적 태도, 특히 지배세력에 영합하지 않는 태도도 위축받게 되었다. 비판은 약소자와 연대해야 하는 책임과 연결되어 있는데 이 연대가 약해지고 있다. 산학협동의 명분이 강화됨으로써 지금까지 비판의 주된 대상이던 세력이 새로운 연대의 대상으로 둔갑하는 형편이다.

선택이 필요하다. 새로운 변동에서 우리가 취해야 할 태도는 무엇인가? 인문학과 영문학을 어떤 식으로든 지켜내야만 할 것인가? 혹은 인문학적 이상을 포기할 것인가? 인문학을 지켜야 한다면 현실에 대한 그것의 비판적 개입능력을 어떻게 실질적으로 강화할 수 있을 것인가? 인문학의 폐기를 선택한다면 비판은 어떻게 유지할 것인가? 새로운 시각이 필요하다. 현 단계의 비판적 작업, 인간해방 프로젝트를 위해 과거의 틀만 고수할 것은 아니다. 지금껏 견지해온 비판정신을 유지할 필요는 있겠지만 그렇다고 그동안 인문학이 드러낸 사회개입 능력의 취약성을 반복할 수도 없고, 실용주의를 수용하여 개인의 '능력'을 강화한다며 지배에 종속되어서도 곤란하다. 인문학과 영문학의 새로운 발전을 위해서는 새로운 길을 찾아야 한다.

3. 영문학의 번성과 위기

대학교육의 대중화와 함께 영문학은 번성을 누렸다. 특히 주목할 점이 영문학과의 비대화 현상이다. 팽창은 두 번에 걸쳐 일어났다. 1970년대 중반까지 국내 영문학과들은 문과계열의 다른 어문학과들에 비해 정원이 월등하게 많지는 않았다. 그러나 70년대 중반 계열별 모집 정책이 실시된 이후 학과구분 없이 입학한 학생들이 2학년에 진학하면서 대거 영문학과를 지망했기 때문에 상당수 대학들의 영문학과 규모가 두 배 이상으로 커지는 현상이 생겼다.⁴⁾ 영문학교육의 대중교육화 기초가 닦인 셈이다. 영문학과 비대화의 두 번째 계기는 1980년 국보위 정책 결정으로 대학교육이 대중교육으로 전환하면서 주어졌다. 졸업정원제라는 것이 도입되면서 입학생 수가 기존 정원의 130%로 확대되었을 뿐만 아니라 신설 대학들이 대거 설립되기 시작한 것이다. 이미 다른 어문계열 학과들보다 정원이 늘어난 영문학과는 이 변화로 이제는 학과수도 늘어나서 현재 전국 140여 4년제 대학에서 영어관련 학과가 없는 대학이 없을 정도가 되었다.⁵⁾ 한국 자본주의의 성장과 함께 세계체제 참여도가 높아짐에 따라 국제간 교류의 빈번화로 영어에 대한 수요가 커진 때문일 것이다. 하지만 이 과정에서 영문학과가 비대해진 것은 영문학의 현실적 기능이 주로 영어교육에 있었다는 점을 말해준다.⁶⁾ 5.31 교육개혁에서도 영문학은 일견 과거와 비슷한 요구를 부여받는 것으로 보인다. 세계화전략에 따라 영어교육에 대한 수요가 더욱 커지고 있는 것이다. 영어교육의 기능을 맡을 수 있다는 평가 때문인지 영문학과는 여전히 '잘 나가는' 학과로 남게 되었다. 학부제 및 계열화 도입 등 대학들의 교육개혁안 실행으로 상당수 어문계열 학과들이 존폐의 위기를 맞게 된 것과는 대비된다.⁷⁾

---

4) 서강대학교에서는 계열별 모집 이전의 영문학과 정원은 40명이었으나 이후 100명을 넘어섰다. 이런 현상은 계열별 모집을 하지 않은 대학들을 제외하고 연세대, 고려대, 이화여대 등 계열별 모집을 했던 거의 모든 대학들에서 나타났다.
5) 참고로 필자가 재직하는 중앙대의 경우 문과대 영어영문학과는 현재 주야간으로 운영되며 신입생 정원이 125명이다. 여기에 사범대의 영어교육학과와 안성캠퍼스 외국어대의 영어학과까지 합치면 영어관련 신입생 수는 총 250명에 달한다. 이는 중앙대에서 영어관련 교육을 받고 있는 학생이 총 1,000명에 달한다는 말이 된다. 이것 외에도 독학사 과정까지 있어서 그 출신이 가끔 대학원에 진학하기도 한다.
6) 국내에는 미국과 교류가 많은 서강대학교가 교양영어과정부를 독자로 운영하는 것말고는 공식적으로 '일반영어'(general English) 교육을 표면에 세우는 데가 별로 없다. 설립취지로 보면 '일반영어'를 내세웠을 법한 한국외국어대학의 영어학과 같은 곳도 그 안을 들여다보면 주로 문학 중심이었다. 하지만 여전히 영문학과의 주요 기능은 영어교육이었다고 할 수 있을 것이다.
7) 외국어문계열로 특히 불어와 독일어 관련 학과들이 존폐의 위기에 처한 것으로 보인다. 이들 학과들은 스페인어, 러시아어, 중국어, 일어 등 관련 학과들과는 달리 거의 모든 대학들에 인문계열로 설립되어 있기 때문에 상대적으로 공급이 달리는 외국어학과들에 비해 더욱 어려움을 겪는 것으로 추측된다.

그러나 영문학과는 몰라도 영문학을 놓고 보면 이야기는 다르다. 영문학과가 번성한다고 영문학이 발전하는 것은 아니다. 영문학은 80년대 이후 특히 비명문대학들에서 실용화하라는 압박을 받아왔는데 이번 개혁조치로 그 압박이 더 심해지게 되었다. 사실 과거에는 영문학과의 비대화가 영문학 자체에 대한 압력으로 직접 작용하지는 않았다. 물론 대중교육화로 학생들의 요구가 달라지면서 실용영어교육의 강화가 강조된 측면이 적지는 않았으나 그것은 강조였을 뿐 영문학을 관장하는 전문집단(주로 교수들과 대학원생들)은 여전히 영문학을 인문학으로서 수행해올 수 있었다. 반면에 지금은 영문학의 인문학적 성격이 도전을 받고 있다. 영문학이 위기에 빠졌다는 말인데 이는 1995년 말 신임교원 채용 현황에서도 드러난다. 1994년 대학교육협의회가 대학평가를 실시하기 시작하면서 교수확보율을 중요한 평가의 척도로 삼게 되자 영문학 분야에 교수 채용이 느는 듯싶더니 1995년에는 '신교육개혁'의 실용주의적 경향의 여파인 듯 신규 채용에서 외국인 영어강사에 대한 수요는 크게 늘어났으나 인문학을 전공한 한국인 어문학 담당 교수에 대한 수요는 크게 감소한 것이다. 이것을 한시적 현상으로만 볼 수는 없다. 일부 대학들이 아예 인문학과들을 없애는 데서 보이듯 인문학의 쇠퇴는 장기적 추세로 보이기 때문이다. 8)

　인문학으로서의 영문학의 쇠퇴는 어디서 연유하는 것일까? 영문학의 쇠퇴는 자본논리의 대학 침입에서 보듯 분명 외부 요인에 의한 객관적 정세로 인해 발생된 측면이 분명히 있다. 하지만 여기서는 영문학계가 반성할 점이 더 크다고 말하고 싶다. 지금의 위기는 영문학계가 그 동안 자신에 대한 수요 증가에 만족하여 내부 성찰과 반성을 외면해온 결과이다. 사실 영문학계는 내부에 복잡한 문제점들을 안고 있다. 영문학과에서 주도권을 쥐고 있는 사람들은 대부분 영문학의 연구와 교육을 인문학적으로 관리하려 한다. 문학중심주의적 사고를 하며 정전들을 중시하는 것이다. 하지만 지금은 기업논

---

8) 일례로 아주대에서는 인문학 관련 학과들을 없앤 바 있다. 연세대, 서강대 등에서는 계열화정책을 추진하여 1996학년도 신입생부터 학과별 전형을 폐지하였는데 이 조치로 영문학과는 더욱더 비대해지겠지만 그렇다고 영문학이 발전할 가능성이 커졌다고 할 수는 없을 것이다.

리가 강화된 시점이고 영문학교육을 실용영어교육으로 전환하라는 요구도 크게 증가했다. 학생들도 요구도 다양하다. 대부분 문학에 대한 무관심으로 '무장'되어 있고, 취직 걱정으로 교육의 실용화를 요구하며, 영문학을 중시한다 해도 교육의 내실화를 갈망한다. 반면에 교수들의 주된 경향은 인문학적 엘리트교육을 실시하려는 것이다. 이것은 영문학이라는 틀 안에 있어도 제주체들이 영문학에 대해 각기 다른 상과 기대를 갖고 있다는 말로서, 영문학의 정체성 혼동을 일으키는 원인이 된다. 교육의 질도 문제다. 영문학계는 인문학적 교양의 함양과 인문학자 양성을 교육목표로 잡고 있지만 그 성취도는 한마디로 수준 이하이다. 국내에서 제대로 능력을 갖춘 영문학자를 양성하는 것은 거의 불가능하며, 명문대 출신자도 외국유학을 가야 하는 실정이다. 학생들의 학문적 기대를 충족하기는커녕 오히려 능력을 저하시키는 환경 때문일 것이다. 그런데도 지금 영문학과는 석·박사과정을 운영하지 않는 대학이 없을 정도로 번성하고 있다. 인문학 쇠퇴의 흐름과는 다른 융성의 조짐으로 보면 그야말로 착각이다. 영문학의 암울한 전망은 학부 학생들의 무관심이 정확하게 보여준다. 지금 영문학 전공 학생들이 법학, 경영학, 신문방송학 등 전공과는 동떨어진 실용학문 분야로 대거 이탈하고 있다. 한국대학의 고질인 교육 여건과 환경은 여기서 언급하지 말자. 연구와 교육에 전념하게 할 여건 마련이 중요하지 않다는 것이 아니라 당장 해결될 전망이 없는 것이 뻔한 상황이라서 그 탓만 해서는 아예 아무 것도 못할 것 같기 때문이다.

현재 한국 영문학교육이 안고 있는 문제는 다양해서 여기서 일일이 언급할 수는 없다. 굳이 말하자면 아무래도 제일 큰 문제는 문제가 있다는 사실 자체를 억압하는 점이 아닐까 싶다. 소장교수들이 주로 하겠지만 학생들의 요구를 수용하거나 새로운 방법론에 입각한 교육을 하기 위해 변화를 모색하려면 곧 봉쇄 조치가 일어난다. 장르별 전공 분류 등 개별 교수의 담당 과목이 천편일률로 되어있어서 관행을 깨려면 늘 견제가 들어온다. 영문학계 아니, 인문학계의 고질적인 문학중심주의, 정전중심주의가 이런 보수적 경향을 강화하는 중요한 이유인 듯하다. '문학'의 개념은 다양한 설정 방식이 있을 터인데도 기존의 정전 중심 문학 개념만이 지배하고 있기 때문에 종교로서의 문학, 즉 '제도문학'만이 문학으로 취급되고 있다. 이로써 문학에 대한 비판적 연구의 길은 거의 막혀버린다. 학문의 패러다임 전환에 대한 요구도 크게 일고 있지만 원로들은 이 요구를 무시하지 않으면 방자한 것으로 받아들이려 하지 않는다. 이런 것이 강의 시간의 축소 등 여건 개선과 같은 현실적 문제들보다 더 중요한 쟁점으로 다루어야 할 문제인 것은 아닐까? 학문방식에 대한 새로운 모색 요구가 젊은 학자군들로부터 나오고 있지만 아직은 소수에 국한되고 드러나지 않는 실정이다.

4. 학제상 문제

이상의 관점에서 보면 영문학은 영문학과의 번성 속에서 새로운 위기를 맞게 된 셈인데, 이 위기는 영문학계가 자초한 것이며, 자기반성이 모자랐기 때문에 생겨난 것이라 본다. 그 중에서도 특히 영문학의 학문편제 문제점을 들고 싶다. 한국에서 영문학은 '영어영문학과'에 편성되어 있다. 영문학과 영어학이 함께 동거하고 있는 것이다. 별다른 문제의식 없이 영어학과 영문학이 같은 학과체계로 결합되어 있지만 과연 이 동거가 합당한 '혼인관계'인지는 불분명하다. 학생들이 이로 인하여 겪는 혼동은 여기서 언급하지 말자. 그러나 왜 영문학은 반드시 '영어영문학과'라는 학과형태로만 존재해야 하며, 언어학과 같은 학과 안에 있어야 하는가? 이 질문에 대한 시원한 답변을 우리는 마련하고 있지 못하다. 하기는 한국 영문학계가 그동안 양적 팽창을 이룬 것도 이처럼 느슨한 학문체계를 갖추고 있었기에 가능하지 않았을까 싶기는 하다. 표방과 실제 수행의 상위성에 대한 이론적 성찰의 부재가 장사에는 오히려 도움이 되는 기막힌 역설! 하지만 학문편제를 이런 식으로 두어서는 곤란하다. 영국이나 미국에서도 '영어영문학과'나 '영어영문학부' 체제는 거의 없다. 옥스퍼드 대학이 처음 영문학을 교육과정에 편입시켰을 때 그 명칭을 '영어영문학부'(School of English Language and Literature) 라고 한 적이 있고 지금도 미국의 버지니아 대학 영문학과 같은 경우는 공식명칭을 '영어영문학과'(Department of English Language and Literature) 로 하고 있기도 하지만 대부분 대학들에서 영문학은 '영문학과'나 '영문학부'로 운영되고 있다. '영어영문학'이라는 명칭을 사용한다고 해도 한국처럼 언어학과 문학(연구)의 결합이 아니라 영어로 된 문학을 연구한다는 의미로 쓰여 '영어영문학과'는 사실상 '영문학과'이다. 여기서 언어학과 문학(연구)이 결합되어 있다는 사실 자체를 비판하자는 것은 아니다. 하지만 학문분야로서 구별되는 두 학문체계가 공생하고 있으면서도 양자의 관계를 따지려 들지 않는 관행, 그래서 학문방법론적인 반성을 외면하는 관행만큼은 비판하지 않을 수 없다. '영어영문학과'라는 형태는 학문들의 특징, 차이, 제도적 성격 등을 고려하는 학문전략의 부재로 인하여 생겨난 기형적인 학문편성이다.

영문학의 학문편제 문제설정의 불명확성으로 발생하는 또 다른 문제는 인문학을 둘러싼 문제다. 학문편제에는 두 가지 차원이 있다. 학문들 상호간의 관계를 설정하는 측면과, 다른 한편 학문들의 관계와 반드시 일치하지는 않으나 대학이라는 제도 안에서 학문분야들을 배치하는 측면이 그것이다. 두 측면을 구분하자는 것은 대학제도와 학문제도가 반드시 일치하지 않음을 인식하자는 것인데, 지금 이 두 측면은 혼동되고 있다. 영문학이 인문학이라는 이유로 무조건 인문대학 또는 문과대학에 편성되는 것이 그 한 예다. 그러나 영문학이 인문학이라고 해서 특정 단과대학에만 배치하는 것은 학문 또는 과학의 문제와 사회적 제도의 문제를 단일한 것으로 여기는 일이며 또한 인문학의 성격을 단순화하는 일이다. '인문학'은 학문의 방식이 될 수도 있고 학문의 분야가 될 수도 있다. 학문방식으로 인문학은 인간주의적 전망을 가지고 있으며 이 점 때문에 비인간주의적 이론들과는 크게 다른 학문 방식을 구성한다. 그런데 이런 식으로 이해된 인문학은 문학, 역사학, 철학과 같은 학문분야로서의 인문학과는 동일시될 수 없다. 철학에서 인간주의는 지배적이기는 하지만 하나의 이론적 관점에 불과하다는 점은 예컨대 알튀세르가 수행한 이론작업을 통해서도 충분히 밝혀졌다. 라캉의 정신분석학, 푸코의 '고고학'이나 '계보학', 데리다의 '해체', 들뢰즈와 가타리의 유목론(nomadology) 등은 인간주의적 이론에 대한 나름대로의 비판들이다. 영미의 대학들에서 이런 비판들이 인간과학(human sciences)을 구성하면서 문과계열의 단과대학이나 학과에 편성되기도 한다는 사실은 인문학이 분야는 될 수 있어도 고정된 학문방법으로만 이해될 수는 없다는 점을 보여준다. 현재 국내 영문학은 이런 점에 대한 고려 없이 '인간주의적' 인문학이라는 성격으로만 문과대학에 있는 셈이다. 그러나 '반인간주의적' 인문학, 또는 유물론적 인간과학이 성립할 수 있다면 영문학도 지금과는 다른 방식으로 학문수행을 할 수 있을 것이며, 다른 형태의 대학편제를 가질 수도 있고 심지어는 인문학이라는 명칭을 벗어버릴 수도 있다.

세 번째 문제로 국내 영문학은 스스로 외국학이라는 사실을 깊이 인식하지 못하고 있다는 점을 지적하고 싶다. 영문학이 외국학이라는 것은 말할 필요가 없겠지만 우리 영문학계에는 이 당연한 상식이 통하지 않는다. 국내 영문학과의 모델로 영국이나 미국의 영문학과를 삼고 있는 것이 그 한 증거다. 영문학이 외국학이라는 점을 생각하면, 영문학의 학문체계를 형성하고 그것을 운영할 때 영미의 영문학과들의 구성 및 운영 방식을 참고하는 것만으로는 부족하다. 오히려 그들 나라에서는 외국(문)학을 어떻게 연구하고 교육하는지 알아보는 것이 한국에서 영문학을 연구하고 교육하는 데 더 좋은 참고가 될 것이다. 다른 한편 영문학의 인문주의적 경향이 문제로 작용한다. 영문학이 인문학 성격을 고집하게 되면 외국학으로 성립되기 힘들다. 인문학은 정전 중심이기 때문에 연구와 교육 대상으로서의 영미문학작품에 대한 독특한 태도를 갖게 된다. 알튀세르가 지적하고 있듯이 "문학적 영역과 그 대상 사이에 있는 소비적 실천의 관계는 과학적 지식의 관계처럼 여겨질 수 없다."9) '과학적 지식'을 추구하는 학문이 아닌 만큼 인문학은 자신의 대상에 대한 태도만을 가르치게 되고 이 태도는 대상 섬기기라는 형태를 취한다. 한국영문학은 지금 자신의 '주어진' 대상으로 설정된 영미 '고전들'을 경전으로 간주하고 그 가르침을 받는 데 많은 노력을 경주하고 있다. 이처럼 '길들여지고자' 하는 태도로 말미암아 한국영문학계는 한국에서는 영문학이 어떤 모습을 갖추어야 하는지 별로 따지려 들지 않는다. 영문학 연구와 교육이 한

---

9) 루이 알튀세르, 『철학과 과학자들의 자생철학』, 김용선 역, 인간사랑, 1992, 59-60쪽.

국에서는 당연히 차이가 있어야 한다는 점을 인식하지 못하는 것도 같은 맥락이다. 차이를 인정하더라도 우리는 왜 영문학 고전들을 제대로 이해하지 못하는가 하는 자책성 반성만 무성할 뿐이다. 영미의 문학생산, 관리, 소비 등의 관행들은 모두 선망의 대상이 될 뿐, 분석되지는 않는 것이다. 결국 한국영문학은 외국학으로서 역할을 거의 하고 있지 못하는 셈인데, 이는 한국인 전체에게는 커다란 손실이 아닐 수 없다. 어렵사리 얻은 영어능력으로 영문학자들은 영어로 된 텍스트나 영어권 문화를 연구할 수 있는 능력과 자질들을 갖추고 있다고 할 수 있다. 그러나 우리 영문학계는 영어권 문화를 얼마나 제대로 이해하고 연구했는가?

한국의 영문학은 학과로서는 번성하고 있을지 모르지만 학문으로서는 자격 미달이다. 학문체계, 연구방법론에서 제기할 문제들이 적지 않은데 관행에 좇아서만 연구와 교육을 실시할 뿐이다. 이 사이에 새로운 요구들, 특히 인문주의적 영문학에 대한 수정 요구가 커지고 있다. 그것은 자본이나 국가권력에서 오는 요구와 학생들과 영문학 교강사 등 연구 및 교육 주체들의 요구로 대별된다. 국가와 자본측은 영문학을 지배와 자본축적에 유용하게 써먹으려고 한다. 따라서 영문학의 비판적 역능 향상보다는 실용주의와 체제순응의 태도를 요구할 가능성이 높다. 다른 한편 영문학과에 들어오는 학생들은 대부분이 영문학 전공을 영어공부로 간주하고 영문학을 전공하려는 경우는 아주 드물다. 아마 비명문 대학으로 갈수록 이런 경향이 심하겠지만 명문대에도 사정이 크게 다를 것 같지 않다. 영문학 연구와 교육의 지형은 이 새 요구들에 의해 크게 영향을 받을 것이다.

5. 영문학 연구 및 교육의 조건 변화

영문학계가 난부자 든거지로 속앓이를 하고 있는 데에는 또 다른 이유도 있다. 주지하다시피 한국 영문학계는 거의 예외 없이 '문학중심주의'에 경도되어 있으며, 영미의 고전들을 신주 모시듯 한다. 하지만 이런 정전 중심의 연구와 교육을 더 이상 지속할 수 없게 만드는 변동들이 발생하고 있고, 이로 인해 전통적인 영문학 연구와 교육은 위기에 빠졌다. 지금까지 영문학의 정체성을 규정하는 데 중요한 몫을 해온 몇 가지 기본 개념들을 해체하는 조건들도 나타났다. 앞으로 영문학이 어떻게 발전할지, 어떤 전화를 모색해야 할지 따지려면 이들 조건들을 살펴봐야 한다.

첫째, 문학의 위기라는 정세를 들 수 있다. 문학은 대체로 민족문화 프로젝트에 속한다. 민족 정체성 구성의 중요한 계기가 되는 자연언어에 기반을 둔 문자언어에 입각해야 하기 때문이다. 이런 점 때문에 문학은 부르주아가 자신의 대중 지배전략으로 언어교육을 대중교육으로 전환했던 시기에 중요한 지배이데올로기가 될 수 있었다. 인쇄문명의 총아라 할 신문이 거의 유일한 전사회적 의사소통의 도구가 될 수 있었던 시기인 19세기 이후 문학은 언어교육에서 특권적인 위치를 차지하였다. "문학 텍스트는 개인들로 하여금 이데올로기를 전유하게 하고, 개인들을 이데올로기의 '자유로운' 담지자 혹은 심지어 이데올로기의 '자유로운' 창조자가 되게 한다. 문학 텍스트는 부르주아 사회에서 개인과 이데올로기간의 구체적 관계들 안에서 특권적인 조작자이며 그 재생산을 보증한다"고 하는 발리바르와 마슈레의 말은 이런 맥락에서 이해할 수 있을 것이다. 10) 베네딕트 앤더슨에 따르면 인쇄혁명을 통해 상상의 공동체로서 민족이 형성된다. 그는 신문 등 활자매체의 보급이 멀리 떨어져 있는 사람들을 하나의 사회로 묶는 힘을 발휘한다고 지적한다. 11) 근대적 형태의 문학이 민족의 형성과 관련이 있다는 이런 견해는 프란츠 파농의 논의에서도 나온다. 파농은 특히 피지배 민족들의 문학이 민족의식의 고양과 함께 전통적 문학 형태에서 전환하여 민족문학으로 나타난다는 점을 지적한 바 있다. 12) 이제 이런 프로젝트는 시빗거리가 되었고, 크게 도전을 받고 있는 중이다. 최근 김영삼정권의 국가경영전략이 된 '세계화'와 '정보화'

---

10) Etienne Balibar and Pierre Macherey, "On Literature as an Ideological Form," in Francis Mulhern, ed., *Contemporary Marxist Literary Criticism* (London & New York: Longman, 1992), p. 51.

11) Benedict Anderson, *Imagined Communities: Reflections on the Origin and Spread of Nationalism* (London: Verso, 1983); John Tomlinson, *Cultural Imperialism* (London: Pinter Publishers, 1991), pp. 81-82.

12) Franz Fanon, "On National Culture," in Patrick Williams and Laura Chrisman, eds., *Colonial Discourse and Post-colonial Theory: A Reader* (New York: Columbia University Press, 1994), pp. 36-52.

도 민족국가를 해체하는 힘으로 작용하고 있다. 13) 대중문화의 확산도 전통문화만이 아니라 근대적 민족문화를 약화하는 데 기여한다. 문학의 위기는 이런 상황과 맞물려 있다. 민족적 정전 중심의 근대적 문학제도는 민족 개념이 동요를 이루고 있는 만큼 약화되고 있고 이 추세는 대중문화의 등장으로 문화지형이 바뀜으로써 더욱 강화되고 있다. 문학연구도 이런 상황에서 문화연구로 전환할 것을 요구받고 있는 중이다. 14)

둘째, 문학의 해체와 위기는 크게 보아 문자문화의 위기를 말하며, 이것은 전자언어의 출현이라는 문명사적 전환과 긴밀하게 관련되어 있다. 영문학을 포함한 인문학의 위기는 책문화의 위기이기도 하다. 문자문화가 문화지형에서 주도권을 상실하자 인문학도 함께 쇠퇴한 것이다. 문자문화는 인쇄술의 발명과 함께 번성했으며, 마크 포스터의 지적대로 가상적 통일체의 주체 개념을 상정한다. 하지만 지금의 변화된 '문자' 상황에서 이런 '통일적 주체'의 가상은 해체되고 있다. 15) 뉴미디어 또는 전자적으로 매개된 정보통신기기의 대거 등장과 함께 정보양식이 바뀌며 주체가 형성되는 새로운 방식이 개발되었기 때문이다. 오늘날 언어는 전통적 문학이 의존하던 문자언어만이 아니라 정보화 또는 첨단 기술화에 바탕을 둔 전자언어라는 성격을 강하게 띠고 있다. 문자문화를 주도한 '책'의 정보저장 방식도 이제 새로운 형태의 저장방식인 데이터베이스와 공존 및 경쟁 관계에 들어섰고, 알파벳 혹은 자모 중심의 문자도 그 지배적 영향력을 많이 상실했다. 최근에 문학연구에서 큰 변화가 일어나는 것은 이 때문일 것이다. 힐리스 밀러가 지적하고 있는 것처럼 현 시기는 처음으로 문자문화 이외의 문화형태들—TV, PC,

---

13) 졸고, 「세계화, 지역화 시대의 민족문화 정책」, 구범모 외, 『세계화와 민족문화의 발전』, 한국정신문화연구원, 1997, 91-148쪽 참고.

14) 다음 말을 참고하자. "문학연구에서 개별 작품들은 고급문화 전통의 정전과 재결합되어, 상호주체적 정전이라는 보다 큰 통일성내에서 기념비로서의 위치를 차지한다. 만약 고급적 전통과 대중적 전통으로부터 추출한 텍스트를 공통의 이론틀내에서 나란히 읽는다면, 만약 예를 들어 성 개념을 통해 버지니아 울프의 공인된 고급문화 소설인 『등대로』와 『다이너스티』같은 연속극을 똑같이 여성에게 말을 하고 있는 재현 형식의 변형들로 해석한다면 문화연구에서 정전적 통일성이란 있을 수 없다." 안토니 이스트호프, 『문학에서 문화연구로』, 임상훈 역, 현대미학사, 1994, 207쪽.

15) 마크 포스터, 『뉴미디어시대의 철학』, 김성기 역, 민음사, 1994, 222-23쪽.

비디오, CD-ROM, 전화, 영화 등—로 감수성을 익힌 세대가 문자 중심의 고급문화를 분석하고 연구하게 된 시기다. 16) 그리고 새로운 정보저장 및 그에 대한 연구방식이 나타난 뉴미디어적 조건에서 문화가 새로운 형태를 띠게 된 시기이다. 밀러는 신기술은 대중문화에도 나름대로 특징적인 영향력을 행사할 것으로 본다. 예컨대 대중문화는 시각적 기호들을 강조하는데 이는 우리가 과거 혹은 현재의 고급문화를 구성하는 언어, 특히 문학을 해석하게 되는 방식에 강력한 영향력을 행사하게 된다는 것이다. 17)

　문학의 연구와 교육에 새로운 조건을 부여하는 세 번째 요인으로 대중문화의 부상을 들 수 있다. 전자언어의 등장을 언급하였지만 대중문화와 관련해서는 시청각언어의 등장을 꼽을 수 있을 것이다. 시청각언어는 즉각 소비가 가능하기 때문에 민족국가의 경계들—국경, 언어, 민족동일성, 법제 등—을 초월하는 특성을 가진다. 마돈나나 마이클 잭슨 등이 급속도로 확산되는 것이나 〈서태지와 아이들〉이 랩을 자유자재로 구사하는 것은 이런 이유 때문이기도 하다. 18) 현재 한국 대학들이 직면하고 있는 문제들은 대중교육화로 인해 발생하고 있다고 위에서 지적한 바 있다. 이제 다른 각도에서 이 지적을 수정하고 싶다. 영문학의 위기, 인문학의 위기는 대중문화의 '진출'이 낳은 현상이기도 하다. 자본주의 사회에서 대중문화는 당연히 지배전략과 밀접한 관련이 있지만, 무조건 지배를 위한 수단으로만 볼 수는 없다. 대중문화는 대중의 문화적 진출, 민중의 문화적 역량 강화가 일어난 사례일 수도 있기 때문이다. 이런 점에서 인문학의 위기는 대중문화의 진출에 따른 엘리트문화의 왜소화로도 이해할 수 있을 것이다.

　넷째, 새로운 사회적 쟁점들의 등장을 꼽을 수 있다. 문학의 위기와 관련해서도 언급할 문제지만 일반적으로 '재현'이라고 할 수 있는 프로젝트는 위

---

16) J. Hillis Miller, *Illustration* (Cambridge, MA. : Harvard University Press, 1992), p. 43.
17) Ibid. , p. 44. 밀러의 관점은 최근 『서양의 정전』(*The Western Canon: The Books and School of the Arts* 〔New York: Harcourt Brace, 1994〕)을 출간한 해롤드 블룸과 크게 대비된다. 블룸이 수동적으로 문학의 정전들을 수호하려고 하는 반면 밀러는 새로운 현상에 대한 적극적 분석을 권유하며, 문학연구를 문화연구로 전환하는 것을 주저하지 않는다. 이것은 안토니 이스트호프(『문학에서 문화연구로』)의 관점에 가깝다.
18) 70년대 송창식 등의 외국가요 번안과 지금 가수들의 외국풍 가요의 국산화를 비교해보라.

기를 맞고 있다. 정치적 장에서 재현의 위기는 '대의' 또는 의회민주주의의 위기이기도 한데, 이미 1848년에 대의 프로그램에 대한 제1차 문제제기가 본격화되어 자유주의적 헤게모니와 사회주의적 대안이 쟁투하는 과정이 있었지만 1968년을 전후로 하여 제2차 문제제기가 진행중이다. 지금 쟁점은 민족국가, 노동, 국가 제도 중심으로 형성되는 사회적 프로젝트의 '정당성'이다. 인종, 성, 환경, 지역, 세대, 정보 등 종전에 부차적으로 간주되던 사회적 문제들이 제출되어 노동과 민족 문제를 두 축으로 삼아 안정을 유지하던 민족국가의 틀이 흔들리고 있다. 19) 한국에서도 최근 들어와서 세대, 환경, 성차별 문제가 사회적 문제로 등장했으며, 아직은 단일 민족이라는 가상을 뒤흔들 정도는 아니지만 외국인 노동자들의 유입으로 인종 문제의 맹아적 형태가 나타날 조짐이다. 이들 새로운 사회문제들의 형성으로 말미암아, 문학의 연구와 교육에서도 과거에는 다루지 않아도 되었던 쟁점들이 등장하고 있다. 위에서 언급한 대중문화의 급성장과 함께 인종, 성, 환경, 세대, 지역, 정보의 문제들은 경전 중심의 문학 연구와 교육의 고답적 자세를 뒤흔든다. 앞에서 지적한 인문학-영문학에 대한 학생들의 무관심도 영문학이 이런 문제들을 등한시하여 생긴 결과로 보인다.

끝으로, 이상의 문제들을 종합하면 분과학문 체계의 와해가 학문의 새로운 조건으로 등장하고 있음을 알 수 있다. 교육위원회의 '개혁안'도 사실 기존의 분과학문 체계를 겨냥하고 나온 것인데, 이로 인하여 영문학은 그동안 종합대학 문과대학의 틀 안에서 자율적인 분과학문으로 안주할 수 없는 상황에 이르렀다. 더구나 텍스트도 학문방법론으로도 인문학적으로 정의된 문학이라는 틀 대신 서사이론, 기호학 등이 설정하는 서사나 기호체계로 인식되게 됨으로써 문학은 다른 여러 문화현상과 동시에 연구되어야 할 대상으로 이해된다. 이와 함께 문자해독능력(literacy)에 대한 새로운 해석이 시도되고 있다. 더 이상 '정전'에 얽매이는 것이 아니라 우리가 '쓰고, 읽고, 해석

---

19) 데이비드 하비, 『포스트모더니티의 조건』, 구동회·박영민 역, 한울, 1994, 317쪽 이후와 Immanuel Wallerstein, *Geopolitics and Geoculture* (Cambridge University Press, 1991), pp. 65-83을 참고할 것.

하고, 분석하는' 능력 전체가 문학적 능력으로 해석되어야 할 판이다. 위에서 언급한 전자언어, 시청각언어, 대중문화 등의 출현, 그리고 새로운 쟁점들의 등장은 문학을 복잡하게 구성된 문제지형에 연루시킨다. 경전의 연구에서 배제되기 마련인 계급모순이나 성차별과 같은 삶의 방식과 관련된 문제들은 텍스트, 이미지, 기호 분석에서 도외시될 수 없다. 문학에 대한 통합적인 접근이 필요해진 것이다.

6. 영문학 전화의 원칙

이상의 논의를 근거로 영문학의 전화가 필요하다고 본다. 관행을 그대로 유지해서는 연구와 교육에서 새로 등장한 조건변화에 제대로 대응할 수 없다. 그러나 전화를 위해서는 원칙들이 필요할 것이다. 우선 3가지 원칙을 확인하고 싶다. 영문학 연구와 교육의 1) 현재화, 2) 실학화, 3) 민주화가 그것이다. 첫째, 영문학의 현재화는 지금까지 국내 영문학의 주된 관심 시기를 현재 시점으로 끌어내리자는 태도이다. 대부분의 인문학이 그렇지만 국내 영문학계에서 '현재'는 대략 1차 세계대전 전후이다. 영문학과에서 텍스트로 삼고 있는 '작품' 또는 정전들은 대개가 19세기의 리얼리즘, 또는 내추럴리즘 소설이거나 낭만주의 시 등이 아니면 모더니즘 계열의 작품들이다. 1945년 이후의 문학생산물에 대한 강의는 진행되는 경우가 아예 없지는 않지만 아직은 예외적이다. 이 결과는 영문학의 현실 기여, 개입 능력의 약화이다. 또 영문학이 일부 선별된 텍스트의 정전화 또는 물신화를 통해 문학을 종교로 만드는 데 기여한 점도 지적할 필요가 있다. 문학의 이런 경전화와 종교화는 피에르 부르디외가 보여준 대로 사실은 차별화 전략이다. 이런 점 때문에 지금의 문학연구 틀에서 벗어나는 것이 필요하지만 그 방편의 하나라 할 대중문화연구로 전환하는 경향은 아직은 보이지 않는다. 왜 영문학 교육의 관심은 19세기말이나 20세기 초에 머물러야 하는가? 왜 자신의 현장을 과거에서만 찾는가? 현재의 개입과 미래의 개척으로 방향 전환을 해야 한다. 이를 위해 영문학이 대중문화와 생산적 관계를 정립하는 것이 시급하다. 팽배한 정전주의로 인하여 영문학은 자신을 고급문화 프로젝트로 국한하려는 경향이 있다. 과거의 창조적 문화를 연구하는 것은 좋으나 정전의 '주석'에 매몰되어 과거지향적이고 회고적인 가치체계의 확립만 중시할 경우 영문학의 현재화는 기대하기 어렵다. 영문학을 포함한 인문학이 위기에 몰리게 된 데에는 이처럼 분석 대상을 과거에 생산된 것들에 한정하고 현재의 쟁점들을 외면함으로써 대중에게 외면당한 것도 큰 원인이다. 물론 대중문화연구만이 영문학 현재화의 유일한 길은 아닐 것이다. 영문학이 현재의 문제 지형에 개입하는 능력을 가지려면 대중문화 이외에 민족문화 프로젝트의 약화, 새로운 정보양식의 출현, 사회적 쟁점들의 등장 등 영문학의 전통적 정체성 해체에 작용하는 사회적 조건들을 모두 살펴야 한다. 영문학이 다른 학문들과 갖는 관계들을 현실적으로 설정하는 것도 필요하다. 영문학의 인문학적 성격이 지닌 문제들에 대해서는 이미 언급하였지만 '인간과학'의 새로운 정립이 필요하다. 현재 영문학계에서는 극히 일부를 제외하면 인문적 소양을 기르는 일 이외에 오늘날 현실적 쟁점들을 다루는 일을 등한히 하고 있다. 현재의 쟁점들을 다루자면 자연히 새로운 이론들의 검토가 따라야 한다. 그러나 맑스주의를 필두로 하여 정신분석학, 페미니즘, 포스트식민주의와 같은 비판적 방법론들은 물론이고 기호학이나 서사이론, 수사학과 같은 문학연구와 밀접한 방법론들마저 철저히 외면당하고 있는 것이 국내 영문학 연구의 풍토다.

둘째, 영문학의 실학화가 필요하다. 인문학으로서의 영문학은 관념론적 경향이 강하다. 인문학은 자신이 속한 제도의 물질성, 정치적 성격을 따지는 적이 별로 없다. 이것은 인문학이 스스로 '비정치적'이라고 여기는 자의식의 결과인지 모르지만 사실은 지배적 제도에 길들여진 모습이다. 듀링이 지적하듯 '정치영역'은 선거제도, 입법기구, 정당과 같은 국가장치들 안에만 포섭되어 있는 것이 아니라 삶의 전 영역에 작용한다. 그런 점에서 인문학이 자신이 속한 제도의 정치를 외면하는 것은 자신이 실제로 길들여진 정치를 수행하고 있다는 점을 은폐하는 것이라 할 수 있다.[20] 인문학은 현재 대학

---

20) Simon During, *Foucault and Literature: Toward a Genealogy of Writing* (New York & London: Routledge, 1992), p. 5.

교육 제도에서 안주하고 있다. 그러나 일단 교육제도라는 국가장치 안에 포섭되면 학문은 그만큼 정치적 힘을 잃고 길들여지기 마련이다. 인문학은 곧잘 비판적 태도를 표방하곤 하지만 그런 말을 할 수 있는 것 자체가 인문학이 대학에 기생하는 데서 확보한 여유의 결과이다. 영문학은 인문학으로서 이런 자신의 한계를 반성하고, 제도정치를 비판적으로 이해하고, 자신의 정치화와 실학화를 기획해야 한다고 본다. 자신의 생존 근거인 대학제도를 물질적 지배체제로 인식하기 위해서는 그것을 '전복'하는 진보적 기획을 추구해야 한다는 것이다. 다른 한편 영문학은 학생들로부터 배척당하고 있는 이유에 대해서 겸허하게 반성할 필요가 있다. 나는 영문학이 엘리트교육에 남을 것이 아니라 대중교육의 장으로 과감히 나아가야 한다고 믿는다. 엘리트교육이 대중의 요구를 외면하고 있는 한 그것은 관념적 성격을 띠게 마련이다. 현실적으로 보면 대학교육 자체가 대중교육화함으로써 엘리트교육의 성격을 상실한 지 이미 오래이다. 특히 엘리트교육에 대한 교수집단의 허상을 깨는 것이 필요하다. 엘리트교육에 충실하자는 것과 교육을 내실화하자는 것은 반드시 일치하지 않는다. 오히려 대중교육화 자체를 문제로 보는 것이 문제일 수도 있다. 그리고 대중교육화는 연구자 교육자가 당면하는 현실이며 현실에 대해서는 개입하는 방식 이외에 그 문제를 다룰 방법이 없다. 대중교육 강화의 추세에서 우리가 할 일은 문학을 포함한 문화적 현상에 대한 비판적 분석 능력을 강화하는 일이다. 이를 위해서는 커리큘럼 개혁을 과감하게 꾀해야 한다. 작문, 수사학과 같은 실용적인 과목들의 비중을 높이고, 특히 새로운 문화환경의 등장에 대한 대응능력을 기르도록 힘써야 할 것이다. 문학의 연구 및 교육 환경은 크게 변하였다. 인문학이 종주학문의 역할을 하던 때와는 문화 환경이 너무나 다르다. 학생들은 문학보다는 라디오, 영화, 텔레비전과 같은 대중매체로 주요한 감수성을 익히며 이는 젊은 연구자들도 마찬가지다. 그들에게는 전통적으로 문학연구자들이 가졌던, 대중매체를 경멸하는 태도가 없다. 뿐만 아니라 대중매체는 오늘날 삶의 방식에 지대한 영향을 미친다. 영문학이 관념론에서 벗어나서 실학의 길로 가려면 대중문화의 작동방식에 대한 이해를 통하여 현실개입능력을 길러야 할 것이다. 영문학의 전화는 따라서 이러한 점을 연구와 교육에 반영하는 새로운 교과과정 편성 노력과 함께 수행되어야 한다.

셋째, 문학연구와 교육의 민주화가 필요하다. 무엇보다도 영문학연구와 교육이 지배의 도구가 되지 않도록 각별한 주의를 기울여야 할 것이다. 이를 위해서는 연구와 교육의 장 자체를 민주화하는 것이 긴요하다. 문학교수는 지금까지 종교의 사제와 같았으며 그것도 억압적인 사제였다. 이제 강사의 역할을 토론을 이끄는 정도에 한정하는 것이 필요하다. 이런 점에서 파울로 프레이리가 말하는 '민중교육' 방식을 도입할 필요가 있을 것이다. 프레이리는 선생이 시키는 대로, 가르치는 대로, 하라는 대로 학생이 행동하고 배우도록 하는 '은행식 교육'을 탈피하고 학생이 자기 교육의 주체가 되는 것이 중요함을 강조하였다.[21] 중요한 사실은 이 주체되기가 언제나 교육현장에서 이루어진다는 점이다. 바로 이런 이유로 교육현장의 민주화가 필요하며, 또 이런 이유로 교육현장의 작동방식을 분석하는 것이 중요하다. 푸코가 보여준 대로 권력은 미시적으로 작용하며 신체의 습관에까지 스며든다.[22] 교육현장에서 학생들을 길들이는 것은 또한 그들을 권력에 종속시키는 것이기도 하다. 근대적 주체형성의 가장 중요한 기제로 등장한 교육장치를 민주화하는 일은 그래서 권력의 일방적 행사를 막는 것이며, 영문학전공자의 관점에서 보면 이는 종교적, 억압적, 또는 '은행식' 교육방식을 극복해야 할 과제를 안게 됨을 의미한다. 이는 또한 학문하기, 연구와 교육이 지배에서 벗어나는, 길들이기에서 벗어나는 노력으로 전환해야 한다는 말이기도 하다. 민주주의는 커리큘럼 편성에도 관철되어야 할 원칙이다. 아직 국내에서 영문학 커리큘럼 편성시에 학생들의 요구가 대변되는 경우는 거의 없을 것이며, 이는 소장학자들의 경우도 마찬가지다. 이로 인해 영문학계는 계속 새로운 발전의 기회를 놓치고 있다. 영문학의 전화는 학생들, 소장학자들의 자율성을 높이고 그들이 자본의 주구가 되지 않도록 하는 데 기여해야 할 것이다.

---

21) Paulo Freire, *Pedagogy of the Oppressed*, tr. Myra Bergman Ramos (New York: Herder and Herder, 1971), pp. 57-74.
22) 미셸 푸코, 『감시와 처벌―감옥의 탄생』, 오생근 역, 나남, 1994 참고.

7. 영문학 전화의 방향: 지역연구와 문화연구

이상의 논의를 토대로 하여 좀더 구체적으로 영문학 전화의 두 가지 방향을 제시하고자 한다. 하나는 지역연구로 전환하는 것이고 다른 하나는 문화연구로 전환하는 것이다. 이 두 전화 모델은 영문학이 주로 선택하게 될 다른 두 모델과 비교하면 비판적 능력과 현실개입 능력을 강화하는 것이라고 생각한다. 다른 두 모델 중 첫째는 현재의 인문학적 형태를 유지하는 방식이다. 이 방식은 손쉽기는 하지만 수세적으로 영문학을 유지하려는 전략으로서 소수 대학들에서만 가능할 것으로 보인다.[23] 두 번째 모델은 영문학을 현재 추세를 좇아 영어교육 전문과정으로 체제 개편하는 것이다. 이 실용화는 인문학의 허상을 깨는 위력을 발휘하게 될 것이다. 현실적 기능을 외면해온 대학교육의 기능적 전환을 촉구할 것이기 때문이다. 그러나 이 모델은 대학을 철저하게 자본에 예속시키는 반대학적 선택이 될 가능성이 크다. 기능주의적 교육은 강화하겠지만 대학교육의 질적 저하, 특히 대학의 비판적·자율적 기능 약화를 초래할 소지가 다분히 있다. 유감스럽게도 현재 정세를 보면 국내 비명문 대학의 상당수는 이 모델을 선택할 수밖에 없을 것으로 보인다. 많은 대학들이 영문학교육을 실용영어교육으로 전환하려고 시도하려는 데서 볼 수 있듯이 실용화는 영문학을 가장 손쉽게 전화하는 모델인 것이다. 하지만 이로 인해 인문학의 전통은 깡그리 사라질 위험에 처해졌다. 여기서 영문학 전화의 모델로 제시하는 지역연구와 문화연구는 인문학의 전화와 관련하여 학문적 성격을 유지하면서도 현재의 영문학과는 다른 방향을 정하자는 것이다.

1) 영문학이 외국학이라는 점은 앞서 지적한 바 있다. 그러나 국내 영문학은 문학 중심적이며, 그것도 영미 정전을 중심으로 운영되고 있기 때문에

---

23) 미국에서도 명문대에서만 전통적 방식의 문학교육이 실시되고 있고 비명문대학들에서는 작문 등 실용교육이 강화되는 추세이다. 오먼은 자신이 재직하는 웨슬리언대학의 학생들이 정전 독해를 선호하는 것은 아직 명문대에서는 '인문' 교육을 받아도 취업시 손해를 보지 않기 때문이라고 설명한다. Richard Ohmann, "The Function of English at the Present Time," in Lennard J. Davis and M. Bella Mirabella, eds., *Left Politics and the Literary Profession* (New York: Columbia University Press, 1990), p. 45.

이때 외국은 물론 영국과 미국에 한정된다. 이로 인해 인도나 서인도제국, 아프리카 등의 나라는 물론이고 캐나다나 호주, 남아연방과 같은 백인 지배의 지역도 영국과 미국을 벗어나면 외면하는 관행을 지켜왔다. 지금쯤 한국의 영어권 연구(공부)는 영미에서 벗어나 캐나다나, 호주, 인도, 더 나아가 아프리카 등지로 확산될 필요가 있을 것이다. 그런 점에서 영문학과를 영어권 관련 지역연구 학부로 바꾸는 것이 영문학을 실학화하는 한 방안이다. 구체적으로는 영문학과를 예컨대 미국학이나 영국학, 호주학 등을 중심으로 하는 학과나 학부로 바꾸자는 것이다(대학에 따라서는 아프리카학부를 둘 수도 있을 것이다). 이들 학부에는 문학 전공뿐만 아니라 철학, 역사, 정치, 대중문화 등 다양한 분야들의 전공자들을 결집해야 한다. 각 대학은 특성화를 위해 전략적으로 이들을 특색 있게 결집하는 것이 필요할 것이며, 대학마다 일일이 역사학과, 정치학과, 미국문학과, 미국언어학과, 지리학과, 철학과 등을 설치할 필요는 없다. 이는 미국의 역사, 철학, 문화, 정치, 경제에 대한 전공자들이 필요하지 않다는 말과는 다르다. 그보다는 이들 연구자들을 개별 학과로 분산하지 않고 한 학과나 학부로 집중하자는 것이다. 특성화가 제대로 이루어진다면 과거 분과학문으로 분할하여 가르치던 학과목들(문학, 역사, 철학, 정치경제, 사회, 대중문화, 종교 등)은 새로운 편제를 갖춘 미국학부가 일부 맡아 가르칠 수도 있다. 또한 미국학부 교수들이 그 학부 소속 학생들뿐만 아니라 타 학부 학생들도 가르칠 수 있다면, 현재 교양 과정 교육을 위해 꼭 필요하다고 하는 학과들을 해체할 길도 생긴다. 영문학과도 지역연구학과로 전환하기 위해 해체를 감내해야 한다. 그리고 대학마다 사정이 다르니 미국학, 나아가 지역학의 모습도 다양해야 할 것이며 경우에 따라서는 문학연구와 교육이 특정 대학의 영어권 연구의 중심에 설 수도 있다. 요지는 학과 중심으로 학문을 분리 운영할 것이 아니라 여러 분야들을 관통하고 있으면서 우리가 꼭 다루지 않으면 안될 현실적인 문제로 떠오르는 주제나 쟁점을 엮어내자는 것이다. 이를 위해서는 분과학문체계를 벗어난 통합학문적 운용이 필요하다. 이러한 지역연구는 한국의 지구화 정도로 볼 때 더 이상 늦출 수 없는 과제가 되었다. 국제 관계에 대한 참여도가 높아지고 있고 실용영어의 강화로 영문학과가 번성하고 있는 시점에서 영어권 지역에 대한 연구를 늦출 수 없는 노릇이다. 물론 여기에는 문제가 없지는 않다. 지역연구로 전환하자는 말은 우리도 이제는 아제국주의 정도의 국력을 가졌으니 세계 경영전략으로 지역학을 운영하자는 말로도 들린다. 국력이 신장됨으로써 한국의 자본 등이 진출한 지역들에 대한 조사와 연구를 도외시할 수는 없는 노릇이나 이는 제국주의적 성격을 띠기 쉽다. 그러나 지역연구가 반드시 제국주의적 학문으로 전환하는 것은 아닐 것이며, 앞서 언급한 '약소자와의 연대'를 상기하면 세계민중과 연대를 모색하기 위해서도 필요하다고 할 수 있다. 자본의 성장은 필연적으로 자본의 지구화를 유발하지만 동시에 노동자를 포함한 피지배 민중의 연대 필요성을 키우기 때문이다. 영문학이 지역연구로 전화하면 문학에만 국한하지 않는, 영어권문화 연구를 중시해야 할 것이다. 여기에는 영미문화에 대한 연구가 필수적으로 포함될 것이지만 또한 다양한 영어권문화에 대한 이해를 높이는 노력도 필요하다.

2) 영문학은 지역학내 문학연구에 국한되는 자기 위상을 가질 것이 아니라 오히려 자신의 정체성을 해체할 것을 각오하면서 문화연구로 전환할 것도 모색해야 한다. 필자가 볼 때는 서구에서 이미 많이 확산되어 있고 최근 국내에서도 상당한 관심을 끌고 있는 '문화연구'에서 우리가 관심을 기울여야 할 부분은 그것이 약소자에 의한, 약소자를 위한 학문적 실천을 지향하는 측면이 있다는 점이다. 그리고 나아가서 '문화연구'가 영문학을 하나의 분과 학문으로 안정시켜 오던 기존의 교육제도를 뒤흔드는 효과를 가진다는 점 역시 중요하다. '문화연구'는 정전 섬기기가 아니면 '문학연구'에 국한되는 영문학의 분과학문적 전통을 전복하고 문학을 다양한 쟁점들과 관련하여 연구하게 하는 경향을 가진다. 이는 문학에 절대적 자율성을 부여하기보다는 문학을 문화적 텍스트의 한 사례로 간주하고, 비문학텍스트들의 연구에도 적용되는 예컨대 기호학과 같은 접근방법으로 문학텍스트를 분석하기 때문에 가능한 일이다. 텍스트, 이미지, 음향, 나아가서 하위문화적 행태 같은 것까지도 기호학적 분석이 가능하다면 구태여 문학텍스트만을 정전화할 필요는 없다. 필자는 영문학 전화의 한 형태로서 문화연구는 특히 오늘날 '문

자' 또는 '문형' 연구에 주력해야 한다고 본다. 24) 이는 문화연구가 넓은 의미의 문자해독능력의 함양으로 이어져야 한다는 말이기도 하다. 문학은 언어예술이지만 적어도 '구텐베르그 혁명' 이후에는 문자 중심으로 구성되어 왔다. 문학의 제도가 민족언어의 문자중심 교육의 역사와 맥락을 같이 하는 것도 그 때문이다. 우리는 문자매체가 전성기를 구가하기 시작하던 시기에, 문자중심의 문자해독능력이 대중화되던 시기에 근대소설이 대거 등장한 사실을 알고 있다. 문학교육도 이 과정에서 학교제도에 편입되어 문학은 제도문학이 되었다. 25) 그러나 이미 지적한 대로 제도문학의 가장 중요한 조건의 하나였던 문자문화는 이제 전성기를 지나 막을 내리지는 않았어도 전에 없는 도전을 받게 되었다. '문자'는 오늘날 새로운 형태변화를 맞고 있으며, 현대적 삶의 구성요소가 되는 의미생산은 문자중심이라기보다는 이미지가 중심이 되는 광고, 스펙터클, TV화면과 같은 일상적 삶의 결들로 구성된다. '문자'보다는 '문형'(文形)이라는 말이 더 어울릴 형편이 된 것이다. 문학연구는 이제 문자연구, 나아가 문형연구로 전진할 필요가 있고, 이런 점 때문에 문화연구는 더욱 중요해졌다. 더군다나 최근 전자혁명이 급속도로 진행함으로써 새로운 문자 또는 문형에 대한 연구와 분석이 더욱 중요해지고 있다. 오늘날 문형은 전자화되고 있으며 이에 따른 문학의 형질변화까지 일어나고 있는 실정이다. 26)

---

24) 여기서 문화연구의 중심으로 언급하는 문자연구 이외에 문화연구에는 또 다른 전통이 있다. 영국의 버밍엄 학파로 대표되는 문화연구가 그것이다. 우리가 관심을 기울이는 문화연구 전통이 문자 중심이라면 영국의 문화연구는 경험주의적 경향이 물씬 묻어나는 행위 중심의 접근법이라 할 수 있다. 버밍엄대의 〈현대문화연구소〉의 역사와 활동에 대해서는 Graeme Turner, *British Cultural Studies: An Introduction* (London & New York: Routledge, 1992) 참고.

25) 문학교육의 제도화에 대해서는 Peter Bürger, "The Institution of 'Art' of as a Category in the Sociology of Literature," *Cultural Critique*, no. 2 (Winter 1985-6), pp. 5-33; 영문학의 제도화에 대해서는 Ian Hunter, *Culture and Government: the Emergence of Literary Education* (London: Macmillan, 1988); 헌터의 연구에 대한 평가로는 Tony Bennett, *Outside Literature*, (London & New York: Routledge, 1990), pp. 175-90 및 During, op. cit., pp. 186-94 참조.

26) 예컨대 '하이퍼텍스트문학'의 출현이 그것이다. 이 점에 대해서는 위 「디지털시대의 문학하기」 참고. 문화연구와 관련하여 영문학 전화의 구체적인 한 사례를 소개하면, 미국의 볼티모어대학처럼 문학 전공을 새로운 컴퓨터 기술과 결합하는 경우를 들 수 있다. 볼티모

이상 제시한 영문학 전화의 두 가지 방안은 필자가 생각하는 수준에서 예시한 것일 뿐, 이외에도 다른 형태의 전화방식이 있을 것이다. 중요한 것은 현재 시점에서는 영문학의 전화가 학문방식의 전환과 함께 제도적 개혁을 동시에 수반해야 한다는 점이다. 외국학으로 영문학이 지역연구로 발전해 나가든 혹은 문화연구로 확장해 나가든 이는 영문학의 성격 변화와 함께 영문학과 체제의 형질변화를 수반해야 할 것이다.

8. 결론

이 글에서 나는 문민정부의 교육개혁을 계기로 국내 대학들이 변신의 몸부림을 치고 있는 와중에 영문학이 어떤 정책적 전환을 해야 할지 생각해보고자 하였다. 여기서 제출한 주장은 영문학을 전화해야 한다는 것인데 물론 이는 대학제도 및 학문제도의 새로운 편성을 전제로 한 것이다. 국내 대학은 최근 변화를 모색하고 있기는 하나 여전히 소수의 특수목적 대학들을 제외하면 종합대학이라는 체제를 벗어나지는 않는다. 또 서울대와 같은 명문대학이 있으면 다른 모든 대학들이 그 편제를 모방하는 방식이라 대학들간의 다양성도 거의 없는 형편이다. 학문하는 방식도 마찬가지며 영문학도 예외는 아니다. 이런 상황에서 여기서 제시한 영문학 연구와 교육의 방향이 얼마나 큰 실현가능성이 있을지 의문이 없는 것은 아니다. 그러나 한 가지 점은 분명하지 않을까 싶다. 영문학이 자체의 비판적 능력과 현실 개입력을 높이기 위해서는 새로운 전환을 시도하지 않으면 안 된다는 것이다. 필자는 영문학과의 형태변환은 무엇보다도 통합학문적 틀을 수용하는 방식이어야 한다고 본다. 물론 인문학으로서 영문학도 통합학문적 성격을 그 속에 지니지 않은 것은 아니다. 그러나 현실적으로 인문학은 관념적 학문분류 방식에 의거

어대에서는 커뮤니케이션디자인 학부에 문학전공을 배치해 놓았는데 이는 오늘날 문학생산이 '하이퍼텍스트문학'처럼 컴퓨터를 중심으로 한 신기술과 결합되어 있는 점을 감안한 것이다. 전자언어의 출현이 '글쓰기'(ecriture)의 모습을 바꿔놓고 있는 상황에서 이 커뮤니케이션디자인 학부는 '개념적 사고'와 '글쓰기'와 '그래픽디자인'을 결합한 출판디자인 과정을 운영하고 있다. 여기서 문학은 종래의 인문학적 전통에서 성립한 제도문학이 지녔던 모습을 해체당한 채 새로운 위상을 갖게 되었다고 할 수 있다.

하고 있다고 할 수 있다. 오늘날까지도 지배적인 대학 편제는 훔볼트가 설정한 대학모델을 따르고 있다. 료타르는 "훔볼트의 대학모델에서 개별과학은 사변이라는 왕관을 쓰고 있는 하나의 체계 속에 제 위치를 차지한다. 하나의 과학이 다른 과학영역을 잠식하게 되면 체계에 혼란과 '소음'만 생길 뿐이다. 공동작업은 사변의 수준에서만, 즉 철학자들의 머리 속에서만 생겨난다"고 하였다.27) 인문학은 이런 19세기 대학모델의 대표적인 학문이다. 이 낙후된 학문을 부여안고 있는 국내 대부분의 대학들이 1960년대 이후 인문학에 대한 반성으로 나온 새로운 학문방식들을 제도적으로 반영하는 데 둔한할 수밖에 없는 것은 어쩌면 당연한 일인지도 모른다. 이런 점 때문에 국내의 인문학들은 명맥은 유지하고 있지만 실질적 통합학문의 위상을 갖지 못하고 있다. 통합학문은 관념적으로 이루어질 수는 없다. 새로운 학문의 틀로서 사고되어야 할 것이며, 기존 학문분야들의 교류만이 아니라(교류에 해당하는 것은 학제간 연구, 또는 공동연구일 것이다), 분야들의 차이들 자체를 문제로 삼아 상호 침투되는 방식으로 새롭게 구성되어야 한다. 예컨대 영문학을 영어학(언어학)과 함께 놓아둔다고 통합학문이 구성되지는 않는다. 종합대학에서 분과학문만이 무성한 것도 같은 맥락이다. 통합학문은 우리가 학문분야들간의 관계들을 쟁점으로 만들어낼 때, 그리하여 영문학이 지역연구, 문화연구 등과 어떤 새로운 관계를 갖게 될 수 있을지 따지려들 때, 문학이 기호학이나 서사이론과 어떻게 연결되는지 탐색할 때, 문학텍스트의 성격을 정전 중심으로만 파악하려 들지 않고 계급, 성, 환경, 세대 등의 다양한 사회적 문제들과, 그리고 이미지, 음향 등의 새로운 기술적 조건들과 함께 따지려 할 때 구성될 수 있을 것이다. 영문학이 이처럼 새롭게 통합학문으로 구성되면 기존의 인문학과는 아주 다른 정체성을 가질 수밖에 없다. 또 이쯤 되면 우리가 지금까지 사용하던 '영문학'이라는 표현도 어울리지 않아 '문화연구'와 같은 새로운 명칭이 필요하게 될 것이다. 그렇다면 이 글은 결국 영문학의 해체를 주장한 셈이 되는데, 필자는 해체라는 발본적인 모험을 감수하지 않고서는 영문학의 위기를 극복할 길이 없다고 본다. 이는 물론

---

27) 장-프랑수아 료타르, 『포스트모던의 조건』, 유정완 외 역, 민음사, 1992, 134쪽.

인문학 자체를 아예 포기하자는 말은 아니다. 앞에서 지적한 대로 인문학을 보는 방식에는 두 가지가 있다. 학문의 방법론과 분야로 인문학을 구분하여 이해한다면, 요지는 분야로서의 인문학을 없애자는 것이 아니라 방법론으로서의 인문학을 전화하자는 것이다. 지금까지 '인문교육'으로 지칭해오던 문학, 사학, 철학 등의 활동들을 포기해서는 안될 것이다. 그러나 인문학의 인간주의를 벗어나고, 그 관념성을 탈피하는 것은 필요하다.

11

한국 영문학 연구와 교육의 탈바꿈을 위하여

―몇 가지 제안[*]

1. 토론에 임하며

오늘 토론회는 '한국에서 영문학하기'라는 화두에서 출발하여 한국 영문학의 현실을 살피고 우리 영문학계가 안고 있는 문제들을 진단하고, 나아가 우리 영문학 연구와 교육이 나아갈 방향을 모색해보자는 취지로 마련된 것으로 안다.[1] 현재 영문학은 인문학, 사회과학, 인간과학, 비판이론 전반 등과 함께 큰 변동과 위기를 맞고 있지만 한국 영문학계가 이 '위기'를 공개적으로 다룬 예가 많았던 것 같지는 않다. 소수 경우를 제외하면 영문학과 인문학이 중요하다는 자기옹호성 발언만 주로 했던 편이 아니었을까 싶은데, '영문학의 위기'를 둘러싼 허심탄회한 논의가 이루어질 것으로 기대하는 오늘 토론

---

* '오늘의 영문학 연구와 교육의 과제―문화이론과 관련하여' 주제로 1997년 4월 12일에 열린 제3회 영미문학연구회 학술대회에서 발표한 발제문이다. 자료집 1-11쪽. 『안과 밖』, 제3호에도 실렸다.
1) 이 글에서 사용하는 '영문학'은 'British literature', 'American literature', 'English literature'만이 아니라 영문학 연구, 교육까지도 포함한다. 구분하여 사용할 필요가 있을 경우에는 '영문학 연구' 등으로 적시하겠다.

이 반가운 것은 그 때문이다. 현시점에 영문학을 둘러싼 학문 동향이나 지형이 크게 바뀌고 있다고 느끼는 것은 혼자만은 아닐 것이다. '문화이론' 또는 '문화연구'라는 새로운 지식생산 방식이 출현하여 영문학 연구와 교육은 만만찮은 도전을 받고 있는 중이다. 아직은 서구에 국한되지만 '문화연구'는 스스로 학제적 혹은 통합학문적 연구 방식임을 자처하며, 여태껏 학문체계를 지배해온 분할적 성격이 강한 분과학문 체계를 뒤흔들고 있다. 오늘 우리가 '문화이론을 중심으로' '영문학 연구와 교육의 과제'를 살펴보는 일을 토론 주제로 삼은 것은 이런 학문동향에 대해 나름대로 반응하고 대응하는 일이겠다. 오늘 토론은 또 국내 지식생산 정세에 개입하는 의미도 있어 보인다. 알다시피 김영삼 정권의 교육개혁안이 발표된 이후 진행된 대학개혁이 대학사회에 큰 파문을 일으키고 있는 중이다. 우리가 영문학의 진로를 모색하자는 것은 친자본적 대학교육 재편에 대해 우리 영문학계가 자주적인 활로를 찾는 일이기도 할 것이다. 하지만 개입의 방식은 다양할 것이며 관점의 차이도 클 것임에 틀림없다. 토론에 임하는 나의 태도는 지금까지 봉쇄되어온 관점들의 공개, 숨은 생각들의 솔직한 토로를 통하여 영문학계가 진로를 모색하는 데 조금이라도 보탬이 되자는 것이다. 이 발제문을 치밀하게 논증하는 형태로 제출하기보다는 설익은 단상들을 노정하는 형태로 만든 것도 우선 쟁점들을 부각시키는 것이 급선무라는 생각이 앞섰기 때문이다.

2. 한국영문학의 현실—일차적 관찰

한국에서 영문학은 어떻게 존재하는가? 주로 대학제도에 편입된 연구와 교육의 형태로 존재한다. '한국에서 영문학하기'라는 화두를 놓고 영문학을 대학제도의 관점에서 살피는 것이 그래서 꼭 필요하다.[2] '영문학을 전공한다'는 것은 대학에 편성된 특정한 학문분야에 속한다는 말과 거의 같고, 영

2) 이런 관점에서 (영)문학문제를 다른 개인 작업으로는 「문학 연구와 교육의 담론이론적 모색」(『인문학연구』 제20집, 중앙대인문과학연구소, 1993, 53-73쪽), 「유물론적 문학이론의 한 사례」(『민족예술』 2호, 1995, 158-69쪽), 「영국의 문학교육과 그 제도화」(『인문학연구』, 1996, 67-84쪽), 「한국 영문학 연구와 교육의 전화를 위한 한 모색」(『영문학 교육과 연구의 문제들』, 한신문화사, 1996, 169-200쪽) 등이 있다.

문학이 지닌 중요성은 어떤 무게의 것이든 주로 대학이 사회의 지배, 통제, 혹은 변혁의 중요한 세력장으로서 존재하기 때문에 나온다. 우리 영문학자들이 사회에서 발언권을 갖는다면 대학제도에 의해서 정당성을 보장받기 때문이다. 국내 영문학의 모습이나 특징들을 살피기 전에 이 점을 인정할 필요가 있다고 본다.

한국 영문학에는 몇 가지 특징들이 있다. 우선 영문학이라는 학문분야는 있는데 '영문학과'라는 학과제도는 없는 것이 눈에 띈다. 영어영문학과, 영어교육학과, 영어학과 등이 있지만 '영문학과'는 아니다. 아울러 현재 국내에는 문학 관련 학과들이 많지만 '문학과'는 없다는 점도 지적하자. 문학은 통상 국어국문학과, 영어영문학과, 독어독문학과 식으로, 즉 민족언어와 민족문학을 중심으로 배치되어 있다. 우리가 문학을 근대적 틀로 운영함을 보여주는 대목이다.[3] 문학과가 없다는 사실, 그리고 영문학과도 없다는 사실은 무엇을 말해주는 것일까? 대학제도 안에 편성되어 있음으로써 영문학이 어떤 문제적 특징을 갖는다는 말일 것이다.

사실 영문학이 현재 존립하고 있는 형태에는 석연치 않은 점이 많다. 우선 영문학이 주로 속해 있는 '영어영문학과'라는 것이 왜 있어야 하는지도 분명치 않다. 언어학을 전공하는 사람들과 문학 전공자가 한 살림을 차려야 할 이유가 없기 때문이다. 영문학 관련 학과의 교과과정을 들여다보면 이 또한 우습다. '영문과'—영어영문학과, 영어교육학과, 영어학과 등을 통칭 이렇게 부른다—에는 수만명 학생들이 소속되어 있지만 학생들이 인문학자가 되어야 하는 식으로 교과과정을 짜놓는 경우가 많다. 물론 대학간 경쟁이 심해져 학생들의 취업을 중시하지 않으면 존립이 어렵다고 느끼는 대학들이 많아지면서 인문학과는 거리가 먼 실용적 성격이 강한 교과과정을 편성하는 경향이 나타난 것이 오래 전부터이고, 최근 학부제가 실시되면서 이런 경향이 더욱 강화되고 있는 것도 사실이다. 하지만 이는 교과과정을 실용화하라

---

3) 물론 영국이나 미국도 '문학과'가 없는 것은 마찬가지이다. 그러나 영미의 경우 대학의 다양화가 이루어져 있어서 민족문학의 틀과는 다른 문학연구가 제도화되어 있는 경우가 있어서 상황이 좀 다르다.

는, 외부에서 오는 압력에 어쩔 수 없이 굴복하는 경우일 뿐 대학 내부 구성원들이 자청하여 실천하는 변화는 아니다. 여전히 대부분 대학들이 영문과의 주된 목표를 인문학적 교양을 함양하는 데 두고 있으며, 더 심하게는 전문 영문학자를 양성하는 데 어울릴 법한, 장르별로나 시대별로 또는 국가별로 세분한 교과과정을 운영하기도 한다. 4) 이 결과 정작 필요한 기초 영어교육은 외면되거나 방치되는 것이 예사이다. 교수가 부족한 열악한 상황에서 전임교수들은 세분화된 영문학 과목들을 가르치는 것만으로도 책임시간을 초과하기 십상이라 영어교육에 열중할 수 없는 탓도 있겠지만 영어교육이 문학교수에게는 어울리지 않는다는 이유도 크게 작용한다. 이 와중에 영어교육은 실용영어로 축소되고 실용영어교육은 (외국인) 강사들에게나 혹은 상당수 대학이 수익용으로 설립한 어학원에 전가되기 일쑤이고, 그도 아니면 시중의 사설 영어학원에까지 책임을 전가하는 판이다. 실용영어 기초영어에 대한 교육을 외면하는 영문과 교수들이 강조하는 것은 물론 영문학고전 교육이지만 이런 식으로 교육이 제대로 될 리는 없다. 게다가 대학원은 또 얼마나 많은가! 한국 대학들 중에 대학원을 운영할 실제 능력이 얼마나 되는지 지극히 의심스럽지만 전국에는 엄청난 수의 대학원에서 영문학 석·박사들이 배출되고 있다. 5) 영문학의 이런 모습은 가관이 아닌가?

대학내 학문들이 예외없이 그렇지만 영문학이 운영되는 방식은 지극히 위계적이다. 영문학 인구는 교수, 강사, 대학원생, 학부학생들로 구성된다. 이들 구성원들은 중복도 있겠지만 대체로 서로 엄격하게 구분되고, 그들 사이에는 위계가 있다. 교수 집단은 이 위계의 정점에 위치한다. 또한 영문학

---

4) 학부제나 복수전공제가 도입되어 영문학 전공에 필요한 이수학점의 수가 줄어들 것을 예상하면 이처럼 세분된 교과과정을 운영하는 사례는 앞으로 줄어들 수밖에 없을 것이다. 국내 영문학계가 이 문제를 심각하게 생각하고 있는 경우는 별로 없는 것 같으며, 변화를 소극적으로 수용하지 않으면 대책 없이 변화에 반발할 뿐이다. 이 결과 남는 것은 실용주의에 대한 무비판적 수용이 아니면 인문학에 대한 대책 없는 애착 표출과 같은 대당적 대응뿐이다.
5) 최근 들어서 대학마다 영문과 대학원 진학률이 떨어지고 있는 것은 인문학 전반의 퇴조를 반영하는 양상으로 학생 대중이 대학원에 진학하는 것이 득이 되지 않는다고 판단하기 때문일 것이다. 여기에는 대학원의 부실 운영이 큰 몫을 하겠지만 동시에 영문과를 비롯하여 인문계열 학과들이 학문적 혁신을 하지 못한 탓도 크리라고 본다.

은 종교적 성격을 지닌다. 거칠게 말해 교수들은 사제이며, 대부분 영문학의 중요성을 강조해야만 사회적 생존이 가능하다. 이들 즉 우리는 영문학 정전들을 할당받고 자신에게 주어진 일련의 정전들에 대한 연구와 교육 책임을 맡고 있다. 우리의 일상 업무는 강의의 형태를 띠며 이 강의를 위해서 우리 일부는 텍스트 독해를 꼼꼼히 하는 등 경전 모시기로서의 '연구'를 게을리하지 않는다. 교수와 학생이 만나는 곳은 강의실이고 교수는 대체로 좌정한 학생들을 잘 볼 수 있는 위치에 있는 교단을 중심으로 맴돌게 된다. 그의 손에는 셰익스피어의 희곡, 디킨즈의 소설, 엘리엇의 시를 담은 책이 들려 있다. 수(십)년 동안 같은 책을 사용했기 때문에 그는 자기가 할 말을 정리해놓기도 하지만 그렇지 않은 경우도 많다(그래서 영문을 '멋있게' 낭독하는 것으로 강의를 대체하는 경우도 있을 수 있다). 영문학의 이런 모습은 교회모임과 별로 다를 바 없어 보인다.

이 관찰을 좀더 계속하면 영문학 강의는, 대학 강의 대부분이 그렇지만, 근대적 인구통제 기술인 팬옵티콘적 성격을 가지고 있음을 알 수 있다. 강사가 교단에서 학생들을 상대로 하는 강의의 공간적 배치는 학생으로서는 전방을 주시하게 하되 옆 사람과는 잡담을 금지하는 방식이다. 이렇게 진행되는 교육은 대개 규율(discipline) 대상인 문하생(disciples)을 관리하는 일종의 감시체계와 같다. 감옥, 군대막사, 공장, 학교, 병원, 백화점 등 근대적 공간들이 공통적으로 가지는 공간 배치는 푸코의 연구가 보여준 대로 피수용자들의 시선을 지배하여 피수용자들이 이들 공간에서 벌어지는 지배를 내면화하는 효력을 가진다. 학생들은 이런 공간에 배치됨으로써 길들여지게된다. 학생들은 정전을 중심으로 교수로부터 정전에 대한 존중의 태도를 갖는 법을 배운다(물론 '비판적' 검토와 함께). 이런 규율에 저항하는 사람은 파문감이다. 영문학은 이런 점에서 일종의 길들이기 기술이다. 문학을 좋아하도록, 아니면 중요하게 여기도록 하는 것은 그래서 영문학교육의 '본연'의 사명에 속한다.

이런 영문학의 모습은 보는 사람에 따라서는 평화롭고 조화로운 한 폭의 그림과 같을지도 모르겠다. 하지만 그런 그림이 역겹게 느껴질 때도 있다.

그 '평화' 속에 수긍되지 않는 '강화조약'이 작동한다고 생각되기 때문이다. 강화조약은 전쟁 후에나 맺을 수밖에 없고 대부분 이긴 자의 요구대로 내용이 구성되기 마련이다(물론 패자의 문제제기가 이어지겠지만). 평화의 미소는 평정된 땅을 보는 사람의 여유, 승리자의 여유이다. 영문학 교육의 평화로운 장면도 전쟁 이후의 풍경, 어떤 형태의 저항이건 평정하고 난 뒤의 모습이라 생각된다. 하지만 이 평화는 너무 오래 지속되지 않았는가? 내 수업 시간에 무표정으로 바뀌는 학생들의 수가 갈수록 늘어남을 보면서 '권태로운' 이 평화, 억압일지 모를 이 강화조약을 파기해야 할 시점이 되지 않았는가 생각한다.

3. 영문학의 존립근거─인문학적 대안?

싫으면 영문과를 떠나면 될 것 아니냐고 누군가 한마디 할 것만 같다. 하지만 이왕 말을 꺼낸 김에 영문과가 존립할 근거가 있는지 따져보자. 대체로 영문학은 인문학이라는 데 동의할 것이다. 그래서 영문학이 존립해야 할 것인가는 인문학이 존립해야 하는가 하는 문제와 연결되어 있다. 물론 인문학으로 성장한 사람으로서 인문학이 존립할 가치가 없다고 보지는 않는다. 하지만 영문학이 체결하는 조약의 원칙이 오직 인문학이어야 한다는 관점도 곤란하다는 생각도 있다.

오해와 비난을 무릅쓰고 말하면 인문학적 전망에 대해서는 회의가 든다. 인문학에 깊이 스며든 인간주의, 현재 인문학계를 관통하고 있고 영문학의 뼛속 깊이 스며든 휴머니즘이 문제라고 보기 때문이다. 인문학은 전통적으로 문자 중심주의로 드러나는 엘리트주의와 긴밀하게 연계되어 왔다. 인문학 일반이 대중문화에 대해 편견이 크고 심지어는 무지하기조차 한 것도 그 결과이다.[6] 휴머니즘은 역사의 기원과 목적을 인간에 맞추고 있는 인간중심주의인 경우가 많다(부르주아 휴머니즘에만 이런 혐의가 있다고만 할 수 있을지는 의문이다). 인문학이 기술에 대해 과도한 반감을 나타내는 것도

---

6) 물론 인문학자가 다 그렇다는 것은 아니다. 하지만 대부분 인문학자들이 대중문화에 대해 편견을 가지고 있다는 것은 통계적으로 맞는 말일 것이다.

그 때문일 것이다. 물론 이 기술불신에는 기술중심주의에 빠지지 않으려는 정당한 태도가 작용한다. 하지만 기술중심주의에 대한 비판과 경계를 게을리 하지 않는 것과 기술 문제를 적극 사고하지 않는 것 사이에는 큰 간극이 있다. 게다가 문제의 불신에는 인문학 자체가 기술학적인 측면이 있음을 은폐하는 효과마저 있다고 본다.[7] 나아가 인문학은 지극히 텍스트 중심적이다. 텍스트 이외의 매체에 대한 무지는 그래서 인문학에 거의 자생적이다. 인문학의 대중문화 불신은 대중문화가 주로 비텍스트 매체로 구성되기 때문에 나온다고 할 수 있을 것이다. 인문학은 또한 해석학 전통이 강하다. 정전 중심의 연구와 교육이다 보니 성서해석이나 경전 주석과 같은 전통을 이어받은 해석학이 영문학과에서 수행하는 연구와 교육의 지침이 되는 것은 당연하다 하겠다. 서양 전통에서 해석학은 인식론적으로는 훗썰의 현상학과 같은 의식철학에 의거하는 경향이 크다. 의식의 통일성에 기반을 둔 해석학을 존중하는 인문학의 풍토는 그래서 '주체'를 절대시하고, 그 역사적 구성 과정을 등한시하는 경향이 있다. 국내 영문학 연구를 거의 관통하는 이런 해석학적 관점은 영문학 연구의 형태를 비평으로 만들고 있는 것 같다.

이처럼 비평을 중시하는 풍조에는 리얼리즘 미학도 한몫하고 있는 것으로 보인다. 그동안 국내에서 리얼리즘 미학은 '진보적' 정체성을 유지해왔던 편이다. 영문학계에서 비판적이고 진보적인 관점을 취하고 있는 사람들의 상당수도 리얼리스트들이다. 하지만 리얼리즘이 진보성을 중심적으로 담지하던 시기가 지속되고 있는 것 같지는 않다. 1970년대, 1980년대에 리얼리즘이 지녔던 파괴력도 지금은 거의 사라진 듯하다. 상황이 변혁운동의 열기가 뜨겁던 1980년대와는 달라졌기 때문이 아닐까 싶은데, 리얼리즘 미학으로써는 현단계 문화의 제반 문제를 돌파하기 어려워 보인다. 무엇보다 리얼리즘이 지지하는 보편성이나 총체성 같은 개념에 작지 않은 균열이 생겨난 것이 문제로 보인다. 물론 리얼리즘에도 다양한 갈래가 있겠고 개인의 편견 때문

---

7) '인문학적 소양'이 글(쓰기와 읽기) 문화에 크게 의존하고 있는 것을 상기하기 바란다. 기술(technology)이 로고스(말, 언어, 논리)의 기술(technais)인 만큼 글의 문화에 뿌리박고 있는 인문학의 전통은 그 자체로 기술과 분리될 수 없다고 할 수 있다.

에 그 효용을 보지 못하는 탓도 있겠지만 리얼리즘은 인간주의, 주체철학, 반영이론 등의 틀, 주체를 통일적으로 사고하고 세계를 총체적으로 사고하는 인식의 틀을 크게 벗어나는 것 같지 않다. 객관성의 미덕이나 가치평가의 중요성을 내세우는 리얼리즘 미학은 '우리'가 이미 분열을 겪은 우리라는 사실, 세계가 부분으로만 우리에게 인식된다는 사실을 애써 외면하고 있다고 생각한다. 리얼리즘이 '평화의 미학'을 지지하지 않는가 싶은 것도 이런 맥락에서다. 평화의 미학은 위에서 언급한 대로 문학을 종교로 만들고 문학연구를 정전 정하기, 정전 모시기로 수행하려는 경향을 지닌다. 거기에는 잡스럽고 혼란스런 암중모색일 수 있는 실험보다는 정제되어 있거나 통일된 의식, 깨어있으라는 요구가 더 큰 목소리를 낸다. 이렇게 되면 리얼리즘 미학은 위계의 정점에 위치한 고귀한 자를 모방하고 흉내낼 것을 요구할 공산이 크다. 이런 틀이 갖춰지면 '아랫것들'은 사고를 치기는커녕 눈치만 보게 될 것이다.[8] 리얼리즘 미학을 신봉하는 사람들은 지금 어떤 문제제기, 이의제기를 하고 있는가? 문학에서 어떤 변동을 일으키고 있는가? 대체로 '문학의 본래적 의미'를 찾는 데 골몰하지는 않는가? '본래'는 뿌리에서 나온다는 뜻인데, 문학의 뿌리는 무엇인가? 또 본질은? 결국 언급하고 싶지 않은 문제를 건드리게 된 셈이지만 나는 '문학의 본질'이라는 문제를 본질론적으로 다루고 싶지는 않다. 본질 역시 모양, 형태와 같은 구체적인 관찰이 가능한 문제라 여기기 때문이다.[9]

문학의 본래적 모습이 아니라 역사적 모습이 실제로 문제일 것이다. 예컨대 문학은 역사적 제도의 형태로 존립한다. 현재 문학은 근대문학으로, 특히 '민족문학'으로 모습을 갖추고 있고 영문학도 예외가 아니다. 이는 근대문학이 근대적 민족국가의 여러 제도들과 관련을 가진 상대적 자율성을 지닌 제도로 성립했기 때문이다. 민족국가는 '민족'으로 통일되는 다양한 사회

---

8) 리얼리즘 미학을 지지하는 사람이 모두 사고를 치지 못한다는 것은 아니다. 1980년대의 문학, 문화 분야의 사고는 리얼리스트들이 거의 다 치지 않았던가. 그러나 지금은 그 사고가 부당하게도 착각에 의한 사고로 치부되거나 '사고 치기'의 중요성이 아예 망각되고 있는 것 같다.
9) 본질(本質)은 뿌리모양이라는 뜻이다. 질(質)은 조개에 있는 무늬를 가리킨다.

구성원들의 보편적 소통을 위하여 언어정책을 펼치기 마련이다. 어휘, 억양, 구문 등의 다양한 차이로 의사소통이 불가능할 정도인 사투리들을 단일화하는 정책은 개별적 파롤들을 하나의 랑그로 묶어내는 작업이다. "달달 무슨 달 쟁반같이 밝은 달"과 "영희야 이리와 나하고 놀자, 바둑아 너도 함께 놀자"와 같은 문장들은 아동들이 그 말을 듣기 전에 사용하는 언어와는 같지 않다. 그것은 지배적 언어정책의 일환으로 채택된 '표준말'에 속한다. 표준어 정책이 채택되고 실시되려면 국민적 대중교육이 필요한 것은 불문가지다. 한 사회의 대중교육은 그 사회 구성원의 정체성을 만들어내는 데 지대한 역할을 한다고 한 알튀세르의 테제는 일단 접어두자. 하지만 근대문학, 민족문학이 교육장치의 작동과 함께, 거기서 가동되는 언어정책과 함께, 또한 이 언어정책을 지원하는 대중매체의 확산과 함께 성립하게 된다는 것만큼은 분명하지 않을까? 문학의 본래적 모습이 있기 때문에 영문학과 같은 문학연구와 교육의 프로젝트가 생기는 것이 아니라는 생각이 드는 것은 이 때문이다.

몰매 맞을 각오로 한국영문학은 무지의 생산을 자랑으로 여기고 있지나 않은지 묻고 싶다. 영문학의 자기 무지는 여러 형태로 나타나고 있다.[10) 우선 영문학은 자신이 외국학이라는 자각이 별로 없다. 영어 문화권에 대해 거의 무지한 상태라는 것이 그 증거이다. 게다가 영문학은 '문학연구'마저 등한시하고 있다. 영문학 수업은 다양한 형태의 해석일 뿐 연구가 없다. 최선의 경우 '비평'은 있지만 연구는 아니다.[11) 문학연구의 형태라고는 해도 그 생산양식에 대해서는 거의 무지하다. 예컨대 영문학과에서 장르론이나 형식, 구술문화에서 문자문화로 전환시에 발생하는 변화 등에 대해 연구하는 경우가 얼마나 될까? 언어예술의 일부이면서도 근대문학의 미학적 틀에 갇

---

10) 여기서 '한국영문학'은 한국영문학계 전체를 가리키는 것은 물론 아니다. 영미문학연구회에 소속된 회원 다수는 여기서의 지적에 대해 억울하게 생각할 것이다. 하지만 나는 알게 모르게 우리중 상당수에도 이런 무지가 자연화되어 있다고 본다.
11) '비평'과 '연구' 혹은 '분석'은 서로 다르게 이해해야 할 것이다. 비평이 미학적 접근을 한다면 연구나 분석은 '과학'적 접근을 하지 않을까 싶다. 미학적 접근이 필요한 이상 비평은 필요하다. 그러나 그것이 문학과 같은 사회적 현상을 취급하는 유일한 방식은 아니다. 중요한 것은 미학적 접근과 비미학적 접근의 결합 혹은 절합 가능성을 모색하는 일이 아닐까?

혀 있기 때문에 감수성에 대한 훈련은 할지 몰라도 언어의 구조, 물질성에 대한 연구는 게을리 하고 있는 것은 아닌가? 문학연구로서의 영문학이 언어에 대해 가진 태도는 대개 이미 알고 있는 것의 확인인 경우가 많다.12) 물론 알고 있는 것을 알아내는 것, 혹은 이미 자기의 일부가 된 것에 대해 새삼스럽게 깨닫는 것도 어려운 작업이며, 이 어려움이 훌륭한 인문학자들의 글을 감동적인 성찰로 만드는 요인이 될 것이다. 그러나 그와는 별도로 우리는 지금 착취와 유혹과 지배의 사건들이 현실적으로 일어나는 와중에 살고 있다. 개방화, 지구방화(glocalization), 정보화, 문화산업, 기술문화의 범람이 일상을 지배한다. 이런 현장에서 일어나는 과제와 문제들에 대처하는 능력을 기르는 데 영문학은 어떤 기여를 하고 있는가? 고전을 통하여 과거 미국을 이해한다지만 현재는 어떤 방식으로 알 것인가? 미국에서 벌어지는 일은 현재 국내 인문학계가 펴놓은 학문진형으로는 대처는커녕 이해도 할 수 없게 되어 있다는 생각이다. 무엇 때문에 수만명 학생들이 영문학을 전공해야 하는가? "영문도 모르고" 영문학을 전공한다는 우스개 같은 소리가 있지만 웃고 넘길 일이 아니다.

4. 영문학 전화의 몇 가지 방향

한국영문학의 현재 모습을 바꿀 필요가 있다. 물론 이 모습 자체를 일률적으로 규정하는 것은 무리이고 따라서 전화의 방향도 다양할 수밖에 없다. 여기서는 개인 관찰에 근거하여 몇 가지 방향을 개괄식으로 제출할 뿐이다.

첫째, 영문학의 민족문학적 성격을 탈피하는 방향이 있겠다. 이미 지적한 대로 국내 영문과는 대체로 문학을 민족문학의 틀로 편성하고 배치하고 있다. 대부분의 대학 영문과가 영국문학, 미국문학을 세기별, 장르별로 나눠 가르치고 있는 것이다. 이처럼 '민족문학'의 틀에 따라서만 문학 개념을 설정할 필요가 있는가? 상당수 대학들이 새로운 틀을 만들 필요가 있다. '민족

---

12) 리비스의 유명한 "This is so, isn't it?"을 환기하고자 한다. F. R. Leavis, "Literature and the University: the Wrong Question," *English Literature in Our Time and the University* (Cambridge University Press, 1979), p. 47.

문학'이 지배하면 수사학, 서사이론, 기호학, 문화이론 등의 분야들을 교과과정에 반영할 수 있는 길이 거의 없다. 13) 영문학이 민족문학을 지배적 문학 개념으로 고수하는 한 이런 경향은 쉽게 사라지지 않을 것이다. 그러나 민족문학이 문학의 특정한 형태일 뿐 문학 전체를 대변하는 형태는 아니라는 점을 생각할 때 (영)문학을 민족문학이 '독점'하는 것은 문학연구의 다양한 길을 막는 독재이다. 문학 개념을 확장할 때 영문과의 일부 성원들은 '문학과'나 '문학부'와 같은 학문조직 편제에서 이루어지는 문학연구 쪽으로 자리를 이동하는 것이 가능할 것이다.

둘째, 문학이 구체적인 역사적 맥락에서 그 본질이 구성되고 그 모습이 규정될 수밖에 없다면 우리는 영문학을 영문학 자체라는 관점에서 생각하기보다는 한국, 그것도 남한이라는 특수한 역사적 상황과 연계하여 생각할 필요가 있다. 영문학을 외국학으로 보는 관점이 그래서 필요하다. 이는 영미의 영문학과 한국의 영문학을 서로 다른 이질적인 것으로 파악할 수 있다는 말이기도 하다. 영미의 영문학과 우리 영문학은 어떻게 다른가? 우리에게는 무엇보다도 비판적 시각이 필요할 것이다. 영문학 텍스트를 정전화하고 숭배의 대상으로 삼는 것은 문제가 아닐 수 없다. 이것은 물론 서구의 고전을 무조건 배격하자는 것이 아니다. 여기서 중요한 것은 우리 상황과 영미의 상황, 나아가 세계의 상황을 관계적으로 제대로 파악하는 일이다. 이런 맥락에 서면 문학만이 문제가 아닐 수도 있다. 영문학자가 문학을 포함한 문화 전반에 관심을 기울이는 것이 당연한 경우가 갈수록 많이 생길 것이다. 이런 점에서 나는 영문학을 외국학으로 자리매길 때 지역학의 성격을 띨 가능성이 커진다고 본다. 위에서는 문학의 정의를 새롭게 함으로써 민족문학의 틀을 벗어나는 것을 모색할 수 있다고 했지만 이제 문학은 다른 영역들과 교류할 채비를 채려야 할 필요가 있다.

셋째, 문자해독력의 새로운 정의에 따른 영문학의 전화 방향이다. '문자해독력'과 관련된 여러 문제들—구어문화와 문자문화의 차이, 수고문화에

---

13) 국문과의 경우는 오히려 민족문학 틀을 벗어난 교과과정을 운영하는 경우가 더러 있어서 수사학, 기호학 등의 과목을 설치할 여유가 오히려 더 많은 것으로 안다.

서 인쇄문화로 전환하면서 나타나는 문학의 장르 변화, 텍스트에서 잉크로 표시되는 글의 역할, 문자의 모양새 변화와 문학적 재현의 관계, 텍스트와 이미지의 관계, 대중문화의 발흥과 연관된 이미지 혹은 시각문화의 대대적인 출현으로 인해서 생겨나는 새로운 형태의 문자해독력 문제, 즉 미디어해독력과 하이퍼미디어해독력 등의 문제들 등—은 오늘날 문학연구자가 더 이상 늦출 수 없는 중요한 쟁점들을 안고 있다. 특히 최근 들어와서 등장한 새로운 문자 상황은 전통적 문학의 위상에 심대한 위기를 초래하고 있다. 문자, 글쓰기의 물질성에 심대한 변화가 일어나고 있는 시점에 살고 있다는 점을 감안할 때 '문자' 전문가로 자처하는 문학연구자들이 능동적으로 대처할 필요가 크다.

넷째, (비판적) '인간과학'으로의 전환도 하나의 방향이 아닐까 싶다. 서구에서 인간과학은 19세기이래, 근대적 주체의 대대적인 양성이 필요해지면서 발달하였다.[14] 영국에서 영문학이 분과학문으로 성립한 것도 이런 사회적인 요구의 출현과 깊은 관련이 있다.[15] 영국의 진보적 문화연구 전통에서 '문화주의'로 불리는 윌리엄스나 톰슨 등이 집단적 행위 주체들의 관습에 대해 관심이 많았던 것도 이런 근대적 기획을 역으로 보려고 했기 때문이 아니었을까? 인간과학적 관점에서는 인간의 양성이, 특히 전문인의 양성이 중요하다. 이 양성은 두 방향에서 일어난다. 변동하는 사회에서 인구를 통제 방식으로 양성하는 길들이기와, 길들여지기를 거부하며 돌파하는 것이 그것이다. 윌리엄스가 참여한 교육운동은 후자의 예로 볼 수 있다. 이 맥락에서 문화적 행위들이 중요한 관심의 대상이 될 것이다. CCCS의 '하위문화' 연구처럼 외면당하는 인간 활동 방식에 관심을 기울이는 것, 약소자의 편에 선 연구활동이 필요하다.

다섯째, '문형연구'로의 전환도 모색할 만하다고 생각한다. 위에서 제시한

---

14) 월러스틴이 『사회과학으로부터의 탈피』에서 '역사적 사회과학'이라고 부른 학문분야들이 '인간과학'이라고 할 수 있을 것이다.
15) 이 점과 관련해서는 Brian Doyle, *English and Englishness* (Routledge, 1989); Ian Hunter, *Culture and Government: The Emergence of Literary Education* (London: Macmillan, 1988) 등을 참고.

영문학 전화 방향들은 좁은 의미의 문학 범주를 넘어서는 것들이다. 이런 전환의 방식이 현재 지배적인 '문학'의 개념을 손상한다고 우려할 수도 있을 것이다. 하지만 다른 한편 문학의 영역은 크게 확장되었다. '문학'은 넓게 보면 '문형학'이다. 문학의 물질성은 문학의 '문자'적 측면에서 일차적으로 나온다. 중세의 성서해석의 네 종류 중에서 축어적(literal) 해석을 우화적(allegorical), 교훈적(tropological), 신비적(anagogic) 해석의 출발점으로 삼은 것도 문자가 다른 해석의 물질적 근거가 된다고 보았기 때문이다. 말을 글로 옮길 때 생기는 표현의 차이는 글이 지닌 물질성이 만들어내는 굴절 때문에 생기는 차이다. 그 굴절 효과는 문자의 모양새, 짜임새로 인해 만들어지는 효과이다. 월터 옹의 연구가 보여준 대로 말을 문자화했을 때 생기는 변화는 엄청나다.16) 이뿐만 아니라 언어의 문자적 측면에 관심을 기울여야 텍스트와 이미지의 관계와 같이, 특히 최근 복합매체들의 등장으로 인해 중요해지는 현상들을 다룰 수 있는 근거가 생긴다. 전통적으로 문학은 퍼스(Charles Peirce)가 상징적 기호라고 했던 측면을 중시했을 뿐 도상적(iconic)이거나 지표적인(indexical) 측면에 대해서는 거의 외면해왔다. 그러나 도상과 지표의 차원을 새롭게 문학 연구에 수용할 때 우리는 문학을 새롭게 이해하게 될수도 있을 것이라고 생각한다. 최근에 문학의 문자적 측면에 일어난 변화로 인하여 글쓰기의 다양한 형태가 발생하고 있다. 전자적 글쓰기의 출현으로, 또한 하이퍼텍스트와 같은 새로운 글쓰기 매체의 등장으로 문학의 형질 변화까지 일어날 지경이다.17) 아직 엄밀하게 규정하지는 못했지만 '문형'은 문화연구에 필수적인 개념이 아닐까 싶다. 꼴이나 생김새가 없는 사물이 없고, 꼴과 생김새는 시공을 초월하지 않고 역사적으로 규정된다는 점을 생각할 때 '문형'은 위에서 언급한 영국의 경험론적 문화연구가 중시하는 행위와 함께 문화연구의 중요한 대상영역이다.

---

16) Walter Ong, *Orality and Literacy: The Technologizing of the Word* (London and New York: Methuen, 1982).

17) 이 책의 2부에 실린 졸고, 「디지털시대의 문학하기」와 마크 포스터, 『뉴미디어시대의 철학』, 김성기 역, 민음사, 1994 참고.

5. 문화공학의 길

위에서 영문학 전화의 몇 가지 방향들을 제시하였다. 이 방향들은 기본적으로 민족문학의 틀을 넘어서는 것이고 특히 최근에 문화연구들의 형태로 우리에게 다가온 학문조류를 어느 정도 수용하여 구상한 것이다. 나는 기본적으로 영문학이 위에서 언급한 대로 문학연구로, 나아가 문화연구로 확장될 필요가 있다고 본다. 하지만 문화연구에도 문제가 없는 것이 아니다. 샅샅이 살펴본 것은 아니나 소수를 제외하면 문화연구는 비판이론에 머물고 마는 경향이 강하다.18) 비판이론적 관점에서 작업한다고 생각하는 주제에 문화연구의 비판이론적 성격을 문제삼는 것은 어불성설일지 모르나 한국에서 문화연구는 비판이론만이 아닌 기술학의 성격도 있어야 하지 않을까 싶다. 이것은 국내 문화 상황에 대한 나름대로의 판단에 근거한 방향 설정인데, '천박한 자본주의'가 지배하는 우리 판에서는 문제에 대한 비판만으로는 지식인의 소임을 다하지 못한다는 생각 때문이다. 우리는 비판적 지식인이자 동시에 생산적 지식인이 될 필요가 있다. 해석학적 태도로 세상에 대해 비판적 거리만 유지할 것이 아니라 세상을 관통하고, 현장에 개입할 각오가 필요하다. 우리 영문학자가 생산적일 경우, 문학, 문화, 언어 등과 관련한 교육방식, 정책입안, 문화전략 수립 등에 필요한 구체적인 능력들을 구비해야 할 것이다.19) 이런 생각은, 학문을 기술로만 생각하는 것은 물론 문제이나 인문학자들의 반기술적 태도에도 문제가 있다고 보는 데서 나온다. 학문과 지식의 기술화 경향이 강해지고 있고, 기술화는 지식을 자본에 예속시키고, 지배체계에 종속시키는 경향이 강대함을 몰라서가 아니다. 그러나 비판이 엄정할지라도 대안 제시와 함께 이루어지지 않으면 힘도 없는 법이다. 세계를 해석하기보다는 변혁하는 것이 더 중요하다는 맑스의 테제를 상기하면

---

18) 예외적인 경우로 토니 베넷이 있다. 그는 문화연구가 문화정책 문제를 고려해야 한다고 본다. Bennett, "Putting Policy into Cultural Studies," in Lawrence Grossberg, Cary Nelson, and Paula A. Treichler, eds., *Cultural Studies* (New York & London: Routledge, 1992), pp. 23-37.
19) 국내 영문학계의 집단적 과제 중의 하나는 영어정책과 영어교육 정책, 나아가서 (영)문학 정책을 세우는 일이다.

인문학도 해석이나 비평에만 머물지 않고 기술학을 수용할 필요가 있다.

더 과격하게 말해보자. 영문학이 전화를 하려면 문화연구만이 아니라 문화공학으로까지 나갈 필요가 있지 않을까? 문학이 공학과 만나는 길은 물론 쉽지 않다. 인문학자는 책으로 공구를 든 기술자의 정신 세계를 주무르고자 하고 공학자는 그런 인문학자를 무시한다. 그러나 현단계에서 문화예술의 다양한 분야들은 새로운 기술적 단계를 맞아 예술만 해도 생산양식 자체가 크게 바뀌고 있다. 디지털복제는 전통적으로 단절되어 있던 매체들을 통합시켜 (민족문화 프로젝트가 성행하던 시기의) 분화된 예술장르들이 통합되면서 새롭게 관계들을 맺고 있기 때문이다. 뿐만 아니라 오늘날 사회는 분과 학문적 분할을 고수하기 힘든 사회, 단순하게 보았던 현상의 복잡성이 더욱 강조되어야 하는 사회이다. 이전 같으면 '당연히' 몇몇 전문가들이 '말아먹은' 도시계획에 주민과 시민, 여성, 노동자 등 다양한 정체성들을 가진 '주체들'이 개입할 필요가 커지고 있다. 환경 파괴로 지역 생태계와 고용 환경에 변화가 생길 우려가 있는 사업들을 전문가 몇 명에게 맡겨 놓아서는 삶의 틀 전체가 파괴될 것이기 때문이다. 이런 상황이 빈번하게 발생하게 되어 인간적 삶의 근거가 뿌리뽑히고 있을 때 영문학자는 어떤 식의 기여를 할 것인가? 전통적 방식으로는 담론적 참여밖에 없을 것이다. 지역개발위의 횡포를 비판하는 연대 서명에 참여한다거나 하는 방식으로 말이다. 하지만 영문학의 전화를 통하여 현재의 영문학자는 사회적 실천의 활동가, 현장에서 구체적인 기획과정에 참여하고 기획된 사업을 추진하는 노하우를 제공할 수 있는 전문가의 역할을 할 필요가 있다. 이를 위해서는 문학연구자, 문화연구자는 비판적 태도만이 아니라 실질적인 능력을 구비해야 하고 나는 이것이 문화공학적 능력이 아닐까 싶다.

'문화공학'은 아직 구체화되지 않은 기획이다.[20] 이 화두가 오늘 토론의 중심이 될 것 같지 않기에 그동안 해온 어설픈 구상조차 이 발제에서는 상론하기 어려워 이 글의 말미에 그 편린만 언급할 뿐이다. 문화공학의 형태는

---

20) 문화공학에 대한 좀더 자세한 논의는 졸고, 「문화공학을 제안하며」, 『지식생산, 학문전략, 대학개혁』, 문화과학사, 1998 참고.

여러 가지이겠지만 나는 우선 문학을 비롯한 인문학적 상상력을, 혹은 예술적 감수성을 과학기술과 결합하거나 꼭 그런 형태가 아니더라도 사회공학적 기획에 반영하는, 문화예술의 사회적 개입 능력 강화를 염두에 두고 있다. 한 예로 지역운동과 환경운동이 결합하는 지역에서 기획하는 테마파크에 '문형' 개념으로 기여하거나, 혹은 서사이론을 동원하여 저항적 이야기 꾸미기를 시도하는 일을 생각할 수 있다. 문학전문가의 경우 서사이론적 기획을 구상할 수도 있지 않을까? 서사는 소설의 형태로만 존재하지 않는다. 텔레비전 연속극에도, 컴퓨터 게임에도, 백화점의 상품 전시에도 서사가 개입한다. 이런 서사 현장에 참여할 기능인을 기르는 것도 문화공학 프로그램이 고려해야 할 과제이다. 이 경우 인문학이 자랑하는 비판적 소양, 혹은 문제제기 능력이 배제될 것이 우려되기도 할 것이다. 특히 시장에 참여하는 일은 자칫 자본의 하수인으로 전락할 위험이 크다. 바로 이런 점 때문에 현실 개입을 섣불리 하기 어려운 것인데 하지만 시장을 자본의 하수인으로만 보는 것은 단견이다. 바흐친이나 브로델이 생각하는 것처럼 시장에는 독점화 경향만이 아니라 '다성화' 경향도 있기 때문이다. 독점자본에 저항하는 일이 중요하다고 해서 시장에 개입하지 말라는 입론은 성립하지 않는다고 본다. 비판적 관점은 생산적이어야 한다. 지역운동과 연계할 때 '물건'을 생산해내지 못하면 지역환경과 삶의 실질적 개선에 도움이 되지 못할 공산이 크다. 현재 상태에서 문화공학은 구체적으로 기여할 수 있는 기술을 제공할 수 있는 상태가 아니지만 추구해볼 만한 것이 아닐까 싶다.

6. 발제를 맺으며

영문학의 전화를 위해 '사고 치자!'는 구호를 크게 외쳤다는 느낌이 든다. 혹시 그 구호가 전통적 영문학을 폐기 처분하자는 것으로 들렸다면 오해를 풀기 바란다. 전화를 위해 필요하다고 제시한 기능이나 능력을 개인 연구자가 모두 획득해야 한다는 말도 아니다. 개인의 능력에 관계없이 우리 지식인 사회가 집단으로 추구해봄직한 지식생산 전략을 구상한 것일 뿐이다. 이 발제가 영문학의 전통적 방식, 우리가 주로 하고 있는 인문학적 방식만이 학문의 유일한 방식이 아님을 보여주려 한 것도 그 때문이다. 인문학적 영문학은 영속할 수 없으며 변동을 겪을 수밖에 없다. 이 변동을 앉아서만 당하지 않기를 바란다. 우리가 먼저 연구와 교육의 틀을 바꾸려는 노력이 필요하다. 무엇보다 분과학문 분야의 하나로서 영문학이 가지고 있는 구체적인 모습을 바꾸는 것이 중요해 보인다. 교과과정, 교수법, 독해방식, 문학의 개념 설정 등과 관련된 문제들을 쟁점으로 다룰 시점이다. 이 발제가 제시한 길은 문학연구, 외국학으로서의 영문학, 지역연구, 문화연구, 비판적 인간과학, 문형연구, 문화공학 등이었다. 나는 특히 인문학이 기술학으로 전환할 것을, 그래서 문화공학적 접근을 할 것을 권유하고 싶다. 이때 우리는 전문인으로서 사회에 실질적인 개입을 할 수 있을 것이다. 제갈량과 정약용도 바로 그런 사람들이 아니었던가.

12

영국의 문학교육과 그 제도화

1. '영문학 역사기술'의 문제설정

이 글은 영문학의 역사에는 그 제도화에 대한 역사기술이 포함되어야 한다는 관점에서 출발한다. 영문학의 역사는 이미 주어진 대상—연구와 교육 대상으로서의 정전들—을 핵으로 하여 자연 발생한 역사가 아니라 정전 만들기(canonization)와 같은 대상 구성 과정을 통해 만들어진다고 보기 때문이다. 이런 입장은 영문학이 원래 그 '대상'을 가지고 있지 않은, '대상부재' 학문이라는 관점에서 나온다. 영문학이 현재 학교제도에서 중요한 분과학문으로 배치되어 있는 점을 감안할 때 영문학에 고유한 대상이 없다는 주장은 이해하기 어려울 수도 있을 것이다. 그러나 학문에는 반드시 고유한 대상이 있을 것이라는 통념은 절대적 근거가 없다. 칸트가 말했다시피 학문은 대상 없이도 성립할 수 있기 때문이다. '구성주의' 관점에 따르면 하나의 학문분야는 자신의 대상을 구성하는 것 자체로써 자신을 학문으로 체계화할 수 있다.[1] '영문학'이 '대상 없는' 학문이라는 것은 미리 주어져 있지 않은 대상을

---

1) '대상 없는 학문', 철학의 대상 구성 문제에 대해서는 에티엔 발리바르, 「(철학의) 대상: '절단'과 '토픽'」, 『알튀세르와 마르크스주의의 전화』, 윤소영 역, 이론사, 1993, 191-237쪽 참조.

끊임없이 구성하려는 과정 자체로 구성되는 학문이라는 말이다. 영문학이 분과학문 체계로 있는 것 자체가, 대학과 같은 전문적 학술 및 교육 기관에 편입되어 제도적 질서를 갖추고 일정한 관습에 따라서 행해지는 일체의 것들, 상호보완적이면서 또한 모순적인 여러 실천 양상들과 관계들의 불균등한 결합의 모습 자체가 그 학문의 성격 또는 실체를 구성한다는 말이다. 그렇다면 영문학의 실체나 본질은 미리 정해져 있거나 객관적으로 주어지는 것이 아니다. 이글턴의 말대로 "문학은 곤충들이 존재한다는 의미로 존재하지 않"기 때문이다.[2] 영문학은 그래서 끊임없이 자신을 가치있는 것으로, 예를 들어 영국전통의 보고임을 주장함으로써 자신의 존립 이유를 대지 않을 수 없다. 이런 점에서 영문학의 역사는 영문학 구성의 역사이기도 하다. 문학작품, 작가처럼 미리 주어져 있는 대상들의 역사만이 아니라 '영문학'이라고 하는 대상 없는 학문의 구성에 기여하는 실천들 자체도 그 역사를 구성한다는 말이다. 이 실천들을 다루지 않는 영문학의 역사는 따라서 불완전할 수밖에 없다. 영문학에 있다고 하는 고유한 대상의 역사를 기술하려는 기존의 영문학 역사기술과는 달리 새로운 문제들을 쟁점으로 설정하는 것이 그래서 필요하다.[3]

이 글은 이런 관점에서 분과학문으로서 영문학이 영국에서 어떤 경로를 통해 교육제도 속에 편입되어 공식적인 사회제도가 되었는지, 그 과정은 어떠했는지, 또 그에 따른 이론적 쟁점은 무엇인지 살펴보려는 것이 목적이다. 여기에는 문학을 제도로서, 특히 구체적인 계보(genealogy)를 지니는 사회적 실천 체계로서 인식하는 데 인색한 문학연구의 관행을 반성하려는 의도도 있다. 소수의 예외를 제외하면 문학사연구는 지극히 대상 중심적이

---

2) Terry Eagleton, *Literary Theory: An Introduction* (Minneapolis: University of Minnesota Press, 1983), p. 16.
3) 이를테면 정전으로 간주되는 문학작품만이 아니라, 특정한 텍스트들이 정전으로 형성되는 과정, 작품의 특성만이 아니라 작품을 읽어내는 독해과정의 형성(문학 비평제도의 구축), 일부 문학인들의 창의성만이 아니라 특수한 능력들의 배타적 전유과정('상징적 자본'의 독점이나 문학 이데올로기국가장치의 가동을 통한), 또는 문학인들의 카스트적 연대만이 아니라 대중교육 등 사회적 장치들의 가동을 통한 문학인구의 확보 등이 중요한 문제가될 수 있다.

다. 4) 문학사 기술은 대체로 문학작품의 역사이며, 따라서 텍스트 중심적이고 생산자 중심적인 것이다. 이 결과 문학사에서 중요하게 부각되는 것은 문학작품의 주제, 텍스트의 구성방식, 작가의 세계관 등이다. 흔히 문학의 4요소로 간주되는 작품, 작가, 세계, 독자 중 독자 부분은 거의 철저히 배제된다. 또한 비평 제도나 학문정책, 혹은 문학시장의 형성과 같은 구체적이고 역사적인 실천들, '문학'의 개념을 역사적으로 규정하는 조건들에 대한 연구도 잘 수행되지 않는다. 이런 무역사적 경향은 신비평 이래 대부분 문학사기술의 특징을 이루고 있지만 이 결과 영문학연구는 자신의 실천에 대한 성찰을 결여한 채, 아니 어쩌면 이 결여를 자신의 성립 조건으로 삼은 채 이루어지고 있다. 이 글은 이런 관행에 대한 비판적 성찰이다.

2. 영문학교육과 연구의 성립

'영문학' 또는 '영문학연구'(English studies)는 역사가 매우 짧다. 5) 최근에 발간한 한 영문학연구 역사기술에서 비스와나탄에 따르면 영문학연구는 150년이 채 되지 않는 "놀랄 정도로 짧은 역사를 지닌 교과목"이다. 6) 문학의 역사가 인류의 역사와 거의 맞먹을 정도로 오래며, 또한 영문학의 역사도 흔

---

4) 이 글을 위해 주로 참고한 예외적 연구들은 다음과 같다. Chris Baldick, *The Social Mission of English Criticism 1848-1932* (Oxford: Clarendon Press, 1983); Terry Eagleton, *Literary Theory: An Introduction* (Minneapolis: University of Minnesota Press, 1983); Robert Colls and Philip Dodd, eds., *Englishness: Politics and Culture 1880-1920* (London: Croom Helm, 1986); Ian Hunter, *Culture and Government: The Emergence of Literary Education* (London: Macmillan, 1988); Brian Doyle, *English and Englishness* (London and New York: Macmillan, 1989); Peter Brooker and Peter Humm, *Dialogue and Difference: English into the Nineties* (London and New York: Routledge, 1989); John Dixon, *A Schooling in 'English': Critical Episodes in the Struggle to Shape Literary and Cultural Studies* (Milton Keynes: Open University Press, 1991).
5) 이 글에서 '영문학'과 '영문학연구'는 거의 같은 의미로 쓰인다. 사실 우리말 '영문학'은 영어의 "English literature"를 지칭하는 경우가 많지만 학문을 지칭하는 '학'이 포함된 관계로 "English studies"의 의미로 사용되기도 한다 그러나 이 글에서 살펴보고자 하는 영문학은 분과학문으로서의 영문학이기 때문에 영문학연구라는 표현이 더 정확하다고 할 수 있다. 다만 관행으로 생긴 어감을 무시할 수 없어서 영문학과 영문학연구를 섞어 쓰기로 한다.
6) Gauri Viswanathan, Excerpts from "Introduction" to *Mask of Conquest: Literary study and British Rule in India*, 1989. http://humanitas.edu/users/raley/english/masks.html/

히 공식 영문학사에서 주장하듯 고대영어로 쓴 『베어울프』(*Beowulf*) 만큼은 오래 되었다는 통념을 생각하면 영문학연구의 역사가 짧다는 것은 "놀랄" 일이 아닐 수 없다. 사실 영문학의 '대상'을 인정한 영문학 연구도 흔하지 않은가. 예를 들면 영국 드라마 비평에 중요한 기여를 한 것으로 평가되는 존 드라이든의 『극시론』(*An Essay of Dramatic Poesy*) 만 하더라도 17세기 중엽에 나와 셰익스피어의 위대성을 논하는 많은 사람들에게 영향을 끼친 바 있고 또한 새뮤얼 존슨의 『시인 열전』(*Lives of the Poets*) 이 나온 것도 18세기 후반이다. 그러나 '영문학연구'가 교과목으로서 다수 인구를 훈육하는 사회적 실천으로 성립하기까지는 오랜 시간이 걸렸다. 멕케이브의 다음 지적이 그런 점을 말해주고 있다.

학과목으로서 영문학의 시발점은 19세기며 그것의 발전은 두 가지 아주 다른 요구에 대한 대응으로 이루어졌다. 발전하는 자본주의 경제는 문자해독력이 있는 노동력에 대한 필요가 더욱더 커졌으며 의무적인 일차교육(초등교육)이 그와 같은 문자해독력을 키우기 위해 마련되었다. 다른 한편 문학은 줄어드는 종교의 영향과 고전연구를 대체할 수 있는 중요하고 고귀한 가치들의 보고로 간주되었다. 그러나 고상한 문학의 연구는 문자해독력과는 달리 전체 인구에게 허용될 수는 없었다. 문학의 교화 사업은 중등학교와 대학에 국한되었다. 민족문학을 이처럼 공부할 대상으로 구성한 것은 약 300년에 걸친 역사적 노력의 결실이다.[7]

영문학이 늦게 고등교육에 공식 교과목으로 도입된 것은 인준 과정에 우여곡절이 있었기 때문이다. "300년에 걸친 역사적 노력의 결실"이라는 표현은 마치 영문학연구를 분과학문으로 성립시키기 위한 면면한 노력이 이어져 온 것을 시사하지만 사실 영문학교육과 연구가 학문의 분과체계로 성장한 것은 '우발'에 가까웠다.[8] '우발'이란 말은 영문학연구가 어쩌다가, 즉 우연히 성립되었다기보다는 여러 복합적 조건들의 비필연적 결합에 의해서 성립

---

7) Colin MacCabe, "Broken English," in MacCabe, ed., *Futures for English* (Manchester: Manchester University Press, 1988), p. 4.
8) 영문학이 교육제도에 우발적으로 들어왔다는 데 대해서는 Hunter, *Culture and Government* (London: Macmillan Press, 1988), p. 4 참조.

한 것을 가리킨다. 영문학연구가 학과목으로 시발했다는 멕케이브의 지적도 좀더 따질 부분이 없지 않다. 사실 영문학이 교과목으로 등장한 것은 19세기 후반이며, 특히 영국 고등교육의 쌍두마차라 할 옥스퍼드와 캠브리지, 즉 옥스브리지에 영문학교육이 분과학문체계로 자리를 잡은 것은 19세기말 20세기 초였다.[9]

영문학은 대학교육과정으로 들어오는 데 굉장한 어려움을 겪었다. 19세기 중반까지만 하더라도 그것은 정규대학의 정식 교과목으로 인정받지 못했다. 1886년까지 당시 진보적 문학인이던 윌리엄 모리스 같은 사람까지 영문학을 옥스퍼드에 도입하는 데 반대할 정도였다.[10] 월터 롤리(Walter Raleigh)가 옥스퍼드에 최초의 영문학교수로 취임한 것이 겨우 1904년이고, 캠브리지에서 퀄러 카우치(Quiller-Couch)가 영문학교수가 된 것은 1912년에 이르러서다.[11] 이글턴의 지적처럼 "여성, 노동자들, 그리고 원주민들이나 감동시키려는 사람들에게나 어울리는 교과목인 영문학이 옥스퍼드와 캠브리지에 있는, 지배계급의 권력 요새에 침투해 들어가는 데는 오랜 시간이 걸렸"던 것이다.[12] 이것은 옥스퍼드와 캠브리지는 엘리트 교육의 본산으로 행세하며 영문학과 같은 새로운 근대 학과목의 교육에는 관심이 적었기 때문으로 보인다.[13] 대학에 온 상류층 자제에게도 영문학은 굳이 배워야 할 대상이 되

---

9) 영국에서 영문학교육의 시작이 이렇게 늦었는데 일제 점령기 한국에서 영문학을 강의하기 시작한 것이 1927년이었다는 사실은 영문학의 국내 도입이 놀라울 정도로 빨랐던 셈이다. 박거용, 「영문학 교육의 실태: 커리큘럼을 중심으로」, 김용권 외, 『영문학교육과 연구의 문제들』, 한신문화사, 1996, 116쪽.
10) 문학은 가르치기에 너무 내밀하다는 것이 근거였다. Ian Hunter, "Culture, education, and English: building 'the principal scene of the real life of children'", *Economy and Society*, vol. 16, no. 4 (1987), p. 586.
11) Peter Brooker and Peter Widdowson, "A Literature for England," in Robert Calls and Philip Dodd, ibid., p. 119. 옥스퍼드에 영문학교수직이 마련된 것은 1894년이었으나 롤리가 취임한 1904년까지는 빈자리로 있었다고 한다. Terence Hawkes, "Swisser-Swatter: making a man of English letters," in John Drakakis, ed., *Alternative Shakespeares* (London: Methuen, 1985), pp. 30-31.
12) Eagleton, *Literary Theory*, p. 29.
13) 옥스브리지가 엘리트 교육의 본산이었다는 표현도 수정이 필요하다. 당시 옥스브리지는 그 명망에 걸맞지 않게 교육 수준이 형편없었던 모양이다. 옥스퍼드의 개혁적 교육자였던 Mark Pattison이 1896년에 했다는 코멘트를 들어보자. "우등학생들만이 유일하게 대학이

지 못했다. 이글턴은 영문학이 사립중등학교와 옥스브리지에 가지 못하는 사람들에게 제공하는 싸구려 '교양' 교육이었고, 옥스브리지 최초의 '문학' 교수 월터 롤리마저도 자신의 교과목에 대해 경멸감을 가지고 있었다고 지적한다. 14)

영문학교육의 제도화 과정을 좀더 자세히 알려면 따라서 옥스브리지와는 다른 곳으로 눈길을 돌릴 필요가 있다. 영국에서 영문학을 포함한 근대교육의 전통은 옥스브리지 외곽에서 형성되었다. 19세기 유럽의 상황을 잠깐 살피는 것이 필요하다. 월러스틴에 따르면 프랑스혁명 이후 유럽 사회의 지배계급은 '변화가 정상인 상황'에 대처해야 했기 때문에 사회과학을 개발하였다. "'정상적인 변화'를 이해하고 그럼으로써 그것에 영향을 줄 목적으로 사회세계를 경험적으로 연구하는 분야'가 사회과학이었는데, "사회과학을 제도화한 주요한 방식은 1789년까지 사실상 빈사상태에 빠져 있던 전통적인 유럽의 대학구조 내부를 분화하는 것이었다."15) 고대대학이 중세 이래 지켜오던 학부체제를 개편하여 사회적 기술을 중시하는 분과학문들을 학과체제로 편성하기 시작한 것은 이런 요구에 대한 부응이었는데 영문학은 월러스틴이 말하는 '사회과학'처럼 새로운 분과학문 체계로 재편되는 대학구조에 걸맞은 분야였을 것으로 추정된다. 영국에서 옥스브리지가 오래도록 영문학과 같은 새로운 학문분야를 개척하지 못한 것은 고대대학들은 교육의 새로운 변화를 주도하지 못했다는 것을 의미한다. 월러스틴은 근대대학들에서 정치학, 경제학, 사회학, 동양학, 인류학, 지리학과 같은 '역사적 사회과학'

그 기능으로 전수하거나 요구하는 교육을 조금이나마 받을 뿐이다. 나머지 70퍼센트는 나라 전체에 웃음거리가 된 나태와 방종을 일삼을 뿐만 아니라 허울로라도 대학교육 과정을 거친다고 간주될 수 없다"(Dixon, *A Schooling in 'English'*, p. 27 재인용). 참고로, 미국의 전근대 대학들도 사정은 마찬가지였다. 존슨 홉킨스가 1876년 리서치 대학으로 출발하기 전까지 미국 대학생들 대부분에게 대학교육은 자신의 직업 선택과 별다른 관계가 없었기 때문에 학생이건 교수건 학업에 전념할 형편이 되지 않았다. "생물학 수업은 갓 돌아온 선교사에게 맡기고, 수사학 교수가 역사학, 논리학, 또는 형이상학 교수가 되기도 했다"(Gerald Graff, *Professing Literature: An Institutional History* (Chicago: University of Chicago Press, 1987), pp. 23-24).

14) Eagleton, op. cit., p. 27, p. 29.

15) 이매뉴얼 월러스틴, 『사회과학으로부터의 탈피—19세기 패러다임의 한계』, 성백용 역, 창작과비평사, 1994, 29쪽.

들 혹은 인간과학들(human sciences)이 편성되었다고 하는데 영문학도 넓게 보면 인간과학에 속하는 학문분야로서 새롭게 개발된 것이라고 할 수 있다. 16) 영국에서 사회과학 혹은 영문학과 같은 인간과학들을 포괄하는 근대학문들이 학문분야로서 편성되는 것은 19세기에 새롭게 설립된 대학들에서였다. 17) 따라서 옥스브리지는 당시 가장 중요한 교육기관이면서도 실제로 근대교육의 본산이 되지는 못했다.

영문학이 교과목으로 도입된 곳은 신흥대학들과 대학교육 확장운동이다. 도일에 따르면 영문학을 처음 강의한 곳은 1872년에 설립한 런던의 유니버시티 칼리지다. 18) 그러나 영문학 강의가 실제로 확산한 것은 19세기 후반이다. 1850년대 이후 (특히 인도에서의) 관리선발 시험에 낼 요량으로 언어, 문학, 역사에 대한 잡다한 '일반 지식'을 요구했던 것이 영문학교육에 대한 큰 수요였다. 1875년에 이르면 중등학교를 졸업한 학생들은 공무원 시험만이 아니라 군 입대, 전문직 진출 및 대학 입학을 목적으로 17종에 이르는 시험들을 치렀다. 19) 영국의 언어, 문학, 역사에 대한 강조를 하기 시작한 것은 1860년대 말부터였는데 이때가 근대대학이 집중적으로 설립된 시기이다. 20) 근대대학의 설립 시기와 영문학교육에 대한 수요 증가가 일치하는 것을 보면 영문학교육의 제도화는 사회정책의 일환이었음을 짐작할 수 있다. 그리고 '고대' 대학들인 옥스브리지가 처음에는 이런 정책 수행에서 빠졌다

---

16) 푸코에 따라서 '인간과학'을 근대적 훈육 체계인 학과(discipline)로 간주할 수 있을 것이다. 푸코는 학문을 주체형성의 주요 방식으로 간주하는데 영문학도 문학적 주체를 형성하는 중요한 규율 방식으로 볼 수 있다.
17) 당시 수립된 대학들은 다음과 같다. Owen's College, Manchester(1851) ; Newcastle (1871) ; University College of Wales, Aberystwyth(1872) ; Leeds(1874) ; Mason College, Birmingham(1874) ; Bristol(1876) ; Firth College, Sheffield(1879) ; Liverpool(1881) ; Nottingham(1881) ; Cardiff(1883) ; Bangor(1883) ; Reading(1892) ; Southampton(1902). Gillian Sutherland, "Education," in F. M. L Thompson, *The Cambridge Social History of Britain 1750-1950*, vol 3. *Social Agencies and Institutions* (Cambridge: Cambridge University Press, 1993), pp. 154-56 참조.
18) Doyle, "The hidden history of english studies," in Peter Woddowson, ed., *Re-Reading English* (London and New York: Methuen, 1982), p. 26.
19) Doyle, *English and Englishness*, p. 26. 비스와나탄에 따르면 영문학교육은 인도에서는 이미 오래 전부터 실시되고 있었다. 주 6)에서 언급한 문건 참조.
20) Ibid., p. 28.

는 것은 당시 진행된 '교육개혁'이 일률적으로 진행된 것이 아니라는 점을, 그리고 영국의 상류계급이 자신의 사회적 역할을 능동적으로 수행하지 않았다는 점을 말해준다. 물론 옥스브리지가 완전히 사회적 기획에서 발을 뺀 것은 아니다. 대학교육확장운동에 소속 교수들이 상당수 참여한 것이다. 대학교육의 '확장'은 1840년대에 시작했는데, 처음에는 영국교회 사제들을 양산하기 위한 목적이었으나 차츰 평신자에 대한 교육으로 변모하여 1850년대와 1860년대에 이르러 '외부' 시험에 합격하는 모든 사람들에게 학위 수여를 하면서 실용화했다. 21) 1850년대부터 전문 아카데미 조직과 행정, 교수, 연구, 출판 양식에 변화가 생기기 시작했으며 이런 변화는 전문화와 함께 세속화를 수반하여 아카데미 내부뿐만 아니라 외부에도 작용하여 국민 전체를 새로운 '고객'으로 보게 되었다. 도일의 말을 들어보자.

산업, 과학, 기술을 중심으로 하여 조직된 사회적 관계들이 중요해짐으로써 종교적 믿음이 일부 쇠퇴하자 '세속적' 봉사와 훈육에, 그리고 19세기 말에 이르러서야 겨우 고대 대학들이 '민족적' 역할을 하라는 요구를 듣기 시작했다. 세기전환 무렵 옥스브리지는 사회변동에 대한 제한된 서비스를 하기 시작하였지만 중간계급 교육은 대체로 다른 데서, 주로 '확장운동'과 '지방' 대학들을 통해 제공되었다. 22)

이상으로 미루어 보면, 영국의 문학교육은 근대대학들이 생겨나는 것과 맥을 함께 한다고 할 수 있다. 옥스브리지가 새로운 학과목들에 대한 '국민적 요구'를 수용하고, 새 '학교들'과 '우등졸업제도'(Tripos)를 도입하여 새 영역들에서 주도권을 잡게 된 것은 19세기말에 와서다. 옥스퍼드와 캠브리지에 영문학부(School of English)가 설립된 것은 1893년과 1917년이었다. 23) "옥스브리지는 국가적 효율성과 지도력에 관한 요구를 받고서야 겨우 영국 언어, 문학, 역사 연구의 정상에 오르게" 된 것이다. 24)

---

21) Ibid., p. 28.
22) Ibid., p. 24.
23) Ibid., p. 3과 Baldick, op. cit., p. 80 참조.

3. 영문학교육의 주체

영문학교육의 제도화와 관련된 이상의 짧막한 역사기술에서 강조한 것이 있다면 영문학이 어렵게 교육제도에 도입되었다는 점이다. 하지만 어떻게 어렵게 도입되었는가에 대해서는 견해가 다르고 논쟁이 있다. 영문학이 옥스브리지를 중심으로 한 고등학교의 교과과정에 입성한 것은 19세기 말에서 20세기 초에 걸치는 기간이다. 보기에 따라 이 '입성'은 적잖은 역사적인 의미를 가진다. 한편에서 보면 그것은 영문학이 19세기 말까지 받아오던 폄하에서 벗어났다는 것을 말한다. 여성이나 노동자처럼 '아랫것'이나 배워야 하는 것으로 치부되었던 교과목이 당당히 고등교육과정에 들어온 것이다. 그것도 영국 고등교육의 중추인 옥스브리지에서 공식 교과목으로 채택되었으니 상당한 지위 향상을 거둔 셈이라 하겠다. 문제는 이 신분상승을 어떻게 해석하느냐는 것인데 의견들이 갈라진다. 영문학의 성립을 위에서 진행한 개혁으로 보는 도일의 관점과 아래로부터의 요구로 보는 딕슨의 관점이 그것이다.[25] 이 두 관점이 관심을 끄는 것은 영문학과 같은 학문분야의 성립을 태중을 억압하는 기획의 일환으로 볼 것인가 아니면 그것을 대중이 사회적으로 진출한 증거로 볼 것인가 하는 이론적 문제와 결부되어 있기 때문이다.

딕슨과 도일의 입장 차이는 다른 측면에서 보면 영문학연구와 교육의 주체를 어떻게 상정할 것인가 하는 문제와 관련되어 있다. '대중억압'의 관점에 따르면 이 주체는 당연히 사회의 상층부이며 특히 〈영어협회〉와 같은 것이다. 영어협회는 "민족교육의 기본인 영어에 대한 정당한 인식을 진작하기 위해" 1906년에 창립된 기구다.[26] '영어협회'는 '비정부조직'이었지만 이후

---

24) Ibid., pp. 24-25.
25) 이 두 입장 이외에도 또 다른 주장이 없지는 않다. 잠깐 다른 견해들을 소개하자면 헌터가 제출한, 영문학의 성립은 근대적 자아형성 테크놀로지였다는 주장을 들 수 있겠고, 또한 앞에서 인용한 바스나완탄의, 영문학의 효시는 인도정책에서 나온 것이라는, 즉 근대 학문체계로서 영문학은 영국의 식민지 정책에서 그 기원을 찾아야 한다는 주장이 있다. 하지만 이들 입장에 대한 검토는 좀더 종합적인 검토가 필요하므로 여기서는 일단 배제하고 여기서는 도일 등의 견해와 그에 대한 딕슨의 비판을 종합해보고자 한다.
26) Baldick, op. cit., p. 93.

영어교육과 관련된 정부의 공식위원회 출범에 막강한 영향력을 행사하여 14명 위원 중 9명을 소속 인사로 채울 정도였다. 이 조직에는 영국수상을 지낸 발포아(Balfour) 등을 위시하여 당시 영국의 지도급 인사들이 대거 참여하고 있었다. 이들이 참여하여 구성한 정부위원회가 시도한 것은 영어를 중추로 삼아 영국 국민교육의 기본방향을 잡는 것이었다. 이들은 이에 따라 영문학을 대학교육의 핵심으로 삼자는 내용으로 '영국의 영어교육' 설계를 담은, 이후 영국 문학교육의 중요한 지침으로 남은 '뉴볼트 보고서'를 1921년에 제출한다.[27] 영어협회 이외에도 당시 영국에는 많은 비정부조직들이 있었다. 이즈음에 사적보호재단(National Trust, 1895년 설립), 국립현대미술관(National Gallery of Modern Art, 1879), 국립초상화박물관(National Portrait Gallery, 1896)이 설립되었고, 『민족위인사전』(*Dictionary of National Biography*, 1885-1900), 『캠브리지영문학사』(*Cambridge History of English Literature*, 1907-16), 『옥스퍼드영어사전』(*Oxford English Dictionary*, 1884-1928) 등이 편찬되었다. 교육과 직접 관련된 기관으로는 1870년 대중교육의 의무화를 정한 교육령이 발포된 이후 전국성인학교연합회(National Council of Adult Schools Association), 노동자교육연합(Workers' Educational Association) 등이 세워졌다.[28] 영국 학사원(British Academy)이 설립된 것은 1903년이다.[29] 이들 비정부 조직은 대개 1880년에서 1920년 사이에 설립되어 이른바 영국의 근대적 '전통'을 구성해낸 것으로 평가받는다.[30] 도일이 이런 활동들을 중시하는 것은 영국다움의 전통을 만들어내는 것이 영문학의 기능이라고 파악하기 때문이다.

영문학의 등장이 대중의 억압과 관련이 있다고 보는 것은 영문학을 이데올로기의 한 형태로 보자는 입장이다. 이 입장을 지지하는 연구자로는 여기서 자주 언급하는 도일을 위시하여, 이글턴, 볼딕 등이 있는데, 주로 영문학

---

27) Ibid., p. 94.
28) Doyle, *English and Englishness*, pp. 22-23 참조.
29) Hawkes, op. cit., p. 31.
30) 콜스와 다드에 따르면 영국인은 오늘날까지도 이 시기의 그늘과 그 의미 속에서 살고 있다. Robert Colls and Philip Dodd, "Preface" to *Englishness* 참조.

을 지배의 한 방편으로 보고 있다. 이러한 입장은 영문학을 문화 또는 교양으로 보고 영문학의 분과학문으로서의 성립이 곧 그 교육을 받는 사람에게 혜택을 주는 것이라고 보는 전통적인 관점에 대한 비판에서 나온다. 전통적 관점은 "영문학과 교육은 민족적 문화유산이 분명히 있다고 하는 느낌을 주는 경향이 있으며, 원칙적으로 모든 시민이 이 유산을 즐길 수 있어야 한다"는 것이다.[31] 이렇게 보면 영문학교육의 제도화가 곧 문화의 확산인 것으로 이해되겠지만 비판적 관점에 서면 영문학 자체가 이데올로기이다. 그러나 같은 맑스주의자이면서도 존 딕슨은 이들과는 다른 입장을 취한다. 도일이 영문학연구의 성립을 1880년에서 1920년 사이로 보고 있는 데 반하여 딕슨은 1867년부터 1892년 사이의 시기를 중시한다. 두 사람이 영문학교육의 제도화 시기를 이처럼 다르게 잡는 것은 물론 관점 차이 때문이다. 도일은 개혁이 위로부터 일어난다고 보고 영문학사를 기술하지만, 딕슨은 아래로부터의 요구에서 개혁이 비롯되었다고 보는 것이다. 도일의 견해가 영문학이 분과학문으로 성립하게 된 데에는 지배계급이 "문화적 신비감"(cultural mystique)을 통하여 대중을 지배하려 했기 때문이라는 것이라면, 딕슨은 이 관점이 비판적인 것 같지만 사실은 대중을 허수아비로 보는 것이라며 대중의 정치적 역량을 충분히 고려해야 한다는 점을 강조한다.

1866년 이후 영국에서는 민주화 요구 운동과 '대중의 진출'이 일어난다. 딕슨은 이 시기에 드러난 개혁 열망이 당시 지배계급이 허용하고 싶은 수준을 훨씬 뛰어넘었으며, 이 과정에서 교육확장운동이 중요한 역할을 했다고 본다. 이것은 개혁의 중심이 주로 지방 교육위원회였던 것과 관련이 있다.[32] 개혁의 중심세력은 교육운동을 주도한 여성들이었다. 1866년에 일군의 여성이 런던여교사회를 결성하였는데, 그중 애니 클러프란 여성이 1867년 고향 맨체스터에 가서 여성교육단체들에게 대학강사들을 지역으로 초빙하기 위해 연대할 것을 제안하고, 캠브리지의 펠로였던 제임스 스튜어트가 여성들의 초빙에 응하여 천문학 강의를 하기 시작한 것이 계기가 되어 1868

---

31) Doyle, "The hidden history of English studies," p. 18.
32) Dixon, op. cit., p. 13.

년까지는 10여 도시에 교육확장 강의가 마련되었다. 33) 교육확장에 대한 요구는 여성들만이 아니라 남성 노동자들로부터도 나왔으며, 이들은 모든 주요 도시에 대학교육을 받을 수 있는 기회를 요구하기 시작했다. 위에서 언급한 근대대학들의 대거 설립은 이들의 요구에 대한 부응이었던 셈이다. 딕슨이 전하는 것은 옥스브리지가 근대 문학교육에 대해 외면하는 사이에 여성들이 자발적으로 자신들의 교육에 임했고 이에 대해서 특히 확장교육에 관심을 가지고 있던 강사들이 결합하여 대학교육운동이 일어났다는 이야기다. 딕슨은 이 과정에서 외부 세력이 헤게모니를 장악하지 않았다고 강조한다. 확장운동의 영문학교육에서도 주체는 학생들인 여성과 노동자들이었으며, 개별 강사들은 이들의 교육열기에 부응했을 뿐이라는 것이다. 이런 점 때문에 그는 영문학교육이 영국다움의 중요성을 강조했다는 도일의 견해를 수용하지 않는다. 가장 '영국다운' 작가로 꼽히는 셰익스피어가 자주 강의 주제가 된 것은 사실이나 그 경우에도 셰익스피어를 주제로 선정한 것은 권력측이나 강사가 아니라, 강의를 주관한 여성들의 조직위원회와 학생들이었다는 것이다. 34) 또 그는 1866년 리버풀 칼리지의 8-900명의 학생들 중에는 그리스인, 아르메니아인, 유태인, 아프리카인, 미국인 등이 포함되어 있었으나 어떤 종교적 강압도 없었으며, 여러 인종이 모여 자발적으로 교육운동을 벌이는 상황에서 교육프로그램에 배타적인 영국다움에 대한 강요는 있을 수 없었다고 시사한다.

이상 언급한 두 입장 중 어느 쪽을 수용할 것인가에 따라서 영문학을 이해하는 방식에는 큰 차이가 날 것이다. 나는 이들 두 입장에 대해 양자택일의 방식으로 접근하는 것은 바람직하지 않다는 생각이다. 두 사람의 연구를 종합해보면 영문학의 제도화는 위에서든 아래서든 어느 일방에 의해서 이루어진 것이 아니라 두 세력의 힘 겨루기 과정에서 발생한 국면적 차이를 보이며 전개한 것으로 보이기 때문이다. 도일은 1880-1920년 사이에 이른바 '신영어'가 주로 반국가적이면서 또한 반사회주의적인 자유주의 경향들에 의해 성

---

33) Ibid., pp. 14-15.
34) Ibid., p. 34.

립되었다는 점을 강조한다. 반면에 딕슨은 여성 및 노동자 중심의 자발적 교육운동에 관심을 집중한다. 딕슨에 따르면 영문학교육의 주요 전범이 형성된 것은 확장운동 시기다. 반면에 도일은 확장운동에서 발생한 영문학교육의 제도화보다는 옥스브리지에서 영문학이 수용된 이후, 특히 영국의 자유주의자들이 비정부조직들을 형성하여 사회지도층으로 올라서려던 시기에 관심을 표명한다. 언뜻 보기엔 도일과 딕슨은 상반된 관점을 제출하는 것 같지만 도일이 중시하는 시기가 딕슨이 중시하는 시기보다 늦다는 점을 고려하면 도일의 관심은 딕슨이 관심을 표명하는 교육 확장운동의 여파에 대한 영국사회 지배계급의 대응 쪽에 가깝다는 점을 알 수 있다. 즉 위로부터의 개혁은 1867년부터 1892년 사이에 일어난 민주적 요구들에 대한 지배계급의 대응이었던 셈이다. 도일 자신도 확장운동이 "사회주의적 도전"에 대한 대응이었음을 인정하고 있다.[35] 물론 그래도 남는 문제는 있다. 가장 중요한 문제는 역사의 주체를 따지는 것, 좀더 구체적으로 영문학교육의 주체를 설정하는 문제일 것이다. 두 사람이 역사의 주체를 보는 관점이 너무 다르기 때문에 두 관점을 성급하게 종합한다는 것이 쉽지는 않지만 그람시의 '헤게모니' 개념을 도입하면 어느 정도 조화시킬 수는 있을 것 같다. 그람시는 (언제나 소수인의 것일 수밖에 없는) 지배가 관철되기 위해서는 (다수자인) 피지배자의 동의가 필요하다고 했다. 모든 지배는 바로 이 동의의 형태로 일어난다는 것인데. 이는 곧 기본적으로는 대중의 동의가 중요함을 의미한다. 즉 대중의 동의 형태에 따라서 국면의 변화가 발생하는 것이다. 이렇게 본다면 도일은 '위로부터의 개혁'이라는 관점을 통해 지배계급이 대중의 동의를 얻어내기 위해 대단한 노력을 하고 있는 것을 보여주는 셈이고, 딕슨은 또 나름대로 대중 자신의 노력을 보여주고 있는 셈이다. 그렇다면 영문학 역사기술을 위해서는 이런 노력의 국면들을 살펴보는 것이, 즉 상반된 세력의 대립 지형을 살피는 것이 필요할 것이다. 따라서 국면적 역사기술이 필요한데

---

35) Doyle, *English and Englishness*, p. 29. 이 글에서는 검토하지 않으나 1차 세계대전 이후의 상황을 기술할 때도 두 사람의 입장은 상반된다. 도일은 뉴볼트 보고서를 작성한 자유주의자들의 사회정책을 중시하는 반면, 딕슨은 캠브리지 대학을 중심으로 한 문학연구의 새로운 모색을 중시하는, 아래로부터의 개혁이라는 관점을 펼친다.

이는 영문학 구성을 둘러싼 구체적인 움직임들을 중시하자는 입장이다. 이런 취지로 도일과 딕슨의 역사기술을 이해하는 것이 필요하다고 본다.

4. 영문학의 위상과 대상

우선 영문학은 분과학문의 반열에 오르기 위해 '자리 싸움'을 거쳐야 했다. 특히 고전연구와 치열한 경합을 벌이지 않으면 안되었다. 이미 언급한 대로 영문학연구가 고전연구의 자리를 넘보기 시작한 것은 근대대학들이 세워지면서부터다. 이때 영문학이 고전에 비해 우위를 차지한 것은 근대대학들의 주된 고객은 중간층들이었고 이들에게는 '죽은' 과거의 주제가 아니라 살아있는 현대의 주제들을 배우는 것이 중요했기 때문이다. 뿐만 아니라 영국인에게 영문학연구는 자신에 대한 연구이다. 물론 그런데도 고대대학들에서 영문학에 대한 거부가 지속되었다는 점을 생각하면 영문학의 분과학문화가 쉽게 이루어졌다고 생각할 수는 없다. 하지만 영문학이 부상한 시기는 귀족계급의 영향력이 감소함과 아울러 고전을 중심으로 한 구교육 모델이 쇠퇴한 것과 일치한다. 영문학이 이 과정에서 우위를 차지하게 된 것은 계급분할 성격이 강한 고전과는 달리 계급을 통합할 수 있는 가능성을 지닌 것으로 여겨졌기 때문이다.36) 특히 1차대전 이후에는 다수 평민, 특히 제대군인들이 교육 수요자로 등장하였고 지배층도 아놀드 시대와는 달리 민중의 '위험한 지식'에 대해서 우려를 하지 않았다고 한다.37) 결국 영문학은 새로운 인구정책에 부합하는 인구양성책이 되었던 것이다. 교육장 안을 들여다보면 영문학의 성장은 학생들의 호응과 함께 이루어졌다는 것도 알 수 있다. 딕슨에 따르면 고전수업은 학생들로부터 철저한 외면을 받을 수밖에 없는 교수법을 고집함으로써 대중화를 외면했다. 고전문학 수업은 그것을 주로 가르

---

36) "고전이 계급간의 교육적 차별로 기능하는 경향이 있었다면 영문학에 바탕을 둔 일반 교양교육은 '모든 계급의 정신적 삶을 함께 묶는 민족 통합의 새로운 요소를 형성할 것이다'. 그리고 이것은 서민언어보다 문학에 더 많이 적용되었다. '우리 민족언어에 대한 그러한 감정은 계급들간 통합의 끈이 될 것이다. 그리고 올바른 민족 자긍심을 심을 것이다. 민족문학에 대한 자긍심과 기쁨이 그런 끈으로 작용할 것은 더 분명하다'"(Baldick, op. cit., p. 95).
37) Ibid., p. 94.

치는 고대대학들에 오기 위해 학생들이 주로 다닌 사립고등학교 시절부터 문답식으로만 진행되었다고 한다. 학생은 호메로스나 베르길리우스 등의 고전작품 일부를 준비하고, 선생은 한 학생에게 소리내어 크게 읽고는 번역하라고 시키고, 다른 학생들에게는 동사, 부사, 명사, 형용사들에 대한 구문 분석을 시키는 식이었다. 확장운동에서 강사로 나온 사람들이 여성들에게 한 강의는 이런 식과는 거리가 멀었다. 강사의 열띤 강연과 학생들이 제출한 보고서에 대한 코멘트와 질의응답이 이어지는 살아있는 강의였던 것이다.[38]

영문학이 경합한 것은 고전연구만이 아니었다. 뉴볼트 위원회가 활동할 당시 국민교육의 기본방향을 설정하는 데에는 몇 가지 대안들이 있었다. 뉴볼트 위원회는 영문학이라는 '유연적 대안'을 제시했지만 일부에서는 문학 대신 철학을 국민교육의 중핵으로 삼자는 제안도 있었다고 한다.[39] 영문학이 채택된 것은 전국적 교육체계에서 철학보다 훨씬 더 긴요하게 사용될 수 있었기 때문이다. 이 점과 관련해서 헌터의 설명이 설득력이 있어 보인다. 헌터에 따르면 "문학과 다른 예술과목들이 대중적 커리큘럼의 중심에 들어온 것은 이 과목들이 도덕적 감독 테크놀로지와 이 테크놀로지에 봉사하는 특수 지식들에 대한 지주로 배치될 수 있었기 때문"이다. 그는 문학이 언어교육과 문자해독이라는 대중교육에서 필수적으로 익혀야 할 기본기술과 접목될 수 있었기 때문에, 음악이나 시각예술과 달리 도덕적 사회적 훈육 기능을 쉽게 담당할 수 있었기 때문에, 문학적 인물이라는 장치가 문학 교수법 ('성격형성')과 사회적인 것(범죄인류학, 의료인류학에 나타나는 인물 유형의 중요성)을 연결할 수 있어서 학교와 다른 규범적 환경들(가족, 이웃, 교도소, 병원)의 훌륭한 교통지점을 형성하기 때문에 교육제도에 편입될 수 있었다고 설명한다.[40]

영문학의 또 다른 경쟁 대상은 문헌학이었다. 문헌학은 근대대학의 효시를 이룬 독일대학의 게르만학에서 고전만이 아니라 근대언어를 연구하는 데

---

38) Dixon, op. cit., p. 7.
39) Doyle, *English and Englishness*, p. 29.
40) 이상 헌터의 입장은 *Culture and Government*, pp. 118-19 참조.

채택한 주된 방법론이다. 이 방법론은 시험용으로 쉽게 전환되었기 때문에 고전연구를 하던 사람들이 선호하는 경향이 있었다. 반면에 영문학연구는 순문학 중시 경향이 강했던 편이다. 신비평의 문학관이 지배하고 있는 오늘날 시점에서 보면 이 경향은 과장된 문학주의를 포함한 비학문적 방식처럼 보일지 모르나 고전연구의 무미건조함에 진력이 나있던 19세기 말에는 새로운 해방의 효과가 있었던 모양이다. 영문학연구는 이런 순문학적 전통과 결합하면서 다시 '영국적인 것'을 강조하는 당시의 분위기를 타게 되었다. 게다가 1차 세계대전이라고 하는, 영문학 진흥의 관점에서 보면 금상첨화라 할 사건이 일어났다.[41] 옥스퍼드 최초의 영문학교수였던 월터 롤리가 영국과 독일간의 전쟁을 영어와 독일어의 투쟁으로 보고 선전에 열을 올렸다는 것은 유명한 이야기이다.[42]

대중교육의 대상인 아동들의 교육을 담당하게 된 것이 주로 여성이었다는 점도 영문학이 대중교육의 중심이 되어야 한다는 주장에 보탬이 되었다. 도일은 어린이들의 '인격'을 함양하는 데 필요한 정서적, 지적 기술은 여성이 남성보다 더 낫다는 통념이 있었다고 말한다. 특유의 여성적 세계관 덕분에 어린이들의 인격을 함양하는 데, 남성 중심의 '고전'과 달리 '영국적 주제'를 가르치는 데에는 여성이 더 적합하다고 간주된 것이다. 영문학은 확장운동에서도 여교사들에게 중요했지만, 어린이들을 가르치는 관점에서 볼 때도 아주 중요해진 셈이다. "이런 방식으로 영문학의 사회적 사용은 여성의 가정 '교양'에서 여교사가 사용할 수단이 되고, 그로써 여성교육에 수용할 수 있는 요소로 변했다. 영문학에 대한 상급교육의 초기역사는 따라서 여성의 교육계 진입과 긴밀하게 관련되어 있다."[43] 이 맥락에서 1차 세계대전 이전 옥스퍼드의 영어영문학부에 입학한 학생은 거의 모두가 여성이었다는 점도

41) 1차 세계대전이 영국 영문학에 미친 영향에 대해서는 Baldick, op. cit., pp. 86-108 참조.
42) 비슷한 일이 미국에서도 있었다. 미국 근대대학은 연구조사를 중시한 독일대학을 모델로 삼았는데 문학연구를 중심으로 이 문헌학적 연구방식에 반기를 들었던 쪽에서는 1차대전을 기화로 독일적인 것 일체를 부정하면서 문학연구에서 신비평적인 전통을 지배적인 것으로 만들었다. Gerald Graff, *Professing Literature*, pp. 121-44.
43) Doyle, *English and Englishness*, p. 3. 그러나 영문학과 여교사 양성의 관계를 더 심도있게 연구한 사람은 헌터다.

상기할 필요가 있다. 44)

이상 영문학이 주요 교과목으로 등장하는 과정을 살펴보았는데, 아울러 이 과정은 영문학의 대상을 설정하는 과정이기도 했다는 점을 지적할 필요가 있다. 앞에서 영문학은 '대상 없는' 학문이라고 했지만 그렇다고 영문학이 자신의 대상이 없는 듯 '군다'는 말은 아니다. 대상이 없는 학문이기 때문에 대상 설정은 오히려 더 중요한 과제가 될 수 있다. 영문학이 대학교과목으로 자리잡기 위해 필요한 '고유한 대상' 설정은 앞서 언급한 대로 '영국적인 것' 혹은 영국다움을 간직하거나 진작한다고 여겨지는 것들을 영문학의 내용으로 만드는 방식으로 진행되었다. 물론 이런 견해는 도일의 그것에 가깝다. 아래로부터의 개혁이 왕성하게 진행되던 시기에는 영국다움에 대한 강조는 많지 않았다는 딕슨의 지적을 위에서 인용한 바 있지만 이 부분에서도 영문학의 대상 또는 영역을 설정하는 주체가 누구냐에 따라서 그림은 달라질 수밖에 없다. 딕슨은 확장운동에서 크게 성공을 거둔 제이 씨 콜린스가 '세계문학'을 염두에 두고 있었던 점을 예로 들면서 영문학이 협소하게 '민족적'이고 '영국적'인 차원에만 국한된 기획이 아니었음을 주장한다. 그리고 1887년 유명한 확장교육 강사였던 알 지 몰턴이 작성한 문학강의 커리큘럼을 분석하면서 셰익스피어가 초기에는 우상으로 취급받은 바가 없다고 지적한다. 45) 그러나 분과학문으로 성립되기 위해서는 일정한 규정을 받지 않으면 안 된다. 문학이 대학의 분과학문이 되는 과정은 무엇보다 무엇을 어떻게 가르칠 것인가 결정하는 과정이다. 그래서 '정전'을 구축하는 것이 절대이고, 교수법 개발도 필요하다. 여기에는 문학의 정의 문제가 따르며, 자연히 여러 상반된 입장들의 경합이 생길 수밖에 없다. 구체적인 교과과정 운영에 따른 학과운영상의 문제도 만만치 않았을 것이다. 하지만 아직 이런 문제들에 대한 심도있는 조사는 하지 못하였기 때문에 본격적인 논의는 차후로 미룰 수밖에 없다.

---

44) 참고로 1901년 옥스퍼드의 학생 수는 2,537명, 캠브리지는 2,880명이었고 이중 여학생은 옥스퍼드가 239명, 캠브리지가 296명이었다. Gillian Sutherland, op. cit., p. 154.
45) Dixon, op. cit., p. 35, p. 36.

다만 영문학과 같은 신학문의 대상은 새롭게 발견되어야 하기도 하지만 어떤 경우에는 발명해야 할 필요가 있다는 점을 지적할 수는 있을 것이다. 앞에서 보았듯이 도일과 딕슨도 영문학의 대상이 그저 주어진 것은 아니며 오히려 구성되었다는 점을 보여주고 있다. 사실 이 구성주의 관점에 서야만 예컨대 셰익스피어를 영문학과라고 하는 분과에서 연구하고 교육한다는 사실에 대한 좀더 역사적인 이해가 가능하다. 셰익스피어가 영문학 교과과정에서 가장 중요한 작가의 위상을 가진다는 것은 누구나 아는 사실이지만, 셰익스피어라는 작가가 있다는 것과 그 작가를 '위대한' 작가로 간주하게 하는 교육제도가 있다는 것은 반드시 같은 이야기는 아니다. 셰익스피어의 '위대성' 자체가 교육적 효과이기도 하다는 점, 오늘날 분과학문 체제로서 영문학이 없다면, 그리고 대학이 대중교육으로 성장하지 않았다면 그 효과는 아예 없었을 수도 있다는 점을 간과할 수 있을까? 영문학을 교육제도에 배치하는 문제를 영문학의 자연스런 성장이라는 유기적 관점에서 볼 것이 아니라 사회적 기획의 문제로, 모순적인 현상으로 고찰해야 할 것이다.

5. 결론

영문학교육이 제도로 구축되었다는 것은 문학적 소양을 닦는 사람들을 제도적으로 양산하는 체제가 만들어졌다는 것이다. 영문학교육을 주도한 사람들은 어떤 사회적 기여와 기능을 했을까? "셰익스피어와 그 이후의 영문학 창조자들에게는 영국이 교육받은 계층을 포함하는 것이 아주 중요하다"고 본 리비스의 말이 상기된다.[46] 리비스는 영문학이 이미 제도교육으로 정착한 것을 전제하여 이 말을 하고 있다. 우리는 그가 말하는 "셰익스피어와 영문학의 창조자들"이 분과학문으로서의 영문학 성립 이전에는 그렇게 분명하게 '영문학'이라는 대상 또는 영역으로 포함되지 않았음을 알고 있다. 그러나 영문학은 제도 속에 편입됨으로써 기정사실이 되었다. 그리고 이 사실을 통하여 그것은 구체적인 영향력을 행사하게 되었다. 여기서 "문화적 재화를

---

46) F. R. Leavis, *English Literature in Our Time and the University* (Cambridge: Cambridge University Press, 1967), p. 41.

전유하는 경향을 가지는 것은 일반 또는 특수 교육의 산물이다. 이 교육은 제도화되건 안되건 예술을, 이들 재화를 전유하는 도구들에 대한 숙달로서의 능력을 창조(또는 육성)하고, 또 그것을 만족시키기 위한 수단을 줌으로써 '문화적 욕구'를 만들어낸다"는 부르디외의 지적이 떠오른다. 47) 부르디외가 말하는 능력을 기르기 위해서는 작품과의 접촉을 반복하는 것이 필요한데 이 때문에 학교와 같은 제도적 장치가 요청된다. 학교는 사회적 장치로서, 알튀세르가 말하듯이 전 국민의 자녀들을 만6세에서 18세까지, 대학에서는 20여세까지 하루에 8시간 혹은 그 이상 잡아두고 훈육하는 기능과 권한을 가진다. 48) 학교교육은 권력이든 자본이든 불평등한 배분을 위하여 요청되는 사회적 제도인 셈이다. 물론 교육이 반드시 지배의 장인 것만은 아니다. 이미 딕슨의 연구를 언급하면서 지적한 대로 교육은 대중 진출의 장이기도 하며, 또한 푸코가 말하는 '양생'의 장소이기도 하다. 그렇기는 해도 영문학과 그 교육의 제도화가 사회정책이라는 점을 무시할 수는 없다. 영문학이 분과학문으로 등장한 19세기는 여성과 노동자계급이 성장한 시기라는 점도 무시해선 안 된다. 성과 계급이 사회적 쟁점으로 등장함에 따라서 새로운 현상들과 과제들이 생겨났으며 그들의 진출과 함께 관리와 통제 정책도 개발되었다. 월러스틴이 '사회과학'이라고 했던 학문분야들이 대두한 것도, 그리고 이 글에서 살펴본 영문학이 분과학문으로 등장한 것도 이런 역사적 조건과 결코 무관하지 않은 것이다. 이렇게 보면 영문학의 형성은 인구변동상의 문제이고 인구정책과 관련된 문제이다.

끝으로 최근 한국 영문학계가 당면한 상황에 대해 잠깐 언급하고 싶다. 딕슨에 따르면 영문학이 성장한 것은 지난 100년 남짓한 사이에 3차례에 걸쳐서 대중의 진출, 특히 새로운 학생인구가 형성된 결과다. 1867-92년의 대학교육확장 운동에 자발적으로 참여한 여성들과 노동자들, 1919-29년 1차 대전에서 갓 돌아온 군인 출신 학생들, 그리고 1960년대 이후 대학으로 유

---

47) Pierre Bourdieu, *Field of Cultural Production: Essays on Art and Literature* (Polity, 1993), p. 227.
48) '이데올로기 구성체'로서 학교제도의 의의에 대해서는 루이 알튀세르, 「이데올로기와 이데올로기적 국가장치」, 『아미엥에서의 주장』, 김동수 역, 솔, 1991, 101쪽 참조.

입된 새로운 젊은 대중이 그들이다. 오늘날 한국에도 '교육개혁'의 바람이 불고 있고, 인문학에 새로운 도전이 일고 있다. 학생들의 수도 과거에 비하면 비교할 수 없을 만큼 늘어나고 있다. 하지만 현재 우리 영문학계는 이런 변화를 그렇게 긍정적으로 보지 않는 듯하다. 물론 양적인 팽창은 예상하지만 영문학계가 금과옥조로 삼는 인문학적 소양과 관련해서는 오히려 비관적인 전망이 더 크다. 혹시 우리가 현재의 상황을 위기로만 보고 있는 것은 중시해야 할 학생들을 우리가 외면하고 있기 때문은 아닐까? 영국 사례가 국내에 그대로 적용된다고 하면 단순논리를 펴는 것이겠지만, 현재 맞고 있는 국내 영문학교육의 위기에는 그 동안 우리가 학생대중을 영문학교육의 주체로 인정하지 못한 관행에 대한 '보복', 혹은 그것이 아니라면 프로이트가 말한 '억압받은 것의 복귀'가 일어나고 있다는 생각이다.

재현의
4부
문제설정

13

영문학의 연구와 버텨 읽기*

1. 한국의 영문학

영어는 오늘날 한국에서 호황을 누리고 있다. 영어는 지금 가장 중요한 국제언어, 누구나 배워야 될 언어이다. 영어가 강세이다 보니 영문학 역시 강세다. 영문학은 가장 강력한 서양문학, 가장 잘 나가는 외국문학, 아니 가장 많이 거드름피우는 민족문학으로 군림한다. 다른 서양문학과 비교해 보면 영문학의 '우세'는 쉽게 드러난다. 외국 서적을 취급하는 서점에 들러본 사람이라면 누구든 영문학 관계 서적이 다른 어떤 서양문학 서적보다 많다는 것을 바로 확인할 수 있다. 영어와 마찬가지로 영문학도 잘 팔린다는 말이다.

그러나 겉으로 드러난 영문학의 '호황'만 보고 영문학이 바람직한 내실을 가지고 있다고 말할 수는 없을 것 같다. 영문학의 호황은 허상일지도 모르기 때문이다. 사실 영문학은 서양문학 일반이 가진 문제를 그대로 답습하고 있다. 최근 발표한 「서양문학의 유혹」이란 글에서 김우창이 서양문학에 대하여 내린 진단은 그래서 영문학에도 그대로 적용될 것 같다. 김교수에 따르면

---

* 출처: 『외국문학』 1987년 봄호, 130-60쪽.

"오늘날 서양문학은 상당히 번성하고 있는 학문 분야"임에 틀림이 없지만 "다른 한편으로 서양문학의 상태가 표면적 번창에도 불구하고 반드시 만족할 만한 것이 아닌 것도 또 하나의 부정할 수 없는 사실"이다.[1] 영문학을 전공하는 처지에서 보면 이 지적은 특별한 의미를 갖는다. 한국에서 가장 잘 나가는 서양문학이 영문학이라는 점을 생각해볼 때 서양문학에 문제가 있다는 말은 영문학이야말로 문제를 가장 많이 지니고 있다는 말로 해석될 수 있기 때문이다.

서양문학은 서양문화의 산물이라는 점에서 그 문화의 특성이나 경향을 반영한다. 주지하는 사실이지만 서양문화는 오늘날 보편문화임을 자처하면서 군림하고 있다. 서양문학이 한국에서 번성하고 있는 것도 바로 그런 '보편성'의 단적인 예일 것이다. 그러나 김우창이 말하는 것처럼 서양문화가 자랑하는 "보편적 원리는 사실상 부분적이며 특수한 원리"이다. "그것이 보편적인 것으로 받아들여지는 것은 제국주의적 압력을 통해서"인 것이다.[2] 그런데 여기서 말하는 압력에는 억센 물리적인 힘만이 아니라 더 교묘하다고 할 수 있는 문화적 힘도 들어 있다. 서양의 특수한 삶의 방식이 세계인 모두가 따라야 하는 것으로 보이게 하려면 그것이 좋은 것이라는 인식, 즉 서양 위주의 문화의식도 작용해야 할 것이다. 이 인식이 사실에 근거하느냐 하지 않느냐는 그렇게 중요하지 않다. 다만 그것이 효력을 발휘하여 "특수한 원리"가 "보편적인 것"처럼 보이면 될 뿐이다. 이처럼 특수에서 보편으로 전환이 일어나게 하는 것이 서양문화가 가진 문화적 전략이다.

이 글에서 나는 서양문화의 전략이 가진 구체적인 모습 몇 가지를 영문학과 관련하여 살펴보고자 한다. 논의를 영문학에 한정하려는 것은 나 자신 서양문학 전반에 대한 이해가 부족한 탓도 있지만, 영문학이 서양문학의 문제를 가장 첨예하게 드러낸다고 믿기 때문이다. 영문학의 문제는 사실 그것이 호황을 누리고 있다는 사실과 멀리 떨어져 있지 않다. 이 말은 국내 영문학

---

1) 김우창, 「서양문학의 유혹—문학읽기에 대한 한 반성」, 『외국문학』 8호, 1986년 봄, 20, 21쪽.
2) 같은 글, 35쪽.

계가 다른 서양문학과의 상대적인 우위에도 불구하고 아직도 문헌의 빈곤이나, 교수의 부족, 연구비 지원 부족 등과 같은 '문제점들'을 산더미 같이 안고 있다는 것과는 다른 말이다. 그것은 영문학이 성황리에 가르쳐지고 있다는 사실 자체가 문제가 될 수 있다는 말인 것이다.

우리는 대체로 두 가지 뜻으로 '영문학'이란 말을 쓴다. 첫째, 영문학은 영어로 쓴 작품을 말한다. 영어로 '쓴' 것만이 영문학이라고 하는 데에 문제가 없는 것은 아니나 영문학이 한국에서 다루어지고 있는 모습에 견주어볼 때 그것을 영어로 쓴 문학이라고 해도 무리는 없을 것 같다. 둘째, 영문학은 영어로 씌어진 작품을 공부하고 연구하는 학문으로 이해된다. 오늘날 학문은 대학이 도맡아 하는 실정이므로 이 경우의 영문학은 대학에서 그것을 어떻게 가르치고 배우는가와 관련되어 있다. 다시 말해 일반적으로 영문학이라 일컫는 것은 영어로 쓴 작품과 그 작품을 대학과 같은 학문 전담 기관에서 배우고 가르치는 학문 방식인 것이다.

이와 같이 대략적으로 본 영문학의 의미를 조금 더 세밀히 분석해 보면 '영어로 쓴 작품', 그리고 그런 작품을 배우고 가르치는 '학문'이라는, 가치 중립적인 것처럼 보이는 영문학의 정의는 몇 가지 중요한 사실을 간과하고 있음을 알게 된다. 한국에서 배우고 가르치는 영문학은 영어로 쓴 작품 전부가 아니다. 영어로 쓰였으되 어떤 특수한 전통에 들어가는 작품들만이 다루어진다. 그 단적인 예로 제3세계에 속하는 나라들에서 생산된 작품들은 거의 예외 없이 교과목으로 채택되지 않는다는 사실을 들 수 있다. 우리가 주로 대하는 영문학은 영국과 미국에서 영어로 쓴, 그것도 아주 소수의 작품뿐인 것이다. 영문학을 학문 체계로 볼 때도 사정은 마찬가지다. 학문으로서 우리가 수용하고 있는 영문학은 한국에서 독자적으로 발전시킨 것이라기보다는 영국과 미국에서 발전된 것을 거의 완제품으로 수입하여 쓰는 것이다. 그래서 드문 경우를 빼고 한국의 영문학은 영미인이 쓴 작품에 '보물'처럼 담긴 의미를 찾고자 영미인이 마련해 놓은 '완벽'한 방법론의 그물만을 사용하려는 무비판적인 태도에 빠져 있다 해도 과언이 아니다.

2. 영문학의 공부와 연구

상식적으로 생각하여 영문학을 작품으로 볼 때 우리가 굳이 거기에 창조적으로 참여할 필요는 없을 것이다. 영어로 작품을 쓴다는 것은 우리에게는 남의 일이기 때문이다. 그런데 영문학을 학문의 측면에서 바라볼 때는 사정이 다르다. 이 점과 관련하여 생산과 소비 개념을 이용하는 것이 좋을 것 같다. 학문으로서 한국의 영문학은 원산지에서 온 상품의 소비 행위에 해당한다. 이렇게 생각하면 우리도 영문학에 참여할 수 있고 또 영문학의 '호황'이 말해주듯 적극 참여하고 있다. 그러나 과연 한국의 영문학은 '호황'이라는 말이 시사하듯 활성화되어 있는 것일까? 영문학을 과연 제대로 살피고, 따지고, 비판하고, 해석하고 있는 것일까? 이런 의문을 영문학의 '공부'와 '연구'라는 개념과 관련시켜 생각해 보자.

무엇을 공부하는 것과 연구하는 것 사이에는 큰 차이가 있다. 한 한글사전에서 '공부'는 "학문을 배움 또는 배운 것을 익힘"으로, '연구'는 "어떤 사물을 인식하거나 해명하기 위하여 과학적으로 분석 또는 공부함, 또는 그 일"로 정의되어 있다.[3] 이 정의에 의하면 공부와 연구는 서로 동떨어지거나 상반되지는 않으나 같지도 않다. 공부는 이미 체계가 잡힌 것을 배우고 익히는 것이고, 연구는 아직 해명되지 않은 미지의 대상을 알아내고자 그것을 분석하는 작업이다. 연구가 공부의 의미도 가지고 있다는 점에서 둘은 서로 관련이 있지만 연구는 공부를 '과학적'으로 수행한다는 단서를 하나 더 가지고 있다. 연구와 공부의 차이는 과학성이 있느냐 없느냐에 따라 정해진다 하겠다. 이때 과학성은 무엇을 뜻할까? 어떤 대상을 과학적으로 다룬다는 말은 인식에 있어 인식주체가 그 대상에 대하여 적절한 거리를 지킨다는 것이다. 대상과 주체 사이에 거리가 있어야만 대상을 제대로 볼 수 있고 인식하거나 해명할 수 있다. 연구는 따라서 비판적인 자세를 요구한다. 대상과의 거리란 그것을 비판적으로 볼 수 있는 거리이기 때문이다. 이에 비해 공부는 이미 체계가 잡힌 것을 배우는 것이므로 인식 대상을 비판적으로 보는 것은 일단 뒤로 미룬 대상 접근방식이다. 거기에는 그만큼 비판이 비집고 들어갈 틈

---

3) 이웅백·남광우, 『대국어사전』, 현문사, 1976.

이 작다. 공부는 어떤 가르침의 배움이다. 종교적 가르침의 경우 거부를 허용하지 않는다. 종교적 진리는 신자라면 마땅히 받아 들여야 하는 것이고 어떤 우여곡절을 겪더라도 배우고 익혀야 하는 대상이다. 이 경우 진리와 그것을 받아들이려는 사람 사이의 거리는 멀면 멀수록 문제가 된다.

공부 아닌 연구를 생각할 수 없고 연구를 지향하지 않는 공부란 드문 터이므로 영문학의 공부와 연구를 그 차이만 강조하여 따로 떼어서 생각하는 것은 지나친 일이라 할 수 있을 것이다. 그러나 공부와 연구가 학문을 하는 데 서로 다른 태도와 방식을 나타내는 것이라면 영문학에서 나타나는 양자의 차이를 알아보는 것도 중요하다. 우선 공부가 무비판적이라는 사실에 주목해야 한다. 무비판적인 공부가 영문학의 발생 연유, 그 맡은 역할 또는 의의 등을 철저히 따져드는 것을 기대할 수는 없을 것이다. 그보다는 그 대상에 몰입하고 대상의 수용에 더 열중할 것 같다. 연구의 측면에서 보면 이것은 자기가 하는 일의 의미가 무엇인지 알아내는 것을 포기하는 일이고 자신이 어떤 자리에 처해 있는지 되돌아보는 일을 게을리 하는 일이다. 대상에 몰입만 하는 공부와는 달리 연구는 대상뿐만 아니라 자신의 활동마저 비판적으로 볼 것을 지향한다. 그것은 연구가 자기 자신의 모습을 주시하고 자기의 위치나 상황을 알아내는 것을 그 대상의 분석만큼이나 중요시하기 때문이다.

'연구'가 이렇게 '공부'와 구별되고 보면 학문은 실천이 되지 않을 수 없다. 학문은 이제 대상을 인식하는 것으로만 만족하지 않고 인식행위 이상이 되어야 한다. 학문하는 태도에 이런 변화가 생기는 것은 연구가 자신이 처한 상황을 주시하는 학문 태도이기 때문이다. 공부의 경우 영문학이 어떤 상황 속에 진행되느냐는 크게 문제되지 않을지 모르나 연구의 눈으로 보면 결코 외면할 수 없는 문제이다. 어느 상황에 있느냐가 영문학의 성격 자체를 바꾸기도 하고 그 존재방식을 규정하기도 할 것이기 때문이다. 한국의 영문학이 호황을 누리고 있다는 사실도 이런 맥락에서 이해할 수 있다. 19세기와 20세기에 영국과 미국이 세계질서의 주도권을 잡지 않았더라면 영문학이 아마 오늘만큼 성황을 이루는 서양문학으로 행세할 수는 없었을 것이다. 따라서 한국 영문학의 현재 성황은 현존하는 국제질서의 결과이다. 동시에 그것은 그 질서를 유지하는 데 기여하는 역할도 한다. 영국과 미국이 강대국이 되면서 가장 '중요한' 외국어, 외국문학이 된 영어와 영문학을 우리가 힘들여 배우고 공부하는 것은 그런 결과를 낳은 현존의 세계질서를 유지하는 데 한 몫 거드는 일이기도 하기 때문이다. 영문학의 상황 전체가 이렇게 단순히 설명되는 것은 물론 아니리라. 그러나 한국의 영문학이 그런 역사적 역할을 가지고 있는 것이라면 그것은 삶의 현장에서 떨어진 상아탑 속의 학문만이 아니라 구체적인 삶의 한 양상이라는 것 역시 부정할 수 없다. 구체적인 삶이라는 데서 영문학은 하나의 행동이며, 실행이고, 실천이다.

영문학이 연구와 실천의 학문이 되기 위해서는 주체적이어야만 한다. 연구와 실천은 어떤 적극성을 띤 행위이기 때문에 행위자인 주체를 필요로 하는 것이다. 이 말을 좀더 구체적으로 하면 영문학은 이제 우리가 연구하는 것이므로 우리가 연구의 주체가 되어야 한다는 것이다. 여기서 "한국에 있어서 세계의 중심지는 바로 한반도이어야"[4] 한다고 보는 제3세계적 시각이 하나의 주체적인 시각으로 부상될 수 있다. 우리 자신이 중심이라는 생각은 잘못하면 우리만이 중심이라는 제국주의적 발상이 될 위험이 있다는 지적이 나올지 모른다. 그러나 제3세계적인 주체의식이 유아독존적인 중심사상 그 자체를 극복하는 것이라고 본다면 그것은 우리가 소홀히 할 수 없는 생각이다.

우리가 사는 시대는 아직도 제국주의 지배가 척결되지 않은 상태이다. 우리 자신 제국주의의 침략을 당했던 민족으로서 주체적인 시각을 가지고 그런 상황에 대처하는 것은 당연하고 시급하다. 영문학을 우리가 주체적으로 연구해야 한다는 것은 상식이겠지만,[5] 그것이 제국주의와 무슨 상관이 있느냐는 반문이 나올지 모른다. 그러나 그것은 나무만 보고 숲을 보지 않는

---

4) 박태순, 「문화인식의 제3세계적 시각」, 『오늘의 책』 1, 1984년 봄, 22쪽.
5) 이상섭의 「영문학 교육의 문제점」(『영어영문학』 32, 1986년 여름, 269-95쪽)에 따르면 국내 영문학교수의 26%가 "외국문학의 교육이 한국의 주체성"을 고려하여 이루어져야 한다는 데 "전적으로 찬동"하고 있다. 반면에 "학문의 보편성의 원칙에 비추어 반대"하는 사람은 39%이고, "학생, 교수, 교재, 시설 등 한국적 여건을 참작하는 것으로 족하다"고 믿는 사람의 수는 32%이다. 292쪽 참조.

것이다. 세계 구석구석에서 다른 방식으로 경험되는 무수히 많은 상황들이 있지만 이것들은 보기만큼 서로 동떨어져 있기만 한 것은 아니다. 경험되는 상황의 모습은 각각 다르다 하더라도 그 다양의 이면에는 하나의 지배적 세계질서가 있고, 강대국 또는 '선진국'이 중추가 되어 움직이는 국제질서가 있기 때문이다. 이런 점에서 영문학의 연구에 있어서도 "지구를 셋으로 갈라 놓기보다 하나로 묶어보는"[6] 제3세계적이며 주체적인 시각은 필요하다. 그러나 그 필요성을 인정하는 사람은 많아도 서양문화, 서양문학, 그리고 특히 영문학을 주체적으로 연구하는 작업이 왕성한 것 같지는 않다. "서양문학의 보편적 호소력이 어떻게 제국주의라는 외면에 관계되는가에 대해서는 연구가 없는 것으로 보인다"[7]는 김우창의 지적, 그리고 "주로 미국으로부터의 학문을 통해 우리가 그에 수용되어 있는 세계문화를 이제부터라도 우리의 주체적인 눈으로 새로 살펴볼 필요성에 대해 부인할 사람은 드물 것이라 생각되지만 그에 대해 구체적인 점검작업이 보편화되고 있는지는 의문"[8]이라는 박태순의 말은 유감스럽게도 정확한 진단이다.

3. 영문학의 버텨 읽기

지금까지 영문학을 주체적으로 연구해야 하는 것은 그것이 제국주의 질서를 반영하는 서양문학의 일환이기 때문이라는 말을 했다. 하지만 여기서 논의의 초점은 영문학인 만큼 이제부터는 논의를 왜 각별히 영문학을 주체적으로 연구해야 할 필요가 있는지에 초점을 맞출 필요가 있겠다. 일단 나는 영문학이 다른 어떤 서양문학보다 더 깊이 제국주의와 연루되어 있다고 본다. 이 점은 이미 백낙청이 다른 맥락에서 관찰한 바 있다. 그에 따르면 영국과 미국은 세계역사에 있어 독특한 경험을 한 나라들이다. 주지하는 바이지만 영국은 자본주의적 생산체제를 수용 내지 수립함에 있어서 어떤 혁명적인 위기도 겪지 않고 특유의 실용성을 발휘함으로써 세계 어느 나라보다

---

6) 백낙청, 「제3세계의 문학을 보는 눈」, 백낙청·구중서 외, 『제3세계 문학론』, 한벗, 1982, 22쪽.
7) 김우창, 앞의 글, 36쪽.
8) 박태순, 앞의 글, 29쪽.

먼저 산업혁명을 이룩하는 등 역사적 발전의 선두주자였다. 그러나 바로 이 선진성 때문에 영국은 역설적으로 "보편성을 띤 시민의식"을 함양할 기회를 가질 수 없었다고도 볼 수 있다.9) 헤겔의 '주인과 노예'의 변증법이 말해주 듯 진정한 선진성을 얻으려면 후진적 상황을 먼저 경험해야 하는 것이 필요 하다. 이 논리를 백낙청은 미국에 대하여도 적용하고 있다. 그래서 그는 "그 문화의 특이함이나 그 문학을 통해 표현된 희망과 고뇌의 독특함으로 말할 것 같으면—그리하여 그것을 보편적인 것으로 잘못 알아볼 때 우리 자신의 판단을 흐려놓을 위험으로 말할라 치면—영국의 경우보다 더하면 더했지 조 금도 덜하지 않은 것이 미국의 문화요 문학이 아닐까 한다"고 한다.10) 영국 과 미국에 공통점이 있다면 그것은 두 나라가 20세기에 이르도록 패배를 몰 랐으며, 심각한 내부의 갈등 없이 늘 앞서갔다는 역사적인 특혜를 누렸다는 점이다. 이런 점에서 영국문학과 미국문학을 통틀어 우리가 '영문학'이라고 부른다는 것은 그 연유야 무엇이건 간에 대서양을 사이에 두고 생겨난 두 문 학 전통에 어떤 특수한 공통점이 있다는 것을 지적하는 것이기도 하다. 이런 특수성이 영문학 자체에만 해당되고 서양문학 전반에는 해당되지 않는다고 말할 수 있는지 없는지에 대한 적절한 판단을 내릴 능력이 나에게는 없다. 에드워드 싸이드가 그의 저서 『오리엔탈리즘』에서 말하는 것을 보면 영미문 화의 특수성이 서양문화 전반에 적용될 수 있을 것 같기도 하다.11) 또한 영 미문화 자체에서도 공식문화와 비공식문화 등의 차이가 있을 것이므로 영문 학 전체가 보편성을 얻을 수 없는 역사적 경험 위에 근거하고 있다고 단정할 수는 없다. 그러나 우리가 한국에서 받아들인 '영문학'이란 경전을 놓고 볼 때, 백낙청이 지적한 영문학의 '특수성'은 영문학을 전공하는 사람이라면 귀 담아 들어야 할 충언이라고 본다.

우리가 참여하는 영문학에 "우리 자신의 판단력을 흐려놓을 위험"이 있다 면 그 위험은 어떻게 피할 수 있는 것일까? 이 질문에 대한 답이 영문학의

9) 백낙청, 「시민문학론」, 『민족문학과 세계문학』, 창작과비평사, 1978, 28쪽.
10) 백낙청, 「영문학연구에서의 주체성 문제」, 『민족문학과 세계문학 II』, 창작과비평사, 1985, 164쪽.
11) Edward Said, *Orientalism* (New York: Vintage Books, 1979).

주체적인 연구라는 것은 앞에서 언급한 바다. 그러나 영문학의 주체적인 연구라는 것이 어떤 모습으로 나타나는지 구체적인 예가 필요하다. 여기서 나는, 작품으로든 학문의 체계로든 영문학을 영미에서 수입할 때 우리가 하나의 독서행위에 참여한다는 사실에 주목하고자 한다. 영문학이 독서의 형태로 진행된다면 독서의 문제는 영문학의 주체적인 연구에 있어서 초미의 관심사가 될 것이다. 이때 영문학의 독서는 어떻게 진행되어야 하는 것일까? 영문학이 위에서 본대로 어떤 특수성 때문에 우리의 판단력을 흐리게 하는 무엇을 가지고 있다면 주체적인 독서는 그 위험에 대처하는 방식으로 진행되어야 함이 당연하다. 영문학이 억압의 무게를 가진다면 우리는 그 무게에 맞서야 한다. 이런 의미에서 영문학의 주체적인 독서는 버텨 읽기의 모습으로 나타나야 한다고 볼 수 있을 것이다. '버텨 읽기'는 일종의 저항독서이다. 글이 어떤 억압의 체계를 가진다면 '버텨 읽는다'는 것은 그 억압에 저항하는 것이기 때문이다. 이런 점에서 버텨 읽기는 학문에 있어서 대상의 수용에만 몰두하는 '공부'의 방식과는 거리가 멀다. 공부의 태도는 공부하는 사람으로 하여금 자세를 낮추고 몸을 굽히게 하는 것이므로 '굽혀 읽기'의 독서방식을 택하게 한다. 버텨 읽기는 반면에 독서자의 태도를 당당하게 만들고 그로 하여금 주체적인 학문을 하게 하는 '연구'의 방식이다. 또한 그것은 읽는 대상이 그 나타난 모습과는 다른 면을 가지고 있음을 간파하고자 하므로 깊이 읽는 것이기도 하다. 완제품으로서의 영문학이 하나의 텍스트로서 우리에게 주어질 때 그것은 그 나름대로의 현실적인 전략을 갖게 마련이다. 이 전략은 문학작품이나 그것을 해석하는 이론 속에 여간해서는 가려보기 힘든 모습으로 잠복해 있다. 버텨 읽기는 그러한 영문학의 전략을 밝혀내어 그 현실적인 의미와 그것이 노리는 효과, 그리고 그 실천 방법을 드러내 보여 줌으로써 영문학이 강요하는 가치체계나 세계관의 수용에만 급급한 굽혀 읽기가 얼마나 무의미한가를 일깨우는 역할을 한다.

버텨 읽기는 문학에 있어서 재현의 문제에 각별한 관심을 가지고 있다. 우리의 판단력을 흐리게 하는 일이 바로 재현에서 비롯되기 때문이다. 여기서 말하는 '재현'이란 우리가 흔히 '반영'이라고 부르는 것과 밀접한 관련을 가지면서도 그것과는 구분되어야 하는 개념이다. 반영이 문학작품의 세계와 작품외적 세계와의 상동관계를 강조하는 것이라면 재현은 양자간의 관계를 인정하면서 그 차이점도 강조하는 것이다. 반영과 재현의 관계를 철저히 따져보는 일은 아주 중요하지만 이 글의 목적이 재현의 정의에 있지는 않으므로 그럴 여유는 없다. 여기서는 다만 재현이 독자적인 세계를 가지지만 그것이 존재한다는 사실 그 자체 때문에 현실세계에 영향을 미칠 수 있다[12]는 정도를 여기서 참고할 사전지식으로 삼고자 한다. 재현은 현실 속의 대상을 형상화함으로써 그 형상화된 대상을 현실과 분리시켜 어떤 독자적인 세계를 갖게 한다. 그러나 이 '독자적인 세계'는 현실을 완전히 떠날 수가 없다. 현실과 완전히 유리되어 버리면 그것은 세계로서의 모습을 잃을 것이며 나아가 그 독자성마저 의미없는 것이 되고 말 것이다.

버텨 읽기가 재현에 대하여 관심을 가지는 것은 재현이 형상화하는 대상이 버텨 읽기의 주체인 경우가 많기 때문이다. 영문학에 있어서 재현의 주체는 영문학의 작품세계와 이론을 구축하는 영미인이고, 우리는 재현의 객체이다. 문제는 우리가 재현의 객체로서 형상화의 대상이 될 때 그 구체적인 모습이 어떠하며 그것이 어떤 현실적인 의미가 있는가 하는 것이다. 여기서 말하는 '우리'란 물론 넓은 의미의 우리다. 한국인이 영문학에서 재현되는 경우는 흔하지 않다. 그러나 세계를 하나로 보는 시각을 가진다면 우리와 비슷한 처지에 있는 사람들, 즉 제3세계인을 포함하는 모든 피식민자, 피압박자를 우리라고 볼 수 있을 것이다. 이렇게 보면 '우리'는 영문학에 자주 등장한다고 할 수 있다. 아일랜드, 아랍, 북미대륙, 카리브해, 남아프리카, 인도 등—이 지역들은 영국 역사와 관련된 것이고 미국과 관련지으면 새로운 나라들이 추가될 것이다—우리와 같은 처지의 나라들이 영문학에서는 중요한 재현의 대상이 되어 있기 때문이다.

'우리'는 영문학에서 타자가 되어 있다. 영미인이 주체가 되는 영문학에서 '우리'가 '타자'로 형상화되어 있는 것은 당연한지 모른다. 그러나 재현이 '우

---

12) Edward Said, *The World, the Text, and the Critic* (Cambridge, MA.: Harvard University Press, 1983). 특히 제2장 참조.

리'를 형상화한다는 사실 자체는 '우리'가 '경험된' 대상이 되었다는 것을 말한다. 이 '경험'이 어떤 것이었나에 따라 '우리'의 모습도 바뀐다. 제국의 변방에 있는 사람인 '우리'는 타자로 파악되면서 중심부의 주체와 '다른' 존재로 정의된다. 이렇게 타자가 된 인간은 중심부의 주체와 '다른' 존재이므로 그 자신은 주체가 되지 못하는 것으로 인식된다. 버텨 읽기가 주체적인 독서행위인 것은 바로 이러한 타자화의 과정을 재현 속에서 들추어내어 변방인, 즉 제3세계인을 포함한 모든 비-주체를 그 자신의 주체로 회복시키는 일에 기여하기 때문이다. 이때 회복된 주체가 제국주의적 주체와 달라야 함은 말할 필요가 없다.

공부와 연구를 구분할 때에도 언급했지만 주체성의 회복이란 상황을 가진 현실적인 작업이다. 버텨 읽기는 따라서 재현이 어떤 현실논리에 의하여 실천되는가에 주목하지 않을 수 없다. 여기서는 이왕 영문학을 학문체계와 작품으로 구분하여 논의하고 있으므로 그 구분에 맞게 현실의 논리가 어떻게 영문학의 작품세계와 이론에 침윤되어 있는지 '버텨' 읽어보고자 한다. 먼저 밝혀야 할 버텨 읽기의 대상이 개인의 힘으로는 감당할 엄두가 나지 않을 정도로 규모가 크기 때문에 여기서는 겨우 한두 가지의 사례를 중심으로 논의를 진행할 수밖에 없다는 것이다. 먼저 영문학 작품 중에서 『로빈슨 크루소』를 버텨 읽기의 대상으로 삼아 보겠다. 이 작품을 선택한 이유는 무엇보다 그것이 한국에서 널리 읽히는 것인데도 그것이 가진 문제는 철저히 지적되지 않고 있지 않나 하는 생각 때문이다. [13] 『크루소』의 논의가 끝나면 조금 다른 맥락에서 영국과 미국에서 성립한 영문학의 학문으로서의 성격을 버텨 읽고자 한다.

4. 『로빈슨 크루소』의 버텨 읽기

'로빈슨 크루소' 하면 생각나는 것들이 있다. 그 이름을 들으면 우리는 무

---

13) 국내의 영문학 관계의 대표격이라 할 『영어영문학』에 1986년 현재 『로빈슨 크루소』를 다룬 논문은 단 하나도 없다는 사실을 상기하기 바란다. 내가 찾아낸 『크루소』에 대한 국내의 논문은 김현의 「로빈슨 크루소의 변용에 대하여」(『외국문학』 2호, 1984년 가을, 316-35쪽) 뿐이었다.

인도를 연상하고 그 이름의 주인공이 무인도에서 '혼자' 수십 년을 살았다는 놀라운 사실을 생각한다. 또한 우리는 그가 앵무새를 길러 말을 가르치고 프라이데이란 '식인종'을 '구원'한 것을 기억한다. 이런 생각들을 거의 자동적으로 한다면 우리에게는 하나의 버릇이 고착되어 있는 셈이다. 그것은 크루소의 '신화'가 성취한 업적이다. 그 신화에 익숙해진 우리는 그것이 구축한 세계를 아주 자연스럽고 당연한 것으로 받아들인다. 생경한 하나의 문화체제가 어떤 반복에 의해서, 즉 각종의 문화매체를 통하여 수없이 반복하여 들리고 보임으로써 우리의 일상경험의 한 부분이 되고 친밀하게 된 것이다. 이런 관점에서 크루소라는 허구적 인물은 그 재현의 세계를 넘어서 우리 현실 속에도 깊이 들어와 있다고 하겠다. 그러나 '크루소'의 신화가 현실세계 속에 고착되는 이면에는 복잡한 사정이 있다.

우선 크루소가 무인도에서 문명세계와는 절연되어 혼자 산다고 선뜻 믿는 데에는 문제가 있다. 크루소가 '문명의 나라' 영국과 신체적으로 절연되어 있는 것은 사실이다. 배가 난파하여 무인도에 간신히 상륙했을 때 그가 완전히 혼자 몸이었던 것도 사실이다. 그러나 크루소는 난파한 배에서, 총이며, 연장이며, 심지어는 술까지도 건져올 수 있었다. 배에서 가져온 물건 때문에 그는 무인도에서 그런 대로 안락하게 살아가고 그의 환경을 바꾸어간다. 어떻게 보면 크루소는 유럽의 삶의 양식을 무인도에 이식하고 있는 일종의 실험실의 과학자다. 과학자가 그의 연구실에 혼자 있는 것이 결코 사회와의 완전한 절연이 아니듯이 크루소가 무인도에 있다는 것도 그가 그의 전통, 문명, 종교 등에서 벗어나는 것은 아닌 것이다. 이런 관찰이 어느 정도 정확하다면 우리는 크루소의 무인도는 문명세계와 절연된 것이 아니라 오히려 그것과 단단히 이어져 있다고 볼 수 있다.

크루소가 프라이데이를 구해준다는 것에도 복잡한 사정이 있다. 작품 안에서는 크루소가 프라이데이의 육체적, 정신적 구원자로 나온다. 그러나 자세히 살펴보면 크루소의 구원 행위는 서구중심적이라는 것을 알 수 있다. 자기가 사는 무인도에 원주민들이 와서 식인행위를 하는 것을 알았을 때, 크루소는 아주 놀라고 그것을 가증스럽게 여겼지만 자기와는 관련이 없는 일이라고 생각한다. 그러나 그 원주민들이 자기가 무인도를 벗어나는 데 요긴한 수단이 될 수 있다는 생각을 하면서 그는 원주민 한 사람을 포획하려고 작정한다. 그래서 원주민을 안내원으로 만들어 "무얼 해야 할지, 식량을 구하려면 어디로 가야 할지, 또 안 잡아먹히려면 어디로 가서는 안되고, 어느 곳으로는 가볼 만하고, 무엇을 피해야 할지"14) 알려고 하는 것이다. 무인도를 벗어나는 데 원주민을 이용할 수 있다는 것을 깨달으면서부터 크루소는 원주민이 식인 행위를 하는 것이 남의 일이 아니고 곧 자신의 일이라 생각한다. 식인종에게 끌려온 프라이데이의 목숨을 구한 다음 그를 기독교인으로 만들어 영혼의 '구원'을 하는 데에서도 이런 태도는 계속된다. 물론 크루소는 프라이데이가 기독교인이 되는 것을 원하지 않을지도 모른다는 생각은 하지 않는다. 자신이 "불쌍한 야만인의 영혼을 구하여 진정한 종교, 기독교의 교리를 참으로 알게 하는 신의 도구"(172)가 되었다고만 믿기 때문이다. 이 맥락에서 기억해야 할 것이 있다. 크루소는 무인도로 오기 전 무어인들에게 잡힌 적이 있다. 그때 그는 함께 도망쳐 나온 쥬리라는 아랍소년을 어떤 스페인 선장에게 팔아 버린다. 쥬리가 성인이 되고 또 기독교로 개종하면 해방시켜 줄 것이라는 선장의 약속을 듣고서 말이다. 이때 쥬리는 자기를 노예로 부리려는 선장에게 "기꺼이 가겠다"(29)고 말하는 것으로 되어 있다. 프라이데이도 쥬리와 비슷하게 말을 한다. 더듬거리며 되지도 않는 영어를 하면서도 프라이데이는 "당신 좋은 일 많이 해…당신 야만 사람들 좋고 점잖고 온순한 사람들 되게 가르쳐"(176)라고 하는 것이다. 그것은 물론 크루소 자신이 듣고 싶어하는 말이다. 이런 점에서 크루소는 프라이데이의 목숨을 구할 때건 영혼을 구할 때건 간에 자기중심적으로만 생각한다고 볼 수 있다.

크루소는 부모의 지극한 만류를 뿌리치고 고향을 떠나 많은 모험을 한 후 브라질에 정착하여 농장을 경영하던 중, 농장 일에 필요한 일손으로 아프리카의 흑인들을 잡아 쓰려고 항해에 나섰다가 그가 탄 배가 난파하여 무인도

---

14) Daniel Defoe, *Robinson Crusoe: An Authoritative Text, Backgrounds and Sources, Criticism*, ed. Michael Shinagel (New York: Norton, 1975), p. 155. 이 텍스트에서의 인용은 앞으로 괄호 속에 그 쪽수만 표시한다.

로 오게 된 인물이다. 크루소의 행적을 보면 그가 문명의 세계로부터 벗어나 차츰차츰 문명 이전의 세계로 들어감을 알 수 있다. 무인도에 닿은 이후의 크루소는 문명에서 자연으로 완전히 복귀하여 서구문학에 자주 등장하는 '야생인'(Wild Man)과 같이 된다. 그런 점에서 크루소를 우리에게 가장 잘 알려진 서구의 '야생인'이라 할 타잔과 비교하면 몇 가지 재미있는 사실을 알수 있다. 두 사람이 '야생인'으로 부각되는 것은 그들이 자연 속에 살기 때문으로 보이는 만큼 이 '자연'의 의미를 자세히 알아볼 필요가 있다. 그들의 자연은 특수한 자연이다. 그것은 한편으로는 문명세계와 대비되면서 다른 한편으로는 문명세계의 대립물이라 할, 원주민사회와도 대비된다. 타잔은 백인세계 밖에 있지만 원주민과 함께 살지 않고 숲 속에서 '혼자 힘으로' 살아간다. 크루소도 철저히 백인사회와 절연되어 있으면서 적어도 프라이데이를 만날 때까지는 '혼자 힘으로' 살아가는 자연인으로 부각되어 있다. 그러나 타잔과 크루소는 모두 백인사회를 등진 것이 아니다. 앞에서도 언급했지만 크루소는 유럽 문명과 단단히 매어져 있기 때문이다. 타잔의 경우도 백인은 혼자 떨어져 나와도 그 우월함을 보여준다는 백인 의식이 단적으로 표출된 예이다. 이런 '야생인'에게 있어서 자연은 그의 능력을 십분 발휘할 수 있는 광장과도 같다. 자연은 그에게 있어 자기의 어떤 특징을 실현시킬 수 있는 환경이므로 자연에 '복귀'한다는 것은 자연 속에 묻혀 동화된다는 것이 아니라 자연을 자기 식으로 장악한다는 것이다.

크루소 중심의 자연에서 프라이데이 같은 원주민은 제외된다. 우리는 이것을 식인 행위와 관련하여 생각해볼 수 있다. 식인 행위는 크루소에게는 저주받아야 될 행위이다. 그것은 인간이 짐승으로 전락한 예인 것이다. 그러나 '식인종'이라 불리던 종족들은 이제 다 절멸되었으므로 그들이 자신들의 처지를 밝힐 기회는 없어졌다. 어쩌면 자기들은 그런 저주받을 행위는 하지 않았다고 할지도 모르고 또 아렌스 같은 사람이 주장하는 대로 식인행위는 백인들이 지어낸 신화라고 할지도 모른다.[15] 설령 여러 자료가 전하는 대로

---

15) W. Arens, *The Man-Eating Myth: Anthropology & Anthropophagy* (Oxford: Oxford University Press, 1979).

식인행위가 실제로 있었다고 해도 식인종 자신들이 그 행위에 대하여 내리는 해석은 상당히 다를 것이다. 또 크루소 자신이 망설이면서 피력한 생각대로 '남의 일'—"저들끼리 저지르는 죄악에 관해서는 나는 아무 상관이 없다. 저들끼리 사는 종족이니 나는 모든 종족의 지배자이신 하느님의 주관에 맡기는 도리밖에 없다"(135)—을 유럽인이 가타부타 할 것은 아닌 것이다. 그러나 크루소가 그러듯이 유럽인은 그 남의 일이 결코 남의 일로 끝나지 않는다고 보았기 때문에 식인행위를 '단죄'했다. 이때 우리가 눈여겨보아야 할 것은 '식인행위'란 하나의 인식체계가 되어 있으며, 그것은 사실에 입각한 것이건 아니면 신화이건 간에 '식인종'으로 정의된 종족의 정복에 이용된다는 사실이다. 실제 목표는 크루소의 식인 행위에 대한 태도 변화가 보여주듯이 자연의 자기 중심적인 이용이다. 식인종은 개종, 개화하면 유럽인이 세계를 누비는 데 중요한 자산이 된다. 왜냐하면 프라이데이처럼 개화된 식인종은 그들의 세계가 문명세계에 편입되는 과정에서 도구로 이용될 수 있기 때문이다.

식인종이 '됨'으로써 원주민은 자연스럽게 도태나 학살의 대상이 된다. 크루소(또는 타잔)로 대변되는 유럽인 주체는 자연의 진정한 주인으로 등장한다. 그러나 우리는 크루소가 자연의 주인이 되는 것은 그가 자연을 독점하기 때문이라는 것을 알아야 한다. 크루소는 백인이라는 점에서 그가 작품 속에서 자기의 것이라고 주장하는 무인도의 손님이다. 그 무인도는 카리브해안에 위치하고 있기 때문이다. 사실 그가 침입자라고 생각하는 식인원주민이야말로 그보다 더 많은 권리를 무인도에 가지고 있다 할 것이다. 그러나 재현의 세계 안에서는 이런 주객의 관계가 전도되어 있다. 크루소를 등장시키는 영국의 소설은 크루소를 무인도의 주인공이게끔 만든다. 그 이유는 크루소란 인물을 형상화하는 작가 데포우가 그의 작품 『로빈슨 크루소』에 드러난 경험을 '이야기거리'로 만들려면 독자 고객이 읽을만하게, 그것을 남의 이야기가 아닌 그가 속하는 사회의 이야기로 엮어야 하기 때문이다. 이 점을 좀더 잘 이해하려면 어떤 사회에서 하나의 이야기가 성립하려면 반드시 그 사회가 그것이 이야기할 만한 가치가 있는 것이라고 보아야 한다는 헤이든 화이트의 지적을 상기하는 것이 좋겠다. 16) 여기서 주목해야 할 점은 크루소 이야기가 먼저 영국, 그리고 서구사회 안에서 이야기거리로 등장했다는 것이다. 무인도의 주인이 되고 프라이데이에게 자기를 '주인'이라 부르게 하며 자기의 이름이 '주인'이라고 말하는(161) 크루소의 이야기가 영국사회에서 당연히 이야기거리였을 것임은 상상하기 어렵지 않다. 손님으로 등장해야 할 크루소가 무인도의 합법적인 주인인 원주민의 자리를 차지하는 것으로 묘사된 것은 주객전도인데, 재현상의 이 주객전도는 어떤 전략적인 기능을 가진다. 주객이 전도됨으로써 원주민이 현실적으로 원래 자리에서 쫓겨나는 것이 합리화되고 크루소, 즉 서구인이 '진정한' 주인인 양 무인도를 자기의 관할에 두고 자연을 자기 뜻대로 꾸려나갈 수 있게 되기 때문이다.

이 주객전도의 의미를 좀더 세밀히 알기 위하여 민담이 가진 이야기 구조에 대하여 알아볼 필요가 있다. 민담의 기본구조는 주인공의 임무수행이라고 볼 수 있다. 주인공이 어떤 가해자를 처벌하거나 어떤 물건을 획득하라는 임무를 받고 그것을 수행하면서 이야기는 전개되고 주인공은 반드시 임무수행에 성공한다. 주인공이 임무수행에 성공하지 못하면 그런 이야기는 이야기거리가 되지 않을 것이다. 그런데 민담의 주인공은 능력이 있는 인물이기는 하지만 자기의 임무를 혼자 힘으로 수행하지는 못한다. 그래서 반드시 어떤 안내자의 도움을 받거나 어떤 마술적인 힘을 빌려야만 한다. 사실 주인공으로 하여금 임무를 완수하게 하는 것은 이 '도우미'이다. 이렇게 보면 프레드릭 제임슨의 말처럼 이야기를 이야기답게 만드는 것은 '도우미'라고 볼 수 있다. 17) 그러나 이야기거리를 만들어내는 데 핵심적인 역할을 하면서도 '도우미'는 이야기 속에서는 언제나 주인공의 후광 때문에 빛을 잃는다. 모든 공적은 주인공이 독차지하는 것이다.

『로빈슨 크루소』에도 이러한 독점 현상이 있다. 크루소가 등장하는 세계는 식민사회라고 볼 수 있다. 여기서 크루소는 식민자로서―그는 그가 사는

---

16) Hayden White, "The Value of Narrativity in the Representation of Reality," in W. J. T. Mitchell, ed., *On Narrative* (Chicago: University of Chicago Press, 1981), p. 12.
17) Fredric Jameson, *The Prison-House of Language: A Critical Account of Structuralism and Russian Formalism* (Princeton: Princeton University Press, 1972), p. 67.

무인도를 자기의 '왕국'으로 취급한다―주체가 되고 프라이데이 같은 원주민은 객체인 피식민자가 된다. 피식민자는 자기의 땅에서 객이 되어 있고, 식민자는 남의 땅에서 주인이 되어 있는 것이다. 이 과정에서 원주민은 식민자의 종노릇을 한다. 그러나 원주민이 종으로서 제공하는 노력은 언제나 크루소 같은 '주인공'의 공으로 돌려진다. 크루소는 이제 식민지를 프라이데이 자신보다 더 잘 파악하고 있는 것이다.[18] 이 과정에서 원주민은 역사의 뒤안길로 물러나 앉게 되고 식민자의 착취대상으로 전락한다. 크루소의 이야기는 이처럼 영국인을 재현의 주체로 내세워 그가 하는 행위가 이야기거리로 읽혀지는 사회가 유지되도록 공작하는 역사현실 안에서 그 현실의 주체가 하고 싶은 말을 반복하고 있다. 재현의 주체는 현실의 주체이다. 그리고 그렇기 때문에 재현은 전략적인 의미를 지닐 수 있다. 현실사회의 불평등을 재생산하는 데 재현은 중요한 역할을 하고 있는 것이다.

재현이 가질 수 있는 전략은 이와 같은 독점화만이 아니다. 두 번째로 들 수 있는 전략은 '우화화'이다. 이것은 우리가 타자라고 부른 것과 주체에 어떤 일정한 의미를 부여하는 작업을 말한다. 이 전략은 독점과 밀접한 관련을 가지고 있다. 어쩌면 모든 독점화는 우화화와 더불어 일어난다고 할 수 있을 것이다. 식민자가 원주민의 역할을 독점할 때에는 반드시 합리화의 단계가 있는데 바로 그 과정에서 타자(원주민)는 특정 의미를 부여받는 것이다. 독점은 이처럼 우화화의 과정을 거치기는 하지만 그렇다고 독점을 우화화와 동일시할 수는 없다. 그것은 독점이 전체적인 서구와 비서구의 관계를 종결짓는 것이라면 우화화는 그 단계이기 때문이다. 우화화는 크루소 이야기와 관련하여 볼 때 크루소와 원주민을 서로 구분하는 의미체계를 형성하는 과

---

18) 원래 원주민에게 속하던 자연환경을 원주민보다 더 잘 아는 크루소와 같은 인물형은 식민문화의 도처에 산재한다. 예를 들면, 미국 개척사의 신화적 존재들인 벤자민 처치, 다니엘 분, 버팔로 빌 등도 인디언보다 '신대륙'의 환경을 더 잘 아는 사람들이다. 이런 '개척자'들의 부각은 유럽인들이 아무도 살지 않는 '처녀지'에서 새 국가를 건설했다는 하나의 신화를 창조하는 데 일익을 담당하고 있다. 리처드 슬로트킨(Richard Slotkin)의 *Regeneration through Violence: The Mythology of the American Frontier, 1600-1860* (Middletown, CT: Wesleyan University Press, 1973)와 프란시스 제닝스(Francis Jennings)의 *The Invasion of America: Indians, Colonialism and the Cant of Conquest* (Chapel Hill: University of North Carolina Press, 1975) 참조.

정을 말한다. 크루소는 '무인도'를 합리적으로 경영하는 사람이다. 그는 자연을 노동의 대상으로 보면서 차근차근 정복해 나간다. 그는 무인도를 자신의 '왕국'으로 만들고 거기에 '성채'와 '시골 별장'과 '숲 속의 휴게소'를 마련한다. 미지의 세계(terra incognita)였던 무인도는 이제 크루소가 손바닥 같이 잘 아는 장소로 바뀌었고, 그 가운데 그는 성실하고 능력있는 인물, 자연에 질서를 부여하는 자, 즉 신과 같은 존재가 된다. 프라이데이에게 이름을 주고 자기를 주인으로 부르게 하는 데서 우리는 크루소 자신이 그가 하는 일의 상징적인 의미를 알고 있음을 짐작할 수 있다. 반면에 원주민은 자연의 질서를 주관할 능력이 없는 자라는 부정적인 의미를 갖는다. 위에서 보았듯이 이런 의미를 갖게 되는 데에는 원주민이 식인행위를 한다는 인식이 결정적인 역할을 한다. 자기들끼리 죽이고 잡아먹는 짓이 짐승이나 할 자기파괴적인 야만행위라고 보는 크루소에게 원주민이 어떻게 인식될지는 쉽게 짐작이 간다. 자신이 어떤 '선'을 대변한다면 식인원주민은 그 선의 수행을 가로막는 '악'의 무리인 것이다. 여기서 우리는 악이 선의 길에 방해는 될지언정 그것을 허물어뜨릴 힘은 가지지 못한 것으로 파악되는 데에 주목해야 한다. 크루소에게는 원주민이 가지지 못한 것이 있다. 그것은 이따금 원주민의 신앙체계와는 차원이 다르다고 여겨지는 기독교로도 나타나지만, 그보다는 원주민에게 뇌성벽력을 안겨주는 총이다. 바로 그 총 때문에 크루소는 혼자서 수많은 원주민을 상대할 수 있는 것이다. "그 놈들은 벌거숭이에다 무장도 안한 놈들이니 내가 우세할 것은 틀림없다"(181). 우리는 크루소와 같은 인물을 서양문화 전반에서 흔히 볼 수 있다. 그야말로 손가락에 꼽을 정도의 병사들을 이끌고 멕시코나 잉카와 같은 대제국을 정복한 코르테즈와 피자로가 대표적인 예가 될 것이다. 우화화를 통하여 재현은 그 주체를 선의 상징으로 내세우면서 타자를 선한 주체가 요리할 수 있는 정도의 악으로 묘사할 뿐이다.

세 번째 전략으로서 재현이 가질 수 있는 것은 이미 다른 맥락에서 언급한 자연화이다. 자연화는 재현의 구축(構築)을 은폐하고 인조적 '자연성'을 갖게 하는 것이다. 크루소는 원주민사회를 정체가 잘 드러나지 않는 어둠의 세계로 보면서, 그런 세계에 압도당하지 않고 적절한 절차를 밟으며 차근차근 그 사회가 처음 지녔을 것이라 생각한 신비의 허상을 벗겨나간다. 조금 전까지 어둡게 느껴지던 것들을 민속, 전통, 미신 등의 범주로 분류하면서 차츰 그 '정체'를 밝히는 것이다. 이 결과 초자연적인 신화의 세계는 자연의 세계, 백인이 이성으로서 이해할 수 있는 세계로 된다. 물론 원주민의 세계에서 자연화한 세계는 단지 부분일 뿐 원주민의 전체 모습이 백인에게 이해되는 것은 아니다. 자연화는 원주민의 세계를 백인이 가진 사전의 어휘와 맞추어보는 작업일 뿐인 것이다. 어쨌든 원주민을 백인이 가진 지식체계에 따라 분석하면 여태까지 신비롭고 마술적이라고만 믿었던 모든 현상이 자연스러운 현상의 일부로 파악된다. 그런데 원주민의 이러한 자연화는 백인 자신을 자연화하는 일과 동시에 진행된다. 이때 자연화란 백인이 원주민의 세계를 자기의 영역으로 만드는 독점화가 선과 악의 투쟁이란 우화적인 과정을 통하여 자연스레 생기는 결과로 처리하는 것이다. 자연스럽지 않은 역사의 진행을 자연스러운 것으로 할 수 있는 것은 자연을 각색하는 문화의 힘이다. 이러한 문화적인 현상으로서 자연화는 엄밀한 의미에서 보면 신화화이다. 프라이데이가 크루소를 주인으로 모시는 것이 자연스러운 것은 재현의 전략이 만들어낸 하나의 신화인 것이다. 이 신화는 롤랑 바르트가 말한 것처럼 역사 속에서 생산된 언어 형태로서 역사적인 의미를 갖는 것이지 결코 사물의 본질에서부터 도출된 것은 아니다.[19] 다시 말하면 사람들이 자연스러운 것으로 믿고 있지만 사실은 인간에 의하여 구축된 가치체계인 것이다. 그래서 신화는 "가치의 체계를 사실의 체계인 양 소비자의 의식에 주입"시켜 이념적인 동기에서 나온 것들을 자연스러운 것인 양 만드는 기능을 가진다.[20]

신화적 작업인 자연화는 또 다른 재현의 전략인 '영속화'와 밀접한 관련이 있다. 영속화는 재현에서 구체화된 하나의 영상이 독점화, 우화화, 그리고 자연화의 과정을 거쳤을 때, 그것이 어떤 굳어진 형상, 즉 정형성을 갖는 일

---

19) Rolands Barthes, *Mythologies*, tr. Annette Lavers (New York: Hill and Wang, 1972), p. 110.
20) Frank Lentricchia, *After the New Criticism* (Chicago: The University of Chicago Press, 1980), p. 134.

이다. 우리는 흔히 대중매체에서 특정 지방사투리를 쓰는 사람이 동일한 역할을 반복해서 맡는 것을 볼 수 있다. 하나의 영상이 정형화되어 반복되고 영속화되는 사례이다. 여기서 우리는 이 정형화된 영상, 영속화된 영상이 역사성을 파괴하는 '역사'를 가지고 있음에 주목해야 한다. 재현이 되어 정형성을 갖게 된 영상은 오랫동안 그 모습이 바뀌지 않는다. 가령 원주민이 재현을 통하여 '식인종'으로 형상화되면, 그 원주민상은 재현의 모습대로 고착되어 원주민 곧 식인종이란 등식이 생기는 것이다. 이렇게 되고 나면 원주민은 자신을 에워싼 재현의 껍데기를 벗을 때까지는 자신의 역사를 만들어 갈 수가 없다. 알베르트 멤미가 분석해 보여주는 피식민자의 상도 이런 맥락에서 이해할 수 있을 것이다. 피식민자는 자기 스스로 역사를 만들어갈 기회를 박탈당했기 때문에 현실적으로 역사의 주체가 되어 있지 못하다. 그 결과 그는 영원히 남의 지배를 받아야 하는 사람으로 재현된다. 그래서 피식민자는 원래 피식민성을 가지고 있는 것으로 형상화되는 것이다.21) 이런 피식민자상은 식민상황이 빚어낸 결과이면서 동시에 식민상황의 영속화에 기여한다. 즉 재현은 현실에 입각하여 그 형상화 작업을 하지만 형상화된 영상은 그것이 정형성을 갖게 되면서 이제는 오히려 현실세계로 되돌아가 현실 세계의 유지에 한 몫을 담당하는 것이다.

『로빈슨 크루소』에서 재현은 이처럼 그 대상세계와 떼래야 뗄 수 없는 연관을 가지고 있다. 재현의 세계는 결코 현실에 동떨어진 세계가 아니다. 오히려 그것은 작품세계라는 그 나름의 독자적인 세계를 구축함으로써 현실에 더 깊은 영향을 미친다. 물론 작품세계는 신화와 허구로 만들어졌으므로 현실과 동일한 것은 아니다. 그렇지만 우리는 신화나 허구가 현실 속에서 소비될 때에만 효력을 발휘하며 그 존재를 인정받는다는 점을 잊지 않아야 한다. '크루소'라는 신화, '식인종'이라는 신화가 사실이냐 아니냐는 문제가 아니다. 신화는 그 세계관과 가치관을 소비자가 수용하기만 하면 효력을 발생하기 때문이다. 이 소비 과정에서 신화는 자신의 허구성, 즉 자신이 신화임을

---

21) Albert Memmi, *The Colonizer and the Colonized*, tr. Howard Greenfeld (Boston: Beacon, 1967), p. 113.

은폐하여 스스로 자연스러운 것으로 내세우지 않으면 안 된다. 그렇지 않으면 신화는 꾸밈의 흔적이 드러나 해체되어 버릴 것이다. 문학의 작품세계가 모두 이런 신화적인 성격을 가진다고 하면 지나친 단정일지 모른다. 신화가 그 꾸밈을 감추려 든다면 문학은 그 허구성을 드러내고자 하기 때문이다. 그러나 문학도 자체의 허구성을 전면에 내세울 때 허구 자체의 사실성, 또는 물질성을 수립하려는 '축어적'(literal) 구축은 해야 한다. 22) 다시 말해 허구를 심각하게 받아들여 그것을 있는 그대로 인정해 주어야 한다는 전제가 필요한 것이다. 이 전제조건을 고려할 때 문학적 구축이 신화적 구축과 동떨어진 것 같지는 않다. 작품세계는 그 안에 신화적인 요소가 내재해 있기 때문에 독자적인 세계로 지탱되면서 또한 소비라는 형태로 현실적인 참여를 할 수 있는 것이다.

버텨 읽기는 재현세계가 가진 독자적인 요소, 하나의 작품이 가진 독특한 생김새, 그 생김새에 따라 각각 다르게 일어나는 형상화를 외면하지는 않는다. 그러나 버텨 읽기는 작품의 독자성이 현실 속의 독자성이라고 보기 때문에 재현의 현실적인 의미에 대하여 무엇보다 관심을 기울인다. 『로빈슨 크루소』의 분석에서 우리가 시도한 것도 바로 재현의 이러한 현실적인 의미를 찾아내려는 것이었다. 그 결과 우리는 '크루소'의 이름과 관련된 하나의 신화가 유럽인이 비-유럽인을 보는 관점, 영국인이 카리브해의 한 원주민과 그가 대변하는 사회를 보는 관점에 의해 영향을 받는 제국주의적 신화임을 보았고, 그 신화의 구체적인 의미를 읽어내기 위하여 재현이 어떤 방식으로 현실에 관계를 맺는지 살펴보았다. 우리가 살펴본 네 가지의 전략들, 즉 독점화, 우화화, 자연화, 영속화 등은 그 관계의 구체적인 양상들이다. 이 네 전략이 재현이 가진 전략의 전부라고 말할 수는 없다. 『크루소』 자체에서도 다른 전략들을 찾아볼 수 있을 것이고 다른 작품에서는 또 다른 전략들이 있을 것이다. 이 글에서는 다만 영문학 작품을 버텨 읽는 한 예를 제시하는 데에 목적이 있으므로 다른 전략들에 대한 고찰은 생략한다.

---

22) '축어적'이란 말은 프라이의 것이다. Northrop Frye, *Anatomy of Criticism: Four Essays* (Princeton: Princeton University Press, 1957), pp. 76-82.

이제 『크루소』의 분석을 통해서 본 것과 같은 재현의 전략이 들어있는 문학작품을 분석하는 학문의 체계라 할 영문학에 대한 버텨 읽기를 해보고자한다. 영문학이라는 학문에 대한 버텨 읽기가 조금이라도 만족스럽게 이루어지려면 그것은 작품의 재현 방식과 그 재현 방식을 읽는 방식을 관련시킬수 있는 방향으로 전개되어야 할 것 같다. 그러나 여기서는 논의의 편의상영문학의 학문으로서의 체계와 작품체계의 관련보다는 영문학이란 학문 자체의 현실적인 성격만을 중심으로 이야기를 꾸려 나가고자 한다. 우선 영국에서의 영문학의 발생과정과 그 역사적 의미를 살펴본다.

5. 영국의 영문학

거듭 하는 말이지만 한국의 영문학은 호황이다. 그러나 이 호황이 내실있는 영문학의 연구와는 상당한 거리가 있는 것이 사실이라면, 그것은 환각이기도 하다. 영문학을 둘러싼 환각에는 이 학문이 역사가 매우 오랜 것일거라는 믿음도 들어있지 않을까 한다. 하긴 영어 문화권에서 멀리 떨어진 한국에서도 지금 영문학과가 없는 대학이 없을 정도이니 영문학의 역사가 오래되었을 것이라고 믿는 것도 무리라고 할 수는 없을 것이다. 하지만 알고보면 영문학은 본고장이라 할 영국에서도 역사가 매우 일천한 학문이다. 19세기 후반에 이르러서야 겨우 체계화되어 하나의 학문분야로 정립되기 시작한 것이다. 23)

19세기 후반에 영국에서 영문학이 학문으로서 때늦은 등장을 한 것은 그무렵에 영문학 작품을 어떤 특정한 방법으로 읽어야 할 필요가 생겼기 때문이다. 당시 영국은 통치 이데올로기의 견지에서 심각한 위기를 맞고 있었다. 밖으로는 제국주의 정책의 수행을 위해 수많은 군인이 필요했고 안으로

---

23) 사실 영문학을 대학에서 가르친 것은 19세기 초반부터였다. 런던의 유니버시티 칼리지에서 영어와 영문학을 1820년대부터 가르치기 시작했기 때문이다(Brian Doyle, "The hidden history of English studies," in Peter Widdowson, ed., *Re-Reading English* [London: Methuen, 1982], p. 26 참조). 그러나 이때의 영문학은 독자적인 학문이 아니라 영어학과 영문학이 함께 섞인 영어영문학이었다. 독자적인 학문으로서의 영문학은 19세기말부터 정립되기 시작했다.

는 산업혁명의 여파로 새로운 생산체제가 구축되어 많은 노동자가 필요했다. 말하자면 국가에 몸바칠 민중이 있어야 했는데 이 민중은 그들대로 새로운 사회구조에 의해 자신들이 희생만 당한다고 보았으므로 계급적 갈등이 첨예화되고 있었던 것이다. 이러한 위기의식은 19세기 후반 영국의 가장 중요한 비평가라 할 매튜 아놀드의『문화와 무질서』에 잘 반영되어 있다. 아놀드는 당대의 위기를 문화의 위기로 파악했고 문화를 보존하고 완성함으로써 영국이 겪고 있다고 본 무질서 상태를 벗어나야 한다고 주장했다. 그런데 이 '문화' 사업은 개인적인 차원에서 이루어질 수 있는 성질의 것이 아니었다. 문화가 지향하는 것은 어떤 극치의 상태인데 그것은 개인 혼자서 달성할 수 있는 것이 아니고 개인이 다른 사람과 협력하여야만 가능한 것이었다. 24) 아놀드가 국가의 질서를 잡는 일과 문화를 연결시켜 이야기한 것은 이런 까닭 때문이다. 이런 생각을 아놀드 혼자만 한 것이 아니라는 것을 우리는 영국 정부가 그의『문화와 무질서』가 출판된 지 3년 만에 '포스터 교육법'을 시행한 사실로 알 수 있다. 1870년에 실시된 이 법안은 초급교육을 의무화한 것인데 그 결과 취학인구가 20년 동안에 125만에서 450만으로 늘어나는 등 대중교육에 있어 획기적인 전기를 마련했다. 25) 대중교육과 함께 아놀드가 생각한 그대로는 아닐지 몰라도 '문화'인구가 급격히 증가했다고 볼 수 있다. 교육을 받은 사람이 늘어난 만큼 문화 혹은 교양을 구비하는 조건을 갖춘 사람들이 늘어난 셈일 테니까 말이다.

이 맥락에서 영문학이 아주 중요한 역사적 기능을 담당한 것으로 보인다. 영국의 국민언어로서 영어는 대중교육의 주요 수단이었고 영어로 쓰인 글은 영국인이면 누구나 교양의 조건으로 읽어야 했기 때문이다. 그런데 영문학이 등장하면서 '교양'의 조건이 바뀐 것을 잊어서는 안 된다. 문화적인 소양, 즉 교양을 기르고자 영문학을 읽는다는 것은 그때까지 문화인이라고 자처하던 상류계층 사람들이 필수적으로 읽어야 했던 고전문학, 즉 희랍문학과 라

---

24) Matthew Arnold, *Culture and Anarchy*, ed. J. Dover Wilson (Cambridge: Cambridge University Press, 1932), p. 11.
25) Terence Hawkes, "Swisser-Swatter: making a man of English letters," in John Drakakis, ed., *Alternative Shakespeares* (London: Methuen, 1985), p. 30.

틴문학 대신에 영문학을 읽는다는 말이기도 한 것이다. 그러므로 그때부터 교양이란 대중교육에서의 교양이었고 또 대중교육을 받아야 할 대중들에게 알맞은 수준의 교양이었던 셈이다. "이렇게 볼 때 학과목으로서의 '영문학'이 처음 제도화된 것은 종합대학들에서가 아니라 공업학교들, 근로자를 위한 대학들, 그리고 순회공개강좌들 등에서였다는 사실은 의미심장하다."[26] 옥스퍼드나 캠브리지와 같은 명문 종합대학교에 갈 수 없는 신분이 낮은 사람에게 먼저 영문학을 가르치기 시작한 것은 대중교육을 주관하던 사람들이 영문학이 중요한 교육적 기능을 할 수 있을 것이라 믿은 결과로 보인다. 19세기 중엽 영어 교사들에게 준 안내서를 보면 영문학은 "모든 계급들의 공감과 동포의식을 증진"[27] 시키는 데 일조를 해야 한다고 되어 있다. 영문학이 그런 역할을 할 수 있다고 본 것은 계급간의 갈등을 초월한 영국인 전체의 전통을 교육할 수 있다고 믿었기 때문이다. 영어는 영국인 전체의 언어이고 그것으로 쓴 글은 영국의 국가적 긍지를 "창조, 강화, 내지는 유지"하는 중요한 매개였던 것이다.[28]

영문학은 이처럼 국민교육에 있어 둘도 없이 중요한 도구였지만 그렇다고 모든 사람에게 좋은 대우를 받은 것은 아니다. 옥스퍼드와 캠브리지에서 영문학이 뒤늦게 학과목으로 선정되었다고 말했는데 그것은 어찌 보면 당연한 것인지도 모른다. 우리는 조선조에 한글이 언문이니 암클이니 하여 식자층의 외면을 받아온 사실을 너무나 자주 듣고 있지만 영문학도 영국에서 그런 대우를 오래 받아왔다. 영문학 교수라는 정식 직함이 생긴 것은 1894년 옥스퍼드에서였는데 그때 최초의 영문학 교수가 된 월터 롤리도 영문학에 대하여 좋은 생각을 가지고 있지는 않았던 모양이다. 문학을 여자나 하는 짓이라 생각했고 영문학에 경멸감을 가졌던 것이다.[29] 1917년 캠브리지에서 영문학을 학위과정으로 하자는 제안이 있었을 때 옥스퍼드의 영문학 교수로서 롤리는 그 제안서를 볼 기회를 가졌으나 지지하지는 않았다고 한다.[30] 영문

---

26) 테리 이글턴, 『문학이론입문』, 김명환 외 역, 창작과비평사, 1986, 39쪽.
27) 같은 책, 37쪽에서 재인용.
28) Hawkes, op. cit., p. 30.
29) 이글턴, 앞의 책, 42쪽.

학자였던 롤리의 태도가 이러했으니 영문학이 학문의 한 분야로 성립되면 자신의 지위가 위태롭다고 본 고전학자가 영문학을 어떻게 보았을지는 쉽게 짐작이 가는 일이다. 테리 이글턴에 따르면 영문학이 명문대학에 발을 붙이기 위해서는 자신이 고전학인 양 처신해야 했으나 고전학자들은 그것을 탐탁지 않게 생각했다.[31] 결국 영문학이 고전학에 도전을 하고, 고전학은 또 그것대로 영문학에 반발하는 일이 벌어졌는데, 양자간의 이런 사이는 20세기에 들어와서도 오래 계속되었다.

1차 세계대전이 일어나면서 영문학에 대한 태도에 일대 전환이 일어났다. 영국이 독일과 전쟁을 하게 되었다는 것이 영문학에 대한 '애국적'인 태도를 갖게 한 것이다. 롤리의 경우도 세계대전을 통해 자신이 영문학을 해야 하는 까닭을 분명히 알게 된 것 같다. 오랫동안 관망만 하던 미국이 참전을 선언하자 그는 독일어 대신 영어가 세계언어로서의 자리를 굳히게 되리라는 이유로 그것을 환영한다.[32] 독일과의 전쟁이 영문학의 발전사에 있어 중요한 의미가 있다는 것은 다른 맥락에서도 볼 수 있다. 영국의 어문학계는 당시 고전문학, 중세문학, 문헌학이 중요한 학문의 분야로 되어 있었다. 이런 분야에 비하면 영문학은 정립이 안된 상태였고 그 존립이 보장된 것이 아니었다. 학과내의 헤게모니 문제로 볼 때 영문학이 어문학과에 설립되는 것은 기존학문으로 보면 하나의 도전이었고 특히 고전학과 문헌학으로부터 제동이 들어올 가능성이 많았다. 그런데 1차 세계대전으로 인해 독일적인 것은 모두 배척의 대상이 되었기 때문에 독일의 영향을 받고 있는 문헌학은 말할 필요가 없고 고전학도 '애국적'인 학문에 함부로 반대할 수 없게 되었다. 프란시스 멀헌에 따르면 캠브리지에서 영문학과가 1917년에 생겨날 수 있었던 데에는 영문학과를 신설하자는 사람들이 일을 잘 해서라기보다는 이런 외부적인 상황의 덕이 더 컸다고 한다.[33]

이렇게 보면 영국이 19세기말 20세기 초에 국가적 위기에 처했을 때 그

---

30) Francis Mulhern, *The Moment of 'Scrutiny'* (London: Verso, 1979), p. 21.
31) 이글턴, 앞의 책, 42-43쪽.
32) Hawkes, op. cit., p. 40.
33) Mulhern, op. cit., p. 21.

위기 상황을 극복해 나가는 방편으로 '영국적인 것', '영국의 전통'이란 이데올로기를 내세워야 했을 때 영문학이 하나의 체계적인 학문으로 그 모습을 드러냈음을 알 수 있다. '영국적인 것'이란 국가적 난관을 헤쳐나가는 데 중요한 도움을 주는 개념이었고 그 개념을 구체적으로 강화하는 데 영문학이 핵심적인 역할을 한 것이다. 독자적인 학문으로 정립된 영문학이 영국의 전통을 수립하는 일에 적극적으로 참여한 것을 위에서 잠깐 언급한 캠브리지 영문학과의 예를 통하여 알 수 있다. 이 캠브리지 영문학과는 '캠브리지 영문학'이란 말을 가능케 할 정도로 영문학사에 하나의 분수령을 이루었으므로 거기서 영문학이 어떻게 이해되었나를 알아보는 것은 영국 영문학의 가장 대표적인 학문방식을 아는 길이 될 것이다.

'캠브리지 영문학'에 가장 영향을 많이 끼친 사람은 아이 에이 리차즈와 에프 알 리비스이다. 리차즈는 문학의 이해가 엄밀해야 하며 영문학이 호사가들의 취미대상이 아니라 전문성을 띤 학문이 되어야 한다는 생각을 가졌던 사람이다. 34) 그래서 그는 영문학을 체계적으로 이해하는 데 노력했고 특히 문학작품을 어떻게 읽을 것인가에 대한 관심이 많았다. 그의 『실제 비평』과 『페이지를 어떻게 읽을 것인가』 같은 저서는 그런 관심이 구체적으로 나타난 예이다. 35) 문학을 과학적으로 파악하면서 리차즈는 또한 문학이 인간의 삶에 커다란 기여를 한다는 믿음을 가지기도 했다. 인간이 가진 불안정한 충동들을 조절하여 심리적인 평정을 찾게 해주는 힘을 문학이 가졌기 때문에 영문학은 시민의 개인적 성숙을 도울 수 있다고 생각한 것이다. 36) 그에게 영문학은 자체의 독자성을 가지고 있으면서 동시에 중요한 사회적 기능도 수행하는 중요한 문화적 성취로 이해되었던 셈이다. 리차즈는 자신의 비평 활동이 "문명의 헝클어진 부분을 다시 짜는 베틀"의 역할을 하는 것이라 보았다. 37)

---

34) Ibid., p. 26. 이 뒤는 멀헌의 책에 의존한 바가 많다.
35) I. A. Richards, *Practical Criticism: A Study of Literary Judgment* (London: Routledge & Kegan Paul, 1929), *How to Read a Page: A Course in Efficient Reading with an Introduction to 100 Great Words* (Boston: Beacon, 1959).
36) Doyle, op. cit., p. 27, p. 31.
37) I. A. Richards, *Principles of Literary Criticism* (London: Routledge & Kegan Paul,

그러나 심리적인 평정을 가져다 줄 뿐인 문학이 어떻게 거대한 문명의 문제를 해결하는 방편이 되는지는 알 수 없는 일이다. 문명의 문제라면 사회전반에 걸친 문제인데 사회적인 문제가 심리적인 평안을 얻는 것으로 해결될 것은 아닐 것이기 때문이다. 리차즈가 내세우는 '꼼꼼히 읽기'도 이런 맥락에서 보면 문제가 있다. 물론 『페이지를 어떻게 읽을 것인가』에 관심을 기울이고 글을 꼼꼼히 읽는 자체가 문제가 될 수는 없다. 그러나 꼼꼼히 읽는 것이 이상적인 독서방식이 되고 책 속으로 모든 관심이 집중되고 나면 문명의 문제가 일어나는 현실은 관심 밖으로 나갈 것이다. 이렇게 현실을 배제해 놓은 후에 다시 책 속에서 그 현실의 해결점을 찾는다는 것은 모순으로 들린다. 이러한 리차즈의 문학이론이 '캠브리지 영문학' 형성에 큰 영향을 미쳤다는 데서 우리는 영국의 영문학을 주도한 캠브리지 학파의 성격을 어느 정도 짐작할 수 있다.

리비스를 리차즈와 같은 계열의 비평가로 놓는다는 것은 잘못된 일인지 모른다. 리비스의 석연치 않은 점을 공격한 이글턴을 비판하는 최근의 글을 보면 리비스는 한국에서 영문학 연구의 중요한 전범이 되고 있음을 알 수 있다.[38] 그러나 리비스의 이론에도 우리가 버텨 읽을 구석은 남아 있지 않나 하는 것이 나의 판단이다. 일단 리비스에 이르면 영문학이 사회에 대한 관심을 표면적으로 나타낸다는 점만큼은 인정해야 할 것 같다. 그가 주도한 계간지 『검토』(Scrutiny)에 실린 논문들도 영문학에 관한 것이면서 동시에 동시대의 사회적 문제를 다룬 것이 허다하다. 리비스는 자신이 사는 시대가 현대문명이라는 병을 앓고 있는 것으로 보았는데 특히 그 병을 산업화나 기계화와 같은 비인간적 요소에 의하여 생긴 것으로 파악하고 있는 점이 주목할 만하다. 『대중문명과 소수문화』에서 그는 기계문명이 가져오는 평준화나 대중화의 문제를 해결하려면 문화를 회복해야 한다고 주장했다.[39] 이 문화의 회복은 언어를 통하여 이루어진다고 보았으므로 그에게 있어 문학의 의미는

1967), p. vii.
38) 김명환, 「『문학이론입문』과 현대 문학이론의 전개」, 『현대문학이론입문』, 334-38쪽 참조.
39) Mulhern, op. cit., pp. 35-37.

아놀드나 리차즈에서처럼 크다고 할 수 있다. 그러나 문제는 그가 추구하는 소수문화가 이제는 지나가버린 과거의 것이라는 데 있다. 그가 이상화했던 문화와 그것이 보장해주던 삶과 현실은 17세기 이래로 사라진 것이다.

17세기는 리비스에 있어 아주 중요한 시기다. 그것은 그가 볼 때 그 시대가 어떤 중요한 분수령을 이루는 시기였기 때문이다. 이와 관련하여 리비스가 17세기의 대표적인 시인으로 간주하는 존 던과 밀턴에 대하여 어떤 태도를 가졌는지 알아보는 것이 중요하다. 두 시인에 대한 그의 태도는 밀턴의 시를 배척하고 던의 시를 선호했다는 데서 엘리엇의 그것과 비슷하다. 널리 알려진 대로 엘리엇은 17세기에 '감수성의 분열'이 생겨 머리와 가슴, 이성과 감성, 또는 사고와 감각이 따로 노는 소망스럽지 못한 경향이 영시에 생겼다고 보고 그 대표적인 예를 밀턴에서 찾았다. 밀턴의 시는 청각에만 의존할 뿐 다른 감각들은 무시하며 더구나 생동감 나는 회화체의 영어를 쓰지 않는다는 것이다. 40) 리비스도 밀턴의 웅장한 문체가 영어를 가장 영어답게 구사한 셰익스피어의 언어 사용법에서 벗어난 현실감이 없는 언어라고 비판했고, 엘리엇처럼 밀턴보다는 던이 영어의 위대한 전통을 더 잘 이어 받았다고 본다. 41)

밀턴에 대한 이런 비판을 "본질적으로 시와 일상언어와의 관계, 그리고 시인과 민중문화의 관계를 문제삼은 것"42)으로 보면 엘리엇과 리비스는 문학이 현실과 유리되는 것을 반대했다고 볼 수 있다. 엘리엇은 문학과 현실의 유리를 '감수성의 분열'이라 불렀고 리비스는 그것을 문화의 붕괴로 파악했는지도 모른다. 그런데 이들이 선호한 던이 그들의 현실적인 문학관과는 달리 밀턴에 비하면 칩거의 시인이라 볼 수 있다는 것은 문제가 있는 것이 아닐까? 크리스토퍼 힐이 보여준 것처럼 밀턴은 어느 누구보다도 민중문화에 관심을 가졌던 혁명적인 청교도였다. 43) 그렇다고 그가 민중문화의 전적

---

40) T. S. Eliot, *On Poetry and Poets* (New York: Farrar, Straus and Cudahy, 1957), p. 157, p. 161.
41) F. R. Leavis, *Revaluation* (London: Chatto & Windus, 1962), p. 55.
42) 백낙청, 「모더니즘에 관하여」, 『민족문학과 세계문학 II』, 424쪽.
43) Christopher Hill, *Milton and the English Revolution* (Harmondsworth: Penguin, 1979).

인 지지자라는 말은 아니나 적어도 '일상언어'를 시어로 사용한 던보다는 민중문화의 이해가 깊었던 것은 사실이다. 던의 '일상언어' 사용이 '리얼리즘의 승리'였다 하더라도 그의 시어와 현실관과의 관계는 문제로 남지 않을 수 없다.

엘리엇을 따라 리비스가 현실을 중시하면서 밀턴 대신에 던이 대표하는 어떤 문화형태를 지향하는 것은 그것이 현대문명에 대항할 힘을 준다고 믿었기 때문이었다. 그 문화형태는 밀턴이 등장하기 전인 엘리자베스 여왕과 제임스 1세 시대의 것으로서 '유기적인 공동체'가 아직 존재할 수 있었던 때의 것이었다. 그러나 청교도 혁명이 일어나기 이전의 시대를 이후의 시대보다 더 나은 시대로 파악한다는 것은 역사의 진행이 퇴보만 가져온다고 믿는 것이다. 이런 태도는 역사의 발전을 맹신하는 단순한 낙관주의나 마찬가지로 곤란하다. 앞에서 리비스가 현대의 문제가 비인간적인 것에 의해 비롯된다고 말하는 것을 보았는데 바로 그 점이 밀턴과 던을 놓고 리비스가 내린 평가에 깃들은 근본적인 문화관이 아닌가 싶다. '기계'의 등장이 현대문명의 특징이고 그것이 문제를 제기하고 있는 것이 사실이지만 '기계'의 출현이 문제의 전부일 수는 없다. 기계는 기술의 문제이며 기술은 인간의 문제이다. 기계 자체의 문제가 확대되면 기계와 관련된 인간의 문제는 축소되어 이해된다. 리비스가 '유기적 공동체'에 향수를 느끼는 것은 따라서 기계로부터의 도피이면서 동시에 당시의 영국사회가 가지지 않을 수 없었던 인간적, 사회적인 억압의 장치들은 간과하는 것이기도 하다. 이렇게 보면 영국의 영문학이 정식 학문으로 정립되어 하나의 분과로 등장한 캠브리지에서 가장 영향력을 많이 발휘한 리비스에 의하여 정의된 '영국적인 것,' '영국의 전통'은 그 나름대로 문제가 있다고 하겠다.

리차즈와 리비스로써 '캠브리지 영문학'을 다 말할 수는 없고, 또 '캠브리지 영문학'만 가지고 영국의 영문학을 다 말한다고 할 수도 없다. 여기서 다룬 것은 몇 가지 중요한 사례들뿐이다. 다만 이상 정리한 데서 드러난 것이 있다면 영문학의 전개에서 어떤 일관성을 확인할 수 있다는 점이다. 영문학은 자신의 '형성' 시기에 당대 삶에 대한 하나의 설명도구가 되었다. 계급적 갈등을 해소하려고 '위대한 영국' 전통을 강조했건, 전쟁이 일어났을 때 영국민의 애국적 태도를 고취시켰건, 아니면 현대의 비인간적 문명 대신 17세기 이전의 전통사회를 이상화했건 간에 영문학은 일관된 이데올로기적인 기능을 수행한 것이다. 이제 영국에서 미국으로 넘어가서 거기서는 영문학이 어떻게 이해되고 있는지 살펴보더라도 이런 사정은 크게 바뀔 것 같지 않다. 그러나 미국의 영문학에 대하여 몇 가지 문제점을 지적하면서 영국의 영문학을 말할 때처럼 영문학이 국가적 전통관의 수립에 어떤 관련이 있었나 하는 문제를 중심으로 이야기를 진행시킬 필요는 없어 보인다. 대신 이제는 미국에서 최근 수립되고 있는 어떤 지배적 문학관이 가지고 있는 현실적 기능을 주시해 보고자 한다.

6. 미국의 영문학

미국 각 대학 영문학과 교수들이 개별적으로 어떤 문학관을 가지고 있는지 속속들이 알 수야 없겠지만 그들 다수가 문학을 문학으로만 보는 경향이 농후하다고 하면 과히 틀린 말은 아닐 것이다. 이런 경향은 미국의 제도권 학계 전반이 지닌 비사회성, 탈정치성과 궤를 함께 한다. 그러나 문학 분야에만 초점을 맞춰 본다면 그것은 흔히 20세기 초반에 강력한 영향력을 행사하기 시작한 '신비평'이라 불리는 문학중심주의가 아직도 그 세력을 떨치고 있기 때문일 것이다. 노스롭 프라이의 『비평의 해부』(Anatomy of Criticism), 머레이 크리거의 『새로운 시 옹호자들』(The New Apologists for Poetry) 등 1950년대 말에 나온 주요 비평 저서들이 입증하듯 이 신비평은 물론 20세기 후반에 접어든 뒤로는 그 영향력을 많이 상실하였다.[44] 그러나 오늘날 미국의 영문학계의 장년, 노장 교수 가운데 대부분이 '문학 외에 문학 없다'는 믿음을 아직도 간직하고 있다고 주장해도 과히 틀리지 않을 것이라는 점에서 신비평 전통은 여전하다고 해야 한다. 아래에서 보겠지만 이 신비평을 뛰어넘어 새로운 문학관을 정립하고자 한 '신비평 이후'의 비평들도 자신들이 극복하고자 한 이전의 전통들이 지녔던 문학중심주의를 버리지 못하기는

---

44) Frank Lentricchia, *After the New Criticism*, pp. 3-4 참조.

마찬가지가 아닌가 싶다.

문학을 전공하는 사람이 문학을 중요시하는 것이 이상할 일은 아닐 것이다. 그러나 문학중심주의가 문학 외적인 사회적 사정과 조건에 유래한다면 그것은 충분히 버텨 읽을 거리가 된다. 우선 주목할 것이 문학 옹호론자의 대부분이 백인남자들이라는 사실이다. 왜 흑인, 라틴계, 인디언들은 영문학과 교수가 되기 힘들고 백인들 그것도 남자들만 선별되는 것일까? 흑인이나 인디언들은 원래부터 영문학 교수가 될 자질이 없어서? 물론 이 질문은 수사학적인 것이다. 미국의 사회구조를 조금만 이해하는 사람이라면, '문학 외에 문학 없다'고 믿는 백인남성이 주로 영문학 교수가 된다는 사실은 인종간, 성별간, 계급간 불평등의 결과라는 것을 대번에 알 것이기 때문이다. 이런 배경 때문에 우리는 대부분의 문학교수가 백인남성이라는 다분히 문학 외적인 사실이 그들이 주장하는 문학관과 무슨 상관관계가 있지는 않은지 궁금해진다.

이렇게 보는 것이 무리가 아니라는 것은 미국내 영문학과의 교과내용을 재조정하려는 노력의 일환으로 『미국문학의 재구성』이란 책을 편찬한 폴 로터의 다음과 같은 말을 들으면 알 수 있다.

나는 지금 내가 타자를 치고 있는 곳 옆에 미국의 유명한 두 교육기관—하나는 캘리포니아에, 다른 하나는 오하이오에 있다—이 최근에 사용한 미국문학 강의 내용 안내서를 붙여 놓고 있다. 두 과목 다 개관용인데 하나는 '미국의 문학적 상상력', 다른 하나는 '미국문학에서 삶과 사상'이라 되어 있다. 한 과목은 한 학기에 서른 두 명의 작가를 다루고 거기에는 필립 프르노, 윌리암 칼런 브라이언트, 워싱톤 어빙, 존 그린리프 위티어, 존 크로우 랜섬, 그리고 에즈라 파운드가 들어 있다. 에밀리 디킨슨에 관한 숙제 하나, 메리언 무어의 시 하나를 제외하면 모두 백인이고 남자들이다. 다른 과목은 두 학기용인데 서른 두 명의 백인 남성 작가들과 에밀리 디킨슨을 다룬다. 45)

미국문학의 강의를 이런 식으로 진행한다는 것은 미국문학을 어떤 특정한

---

45) Paul Lauter, *Reconstructing American Literature: Courses, Syllabi, Issues*, Old Westbury (NY: The Feminist Press, 1983), p. xii.

시각에서 정의한 이후가 아니면 불가능할 것이다. 그 시각이 대학교수의 대부분을 차지하는 백인남성의 것이라는 것은 의심할 여지가 없다. 그렇지 않고서야 공부 대상이 된 작가들이 어째서 거의 예외 없이 백인남자 뿐이었겠는가? 훌륭한 작가를 뽑으려고 하다 보니 그렇게 되었다는 변명은 문제의 초점을 흐릴 뿐이다. '훌륭하다'는 개념 자체가 백인남성 위주로 되어있는 바에야 백 번 심사를 해도 백인남성 작가들만 훌륭하게 보일 것이니까 말이다. 이런 상황에서는 문학이란 개념도 문학 외적인 기준에 의하여 정립되었다고 하지 않을 수 없다.

최근에 들어와서 미국에서는 로터의 경우처럼 백인남성 위주의 문학관에 저항하는 비판적 안목을 가진 사람이 많이 생기고 있다. 여태까지 남성의 독무대였던 영문학과에 여교수 임용 바람이 세차게 불고 있는 것도 새로운 경향을 보여주는 한 예이다. 여교수 임용은 영문학에 대한 새로운 해석이 있었기 때문에 생긴 현상이다. 여성주의 운동이 여성의 시각으로 문학을 보게 하는 흐름을 만들어낸 결과일 것이다. 이런 점은 '여성해방'이란 말이 문학을 해석하는 관점과 관련을 맺기 전에 영문학을 강의하던 여교수들과, 자신이 여자라는 사실이 문학을 이해하는 데 중요한 역할을 한다고 믿는 요즈음 여교수들이 인칭대명사를 쓸 때 보여주는 차이에서도 잘 드러난다. 과거 여교수, 여성 평론가는 자신을 가리키는 삼인칭 대명사를 거의 예외 없이 '그 남자'(he)로 쓰곤 했다. 어떤 작품을 평가할 때 평가 주체인 여성이 자신을 객관화하여 '비평가'라고 부르고 그것을 받는 대명사로 '그 남자'를 쓴 것인데, 여성 비평가로 하여금 자신이 여성임을 은폐하게 만든 이런 글쓰기 관행은 물론 자발적으로 만들어진 것이 아니라 여성이 전문 비평가로서 목소리를 내는 것을 허용하지 않는 성적 불평등 구조의 결과이다. 반면에 요즈음의 여성주의 여교수라면 '그 비평가'를 반드시 '그녀'(she)로 받는 것이 상식이다. 글을 읽고 쓰는 당사자의 성별을 의식하는 이런 태도가 문학을 보는 관점에도 차이를 가져올 것은 당연할 것이다. 자기를 여성으로 의식하는 여교수는 역사를 '그의 이야기'(history)로만 보지말고 '그녀의 이야기'(herstory)로도 읽을 것을 요구하며, 문학 작품에 드러난 여자의 형상화에 남존여비의 논리가 침투되어 있음을 지적한다.

언뜻 보아 비난의 여지가 없을 것 같지만 이 시각에도 문제가 없지는 않다. 그 문제의 하나는 흑인들이 자주 지적하듯이 여성해방론이 인종차별적인 요소를 가지고 있다는 것이다. 여성해방론이 인종차별을 내세워 주장한다는 뜻으로 이런 말을 하는 것은 아니다. 여성이란 백인에게나 흑인에게나 모두 있는 것이고 그래서 여성을 해방한다는 것은 인종을 초월하여 해당된다고도 할 수 있을 것이기 때문이다. 그러나 똑같이 압박에서 벗어나고 권리를 신장하고자 민권운동을 전개했으면서도 여성과 흑인이 거둔 성공의 정도는 서로 달랐다. 여성의 해방이 흑인의 권리신장보다 더 성공적이었던 것이다. 물론 여성들로서는 자신들의 해방에 진력할 수밖에 없다고 할 수 있고, 아직도 충분한 해방을 거두지 못했다고 할 수도 있을 것이다. 그러나 혹시 여성주의 해방의 작은 '성공'과 함께 흑인 권익의 답보가 이루어졌다면 여성주의 해방론에도 어떤 문제점이 있지 않은가 생각해볼 여지는 있지 않을까 한다. 이 말을 하는 것은 여성해방과 흑인의 민권운동은 서로 맞물릴 수밖에 없을 것이기 때문이다. 흑인의 사정이 개선되지 않았다는 것은 흑인 여자의 사정도 개선되지 않았다는 말이다. 흑인여자의 사정이 호전되지 않는 상황에서 벌어지는 여성해방운동은 모든 여성을 위한 것이 아니고 특정 집단의 여성, 즉 백인 여성만을 위한다는 한계를 가진다고 할 수 있다.

남자든 여자든 백인이 내세우는 문학이론이 우리가 영문학을 전공하면서 주로 접하는 문학이론이니 우리는 그런 인종차별적인 이론은 배척해야 한다고 하면 문제를 너무나 단순화시키는 것이다. 그러나 영문학을 주체적으로 연구하는 처지에서는 우리가 수입하는 영문학이론의 어느 부분이 인종차별적인지, 또는 미국문화의 산물로서 미국의 영문학의 어느 부분이 우리의 주체적인 시각을 흐리게 하는지 주의 깊게 보지 않으면 안 된다. 중요한 것은 어떤 이론이건 현실적인 역할을 가지고 있다는 점을 망각하지 않는 일이다. 이런 점에서 백인 여성들의 관점을 강화하는 문학이론뿐만 아니라 요즈음 미국에서 유행하는 다른 문학이론들도 버텨 읽을 필요가 있다.

지난 사반 세기 동안은 구미의 문학이론이 전성기를 맞은 시기라고 볼 수 있을 것이다. 구조주의, 후기주조주의, 정신분석학, 현상학, 철학적 해석학, 기호학, 수용미학, 맑스주의 등등 수없이 많은 이론들이 이 시기에 상호 보완하거나 비판하며 앞서거니 뒤서거니 하면서 나타났다. 60년대 이후 미국의 영문학계에도 이들 이론이 성행하고 있지만 이론이 많은 것과 이론이 참된 것과는 서로 별개의 문제인 것 같다. 이론이 많다보니 서로 제 자랑을 하게 되고 새로운 안목을 다투어 내게 됨으로써 마치 특허를 먼저 내는 것이 제일이라는 식으로까지 나아간 느낌이다. 그러나 앞에서 언급한 신비평과 관련시켜 본다면 이들 이론들은 드문 경우 이외에는 문학을 문학으로만 보고자 했던 신비평의 전통을 그대로 이어받으면서 신비평의 어떤 낙후된 면들을 수정하여 새로운 시대의 요청에 부응하고 있다 할 것이다.

신비평은 문학 중심적인 발상을 가지고 있었으므로 문학작품의 의미를 작품 내적으로 파악하고자 했다. 이에 비해 신비평 이후의 이론들은 작품 자체를 중요시하는 신비평적인 관점은 유지하면서 의미의 발견 가능성에 대해서는 회의를 표시하는 경향이 많다. 작품의 의미가 무엇인지 모르겠다는 것은 어쩌면 지극히 정직한 태도인지는 몰라도 의미의 규명을 회피함으로써 의미가 줄 수 있는 책임의 부담을 더는 것이기도 하다. 책임의 회피는 자신감의 상실이고 나아가 주체성의 포기이다. 신비평은 그 뒤에 나온 이론들에 비하면 상당히 확실한 주체관을 가지고 있었다. 신비평이 앞에서 언급한 리차즈와 관련하여 본 '꼼꼼히 읽기'를 중요한 독서의 방식으로 주장했다는 사실을 상기하면 이 점을 이해할 수 있을 것이다. 무엇을 꼼꼼히 읽는다는 것은 그것을 애써 열심히 읽는다는 말이다. 열심히 애써 읽는 사람은 자기 행동의 주체이다. 구조주의, 후기구조주의와 같이 의미가 주체에 의하여 산출되지 않고 어떤 체계에 의하여 생기는 것이라고 보면 이러한 주체관은 허물어져 버린다. 물론 구조주의나 후기구조주의의 독서행위가 꼼꼼히 읽는 것을 포기한 것은 아니다. 그러나 그 이론들은 주체의 역할을 인정하는 데 인색하기 때문에 꼼꼼히 읽은 다음에도 의미를 찾을 수 있다는 생각을 하지는 않는다. 확인하는 것은 인간의 역할이 아니라 언어의 역할이며 또 의미의 불가해성인 것이다. 인간은 지평에서 사라지고 언어가 그 대신 들어설 것이라 하는 미셸 푸코46)나, 주체의 내용이 아니라 그 위치를 아는 것이 선결과제라고 보는 자크 데리다47)를 신봉하는 많은 미국의 영문학자들에게 신비평적 주체관은 더 이상 호소력을 잃었다. 그리고 이런 태도는 구조주의의 전통을 따르지 않는 다른 이론들에도 대부분 해당되는 것 같다.

이런 변화를 우리는 어떻게 읽어야 할까? 그것은 미국 영문학계의 자체적인 궤도수정으로만 보아야 할 것인가? 혹시 구미, 그리고 영미의 비평계에 유행하고 있는 주체의 해체가 후기산업주의시대, 후기자본주의시대라고 불리는 20세기 후반의 국제적 질서와 관련이 있는 것은 아닐까? 신비평이 '주체주의적'인 인간관을 펼치던 20세기 전반과는 달리 우리가 살고 있는 시대는 세계화가 가속된 시대이면서 동시에 다국적기업의 시대다.' 이런 상황에서 주체를 고집하는 이론은 비효율적이라는 인식도 생길 수 있을 것이 아닌가. 주체를 해체하는 이론이 이처럼 의도적으로 생겨났다고 보는 것은 지나친 단정일 것이다. 그렇다고 그런 이론이 나온 상황에 대한 관심을 버릴 수는 없다. 20세기 초반에 성행하던 신비평과 그 신비평이 한물가면서 새로이 등장한 이론들 사이에 어떤 연속성이 있는지, 변화되고 수정된 것은 무엇인지, 그리고 그 변화와 수정의 의미가 무엇인지 알아내는 것은 우리의 과제가 되어야 할 것이다. 백인 남자들이 문학을 보는 방식, 신임 여교수들이 보는 방식, 그 외 이론들이 보는 방식에는 각각 그 자체내에도 다양한 관점이 있고 상호 간에도 많은 차이점이 있다. 그리고 여기서는 언급조차 하지 못한 여러 견해들이 있다. 그러나 우리가 잊어서는 안될 것은 어떤 관점이라도 거기에는 구체적인 상황이 작용한다는 것이다. 바로 그런 사정 때문에 어떤 이론이라도 맡은 역할이 있게 마련이다. 그 역할, 즉 이론의 상황적 성격을 무시하고 이론 '그 자체'를 직수입한다는 것은 그 이론의 의미를 제대로 파악하는 일이라 할 수 없다.

---

46) Michel Foucault, *The Order of Things: An Archaeology of the Human Sciences* (New York: Vintage Books, 1973), p. 387.

47) Jacques Derrida, "Structure, Sign, and Play," in Richard Macksey and Eugenio Donato, eds., *The Structuralist Controversy: The Languages of Criticism and the Sciences of Man* (Baltimore and London: Johns Hopkins University Press, 1972), p. 271.

7. 글을 맺으며

이제까지 부족하나마 영문학이 가지고 있는 경향과 특성을 살펴보았다. 그 결과 우리가 관찰한 것은 작품으로서든 학문체계로서든 영문학이 현실논리에 깊이 영향을 받고 있다는 것이다. 여기서의 현실논리가 영국이나 미국에 해당될 뿐, 우리에게는 해당되지 않는다는 것은 두 말할 필요가 없다. 영문학을 '연구'하고 '버텨 읽자'는 것은 따라서 이 현실논리가 직수입되는 데에 문제가 있다고 보기 때문이다. 영국과 미국의 현실논리는 영국과 미국에서는 구체적인 타당성을 가지고 있는지 모른다. 그러나 그것이 우리에게 그대로 적용될 때 그것은 구체적인 호소력을 잃을 수밖에 없기 때문에 보편성의 모습으로 나타난다. 그러나 이때의 보편성이란 하나의 구체적인 국제질서 안에서 유지되고 각색된 것이다. 영문학이 한국에서 학문의 한 분야로서 호황을 누리고, 영어가 한국인의 자격을 시험하는 도구로 쓰이며, 영어든 영문학이든 좋은 밥벌이 수단이 되고 있는 것을 자연스럽게 보는 사람은 보편논리가 영미의 현실논리에 의하여 침윤되어 있는 것을 보지 못하거나 보더라도 문제삼지 않을 것이다. 그러나 영미의 현실논리가 우리의 현실논리가 되는 것이 바람직하지 않다고 보는 처지에서는 이야기의 방향이 달라져야 한다.

영문학의 '연구'와 '버텨 읽기'는 영문학이 한국에서 영문학으로 행세하는 것 자체가 어떤 현실적인 상황을 전제하는 것으로 보고 그 상황에 대하여 능동적으로 대처하려고 하는 학문의 자세요 독서의 방식이다. 그런 점에서 그 둘은 한계를 가지고 있기도 하다. 그 존립을 가능케 하는 상황이 바뀌면 그런 학문방식, 독서방식에 대한 요구는 줄어들 것이기 때문이다. 그러나 어떤 학문행위, 독서행위라도 현실을 떠나 존재할 수 없다면, 그것이 처한 상황을 문제로 파악해야 할 필요성이 줄어들 것 같지는 않다. 게다가 사회변혁운동이 불을 지피고 있는 지금 한국 영문학이 '연구'와 '버텨 읽기'의 자세를 가지는 것은 더욱 절실하게 요청된다. 물론 이 '연구'와 '버텨 읽기'가 영문학 자체를 배격하기 위함은 아닐 것이다. 그렇게 보는 것은 인류 역사에서 많은 기여를 해온 문화교류 자체를 부정하려드는 국수주의에 불과하다. 하지만

그 점을 인정하면서도 우리는 한국에서 뿌리를 단단히 내린 영문학의 존재
방식에 관심을 가지지 않을 수 없다. 그래야만 영문학의 주체적인 연구가 가
능하지 않겠는가. 그 관심은 물론 공동의 것이어야 한다. 영문학은 우리에
게 외국학이다. 이때 영문학 '연구'의 비판적 성격을 지키는 것이 필요하며,
이를 위해서는 공동 작업이 필요하다. 몇 사람만 '주체적으로' 영문학을 버
텨 읽어서는 바람 많은 밤의 외로운 등잔불 효과밖에는 얻지 못한다.

14

고도기술시대의 현실재현*

1. '짚신' '패션 운동화' '야한 여자'

빨치산 출신이 쓴 수기 소설 『남부군』에 실명 주인공 이태가 "생전 처음 신어본 짚신 때문에 얼어붙은 발가락이 발을 옮겨디딜 때마다 칼로 베는 것처럼 쓰리고 아파서" 견딜 수 없어 하는 장면이 나온다. 이런 장면들을 읽고 난 이후 입산한 빨치산들이 방수 등산화는 아니더라도 요즈음 누구든지 그런 대로 쉽게 사 신을 수 있는 '프로스펙스' 같은 운동화 정도는 보급을 받을 수 있었다면 어땠을까 하고 생각한 적이 있다. 그랬다면 수많은 빨치산들이 '동상으로 발이 거의 썩어 없어져' 죽어 가는 일은 없지 않았을까? 나아가 이런 생각도 했다. 눈 덮인 험한 산 속에서 짚신에 감발을 한 채 치열한 전투를 치러야 했던 빨치산들에게 오늘날의 과학기술이 제공할 수 있는 무기와 통신시설 등이 있었더라면 당시의 전황은 어떻게 전개되고 남부군의 운명은 어떻게 되었을까? 예컨대 회문산사령부가 기자출신 이태에게 서울, 평양과 교신하라면서 지급한 무전기가 볼품없는 고물딱지가 아니라 고도기술 장비였다면 빨치산은 지리산 일대에서 고립무원에 빠지지 않고 전황을 좀더

---

* 출처: 『한길문학』, 1990년 9월호, 175-88쪽.

정확히 파악하여 대처할 수 있지 않았을까? 그랬다면 남부군은 혹시 그 비극적 궤멸을 모면할 수 있었을까? 또 남한 사회의 변혁운동에 새로운 계기가 마련되었을까?

물론 이런 생각은 허황한 가정일 뿐이다. 50년대 초의 빨치산들은 프로스펙스 같은 패션 운동화나 고도기술이 만들어낸 통신장비를 소지할 수가 없다. 빨치산의 '짚신'과 우리 시대의 '패션 운동화'는 사회적으로나 역사적으로 전적으로 다른 세계에 속하는 물건들이다. 이태 같은 빨치산들이 패션화된 소비재들을 가져서는 무언가 '격'에 맞지 않으며 그때에 비하면 소비재가 지천으로 깔려 있다고 할 수 있어도 오늘날에는 이태와 같은 빨치산이 나오지 않는다. 이 말은 이제 싸움의 상황이 호전되었다거나 한 목숨 바쳐 헌신할 현장이 없어졌다는 것을 의미하지 않는다. 하지만 짚신은 그 원시성이나 절박성에서 1950년대 초의 저항 방식으로서조차 낙후된 면이 있다. 바로 이런 점 때문에도 빨치산의 항전은 전술적으로 착오였다는 평가를 받을 수도 있을지 모르겠다. 그래서 이태가 어느 시점에 가서 느낀 것처럼 아무리 "자신의 몸에 거짓말 같은 변화가 나타나" "무거운 짐까지 지고 가파른 산비탈을 아무리 달려도 숨이 가쁘거나 다리가 아프다는 것을 느끼지 않게" 되었다한들 빨치산들은 결국 "체력을 있는 대로 다 소모해 버리고 다 탄 촛불처럼 꺼져"버리는 운명을 맞지 않았을까?

짚신과 패션 운동화의 차이는 50년대 초와 90년대 초를 가르는 40년 가까운 시차로 인하여 생겨나는 저항 방식의 차이이다. 그런데 50년대 그 때에도 짚신이 낙후된 투쟁의 방식이었다면 오늘날 저항은 짚신이 아닌 다른 방식으로 나타날 수밖에 없을 것이다. 노동자 시인 박노해의 「나도 '야한 여자'가 좋다」에 오늘날 저항이 가지는 모습의 한 예가 나온다. 이 '시사시' 속의 화자는 수배 중의 노동운동가이다. "수배생활 4년만에 '화려한 외출'을 하기로" 하고 "사무치게 그리운 동지들을 만나러 머언 지방"으로 가려고 "안전하게 데려다 줄 안내자 동지"를 만난다. 이때 나타나는 동지는 "한 여름인데 새까만 원피스에다, 긴 퍼머머리를 너풀거리며, 얼굴은 분을 하얗게 바른 채, 입술엔 새빨간 루즈를 바르고, 손톱엔 자줏빛 매니큐어를 칠하고, 분홍색 뾰족한 하이힐을 신고서, 살랑살랑 야하게 히프를 흔들며 다가오는" '야한 여자' 다. 이 여자는 어디를 보아도 마광수의 퇴폐적인 '야한 여자'와 구별되지 않는다. 시의 화자도 처음에는 이 '야한 여자'가 마광수류의 '야한 여자'인 줄 알고 "울컥울컥 구토를 인다/구토 끝에 눈물이 난다"는 반응을 보인다. 하지만 나중에 이 사람이 변장한 여성 운동가임을 알고 "나도 '야한 여자'가 좋다"고 한다.

여성 노동운동가가 이처럼 '야한 여자'로 분장해야 하는 것이 현재의 변혁운동이 처한 객관적 조건이다. "노동자처럼 소박한 얼굴과 용모하며, 운동하는 사람답게 형형한 눈매"를 가진 여자였다면 "40대 남자가 셋, 30대 남자가 둘, 차림도 수상하고, 주변공기가 무척 좋지 않"은 곳에서 더 눈에 띌 수도 있었을 텐데 '야한 여자'로 분장함으로써 이 운동가는 자기를 보호하고 있다. 이때 '야한 여자'는 일상성의 의미를 지닌다. 자본주의 사회의 여성대중이 수동적으로 살아갈 때 갖게 될 일상적인 모습에 '매몰'되는 것이 오히려 변혁운동에 참여하고 있는 한 여성을 은폐해주는 방패막이가 되고 있다. 박노해의 여성 운동가가 갖는 '야한 여자' 모습은 이태가 그려낸 50년대 초의 변혁운동에 참여한 한 빨치산의 모습과는 너무나 다른 모습으로서 오늘날 우리 사회의 변혁 운동만이 갖는 물적 기반의 한 단면이다.

지금까지 언급한 '짚신', '패션 운동화', '야한 여자' 등은 다분히 시대적인 상징물들로서 『남부군』과 「나도 '야한 여자'가 좋다」가 재현하고 있는 각 시대의 특징들을 드러낸다. 이들 상징물들은 그 자체가 시대적 특징을 가지고 있기 때문에 동시대적으로는 나타날 수 없다고 할 수 있을 것이다. 하지만 실제로는 그렇지 않다. 알다시피 '짚신' 이야기를 하고 있는 『남부군』이나 '야한 여자'를 말하는 박노해의 시는 동시대의 문건들이다. 양자 모두 전통적인 장르구분에서 보면 소설, 시 등으로 구분되기 힘든다는 장르확산 시대에 걸맞은 공통점도 가지고 있고 특히 87년 6월, 7월, 8월의 시민 및 노동자 항쟁이 만들어낸 해방공간 안에서 출판되었다는 공통점을 갖고 있다. 다시 말해 짚신을 신은 빨치산과 야한 여자로 분장한 노동해방 운동가는 시대를 함께 할 수 없으나 이들에 대한 문학적 형상화는 동일시대에 이루어질 수 있다. 그런 점에서 지금까지 다분히 비유적으로 사용한 '짚신', '패션 운동화' 등의 기호는 특정 시대와 관계없이 문학 작품에서 사용할 수 있는 소재의 차원에서 이해되어야 한다.

하지만 '짚신시대'라는 개념을 생각하여 가령 짚신을 주요한 신발도구로 삼는 시대와 '패션 운동화'를 유행으로 착용하는 시대를 비교하면 두 시대의 차이는 분명해진다. 이때 차이는 짚신 혹은 패션 운동화라는 개별적인 물건이 있고 없음으로 인해 생긴다기보다는 각각의 생산물을 대표적으로 생산해내는 사회구조의 역사적 차라 할 수 있다. 이런 점에서 '짚신'이라는 개념은 '패션 운동화'라는 개념과 더불어 시대를 구분하는 성격을 지닌다. 문학적 재현과 결부하여 이것은 재현방식에 있어서도 시대적인 차이가 나타남을 말하는 것이다. 짚신 시대는 짚신 시대임을 말해주는 재현방식이 있고 패션 운동화 시대는 패션 운동화 시대임을 말해주는 재현방식이 있다. 이 재현방식이 기술의 발전과정과도 깊은 관련을 맺는다는 것이 이 글의 전제이기도 하다.

2. 백석의 세계와 근대적 재현방식

새끼오리도 헌신짝도 소똥도 갓신창도 개니빠
디도 너울쪽도 집검불도 가락닢도 머리카락도
헌겊조각도 막대꼬치도 기와장도 닭의 짖도 개털
도 타는 모닥불

 재당도 초시도 문장 늙은이도 더부살이 아이
도 새사위도 갓사둔도 나그네도 주인도 할아버
지도 손자도 붓장사도 땜쟁이도 큰 개도 강아지
도 모두 모닥불을 쪼인다.

백석의 시 「모닥불」의 일부다. 이 시를 적시해서 한 말은 아니지만 김기림은 이 시가 실린 시집 『사슴』의 독후감으로 쓴 글에서 "시집 『사슴』의 세계는 그 시인의 기억 속에 쭈그리고 있는 동화와 전설의 나라다. 그리고 그 속에서 실로 속임없는 향토의 얼굴이 표정(表情)한다"고 한 적이 있다. 그리고 『사슴』은 "그 외관의 철저한 향토미각에도 불구하고 주착없는 일련의 향토주의와는 명료하게 구별되는 '모더니티'를 품고 있"다고 했다. 김기림은 (내가 보기엔 아주 정확하게 집어낸) 자신의 향토주의-모더니티 구별에 대해서 더 이상 논급하지 않는다. 하지만 독후감의 초두에서 "완두빛 더블 브레스트를 젖히고 한대(寒帶)의 바다의 물결을 연상시키는 검은 머리의 웨이브를 휘날리면서 광화문 통 네거리를 건너가는 한 청년의 풍채는 나로 하여금 때때로 그 주위를 몽파르나스로 환각시킨다"는 말로 백석을 묘사한 것으로 미루어, 백석 시가 지닌 '근대성'은 백석의 근대적 삶과 관련이 있다고 생각한 것으로 보인다. 모더니스트 김기림이 외국어를 남발해 가면서 묘사하고 있는 백석이 실제 백석과 얼마나 일치하는지는 모르지만 이 '신식 청년' 백석의 모습에서 여기 인용한 시의 특징 하나에 대한 이해의 실마리를 찾을 수 있다고 본다.

「모닥불」속에 재현된 것은 아직 깨지지 않은 전통적 공동체생활이다. 그런 점에서 이 시는 도시생활을 주로 그려내고 있는 당시의 다른 한국 근대시들, 예컨대 김기림, 이상, 임화 등의 시들과는 다른 세계를 보여 주고 있다. 그것은 고향의 모습이요 어릴 적의 추억이 담긴 모습이다. 그러나 이 시는 이 고향의 모습을 근대적 삶을 살아가는 사람, 즉 도회인의 눈으로 보고 있다. 김기림이 묘사한 신식 청년 백석을 전제해야만 나타날 수 있는 표현법이 나와있는 것이다. 백석 시에 나오는 모닥불 정경은 영화의 회상장면과 같다. 모닥불의 현장은 옛 시골이되 그것을 보는 눈은 영화 카메라의 눈이랄까, 백석의 시는 근대 기계문명을 전제하지 않고 이해하기 힘든 재현방식을 가지고 있다. 더 분명히 말하자면 그것은 서구식 근대문명이 우리 사회에 침투한 것을 반영하고 있는 시로서 특히 사진기술이나 영화기법이 들어온 이후라야 나타날 수 있는 담론형식을 갖추고 있다.

좀 엉뚱한 말이 될지는 모르겠으나 나는 그것이 종결어미 '-다'의 사용과 관련되어 있다고 본다. 우리는 이제 이 종결어미의 '배타적' 사용에 길들여져 있기는 하지만 우리말에서 이 종결어미가 집중적으로 쓰인 것은 비교적 최근의 일로서 김동인 등이 문어체를 개발하면서부터이다. 이 '-다'의 배타적 사용으로 말미암아 우리 말법에 획기적인 변화가 왔는데 그 중의 하나로 문어체와 구어체의 확연한 구별이 이루어진 점을 들 수 있다. 여기서는 이 구별이 제2연 마지막 부분 "모두 모닥불을 쪼인다" 때문에 생겨난다. 이 앞에 나열된 "새끼오리도 헌신짝도 소똥도…"와 "재당도 초시도 문장 늙은이…"는 그 자체로서는 주절주절 읊조리는 사설시조와 다를 바가 없다. 백석의 시가 현대 문어체 맛을 지니고 있다면 그것은 2연 마지막의 종결어미 '-다' 때문이다. 이 '-다'는 그 성격상 카메라의 눈과 같은 역할을 하지 않는가 한다. 카메라 눈은 다양한 대상을 '있는 그대로' 보되 그것이 본 대로만 재현해낸다. 사진으로 나타난 영상은 카메라 눈이 본 것이고 따라서 그것은 카메라 눈이 맞춘 구도에 의하여 편집되어 나타난다. 이 편집은 영상 제작의 전 과정에 최종적인 형식을 부여하지만 그 자체는 문제시되어 나타나지 않는다는 특징을 갖는다. 카메라 눈이 영상에서 나타나는 모든 시각분야의 구도를 결정해 놓고도 그 모습을 언제나 감추고 있듯이 우리말의 종결어미 '-다'는 그 최종적인 서술적 형태 때문에 보고형과 같이 주관적 관점을 포괄하고 있으면서도 보고자의 주관성을 최대한 배제하여 서술적 객관성을 지닌다. 이 결과 이 종결어미에 의해서 완결되는 문장은 사설시조의 넋두리도 대상화시키고 최종적인 매끈함을 갖는다. 종결어미 '-다'는 카메라의 눈과 같이 '부재'하는 시각을 설정해놓고 있다.

백석의 시는 발표 당시의 세계문화적 상황을 반영하는 재현방식을 가지고 있다. 김기림이 지적한 대로 백석의 시에는 구미를 중심으로 한 자본주의 문화, 특히 근대적 기술의 발달로 인해 예술 일반이 세계적으로 가지게 된 근대적 감각이 있기 때문이다. 향토색 짙은 세계를 담고 있으면서도 사진과 같은 매끈한 감각을 가지고 있는 백석의 시는 따라서 우리 문화 전반이 '세계적 보편성'에 접근해가고 있음을 보여주는 한 예인 셈이다. 하지만 동시에 그것은 우리 문화가 세계체제적 지배질서에 편입되었음을 말해주는 것이기도 하다. 왜냐하면 백석의 시가 예시하는 우리문화의 '근대적 감각'이란 세계자본주의체제가 제국주의 단계에 접어들었을 때 식민지들에 퍼뜨린 지배적 자본주의 문화로 인해 취득된 것이기 때문이다.

이 자본주의적 문화는 당시의 자본주의 생산양식의 발전과정상 기계생산적인 성격을 띤다. 카메라, 축음기, 기차, 자동차 등 20세기 초의 새로운 기계들에서는 직접 '생산' 개념을 떠올릴 수는 없을지 모르나 이들과 함께 나타나 공장들에서 가동된 거대한 기계들, 자동 컨베이어 등은 물론이고 테일러리즘으로 대표되는 인간의 기계화, 사회제도의 관료화, 생활의 규칙화 등은 당시의 서구사회가 생산집중체제였다는 것을 말해준다. 발터 벤야민은 그의 선구적 논문 「기계복제시대의 예술작품」에서 생산양식은 경험 내용뿐만 아니라 지각마저도 변화시키기 때문에 기계에 의한 생산시기에는 손이 하던 일을 기계가 함으로써 인간의 지각 방식도 이에 따라 바뀐다고 말한다. 그리고 새로운 기계적인 지각방식에 부합하는 재현방식을 대표적인 근대적 예술형식들인 사진과 영화가 해내고 있다고 본다. 내가 서툴게 시도한 백석의 시분석은 기계적 지각이 벤야민이 집중적으로 분석한 사진과 영화뿐만 아니라 다른 근대 예술에도 관철되어 나타난다는 생각 위에서 진행되었다.

3. 기술과 현실재현: 모더니즘

사진, 특히 영화가 처음 등장했을 때의 반응이 참으로 대단했으리라는 것은 누구나 짐작할 수 있는 일이다. 사진이나 영화, 그리고 이들 새 예술양식에 영향을 받아 재현방식을 혁신한 많은 예술 형태들이 처음에는 아무리 신기하고 획기적으로 보였을지 몰라도 이제는 차라리 골동품적 가치를 지닐정도로 낡은 것이 되었다. 김기림이 백석의 시에 있다고 지적한 '근대성'은 오늘날 어딘가 구태의연하다는 기분을 느끼게 하는데 바로 이런 것이 '짚신시대'와 '패션 운동화 시대'를 구분하게 하는 감수성의 차이가 아닌가 싶다. 어쨌든 이 감수성의 변화로 인해 오늘날은 백석의 시도 벤야민이 말한 영화도 새롭다는 느낌을 주지 않는다. 오늘날 우리 사회는 박노해의 '야한 여자'가 함축하는 것처럼 이태의 빨치산들은 꿈도 꾸어 보지 못했을 고도로 발달된 산업사회에 진입해 있다. 짚신은 그야말로 골동품이 되어있고 패션 운동화가 대량으로 생산되고 있으며 일부 첨단산업도 이루어지고 있다. 언뜻 생각하면 기술의 발달이 동상에 걸려 발이 썩어 문드러지는 상황 속에서 싸움을 하던 빨치산들의 투쟁의식을 우습게 만드는 것 같다. 짚신에 감발한 채 눈 덮인 겨울 산을 타던 빨치산과 등산화 혹은 운동화를 날렵하게 신은 오늘의 지리산 등산족, 이 차이는 기술발전이 가져오는 차이이기도 하다. 그래서 오늘날의 문학은 백석의 것과는 다른 재현방식을 채택하리라는 것을 충분히 예견할 수 있다.

　고도기술사회 문화의 가장 큰 특징은 현실 재현의 이념에 대한 회의가 고조된다는 것이 아닌가 한다. 사실 이러한 경향은 고도기술은 아닐지라도 기술 발전상 획기적인 단계에 접어든 20세기 초반에 벌써 시작되었다. 서구 모더니즘이 대체로 사회현실에의 재현보다는 문학 형식과 관련된 실험에 빠져든 것은 널리 알려진 일이다. 기술 발달로 인해 대량생산이 가능해지고 이로 말미암아 대중상품문화가 지배적 문화형식이 됨에 따라 벤야민이 말한 기계복제가 모든 예술품에 적용될 수 있는 가능성에 직면하여 엘리트주의적인 '순수' 문학은 자율성 확보의 일환으로 형식 자체를 절대시하는 경향을 나타내었다. 모더니즘 문학이 대중상품문화에 대한 반발로 획득한 지독한 '난해성'은 자본주의 사회의 전체적 지배구조에 대한 외면의 한 방편으로서 모더니즘 작가들이 개인주의적 폐쇄회로에 빠져든 증거이다. 예술의 사회화를 꾀한 아방가르드는 모더니즘적 자폐증에 빠져들지는 않았지만 브레히트의 '소외효과' 등을 포함한 다양한 표현기법을 이용하여 기존의 문학 형식 파괴에 골몰함으로써 그것 역시 일종의 현실 재현 거부를 실천한 듯한 면이 있다. 예컨대 벤야민이나 브레히트의 '생산미학'이나 마야코프스키 등이 공장을 찾아가 시 낭송을 한 것 등은 예술의 가장 중요한 기능이 현실의 반영이라기보다는 현실에 개입하는 실천이라고 보았기 때문이다. 하지만 아방가르드의 '현실왜곡'과 모더니즘의 '형식실험'은 '재현'에 대한 회의를 내포한 것이기는 해도 아직 현실 비판의 태도를 버린 것이 아니다. 이때의 예술이 현실의 재현 가능성을 실험했다는 것이나 현실에 대한 실천을 주장했다는 것은 '현실' 개념을 전제했기 때문에 가능했다 할 수 있다.

4. 고도기술시대의 현실재현

고도기술사회에 접어들면서 문학의 현실재현 문제는 아주 다른 지평을 맞게 된다. 이제는 현실 개념 자체를 뿌리째 부정하는 소위 포스트모더니즘적인 태도가 생겨나기 때문이다. 포스트모더니즘에 따르면 재현은 이제 현실의 재현이 아니라 재현의 재현일 뿐이다. 예컨대 프랑스의 포스트모더니즘(적) 이론가 장 보드리야르에 따르면 이제는 재현할 현실조차 없다. 여기서 잠깐 보드리야르 연구가인 더글러스 켈너의 말을 들어보자. "보드리야르는 맥루한의 '내파'라는 사이버네틱스 개념을 이용, 요즘 세상에는 재현과 현실 간의 경계가 내파되어버렸으며 이 결과 '진짜'에 대한 경험과 근거 자체가 사라진다고 주장한다." 보드리야르는 이전에는 재현의 수단인 기호가 현실 속의 대상이나 사물을 지시했지만 이제는 기호나 재현의 양식들 자체가 현실을 구성한다고 본다. 이 기호적인 현실을 그는 '과잉현실'이라 부르고 그 단적인 예의 하나로 디즈니랜드를 든다. 그에 따르면 디즈니랜드는 그 밖의 세계는 진짜라고 믿도록 자신을 가상적 세계로 제시하지만 사실은 바깥 세계 전체도 디즈니랜드적인 성격을 갖기 때문에 어느 것이 어느 것을 모방하는지 분간할 수가 없다. 그래서 디즈니랜드에 있는 미국에 관한 여러 모형들은 미국 전체가 점점 더 디즈니랜드처럼 되어감에 따라서 미국사회 속에 있는 그것들의 원본보다 더 현실적으로 느껴진다. 과잉현실이 현실보다 더 현실적이라는 것이다.

언뜻 보면 보드리야르가 그려내고 있는 현실부재의 상황이 고도기술사회를 맞고 있는 우리 시대 현실의 보편적 현상인 듯이 느껴진다. 오늘날 문화생산의 특징을 보여주는 수많은 현상들에서 '현실부재의 미학' 비슷한 것을 발견할 수 있기 때문이다. 흔히 포스트모더니즘적이라는 규정을 받고 있는 예술들을 살펴보아도 이 점을 쉽게 알 수 있다. 예컨대 앤디 워홀의 그림 〈마릴린 몬로〉는 몬로의 사진을 그림으로 옮긴 것 같고, E. L. 독토로우의 소설은 역사를 다루면서 역사에 대한 갖가지 해석을 재현하고자 하고, '새 문장'(New Sentence)이나 '언어시'(L=A=N=G=U=A=G=E Poetry)라 불리는 시들은 봅 패럴먼의 시같이 사진에 제목을 붙여서 시를 구성하고,

사진식 리얼리즘에서는 재현 대상이 현실이 아니라 현실의 사진이 된다. 보드리야르의 이론을 포함한 프랑스 후기구조주의는 그 이론에서 '원본'의 개념 등을 부정하는 등 재현에 대한 강력한 의문을 제기할 뿐만 아니라 철학적 글쓰기에서도 종래의 영역구분의 관행을 무시하는 경향을 보인다. 이런 것들 외에도 현대예술에서 재현에 대한 회의가 표출되는 경우는 허다하다. 보르헤스, 토마스 핀천, 커트 본느것, 존 바스, 도날드 바셀미 등 소위 포스트모더니즘 소설가들의 작품들에도 현실 재현에 대한 회의적인 태도가 일관되게 나타나고 있다. 언뜻 생각했을 때 이러한 작품들이 편재하고 있다는 것은 일단 보드리야르가 그의 이론에서 주장하고 있는 현실재현의 불가능성이 예술적 실천을 통하여 입증되고 있음을 말해주는 듯하다.

벤야민이 앞에서 언급한 그의 논문에서 주장하듯 생산양식에 따라 지각방식이 바뀌고 기술시대의 지각방식은 기계적인 성격을 지닐 수밖에 없다면 고도기술사회에 접어든 오늘날은 고도기술에 걸맞은 지각의 방식이 생길 것이고 이것은 또한 문학을 포함한 예술의 재현방식에도 영향을 미칠 것이 분명하다. 공장 기계들로 대변되는 20세기 초의 기계들과는 달리 오늘날의 기계는 '생산기계'라기보다는 '재생산기계'이다. 그리고 이들 재생산기계의 특징은 '재현능력'이 없다는 점이다. 미국의 문화이론가 프레드릭 제임슨에 따르면 20세기 초에 대거 등장한 생산기계들은 무엇을 재현하는 모습을 가지고 있었다. 예를 들어 미래파 작가인 마리네티가 예찬한 기관총이나 자동차는 근대화 초기에 등장한 동력 에너지를 재현했고 포스터 등에서 자주 등장하는 공장의 굴뚝이나 유선형으로 생긴 기차는 생산력 혹은 속도감을 재현했다는 것이다. 하지만 컴퓨터나 텔레비전과 같이 오늘날의 고도기술을 대변하는 재생산기계들은 이들 생산기계와는 달리 무엇을 재현하고 있는지 알 수 없는 모양을 가지고 있다고 한다. 여기서도 우리는 고도기술사회의 '재현불가능 원칙'이 관철되고 있는 듯함을 느낀다.

보드리야르 등이 내세우는 포스트모더니즘적인 이론, 몇 가지 예로 훑어본 포스트모더니즘적 예술작품 혹은 문화현상, 그리고 포스트모더니즘 시대의 전형적 기계의 모습 등에 일관된 논리가 관철됨을 보고 문화의 전분야에 걸쳐 나타나는 이러한 '일치'야말로 우리 시대의 특징을 말해주는 것이 아닌가 하는 생각을 할 수도 있을 것이다. 바야흐로 눈앞에 전개되는 '과잉현실'과 더불어 현실 재현은 불가능한 것처럼 느껴진다. 하지만 '재현불가능'은 그 자체가 역사적 산물로서 이 시대의 자본주의적 삶이 지닌 특징을 말해주는 것일 뿐 그것으로 현실은 정말 재현이 불가능하다는 이론이 성립되는 것은 아니다. 오히려 이런 때일수록 '현실재현불가능론'을 극복해야 할 필요가 있다는 것이 내 생각이다.

제임슨이 기계에 대해 피력한 견해를 다시 생각해볼 필요가 있다. '재생산기계'가 재현력을 갖지 않는다고 한 제임슨의 견해는 언뜻 보면 보드리야르의 견해와 크게 달라 보이지 않는다. 하지만 우리가 잊지 말 것은 기계 혹은 기술의 재현능력 결여를 언급한다고 하여 제임슨이 현실을 부정하는 것은 아니라는 점이다. 제임슨은 재생산기계, 나아가 현시대 기술이 오늘날 예술의 현실 재현을 불가능하게 한다는 기술결정론적 태도를 가지고 있지 않다. 오히려 그는 재생산기계의 모양새에서 오늘날 문화생산의 한 징표를 본다. 재생산기계의 재현력 결여는 그 자체가 규정력을 갖는 것이 아니라 궁극적인 규정력을 갖는 오늘날의 자본의 복잡한 양상, 특히 재현을 어렵게 만드는 상황을 상징적으로 보여주고 있다는 것이다. 이런 점에서 제임슨은 기본적으로 기계를 포함한 기술이 가지고 있는 특징들을 자본주의 사회의 한 징후로 본다. 제임슨의 이 주장에서 오늘날의 문화를 보는 시각의 중요한 시사점을 얻을 수 있다.

5. 현실재현과 실천

보드리야르 이야기를 좀더 해보자. 기본적으로 보드리야르의 문화이론은 기술결정론에 감염된 것으로서 이 방면의 선구자인 마셜 맥루한의 낙관주의와도 달리 패배주의적인 태도를 견지하며 특히 문화적 실천을 원천봉쇄하고 있는 자본주의적 지배논리를 은폐하고 있는 이론이다. 보드리야르는 한 독일인 변호사가 부당한 이유로 본국에 송환되는 것에 항의하는 데모를 하려던 프랑스인들이 축구경기 중계가 있다고 데모를 하지 않은 사례를 예로 들면서 현 시대에는 공중의 영역이 사라졌기 때문에 사회적 실천, 정치행위가 불가능하다고 한다. 그리고 텔레비전 화면이 시청자에게 최면술을 걸면 시청자 자신은 화면이 되어 텔레비전이 시청자를 시청하게 되는 상황이 벌어지기 때문에 텔레비전 앞에 앉는 순간 불의에 대해 항의하거나 사회를 변혁시키고자 하는 의지가 사라진다는 것이다. 텔레비전에는 분명히 보드리야르가 말하는 최면술적인 면이 있다. 그러나 그렇다고 텔레비전이 대변하고 있는 고도기술 시대는 사회적 실천이 불가능하다고 하는 것은 텔레비전과 같은 대중매체가 진실을 전하지 않고 여론을 조작한다는 사실을 외면하는 일이며, 특히 특정한 세력이 화면의 최면술을 최대한 이용하려 한다는 사실, 시청자를 데모가 일어나는 거리에서 더 '안전한' 화면의 축구장으로 데려가려 한다는 사실을 망각하는 일이다. 지금 우리 사회에서는 방송매체를 둘러싸고 민주방송인과 시청자들이 권력과 자본에 맞서 투쟁을 벌이고 있다. 텔레비전 화면이 싸움의 장이라는 증거이다. 화면이 진실의 목소리를 내보내느냐, 어떤 내용으로 편성되느냐 하는 등의 문제는 방송매체를 둘러싼 사회적 실천을 전제하지 않고서는 이해할 수가 없다. 문제는 실천이다. 이 실천의 가능성을 '원천봉쇄'하는 것이 보드리야르의 패배주의적 기술결정론의 이론적 '기능'이다.

보드리야르의 실천불가론은 기본적으로 그의 현실재현불가론과 맥이 닿아 있다. 기술의 징후적 성격을 파악하지 못하고 기술이 궁극적인 규정력을 가진다고 봄으로써 문화적 실천이 불가능하다고 하는 그의 관점은 실천의 장인 현실을 제대로 보지 못했기 때문에 파생된 단견이다. 그는 현실은 사라지고 '텍스트'로 구성된 과잉현실만 남아 있는 곳에서 현실의 재현이란 있을 수 없다는 논리를 펴지만 그가 말하는 현실, 즉 자본이 지배하는 현실은 엄연히 존재한다. 이 현실을 재현할 수 없다고 하는 것은 곧장 실천이 불가능하다는 관점으로 연결된다. 왜냐하면 사회적 장, 현실, 그리고 그것의 올바른 재현을 전제하지 않고 어떻게 사회적 실천이 가능하겠는가.

이런 패배주의가 비단 보드리야르에게만 국한된 것일까? 문학, 예술, 문화의 현실재현은 불가능하다고 보는 것은 근본적으로 자본의 지배가 구체적으로 어떤 모습을 띠고 나타나는지 그려내지 않겠다는 것이고 이것은 또 우리 삶의 억압구조를 외면하는 일이다. 물론 오늘날 현실의 재현은 어려운 작업이기는 하다. 제임슨이 지적하고 있듯이 현단계의 자본은 전지구적 규모의 복잡한 회로로 이루어진 지배망을 구축하고 있어서 그 파악도 쉽지 않다. 하지만 그렇다고 올바른 현실재현을 포기할 것인가?

우리 사회의 기본구조는 짚신 신고 빨치산 하던 때와는 물론 다른 억압구조이기는 해도 억압이 엄존하는 사회다. 국가권력의 비호를 받은 독점자본이 바야흐로 그 지배를 강화하고 있고 '짚신 시대'를 낡은 것으로 느끼게 하는 오늘날의 고도기술은 이들의 장악 속에 들어 있다. 기술 자체가 해방을 가져오는 것이 아니라 기술을 누가 장악하느냐에 따라 통제를 강화할 가능성이 높다. 세계 자본의 재편과정에서 고도기술은 선별적으로 미국과 일본 등 선진자본주의 국가의 전유물로 남는다. 우리에게 주어진 '고도기술'은 그래서 국내 독점자본에게는 이윤창출의 기회를 줄는지 몰라도 외국으로서는 폐기한 기술일 가능성이 크다.

이러한 상황 속에서 문화적 실천은 무엇을 할 수 있는가? 아니 무엇을 해야 하는가? 고도기술사회를 대표한다는 많은 종류의 문화현상이 현실에 대한 총체적 재현을 포기할 뿐만 아니라 그것이 불가능하다고까지 하는 경우도 허다하지만 이런 질문을 포기할 수는 없다는 생각이다. 국내에서는 현실재현 불가라는 주장이 아직 크게 번져있지는 않지만, 소위 '탈근대' 문학조류에 대한 논의가 요란하게 진행되는 가운데 일각에서는 탈근대 예술의 '실천'을 주장하기도 한다. 고도기술사회 특징 운운하면서 내놓는 이런 주장이 구미예술의 지배조류를 받아들이려는 수작이요, 자본주의세계체제의 재편과정에 동조하는 문화적 예속, 자본주의적 세계문화에의 종속이라고 하면 지나친 말일까? 고도기술사회의 문학이라고 나름의 재현전략이 없지는 않을 것이다. 고도기술사회가 현단계 자본주의의 한 특징을 가리키는 것이라면 문학 역시 현단계 사회 지배논리가 구체적 삶에 어떻게 관철되고 있는지 예민하게 반응하지 않으면 안 된다. 이런 문제의식을 가져야만 '현실재현불가론'을 포함한 고도기술사회 문화를 이해할 수 있을 것 같다. 고도기술사회에서는 현실재현이 불가능하다는 주장은 이렇게 보면 그 자체가 고도기술사회가 만들어내는 이데올로기적 관점의 하나로 드러난다. 그것의 효과가 현실변혁을 위한 우리 시대의 문화적 실천을 봉쇄하는 데 있다고 하면 지나친 말일까?

15

서구의 '야만인 담론'*

1. 서언

이 글에서 살펴보고자 하는 '야만인 담론'은 '야만인'이 주체가 되어 형성되는 담론은 아니다. 야만인 담론에서 야만인은 객체일 뿐이며 바로 그 까닭으로, 즉 자신에 관한 담론에서 '자신'으로 규정받는 이유 때문에 야만인은 개인이건 종족이건 심지어는 제국이건 교화, 개화, 극복, 정복, 절멸을 당한다. 물론 야만인이 담론에서 '야만인'으로 규정된다는 이유 때문만으로 이 지구상에서 사라지게 된다고 하는 것은 문제를 지나치게 단순화하는 일이며 특히 역사 현실적인 문제를 '담론'이라고 하는 어찌 보면 관념적인 상부 구조적 문제로 환원시키는 면이 없지 않다. 하지만 여기서 내가 '담론'이라고 하는 것은 단순한 가치 중립적인 언어행위를 지칭하는 것은 아니다. 야만인 담론에 야만인이 주체가 되지 못하는 것은 야만인이 자신을 대변하지 못하도록 하는 역사 현실적인 역학관계가 작용하고 있기 때문이다.

야만인 담론의 주체는 야만인이란 개념을 사용하여 어떤 인간집단을 특정한 방식으로 규정할 힘이나 권력을 가진 집단이다. 이 집단은 스스로 '문명

---

* 출처: 『서강영문학』 제2호(김용권교수 회갑기념호), 1990, 105-28쪽.

인'이라 행세하며 역사의 주체로 군림한다. 이 집단은 소규모로 보면 옆 동네에 사는 사람들을 한꺼번에 몰아 '상놈들'로 매도하는 '우리동네 양반들'일 수 있으며, 우리를 '동이'라 부른 중국인 또는 '조센징'이라 한 일본인일 수도 있고, 더 나아가 전지구적인 평화 유지를 명분으로 '중동의 악마' 사담 후세인을 처벌하고자 '평화유지군'을 파병하는 UN 가입국들일 수도 있다. 다시 말해 야만인 담론의 주체는 언제나 그 담론을 생산해내는 '우리'다. 이 글에서 나는 이런 '우리'에 의해서 생겨난 담론체계의 아주 작은 부분을 살펴보고자 한다.

그렇지만 여기서 살펴보고자 하는 야만인 담론이 방금 말한 대로 갖가지 종류의 주체들에 의해서 형성되는 성질의 것은 아니다. 오히려 그것은 어떤 배타적이고 독점적인 현상으로서 특히 오늘날의 자본주의 세계체제를 구축하는 데 주도적인 역할을 해온 서구의 한 특징적인 담론체계이다. 물론 야만인은 예컨대 우리 문화 주변에도 여러 가지 이름으로 등장한다. 앞에서 언급한 '상놈'에다가 '되놈', '왜놈', 또는 '개, 돼지만도 못한 놈' 등의 상스럽지 못한 언사를 덧붙이고 거기에다 '오랑캐'까지 갖다붙이면 우리에게도 야만인 담론이 있음을 부정할 수 없다. 하지만 우리의 이 야만인 담론이 극동의 역사적 강대국 중국이 구축한 '오랑캐' 관련 언어체계와 비교했을 때 아주 왜소한 것에 불과하다는 것을 파악하는 순간 야만인 담론은 역시 권력의 강대함과 깊은 연관을 맺는다는 것을 알 수 있다. 중국은 변방을 침략하던 북방 종족들을 모두 오랑캐라 불렀고 여기에는 말갈, 몽고, 여진, 그리고 자랑스럽게 큰 활 잘 쏘는 동이, 즉 우리 민족이 포함되어 있다. 그리고 남쪽으로는 제갈량이 칠종팔금했다는 남만이 있고 서쪽으로는 흉노가 있다. 중국은 중화사상이라는 그 나름대로의 주체의식 때문에 거의 모든 주변 모든 국가를 하대하여 인도 같은 경우는 '신독'(身毒)이라고까지 하였다.

하지만 이런 중국의 '야만인 담론체계' 역시 어떤 한계를 지니고 있지 않은가 한다. 극동지방에서 등장하는 야만인에 관한 담론체계는 중국의 강대함에 어울리는 규모라 할 제국의 성격은 가졌을지 모르지만 세계체제의 성격을 띠고 나타난 경우는 없었다. 반면에 서구에서는 야만인에 관한 담론체계가 세계문명 건설이라는 전인류적 기획을 그 안에 품어오지 않았나 하는 생각이 들 정도로 복잡하면서도 일관된 틀거리를 가지고 있다. 나중에 좀더 구체적으로 살펴보겠지만 이와 관련해서 야만인을 식인종으로 규정하는 일이 서구의 야만인 담론체계에 빈번히 그리고 체계적으로 나타남을 미리 지적해둘 필요가 있다. 야만인이 인간을 잡아먹은 인간으로 규정되면 그와 그의 종족이 어떤 문화 수준을 갖추었다 하더라도 반드시 절멸시킬 수밖에 없지 않겠는가. 그러나 우리 주변의 문화권에서는 이런 담론체계가 세계 지배체제의 구축과는 무관하다.

바로 이런 점 때문에 이 글에서는 서구의 야만인 담론의 역사를 간단하게나마 살피면서 그 현상적 특징과 의의, 그 이데올로기적 기능, 나아가서 그 역사 현실적인 의미를 따지고자 한다. 이런 작업이 오늘날 우리 사회, 특히 우리 민족이 처한 상황을 돌이켜볼 때 현실과도 동떨어진 것은 아니라고 보는 것이 나의 생각이다. 사실 여기서 말하는 야만인에는 우리 자신도 포함시킬 수 있다. 문화민족임을 자처하는 처지에 자신이 야만인 담론의 객체임을 인정하는 것이 유쾌한 일은 아닐 터이지만 서구의 야만인 담론에서 '야만인'으로 규정되는 측은 오늘날 제3세계인임을 상기해야 한다. 우리는 일본 제국주의의 침략과 지배를 경험한 바 있고 아직도 민족 분단의 문제를 안고 있으며 이런 상황에서 억압적인 서구의 담론 방식에 얽매여 있다. 이런 마당에서 스스로 야만인임을 자처한다는 것은 한편으로는 우리의 현실을 극복하고 있지 못하다는 자아비판이나 다른 한편으로는 문명으로 표방되는 오늘날 세계 지배체제에 대한 비판적 개입의 뜻도 있다.

2. 야만인들

서구의 야만인 담론에는 여러 종류의 야만인이 나온다. 서구어에 나오는 '야만인'이란 뜻을 지닌 말들의 어원을 살펴보면 몇몇 대표적인 야만인 유형을 알아낼 수 있다. 우선 이 유형들을 살펴봄으로써 서구 야만인 담론의 기본적인 의미틀이 어떻게 이루어지고 있는지 알아보자. 야만인을 의미하는 가장 고전적인 서양말 하나는 그리스어 '*barbaros*'에 어원을 두고 있다. [1]

'*Barbaros*'는 일의적으로는 말과 관련된 것으로서 라틴어의 '*balbus*', 즉 더 듬거림과 통한다. 처음 이 말은 낯설거나 그리스가 아니라는 의미를 지녔다. '그리스말을 하지 않는 사람'이라는 뜻이 그것이다. 단순히 그리스말을 하지 않는 사람을 지칭할 경우 이 말은 가치중립인 용어로서 그리스에서 떨어진 곳에 사는 이방인을 가리키는 데 사용되었다. 하지만 나중에는 낯설다는 뜻이 이상하고 조야하며 야수적이라는 뜻으로 발전된다. 그리고 라틴어 '*barbarus*'에서는 그리스 사람 또는 말이 아니라는 뜻에 로마 사람 또는 말이 아니라는 뜻까지 첨가되어 로마제국 밖에 있는 것 모두의 특징을 나타내는 데 사용되었다. 이리하여 이 말은 문명을 이루지 못하고 조야하다는 뜻을 얻게 되고 나중에 기독교가 지배종교가 되면서부터는 기독교인이 아닌 것을 의미하여 사라센, 이교도의 뜻까지 얻게 되며, 급기야는 야만, 미개, 야만적 잔인성을 의미하게 된다.

'야만인'이 단순히 그리스말을 하지 않는 이방인을 뜻하는 가치중립적인 의미를 가진 것이 아니라는 점은 관계되는 용어들이 함께 어우러져 사용되는 장소 즉 야만인 담론에서 더욱 두드러진다. 예컨대 헤로도투스는 『역사』 제4권에서 그리스의 동쪽에 스키타이인이 살고 그들이 사는 지역을 지나면 사막이 멀리 펼쳐져 있는데 그 사막 너머에 식인종 앤드로파기(Androphagi)가 산다고 말한다. 이 식인종은 모든 종족들 중에서도 가장 야만적인 풍습을 가지고 있다. 유랑생활을 하고 스키타이인과 같이 옷을 입는데 사회정의 따위는 전혀 신경을 쓰지 않고 어떤 확립된 법제도 없다. 헤로도투스는 이들이 그들 고유의 말을 사용하고, 부근에 사는 종족들 중에 유일하게 사람의 고기를 먹는 가장 야만적인 종족이라고 말한다.[2] 이상한 말을 하며 사람 고기를 먹는 사람인 이 앤드로파기는 유럽언어에서 '식인종'을 의미하는 앤쓰로파퍼

---

1) 이하 '*barbaros*'의 말뜻은 O. E. D의 'barbarian' 항에 근거한 것임.
2) Herodotus, *Herodotus II* (Cambridge, MA. : Harvard University Press, 1971), p. 307. 아렌스가 인용하고 있는 영어 번역이 내가 이 글에서 말하고자 하는 점을 좀더 분명히 밝혀준다. 거기서는 앤드로파기가 '이상한 말'을 한다고 되어 있다. 아렌스가 인용하고 있는 것은 Herodotus, *A New and Literal Version*, tr. Henry Cary (London: George Bell & Sons, 1879)이다. W. Arens, *The Man-Eating Myth: Anthropology & Anthropophagy* (Oxford: Oxford University Press, 1979), p. 10 참조.

가이(anthropophagi)와 관련되고 있는 말로서 가장 극단적인 야만행위를 하는 것으로 간주되는 종족이나 개인에게 적용되는 말이다. 그리스어에서 '야만인'은 물론 가치중립적으로 단순히 그리스어를 사용하지 않는 다른 지역의 사람을 가리키기도 하지만 안드로파기에 관한 헤로도투스의 용례에서 볼 수 있듯이 야만인은 말도 그리스인과 다를 뿐더러 식인행위와 같이 사람으로서는 생각조차 할 수 없는 풍속을 가지고 있는 종족으로 이해된다. 헤로도투스에게서는 야만인이 식인종으로 나타나기도 하지만 모든 야만인이 식인종으로 파악될 수는 없다. 그러나 야만인 모두가 식인종은 아닐지언정 문화인 또는 문명인과는 절대 다르다는 관념은 널리 퍼진 것이 아닌가 한다. 이렇게 인식된 야만인은 문명인에 반대되는, 문명인에 비하여 낙후되어 있거나 문명인이 하는 일에 역행하는 짓을 골라하는 인간형으로 이해될 수 있다.

라틴어 'silvaticus' 또는 'salvaticus'에서 유래하고 중세 프랑스어에서는 'sauvage' 또는 'salvage'로, 그리고 중세영어에서 'sauvage', 'salvage', 'savage' 등으로 표기되어 오다 근대영어 이후부터는 'savage'로 통일되어 표기되어온 다른 야만인 관계 단어군은 그리스어 'barbaros'에서 파생되어온 단어군이 주로 나타내는 이국성이나 풍속 차이보다는 문명 상태나 수준의 차이를 더 집중적으로 가리킨다.[3] 즉 이 단어군에서 나타나는 야만인은 '우리' 문명인과 풍속이 다른 그리 멀리 떨어져 있지 않은 곳에 사는 사람이라기보다는 문명과는 전혀 상관이 없는 도대체 어디 있는지도 모를 곳에 있는 족속이다. 이때 야만인의 뜻은 그 라틴어 어원인 'silvaticus'에서 짐작할 수 있듯이 인간이 원시인 시절부터 자연과 더불어 특히 숲과 더불어 살아온 사실과 깊은 관련을 맺는다. 그래서 야만인은 가장 낮은 문명 상태, 거친 자연 상태에 있는 사람을 가리킨다. 이 때문에 영어의 'savage'에는 길들지 않고 (untamed), 제멋대로 움직이며(ungoverned), 조야하고(uncultivated), 날 것 그대로이고(crude), 거칠고(harsh), 야생(wild)이라는 의미가 있다.

아울러 여기에는 의미굴절이 있다. 라틴어 어원 'salvaticus'와 관련이 된 탓이거나 아니면 중세 지배계급의 가계에서 사용하던 문장(heraldry)이나

---

3) O. E. D. 의 'savage' 항 참조

행렬(pageants)에서 등장하던 야만인을 'salvage man'으로 표기한 연유로 해서 'savage'에는 구원의 의미를 가진 'salvage'란 말이 포함되어 있다. 이로 말미암아 야만인은 구원의 대상이라는 의미를 갖게 된다. 물론 이 의미도 야만인이 숲의 사람이라는 점과 관련이 있다. 숲은 아직 벌목되지 않은 상태, 경작이 되지 않은 상태를 나타낸다. 따라서 문명의 관점에서 보면 그것은 문명과 대립되는 문명 이전의 상태이다. 이러한 숲은 식민할 수 있는 공간을 가지고 있으므로 문명이 이식될 수 있는 가능성을 가진다. 그리고 이 문명 이식은 숲을 '구원'하는 일이다. 하지만 숲을 구원하는 일에 집착하게 되면 숲은 문명의 진출을 거부하는 힘을 가진 것으로 보일 수도 있다. 이때 숲은 문명에 저항적인 공간으로서 타락의 장소가 되며 쎄비지 즉 숲의 인간은 이 양면적인 의미의 교차 속에서 이해된다. 신대륙 발견으로 흥분에 차있던 스페인 궁정에서 벌어진 유명한 종교논쟁에서 아메리카 인디언이 한편으로는 인간이 아닌, 구원의 대상이 될 수 없는 인간으로, 다른 한편으로는 구원이 가능한 인간으로 주장되었던 것도 이런 양면성 때문이 아니었는가 싶다.

'Savage'와 깊은 관련을 가지면서도 어원을 달리하며 그에 따라 그 나름의 독자적인 의미영역을 가지고 있는 또 다른 야만인 관계 유럽어로서 'wild' 어족이 있다. 그리스어, 라틴어에서 유래되지 않고 게르만어에서 유래되는 이 말은 'savage'와 같이 자연상태 즉 야생을 뜻한다. 하지만 'savage'가 자연상태 자체를 의미하는 경향이 짙다면 이 말은 자연상태를 굳이 고수하려는 저항적 요소가 강하다. 바로 이런 점 때문에 이 말로 구성되는 야만인을 나타내는 'Wild Man'(야생인)은 문명에 반기를 든 인간형으로 이해된다.[4] 그리스나 로마의 신화에 자주 등장하는 야생인들인 반인반수, 반인반양, 요정, 실레노스, 켄타우루스, 미노타우루스, 파시파에 등을 보면 문명인의 삶에 도전하는 방식으로 살아간다. 여기서 중요한 점은 이들이 사람들에게 호기심의 대상이 되면서도 언제나 공포나 모멸감을 준다는 것이다. 이들 야생인

---

4) 여기서 다루고 있는 '야생인'에 관한 정보는 Hayden White, "Forms of Wildenss," in *Tropics of Discourse: Essays in Cultural Criticism* (Baltimore: The Johns Hopkins University Press, 1978)에 주로 의존한다.

들은 미노타우루스가 지었다고 하는 '미로'와 같은 인공의 장소에 살기도 하지만 주로 인가의 근처에 있는 초원지나 웅덩이 같은 곳에 산다고 되어 있다. 이들 장소는 황야라든가 사막과 같이 사람이 살 수 없는 곳은 아니지만 사람들이 쉽게 거주할 곳도 아니다. 야생인들은 이런 곳에서 문명인이 정상적으로 하지 않는 온갖 짓을 하는 것으로 나타난다. 사회 통념상 버젓이 표현하기는 어려운 성욕을 과시하거나 죽음과 같은 부정적인 힘을 드러내는 것이다.

이들 야생인들은 야만인의 한 부류이지만 'barbarian', 'savage'처럼 기술(記述)의 관점에서 묘사되기보다는 문명인의 공포나 욕망의 관점에서 이해된다는 점에서 야만인 담론의 인식틀을 이해하는 중요한 단서가 되므로 좀 더 살펴볼 필요가 있다. 야생인에 대한 두려움과 부러움의 고전적 착종은 헤브루-기독교 전통에서는 다르게 나타난다. 헤브루 전통에서 나타나는 야생인은 자연인, 초인간, 인간 이하의 세 가지 인간형 가운데 마지막에 속한다. 자연인은 유태인의 관점에서 본 이방인으로서 비록 유태인이 믿는 신의 은총을 입지는 않았다 하더라도 인성은 가지고 있다. 초인간은 아담의 타락 이후 단죄를 받지만 신의 은총을 받아 구원될 수 있는 인간을 말한다. 야생인은 이들 자연인과 초인간과는 달리 인성이 결여된 저주받은 존재, 황야로 내쫓긴 죄인으로 '타락한 종족'이다.

헤브라이즘이 유태인의 고유한 문화를 고집하는, 민족적 특수성을 지향하는 사상이라면 기독교는 범인류적 보편성을 지향한다고 할 수 있다. 따라서 기독교 전통에서는 원칙적으로 모든 인간이 구원의 대상이다. 초기 기독교가 아무리 비위에 거슬리는 사람이라도 기독교인으로 개종시키는 것을 목표로 삼은 것은 그 때문이다. 그렇다면 야생인은 기독교전통에서 더 나은 대우를 받았던 것일까? 야생인에 대한 태도에 긍정적인 변화가 있었던 것은 사실이지만 현실적으로 야생인을 배타시하는 태도가 사라진 것은 아니다. 기독교의 인간 중심적 사고방식이 문제였다. 기독교적 구원의 주된 대상은 인간이었기 때문에 야생인은 인간이 아니라고 간주되는 한 구원의 대상이 될 수가 없었다. 5) 특히 야생인은 자연의 굴레에 얽매여 있어서 동물과 다를 바

없는 욕망과 욕정의 노예가 되어있다고 보는 관점이 지속되는 한 야생인에 관한 태도가 근본적으로 바뀔 수는 없었을 것이다.

지금까지 살펴본 것처럼 앤드로파기와 같은 식인종, 야생인들을 포함한 야만인에 대한 인식은 대체로 부정적이다. 물론 전적으로 부정적이기만 한 것은 아니다. 그리스 신화에서 야생인은 비록 무분별하고 무도덕적이기는 하지만 시골의 친근한 풍경 속에서 사회의 억압에서 벗어난 자유로운 인간 형으로 나타나기도 한다. 그러나 이 경우에도 야생인은 억압적인 문명사회 의 관습에 대한 비판적인 잣대를 제공하는 역할은 할지 모르지만 문명의 대 안으로 인식되지는 않는다.

3. 르네상스 야만인: 콜럼버스의 경우

르네상스 때에도 비슷한 관점이 지속되지만, 이제 눈여겨볼 것은 야만인 이 현실감을 가지고 나타난다는 점이다. 헤로도투스의 앤드로파기나 신화나 전설적 존재들인 반인반양, 켄타우루스, 미노타우루스, 헤비라이-기독교 전통의 야생인 등은 아무래도 역사적인 구체성이 크게 결여된 편이다. 반면 에 르네상스의 야만인 담론에 등장하는 야만인들은 서구의 전통 야만인관에 의해 각색되는 것은 여전하지만 이전과는 달리 현실적 구체성을 띠고 나타 난다. 하지만 이때도 문명의 시각이 작동하기는 마찬가지며, 야만인이 저질 인간으로 인식되는 것도 마찬가지다. 다만 이제 이런 인식은 서구 중심의 세 계체제 형성과 관련을 맺는다. 르네상스 야만인 상은 서구인의 문명건설 과 업과 관련하여 만들어진 것이다. '신대륙 발견'과 더불어 '문명'과 '야만'의 접 촉이 빈번해지자 야만인은 더 이상 신화적, 상징적, 문화적 이해 대상이 아 니다. 이제 그는 실제 경험의 대상으로서 서구인의 일상생활에까지 모습을 드러내는 존재이다. 이는 곧 서구인이 그만큼 '야만인'을 관찰할 기회가 늘 어났다는 말인데, 그렇다면 야만인의 인식도 향상된 것일까? 그렇지 않다. 야만인은 서구의 세계제패 전략의 관점에서 인식되고 평가된다. 그는 이제

---

5) 예를 들어 토마스 아퀴나스는 인간의 영혼과 동물의 영혼을 구분하면서 전자에게만 구 원의 가능성이 있다고 보았다. White, op. cit., p. 164.

단순히 숲의 인간이 아니다. 문명이 베푸는 '교화'를 거부하는 존재, 무례하고 거칠며 잔인한 인간이다.

야만인의 이런 이미지는 콜럼버스가 만났다는 '신대륙'의 '식인종'에 그 근대적인 모습을 가장 극적으로 드러낸다. 여기서 앞에서 언급한 헤로도투스의 '앤드로파기'와 함께 지금 유럽언어에서 식인종 의미를 가진 '캐니벌' (cannibal)이란 말을 살펴볼 필요가 있다. 우선 주목을 끄는 것은 이 말이 그리스어에 어원을 두고 있는 앤스로퍼가이와는 달리 유럽어의 범위를 벗어난다는 점이다. 1492년 스페인의 페르디난드 왕과 이사벨라 왕비의 지원을 받아 인도와 중국으로 가는 새 항로를 찾아내려고 대서양을 건넌 콜럼버스는 항해일지에서 쿠바와 히스파니올라 섬을 돌고 있는 동안에 만난 원주민 아라왁족(Arawaks)이 다른 지역 주민들을 '카리바' 또는 '카니바'라고 부르고 있는 것을 기록하고 있다.[6] '캐니벌'은 원래는 아라왁족의 말로서 오늘날 하이티와 도미니카 공화국을 포함하는 히스파니올라 섬 동쪽 일군의 섬에 사는 아라왁족의 경쟁 종족들, 카리브인을 가리킨 말이었다. 콜럼버스가 이 종족들을 캐니벌이라고 부르고 식인행위를 한다고 전한 덕분에 '캐니벌'은 오늘날 유럽언어에서 공통적으로 식인종이라는 뜻을 가지게 되었다.[7]

콜럼버스가 캐니벌에서 식인종의 의미를 어떻게 만들어내는지 살펴보자. 대서양 횡단을 할 때 『동방견문록』을 가지고 갈 정도로 마르코 폴로 애독자

---

6) 콜럼버스의 항해일지는 분실되었지만 도미니카 수도승 라스 카사스(Las Casas)가 요약 전사한 것이 남아 있다. 여기서 인용하는 콜럼버스에 관한 정보는 이 책에 의존하였다. 다만 현재 이 책을 참고할 수 없기 때문에 Kang Nae-hui, "The Renaissance Representation of the Other: Travel Literature, Shakespeare, Spenser, and Milton," Marquette University Ph. D. dissertation, 1986에서 인용된 부분을 재인용함을 밝힌다. 이 논문에서 인용한 자료는 Christopher Columbus, *Journal of Christopher Columbus and Documents Relating to the Voyages of John Cabot and Gaspar Corte Real*, tr. Clements R. Markham (New York: Burt Franklin, n. d.)이었다.

7) 캐니벌이 무슨 뜻을 가졌는지는 정확히 알 수 없지만 '매니옥(메론의 일종)을 먹는 사람'이라는 추측이 있다. 『서인도제도의 언어들』에서 더글러스 테일러는 캐니벌의 원형을 kaniba로 재구성하고 있다. 『옥스퍼드영어사전』에 이 말이 영어로 전래되는 과정이 좀더 자세히 나와 있는데 트럼블(J. H. Trumble)의 견해를 인용하고 있다. 트럼블에 따르면 미대륙의 언어에서는 l, n, r 등이 서로 전용되는 경우가 많아서 caniba, caribe, calibi 등의 단어가 파생했다고 한다. 셰익스피어의 『템페스트』에 나오는 유명한 식인종 캘리반의 이름도 캐니벌에서 나왔다.

였던 콜럼버스는 아라왁족이 '카니바'라고 하는 말을 듣고 처음에는 그것을 마르코 폴로가 말하는 '칸'과 관련시킨다. '카니바'를 '칸의 사람들'이라 해석한 것이다. 카리브인을 이처럼 몽고인으로 생각했기 때문에 콜럼버스는 아라왁족이 이들을 외눈에 개 얼굴을 한 식인종이라고 했을 때 곧이 듣지는 않고 제법 '힘깨나 쓰는' 종족인가 보다고 생각한다. 이것도 물론 상상의 소산이지만 아라왁족이 카리브인에 대해 미신적 두려움을 지녔던 데 비하면 콜럼버스가 한 것은 나름대로 합리적 추측이라고 할 수 있을 것이다. 이 합리성은 그러나 곧 사라진다. 콜럼버스는 히스파니올라 섬 나비대드에 식민지를 세워 39명의 선원을 남겨두고 다시 스페인으로 돌아가는 길에 시구아얀 아라왁족(Ciguayan Arawaks)을 만난다. 그는 이들이 아라왁과는 달리 손에 무기를 들고 나타나는 것을 보고 당장 '사람잡아 먹는 카리브인'이 아닌가 하고 생각한다. 시구아얀 아라왁은 물론 카리브인이 아니다. 그러나 손에 무기를 든 그들의 모습이 유순한 아라왁과는 아주 다른 인상을 풍긴 모양이다. 콜럼버스가 자신의 항해 중 처음으로 무기를 들고 나타난 원주민을 보고 아라왁족이 무서워하던 카리브인이라고 추측한 것은 당연하다고 할 수 있다. 하지만 우리가 주목할 점은 이때 카리브인을 콜럼버스 자신이 "사람들을 먹는" 식인종으로 규정한다는 점이다.[8]

콜럼버스가 시구아얀 아라왁을 식인종이라 부른 것은 무기를 들고 있었기 때문이다. 그들은 아락왁과는 전적으로 달라 보인다. 그러나 과연 그들은 식인종이었을까? 콜럼버스가 그렇게 생각한 것은 시구아얀 아라왁이 서구인들에게 저항할 가능성이 있었기 때문으로 보인다. 콜럼버스는 여기서 시구아얀 아라왁을 가리켜 '사람잡아 먹은 잔인한 카리브족'이란 표현을 쓴다. 원주민의 '잔인성'이나 그들에게 덧씌워진 식인혐의는 그렇다면 시구아얀 아라왁의 능력, 즉 외세에 저항할 수 있는 능력이다. 물론 이 능력은 겨우 목기와 석기로 된 무기라서 콜럼버스의 '위대한 문명건설 사업'을 불가능하게 할 만한 것은 되지 못한다. 그저 그를 약간 귀찮게 만들 정도일 뿐이다. 그

---

8) Columbus, *Journal of Christopher Columbus and Documents Relating to the Voyages of John Cabot and Gaspar Corte Real*, Kang Nae-hui, op. cit., p. 73에서 재인용.

러나 자신을 손님으로 대접하던 '인심 좋은' 아라와족에 비하면 이들의 '잔인한 능력'은 콜럼버스가 전파하려고 하는 문명의 교두보를 어디에 세워야 할지 정할 때에는 중요한 고려사항이다. 콜럼버스가 봉사한 스페인 궁정이 편 식민정치를 살펴보면 그 안에 이러한 현실적인 고려가 수용되어 있음을 알수 있다. 스페인은 그들의 식민지를 지금의 쿠바와 히스파니올라에 건설하고 카리브 해에는 건설하지 않았다.

콜럼버스의 '신대륙 발견' 과정을 통하여 우리가 살펴본 야만인은 그리스나 헤브루, 혹은 중세의 '야만인'과는 달리 역사 현실적인, 세계사적인 의미가 강하다. 우선 콜럼버스 이후로 야만인 담론은 유럽인이 '발견'한 지역의 원주민들과 직접적으로, 그리고 집단적으로 만나는 실제 체험과 관련되어 있다는 점에 주목해야 한다. 르네상스 이전이라고 해서 이방의 원주민들을 만나지 않았을 리 없겠지만 그때에는 원주민에 관한 정보가 헤로도투스의 앤드로파기 이야기가 보여 주듯이 직접 경험에 의한 것이라기보다는 뜬소문에 근거하거나 아니면 순전히 상상의 산물인 경우가 많았다. 그리고 혹시 원주민이 실제로 나타난다 하더라도 중세의 궁정에 진기한 '구경거리'로 데려다 놓은 원주민들 경우처럼 개별적으로 등장했다. 이런 점에서 르네상스 이전의 원주민은 켄타우루스나 미노타우루스 또는 호머의 『오디세이』에서 율리시즈가 만나는 사이클롭스처럼 신화적 존재들과 크게 다를 바가 없다. 이런 존재들과의 만남에는 상징적, 문화적 의의는 있겠으나 르네상스의 유럽인이 '신대륙' 원주민을 '야만인'으로 만날 때 갖게 되는 세계 역사적인 의의는 적다고 하겠다.

반면에 르네상스 시대 야만인은 그냥 원주민이 아니다. 이때 원주민은 식인종이며 바로 이 점 때문에 문명인의 교화를 받거나 정복과 멸절의 대상이 된다. 이 점은 코르테즈가 정복한 아즈텍 제국인 멕시코를 생각하면 쉽게 이해할 수 있다. 멕시코는 당시 거대한 제국으로서 유럽에서도 유례를 찾아보기 힘들 정도로 거대한 인구 25만의 도시를 건설한 '문명국'이었지만 코르테즈를 수행하여 멕시코 정벌에 참여하고 나중에 이 경험에 관한 회고록으로 『뉴스페인 정복사』를 쓴 베르날 디아즈에 따르면 지독한 식인습관을 가진 것으로 매도된다.[9] 멕시코 원주민들이 식인종으로 규정되고 나면 그들이 아무리 스페인 정복군이 눈이 휘둥그레질 정도로 발달된 문화를 가지고 있어도 소용이 없다. 집단적으로 '식인' 야만인으로 규정됨으로써 정복의 대상이 되고 또 이로 말미암아 세계사의 흐름에 큰 변화가 오게 된다. 거대한 대륙의 주인이 바뀌는 것이다.

4. '고상한 야만인'

르네상스 시대에는 신대륙 원주민과의 직접적이고 집단적인 접촉으로 인해 야만인 담론이 양산된다. 콜럼버스, 아메리고 베스푸치, 마젤란 등이 항해일지나 여행기를 남기기 시작하여 집적되기 시작한 신대륙 관계 담론은 영국의 해크루트(Richard Haklyut)가 집대성한 『영국인의 주요 항해, 여행, 통상, 발견들』과 같은 형식으로 체계화되었다. 하지만 야만인 담론이 지닌 이데올로기적인 성격은 직접적인 경험을 바탕으로 이루어진 문헌에서만 나타나는 것은 아니다. 오히려 신대륙을 직접 경험하지 않고서도 콜럼버스 등이 생산한 직접적 야만인 담론에 영향을 받아 그들 나름의 야만인 담론을 생산한 사람들이 있었는데 그들의 담론이 야만인에 관한 서구인의 시각을 더 전형적으로 보여주고 있다. 이들은 '간접적' 야만인 담론 생산자들로서 서구 문명이데올로기 형성에 커다란 많은 영향을 끼쳤다. 이들 중 영국의 시인 스펜서와 프랑스의 몽테뉴의 야만인 담론을 간단히 살펴보고자 한다. 이 두 사람은 언뜻 보아 야만인에 관해 서로 상반된 관점을 보이지만 궁극적으로는 야만인을 야만인으로 파악한다는 점에서 공통점을 갖고 있기 때문에 서구의

---

9) 자신의 『뉴스페인 정복사』에서 베르날 디아즈는 멕시코 인디안들이 포로로 잡은 적군의 병사들을 죽여 제물로 바치고 나중에 고추와 토마토로 만든 소스에 그들의 '고기'를 먹는다고 한다. 그는 멕시코 시의 정복이 거의 끝날 무렵 멕시코인들이 포로로 잡은 스페인 병사들과 스페인 측에 붙은 원주민 병사들의 구운 팔다리를 스페인군 쪽으로 집어 던지면서 자기들은 배가 부르도록 먹었으니 너희들이나 먹으라고 했다고 기록하고 있다. Bernal Diaz, *The Conquest of New Spain*, tr. J. M. Cohen (Harmondsworth, Middlesex: Penguin, 1963), p. 387 등 참조. 하지만 아렌스에 따르면 디아즈의 것과 같은 기록은 과학적인 신빙성이 없어서 멕시코인들이 사회적 관습으로 식인을 했다고 보기는 힘들다고 말한다. 르네상스 이래로 식인종에 관한 무수히 많은 기록들이 있지만 과학적 증거로 채택할 만한 것은 없다는 것이다. Arens, op. cit. 참조.

야만인 담론의 특징을 파악하는 데 중요한 분석 대상이 된다.

우선 문명옹호론자였던 스펜서는 야만인이란 유럽인이 결코 전락해서는 안될 인간형태로 파악했다. 그에게 야만은 문명을 포기하면 빠져버릴 타락의 상태이고 이런 상태에 있는 야만인은 문명인이 추구해야 할 올바른 길을 방해하는 존재이다. 스펜서의 『페어리 퀸(Faerie Queene)』은 아일랜드의 반도들, 이슬람 이단자들, 카톨릭 우상숭배자, 괴물들, 마녀노파 등 소위 문명의 길을 방해하는 무수히 많은 야만인 아류들이 등장한다. 이들과 함께 야만인들(salvage men)이 등장하는데 이들은 '야생인'과 '주운 아이들'(foundlings)로 분류된다. 지아마티가 지적하고 있듯이 이중 '야생인'들이 스펜서적 문명건설 기획을 가장 집요하게 방해하는 존재들이다. 이들은 한편으로는 다산적이고 활기가 있는 존재이지만 다른 한편으로는 끝까지 문명의 교화를 거부한다.[10] 이 점에서 이들은 문명의 버림을 받아 가장 야만적인 삶을 살지만 궁극적으로는 문명인에 의해 교화될 수 있는 '주운 아이'와 대비된다. 이 과정에서 스펜서는 지독한 반-야만적, 아니 더 정확히 말해서 반-원주민의 태도를 보인다. 스펜서가 '주운 아이'라고 하는 인물들은 대체로 귀족의 자녀들이다. 태어날 때부터 잘 태어난(gentle) 고귀한(noble) 이들은 문명에 의해서 구원을 받을 수 있는 반면 '야생인'들은 그렇지 못하다는 것을 보여주고 있다.

반면에 몽테뉴는 그의 유명한 에세이 「식인종에 관하여」에서 스펜서와는 다른 관점을 드러낸다.[11] 몽테뉴가 제시하고 있는 '식인종'의 이미지는 지금

---

10) A. Bartlett Giamatti, *Exile and Change in Renaissance Literature* (New Haven: Yale University Press, 1984), p. 91.

11) 몽테뉴는 이 글에서 '믿을만한 소식통'(10년이 넘게 원주민들과 산 적이 있는, '소박하고 투박한 친구')을 근거로 자신이 말하고 있는 이야기는 첫째, 통념(doxa: 다른 지역에 관한 흔한 이야기)과 다르고, 둘째, 플라톤이나 아리스토텔레스 등의 권위자들이 말하는 아틀란티스나 카르타고 밖의 낙원 이야기와 다르며, 셋째, 르네상스의 여행가들이 하는 과장된 신대륙의 이야기와는 다르다고 한다. 즉 일반인의 통념에는 합리성(reason)이, 권위자들의 이론에는 정확한 정보(information)가, 그리고 과장된 이야기에는 신뢰성(reliability)이 결여되어 있지만, 자기가 이용하고 있는 소식통은 합리성, 정보, 신뢰성이 다 들어 있다는 것이다. 몽테뉴는 이렇게 자신의 이야기를 사실에 근거한 믿을 수 있는 것으로 제시한 후에 '소박한' 선원이 전하는 식인종의 풍습에 대하여 말한다. Michel de Certeau, *Heterologies: Discourse on the Other*, tr. Brian Massumi (Minneapolis: Minnesota

까지 우리가 보아온 부정적 야만인상과는 다르다. 그는 신대륙의 '식인종'이 가진 야만적인 풍습보다는 그들의 풍습의 자연스러움과 당연함을 강조하고 오히려 문명인으로 자부하는 유럽인의 태도가 야만적이라는 것을 보여준다. 그 예로 그는 복수심에 불타 자기 적을 잡아먹던 원주민이, 포르투갈인이 산 사람을 땅속에다 반쯤 묻어 놓고 활을 쏘아 죽인 후에 교수형에 처하는 것을 보고 자기들이 지금까지 해오던 방식을 그만두고 포르투갈인의 방식을 모방하기 시작했다는 이야기를 들고 있다. 몽테뉴가 원주민들의 식인행위가 야만적이라 보지 않는 것은 아니다. 하지만 그의 관심은 문명 바깥에서 일어나고 있는 원주민의 식인행위 자체보다는 남의 허물만을 캐고 자신의 허물은 보지 못하는 유럽인에게 돌려져 있다.12) 이러한 관심의 내면화를 헤이든 화이트는 야만성의 '허구적 사용'이라고 부른다.13) 몽테뉴가 식인종의 '자연적' 인성과 유럽인의 '인공적' 인성을 구분하는 것은 양자 사이에 근본적인 차이가 있다기보다는 단지 문명인이 갖게 된 위치나 상태를 보여주기 위함이라는 것이다. 즉 야만과 문명의 차이는 문명인이 가지는 자기의식일 뿐으로 야만은 문명에 대해 거울의 역할을 한다는 것이다.

몽테뉴는 이처럼 긍정적인 야만인관을 가지고 있다. 그러나 과연 몽테뉴가 생각하는 것처럼 식인종으로 인식된 원주민이 이처럼 타산지석으로만 남아 '문명인'의 문제를 들추어내는 허구적 사용 역할만 하는 것은 아니다. 그와 스펜서 사이에는 동일성이 하나 있다. 몽테뉴는 한편으로는 원주민의 야만성이 유럽인의 인공성에 비해 오히려 건전하다고 하지만 다른 한편으로는 원주민의 '건전성'을 유럽인과의 비교에서만 인정한다는 점에서 유럽 중심적인 태도에서 벗어나지 않는다. 물론 그는 원주민이 식인행위를 한다는 것을 인정할 때도 그런 행위가 원주민에게는 미덕일 수 있음을 인정한다는 점에서 원주민 삶의 방식을 깡그리 무시하지는 않는다. 하지만 원주민의 언어에 '거짓말, 위선, 반역, 가장, 탐냄, 선망, 욕설, 사면' 등을 나타내는 말이 없

University Press, 1986), p. 71 참조.
12) Michel Montaigne, *The Essays of Montaigne*, tr. John Florio (New York: Random House), p. 166.
13) Ibid., pp. 176-77.

다14)고 하면서 그들의 풍속에는 인공적인 요소가 없음을 칭찬하고 있는 것을 보면 몽테뉴가 생각하는 원주민은 마치 현실적인 삶과는 관계없는 탈역사화된 이상적인 사회에 살고 있는 것 같다. 따라서 비록 긍정적인 야만인상을 형성하고 있기는 하지만 몽테뉴 역시 스펜서와 근본적으로 다르지 않은 야만인관을 가지고 있다. '야만' 상태가 '문명' 상태보다 덜 타락한 것이라고 보기는 하지만 몽테뉴 역시 '야만' 상태가 변화를 모르거나 거부하는, 역사의 흐름과 인간의 발전을 거부하는 상태라고 간주한다. 스펜서에게 야만인은 자신의 운명을 개척해나갈 능력이 없기 때문에 문명인의 지배를 받아야 하는 것으로 인식되고 있고, 몽테뉴에게 야만인은 문명인이 자신의 문제를 파악하는 능력을 기르는 데 도움을 주기는 하되 스스로 역사를 일구어가는 존재는 아니다. 두 사람 모두 문명을 자의식의 단계가 성취된 상태로 보고 있으며 이에 반해 야만은 자기 삶의 의미를 반성적으로 파악할 수 없는 인간이 빠져 있는 상태로 본다.

서구의 야만인 담론에서 이러한 문명/야만의 대립 전통은 르네상스 이후에도 계속된다. 그 대표적인 예가 '고상한 야만인' 상이다. 18세기에 이르면 야만인은 르네상스 때 가졌던 잔인성을 상실하고 오히려 고상한 인격을 갖춘 인물로 자주 등장한다. 하지만 이 '고상한 야만인' 개념은 이제 야만인이 안전한 관리대상으로 전락했음을 의미할 뿐이다. 이것은 또한 헤이든 화이트가 말하듯이 야만인이 고상하다기보다는 '고상함'이 유럽의 정신사에서 새로운 의미를 갖게 되었음을 보여줄 뿐이다. 18세기는 서구에서 근대시민국가가 형성되기 시작한 시기이다. 시민국가의 형성을 위해서는 전통적 신분사회 지배계급인 귀족계급의 와해가 필요했다. 이런 역사적 상황에서 야만인이 고상하다는 발상은 전통적으로 귀족만이 가지고 있다고 믿었던 '고상함'이 출생성분에 의하여 주어지는 성품이 아니라 누구나 성취할 수 있는 인격이라는 생각을 지지하는 것이었다. 따라서 '고상한 야만인'이란 개념은 야만인의 고상함을 인정하는 것이라기보다는 서구 자체의 체제개편을 위해 사용된 대내용이었던 것이다. 15)

---

14) Ibid., p. 164.

이로 말미암아 서구인의 야만인에 관한 태도에 변화가 있었던 것은 사실이다. 18세기 말 프랑스의 부건빌의 뒤를 이어 타히티에 세 번씩 들른 영국의 탐험가 제임스 쿡은 하이티 주민들이 영국 선원과 만나는 것을 보고 "그들이 우리를 만나지 않았더라면 좋았을 텐데" 하고 말했다고 한다.[16] 유럽인을 만난 타히티 주민들이 서양문명에 의해서 절멸하고 말 것임을 의식한 말이다. 스페인 궁정의 구경거리로 삼고자 아라와 십여 명을 배에 억지로 태운 콜럼버스, 금 채집을 위해 수없이 많은 원주민을 학살한 콜럼버스에 비하면,[17] 타히티인의 운명을 걱정하는 쿡의 태도는 천양지차가 있다 하겠다. 그에게 '고상한 야만인' 개념이 없었다면 이 말을 할 수 없었을 것이다. 그러나 야만인을 고상하게 보는 태도가 야만인으로 규정된 원주민들의 비극적 운명을 바꾸어 놓은 것은 아니다. 서구의 야만인 담론에서 야만/문명의 대립관계는 기본적으로 문명의 관점에서 설정되어 있기 때문에 야만은 자기 발전의 정신이 결여되어 있는 '즉자적' 존재로 규정된다. 쿡 역시 야만인은 결국 멸절될 수밖에 없다고 보고 있다는 생각이 든다.

야만인 담론에서 야만인은 독자적으로 역사를 꾸려갈 능력이 없는 것으로 설정된다. 야만은 문명의 실험장이 될 뿐이다. 르네상스 이후 이런 실험장으로서 가장 적합한 곳은 북미 대륙을 포함한 새로 '발견한' 지역들이었다. 16세기 말 영국 최초의 식민지 건설이 계획되었던, 지금의 노스캐롤라이나 동쪽에 있는 로노크 섬이 그런 실험장의 하나였다. 로노크 섬을 식민지로 꾸미려던 계획은 엘리자베스 여왕의 총신이었던 월터 롤리(Walter Raleigh)에 의하여 이루어졌다. 롤리는 자기의 가신 토마스 해리어트(Thomas Harriot)를 파견하여 그가 로노크 섬에서 관찰한 것을 「로노크 섬에 대한 간결하고 진실한 보고」에 기술하게 한다. 이 보고서에서 해리어트는 근대 과학자의 눈으로 원주민의 생활상을 상세히 말하고 있는데, 특히 영국인이 도착하면

---

15) White, op. cit., p. 192.
16) *Der Spiegel.* No. 44(Oct. 28, 1985), p. 225에서 재인용.
17) 콜럼버스가 식민지를 건설한 지 2년 후인 1492년까지 히스파뇰라 주민의 약 절반이 죽은 것으로 알려져 있다. 이 숫자는 12만 5천에서 50만으로 추산된다. 1515년 원주민의 숫자는 1만으로 줄었고 25년 후에는 살아남은 사람이 없었다. Hans Koning, *Columbus: His Enterprise* (New York: Monthly Press, 1976), pp. 87-89 참조.

서 수많은 원주민들이 병사하는 현상에 주의를 환기한다. 원주민이 죽은 것은 유럽인이 가져온 질병에 면역이 되지 않아서이지만 이것을 모르는 원주민은 신의 재앙이 자기들에게 내린 것으로 보고 신이 자기들을 저주하고 영국인들을 축복하는 것이라 믿었다고 한다. 원주민들은 또한 자기들이 떼거지로 죽는 것이 영국인이 가지고 온 생전 처음 본 무서운 무기인 총과 관련이 있는 것으로 믿었다. 그래서 그들은 대표를 뽑아 영국인에게 '보이지 않는 탄환'으로 자기들을 죽이고 있는 것이 아니냐고 항의를 하기도 했고, 그 탄환을 그만 쏘라고 애원을 하기도 했다. 원주민들의 이런 미신에 찬 태도를 보고 해리어트는 "조심해서 그들을 다루고 통치하면 그들이 진리(기독교)를 받아들이고, 그 결과 우리를 존중하고 우리에게 복종하며, 우리를 두려워하고 좋아할 것이다"[18] 라고 판단한다. 스티븐 그린블랫에 따르면 해리어트의 이런 결론은 르네상스 당시 진보적 세력—롤리, 해리어트 등은 무신론자들로 혐의를 받을 만큼 혁신적인 사회개혁론을 가지고 있었던 사람들로 평가된다—이 가지고 있던 마키아벨리적 문화관에 입각하고 있다.[19] 여기서 우리가 보는 것은 세련되고 복잡한 문화관념을 지닌 유럽인이 원주민의 신앙체계를 이용하여 그들의 삶의 방식을 붕괴시키고 새로운 문화관에 입각한, 즉 유럽인의 문화 이해방식에 따른 삶의 방식으로 전환시키는 문화 기획이다. 여기서 야만인은 르네상스 유럽인이 행하는 실험의 대상으로 전락하고, 유럽 중심의 사회적 체제에 흡수된다.

5. 근대 세계체제와 제3세계

이 체제는 '근대 세계체제'이다. '근대 세계체제'는 자본주의적 경제체제로서 월러스틴에 따르면 16세기에 성립하기 시작했다. 세계 경제체제가 성립될 수 있는 세 가지 요건들이 이때 마련되어 있었기 때문이다. 그 세 가지 요건이란 단일 세계의 확장, 노동력 조절 방식의 발달, 그리고 강력한 국가

---

18) David Beers Quinn, *Set Fair for Ronoake: Voyages and Colonies, 1584-1606* (University of North Carolina Press, 1985), p. 230에서 재인용.
19) Stephen Greenblatt, "Invisible Bullets: Renaissance Authority and Its Subversion," *GLYPH* 8 (1981), pp. 44-49 참조.

기관의 형성 등을 가리킨다. [20] 16세기에는 신대륙의 발견으로 유럽의 세력권이 확대되었고, 그로 인해 노동력 팽창이 생겼으며, 또한 민족국가의 출현으로 강력한 통치력이 있었기 때문에 이것이 가능했다. 이렇게 해서 형성된 세계체제의 특징은 이전까지는 독자적으로 자급자족하던 경제권들이 하나의 체계가 가진 원칙들에 의하여 흡수된다는 데 있다. 물론 이러한 세계체제가 전지구적인 규모를 가졌던 것은 아니다. 예를 들어 극동지역이나 이슬람 세력권은 이 체제 안에 흡수되지 않았다. 그러나 16세기에 형성되기 시작한 이 경제구조는 적어도 이전 세계가 가지고 있던 경제권의 분할 방식과는 전혀 다른 성격을 가지고 있었다. 월러스틴은 브로델이 1500년경에 지구상에 있었다고 본 세 종류의 경제영역들인 '문명' 지역, '발달된 문화' 지역, 그리고 '원시문화' 지역[21]이 서구 중심의 자본주의 경제체제의 형성과 더불어 하나의 단일한 경제체제로 흡수되는 경향을 띤다고 말한다. 1500년 이전의 여러 경제권들 중에서 가장 발달된 형태는 그 당시 강력한 세력을 구축했던 중국과 같은 제국들이다. 그러나 이 제국들은 세계체제와는 다르다. 제국은 모든 물자를 자급자족하고 있었던 반면, 세계체제 안의 제국은 다른 지역과 근본적인 경제유대를 갖기 때문이다. [22]

단일 경제구조를 가지고 있는 세계체제가 등장하면서 '야만인'이란 개념 또는 표현은 그 전과는 아주 다른 의미를 가지게 된다. 이미 보았지만 중세 이전의 야만인은 문명의 바깥에 있는 문명인과는 만남의 기회가 제한된 변경인이다. 야만인이 설령 문명의 세계에 나타난다 하더라도 그것은 개별적인 예일 뿐이다. 그러나 콜럼버스 이후의 야만인은 집단적으로 유럽인에 의하여 '발견'되고 또한 유럽 특히 서유럽 중심으로 형성된 경제체제에 흡수됨

20) Immanuel Wallerstein, *The Modern World-System I: Capitalist Agriculture and the Origins of the European World-Economy in the Sixteenth Century* (New York: Academic Press, 1974), p. 38.
21) Fernand Braudel, *The Structures of Everyday Life: The Limits of the Possible*, Vol. I of *Civilization and Capitalism, 15th-18th Century*, tr. Sian Reynolds (New York: Harper & Row, 1985), p. 56.
22) Immanuel Wallerstein, *The Politics of the World-Economy: The States, the Movements and the Civilizations* (Cambridge: Cambridge University Press, 1984), p. 80.

으로써 값싼 노동력을 제공하는 원주민 대중으로 나타난다. 이렇게 등장하는 '야만인'은 중세 이전의 '야만인'과는 달리 체제내적인 성격을 띠게 된다. 다시 말해 자본주의적 세계체제는 국제적인 노동분화를 야기하며 이로 말미암아 야만인은 자본주의체제의 노동자로 전환된다. 앞에서 본 몽테뉴의 '식인종'이나 쿡의 '고상한 야만인'이 보여주는 것은 르네상스 이후에는 야만인이 세계체제내의 이방인 또는 주변부인이라는 사실이다. 오늘날 이 야만인은 과거에 식인종으로 분류되었건 아니면 고상하다고 이상화되었건 제3세계인이 되어있으며 자본주의 세계체제의 주요 저임금 노동력 공급원이 되고 있다.

인류학자 미드(Margaret Mead)는 사석에서 "옛날 식인종의 자녀들이 이제는 의사나 변호사가 되어있고 어려운 수학적 철학적 개념들을 자유자재로 다루는 것을 오늘날 쉽게 볼 수 있다"[23]는 말을 했다고 한다. 하지만 사실 식인종들은 정복당하거나 절멸당하는 운명을 맞았다. 콜럼버스가 본 아라와족, 해리어트가 본 로노크의 주민들은 이제 이 지구상에서 사라졌으며 콜럼버스 이래 수많은 야만인들이 유럽인에 의해 '발견'된 탓으로 죽어갔다. 그리고 그들의 후예들은 오늘날 제3세계인들이 되어 신식민지 상황 속에 놓여 있다. 지구상에서 사라져간 수없이 많은 '야만인'들과 그들의 후손들은 미드와 같은 사람들이 하는 야만인 담론을 어떻게 받아들이겠는가?[24] 이런 질문을 제기하는 것은 야만인으로 규정된 사람들의 삶의 방식이 의사나 변호사의 그것보다 낫다고 보기 때문이 아니다. 여기서 따지고 싶은 것은 식인종의

---

23) Arens, op. cit., p. 169.
24) 유럽인들이 '신대륙'에 갔을 때 그곳은 사람들이 거의 살지 않은 '처녀지'라는 것이 오늘날 보편적인 인식이지만 1500년 경 '신대륙'의 인구를 연구한 학자들에 따르면 당시의 원주민 수는 믿기 어려울 정도로 많았다. 한 설에 따르면 당시 남북미 원주민 인구는 1억에 이르렀으며 리오그란데 이북 즉, 오늘날 미국을 중심으로 지역의 인구는 2천만이었다고 한다. 하지만 이 많은 인구가 르네상스 이후 급속도로 감소했으며 원주민과 유럽인의 접촉 1세기 후 남북미 원주민 인구는 1천만으로 줄었다. 그 가장 큰 이유는 유럽에서 건너온 전염병, 학살, 그리고 중노동이었다. Francis Jennings, *The Invasion of America: Indians, Colonialism and the Cant of Conquest* (Princeton: Princeton University Press, 1972), pp. 15-31 참조. Stephen Greenblatt, *The Renaissance Self-Fashioning: From More to Shakespeare* (Chicago: The University of Chicago Press, 1980), p. 226.

자녀들이 의사나 변호사가 되었다는 문명 중심적 발언에는 가공할 억압적 요소가 들어있다는 점이다. 야만인 담론에서 우리는 야만인의 목소리를 들을 수 없다. 거기에는 식인종, 또는 야만인을 교화했다는 자랑의 목소리만 난무하기 때문이다. 하지만 바로 여기서 야만인 담론의 메커니즘을 읽어낼 통로가 있는 것이 아닐까?

야만인은 야만인 담론에서 타자로 등장한다. 이 타자는 하나의 단일한 체제 안에 있으면서 그 안에 있을 수 없는 부재자의 성격을 갖는다. 동일한 체제내에 있으면서 그 체제에 부재하다는 것은 무엇을 말하는가? 여기서 야만인 담론의 특징을 분석할 수 있겠다. '말하기' 행위 자체를 생각하면 '야만인'은 언제나 그 행위 현장에서 소외된다. 하지만 그는 언제나 말해진 상태로 나타난다. 그래서 그의 소외는 언제나 '재현'의 형태를 띠고 나타난다. 즉, 직접 언술행위에 참여하지 않으면서 언술행위가 만들어내는 재현의 세계 속에 그 모습을 드러내는 것이다. 이것은 세계체제내에 포함되어 있으면서 그 체제의 부재자로 등장하는 주변부의 원주민이 갖는 체제 참여 방식과 동일하다고 볼 수 있다. '야만인'은 문명이 그 중심부에서 내쫓은, 주변으로 내몰려진 '타자'로서 자신을 대변할 기회를 상실한다. 이 점에서 우리가 지금까지 살펴본 '야만인'은 문명의 관점에서 보았을 때 문명이라는 주체와 구분되는 객체로서 나와 우리가 아닌 남이다. 그런데 야만인은 '남'이라 하지만 '너'가 아닌 '그'로서의 남이라는 특징을 가진다. 즉, 일인칭으로서의 문명에 구분되면서 이인칭으로 호칭되지 못하고 삼인칭으로 배제되는 것이다. '야만인'이 삼인칭으로 등장하는 것을 이해하기 위해서는 우리의 말하는 행위에서 말해진 것과 말하는 것, 즉 언술행위를 통하여 생겨나는 재현과 그 재현을 만드는 행위 자체를 구분할 필요가 있다. 말하는 행위를 중심으로 생각할 때, 야만인은 문명인이 주체로 등장하는 언술행위에서 제외된다. (야만인 자신의 언술행위는 여기서 문제되지 않는다. 우리가 지금 보고 있는 것은 야만인이 말하고 있는 것이 아니라 야만인이 문명인의 언술행위를 통하여 재현되는 것을 생각하고 있기 때문이다.)

그런데 야만인이 언술행위에서 제외된다는 것은 단순히 야만인이 말할 수 있는 기회, 자기 자신을 표현할 수 있는 기회를 잃고 있다는 것만을 가리키는 것이 아니다. 야만인은 동시에 그리이스어 '*barbaros*'가 보여주듯 말다운 말을 하지 못하는 족속으로 분류된다. 따라서 야만인은 무슨 말인지 알아들을 수 없는 말만 골라 하는 사람이기도 하다. 야만인이 이처럼 문명인과 대화를 진행할 수 없는 존재로 인식되면 야만인의 자기 대변은 불가능해지고 문명인에 의해서만 대변될 수 있을 뿐이다. 문명인과 야만인은 따라서 '나'와 '너'의 대화 관계로서가 아니라 현전한 '나'와 부재한 '그'의 관계로 나타난다. 이렇게 본다면 문명인과 야만인은 따로 노는, 양자 사이에 직접적인 관계가 이루어질 수 없는 상호 독립적인 존재들이라 볼 수 있을지 모른다. 그러나 둘 사이에는 결코 상호 독자적인 관계가 허용되지 않는다. 그것은 야만인이 언제나 야만인으로서 문명인의 텍스트에 나타나며, 문명인의 인식방식의 특징을 보여 주면서 문명인의 문제상황으로 남아 있기 때문이다. 오늘날 이런 상황이 세계도처에서 선진자본주의 국가와 제3세계 사이에 벌어지고 있다. 최근의 페르샤만 위기도 대표적인 한 예이다. 사담 후세인은 대표적인 야만인, 심지어는 악마의 화신으로 호도당하고 있으며 그가 말하는 방식은 문명인으로서는 이해할 수 없는 헛소리로 제시될 뿐이다.

6. 문명의 불만

서구의 야만인 담론이 전적으로 서구문명의 우월성을 선전해내는 일에만 몰두하는 것은 아니다. 이미 보았듯이 몽테뉴류의 문명비판적 시각도 야만인 담론에 나타난다. 몽테뉴가 시작한 문명비판은 18세기의 '고상한 야만인' 담론에도 지속되고 있고 우리 시대에도 많은 서구의 담론체계들에 나타나며 특히 최근에는 해체주의를 포함한 탈구조주의 이론들에 약방의 감초 격으로 등장한다. 제3세계인에 대한 호의적 반응으로 이해되는 이런 시각은 서구의 문명 중심적 담론에 대한 자기반성의 한 형태이다. 하지만 이 자기반성마저 여전히 서구 중심적으로 이루어지고 있지 않은가 하는 것이 나의 생각이다.

이 점을 좀더 분명히 하기 위해서 프로이트의 문명비판론이라 할 『문명과 그 불만』을 잠깐 살펴보면서 이야기를 계속해보자. 여기서 프로이트를 다루는 것은 그가 탈구조주의자들과 같은 동시대인이 아니라는 점은 있지만 그의 문명비판이 탈구조주의자들의 그것에 전범을 이룬다고 생각하기 때문이다. 프로이트는 문명의 과업에 종사하는 인간은 '현실원리'를 지키기 위해 '쾌락원리'를 배척해야 하므로 인간이 이룬 문명상태 안에는 불만 상태가 반드시 있기 마련이라고 한다. 문명은 "본능의 포기에 의하여 건설되고 억압과 억제 또는 다른 방식에 의해 강한 본능을 만족시키지 않는 것을 전제하고 있다"25) 고 보기 때문이다. 프로이트의 정신분석학이 현실원리에 의하여 억압되어 표출되지 못한 상태로 무의식의 세계로 숨은 불만족과 관련된 여러 현상들을 주요한 연구대상으로 다루고 있는 것도 문명은 불만족을 전제로 하고 있다고 하는 그의 문명관에 근거하고 있다 할 수 있다. 프로이트의 이러한 지적은 인류의 문명 발전사를 비판적으로 이해하는 데 중요한 시각의 틀을 제공한다. 인간은 자기 완성을 향해서 끊임없이 나아가야 하고 특히 문화의 발전으로 문명사회를 건설해야 한다고 하면서 너무 자주 억압, 탄압, 침략, 정복으로 일관해온 세력들의 이념으로 작용해온 문명발전론에 대해 반성적 비판을 제시하기 때문이다.

하지만 프로이트가 말하는 문명의 병폐라는 것도 문명인의 관점에서 본 병폐일 뿐이다. 프로이트의 설명은 문명을 성취한 자, 즉 지배자의 논리에 다분히 물들어 있다. 그는 문명 건설로 인하여 파생된 인간심리의 병적인 형성에 관하여 연구하면서 주로 억압에 관한 현상에 주목하였다. 이 억압은 탄압과는 달리 자기 생성적인 성격을 갖는다. 한 아이가 자신이 성장하면서 겪는 경험 가운데 스스로 감당할 수 없는 것을 의식에서 배제시켜 이 배제된 의식이 의식 밑으로 침잠, 무의식의 세계를 이룬다 할 때 이 무의식은 이 아이가 스스로 만들어낸 형성물이다. 이때 무의식은 일종의 방어기제이다. 의식이 감당할 수 없는 부분을 억압하여 의식이 정상적으로 작용할 수 있도록 하기 때문이다. 프로이트는 이러한 기능을 하는 무의식에 초미의 관심을 집중하여 그의 정신분석학 체계를 수립하였지만 그의 관심은 근본적으로 문명

---

25) Sigmund Freud, *Civilization and Its Discontents*, tr. James Strachey (New York: Norton, 1961), p. 49.

인이 자신의 생활 습속과 관련하여 초래한 병폐 쪽으로 편향되어 있다는 지적을 면할 길이 없다.

그러나 문명의 부작용이나 병폐를 문명인이 문명에 의하여 겪어야 하는 고난을 지칭하는 것으로만 본다면 그것은 배부른 자의 노래에 지나지 않는다. 문명의 부작용은 무엇보다 문명의 '법칙' 때문에 야만이 겪어야 하는 부작용이기 때문이다. 프로이트가 비판적으로 분석한 문명 발전의 심리적 구조는 문명을 이룩한 사람들의 것일 뿐 문명에 의해서 축출되었거나 사라진 사람들의 것은 아니다. (프로이트의 정신분석학이 철저히 분석적이기만 할 뿐 비판적 실천성을 띠지 않는 이유도 아마 이런 데에서 찾을 수 있을 것이다.) 여기서 우리는 '문명의 역사'라는 개념에 침략이나 정복 등의 개념이 구성적 요소로 들어 있음을 지적해야 한다. 인류의 역사를 문명 발전사로 파악할 때 이 발전사는 대부분의 경우 강자의 논리에 지배되어 있다. 인류가 더 나은 삶을 누리려면 미개와 야만의 상태를 벗어나야 한다는 명분이 작용하고 문명 이전이나 문명 이외의 상태는 아직 또는 여전히 인간이 인간다운 삶을 이루지 못한 문제 상황으로 나타나 극복의 대상으로 부각된다. 또 극복을 허용하지 않을 때는 배척되어야 한다는 주장이 나오기도 한다. 그리고 더 나아가서는 침략, 정복, 절멸의 현실적 정책이 실시된다. 우리는 이런 문명의 법칙이 세계사의 구석구석에 강제적으로 적용되고 있음을 흔히 볼 수 있다.

'야만'의 상태가 문명에 반대될 뿐만 아니라 문명을 위해서는 반드시 극복되어야 하는 것으로 인식된다면 '야만인'은 문명의 발전을 위해서 불가피하게 멸절될 수밖에 없을 것이다. 이러한 인식의 틀 안에서 '야만인'은 온전한 인간으로 인정받지 못한다. 설령 인간이라고 인정된다 하더라도 '야만인'은 뭔가 모자라고 덜된 인간이다. 호모 이렉티쿠스, 호모 사피엔스로 정의되는 것과는 별도로 '야만인'은 별도의 정의 아래 인간으로 대우받지 못하고 인간 이하의 취급을 받는다. 이 '사람 아닌 존재'를 개나 돼지 등 동물에 자주 비유하곤 하는 것이 그 증거이다.

따라서 우리는 인류사를 문명사로 파악할 때 생겨나는 제반 문제에 대해 깊은 관심을 기울여야 한다. 특히 야만과 문명의 관계가 어떻게 설정되어 있고 어떤 식으로 유지되고 있는지에 대해서 그렇다. 문명이 문명인의 과업이 되면 야만은 문명인이 극복, 배척, 정복해야 할 대상이 된다. 문명이라는 개념 자체가 프로이트가 말하는 것처럼 배타적인 것인 만큼 문명의 수립과정에서 생겨나는 것은 쾌락원리의 억압과 그 원리에 입각하여 영위되는 삶의 방식에 대한 배척이다. 이러한 과정에서 문명은 문명인 자신의 본능추구만을 억압하는 것이 아니라 야만인이라 규정되는 측의 삶의 방식 자체를 탄압하게 된다. 문명인의 관점에서 본다면 이 억압은 당연하고 합리적인 것일지 모르지만 야만인의 관점에서 본다면 그것은 자신에 대한 부당한 간섭이다. 그 억압자가 '문명인'이라 자처하고 자신을 '야만인'으로 부르는 것은 그에게는 부당한 명명이요 강자의 논리에 따른 전횡이다.

7. 결어

서구의 '야만인' 담론에 대한 이런 개략적인 분석을 마치면서 야만인으로 분류되고 있는 우리는 어떤 태도를 취해야 할지 잠깐 생각하는 것으로 이 글을 마무리짓자. 여기서 특별히 고려해야 할 점은 우리가 제3세계인이라는 사실이다. 문명인의 야만인 담론에 관철되고 있는 서구중심적 논리에 대항하는 길은 제3세계의 주체적 시각의 확보 없이는 불가능하다. 나는 이러한 시각을 획득하기 위해서는 우선적으로 서구 야만인 담론이 보편적으로 견지하고 있는 문명주의적 태도를 비판적으로 보아야 한다고 믿는다. 왜냐하면 거기에는 백색우월주의와 같은 편향된 지배집단의 세계지배 책략이 작용하고 있기 때문이다. 그런데 이러한 담론에 대한 현실적 대응을 강구하기는 결코 쉽지 않다 하더라도 그것에 대한 비판적 이해는 오히려 쉽게 확보할 수 있지 않겠는가 하는 것이 내 판단인데 이 글에서 내가 어줍잖게나마 야만인 담론 비판을 시도할 수 있었던 것도 그런 까닭에서이다.

이에 비해 몽테뉴식의 문명비판적 담론에 대한 비판적 이해가 훨씬 더 어렵다고 본다. 프로이트의 경우를 통해서 잠깐 살펴보았지만 이러한 문명비판적 담론은 문명의 문제를 지적하면서 문명의 대타적 탄압보다는 자기억압을 중시하여 분석적인 방향으로 담론체계를 잡아가는 경향이 짙다. 이러한 경향은 앞에서 조금밖에는 언급하지 않았고 여기서도 스쳐 지나갈 수밖에 없는 오늘날 서구의 비판적 담론들 특히 서구문명에 대한 근본적 자기반성의 한 형태로 제시되고 있는 탈구조주의의 각종 야만인 담론에도 나타나고 있다고 본다. 예컨대 미셸 푸코의 담론 분석도 제3세계인의 관점에서 본다면 지배권력의 편재성을 지나치게 강조하면서 거기서 벗어날 수 있는 실천전략을 제시하고 있지 않다는 점에서 서구 세력의 절대성을 강조하고 있다는 의구심을 떨칠 수 없게 한다. 그리고 여타의 탈구조주의적인 문명비판론에서도 부당한 노동 분화를 강요하면서 억압적인 세계체제를 고수하고 있는 전지구적 현실에 대해서는 근본적인 비판을 가하지 않으면서 서구 문명을 비판하고 있다는 자화상을 흔히 발견하지만 이 또한 책임을 회피하는 측면이 있다. 그리고 특히 신식민지적 상황 속에서 다국적자본의 지배를 받고 있는 우리 제3세계인들에게는 서구중심적 사고의 해체라는 탈구조주의적 관점이 이미 주체상실을 겪고 있는 우리들에게 더욱더 주체의 해체를 강요하고 있는 또 다른 지배논리로밖에는 보이지 않는다.

따라서 우리는 앞에서 본 프로이트나 탈구조주의자의 담론체계 밖에 맴도는 완전한 '타자'인 야만인의 처지를 고려해야 한다. 야만인은 무엇을 원하는가? 자신을 '야만인'이라고 규정하는 담론의 형성과 함께 일어나는 모든 억압을 해소하는 것일 것이다. 이 야만인 담론이 반영하고 있는 세계체제적 모순은 야만인으로 규정되는 제3세계인의 삶을 질곡으로 몰아넣는다. 이 현실적 모순은 비판이나 자기반성만으로 해결되지 않는다. 프로이트적 자기반성은 문명에 대한 비판적 시각을 제시하는 듯하면서도 문명이 가하는 탄압에 대한 해결 방안은 제시해주지 않는다. 그 방안은 야만인, 아니 제3세계인이 스스로 찾아야 할 것이다.

5부 언어문화교육

16

대학 언어문화교육의 문제들*

1. 개념설정

이 글은 현재 국내 대학에서 '언어문화교육'이 어떤 모습을 하고 있는지, 그것의 문제는 무엇인지, 언어문화교육의 바람직한 방향 설정을 위해서는 어떤 성찰과 노력이 필요한지 살피기 위해서 마련된 것이다. 이를 위해서 대학에서 이루어지는 언어문화교육이 어떤 꼴을 하고 있는지 파악하고, 그 특징과 문제, 한계 등을 분석하고, 더 나은 꼴을 만들어내기 위한 노력에는 어떤 작업이 요청되는지 살펴볼 필요가 있다. 이 과정에서 가장 먼저 필요한 것은 언어문화교육의 개념부터 분명하고 정확하게 설정하는 일일 것이다.

1.1. 문화교육. 여기서 말하는 '언어문화교육' 개념은 공교육 정상화를 위해 문화개혁을위한시민연대와 전국교직원노조가 공동으로 벌이고 있는 '대안적 교육과정 마련을 위한 토론' 과정에서 제출된 '문화교육'의 관점에서 제출된 것이다. '문화교육'은 현재 '지식교육', '인성교육'과 함께 공교육 교과

---

* 2002년 11월 8일 문화연대 문화교육위원회 언어문화교육분과가 주최한 제1회 토론회에서 발표한 글이다.

과정의 세 큰 축을 이루고 있는 '예능교육'과 가장 밀접한 관련을 맺고는 있지만, 지금까지 예능교육이 장르 중심의 근대적 예술제도에 기반을 둠으로써 분과 중심의 지식생산, 지식의 탈육화(脫肉化), 그리고 지식교육 종속에서 벗어나지 못한 것과는 달리, 통합적인 인간 능력 향상을 위해 지식교육과 인성교육을 종합하는 새로운 역할을 부여받아 형태나 기능이 전환된 예능교육, 이 결과 예능이라는 이름으로 지칭되기에는 포괄하는 능력이나 범위가 너무 넓어서 새로운 이름이 필요한 통합적인 교육, 새로운 교육의 관점 혹은 태도를 가리킨다. 문화교육은 교과영역 전체를 횡단하거나 관통하는 감수성, 사물과 삶을 대하는 태도, 문제가 발생했을 때 드러내는 감수성과 그에 따라 발휘되는 창조성과 같은 통합적 능력을 대상으로 한다는 점에서 개별 장르로 나뉜 예능교육 영역에 국한되지는 않는다. 그렇다고 문화교육이 예능교육 영역과 분리되거나 무관한 것은 아니다. 문화교육은 칸트가 말한 세 가지 인간능력 가운데 인간의 미학적 능력을 다루는 판단력과 가장 밀접한 관련이 있기 때문에,[1] 지식교육, 인성교육에 비해서는 기왕의 예능교육에 가장 가깝다. 하지만 현재 한국의 공교육 체계에서 예능교육은 종합적 '판단력' 증진은커녕 그것을 오히려 봉쇄할 정도로 지식교육의 수단으로 전락해 있기 때문에 예능교육을 문화교육의 모델로 삼을 수는 없는 형편이다. 문화교육은 따라서 예능교육을 자신의 주된 터전으로 삼기는 하되 그것에 포획되는 것이 아니라, 그것을 발전적으로 해체하여 근대적 예술제도 안에서 스러진 예술의 힘—문제제기 능력, 감수성, 창조성 등—을 복원하고, 이 힘을 다양한 역능을 지닌 창조적이고 자율적이고 인간을 형성하는 자양분으로 삼음으로써, 지식교육과 인성교육까지도 제자리를 찾게 해주려는 시도이다.

1.2 언어문화교육. 언어문화교육은 시각문화교육, 소리문화교육, 연행문

---

[1] 문화교육의 개념과 칸트의 판단력 개념의 관계에 대해서는 심광현의 「교육 개혁과 문화교육 운동: 지식기반사회에서 문화사회로의 이행을 위해」, 『문화과학』 27호, 2001년 봄, 35-38쪽 참조.

화교육, 영상미디어교육 등과 더불어 문화교육의 하위범주에 속한다. 물론 이런 사실만으로는 언어문화교육이 무엇인지 분명하지 않다. 우선 언어문화교육이라는 명칭이 문화연대의 문화교육위원회(준)가 전교조의 국어 교과모임 교사를 포함한 몇몇 전문가들과 함께 논의를 진행해오던 과정에 처음 사용되던 '언어 및 문학'이 바뀐 것임을 환기하고자 한다. '언어 및 문학교육'을 '언어문화교육'으로 개칭할 필요를 느낀 것은 다른 관련 분과들이 '시각문화', '영상미디어', '소리문화', '연행문화'처럼 일단 매체 영역을 중심으로 만들어지긴 했으되 근대적 예술장르 중심으로 구성되어 있는 기존의 예능교육과는 다른 방식으로 분과 구성을 한 것과 같은 취지에서, '문학' 중심의 분과보다는 문학조차도 언어매체로 구성되는 문화적 활동 혹은 산물의 한 사례임을 분명히 하기 위함이었다. 문학을 특권화하는 분과 명칭을 사용하지 않으려 한 의도인 것이다.

언어문화교육은 기존의 문학교육, 언어교육을 중요한 하위범주로 포함하면서도 이들 범주를 뛰어넘는, 언어로 구성되는 문화적 활동을 대상으로 하는 교육이라고 할 수 있다. '언어문화'라는 개념은 근대적으로 규정된 언어예술이라는 의미의 문학이나 근대적 민족언어에 국한된 언어문화만을 가리키지 않는다. 언어 현상이란 자연언어의 형성과 발전을 포함하고, 역사적 조건과 발전에 따라 이 자연언어가 민족언어, 표준어 등을 지배적 형태로 띠기도 하기 때문에, 언어문화가 근대 민족언어를 중심으로 한 활동, 즉 한편으로는 표준어의 성립과 그 사용, 이에 따른 제도, 관행, 갈등의 문제들을 포괄하고, 다른 한편으로 근대문학의 성립과 이를 둘러싼 제도와 관행 등 제반 활동과 관련을 맺는 것은 당연한 일이나, 동시에 그것은 민족언어의 한계와 범위를 넘어서는 넓은 의미의 언어현상까지도 포함한다. "낫 놓고 기역자도 모른다"는 속담이 타당성을 지니는 시대의 언어문화와 기계복제를 넘어서 디지털복제까지 할 수 있게 된 오늘날의 언어문화가 동일한 형태를 띨 수는 없는 법이다. 언어문화를 근대적 문화의 일부로 상정하고, 대중이 그것을 학습, 사용할 것을 염두에 두고 실시하는 교육과 근대적 문화지형이 해체되는 과정에서 새로운 문화적 능력들이 요청될 것을 예상하며 실시하는 교육이 상정하는 언어문화의 범위는 다른 것이다. 전자의 경우 문자매체가 중심이 된 언어능력의 획득과 그 사용을 지향하겠지만 오늘처럼 복합적인 신매체가 구 매체와 함께 활용되고 있는 시점에는 '리터러시'의 의미 폭은 확장되어야 한다. 언어문화와 그 포괄 영역이 이처럼 정세에 의해 규정된다는 점을 인정해야만, 현재 통념적으로 혹은 지배적으로 가동되고 있는 언어문화 개념의 문제점이나 특징이 무엇인지, 오늘 한국의 대학들이 이 개념을 제도적으로 어떻게 설정해놓고 있는지, 그와 관련된 교육의 꼴이 어떠한지 좀더 분명히 볼 수 있을 듯싶다.

1.3. 대학 내 언어문화교육의 배치. 통념적으로 생각할 때 대학의 언어문화교육은 주로 문학 관련 학과에 배치되어 있을 것 같지만 꼭 그렇지는 않다. 언어는 모든 학문, 지식생산에서 활용되는 필수적인 '도구'이기 때문에 대학교육 전영역에 걸쳐 사용되며, 따라서 각 학문분야 혹은 학과는 알게 모르게, 명시적으로든 묵시적으로든 자신의 언어교육 프로그램을 가지고 있다. 이 프로그램은 '언어철학'처럼 명시적 교과목의 형태로 언어문제를 다루는 철학과 같은 학과만이 아니라, 연기자의 발성에 각별한 관심을 가진 연극학과, 자신의 전문적 담론을 구성하는 노하우를 교육하는 사회과학 분야, 심지어는 언어와는 무관할 것만 같지만 전문언어 체계를 갖추고 있을 것임이 분명한 공학계열의 학과들에도 분명히 있다고 봐야 한다.

1.4. 언어교육과 문학교육. 하지만 아무래도 언어문화교육의 명시적, 제도적 중심은 언어교육과 문학교육이라고 봐야 할 것이다. 현재 대학에서 이루어지는 언어교육과 문학교육은 어문계열 대학이나 학부, 프로그램들에 주로 배치되어 있다. 따라서 인문학을 운영하는 인문대학이나 인문학부, 교사양성을 위한 사범대학, 외국어 교육을 위한 외국어대학, 그리고 교양학부나 교양교육 프로그램이 어떻게 운영되고 있는지 살펴볼 필요가 있다. 어문교육은 배치되어 있는 대학 안 위치에 따라서 운영방식이나 강조점이 다르

다. 인문대학에 배치된 어문교육은 기본적으로 인문학의 일환으로서 언어학과 문학을 모델로 하여 이루어지고, 사범대학에서는 아무래도 교육학의 영향을 크게 받으며, 외국어대학은 외국어 습득에 강조점이 두어지고, 또 교양학부에서 실시되는 언어문화교육은 학교에 따라서 차이야 나겠지만 교양교육의 개념이나 내용이 주로 인문학적 전통에 의해서 설정되는 만큼 인문학의 영향을 받을 것으로 보인다. 이런 점들을 고려하면서 대학에서 실시되는 언어문화교육을 살펴보도록 하자.

2. 문학의 빈곤과 민족문학의 과잉

2.1. 문학과가 없다! 믿거나 말거나 이 말은 사실이다. 그 많은 문학과를 두고 무슨 소리냐고 할지 모르나, 정확하게 '문학과'라는 명칭을 지닌 학과를 둔 대학이 아무데도 없다는 것은 부정할 수 없는 사실이다. 대학마다 '철학과', '사학과'를 두고 있다는 사실에 비추어 보면 참으로 이상한 일이 아닐수 없다. 물론 문학 관련 학과들은 많다. 국문학과, 중국문학과, 영문학과, 독문학과, 불문학과, 일본문학과, 스페인문학과 등 대학에는 무수히 많은 문학 관련 학과들이 있다. 하지만 이들 학과는 엄밀히 말하면 문학과가 아니다.[2]

---

2) 이들 학과는 관습에 따라 부르는 대로 국문학과, 영문학과, 독문학과이지 문학과가 아니며, 좀더 정확하게 본다면 국어국문학과, 영어영문학과, 독어독문학과라는, 살펴보면 참으로 이상한 명칭을 가지고 존재하고 있다. 최근에 학부제가 도입되면서 학과에서 학부로 바뀌어 영어영문학부, 서양어문학부, 동양어문학부 등 새로운 '지식생산라인' 명칭도 생기고 있으나, 이것은 신자유주의 정세 속에서 기초학문의 기반이 무너지면서 개별 대학들이 기존의 학과들을 통폐합하는 과정에서 과거의 불어불문학과와 독어독문학과를 서양어문학부로 통합하고, 영어영문학과의 경우는 아직은 '장사'가 잘 되기 때문에, 그리고 다른 서양어문학과와 통합할 경우 타 언어권학과가 '도태될' 것을 막고자 독립시켜 영어영문학부를 만드는 식의 타협과 조율을 거치며 나온 변용에 지나지 않는다. '학부'란 학과보다 상위 개념이고, 학과는 '분과학문'(discipline)을 위한 제도, 장치라는 점을 생각할 때, '학부'가 구성된다는 것은 당연히 여러 학과들을 해체하면서 학문분야들을 새롭게 배치하는 일이 되겠지만, 현재 학부 제도를 도입한 대학 대부분은 이런 식의 학부 구성을 하지 않고, 기존의 단과 대학보다 규모만 작은 소 단과대학 개념의 학부를 만들어 그 안에 기존의 학과들을 그대로 이전한 데 불과하다. 게다가 어문학 관련 학과들은 분과학문이라기보다는 '하위' 분과학문의 위상밖에 없는 터여서 이것들 몇 개를 한데 모은다고 해서 학부가 구성된다고 할 수는 없다.

2.2. 민족문학의 과잉. 한국의 대학들에 있는 문학 관련 학과들은 민족문학을 주된 교육내용으로 삼고 있는 학과이다. 민족문학을 중심으로 교육내용을 구성할 때에는 기본적으로 개별 민족문학의 작가, 작품, 문학사를 중심으로 교과과정이 구성되며, 이 결과 문학 일반과 관련된 토픽들은 교육내용에서 제외된다. 필자가 있는 중앙대 영문학과의 교과과정을 예로 들어 보면 영국문학사, 미국문학사, 영국시, 20세기 미국시, 영국소설, 미국소설, 셰익스피어, 영국희곡, 영미비평 등 주로 시, 소설, 희곡, 비평 등 문학의 주요 장르별로 짜여 있기 때문에 문학계보학, 서사이론, 수사학, 해석학, 기호학, 담론이론, 장르이론(시론, 소설론, 희곡이론, 영화이론), 매체이론(영화이론, 사진이론, TV 이론 등), 미학, 문화연구, 도상학(iconography)은 철저하게 배제되어 있는데, 이런 현상은 인문계열 학부나 대학에서 실시되는 어떤 민족문학 교육 경우든 대동소이할 것이다. 이처럼 민족문학 개념에 기반을 둔 채 문학교육을 실시하면, 어떤 효과가 만들어질까? 민족문학을 중심으로 문학교육을 할 경우에는 거의 예외 없이 작품과 작가 중심으로 진행될 것이다. 현재 대부분의 문학 관련 학과들은 시, 소설, 희곡, 비평 등 문학장르를 기본축으로 삼고 이 축을 시대별로 나누는 방식으로 교과과정을 짠다. 시의 경우 '현대시', '19세기 영시', 소설의 경우 19세기 영국소설, 20세기 미국소설 등으로 구분하여 운영하는 것이다. 이런 구도에서는 특정한 작가의 작품을 주로 읽게 되기 쉽고, 이 작가의 작품세계를 이해하는 것이 수업의 목적이 되기 때문에 문학 일반의 문제를 다룰 수 있는 기회는 쉽게 주어지지 않는다. 영문학과, 독문학과, 국문학과를 졸업해도 서사, 기호, 매체, 이미지, 문체, 영상, 수사법 등 문학의 주요 쟁점과 문제들에 대한 기본 지식을 갖춘 사람들을 양성하지 못하는 것은 이 때문일 것이다.

2.3. 문학계보학의 실종. 또 하나 언급할 문제는, 지금 관행에서는 지금까지 언급한 문제들을 역사적으로, 사회적으로 사유할 수 있는 길이 봉쇄된다는 점이다. 현재 실시되는 '문학사' 교육에서 그 단적인 예를 볼 수 있다.

영어영문학과의 경우 미국문학사와 영국문학사로 문학사를 나누어 과목을 운영하는데, 이런 문학사에서는 영문학교육의 역사를 다룰 수 있는 자리가 마련되어 있지 않다. 영국문학사 과목의 운영은 영국문학의 역사를 고대영어로 쓰인『베어울프』(*Beowulf*)로부터 출발하여 중세, 근대, 현대로 내려오는 과정에 등장한 주요 작가들, 작품들의 경향, 특징 등을 훑는 식인데, 영문학사를 이렇게 보면 어떤 경우에도 이런 작업이 체계적으로 일어나게 된 역사적, 사회적 기원을 알 수 없게 된다. 사실 영문학의 시작은 '영문학'이라는 개념과 실천의 역사적 출현과 분리될 수 없으며, 영문학사는 따라서 당연히 영문학이라는 학문 또는 연구가 탄생한 시점을 자신의 학문적 기원으로 반성할 필요가 있다. 자신의 기원을 '계보학적으로', 혹은 '제도론적으로' 이해하는 이런 자기 성찰이 빠진 채 운영되는 영문학교육은 자신의 작업을 신비화하기 마련이다. 현재 외국문학교육 상당 부분이 외국의 '위대한' 작가들과 작품들을 연구라기보다는 숭배와 숭상에 급급한 사대주의 교육에 몰두하고 있는 것은 이런 자기반성의 부재와 결코 무관하지 않다.

   2.4. **문학교육에서 한국어의 실종**. 문학교육을 민족문학을 기준으로 분할하여 운영함으로써 생기는 또 다른 문제는 한국어에 기반을 둔 문학교육을 하기 어렵다는 점이다. 이 문제는 주로 외국문학 전공 학과에만 해당하는 것이지만, 현재 이들 학과가 문학 관련 학과에서 차지하는 비율이 매우 높다는 사실을 감안하면 결코 무시할 문제가 아니다. 외국문학 작품의 독해를 통해 문학을 접하고, 문학적 문제들을 이해할 만큼 학생들의 외국어 능력이 높지 않은 현실에서 외국문학을 통한 문학교육은 학생들의 문학이해의 수준을 구조적으로 저하시키는 역할을 할 수가 있다. 좀더 일반화해서 생각하면 문학을 '문학'이란 이름을 가진 학과를 기반으로 연구하고 교육하는 것과 '국문학', '독문학', '불문학'이라는 이름을 지닌 학과에서 하는 데는 큰 차이가 있다. 국문학, 독문학, 불문학은 기본적으로 민족문학 개념에 입각하여 설치한 것이므로 엄밀하게 말하면 분과학문 자격의 문학연구와는 구분되는 하위분과학문 체계에 속한다. 이처럼 문학의 연구와 교육을 민족문학

개념으로 수렴한 채 수행할 경우 어떤 일들이 벌어질까? 외국어로 된 문학작품의 이해를 문학교육의 주요 방식으로 삼을 경우 독해력의 부족으로 학생 대중의 문학적 이해의 수준을 높아질 것을 기대할 수가 없지 않겠는가? 한국어로 된 작품을 읽는 교양교육 과정에서 이 문제를 해결할 수 있을까? 그럴 것 같지는 않다.

2.5. 국문학과가 장악한 교양 문학과목. 현재 대학에서 교양과목으로 개설된 문학 관련 과목은 학교에 따라서 조금씩 차이야 물론 있겠지만 국문학과가 대체로 독점하고 있다. 이것은 문학교육이 민족문학으로 치부된 결과이며, 민족문학 학과들 가운데서 국문학과가 대학 헤게모니를 장악한 결과라고 할 수 있다. 언뜻 볼 때 당연한 듯하지만 이런 상황은 한편으로는 외국문학 소속 교원은 교양과정의 문학교육을 맡을 능력이 없는 것으로 간주하는 터무니없는 일이고, 다른 한편으로는 문학교육에 민족주의, 국가주의가 지배논리로 스며들어갈 틈을 만들어내는 문제를 안고 있다. 국어, 국문학, 국사와 같은 개념은 갑오경장 과정에서 중국문화의 지배에서 벗어나는 과정에서 형성되기 시작한 자주적 민족문화 기획과 연결되어 있는 것이 사실이지만, 일제의 지배를 거쳐오면서 강화된 국가주의의 영향을 받은 것도 또한 사실이다.[3] 대학의 문학교육을 국문학과가 관장한다는 것은 문학교육이 민족주의/국가주의에 의해 지배되고 있다는 것을 의미한다. 물론 이런 문제를 지적한다고 하여 문학에서 민족적 관점을 무시하자거나, 민족문화기획을 포기하자는 것은 결코 아니다. 쟁점은 민족문화 기획을 어떤 방식으로 할 것인가라는 것일텐데, 민족주의나 국가주의는 '위에서 내려오는 계몽' 기획과 너무 결속되어 있다.

문학교육을 민족문학교육으로 치환하여 실시함으로써 일어나는 문제는 위에서 언급한 문학 일반의 문제들을 다룰 길이 없으며, 이 결과 문학에 대한 과학적 사고를 제대로 하지 못한다는 점이다. 이 점과 관련해서는 아래에

---

3) 현재 자국의 언어와 문학, 역사 등을 '국어'와 '국문학', '국사'로 만들어 연구와 교육을 하고 있는 나라는 아마 한국과 일본뿐일 것이다.

서 다시 언급하기로 하겠다.

3. '혼인을 빙자한 별거': 문학교육과 언어교육의 관계

현재 문학교육과 언어교육은 어떤 관계를 맺고 있을까? 양자가 통합적 형태를 띠고 실시되는 경우는 거의 없을 것이다. 이것은 인문대학에 설치되어 있는 어문계열 학과의 이름이 천편일률적으로 '무슨 언어 무슨 문학과'로 되어 있는 점에 비추어 볼 때 매우 이상한 일이 아닐 수 없다. '국어국문학과', '중어중문학과', '일어일문학과', '영어영문학과', '불어불문학과', '독어독문학과' 등의 명칭을 지닌 학과들이 있는 것을 보고, 대학 사정에 어두운 사람들은 이들 학과에서 언어교육과 문학교육이 이루어질 것이며, 두 분야가 서로 깊은 관련이 있기 때문에 동일 학과에 소속해 있지 않겠느냐고 생각할 것이다. 하지만 국어국문학과, 중어중문학과, 영어영문학과 등에서 '언어문화교육' 개념에서 기대되는 언어교육과 문학교육이 이루어지는 것은 아니다. 우선 이들 학과에서 실시되는 교육 내용이 언어교육과 문학교육을 정당하게 대변하는지가 의문이다. 이 문제를 필자가 속한 영어영문학과를 놓고 살펴보자.

현재 영어영문학과의 교과과정은 영어교육, 언어학교육, 영문학교육을 중심으로 짜여 있다. 이 교과과정이 언어교육과 문학교육을 부분적으로 포함하기는 하지만, 일반적인 의미의 언어교육과 문학교육을 다루지는 못한다. 언어교육과 문학교육은 여기서 민족언어, 민족문학 교육에 한정되어 있기 때문이다. 다른 한편 영어영문학과는 언어학을 포괄한다는 점에서 가동하는 학문 체계가 이상하다고 할 수 있다. '영어언어학'이라는 것이 성립될 수 없다면, 영어영문학과에서 가르치는 언어학은 '하위분과학문'에 해당하는 영문학의 상위인 '분과학문' 수준인데, 이런 학문단위가 영문학과 함께 배치되어 있는 것이 이상한 것이다. 한편으로는 외국어교육, 다른 한편으로는 민족문학교육, 또 다른 한편으로는 언어학이라는 학문/교육 분야를 운영하고 있는 영어영문학과가 위에서 말한 언어문화교육의 관점에서 언어교육과 문학교육을 제대로 하고 있다고 할 수 있을까? 외국어교육도 언어교육의 중요한 예이고, 민족문학 교육도 문학교육의 중요한 내용인 것은 분명하지만, 그것만으로는 언어교육과 문학교육을 충분히 포괄한다고 할 수 없다. 이것이 문제가 되는 것은 학교마다 차이는 있겠지만 대부분 대학의 어문계열 학과에서 이 관행이 반복되고 있으며, 따라서 인문대학이나 인문학부 소속의 어문계열 프로그램은 물론이고, 사범대학이나 외국어대학, 교양과정 등에도 비슷한 상황이 벌어지고 있다는 점 때문이다. 사범대학의 경우 언어학, 문학연구 이외에 교육학이 교육 패러다임으로 작용하고 있고, 외국어대학의 경우 외국어교육의 기술적 측면을 강조하기 때문에 사정이 다를 수도 있겠지만 적어도 현재까지는 사범대학과 외국어대학의 언어교육, 문학교육도 주로 인문학적 연구 배경을 갖춘 교원들이 맡고 있는 실정임을 감안할 때,[4] 큰 차이는 없다고 하겠다.

4. 외국어문학과의 불가사의들

현재 한국 대학의 외국어문학과는 불가사의한 방식으로 존립한다. 역시 필자가 속한 영어영문학과를 중심으로 서술하겠지만, 여기서 하는 이야기가 다른 외국어문학과에도 대체로 적용될 것임을 의심하지 않는다.

4.1. 현재 대학에서 운영되는 대부분의 명시적 언어문화 관련 프로그램에서 지배적 패러다임으로 군림하는 언어교육과 문학교육의 관계는 어떻게 설정되어 있을까? 영어영문학과에 초점을 맞춰보자. 학과명칭을 듣고 보면 이 학과는 영어에 입각한 언어교육과 문학교육, 즉 영어학과 영문학의 결합으로 이루어진 인상을 준다. 이런 학과체계가 민족언어, 민족문학의 틀에 사로잡혀 있다는 지적은 일단 묻어두고 보면, 영어영문학과의 교수진이 주로 언어학 전공과 영문학 전공으로 구성되어 있는 것은 사실이다. 이 결과 영어학과 영문학이 동일한 학과에 소속되어 있는 것은 둘 사이에 학문체계상의 어떤 공통점이 있기 때문처럼 보이나, 사실 양자간의 학문적 소통은 전

---

4) 예컨대 필자가 재직하는 중앙대 사범대의 영어교육학과와 외국어대 영어학과의 경우 대부분 교수가 언어학과 영문학 전공자들이다.

무한 상태이다. 물론 '문학과 언어'라는 제목의 강의가 개설되어 두 학문 영역을 결합시키려는 시도가 간혹 있기도 하지만, 이런 과목은 특정한 대학의 영어영문학과에 문학과 언어의 관계에 관심을 지닌 교수가 있을 경우에 국한되어 개설되기 때문에 드물 뿐 아니라, 있다 해도 언어학과 문학 연구를 절합하는 이론적 틀 없이 강의가 진행되기 일쑤여서, 이런 과목의 설강은 고작 문학이 언어로 구성되어 있으니까 언어를 이해하면 문학을 이해할 수 있다는 정도의 인식만을 담고 있는 경우가 대부분이 아닐까 싶다.[5) 이렇게 보면 영어영문학과가 있다는 것 자체가 불가사의가 아니겠는가.

4.2. 두 번째 불가사의는 자신의 학문영역도 제대로 정립하지 못한 영문학과 영어언어학이 여타 영어 관련 학과의 종주 학문으로 군림하고 있다는 점이다.[6) 필자가 재직하고 있는 중앙대학에는 네 개의 영어 관련 학과가 있다. 문과대학에 영어영문학과가 주간과 야간이 설립되어 있고 사범대학에 영어교육과, 외국어대학에 영어학과가 있는 것이다. 이들 학과들은 소속 단과대학의 성격에 따라서 각기 다른 교과과정을 가져야 하겠지만 꼭 그렇지는 않다. 물론 사범대 영어교육과 경우는 교육학을 더 많이 이수해야 한다거나 외국어대 영어학과 경우에는 '제1외국어로서 영어교육'(Teaching

---

5) 국어국문학과의 사정은 좀 다를까? 영어영문학과나 독어독문학과 등 외국어문학과는 외국어 습득에 많은 시간을 들여야 하는 데 반해, 국어국문학과는 한국어 강의가 가능한지라 문학 일반 교육을 좀더 쉽게 할 수 있을 것으로 보인다. 국문학과가 교양과정 문학교육을 장악한 것은 그렇다면 이런 점에 기반을 둔 것일 수도 있다. 하지만 외국문학 전공자 가운데 문학비평, 문학이론, 문예이론 등 문학 일반에 대한 연구와 교육 능력을 갖춘 사람들이 다수라는 점을 생각하면 그렇게 생각할 일만은 아니다. 또한 한국에서 문학이론이 대부분 번역 형태로 소통된다는 점에서 국문학계가 의존하는 문학이론 서적의 신뢰성도 문제가 있다. 서양어 원전의 번역 수준이 여전히 문제가 되기 때문이다. 최근에 들어와서 일본어 학술 서적 번역이 늘어나면서 상대적으로 높은 질의 번역물이 공급되어 사정이 조금 나아진 것 같기도 한데, 문학 일반의 문제들, 쟁점들을 다루는 문제는 여전히 서양어권, 특히 영어권이 헤게모니를 가지고 있기 때문에 상황은 여전히 유동적이다.
6) 영어학과 영어언어학 등 수상쩍은 표현을 쓰는 데는 이유가 있다. 영어학으로 쓰기에는 영어영문학과에 소속된 언어교육 담당자들은 언어학에 치우쳐 있다. 이들은 주로 미국에서 수학한 사람들이라서 영어를 언어학 연구의 재료로 삼는 경우인데, 이런 점 때문에 영어언어학이라는 표현을 써보지만 이 역시 만족스럽지 못하다. 그래서 표현이 오락가락하는 것이다.

English as a Second Language) 교과목을 강조하여 외국인 교수가 많고 어학교육량이 더 많은 것이 사실이기는 하다. 하지만 그래도 여전히 이들 학과 교수들은 영문학, 영어학 전공자들이 절대 다수이고, 이들이 학과 운영에서 헤게모니를 잡고 있는데, 이런 사정은 아마 전국 대학에 대체로 그대로 적용될 것이다.

4.3. 또 다른 불가사의는 국내에 영어영문학과가 무수히 많다는 것이다. 영문학 및 언어학 전공교수들이 헤게모니를 장악하고 있다는 점을 놓고 볼 때, 이것은 전국 영어 관련 학과들이 열심히 영문학, 언어학 교육에 열심이라는 말이다. 중앙대학에는 독학에 의한 학사자격증을 취득하고자 하는 직장인들을 '교육'하는 프로그램도 있다. 가끔 이들이 '영문학 개론'이니 '20세기 영시'니 하는 과목을 수강하고 있는 모습을 보면서 전세계에서 영문학을 이렇게 열심히 공부하는 국민이 있을까 하고 생각한 적이 한두 번이 아니다. '믿거나 말거나'한 일이 아닌가? 물론 최근 들어와서 신자유주의 노선에 따른 대학 구조조정이 실시되면서 학부제가 도입되는 등 그동안 인문학의 구성원리로 작용해온 분과학문체제가 흔들리고 있기 때문에, 여태까지 언급한 지형에 변화의 조짐이 보이는 것이 사실이다. 최근의 정세는 철학, 역사학, 문학, 언어학과 같은 인문학을 포함한 기초 학문 분야 전반의 후퇴와 언어교육에서 외국어교육, 특히 영어교육의 강화가 일어나고 있음을 보여준다. 이런 변화는 앞으로 언어문화교육이 더욱더 실용학문에 의해 지배될 것임을 말해주지만, 그렇다고 하여 지금까지 자신의 교육 및 학문 영역을 제대로 설정하지 않은 채 운영되어온 이 교육이 개선될 것을 기대하기는 어려워 보인다.

4.4. 왜 이렇게 되었을까? 한편으로 현재 어문학교육의 상황은 한국에서 대학이 설립되는 과정, 즉 대학의 어문학교육, 언어문화교육의 설립 조건과 이 개념의 역사적 출현 방식과 관련이 있다. 영어영문학과라는 체제는 한국의 영어교육, 영문학 교육 모델의 제공자로 인식되는 영국이나 미국에는 없

는 현상이다. 가장 큰 이유는 언어학과 영문학연구가 동일한 학문 및 교육 체계에 속하기 어려운 서로 이질적인 분과라는 데 있다. 영국, 미국에서 언어학과와 영문학과가 분리되어 있는 것은 이 때문이다. 그리고 영국과 미국에서 영문학과는 분명히 민족문학 개념에 따라 구성한 학과체제이기는 하지만 상당수 영문학과가 분과학문 자격의 문학연구와 관련된 광범위한 내용을 다룬다는 점을 생각할 때 한국에서 실시하는 영문학 교육과는 크게 다른 모습을 보이며, 일부의 경우에는 필자가 말한 '문학과' 명칭으로 학과를 운영하기도 한다.[7] 한국의 경우는 해방 이후 대학 교원을 양성하는 과정에서 미국 유학에 크게 의존했고, 이 과정에서 영문학 전공자보다는 언어학 전공자의 수가 상대적으로 많아지면서 이들의 수급을 영어영문학과의 형태로 한 점이 오늘날 거의 기만에 가까울 정도로 비정상적인 영어영문학과라는 연구 및 교육 체제가 성립되었고, 이런 사정은 한국이 미국의 지식생산 양식이 지배하는 체제에 들어가면서, 그리고 국립서울대안 파동(1946년)을 거치며 미국 미네소타 주립대학을 본보기로 삼은 종합대학이 한국 대학들의 전범이 되면서 대부분의 어문계열 학과에 비슷한 모습으로 나타났다고 하겠다.[8]

5. '부재지주' 효과

이상의 관찰과 판단을 통해 현재 외국어문학교육은 문학연구 및 교육편제에 대해 이론적 검토를 전혀 하지 않고 이루어진다고 할 수 있을 것이다. 영문학(연구/교육)과 (영어) 언어학(연구/교육)이 양자의 관계에 대한 아무런 해명도 없이 같은 학과에 속해 있는 것이 단적인 예이다. 국내에서는 영어학을 전공하려면 영어영문학과에 적을 둬야 하지만 예컨대 미국에서는 주로 언어학과에서 전공해야 한다. 영문학과 언어학이 완전히 분리되어 있는 것이다. 이처럼 분리하는 것이 더 낫다는 것은 아니다. 미국 학문체계는 '분리

---

7) 한 예로 최근 국내에서 번역되어 많은 사람들의 관심을 끌고 있는 『제국』의 공동저자인 마이클 하트의 경우 듀크 대학 문학과 소속이다.
8) 졸고, 「서울대학교에 바란다—탈식민화와 공공성 강화를 위한 지식생산의 개혁」, 『서울대학교의 정체성을 다시 생각한다』(2002년 10월 9일 서울대학교 민주화교수협의회 토론회 자료집), 20-35쪽.

를 통한 지배'라는 자본주의적 논리를 반영하고 있는 것으로서 전문성 강화라는 명분을 앞세워 사실상 사회 작동 원리에 대한 비판적이고 총체적인 인식을 제도적으로 막는 효과를 가지고 있기 때문이다. 하지만 미국과는 달리 국내 대학들이 영어학과 영문학을 같은 학과에 묶어둔다고 해서 더 비판적이고 총체적인 학문운용을 꾀하느냐 하면 그것도 결코 아니다. 현재 국내 외국문학교육 편제에서 영문학과 (영어)언어학이 동거하는 것은 그렇게 놔둬도 아무런 문제가 생기지 않기 때문에 허용되고 방치되는 것에 불과하다.

이런 사실은 어문학 교육에서 교육이론이 억압되고 있음을 보여준다. 국내 대학에서 영문학교육을 하지 않는 곳이 없을 정도이지만, '영문학교육론'이 개설되어 있다는 말을 들은 적이 없다. 9) 그런데 이와 관련하여 꼭 알아야 할 점이 있다. '영문학교육론'이 개설되어 있지 않다고 해서 영문학교육 관련 이론이 가동되지 않는 것은 아니라는 점이 그것이다. 이때 가동되는 '이론'은 실체가 불분명한 듯하지만, 사실 매우 강력한 효과를 지닌다. 이 '이론'의 실질적 효과가 얼마나 큰지 알기 위해서는 앞서 말한 '불가사의들'을 다시 떠올리면 된다. 없는 듯 있는 이 '이론'의 작용 방식은 부재지주의 그것이다.

부재하며 작용하는 것이 어디 영문학교육 이론뿐이겠는가. 영문학 이외의 다른 외국문학교육, 국문학교육, 나아가서 문학교육, 언어교육, 그리고 통합적으로 말해 언어문화교육 일반에도 비슷한 이론이 작용하지 않겠는가? 이 이론의 정체는 그런데 무엇일까? 나는 그 정체는 그것의 효과에서 추적해가야 드러나리라고 본다. 지금은 꼭 그렇다고 보긴 어렵지만, 얼마 전까지만 해도 영문학교육, 외국문학교육 등은 별다른 문제를 야기하지 않으며 존속해왔다. '불가사의'라는 표현으로 문학교육의 문제점을 지적하긴 했지만

---

9) 이 지적은 사범대학의 문학교육, 언어교육, 언어문화교육에는 바로 해당하지 않을지도 모른다. 사범대학의 교과과정을 관철하고 있는 것은 교육학적인 문제설정일 것이니, 문학교육에서 교육이론의 과소가 아니라 과다 현상이 문제일지도 모르기 때문이다. 하지만 과연 이 교육이론이 곧 이어 말하는, 부재하면서도 지배적 효과를 만들어내는 이론과 얼마나 다른지는 의문이다.

사실 그 '불가사의들'은 교육체계에서 아무런 문제를 일으키지 않고 우리 대학교육을 '안정화'하는 데 기여했다고 할 수 있다. 문학교육이론의 효과는 그래서 이것이 아닐까 싶다. 학문이론적으로 아무런 과학성을 구비하지 않고서도 매년 외국어문학과에 수많은 학생들이 지원하도록 만들고 또 이들에게 영문학과 (영어)언어학을 교육시키고 그리고 사회에 내보낸다. 물론 학생들은 배우는 것이 별로 없다. 그런데도 (혹은 그렇기 때문에) 대학은 번창하고 교수들은 아무 것도 가르치지 않는다는 '훌륭한' 이유로 대우를 받는다. (적어도 얼마 전까지는 그랬다.) 그런데 이것이야말로 계급사회의 대학 '교육'이 지니는 가장 중요한 역할이 아닐까? 현재 지배적인 외국문학교육이론, 문학교육이론의 역할이 있다면, 문학이 무엇인가, 문학교육이 하는 역할이 무엇인가, 외국문학교육이 하는 역할이 무엇인가, 언어문화교육은 어떻게 구성되고 있고 어떤 역할을 해야 하는가와 같은 질문이 일어나지 않도록 하는 것일 게다. 이것은 "내가 너희에게 아무것도 가르치지 않을 테니 너희는 결코 그것을 문제삼지 말라"고 하는 것과 같다.

　최근 들어와서 신자유주의 정세에 휩말리면서 대학과 교육의 이런 역할이 더 이상 유지되기 어려워진 것이 사실이다. 장사가 되는 영문학과, 일문학과 등 소수를 제외한 언어문화교육 제공 학과들은 지금 큰 위기에 빠져 있고, 이 결과 그 동안 가동되어온 지배적 언어문화교육 '이론'도 흔들리고 있다. 대학교육은 지난 10여년 사이에 명실공히 대중교육으로 전환했고, 이 결과 과거처럼 엘리트교육을 한다는 시늉을 내지 못한다. 과거의 엘리트교육도 '무능의 각인' 과정이기는 마찬가지였지만,[10] 이제는 대학의 수가 급증하면서 대학교육이 흔히 말하는 공급자 위주의 서비스 제공에 안주할 수 없게 되어, 학생들을 적극 나서서 유치해야만 생존할 수 있는 경쟁시대에 접어든 것이다. 지금은 따라서 변동의 시점이며, 그 동안 언어문화교육을 지배해왔으면서도 늘 자리에 없던 '부재지주'를 소환해서 심문해야 하는 시점이기도 하다.

---

10) 엘리트교육이 꼭 최고 수준의 교육을 제공하는 것은 아니다. 역사적 조건에 따라서 엘리트교육은 소수 특권층의 사교기회를 제공하는 것만으로도 그 소임을 충분히 하는 셈이다.

6. 근대적 문자문화 제도

현재 대학의 언어문화교육이 지닌 중요한 문제점 가운데 하나는 변화하는 문화지형에 능동적으로 대응하는 능력을 별로 가지고 있지 못하다는 점이다. 위에서 살펴본 대로 문학교육에서 민족문학이 연구와 교육의 중심에 선다는 것은 언어문화의 근대적 이해에 따른 것이며, 특히 19세기적 에피스테메에 따른 것이라고 할 수 있다. 문화지형에서 현재 대학의 언어문화교육과 관련하여 영향을 미치고 있는 것으로서 그 동안 역사적으로 일어난 변동을 세 가지만 꼽으라면 첫째 인간의 손 사용에 따른 사고 능력의 발달과 이에 따른 언어사용, 둘째 5천년 전의 문자 발명과 그에 따른 역사시대의 시작, 셋째 15세기의 인쇄기술의 발명이 아닐까 싶다. 이들 변화 및 발전은 새로운 문화지형에 적응하기 위한 최근의 시도가 나오기 이전까지 한국의 대학교육에도 그대로 학습 및 교육의 내용과 목표로서 반영되어 왔다. 민족문학, 민족언어 중심의 언어문화교육은 인쇄기술의 보급과 함께 문자문화가 문화지형에서 지배적 위치를 갖게 되면서 생겨난 근대 역사의 구축물이다. 베네딕트 앤더슨에 따르면, 문자문화는 인쇄기술이 퍼지기 시작한 시점에 동일 언어권 내부에서 지배적 위치를 차지한 특정 방언이 다른 구어 대신 문어가 됨으로써 생겨난 문화의 형태이다. 필사 등의 방식으로 쓰일 기회는 물론이고 인쇄될 기회를 얻게 된 특정 지방어들이 표준언어가 되었고, 이 표준어에 가까운 문법과 어휘를 구사하는 능력을 갖춘 사람들이 '글을 깨친'(literate) 식자층으로 분류된 과정은 곧 문자문화 중심의 문화지형 형성 과정이었다. 한국어의 경우에도 1934년의 맞춤법통일안 완성과 함께 표준어가 형성되었고, 이 결과 서울의 중산층 언어에 기반을 둔 표준어가 중심이 된 문자문화가 문화지형에서 지배적 위치를 차지해왔다.

근대적 문자문화가 도전을 받기 시작한 것은 사진기술 등 기술복제에 의한 이미지 생산 기술이 급속하게 퍼져나간 19세기 중반 이후라고 할 수 있다. 19세기 후반 회화를 중심으로 한 미술분야에서 계속 혁신이 일어나고 20세기 초반 회화의 개념에 대한 극단적인 반성이 일어난 데에는 사진과 영화 등 문자와는 다른 새로운 매체가 등장하고, 이를 통한 재현과 표현이 확산되면서 시각적 경험을 전달하는 방식에서 전통적 회화가 차지한 위상이 뒤흔들렸기 때문이다. 그런데 중요한 것은 이 시기부터 대중의 꿈과 상상력을 사로잡은 것은 소설 등을 제공하던 문자문화가 아니라 시각문화였다는 점이다. 회화는 새로운 매체의 등장으로 위기에 처하게 되지만, 동시에 자기반성과 실험을 통해 시각문화로 확장되는 기회를 얻은 반면에, 문자예술은 여전히 문학이라는 틀 안에 그대로 갇혀 있었다고 할 수 있다. 문학, 문자문화, 언어문화의 이런 느린, 혹은 비반성적 행보는 20세기 후반으로 오면서 컴퓨터공학의 발전과 함께 디지털복제 시대가 되면서 언어와 문자의 분열증적 해체를 유발할 정도로 새로운 도전을 받게 된다. 한편에서 '이모콘', 통신문법 등의 등장에서 보듯이 기존의 언어관습의 극단적인 해체가 나오고 있다면, 다른 한편에서 이에 대한 거부로 표준언어를 고수하려는 편집증적인 노력이 나오고 있는 것이다.

현재 국내 대학은 이런 변동에서 어떤 태도를 취하는가? 최근의 대학 구조조정 과정에서 학과 지원을 자율화한 대학의 경우 신문방송학 같은 매체 관련 학문 분야가 인기를 얻고 있고, 또 영화, 만화 관련 학과, 문화콘텐츠 개발 관련 학과들이 속속 늘어나고 있는 데서 볼 수 있듯이 시각문화의 지배적 위치에 대한 적응 노력이 일어나고 있다. 하지만 문자문화를 주도해온 언어문화 관련 학과의 경우는, 앞서 제시한 분석이 보여주듯이, 여전히 20세기 초반에 제도화된 문학에 집착하는 편집증을 드러낸다. 어문학 교육을 제공하는 대학의 학과, 학부는 예외 없이 문자문화의 정수로서 문학을 중심으로 교육을 하고 있고, 이것의 감상, 연구, 교육을 위해 (외국)언어를 공부하는 식이다. 이때 문학은 물론 근대문화가 가동하는 가치의 위계질서에 따라 '위대한 작품' 또는 '경전'이 중심이다. 이 맥락에서 '위대한 작품들'은 시각문화의 위상 제고와 문자문화의 위상 저하 속에서 일어난 대중문화의 '쓰레기들' 속에서 고고하게 문화의 가치를 지키고자 대중의 외면도 무릅쓰는 기사들의 모험처럼 이해되지만, 여기서 문자는 여전히 "낫 놓고 기역자도 모른다"는 말이 통용될 때의 문자로 이해된다. 문제는 문자가 기계복제 시대 이후 위상이 바뀐 뒤로도 더 큰 변화를 겪어서 하이퍼텍스트문학의 출현에서 드러나듯 이제는 형질까지도 변화한 상황이 되었다는 것이다.[11] 현재 문학교육이 외면을 받고 있는 것은 따라서 독문학과, 불문학과 등 현재 학생들의 노골적인 외면을 받고 있는 영역만이 아니다. 잘 나간다는 영문학과에서도 인문학의 일환으로서 영문학 교육은 사실상 어려운 상태가 되었는데, 이것은 문학을 대표로 하는 기존의 문자문화가 전반적으로 새로운 대중들의 상상력과 감수성을 사로잡지 못하기 때문이다.

현재 대학에서 통용되는 언어와 문자의 개념은 근대적으로 설정되어 있다. 표준어를 당연한 지배언어로 삼고 있는 민족언어교육, 민족문학 개념에 따른 문학교육을 중심으로, 언어문화교육이 일어나고 있고, 문화를 문자문화 중심으로 이해하는 일관된 경향이 나오는 것은 그 결과이다. 근대적 언어/문자는 그러나 기술문명과 사회적 관계의 변동과 함께 형성된 오늘의 문화지형에서는 과거에 비해 상대적으로 낮아진 위상으로 밀려나서 대중 위에 군림할 수 없는 형편이다. 우리가 '언어문화'라는 용어로 그 동안 '언어와 문학'으로 불러오던 문화영역을 새롭게 개념화하고, 문화교육의 일환으로 새로운 방향 설정을 해보려는 것도 이런 정세 때문이다.

7. 언어문화교육 재정립을 위한 개념적 단초들

이 글의 초두에서 언급한 대로 언어문화교육은 문화교육의 일환임을 생각할 때, 언어문화 영역은 언어로 이루어지는 문화적 표현 및 창조 행위, 문화적 산물의 이해와 수용 혹은 관리를 포괄한다. '언어문화' 교육의 꼴을 제대로 만들어내려면 따라서 현단계 언어와 문자가 어떤 방식으로 구성되며, 창조적인 문화적 활동을 통한 인간 역능의 계발을 위해서는 오늘의 언어와 문자를 어떻게 이해해야 할지 살펴볼 필요가 있다. 지금까지 한 작업이 바로 그런 노력의 일환인데 이제 여기서는 좀더 구체적으로 그 동안 대학의 언어문화교육에서 통념상으로 이해되어온 주요 활동과 개념들을 새롭게 설정하는 일을 해보겠다.

---

11) 이 책에 함께 실려 있는 「디지털시대의 문학하기」 참조.

7.1. 언어와 문자의 새로운 이해. 언어는 여기서 구술언어와 문자언어를 포함하며, 문자언어의 경우는 '문자'의 개념 설정 여하에 따라서 현재 시점에서는 주로 표준적 민족언어로 성립되어 있는 자연언어의 표기체제에 국한되지 않는 다양한 형태를 띨 수 있다. 이 경우 문자는 퍼어스가 말한 기호의 3차원 가운데 상징적(symbolic) 차원만이 아니라 도상적(iconic), 지표적(indexical) 차원들까지 가리킬 수 있기 때문에 이미지, 기호, 텍스트, 재현, 매체의 다양한 차원들을 포괄할 것이다. 이런 생각은 우리가 오늘날 사용하고 있는 문학의 개념을 확장하여 넓은 의미의 문자언어를 포함하는 개념으로 이해하게 할 수도 있다고 본다. 문학연구와 교육이 서사, 기호, 매체, 이미지, 문체, 영상, 수사법 등의 문제를 다룰 수 있어야 한다고 위에서 언급한 것도 이런 점을 염두에 둔 것이다.

7.2. 문학 개념의 새로운 설정. 오늘날 언어예술로서 문학은 순문예(belles-lettres)로 인식되고 있지만, 이런 인식이 대학의 교육체제 속에서 가동된 것은 19세기 후반이었다. 영국의 경우 1880년대에 이르러 페이퍼백 도서의 대량생산체제가 가능해지면서 모두 문자로 쓰이기는 했으나 '허접쓰레기'로 치부되는 것과 가치있는 표현물의 구분이 필요하다는 인식과 함께 대문자 문학의 개념이 생겨났으며, 일본의 경우 가라타니 고진에 따르면 내면의 발견과 함께 문학적 세계의 열림이 가능해졌다. 여기서 오늘날 우리가 문학이라고 부르고 있는 현상은 역사적으로 출현한 특정한 형태이며, 문자로 쓰인 것과는 다른 가치부여가 이루어진 문자표현물임을 알 수 있다. '문학'의 영어표현은 리터러처(literature)이다. '문헌'이라는 의미가 포함되어 있는 데서 알 수 있듯이, 리터러처는 문학이기 이전에 '문자로 쓰인 것'이라는 의미가 더 먼저였는데, 19세기 후반에 이르러 '대문자 문학'(Literature)의 의미를 갖게 된 것이다. 언어문화교육의 차원에서 생각할 때 이런 사실은 우리가 문학이라고 부르는 대상이 지금 이해되고 있는 것과는 다른, 어쩌면 더 포괄적인 의미를 가질 수도 있음을 환기시킨다는 점에서 중요한 시사점을 제공한다.

7.3. '문형학'의 문제설정. 필자는 평소에 이런 문제의식에 바탕을 두고 문학을 문자학 혹은 문형학의 관점에서 이해할 필요가 있다는 생각을 피력해오고 있다. 문자, 문형의 개념은 한자문화권의 전통에서 사용해온 '문'에 기반을 둔다. '문'의 한자인 '文'은 갑골문자에서는 가슴에 문신을 새긴 사람을 나타낸다고 한다. 여기서 우리는 이 '文'이 폭넓게 무늬, 꼴, 형태, 모양새, 생김새, 짜임새, 결, 구조 등과 연결될 수 있을 것임을 짐작할 수 있다. 이 단어가 한자문화권에서 세상에 존재하는 모든 것을 의미하는 '천지인'(天地人)의 모습 혹은 이치 등을 가리키는 '천문', '지문', '인문' 등으로 사용된 것은 이런 의미망을 가지고 있기 때문인 것으로 추측된다. 이와 같은 '문'의 개념을 적극 활용할 경우 우리는 약 1세기가 조금 넘는 기간 동안 지배적 의미로 작동해온 근대문학의 개념과는 다른 새로운 문학 개념을 설정해야 하는 것이 아닐까? 그리고 이런 재개념화는 20세기 후반에 들어오면서 두드러지게 나타난 매체환경의 변화에 언어문화교육이 더 적극적으로 대응할 수 있는 길을 터주는 것이 아닐까? 현재의 문학 개념은 순수문학, 문학예술 개념이며, 이에 따른 문학교육은 외국문학과, 한국문학과 가릴 것 없이 순수 문학예술 작품의 독해를 중심으로 이루어진다. 여기서 군이 강조하지 않더라도 이런 교육의 중요성은 이미 많은 사람들이 인정하고 있지만, 나는 근대 민족문학의 틀로, 그리고 순수문학의 틀로 이루어지는 문학교육은 아무리 중요하더라도 문학교육을 대변하거나 포괄할 수 없음을 강조하고 싶다.

7.4. 한국어에 기반을 둔 문학교육. 위에서 현재 문학교육이 민족문학을 기준으로 분할되어 실시되고 있는 문제점을 지적한 바 있다. 그러나 이런 지적과는 별도로 문학교육을 한국어에 기반을 두고 실시할 필요가 있다. 앞서 제기한 지적의 정신과는 정면으로 배치하는 듯 들릴지 모르나 그렇지 않다. 대학에서 문학의 연구와 교육을 개별 민족문학으로 분할하여 외국어로 실시하는 것과 문학교육을 우리의 민족언어로 실시하는 것 사이에는 큰 차이가 있다. 현재 문학교육의 상당 부분을 외국문학과가 차지하고 있고, 이

에 따라서 한국에서 실시하는 문학교육이 외국어에 바탕을 두고 있다는 사실은 문학교육의 부실화는 물론이고 자주적 문학교육의 길을 막는 부작용을 초래할 수 있다. 외국문학 중심의 대학 문학교육의 문제는 무엇인가? 첫째 문학교육을 위한 준비과정에서 외국어 습득에 시간을 할애해야 하는 문제가 생기며, 이로 인해 대학의 교과과정을 이수한 이후에도 문학 일반의 문제를 제대로 파악하지 못하는 일이 발생한다. 특히 일부 외국문학 학과들의 경우 최근 들어와서 인문학 학과의 성격을 지키기 어려운 상황에 빠져서 사정이 더욱 나빠졌다. 민족문학교육과는 다른 방식의 문학교육을 강화해야 하며, 이 교육은 당연히 한국어에 기반을 두고 실시되어야 한다.

7.5. **언어교육의 제자리 찾기.** 대학에서 시행되는 언어교육은 외국어학습 위주이고, 이런 현상은 이미 언급한 대로 최근 신자유주의 정세 속에서 영어학습, 그것도 실용영어 학습의 확대로 인해 더욱 심화하고 있다. 언어교육은 그래서 (외국)언어습득 기술교육으로 전환되고 있고, 이 결과 언어의 문제를 비판적으로 이해할 수 있는 인문학적 성찰은 갈수록 외면을 받는다. 언어교육은 현재 실시되는 외국어교육, 언어학교육, 문학교육과는 다른 형태로 실시될 필요가 있을 것이다. 여기에는 당연히 인문학적 소양의 일부로서 언어의 이해가 중요한 교육내용으로 자리를 잡아야 하겠지만 동시에 한국인의 언어생활을 개선하는 노력도 포함되어야 한다고 본다.

8. 맺는 말

문화교육의 관점에서 볼 때 대학 언어문화교육의 중요성은 초·중등 과정 교육에 미치는 영향 때문에도 생긴다. 초·중등 교육을 담당하는 교사들은 대학에서 어떤 언어문화교육을 받느냐에 따라서 자신이 수행하는 교육과정을 운영하는 방식, 노하우 등에서 영향을 받기 마련이다. 대학에서 배치하여 운영하고 있는 언어문화교육이 제대로 설정되어 있지 못하면 그 문제점은 초·중등교육에 그대로 반영될 것이다. 이 글은 앞으로 대학에서 언어문화교육이 어떻게 이루어져야 할는지, 충분하고 깊이 있는 논의를 하지는 못했다. 위에 몇 가지 제안을 하면서 개인적인 의견을 제출하기는 했지만 이와 관련하여 좀더 일관된 방침을 준비하여 교육개혁 운동에 반영하는 것은 공동작업에 속한다고 생각한다. 전교조와 문화연대가 이 공동작업을 잘 추진할 수 있기 바란다.

17

'언어문화교육'의 개념과 방향*

1. '문화교육'과 '언어문화교육'

이 발제는 문화연대 산하 문화교육위원회의 언어문화교육분과가 앞으로 벌일 활동의 방향을 잡기 위하여 '언어문화교육'의 개념을 어떻게 설정하고, 그 방향은 어떻게 잡아야 할지 살펴보는 것을 목적으로 하고 있다. 여기서 '언어문화교육'은 지금 많은 이들이 붕괴 상태에 도달했다고 우려하는, 초·중등 교육을 중심으로 한 우리 사회의 공교육을 개혁하기 위한 노력의 일환으로 문화연대가 새로운 교육의 이념과 방향으로 제시한 '문화교육'의 일부를 이룬다. 하지만 '언어문화교육', '문화교육' 등의 용어는 최근에 새롭게 사용되기 시작한 것이어서 그 의미나 내용, 혹은 대상이 아직은 많이 불분명한 편이다. 도대체 '언어문화'란 무엇이고, '언어문화교육'은 어떤 내용을 담고 있고, 어떤 활동을 지향하는가? 이런 질문에 답변을 하기 위해서는 먼저 '문화교육'이 무엇인지 살펴볼 필요가 있겠는데, 이와 관련하여 나는 다음과 같은 관점을 피력한 적이 있다.

---

* 2003년 6월 13일에 열린 문화연대 문화교육위원회 언어문화교육분과 주최 '언어문화교육의 개념과 방향' 토론회에서 제출한 발제문이다.

'문화교육'은 현재 '지식교육', '인성교육'과 함께 공교육 교과과정의 세 큰 축을 이루고 있는 '예능교육'과 가장 밀접한 관련을 맺고는 있지만, 지금까지 예능교육이 장르 중심의 근대적 예술제도에 기반을 둠으로써 분과 중심의 지식생산, 지식의 탈육화(脫肉化), 그리고 지식교육 종속에서 벗어나지 못한 것과는 달리, 통합적인 인간 능력 향상을 위해 지식교육과 인성교육을 종합하는 새로운 역할을 부여받아 형태나 기능이 전환된 예능교육, 이 결과 예능이라는 이름으로 지칭되기에는 포괄하는 능력이나 범위가 너무 넓어서 새로운 이름이 필요한 통합적인 교육, 새로운 교육의 관점 혹은 태도를 가리킨다.[1]

이런 '문화교육'의 관점을 공교육에 도입하는 의의는 무엇일까? 기존의 지식교육, 인성교육, 예능교육을 새롭게 구조화하는 데, 특히 예능교육의 모습을 근본적으로 바꾸는 데 기여할 수 있다는 것이 문화교육운동을 발의한 사람들의 생각이다.[2] 문화교육의 관점에 설 경우 미술, 음악, 무용 등 기존의 예능교육 과목은 새로운 모습으로 전환될 필요가 있다. 문화연대 문화교육위원회가 제시한 대안은 '시각문화교육', '소리문화교육', '연행문화교육' 등이다. 아울러 문화교육의 관점이 도입될 경우 기존의 교과목 체제에는 반영되지 않았으나 이제는 반드시 주요 교과목으로 위상을 부여받을 새로운 교육내용도 생겨날 것을 기대할 수 있다. 미디어문화교육 혹은 영상문화교육이 그런 경우이다.

오늘 발제의 주제인 '언어문화교육' 역시 이 맥락에서 요청된 교과목이다. 언어문화교육은 시각문화교육, 소리문화교육, 연행문화교육, 영상문화교육 등과 같이 문화교육의 하위범주를 이룬다. 그리고 시각문화교육, 소리문화교육, 연행문화교육 등이 새로운 교육체계를 구성하는 문화교육의 일환으로 기존의 교육내용을 대체하려 하듯이 언어문화교육 역시 기존의 특정 교과내용에 대한 대안으로 구상되고 있다. 언어문화교육이 긴밀한 관계를 맺고 있고, 새롭게 대체하려는 교과목은 말할 것도 없이 국어교육이다. 그것은 현

---

1) 이 책에 함께 실려 있는 글 「대학 언어문화교육의 문제」, 356쪽.
2) 이와 관련해서는 문화연대 문화교육위원회, 「문화교육위원회 발족 취지 및 기본방향」, 『2003 문화교육운동총서』, 36-50쪽 참조.

재 국어과목을 구성하는 언어교육과 문학교육이 언어문화교육의 주요 내용을 구성하기 때문이다. 언어문화교육은, 시각문화교육이나 소리문화교육 등 문화교육의 다른 하위범주들이 미술이나 음악과 같은 기존 예능교육의 위상이나 기능, 또는 내용 구성 방식을 넘어서려는 목표를 설정하고 있는 것과 마찬가지로, 역시 기존의 국어교육이 포괄하던 언어와 문학 교육의 한계를 넘어서려고 한다. 문화연대의 문화교육위원회가 처음에 정했던 '언어 및 문학 분과'라는 명칭을 포기하고 '언어문화교육 분과'를 선택한 것은 바로 이 점을 염두에 둔 것이다.

물론 언어문화교육의 관점에 대해서는 이견도 예상할 수 있다. 과연 '국어' 대신 '언어문화' 교과목을 설치하는 것이 합당한 것일까? 언어문화교육은 지금 진행되고 있는 언어교육과 문학교육을 어떻게 포괄하고 또 어떤 새로운 교육방향을 제시하는 것인가? 이런 질문은 일단 미해결로 남겨 놓은 채, '언어문화'라는 표현을 쓴 의도부터 밝힌다면, 한편으로는 지금 국어교육의 중요한 내용을 구성하는 '문학'을 상대화하고, 다른 한편으로는 언어를 문화적 관점에서 이해할 필요가 있음을 강조하기 위함이었다. 이것은 문학을 언어매체로 구성되는 중요한 문화적 산물의 하나로 인정하면서도 언어적 산물의 여러 예들 가운데 하나의 예에 속할 뿐임을 분명히 해둘 필요가 있다고 보았기 때문이고, 언어도 문화교육의 관점에서 문화현상의 일환으로 이해할 필요가 있다는 점을 부각시키고 싶었기 때문이다. 이런 점에서 언어문화교육은 기존의 문학교육, 언어교육을 중요한 하위범주로 포함하지만, 그것들을 뛰어넘는, 언어로 구성되는 문화를 그 대상으로 한다.

2. '언어문화'라는 관점

'언어문화교육'이 언어문화를 그 대상으로 한다면, 이제 던질 질문은 '언어문화'란 무엇인가라는 것이다. '언어문화'가 '언어'와 '문화'로 합성되어 있다는 점을 고려할 때 살펴볼 것은 '언어'와 '문화'의 개념, 그리고 양자의 관계이다. 통상 '언어'는 의미를 생산하는 체계, 의사소통을 위해 사용하는 수단으로서 인간에게 고유한 능력으로 간주되며, '문화'는 인간이 총체적으로 축적한 삶의 양식을 일컫는다. 이런 점에서 언어문화는 유적 존재인 인간이 의사소통과 의미생산의 수단으로 활용하는 언어를 중심으로 구성되는 삶의 양식 전반을 가리킨다고 할 수 있겠다.

그러나 언어문화를 이렇게 이해해도 뭔가 미진한 점이 있다는 생각을 금할 길이 없다. 다시, 언어란 무엇일까? 사실 언어를 보는 관점은 다양하며 어떤 관점을 택하느냐에 따라서 언어는 매우 다른 모습, 다른 의미를 가지고 다가온다. 음악언어, 시각언어, 문자언어, 영상언어 등의 표현에서 볼 수 있듯이 '언어'는 문화교육의 주요 하위범주들로서 서로 구분되어야 할 영역들을 일괄하여 가리킬 수도 있고, 또 '언어문화', '소리문화', '시각문화' 등의 용법에서처럼 문화의 한 종류 혹은 대상영역으로 다른 분야와 구분될 수도 있다. 따라서 문화교육 안에서 언어문화교육이 다른 문화교육과 변별력을 갖도록 하기 위해서는 '언어'라는 용어를 일관성 있는 방식으로 이해하는 하나의 지침이 필요하다 하겠다.

이때 꼭 고려할 것이 '자연언어'가 아닐까 한다. 자연언어는 한국어, 중국어, 일본어처럼 문화생태계의 차이로 인해 서로 다른 모습을 하고 나타나기 마련이지만, 모두 입말에서 출발한다는 특징을 가진다. 이런 '자연언어'의 '언어'가 '시각언어', '영상언어'의 '언어'와 다른 것은 후자가 매체 일반을 가리키는 것과는 달리 사람들이 만들어내는 말, 즉 음성매체에 기반을 두고 있다는 점이다. 이 자연언어는 그것을 사용하는 인간집단이 어떤 문화생태계에 속하느냐에 따라서 특정한 모습, 체계 등을 가지게 된다. 한국어, 중국어, 일본어가 다른 것은 그 때문이다.

문화교육의 관점에서 '언어'를 이해할 때 다음으로 중요하게 고려해야 할 사항은 역사적 변천이라는 문제이다. 어떤 자연언어도 불변하는 법은 없다. 자연언어가 문화적 변동에 따라 변한다는 것은 지금 우리가 사용하는 '표준' 한국어가 적어도 1세기 이전의 한국어와는 판이하게 다른 모습을 하고 있다는 데서 확인할 수 있다. 한국어의 이 변천은 근대화라고 하는 역사적 변동을 도외시할 경우 이해하기 어려울 것이다. 소설의 서술, 문학 혹은 예술 비평, 텍스트 분석, 일기와 같은 사적 기록, 수필, 시론, 신문의 논설과 보도,

법원 판결, 사건 진술, 사실 묘사, 조사 및 연구의 보고, 이론적 논증, 학술 토론 및 의견 교환, 공식 성명, 방송 보도, 공개 토론 등 오늘 한국에서 일어나는 언어문화 활동 대부분은 이런 변동을 겪는 과정에서 새로운 모습, 근대적 체계를 갖춘 자연언어를 바탕으로 구성되었다. 문화교육의 주요 범주의 하나로 설정된 언어문화교육은 따라서 근대적 언어문화현상을 중요한 대상으로 삼지 않을 수 없다.

이 결과 '언어문화'는 상당 부분 근대적 민족언어를 근간으로 형성된다고 할 수 있을 것이다. 언어현상은 자연언어의 형성과 발전을 포함하고, 이 자연언어는 역사적 조건과 발전에 따라 민족언어, 혹은 표준어의 위상을 갖게 되면서 지배적 형태를 띠게 된다. '언어문화'에서 가장 중요한 위치를 차지하는 것으로 인식되는 (민족)문학이 구성될 수 있는 것도 근대적 민족언어가 형성되었기 때문이다. 현단계 언어문화교육인 국어교육이 한편으로는 (표준)국어, 다른 한편으로는 (민족)문학을 주요 교육내용으로 삼은 것은 따라서 우연이 아니다. 이때 '국어'는 근대사회에서 구성되고 구성되어야 한다고 간주되는 '민족'의 관점에서 이해된 자연언어인데, 제국주의 침략을 받으며 식민지로 전락하여 고통을 받은 세계의 많은 민중이 저항 동력을 결집할 필요가 있다는 점을 생각하면 민족언어나 민족문학을 중시하는 이런 태도는 분명 이해할 구석이 있다.

하지만 '언어문화교육'을 제안하는 측에서 '국어' 대신 '언어문화'라는 표현을 쓰는 데에는 나름대로 이유가 있다. 무엇보다 '언어문화'는 민족언어의 한계와 범위를 넘어서는 언어현상을 설명할 때 '국어'보다 더 큰 설명력과 보편성을 가진다. 예컨대 과학기술문명의 영향으로 일어나는 문명사적 전환 속에서 생기는 언어변동을 어떻게 이해하고 설명할 것인가? "낫 놓고 기역자도 모른다"는 속담이 타당성을 지니는 시대의 언어문화와 기계복제를 넘어서 디지털복제까지 할 수 있게 된 오늘의 언어가 동일한 형태를 띨 수는 없을 것이다. 여기에는 중대한 언어변동의 문제가 들어있는데, 그것을 '언어문화'라는 개념으로 이해하는 것과 '국어'의 관점을 가지고 이해하는 것 사이에는 큰 차이가 있어 보인다. 그 차이는 민족언어를 보는 관점의 차이이다.

'국어'는 '민족언어'를 그 내부에서 어떤 이상형으로 설정하는 경우라면 '언어문화'는 그것을 언어 일반의 한 현상으로 본다. '국어'는 보편적 현상인 언어문화를 민족문학의 한 사례, 즉 한국어라는 특수성의 견지에서 이해하는 것이며, 한국어를 바람직한 근대적 언어문화의 모델로 상정하고, 대중이 그것을 학습하여 사용해야 한다고 보는 규범적 관점을 작동시킨다. 반면에 '언어문화'의 관점은 민족언어를 규범이나 이념의 차원보다는 실정성(positivity)의 차원에서 보게 하며, 특정한 민족언어인 한국어를 이상화하기보다는 여러 많은 언어들의 한 사례로 보게 한다.

지금 한국의 초·중등 교육과정에서는 '국어' 교육이 지배적이고, '언어문화' 교육의 관점은 낯설다. 하지만 근대적 문화지형이 해체되는 과정에서 새로운 문화적 능력들이 요청될 것을 예상한다면 갈수록 '언어문화' 관점에서 언어현상들을 이해해야 할 필요는 커질 전망이다. 이것은 오늘날 민족언어에 기반을 둔 문자언어를 중심으로 구성되는 문자문화가 과거의 지배력을 상실하고 문자매체들이 새로운 언어문화 양상을 보여주는 매체들로부터 도전을 받고 있는 상황임을 감안할 때에도 충분히 예상할 수 있는 일이다. 전통적인 민족언어 중심으로 구성된 독해력(literacy)도 개념 확장이 필요하다. 지금 우리는 언어문화의 새로운 전환기를 맞고 있으며, 이로 인해 문자매체 중심의 언어능력만이 아니라 더 다양한 언어능력을 획득할 필요가 있는 시대에 살고 있다. 오늘처럼 복합적인 신매체가 구매체와 함께 활용되고 있는 시점에는 언어의 복잡한 구성을 이해할 필요가 있으며, 언어교육은 새로운 '리터러시' 교육으로 확장되어야 한다. 언어문화와 그 포괄 영역이 이처럼 정세에 의해 규정된다는 점을 인정해야만, 현재 통념적으로 혹은 지배적으로 가동되고 있는 언어문화 개념의 문제점이나 특징이 무엇인지 좀더 분명히 파악할 수 있을 것이다.

3. '국어'의 문제

언어문화의 관점을 정립한다고 할 때 '국어'의 문제는 어떻게 이해해야 할까? 위에서 '언어문화'의 관점은 민족언어를 이념의 관점에서 보기보다는 실정성의 견지에서 이해하는 것이라고 했다. 이 말은 민족언어를 역사적 구성물로 존중하되 그것을 절대시하지는 말자는 것이다. 한국어의 경우 1920년 대를 거치면서 종결어미 '-다'를 중심으로 한 평서문 체계를 지닌 문어체를 성립시킴으로써 근대적 언어로 탈바꿈하게 되었다.3) 이 과정은 한편으로는 한국언중이 보편적으로 사용할 수 있는 표준어 체계를 완성하는 것이었지만 다른 한편으로는 한국에 존재하는 방언이나 은어 등 다양한 언어적 관습들, 체계들을 배제하는 과정이었으며, 군대에서 '다까체'를 쓰지 않아 기합을 받은 사람이라면 뼈저리게 느끼듯이 규율의 과정이기도 했다. 이런 점에서 우리는 한국어를 민족언어라는 견지에서 국어라고만 볼 것이 아니라 식민지 근대화 과정에서 구축한 나름대로 모순과 갈등을 내장한 역사적 형성물임을 인정할 필요가 있다고 본다. 특히 '국어'는 제1차 국어교육의 비판적 점검과 언어문화교육의 모색 토론회에서 발표한 김명인의 지적처럼 일본, 대만, 한국만이 사용하는 용어로서 일제의 잔재라는 의혹이 매우 짙다.4) '국민학교'의 '국민'이 '황국신민'의 내용을 담고 있다고 하여 '초등학교'로 개명했듯이 이제 국가주의적 냄새가 짙은 '국어'라는 말도 그만 사용했으면 한다.

다만 한 가지 분명히 짚고 넘어갈 것은, '국어'를 사용하지 말자고 한다 하여 역사적 구축물로서의 민족언어인 한국어를 해체하자는 말을 하는 것은 아니라는 점이다. 민족을 이념화하는 민족주의를 수용하지 않더라도 역사적 형성으로서 민족을 인정할 길은 얼마든지 있으며, 그것을 역사적 실정성으로 파악하는 것이 한 예다. 현재 우리 사회는 민족 구성체를 형성하고 있으며 이 속에서 한국어는 보편적 언어로서 사용되고 있고, 또 그럴 필요가 있다. 한국어를 사람들이 공통으로 사용할 수 있는 보편성을 획득한 언어체계로서 인정하지 않을 경우 우리는 공통의 언어기반을 갖추지 못하게 되어 일관성 있는 문법 체계를 구축할 수도 없고, 사전도 편찬하지 못하고, 따라서

---

3) 이와 관련해서는 Kang Nae-hui, "The Ending -da and Linguistic Modernity in Korea," *Traces 3: A Multilingual Series of Cultural Theory and Translation* (Hongkong: Hongkong University Press, 2003), pp. 130-56 참조. 이 글의 한글판은 『흔적』 3호에 「종결어미 '-다'와 한국의 언어적 근대성」이라는 제목으로 나올 예정이다.
4) 김명인, 「'국어' 교육의 해체를 위하여」, 『2003 문화교육운동 총서』, 319쪽.

불특정 다수가 이해할 수 있는 저술과 방송 등을 위한 언어를 가질 수도 없을 것이다. 한국어를 역사적 실체로서 인정하고 사람들이 보편적으로 사용할 수 있도록 다듬는 노력은 '영어공용어론'이 나오고 있는 지금도 여전히, 반드시 필요하다고 본다. 필자는 대학에서 쓸데없이 많이 하는 외국문학교육을 대폭 줄이고 외국문학 읽기도 '원어'로 하기보다는 한국어로 번역하여 읽어야 한다는 주장을 펼치고 있는데, 이는 한국에서 하는 문학교육, 언어교육은 당연히 한국어를 중심으로 해야 한다고 보기 때문이다.

그렇다면 왜 '국어'를 폐기하자는 것인가? '한국어'의 실정성을 인정하는 것과 '국어'의 이념을 추종하는 것은 다르기 때문이다. '국어'를 폐기하자는 것은 언어문화를 민족주의나 국가주의로부터 해방시키고, 언어문화의 민주화를 추구하기 위함이다. "'국어'라는 말에 내장되어 있는…완강한 자기동일성은 당연히 그와 성격을 달리 하는 타자들을 억압하고 배제하게 된다."[5] 언어문화교육의 목적은 타자들, 다중들, 대중들을 지배하는 데 있는 것이 아니라 그들의 자기해방 능력을 키우는 데 있다. '국어'라는 관점에는 우리 사회 구성원들의 언어소통이 어떤 이상화된 표준언어에 근거할 때 비로소 가능하다는 주장이 작용한다. 그러나 언어는 늘 복수의 언어들로서 존재하며, 한 개인일지라도 아버지로서, 노동자로서, 노조활동가로서, 연인으로서, 소비자로서, 환자로서 각기 다른 언어를 구사하고, 분노의 시간과 즐거움의 시간에 따라 다양한 언어적 편차들을 드러낸다. 언어를 사용할 때 우리는 언어횡단자가 되며, 여러 언어들을 가로지르기 마련이다.

'국어'나 표준어 개념을 지지하는 사람들이 가지고 있는 '언어순화'의 목표도 다시 생각할 필요가 있다. 컴퓨터 채팅에서 곧잘 사용되는 속어, 욕설 등이 꼭 '순화'의 대상인 것일까? 만약 특정한 규범에 따라 이념화한 언어 이외는 덜된 언어, 타락한 언어 등으로 만들어 순화할 대상으로 규정하고 그에 따라 규제를 가한다면, 가령 급박한 정치적 사안을 놓고 기분이 나빠져서 한 마디하고 싶기는 하지만 논리적 논의와 격식에 따른 언어적 표현을 할 수 없거나 하기 싫은 사람들이 지닌 표현욕구나 표현의 자유는 어떻게 보장할 수

---

5) 같은 글.

있을까? 방언, 속어, 은어, 비어 등은 국어의 관점에서는 경계나 통제의 대상이 되겠지만 언어문화의 관점에서는 활용과 이해의 대상이 될 수 있다. 욕을 할 수 없는 세상은 지배자의 언어만이 군림하는 세상이며 따라서 문제가 있는 것이 아닐까?

4. '언어문화교육'의 관점

이상의 논의를 가지고 볼 때, 여기서 제안하는 '언어문화교육'은 다음과 같은 취지를 가진다고 요약할 수 있겠다. 첫째, 그것은 현행 국어교육에 대해 비판적인 태도를 취한다. 현행 '국어'는 국가주의 또는 (국수적) 민족주의 이념에 너무 짙게 물들어 있으며, 한국어를 이상화하여 언중을 호출의 대상으로 삼고 있다. '국어'라는 말에는 늘 표준어라는 규범적 형태가 따라다니며, 그것을 구사할 수 없거나 이해할 수 없는 한국인은 그래서 덜된 한국인, 못된 한국인으로 낙인찍힐 가능성이 높다. 언어문화교육의 관점은 '국어'라는 용어가 함축하고 있는 이런 배타적 경향을 수용하지 않는다.

둘째, '언어문화교육'은 한국의 주요 언어로서 '한국어'의 실체를 인정한다. 이런 점에서 언어문화교육론은 국어교육론과 일면 상통하는 바가 분명히 있다. 두 관점 모두 한국어가 중국어, 일본어, 영어 등의 외국어와는 다른 독자적인 언어체계를 가지고 있다고 보는 것이다. 그러나 이미 말한 대로 '국어'라는 표현을 선호하는 사람들이 어떤 이상형의 관점에서 한국어를 이해하는 태도임에 반해, '한국어'를 사용하는 사람들은 역사적 실정성의 차원에서 다른 언어들과의 현실적 차이를 인정할 뿐 언어들간의 위계, 우열을 가리려는 것은 아니다. 한국어는 이때 세계의 여러 많은 언어들 가운데 하나다.

셋째, '언어문화교육'의 관점은 '언어문화'의 관점을 취하며, 그런 점에서 '한국어'조차도 보편적인 언어현상의 관점에서 이해하려고 한다. 한국어는 우리가 언어현상을 이해할 때 일상적으로 사용하는 언어이기도 하지만 동시에 우리가 탐구하고, 이해하고, 분석해야 할 문화적 대상이다. 후자의 경우 한국어는 하나의 언어현상으로 부각되며, 문화적 분석의 대상이 된다. 말하기, 듣기, 읽기, 쓰기를 포괄하는 다양한 언어생활에서 드러나는 다양한 문제들 즉, 문학적 재현의 특징과 효과, 다양한 담론의 구성방식과 주체 호출 방식, 방송, 신문 등에서 등장하는 특징적 표현들이 지닌 이데올로기적 효과 등이 언어적 현상으로 중요한 이해의 대상이 되는 것이다.

넷째, '언어문화교육'은 '문화교육'의 관점에서 이해될 필요가 있다. '문화교육'은 입시를 위한 지식교육 중심의 현행 초·중등학교 교육의 낡은 틀을 극복하기 위해 2002년부터 문화연대가 추진해온 새로운 교육이념이다. 현행 교육은 지식교육, 인성교육, 예체능교육의 삼각구도로 되어 있지만 자본주의 경쟁체제에서 강화되고 있는 입시교육의 중압으로 인해 지식교육이 나머지 두 교육을 압도하는 방식으로 이루어지고 있는 바, 지식·인성·예체능교육의 균형적 발전을 가능케 하는 새로운 교육체계를 짜기 위해 요청한 교육이념이 문화교육이다. 앞에서 이미 언급한 대로 이때 문화교육은 기존의 예체능교육을 의미하는 것이 아니라 지식교육과 인성교육과 예체능교육의 역동적 균형을 재활성화하여 사람들의 문화적 잠재력을 극대화한다는 의미의 새로운 교육을 지칭한다. 물론 문화교육이 이런 기능을 할 수 있으려면 우리가 인간으로서 지닌 지적, 정서적, 정의적, 신체적 능력들을 극대화할 수 있을 때 가능할 터인데, 문화교육의 목적은 바로 이런 능력들의 계발을 오늘의 변화된 문화지형에서 구현하려는 것이다.[6] 이런 관점에서 볼 때 언어문화교육을 다시 이해할 길이 열린다. 무엇보다 그것은 언어현상을 중심으로 한 문화교육, 즉 언어가 우리의 지적, 정서적, 정의적, 신체적 능력들과 관련한 다양한 방식들을 이해하고, 또 언어를 통해서 우리의 그런 능력들이 최대한 계발될 수 있도록 가르치고 배우는 실천으로 이해된다. 따라서 언어문화교육은 그동안 학교 안팎에서 진행된 다양한 언어문화교육 유형들, 즉 국어교육이나 언어교육, 문학교육 등을 '문화교육'의 형태로 통합하여 언어문화 영역에서 새로운 교육의 체계를 세우려는 기획이라고 할 수 있다.

---

6) 문화연대 문화교육위원회, 「문화교육위원회 발족 취지 및 기본방향」, 『2003 문화교육 운동총서』, 39-40쪽.

5. 언어문화교육의 기본방향

'문화교육'의 관점에서 본 언어문화교육은 어떤 원칙에서 운영하고, 그 목표는 어떻게 설정해야 할까? 언어문화교육의 내용, 교육과정은 어떻게 구성하고 설계하는 것이 좋을까? 언어문화교육은 언중의 언어능력을 발달시키고, 언어문화의 민주화를 지향하고, 언어적 표현의 능력을 다면적으로 계발하는 것을 목표로 삼아야 할 것이다. 이렇게 볼 때 언어문화교육은 다음과 같은 원칙이나 목표로, 그 기본방향을 잡을 필요가 있다고 본다.

첫째, 언어문화교육은 문화민주주의를 지향해야 한다고 본다. '문화민주주의'는 문화를 위로부터 베푸는 시혜의 대상으로 보거나 사람들을 계몽하고 훈육하여 이르게 하는 어떤 경지로 보는 것이 아니라 대중과 민중의 자율적 실천 과정으로, 아래로부터의 참여와 개입과 표현의 활동으로 간주한다. 문화민주주의는 이런 점에서 문화엘리트주의와는 다르다. 물론 그것은 한 사회, 또는 인류가 축적한 문화적 성과를 존중하고, 그 성과를 공유하고자 하고, 따라서 예술작품과 같이 위대한 개인들이 이룬 업적을 일반 대중이 향유할 수 있도록 하는 문화의 민주화도 지지하지만 더 나아가서 민중과 대중이 자신의 문화를 형성하는 문화생산의 자기결정권을 더 소중히 여긴다. 이런 관점은 문화를 노동자든, 동성애자든, 여성이든 누구라도 자율적으로 만들어낸 삶의 다양한 양식으로 보는 관점이다.

언어문화교육에서 이 문화민주주의가 원칙으로 수용될 필요가 있다. 가령 흔히 언어활동의 주요 측면으로 보는 말하기(하소연하기, 납득시키기, 웅변, 학술발표, 사회, 낭송, 대화, 토론), 듣기(남의 말 듣기, 라디오 듣기, 연극 듣기), 읽기(소설 읽기, 신문 읽기, 편지 읽기, 문자메시지 읽기, 논문 읽기), 쓰기(시, 소설, 보고서, 담화문, 텍스트, 연극대본, 영화시나리오 등의 생산)의 네 분야에서 일어나는 말글살이를 어떻게 구성할 것인지 생각해보자. 말하기, 듣기, 읽기, 쓰기에 정답이 있고, 그 정답을 중심으로 언어문화를 구성할 때 예술인, 학자, 기자, 과학자, 지식인 등 전문가가 아닌 일반 학생들, 대중들이 처하게 될 처지가 어떠할지는 구태여 말할 필요가 없다. 언어문화에서 문화민주주의 원칙을 수용하면 개인들의 실제 경험을 바탕으로 한 말하기, 듣기, 읽기, 쓰기의 가능성은 더 높아질 것이다. 필자의 전공분야인 영문학교육에서 보면, 지난 수십 년 동안에 읽어야 할 주요 대상을 남성, 백인, 부르주아, 이성애 중심의 '위대한 작가들'에서 여성작가, 흑인작가, 제3세계작가 등으로 확대하는 흐름이 생겼다. 이런 새로운 읽기는 정전(Canon) 개념을 비판적으로 검토한 결과인데, 언어문화교육의 교과과정도 비슷한 방식으로 읽고 쓰고, 말하는 주체의 관점에서 짜는 것을 생각해볼 수 있을 것 같다. 아니 사실 그런 시도가 이미 일어나고 있다. 학생들의 발달과정을 감안하여 국어교사모임이 『우리말 우리 글』과 같은 대안 교과서를 펴낸 것이다.

둘째, 언어문화교육은 '문화적 리터러시'의 함양을 목표로 해야 할 것이다. "'문화교육'을 새로운 교육이념으로 제시하고자 하는 것은 바로 오감에 상응하게끔 멀티미디어적 리터러시를 모두가 습득하고 운용할 수 있도록 하자는 것이며, 이를 통해 인지적 능력만이 아니라 정의적·신체적 능력의 균형적 발전을 추구함으로써 21세기가 요구하는 창의적 멀티플레이어의 육성 및 사회위기에 대처할 건강한 민주시민/생태적 인간형의 육성을 가능케 하자는 것이다."[7] 이렇게 볼 때 두 측면에서 언어문화교육을 구성할 필요가 있겠다는 생각이다.

한편으로, 언어문화교육에서 문화적 리터러시는 언어문화 현상의 (비판적) 이해력으로 설정될 필요가 있다. '아햏햏' 현상을 놓고 생각해보자. 국어교육의 관점에서, 민족언어의 순수성을 지켜야 한다는 관점에서 보면 그것은 언어오염 사례가 될 것이다. 그러나 언어문화의 관점에서 보면 그것은 우리가 이해해야 할 하나의 사회적 현상이며, 언어문화교육은 이 현상을 비판적으로 이해하도록 도와주는 것을 목표로 삼아야 한다. 이와 관련하여 중요하게 생각할 것이 '리터러시'의 문명적 변동이라는 문제, 문자문화가 지금 겪고 있는 과학기술적 조건의 변동이다. 오늘 리터러시는 '문자' 생산양식의 변동으로 인해 고도의 복잡성을 띠고 나타난다. 자연언어나 표준언어를 바

---

7) 심광현, 「21세기 디지털 영상시대의 영상문화교육의 기본방향」, 『2003 문화교육운동총서』, 480-81쪽.

탕으로 한 리터러시와 최근의 디지털기술로 가능해진 리터러시는 동일하지 않다. 언어문화교육은 이런 점을 감안하여 다양한 형태의 리터러시를 비판적으로 이해하는 능력을 함양하는 것을 교육 목표로 삼아야 할 것이다.

다른 한편, 언어문화교육은 오늘날 '언어문화'의 '리터러시'를 비판적으로 이해할 뿐만 아니라, 그것을 창조적으로 활용할 수 있는 능력을 기르는 방향으로 추진되어야 한다. 인간이 공동으로 이룩한 문화적 자산, 문화적 공공 영역에 주체적으로 참여하기 위해서는 문자를 식별하고 해독하는 문식(文識) 능력, 문자를 사용하여 문장을 만들 수 있는 작문 능력을 갖추는 일이 필수적이다. 문맹은 인간적, 시민적 무능 상태로서, 개인들로부터 자기표현의 기회를 박탈해버린다. 그런데 오늘 '문자'는 기술변동과 함께 새로운 모습을 하고 나타나고 있다. 월터 옹이 말하는 '제2의 구두문화'(orality) 시대, 혹은 전자적으로 매개된 언어가 만연한 시대가 열린 것이다.[8] 언어문화교육은 근대적 문자문화가 요청하는 문식 및 작문 능력 이외에 이처럼 새롭게 등장한 매체언어, 물질적 구성과정이 다르기 때문에 의미생산의 방식도 다른 디지털 리터러시를 활용하고 구현하는 능력, 전통적 문자 이외에 새로운 문자까지 창조적으로 활용하는 능력을 기르는 쪽으로 그 방향을 잡아야 할 것이다.

셋째, 언어문화교육은 통합적 교육을 지향할 필요가 있다. 사실 현행 '국어교육' 대신 '언어문화교육'을 언어문화를 위한 새로운 교육모델로 삼는 데에는 '국어'가 지닌 국가주의적 색채를 벗겨내야 한다는 것 이외에 그 용어가 학문체계상 분과학문조차 포괄할 수 없는 하위분과학문의 한계에 포박되어 있으면서 언어현상이라는 초분과학문적 현상을 다루어야 하는 불균형을 시정해야 한다는 문제의식도 작용한다. 언어문화는 문학, 언어학과 같은 기존의 분과학문들이 다룰 수 있는 영역을 훨씬 벗어난다. 가령 광고언어는 한국어의 문제이면서 언어의 문제이며, 경영학의 문제이고, 넓은 의미의 문화 문제다. 광고언어를 이해하는 것은 따라서 하위분과학문인 한국어학은 물론

---

8) Walter Ong, *Orality and Literary: The Technologizing of the Word* (London & New York: Methuen, 1982), pp. 135-38.

이고 분과학문인 언어학의 범위를 벗어나서 담론이론, 정치경제학 등의 영역을 넘나드는 일이 된다. 이런 점에서 언어문화교육은 언어학과 문학을 포괄하면서 이 두 영역도 넘어서는 언어문화의 현상들을 보는 통합적 관점을 요구한다.

이와 관련하여 언어문화교육과 다른 문화교육의 관계를 따지는 일이 필요할 것이다. 예컨대 시각문화와 언어문화는 서로 공유하는 요소가 있는가? 언어문화가 요구하는 리터러시와 시각문화가 요구하는 리터러시는 어떻게 다른가? 문자언어와 비문자언어를 가로지르는 공통분모는 무엇인가? 문자언어, 시각언어, 음성언어 등에서 사용되는 '언어'는 어떤 의미로 사용되고 있는가? 우리는 이미지, 기호, 상징을 문자언어에서, 그리고 비문자언어에서 어떻게 다르게 지각하는가? 이런 질문들을 하고 보면 언어문화가 다른 문화영역과 얼마나 복잡한 관계를 갖게 되는지 알 수 있지만, 언어문화교육의 관점에서 볼 때 주된 관심의 초점이 되는 것은 아무래도 시각문화, 소리문화, 연행문화, 영상문화 등에 스며든 언어문화적 요소들이 아닐까 한다.

끝으로(이것으로 모든 것을 다 말한 것은 아니지만), 언어문화교육은 언어문화를 구체적인 사회적 맥락 속에서 다루어야 할 것이다. 위에서 언어문화교육은 보편적 언어문화의 관점을 취한다고 했지만, 이 보편성은 반드시 구체적 조건 속에서 나타나지 않을 수 없다. '아햏햏' 현상도 추상적 수준에서 기계문명 때문에 생겼다기보다는 한국어라는 특수한 조건이 컴퓨터 문명과 만나면서 나타난 것이다. 언어문화는 이처럼 구체적 현실 속에서 형성되고 영위된다. '국어' 대신 '언어문화'의 관점을 도입하자고 하면서도, 한국에서 이루어지는 언어문화의 이해나 실천은 '한국어'를 중심으로 이루어져야 한다고 위에서 말한 것은 이런 점을 고려했기 때문이다. 당연한 말이지만 한국에서 실시하는 언어문화교육은 한국의 사회맥락에서 기획되고, 한국사회의 문화적 자율성을 강화할 수 있는 방향으로 이루어져야 한다. 이런 점에서 언어문화교육의 기획은 '민족문화'를 구성하는 노력의 일환이다. 다만 이 노력을 민족주의 기획의 관점에서 이해하는 것은 피해야 한다. 여기서 '민족문화'는 '기원'의 관점에서 이상화한 국가나 민족의 정기나 특징을 이루는 문화가 아니라 아래로부터 구성되는 문화적 사후(事後) 현상, 계급과 인종과 성과 성애와 세대와 신체와 지역과 직업 등의 차이들을 지닌 다양한 주체들이 자율적으로 참여하는 문화민주주의적 실천을 통해 만들어진 '민족 없는' 민족문화라야 할 것이다.

이런 점에서 언어문화교육은 삶의 구체적 현장을 중시할 필요가 있다고 본다. 사실 언어활동은 언제나 삶의 구체적 현장에서 일어나는 법이며, 언어문화는 언어 주체들이 자신들이 처한 사회적 맥락에서 구체적으로 어떤 실천을 하느냐에 따라 형성되기 마련이다. 구체적 현장에서 구체적 개인이 겪는 체험과 활동이 언어문화의 살결을 이루고, 결국은 그 전체 모습을 이룰 것이다. 언어문화교육은 개인들, 집단들의 언어체험과 활동을 중심으로 주체들이 자율적으로 자기표현을 하는 기회를 만들어내고, 이것이 어떤 사회적 대립과 갈등, 접속과 공명, 혹은 호혜와 연대를 만들어내는지 살피고, 사람들의 언어문화가 어떻게 주형이 되는지, 그 바람직한 방향은 무엇인지 살펴야 한다.

6. 결어

문화교육은 공교육, 특히 초중등교육의 개혁을 위한 새로운 교육이념이고, 언어문화교육은 그 일환이다. 여기서는 이 언어문화교육의 개념을 어떻게 설정하는 것이 좋을지, 그리고 그것의 기본방향은 어떠해야 할지 살펴봤다. 이 논의가 너무 미진하다는 것은 누가 보더라도 명백할 것이다. 언어문화교육을 구체화하기 위해서는 언어문화교육의 교과과정을 구성하는 작업이 꼭 필요하겠지만 이 발제에서는 시작도 하지 못하였다. 이것은 발제자의 능력 부족 때문이겠지만, 아직은 '언어문화교육' 논의가 시작 단계라서 구체적인 작업을 할 수 있는 조건이 미비한 때문이기도 하다. 문화연대문화교육위원회 언어문화교육분과가 이전에 가진 한 토론회에서 교과과정을 언급한 논의가 있기는 했지만[9] 교과과정을 구성하기 이전에 좀더 많은 사람들이 공유

---

9) 고길섶, 「국어교육의 전환, 언어문화교육으로」, 『2003 문화교육운동총서』, 336-57쪽 참고.

할 수 있는 언어문화교육의 개념이 아직 마련되지 않았다는 점이 중요한 이유가 아닌가 한다. 이 발제를 통해서도 과연 언어문화교육의 개념이 명확해졌는지 분명하지 않지만, 적어도 서로 공유할 수 있는 용어들을 몇 개 찾아냈다면 그것으로 만족해야 할 것 같다. 지금까지 논의한 것이 문화교육의 이념에 입각한 언어문화교육의 교육과정, 교과과정을 편성하는 데 조금이라도 보탬이 되었으면 싶다.

18

영어교육과 언어철학*

1. '언어는 곧 제국'

영국 튜더왕조의 엘리자베스 여왕이 총애하던 신하로 월터 롤리 경(Sir Walter Raleigh)이 있었다. 이 사람은 다방면에 능력을 가졌던 사람으로 특히 해외진출에 관심을 가져 영국의 아메리카대륙 침략에 큰 영향을 미쳤다. 널리 알려진 메이플라워호의 미 대륙 상륙시기인 1620년보다 훨씬 이전인 1580년대 말에 이미 지금의 미국 사우스캐롤라이나 근해에 있는 로노크 섬에 자기의 가신 토마스 해리엇을 파견하여 2년 동안 식민지를 경영하다가 실패한 적도 있고 1595년에는 자신이 직접 탐험에 올라 남미 가이아나 지역을 탐사한 적도 있다. 롤리는 1616년 다시 가이아나 탐험에 올랐으나 실패하여 그 책임을 지고 처형당했는데 첫 번째 탐사경험을 바탕으로 일종의 보고서를 작성한 것이 남아 있다. 이름하여 『크고 풍요롭고 아름다운 가이아나 제국의 발견』(The Discovery of the Large, Rich and Beautiful Empire of Guiana)이다. 롤리는 이 보고서에서 가이아나가 영국인이 정착하여 살만한 곳이라 선전하고 자연환경과 자원 현황, 금 생산 등에 대해 자세히 묘사하다

---

* 출처: 영어교사모임 편, 『올바른 자리 매김을 위한 영어교육』, 푸른나무, 1991, 151-64쪽.

가 말미에서 "언어는 곧 제국입니다"라는 말을 한다. 롤리가 한 이 말의 의미를 살펴보는 것이 영어교사모임이 이 글의 화두로 준 '영어교육과 언어철학'이라고 하는 다소 난감한 주제를 풀어나가는 단초가 될 듯싶다. 우리 사회의 영어교육은 일정한 언어철학을 바탕에 깔고 있다. 언어가 곧 제국이라는 롤리의 말은 언어의 어떤 특별한 면을 강조하고 있음이 분명한데 이 점이 무엇인지 생각하면 오늘날 우리 사회의 언어교육, 특히 영어교육이 지향하고 있는 언어철학적 태도가 무엇인지 알 수 있고 그것의 정당성 여부도 살펴볼 수 있다고 본다.

롤리는 왜 언어는 제국이라고 말했을까? 우선 그 언명이 나온 맥락을 잠깐 살펴보자. 롤리는 자신의 보고서에서 가이아나의 풍부한 자원을 활용하는 것이 영국의 국력강화에 크게 도움이 될 것이라는 '해외진출론'의 관점을 제출한다. 영어가 가이아나와 같은 머나먼 오지에 퍼져나가는 것이 영국이 제국으로 부상하는 길이라고 본 것이다. 이런 점에서 그는 언어가 곧 각 세력의 싸움터로서 가장 힘센 측이 평정한 터전이라는 생각을 가졌다고 할 수 있다. 르네상스 영국의 지배권력의 성격을 보면 이러한 견해가 왜 나오는지 대강 이해가 된다. 당시는 중세의 봉건적인 생산체제가 무너지고 각 지역에 분산되어 있던 권력이 중앙으로 집중해 가던 시기였다. 이때 국가는 장원들의 연합체라는 성격을 가졌던 시절과는 달리 신으로부터 통치권의 위임을 받았다는 절대권력의 소유자인 왕을 정점으로 하여 돌아가고 있었다. 왕이 곧 국가요, 국가는 곧 절대권력이었던 이 시절, 국가는 또한 제국을 지향하고 있었다. 당시 영국은 잉글랜드를 중심으로 가까이로는 스코틀랜드와 아일랜드, 또 노르망디나 벨기에 등 당시 튜더 왕조가 연고를 주장하던 유럽지역은 물론이고 멀리로는 자신의 해상권이 영향력을 행사할 수 있는 곳까지 세력을 팽창해가고 있었던 것이다. 롤리 시대 훨씬 후에 이루어진 것이기는 하지만 이 제국은 결국 대영제국으로 현실화했다. 롤리가 언어란 제국이라고 했을 때 바로 이것을 예견하고 있었던 것은 아니었을까? 언어가 제국이라고 한 것은 언어가 강력하고 광범위한 제국 형성에 필수 불가결한 수단이라고 본 것이 아니었겠느냐는 말이다.

롤리가 한 말을 좀더 확실히 이해하려면 또 다른 월터 롤리 이야기를 할 필요가 있다. 이 사람은 19세기 말과 20세기 초에 걸쳐 살았던 영문학자였는데『영국의 문인들』이라고 하는 20세기 초에 추진한 영국문학 관련 기획 중에서 가장 중요한 책의 하나로 손꼽히는『셰익스피어』를 저술한 사람이다. 그리고 이 사람은 19세기 말에 영어영문학이 비로소 분과학문으로 발돋움을 하려던 시점에 옥스퍼드 대학에서 최초로 영문학교수직을 받았던 사람이기도 하고 셰익스피어 책으로 작위를 받아 르네상스의 동명이인처럼 롤리 '경'이 되었다. 이야기는 1차 세계대전 중으로 옮아간다. 전황이 교착 상태에 빠진 듯 보이던 1917년 봄 그때까지 '뒷마당' 카리브해 등을 챙겨먹기 위해 써먹은 '먼로 독트린'을 내세워 유럽전쟁에 대해서는 불간섭 정책을 고수해오던 미국이 참전을 선언했다. 롤리는 이를 쌍수를 들어 환영하는 태도를 보였다. 영문학자답다고 해야 할까, 미국의 참전을 독일어에 대한 영어의 선전포고로 이해했기 때문이다. 롤리가 미국참전선언을 보고 휘파람을 불면서 존 샘슨에게 한 말을 들어보자. "여보게, 이제 전쟁은 잘 풀릴 거네. 우리 영국 말이 세계 말이 되는 건 따 논 당상이야. 독일 놈들은 자기 말이 사투리란 걸 인정해야 할걸…독일 말은 한물 간 청어야."1) 독일 측이 승리하여 독일 말이 국제어가 될까봐 겁이 났던 이 쇼비니스트 영문학 교수가 미국의 참전을 보고 좋아한 이유는 불을 보듯 뻔하다. 똑같이 영어를 쓰는 나라들이 한 패가 되어 독일 말 쓰는 쪽을 참패시키면? 영어는 승전국 언어로서 세계대전 이후 국제어로 자리를 굳히게 될 것이다.

두 월터 롤리가 펼친 언어철학은 위험한 지배언어 철학이다. 이들의 언어철학은 지배논리를 현실화하는 위험을 안고 있다. 르네상스의 월터 롤리가 언어는 제국이라고 한 것이나 20세기 초 또 다른 월터 롤리가 영어가 국제언어가 되었다고 좋아한 것이나 모두 언어는 세계 제패의 긴요한 수단이라고 하는 지배자 중심의 언어관을 드러낸다. 이들은 언어는 인간들이 공유하고 있는 의사소통의 수단일 뿐만 아니라 인간이 서로 각축을 벌이는 과정에서

---

1) Terence Hawkes, "Swisser swatter: making a man of English letters," in John Drakakis, ed., *Alternative Shakespeares* (London: Methuen, 1985), p. 40.

사용하는 지배의 핵심적인 기제로 작용한다는 사실을 정확하게 깨닫고 있다. 하지만 이들은 현실을 현실로서만 받아들일 뿐 그러한 현실이 가져오는 억압체제에 대해서는 거의 생각하지 않는다. 이들에게는 영국의 제국화, 영어권의 세계제패가 당연하고 바람직하게만 보일 뿐이다. 영국이 최초의 근대국가로 발돋움하고 영어가 세계어로 자리잡는 과정에서 일어나는 폐해에 대한 고려가 전혀 없다. 롤리류의 언어관은 세계 제패를 당연한 현실로 받아들이므로 르네상스 영국과 1, 2차 세계대전 중의 영미 두 나라가 보여주듯이 국제관계를 정복, 경쟁, 억압 관계로 몰아가는 부작용을 가진다. 이 부작용을 가장 심각하게 경험한 것이 영어의 세계제패 과정에서, 그리고 영어와 경쟁관계에 있던 스페인어, 포르투갈어, 독일어, 불어, 일어 등이 그 지배 영역을 확대하는 과정에서 자국어 사용 포기를 강요당한 제3세계인일 것이다.

2. 한국의 영어교육

두 롤리가 펼치는 언어철학이 오늘날 지배적인 언어철학이다. 우리 사회도 예외가 아니다. 언어를 지배의 도구로 보는 언어관이 우리 사회의 언어교육, 특히 영어교육을 지배하고 있다. 일본제국주의의 침탈을 겪은 우리가 세계를 지배의 대상으로 보는 언어철학을 바탕에 깐 언어관을 수용하고 있다는 것은 어처구니없는 일이지만 사실이다. 우리 사회의 영어교육이 두 롤리가 펼친 언어관을 지배언어철학으로 관철시키는 힘을 쥔 세력에 의해 장악되어 있기 때문이다. 우리 사회의 지배적 영어교육은 남한이 자본주의 세계체제 속에 편입되어 지배체제를 형성해온 과정과 깊이 관련되어 있다. 이 결과 지배적 영어교육은 한편으로는 반민족적 예속성을 갖고 다른 한편으로는 반민중적 억압성을 드러낸다.

우선 반민족성을 생각해보자. 한국의 영어교육은 자본주의 세계체제 성립이 한국에 끼친 영향으로 강화된 교육부문이다. 이 교육의 본질과 성격을 파악하자면 두 롤리가 펼친 언어관이 영미 제국주의 정책의 팽창으로 어떻게 한국과 같은 전식민지 또는 제3세계에까지 퍼뜨려졌는가 하는 문제를 포함하여 여러 역사적인 계기들을 따져야 할 것이다. 그러나 줄여서 말하면 100

여 년 전 '동문학'이라는 관립영어교육기관이 생긴 이래 영어교육이 우리 사회 공식교육의 핵심 교과과정 자리를 누려온 것은 우리의 자주 역량과는 무관하게 주변정세, 특히 한국이 미국과 유지해온 예속적 관계 때문이다. 1945년 이후 미군이 '해방군'으로 진주하면서 남한과 미국의 '각별'한 사이가 형성됨에 따라 영어는 갈수록 지배언어의 위치를 강화해왔다. 현재 대학입시에서 일부 응시자에게는 국어보다 점수가 더 많이 배정되어 있을 정도이고 대학입시를 통과한 학생들도 국어공부보다는 영어공부에 더 많은 노력을 기울인다. 국어보다 영어에 비중을 더 높이 주는 현행 입시 및 교육제도는 언어정책이 우리 사회의 종속적인 성격을 그대로 반영하기 때문에 생겨난다고 할 수 있을 것이다. 영어교육에 반민족성이 개입되어 있다는 것은 바로 이런 점을 가리킨다.

다른 한편에서 보면 영어는 우리 사회의 지배자를 양성하는 기제이다. 한국에서 영어를 잘하느냐 못하느냐는 사회 엘리트가 되는 주요 요건에 속한다. 지금 세계체제의 주요 정보가 영어로 이루어져 있고, 한국 역시 그 체제의 일부로 편입되어 있기 때문이다. 영어능력의 확보는 세계체제와 그 하위체제를 구성하는 한국사회의 엘리트가 되는 가장 중요한 통로의 하나이다. 중등교육과정에서 영어교육이 강조되고 대학입시에서 영어가 가장 중요한 위치를 차지하고 있는 것도 영어가 핵심적인 신분상승 도구로 활용된다는 증거일 것이다. 우리 사회에서는 그래서 영어를 못하면 사람 구실을 하기 어렵다. 영어능력의 확보 여부로 상급학교, 특히 일류대학 진학이 결정되기 때문에 영어를 못하면 생존경쟁에서 패배할 확률이 그만큼 높은 것이다. 영어를 할 줄 아는 사람과 못하는 사람을 이렇게 구분하는 것은 지배적 언어철학이 작동하고 있다는 증거일 것이다. 이런 구분이 반민중적 성격을 가지고 있음을 부정할 수 있을까? 영어를 못하는 사람이 미국이 제패한 세계질서에 한사코 빌붙으려는 사회 속에서 어떤 위상을 갖겠는가? 이 점에서 지금 영어교육은 반민중적 성격을 적잖이 가지고 있다.

일견 자연스럽고 일견 특이한 것은 롤리류의 언어관이 대표적으로 관철되고 있는 언어교육이 영어교육인데도 정작 영어가 지배언어라는 인식이나 자각은 영어교육 과정에서 억압되고 있다는 점이다. 언어정책 담당자에게 영어정책이 언어를 통치의 수단으로 보는 관점에서 수행되고 있다고 해보라. 당장 언어에 대한 모독이라느니, 언어는 통치와는 관계없다느니, 세계 각국과 경쟁을 하려면 국제언어인 영어를 배우는 것은 필수적이라느니 하는 말이 튀어나올 것이다. 이런 반응을 쉽게 짐작할 수 있다는 것은 영어교육이 그만큼 자신이 '지배언어철학'에 물들어 있다는 지적을 받은 적이 없다는 증거이겠지만, 이런 반응에는 언어를 보는 두 상반된 관점이 섞여 있다. 언어는 순수하다는 관점과 언어는 인간생활의 중요한 도구라고 하는 관점이 그것이다. 언뜻 보면 두 관점은 대립된 언어관을 나타내는 듯하다. 언어란 현실세계의 억압구조와 관계없는 그 나름의 순수성을 지닌 독자적 구조라는 견해와 언어는 사회생활의 중요한 도구로서 특히 지구가 하나의 촌락처럼 된 지금 세계진출을 위한 중요한 수단이라는 생각은 서로 어긋난 듯 보이는 것이다.

그러나 실상 이 두 관점은 상호보완적이다. 한 인문학자의 일화를 통해 그 점을 살펴보자. 몇 년 전 죽은 폴 드만은 1960년대 프랑스에서 제기된 '해체주의' 언어이론을 미국에 소개한 것으로 유명하다. 이 사람이 어느 날 자기가 재직하던 예일대학의 동료교수와 함께 학술연구기금을 제공하는 뉴욕 파크애브뉴 소재의 한 재벌재단에 연구기금을 신청하러 갔더란다. 예일대의 문학전공자를 위한 연구기금을 타려고 간 드만이 제출한 기금신청 사유는 엉뚱했다. 그가 연구기금 신청을 위해 내놓은 이유는 인문과학은 '실수 위에 덧씌운 거짓'을 자신의 인식론으로 갖고 있기 때문이라는 것이었다. 재단의 직원이 무슨 말인지 몰라 의아해하자 그는 직원에게 아들이 있는지, 이름은 무엇인지 묻는다. '아킬레스'라는 대답을 듣고 드만은 다시 아들이 사자처럼 씩씩하기를 바라서 그런 이름을 지었는지 확인한 뒤 그런 이름짓기와 인문학은 같은 일이라고 한다. 아이가 용감했으면 싶어서 이름을 아킬레스로 짓는다고 그 아이가 진짜 용감해지라는 법은 없다. 영문학 등 언어체계를 연구하는 인문학도 이런 이름짓기처럼 현실과는 무관한 일이다. 드만이 생각하는 언어체계는 '아킬레스'라는 이름처럼 현실에서의 용맹성과는 무관하다.

현실에서 확인할 개연성, 확실성 등 진실 관련 개념과는 거리가 먼 상상의 공간 이상이 아니다. 그렇지만 이런 언어체계에 대한 연구와 교육을 위해 연구기금을 신청한다는 것은 또 무엇을 의미하는가? 결국 언어체계를 연구한다는 것은 아무런 쓸데없는 짓이기 때문에 이것을 연구해야 세상이 편하다는 정도가 이 질문에 대한 해답이 되겠는데 그 직원은 드만의 '무용의 용도'라는 논리가 설득력이 있다고 믿었는지 기금 수여를 결정해줬다고 한다.

이상은 그때 같이 간 동료교수가 드만이 죽고 난 뒤에 쓴 회고담에서 나오는 이야기다.[2] 이 일화는 언어를 '순수'하다고 보는 관점과 '도구'로 보는 관점이 어떻게 함께 결합할 수 있는지 보여주고 있다. 드만은 인문학 연구의 중심에 선 언어란 아킬레스라는 이름처럼 아무 근거가 없는 것이기 때문에 그것을 연구할 필요가 있다고 하면서 언어를 가지고 돈을 타냄으로써 언어가 자기가 살고 먹는 데 중요한 수단이라는 점을 입증한다. 드만과 그와 비슷한 언어관을 가진 무수히 많은 사람들은 언어란 원래 실용적인 의미는 없다고 하는 이론을 가지고 언어에 관한 작업을 하고 그것을 호구지책으로 삼는다. 이 비슷한 것을 소위 자유주의 문학이론에서 자주 볼 수 있다. 작년에 작고한 김현 같은 경우가 그 대표적인 경우인데 그도 드만과 같이 문학을 해야 하는 이유는 문학이 아무 쓸모가 없는 데에 있다고 하는 비슷한 역설을 편 적이 있다.[3]

언어는 순수하다는 관점과 수단이라는 관점은 이처럼 종이의 앞뒷면처럼 동일한 체계를 이루고 있지만 대부분의 경우 서로 완전히 다른 것처럼 행세한다. 문제는 이때 관철되는 언어철학이 지배자의 언어철학인 경우가 많다는 것이다. 오늘날 우리 사회에서 통용되고 있는 언어철학도 이런 지배의 언어철학이며, 영어교육을 지배하는 것도 마찬가지다. 오늘 영어교육은 영어에는 주인과 그가 정해놓은 규범이 있으며, 이 규범을 충실히 따르고 그것을 해독할 수 있을 때에만 그 주인의 세계로 들어갈 수 있다는 듯 이루어지고

---

2) Peter Brooks, "In Memoriam," in Peter Brooks, Shoshana Felman and J. Hillis Miller, eds., *The Lesson of Paul de Man*, *Yale French Studies*, no. 69 (1985), p. 5.
3) 김현, 『한국문학의 위상―그 전개와 좌표』, 문학과지성사, 1977.

있다. 이 점을 프란츠 파농의 지배언어철학 비판을 가지고 다시 한번 검토해 보자.

3. 지배언어와 억압언어

『검은 피부, 흰 가면』에서 파농은 말을 한다는 것은 구체적인 한 언어의 통사와 형태소를 사용하거나 이해할 수 있다는 것을 의미하기도 하지만 그 보다는 특정한 문화를 수용하고 문명의 짐을 감당하는 것을 의미한다고 주장하고 있다. 이런 관점에서는 언어를 자유자재로 사용하는 능력은 대단한 권세이다. 마르티니끄 섬의 흑인이 '종주국' 언어인 불어를 습득하려고 애를 쓰는 이유가 거기에 있다. 파농이 보여주는 흑인의 언어교육은 꼴불견이다.[4] 우선 흑인은 자신의 언어를 거부한다. 흑인 어머니는 자기 자식이 원주민의 크리올어를 쓰면 기겁을 하고 막는다. 불란서 불어, 불란서 사람 불어, 불어식 불어를 배워야 하기 때문이다. 이 결과 아들이 '백인처럼' 말하게 되면 대단한 것을 성취한 것으로 치부된다. 이런 친구일수록 프랑스에 가면 'r- 발음 먹어치우는 마르티니끄 촌놈'이 되지 않으려고 온갖 노력을 다하는 것은 당연지사. R을 굴릴 뿐만 아니라 거기에 멋까지 넣어 발음해 놓고 듣는 사람들의 반응을 힐끗 보고 노심초사하는 것이다.

파농에게는 이런 언어행태를 보이는 흑인이야말로 검은 피부로 흰 가면을 쓰고 백인 행세를 하려는 착종된 인간형이다. 검은 피부라는 실존적 특징을 가진 흑인이 흰 가면을 쓴다한들 백인이 되겠는가. 그의 노력은 영락한 사람의 억지 몸놀림이고, 식민지의 직접 경영에서 손을 떼고 흑인에게 '자유를 베푼' 백인과 그의 문화가 아직도 얼마나 흑인의 삶을 끈질기게 지배하는지 보여주는 증거일 뿐이다. 마르티니끄 흑인이 불어를 기차게 잘한다는 것이 무슨 의미를 갖겠는가? 자기가 다른 흑인보다 훨씬 더 뛰어난 흑인이라는 것? 천만에! 불어를 '기똥차게' 잘하는 흑인은 스스로 자기가 형편없고 별 볼 일 없는 흑인이라는 것을 과시할 뿐이다. 파농이 보기에 흑인이 불어를 잘한다는 것은 흑인이 자신의 언어와 문화를 배반했다는 것과 다를 바가 없다.

---

4) Frantz Fanon, *Black Skin, White Masks* (London: Pluto, 1986).

왜? 마르티니끄 흑인이 안달이 나서 배우고 싶어하는 언어는 지배언어이기 때문이다. 불어로 말하면서 손바닥을 벌려 보이고 어깨를 달싹이고 가끔 눈썹을 찡그리는 이 흑인은 영리하여 지배자의 언어를 배워야만 자신이 잘 된다는 것을 안다. 그래서 그 문화에 '심취'하기 위해 흑인이기를 포기하고 반쯤은 프랑스 놈이 되어버린다. 그리고 파리로 가는 배표 하나를 손에 쥐는 순간 목에 힘을 준다. 이때쯤이면 벌써 이 놈의 옛친구들이 '깜둥이'가 되는 것은 불문가지이다. 그래서 파리에 가면? 다시 마르티니끄로 돌아오면? 이런 친구들은 파리에서 아무리 'r' 발음을 매끄럽게 해도 결국은 인종차별을 당해 망연자실하다가도 마르티니끄로 돌아오면 불란서에서 당한 일은 언제 그랬느냐는 듯 굴기 마련이다. 궁핍하고 참담했던 시절이 '필자의 유학시절'로 탈바꿈될 때 이 친구는 프랑스 총독부의 후신인 신식민지 정부조직 어느 부서의 관리가 되어 있다. 예속적 국가권력의 하수인이 되는 것이다. 듣고 보니 파농의 이야기에 나오는 마르티니끄 흑인은 일본 제국주의 지배정책에 굴복하여 친일파로 굴러 떨어진 일부 조선인, 또 미국 유학을 하고 돌아온 상당수 사람들과 다를 바가 없지 않은가.

파농은 언어행태가 당대의 지배구조와 얼마나 긴밀하게 연계되어 있는지 보여준다. 진실로 언어는 지배 방식과 무관하지 않다. 언어는 의사소통의 중요한 방식이라는 점에서 당대의 의사소통의 방식을 지배하는 사회구조에 따라 그 쓰임새가 결정되기 마련이다. 이때 통용되는 언어는 지배언어이고 이 지배언어는 다시 그것을 사용하는 사람의 자유를 억압하기 때문에 억압언어가 된다. 파농이 예리하게 분석해서 보여주고 있는 것처럼—사실 뒷 부분은 내가 상상으로 지어내었지만 파농이 충분히 그런 말을 했으리라고 본다—마르티니끄 흑인에게 불어는 지배언어이자 억압언어이다. 이 흑인은 자신이 살고 있는 환경 전체를 프랑스 (신)식민주의 체제가 장악하고 있다는 것을 알아채고 그 속에서 살아남는 가장 효과적인 방법으로 그 체제의 정보체제를 지배하고 있는 불어를 습득하기로 마음먹는다. 그런데 이 사람은 불어 습득 과정에서 엄청난 자기배반을 해야 한다. 지배언어인 불어에 얽매이는 순간 자신의 자주적인 발전과 자기가 속해 있는 사회의 독자적인 전통

계승을 포기해야 하기 때문이다. 불어는 이런 점에서 억압언어이다. 그것은 한편으로는 마르티니끄 흑인이 개인적으로 출세하는 편리한 수단이 되지만 자기 문화를 부정하고 자유를 억누르게 하기 때문이다. 일본어를 열심히 배운 영악한 조선인이 총독부의 하부관리직을 맡아 일신의 영화를 누린 것도 마찬가지다. 그것이 민족배반이 아니고 무엇인가? 일제 때의 일본어는 일본인들에게는 어떤 의미를 가졌을지 몰라도 우리 민족에게는 억압언어에 불과했다. 지금의 영어는 어떤가?

4. 해방언어

언어행태가 지배구조와 연루되어 있다면 언어는 다른 어떤 것에 못지 않게 해방을 위한 싸움터가 된다. 왜 언어가 해방의 중요한 싸움터인가? 언어는 지배와 피지배의 적대가 첨예하게 만나는 곳이기 때문이다. 언어라는 마당은 자체의 독특성을 가지기도 하지만 그것을 누가 소유하고 장악하느냐에 따라 억압의 기제가 되기도 하고 해방의 기제가 되기도 한다. 볼셰비키 혁명이 있은 지 얼마 안 되어 러시아의 언어철학자 볼로시노프가 언어는 계급투쟁의 장이라고 한 것은 바로 이 때문이다. 똑 같은 말이라 하더라도 그 말을 누가 소유하고 쓰느냐에 따라 뜻이 정반대로 바뀔 수가 있다. '자유'라는 말을 생각해보자. 현재 '자유'는 지배계급의 일부를 형성하고 있는 자유민주주의자들이 그것을 쓸 때와 변혁세력이 쓸 때 정반대의 뜻을 갖게 된다. 한편으로 자유는 민주세력을 탄압할 자유, 노조를 억누를 자유를 의미하지만 다른 한편으로 그것은 사상의 자유, 표현의 자유가 되는 것이다. 이 상반된 의미방향을 결정짓는 것은 당연히 사회에서 일어나는 투쟁이다. 오늘 '자유'의 지배적인 의미는 어느 한 쪽 세력의 해석이 이겨서 언어시장의 유통구조에 편입된 결과이다.

파농이 말하는 마르티니끄의 흑인이 떠받들고 있는 불어도 바로 이런 의미형성구조를 가지고 있는 언어체계라고 할 수 있다. 이때 '프랑스'는 지배언어체계이다. 그러나 마르티니끄 흑인의 언어는 살아 움직이지 않는 죽은 언어이다. 그것은 단지 지배언어인 불어를 모방한 것일 뿐이다. 이 모방은 물론 억압적이다. 지배언어는 모르면 살아가는 데 커다란 제약을 받게 되므로 반드시 익혀야 할 대상이 된다. 마르티니끄 흑인은 지배언어를 모방하지 않을 수가 없다. 우리 자신도 이런 경험을 했다. 일제 때는 일어를 배우지 않으면 현실적으로 커다란 불이익을 당했으므로 그것이 '국어'로 강요되었다. 자유민주주의자의 '자유'도 마찬가지다. 오늘날 우리는 '자유'의 언어를 배우도록 강요당하고 있다. 그러나 이런 언어는 해방언어가 아니다. 그것은 흑인이나 조선인, 또는 민중이 스스로 긍지를 갖지 못하게 하는 억압언어이다.

반면에 언어를 해방의 계기로 보게 되면 언어는 질곡의 삶을 뚫고 어둠을 헤쳐가는 희망의 언어가 된다. 이때 언어는 창조의 주요한 원천으로서 새 삶을 개척하는 필수불가결한 요소이다. 한 예를 들어보자. 1979년 3월에 시작하여 1983년 10월 미국의 침략으로 일시적으로 끝난 그레나다 해방운동 과정에서 언어는 중요한 해방기제 역할을 했다. 그레나다 해방운동에 관한 글을 쓴 크리스 썰은『고삐 풀린 말』에서 그레나다의 해방운동은 곧 언어해방운동이라 보고 해방언어가 경제 정책을 변화시키고 사회 혜택을 증진시키는 데 결정적인 역할을 했음을 지적하고 있다. 5) 썰은 영어가 이 해방언어 구실을 했다고 본다. 이전까지 영어는 '여왕폐하의 영어'로서 억압언어로 행세해 왔으나 그레나다 민중이 언어사용권을 장악함으로써 영어가 민중 자신의 필요와 여망에 따라 새로 만들어지고 새로운 방식으로 쓰여졌기 때문이다. '여왕폐하의 영어'는 독점력을 상실하고 그 대신 민중이 실제로 사용하는 사투리 영어가 지배언어로 자리잡았다. 그리고 4년 반의 해방공간에서 이 민중 영어가 지배언어가 되면서 영어는 마을 회의장, 공장 작업장, 농민조합 회의장, 칼립소 공연장, 학교 등에서 민중이 실제로 사용하는 형태로 사용되어 민중의 여망과 정서를 가장 풍부하고 정확하게 표현하는 언어로 발전하였다.

해방된 그레나다 민중에게 영어는 마르티니끄 흑인의 불어와는 아주 다른

---

5) Chris Searle, *Words Unchained: Language & Revolution in Grenada* (London: Zed Books, 1984).

기능을 하고 있음을 알 수 있다. 영어든 불어든 양자에게는 모두 지배언어이다. 그런데 한 쪽에는 그것이 억압언어로 다른 한 쪽에는 해방언어로 완전히 다른 일을 한다. 왜 이리 갈리는가? 한 쪽은 언어를 자신의 운명을 자주적으로 개척하는 데 이용하고 있기 때문이요, 다른 한 쪽은 그것을 자신의 운명을 예속시키기 위해 사용하고 있기 때문이다. 언어가 해방을 위한 중요한 싸움터가 된다고 한 것은 바로 이를 두고 말함이다. 언어는 해방세력과 지배세력이 서로 다투는 곳이다. 누가 그것을 쟁취하느냐에 따라 해방적 기능을 할 수도 억압적 기능을 할 수도 있다.

이 이야기가 남의 동네 이야기 같으면 1980년대의 우리 상황을 상기해보자. 이때 민중세력의 진출과 함께 해방언어도 출현했다. 광주에서 시위 군중이 "전두환 찢어 죽여라"라고 쓴 플래카드를 든 것이 그런 한 예이다. "찢어 죽여라"라는 표현을 증오의 표현으로만 읽어서는 안 된다. 그것은 수많은 시민과 민중을 학살한 독재자가 강요하는 굴종의 침묵을 깨고 증오의 목소리로라도 처절하게 희망과 해방을 찾으려는 절규이다. 80년 5월 이후 봇물처럼 터져나온 민중언어는 한 쪽에서는 공장의 노동자의 수기로, 다른 한 쪽에서는 성명서로, 다른 한 쪽에서는 여기저기 걸린 대자보로, 또는 사상논쟁의 논문으로, 또 다른 한쪽에서는 걸개그림으로, 마당굿으로 형태를 바꾸면서 나타났다. 이 해방언어가 아직 지배언어로 세력을 얻지 못한 것은 사실이라 하더라도 이제 우리 사회에서 이런 언어가 엄연한 현실로 서있다는 것 또한 부정하지 못한다.

6. 해방언어교육을 위하여

오늘날 우리 사회의 영어교육은 어떤 방식으로 이루어져야 할 것인가? 어떤 언어체계를 우리의 것으로 받아들여야 할 것인가? 이런 질문에 답하기 위해 앞에서 말한 두 사람의 롤리, 파농, 볼로시노프, 그리고 그레나다 민중이 언어에 대해서 가지고 있는 태도를 간단히 정리하는 것이 좋을 듯하다. 두 롤리는 언어를 평정된 천하로 간주한다. 그들은 언어를 지배를 위한 수단으로 보기는 하지만 그것이 인간을 어떻게 억압하는 것인가에 대해서는 생각하지 않는다. 언어도 사람이 사용하는 매체인 만큼 해를 끼치거나 이로움을 주거나 할 것이다. 두 롤리는 언어를 자신들이 지배자로서 이용할 수 있다는 것만 중요하게 생각하지 피지배자들이 그로 인해 입게 되는 피해와 억압을 보지 않는다. 이 피해와 억압이 얼마나 심각한지 예리하게 보여준 사람이 파농이다. 파농은 일종의 피지배자 심리학을 전개하면서 스스로 해방을 위한 노력을 기울이지 않은 피지배자가 지배자의 언어철학에 어떻게 말려들어 자신을 억압의 대상으로 만들어버리고 마는가 보여준다. 다른 한편 볼로시노프는 언어가 서로 다른 이익을 추구하는 계급의 싸움터라는 점을 분명히 하고 있다. 볼로시노프의 언어철학은 언어가 계급투쟁의 장이며 특히 해방을 위한 중요한 싸움터라는 점을 보여준 그레나다와 우리 사회의 민중이 그 타당성을 증명하는 바이다.

이런 점을 고려하면 우리 사회 언어교육이 나아가야 할 방향은 명백하다. 이제 영어교육은 해방을 위한 언어교육으로 전환되어야 한다. 더 이상 지배자의 언어철학을 추종할 수 없다. 언어는 세계 제패의 수단도 아니고 평정된 천하도 아니며 모방의 대상도 아니다. 그것은 해방을 위해 나아가는 인간들의 창조적 행위의 일환이고 창조를 위해서 서로 의사소통을 하는 가장 중요한 수단이다.

하지만 인간해방을 위해 영어교육이 해야 할 일이 무엇일까? 우선 위에서 우리 영어교육이 가진 문제점으로 지적된 두 가지 점을 해결하는 것이 시급하다고 본다. 영어교육의 두 문제경향인 반민족성과 반민중성의 척결은 영어교육을 해방언어교육으로 전환시키는 데 필수적인 과제이다. 영어교육을 우리 사회의 예속성과 계급모순을 강화시켜 나가는 데 기여하는 것이 아니라 이 문제들을 척결하는 데 기여하는 방식으로 전환시키는 것, 이것이 영어교육을 해방을 위한 언어교육으로 전환시키는 첩경일 것이다. 이런 영어교육을 위해서는 현행 영어교과서의 내용을 자주적이고 평등한 사회 건설을 목표로 하는 것으로 바꾸어 나가는 노력을 해야 한다. 이와 함께 언어를 '평정된 천하'로 간주하게 하는 현재 지배적인 언어교육 방식을 지양해야 한다. 현행 중고등학교 교과서에 관철되고 있는 언어철학은 지배자의 언어가 유일한 언어인 양 생각하는 언어철학이다. 그리하여 학생들은 시키는 대로 읽고 쓰고 외울 뿐이다. 아마 파울로 프레이리가 말하는 '은행식 교육'이 가장 잘 먹혀드는 데가 우리 사회의 영어교육이 아닌가 싶다.[6] 선생이 가르치면 학생은 배우고, 선생이 말하면 학생은 얌전히 듣고, 선생이 가르칠 것을 정해 시키면 학생은 이에 따르게 되어 있는 이 은행식 교육방식이 우리 영어교육에 그대로 적용되고 있다면 이런 방식은 지양해야 한다. 영어와 같은 외국어를 그것도 언어습득장치(LAD)가 작동을 멈추기 시작하는 시기인 중학생 때부터 교육하기 시작하니 영어교육이 '은행식 교육'이 되는 것은 십상이라고 해버려서는 안 된다. 물론 해방을 위한 언어교육이라 해서 외국어를 습득하려면 반드시 거쳐야 할 기본과정을 무시해서는 안될 것이다. 영어 단어 외울 것은 외워야 하고 문형 익힐 것은 익혀야 한다. 그러나 그렇다고 해서 영어 자체의 습득만이 목적이 되어서는 안 된다. 그렇게 되면 영어교육은 여전히 인간 지배사의 한 쪽만 장식할 뿐이다.

마르티니ㄲ 흑인을 닮을 것인가 아니면 그레나다 흑인을 닮을 것인가? 양자 모두에게 언어는 필요 불가결하다. 하지만 한쪽에서는 언어를 자신을 속박하기 위해 사용한다면 다른 쪽은 그것을 자신의 해방을 위해 사용한다. 우리 영어교육이 어느 쪽을 지향해야 할지는 분명하다. 하지만 지향하는 바를 달성하기 위해 해야 할 일은 많다. 해방언어교육을 어떻게 구체적으로 실천할 것인가? 해방언어교육의 구체적 실천이 우리의 과제이다.

---

6) Paulo Freire, *Pedagogy of the Oppressed*, tr. Myra Bergman Ramos (New York: Herder and Herder, 1971), pp. 57-74.

문학의 힘, 문학의 가치

지은이 |강내희

초판인쇄일 |2003년 9월 26일
초판발행일 |2003년 10월 4일

발행인 |손자희
발행처 |문화과학사
주소 |120-021 서울시 서대문구 충정로 2가 5-15
전화 |335-0461   팩스/ 313-0465
e-mail |transics@chollian. net
homepage |http://www. jinbo. net/~moonkwa
출판등록 |제1-1902 (1995. 6. 12)

값 16,000원
ISBN 89-86598-53-1   93800